L'Oiseau du Cachemire

LINDA HOLEMAN

L'Oiseau du Cachemire

Roman

Traduit de l'anglais (Canada)
par
Marie-Claude Elsen

PLON

www.plon.fr

Titre original
The Linnet Bird

ISBN édition originale : 0-7553-2291-6, Headline Book Publishing, Canada.
ISBN Plon : 978-2-259-20177-3

Pour Holly Kennedy, qui a cru en cette histoire.

Prologue

Calcutta, 1839

Fumer l'opium est un art.

Je contemple mon plateau et son contenu : la pipe, dans sa gangue d'argent finement ouvragée, la petite lampe à huile, la longue aiguille émoussée, le récipient de *chandu* et ma rangée de boulettes de pâte couleur brun foncé, de la taille d'un pois. Mes lèvres sont sèches. Je ferme les yeux et elle m'apparaît : la boulette d'opium d'un marron terne, au bout de l'aiguille que je fais aller et venir au-dessus de la flamme de la lampe. Elle bouillonne et gonfle. Au moment où elle devient dorée, je la coince contre le bord du bol à pipe et, à l'aide de l'aiguille, je l'étire en longues bandelettes pour la cuire à point. Je lui redonne sa forme ronde et je la pousse – vite, car elle doit avoir la bonne consistance – à l'intérieur du bol. Je tiens à présent ce dernier tout près de la lampe et de sa flammèche. Je vois mes lèvres se refermer autour du bec de jade familier, j'aspire à fond, je recommence, j'aspire encore. Le bruit que je fais évoque un battement de cœur aux pulsations régulières.

J'ouvre les yeux en humectant mes lèvres. Il est très tôt. Le soleil indien n'atteindra pas son zénith avant plusieurs heures ; j'ai le temps, avant que ses rayons cuivrés ne cuisent et ne flétrissent tout, avant que les domestiques ne soient obligés d'arroser les *tatties*, ces écrans d'osier qui protègent les ouvertures des maisons, et de fermer les persiennes. Je reviens à mon plateau.

Pas maintenant. Je ne prendrai pas ma pipe maintenant. J'ai quelque chose à vous raconter.

Par la fenêtre ouverte, j'entends des voix enfantines dans le jardin. Je m'approche pour les regarder. David joue avec le fils du *dhobi*, le blanchisseur. Avec des gestes déliés et insouciants caractéristiques de garçonnets de six ans, ils s'amusent à leur jeu d'enfants, une galopade échevelée à califourchon sur de longs bâtons. Malti est assise sur la marche du haut de la véranda. À l'aide d'un fouet en prêle, elle évente avec nonchalance son beau visage à la peau mordorée, irradiant du bonheur de l'*ayah* qui couve l'enfant bien-aimé placé sous sa protection.

Les garçons s'ébrouent autour de la pelouse de *doob* rampant. Les bougainvillées et les hibiscus déploient leur somptueuse floraison écarlate.

Je n'ai jamais joué comme mon fils le fait aujourd'hui. À peine avais-je dépassé son âge actuel que je travaillais déjà dix heures par jour, six jours par semaine, à l'atelier de reliure Harvey Close de Liverpool. Jamais encore je n'avais senti l'herbe sous mes pieds nus ni entendu le chant d'un oiseau, et le soleil n'avait que rarement réchauffé mes joues. Mon fils ne saura jamais quelles professions j'ai exercées. Pas davantage la première que l'autre, celle qui fut la mienne alors que j'étais encore une enfant, cependant privée de son enfance. Cette partie de ma vie lui restera à jamais interdite, mais pas à vous.

David s'est immobilisé. Il incline la tête, comme s'il tendait l'oreille ou comme si quelque chose le déconcertait. Puis il se baisse et plonge le bras sous la haie basse de plumbago.

Un oiseau dans ses mains en coupe, il se précipite vers Malti. Son visage est l'incarnation même du chagrin. Malgré la distance, je reconnais les plumes vertes, le rouge rutilant, au-dessus du bec. Le volatile remue faiblement, mais une de ses ailes pend anormalement de son corps. Un petit oiseau commun, le barbu à plastron rouge. *Bajanta bauri.* Hier encore, j'entendais comme à l'ordinaire ses pia-pias métalliques sortir des manguiers. David crie à présent, d'une voix enrouée par l'émotion. Je distingue la texture de sa peau hâlée par le soleil, le geste tendre de ses longs pouces minces qui se recourbent pour essayer de tenir cette petite chose impuissante, sans cependant la blesser.

Je repense à mes propres mains d'enfant, gercées par le vent glacial qui soufflait de la lugubre Mersey, tachées d'encre, les doigts palmés par de la colle de mauvaise qualité. Et à peine quelques années plus tard, souillées par cette chose que j'étais incapable de laver. Lady Macbeth et ses mains salies. Je garde un dernier souvenir d'elles, précédant le moment où j'ai quitté ma jeunesse et entrepris ma traversée. Fendues par le papier, asséchées à force d'avoir manié tant de livres, elles paraissaient nettes, d'une propreté parfaite, alors qu'elles dégageaient toujours, dans mon esprit en tout cas, l'odeur de trop d'hommes, l'odeur du sang. Sans doute vous demandez-vous comment je m'y suis prise pour partir de là-bas et arriver ici ?

À côté de mon plateau à opium sont posés le papier

et la plume d'oie que Malti m'a m'apportés un peu plus tôt ce matin.

Mais avant de commencer à écrire, je m'accorde le temps d'une brève rêverie. Pour la dernière fois. Cette promesse, je l'ai déjà faite. J'y ai songé, je l'ai murmurée, je l'ai formulée à voix haute et prononcée sous forme de prière. Cette fois cependant, j'ai juré sur la tête de mon enfant, dans l'obscurité précédant l'aube, assise près du lit de David, à l'écoute de son souffle léger et doux auquel répondaient les expirations profondes de Malti, elle-même allongée sur sa paillasse dans l'angle de la chambre. Je me suis faufilée dans la pièce, je me suis agenouillée près de lui et j'ai prêté ce serment, mes doigts pâles posés sur ses cheveux drus.

J'ai promis qu'aujourd'hui, mes rêves seraient nourris pour la dernière fois par la Fumée Blanche. Je crains malheureusement que sans elle, ils ne reprennent la forme perverse de mon vieux cauchemar, celui dont j'ai essayé si longtemps de me débarrasser.

Je ferme avec soin les persiennes pour plonger la pièce dans l'ombre et j'allume la lampe. Un bruissement et un crépitement. Une phalène s'est réveillée et papillonne autour de la faible lumière. Ce bruit me meurtrit. Je prends de l'opium depuis trop longtemps, mes nerfs sont tendus comme les cordes d'un violon, ils vibrent à la moindre stimulation : le battement d'ailes d'un papillon de nuit, la chute d'une goutte de pluie brûlante sur le dos de ma main, le léger choc visuel que me procure l'imprimé d'un sari.

L'opium n'est plus capable de me rendre heureuse. Il m'aide simplement à tenir. Et aujourd'hui, pour la dernière fois, il calmera mon esprit, ma main, le temps de me permettre d'écrire ce que je dois écrire. Pour que mon fils puisse savoir un jour. À son intention, je n'écrirai que ce qui compte pour son avenir. À la vôtre, je ferai le récit complet de ma vie – mélange de réalité, de souvenirs et de cauchemars – celle qui débuta il y a si longtemps, à l'autre bout du monde.

1

Liverpool, 1823

Pa commença à me prostituer au cours de l'hiver de ma onzième année. Le maigre salaire que je rapportais de l'atelier de reliure ne le satisfaisait plus et il venait d'être licencié de son emploi chez le cordeur car il s'était présenté ivre une fois de trop et avait gâché du chanvre au filage.

Par une nuit humide de novembre, il rentra à la maison en compagnie de M. Jacobs. Sans doute l'avait-il déniché dans un pub. Je ne vois nul autre endroit où il aurait pu lier connaissance avec quelqu'un. J'entendis Pa répéter à l'envi le nom de cet homme, m'sieur Jacobs ceci et m'sieur Jacobs cela. Leurs voix sonores et le vacarme que l'un d'eux – ou les deux – fit en se cognant contre notre maigre mobilier me réveillèrent. Je dormais enveloppée dans la couverture que je disposais chaque soir derrière la boîte à charbon, car il faisait plus chaud dans ce renfoncement près de la cheminée. Couchée là, j'avais l'impression de disposer au moins d'une parcelle d'intimité, à l'intérieur de notre logis d'une seule pièce, que nous louions dans une bâtisse croulante d'une cour de Back Phoebe Anne Street qui donnait sur Vauxhall Road.

— L'est quelque part dans le coin, entendis-je Pa déclarer. Elle détale partout comme une vraie souris.

Sur ce, avant même que j'aie eu le temps d'essayer de comprendre pourquoi il me cherchait, il m'extirpa de mon lit de fortune pour me traîner jusqu'au centre de la pièce au plafond bas, éclairée par une chandelle.

— Vous m'avez dit qu'elle avait onze ans, non ?

La voix enrouée, M. Jacobs avalait ses mots d'impatience.

— Et je vous ai pas menti, m'sieur Jacobs. Plus que ça, même. L'a fêté son onzième anniversaire bien avant la Saint-Michel.

— Je la trouve petite. À peine formée.

— Mais l'a une chatte, m'sieur, vous allez vite le constater. C'est juste qu'elle est délicate. Une gamine délicate. Et pis, c'est vraiment une jolie fille, voyez par vous-même, ajouta Pa en repoussant mes longs cheveux de ses mains calleuses et en m'attirant plus près de la chandelle posée au milieu de la table. Où que vous avez vu des cheveux pareils pour la dernière fois ? Dorés et veloutés comme une poire bien juteuse en été. Et comme je vous l'ai dit, l'est pure. Vous serez le premier, m'sieur Jacobs, vous avez ben de la chance.

Je m'écartai brutalement de lui. Ma bouche s'ouvrait et se refermait d'épouvante.

— Pa ? Pa ? Mais qu'est-ce que tu dis ? Non, Pa.

M. Jacobs fit la moue.

— Comment puis-je savoir que vous n'avez pas dupé une centaine d'hommes avant moi, elle et vous ?

— Vous verrez bien, que vous êtes le premier. Elle sera étroite comme le chas d'une aiguille, je vous le dis.

J'arrachai mon bras que Pa serrait dans un étau.

— Tu peux pas m'obliger, criai-je en m'éloignant vers la porte. Tu pourras jamais…

M. Jacobs s'était à présent placé en travers de mon

chemin. Il ne lui restait qu'une couronne de cheveux grisonnants et le sommet de son crâne graisseux luisait dans la lumière vacillante. Une croûte de sang séché recouvrait une coupure, sur l'arête de son nez.

— Quelle actrice tu fais ! s'écria-t-il. Bon, tu peux arrêter ta comédie. Tu n'auras pas un penny, et ton père non plus, si je m'aperçois que vous m'avez menti.

D'une seule enjambée, Pa vint me saisir par le bras et m'entraîna dans un coin sombre.

— Écoute-moi, ma fille, me dit-il d'un ton cajoleur, faudra ben qu'ça arrive un jour ou l'autre. Alors vaut mieux que ce soit ici, chez toi, que dans une porte cochère sous la pluie. Y a plein de filles qu'aident leurs familles qu'ont des revers de fortune. Pourquoi tu ferais pas comme elles ?

J'étais effectivement au courant : à l'atelier de reliure, un certain nombre des employées plus âgées que moi, de même que celles des raffineries de sucre, des verreries et des poteries, faisaient de temps en temps le trottoir dans les étroites ruelles tortueuses proches du port, pour arrondir les fins de mois de leur famille. Mais j'avais toujours su que j'étais différente. Je me répétais que je n'étais pas comme elles. Cette différence, elle coulait dans mes veines.

La bouche collée contre mon oreille, Pa m'infligea son haleine aigre.

— Allons, allons. Il va payer grassement. Tu sais ben qu'y a pas d'autre moyen, avec moi qu'ai plus de travail. J'me suis toujours occupé de toi. Donc c'est ton tour de m'apporter quelque chose, quelque chose de plus que ton salaire de misère. Et c'est pas si terrible que ça. J'ai t'y pas été sodomisé des tas de fois sur les bateaux, quand j'étais guère plus vieux que toi ? Tu vois bien que ça m'a pas fait de mal.

Je reculai de nouveau en étreignant ma poitrine de toutes mes forces.

— Non, Pa, Mère aurait jamais...

Pa m'attrapa par le haut du bras et me secoua comme un prunier.

— Je t'interdis de parler de ta mère.

Un piaffement d'impatience de M. Jacobs lui fit lancer par-dessus son épaule :

— Allez, m'sieur. Posez-vous là sur le banc, pendant que j'vais parler raison à ma fille.

Bien évidemment, il ne fut pas question d'un raisonnement, mais juste, au moment où je hurlai « tu peux pas m'obliger ! » et où j'essayai de fuir vers la porte, d'un coup de poing à la mâchoire qui m'envoya valser. Je sentis ma joue heurter le sol froid et humide, puis je sombrai dans un trou noir, jusqu'au moment où le souffle d'une haleine brûlante sur mon visage me ranima brusquement. Ma chemise de nuit était retroussée autour de ma taille et le corps de M. Jacobs pesait de tout son poids sur le mien. Ses coups de boutoir faisaient douloureusement racler mon dos contre le bois fendu du banc. À chacun d'eux, le haut de mon crâne cognait contre le mur. Une brûlure fulgurante me déchirait le bas-ventre, au même rythme que les grognements de M. Jacobs, et je voyais palpiter à l'unisson la veine bleue verticale, épaisse et gonflée comme un gros ver, qui barrait le milieu de son front. De la sueur brillait sur sa lèvre supérieure, bien que le feu fût éteint et la pièce aussi froide qu'un caveau.

Pourtant, la douleur et l'horreur que j'éprouvais d'être à la merci impitoyable de M. Jacobs pâlirent presque devant la vision offerte par Pa : lorsque je tournai la tête pour le chercher, dans l'espoir qu'il se porterait à mon secours, je m'aperçus qu'il contemplait ce spectacle du tabouret, le visage transfiguré par une expression que je ne lui connaissais pas, une main affairée sous la table.

Allongée sous M. Jacobs, le corps flasque, je refermai les yeux en serrant les paupières. J'avais conscience que j'aurais dû me débattre, mais je restais étrangement détachée. Malgré cette brûlure intolérable au cœur même de mon être, mon esprit parvint à s'évader tant bien que mal loin de la veine palpitante de M. Jacobs et de l'image de Pa spectateur. Puis j'entendis la voix de Mère, lointaine mais nette. Elle récitait la deuxième strophe de « La Linotte verte », son poème préféré, qui lui avait inspiré mon prénom.

« J'en ai remarqué une, l'hôte la plus heureuse
de tout ce cortège de bienheureux.
Salut à Toi, dont la voix et l'aileron joyeux
Planent loin au-dessus des autres !
Toi, linotte ! Dans ta livrée verte,
Esprit souverain en ce lieu aujourd'hui
Tu mènes les festivités de mai
Et voici ton territoire. »

J'entendis la strophe entière à trois reprises et au moment même où elle allait se répéter dans ma tête pour la quatrième fois, M. Jacobs poussa un long râle et cessa de bouger, à tel point que je crus périr étouffée. Je voulais que la voix de ma mère revienne, car pendant que je l'écoutais, mon corps s'était engourdi, alors que, à présent qu'elle s'était éteinte, je prenais conscience de tout avec une effrayante lucidité. Je sentais la posture de mes jambes complètement écartelées, la déchirure humide, une douleur qui dépassait toutes celles que j'avais connues, le poids écrasant de M. Jacobs. J'entendais les vagissements plaintifs du bébé dans la pièce voisine et la respiration de crécelle de M. Jacobs. L'odeur fétide de sa chair me soulevait le cœur. Je gardais les yeux si étroitement fermés que des lumières noires éclataient à l'intérieur de mes paupières. J'avais l'impression que le temps s'était arrêté.

Il se décida enfin à bouger et à s'écarter, mais je restai dans la même position, inerte, entendant vaguement le bruissement de vêtements qu'on rajustait et un bref échange de paroles, suivis du grincement de la porte qui s'ouvrait et se refermait en raclant le sol.

D'autres minutes s'écoulèrent avant que je resserre les genoux. Les doigts tremblants, je rabaissai ma chemise et, sans ouvrir les yeux, je me glissai à terre pour regagner en rampant mon petit nid derrière la boîte à charbon. Ne résonnaient dans la pièce que les marmonnements de mon père qui comptait son butin, le cliquetis des pièces de monnaie et le crépitement de la bougie mourante. Je m'allongeai sur le flanc et m'entortillai dans la couverture, je remontai les genoux jusqu'à ma poitrine et, à l'aide de mes mains, coinçai ma chemise de nuit dans mon entrecuisse saccagé, ensanglanté et poisseux. Je pleurai ma mère, alors qu'elle était morte depuis près d'un an, et la perte irrémédiable que je venais de subir.

Plus tard ce soir-là, alors que j'allumais une bougie pour rincer le sang séché et le foutre de mes cuisses, je fis le serment de ne plus jamais verser la moindre larme sur les sévices qu'un homme m'infligerait, car cela ne servirait à rien. Absolument à rien.

2

Mon vrai nom est Linnet Gow, mais on me connaissait sous celui de Linny Munt. C'est ma mère, la douce et rêveuse Frances Gow, qui avait choisi mon prénom, inspiré de l'oiseau chanteur capable d'émettre vingt-quatre modulations de la même note. Munt était le nom de famille de l'homme qui l'avait recueillie, quatre mois avant ma naissance.

Ram Munt, l'homme qui me vendit cette première fois – et durant les deux années suivantes – n'était pas mon vrai père, ni même mon beau-père, car ma mère et lui ne se marièrent jamais. Il fut cependant le seul père que j'aie connu, même si je sais qu'il ne me considéra jamais comme sa fille. J'étais tout simplement l'enfant de Frances, un fardeau, une bouche à nourrir.

Ram Munt avait deux récits à son répertoire. Le premier tournait autour des années qu'il avait passées dans la marine. À peine sorti de l'enfance, il était arrivé seul, à Liverpool, d'un petit village du nord, en quête d'une vie meilleure. Il avait été capturé par une bande de recruteurs et enrôlé de force sur un navire en partance pour un voyage de huit mois. À bord, il avait subi la plus cruelle initiation à la vie de marin. Lorsque le navire avait jeté l'ancre à son retour à Liverpool, il avait essayé de s'enfuir, mais il avait été rattrapé par une autre bande, avant même d'avoir dépassé les quais, et été renvoyé en mer. Cette fois cependant, il était plus mûr et plus solide et il avait refusé de se laisser maltraiter. À la fin de son deuxième voyage, il avait la mer dans la peau et il était resté marin, jusqu'à la blessure de trop provoquée par les chausse-trappes des ponts glissants sur lesquels roulaient des tonneaux et se balançaient de cruels crochets, au moment où apparaissaient des hommes plus jeunes, plus costauds et plus agiles que lui. Après, il avait été engagé comme fileur dans la corderie située à côté de Williamson Square. Ses doigts épais et abîmés étaient encore capables de dérouler habilement les fils de chanvre qu'il apportait ensuite à l'autre bout de la salle pour les enrouler autour du rouet, opération qu'il répétait toute la journée. Il s'exprimait toujours dans son langage cru de marin et son dos était couturé de cicatrices provoquées par d'innombrables coups de fouet ; de ses mains se dégageait une odeur indélébile de goudron de pin, à force d'y avoir trempé les cordes pour les renforcer.

Son second récit tournait autour des circonstances dans lesquelles il avait recueilli ma mère. Il le ressassait plus souvent que ses histoires de marin, le plus fréquemment tard dans la nuit, après avoir passé la soirée à la Flyhouse ou chez Ma Fenny.

Ils nous extirpaient du lit, ma mère et moi – elle préférait partager ma paillasse, même si Ram continuait à la faire venir dans sa couche plusieurs fois par semaine – pour nous forcer à écouter l'histoire héroïque du sauvetage de ma mère, par la grisaille d'une nuit de printemps. En bombant son torse de brute, il nous rappelait comment il l'avait trouvée, errant sous la pluie, trempée jusqu'aux os et sans un sou en poche.

Mère gardait la tête baissée pendant sa péroraison. Elle était toujours épuisée, du fait d'avoir trimé pendant quatorze heures à la presse à coudre de la Salle Pinnock de l'atelier de reliure, où elle était cernée par des piles de livres scolaires attendant d'être recouverts. *L'Angleterre* de Goldsmith, *Questions* de Mangnall, *L'Orthographe* de Carpenter, sans compter, bien évidemment, les tas imposants des *Catéchismes* de Pinnock.

— J'ai jamais été du genre à tourner le dos à une jeunesse dans le besoin, poursuivait Ram. Je l'ai recueillie, pas vrai ? Et après, je lui ai donné à manger et un feu pour se réchauffer. P't'être ben qu'elle a fait un peu sa fiérote, mais l'a pas fallu longtemps pour la convaincre que mon toit et mon lit valaient sacrément mieux que ce qui l'attendait dans la rue.

Parfois, il brodait des variations : dans une version, il la rattrapait au moment où elle allait se jeter d'une rive puante dans l'eau froide et grise de la Mersey ; dans une autre, il se battait contre une bande de dockers qui essayaient de la violer dans un recoin obscur du vieux cimetière à bateaux, là où jadis on réparait les navires utilisés par les négriers.

— Le moment venu, je l'ai même laissée utiliser mon nom, pour qu'elle ait pas à subir la honte d'une bâtarde, poursuivait-il, les yeux rivés sur moi. C'est de là que tu viens, ajoutait-il en général à ce stade en me fusillant du regard comme s'il était prêt à la bagarre, et t'as pas intérêt à l'oublier. Écoute pas les chimères que ta mère te met dans la tête, t'es née et t'as été élevée dans Back Phoebe Anne Street. T'as l'odeur de la Mersey dans les narines et t'as été marquée par le poisson. On peut pas se tromper sur les origines de quelqu'un qui porte la marque du poisson. T'es la fille d'un marin, n'importe quel idiot peut le voir.

Il se référait à la marque de naissance visible sur la peau tendre à l'intérieur de mon avant-bras, juste au-dessus du poignet : une petite tache lie de vin légèrement protubérante de forme ovale, prolongée d'un côté par deux petites pointes. Force m'était de reconnaître que la forme de cette marque ressemblait à la queue d'un poisson, mais je ne pensais pas qu'elle avait un rapport quelconque avec le sang qui coulait dans mes veines.

Pendant que l'homme que j'appelais Pa nous assommait de sa sempiternelle litanie, je demeurais sans bouger, comme ma mère, mais uniquement parce qu'elle gardait sa main fraîche et décharnée posée sur mon bras et que, d'un geste inconscient, elle caressait ma marque de naissance de son ongle du pouce, ébréché et cerclé d'encre. J'avais beaucoup plus de mal à rester tranquille qu'elle, mais je ne pense pas que mon agitation était due à mon âge. Malgré ma jeunesse, je me rendais déjà compte qu'il ne lui restait plus le moindre ressort pour s'opposer à lui davantage qu'à quiconque ; je ne comprenais pas comment elle pouvait accepter Ram Munt et son comportement cruel. Aussi loin que remontent mes souvenirs, j'ai toujours brûlé de honte pour elle et de haine contre lui.

Pendant que je luttais contre la fureur qui accélérait ma respiration, ma mère écoutait les psalmodies de Ram Munt en gardant un visage totalement impénétrable. S'était-elle toujours montrée si soumise, si vaincue ? Par moments, elle essayait de me le faire prendre en pitié, me racontant comment il avait été détruit par son recrutement de force dans la marine alors qu'il n'était qu'un gosse.

— Il était fouetté tous les jours et les hommes se servaient de lui pour assouvir leur plaisir chaque fois que l'envie leur en prenait, me disait-elle. Ça l'a endurci… Essaie de te mettre à la place de ce petit Ramsey, de cet enfant, ajouta-t-elle même une fois.

Mais j'en étais incapable. Rien ne pouvait me faire oublier la haine que m'inspirait le traitement qu'il lui infligeait.

Une fois qu'il était allé se coucher après avoir achevé sa tirade hebdomadaire, j'enlaçais ma mère par les épaules.

— Fais pas attention à lui, chuchotais-je. Parle-moi encore de Rodney Street.

Il s'agissait de l'unique période lumineuse de sa vie. Un vague sourire faisait remonter les commissures de ses lèvres et elle me narrait pour la énième fois cet épisode qu'elle gardait gravé dans son cœur : l'emploi de femme de chambre qu'elle avait trouvé à Liverpool à son arrivée d'Écosse et sa liaison avec un jeune homme de bonne famille qui avait passé un mois de décembre pluvieux dans la demeure géorgienne grandiose de Rodney Street. Mère affirmait qu'il était de sang noble : la simple évocation de son dos si droit et de ses mains si douces, de ses belles manières et de son langage raffiné lui tirait les larmes des yeux. Elle me disait qu'elle devait tenir son nom secret et que cela ne me servirait à rien de le connaître. À la fin de sa visite, il avait dû quitter Liverpool, non sans lui promettre de revenir la chercher à la Chandeleur ou, au plus tard, à la fin mars, pour la fête de l'Annonciation. Il projetait de se rendre en Amérique en mai et de l'emmener avec lui. En Amérique, me disait-elle.

À ce stade, le visage de ma mère irradiait doucement

de l'intérieur. Plongée dans ses souvenirs, elle restait immobile. Malheureusement, cette idylle avait ensuite mal tourné. Le jeune homme distingué n'était pas revenu Rodney Street et on avait fini par découvrir la faute de Frances Gow. Elle avait été renvoyée sans autre forme de procès, couverte de honte et sans la moindre perspective de se voir offrir un autre emploi. C'était trois semaines plus tard, alors que, totalement démunie, elle sombrait dans le désespoir, que Ram Munt lui avait offert un refuge.

— Je n'avais pas vraiment le choix, Linny, vraiment pas, finissait-elle toujours par affirmer. J'ai essayé de le revoir – ton père. Je suis retournée à maintes reprises à la maison de Rodney Street. Je restais tapie dans l'ombre, au cas où il reviendrait. Après tout, il n'avait aucun moyen de retrouver ma trace. Après ta naissance, j'ai eu l'occasion de parler aux filles de cuisine, mais elles m'ont juré qu'elles ne l'avaient jamais revu. Qu'est-ce que je pouvais faire d'autre, Linny ? Il n'a jamais su, pour toi. S'il avait su, il m'aurait épousée, j'en suis sûre, m'affirmait ma mère, car il m'aimait vraiment, sincèrement. Aucune autre solution ne se présentait à moi, alors j'ai fait ce que je devais faire.

Là, elle coulait un regard en direction de Pa qui, vautré en travers du lit, le visage enfoncé dans le matelas, émettait des ronflements pareils à un ronronnement régulier et monotone.

De temps à autre, elle sortait la boîte en bois d'arbre fruitier sculpté qu'elle gardait cachée au fond de la commode. Elle contenait un petit miroir rond au dos en chrysocale, le recueil de Wordsworth dans lequel figurait *La Linotte verte*, ce poème qui avait inspiré mon prénom, et un pendentif en or, en forme de cœur. Il était incrusté d'un oiseau en perles minuscules. D'après ma mère, il s'agissait d'une linotte. Dans son bec, l'oiseau tenait une branche de pierres vertes miniatures. Des émeraudes, à en croire ma mère. Pour Ram Munt, c'était du verre.

— C'est lui qui m'a offert ces cadeaux, c'est ton père. Le miroir, m'expliquait-elle, parce qu'il aimait regarder mon visage. Le livre, parce qu'il aimait ma voix lorsque je lisais tout haut. Et le pendentif, ajoutait-elle en effleurant de ses doigts la surface légèrement luisante du bijou, en gage de son amour pour moi. Il t'appartiendra un jour, Linny. Pour que tu te souviennes que si tu gardes l'odeur de la Mersey incrustée dans tes narines, elle ne coule pas dans tes veines.

Chaque fois, j'accueillais cette déclaration d'un hochement de tête souriant. J'écoutai ma mère me raconter cette histoire jusqu'au jour où elle mourut, vite et discrètement, emportée par une fièvre fulgurante qui draina la vie de son corps déjà émacié. À dix ans passés, je travaillais déjà à ses côtés à l'atelier de reliure depuis l'âge de six ans. J'avais commencé comme rassembleuse. Je ramassais les imposantes piles de feuilles expédiées de l'imprimerie et je les portais en courant aux plieuses installées à de larges tables. Une fois qu'elles avaient aplati les pliures de chaque feuille à l'aide d'un petit couteau au manche d'os ou d'ivoire, les feuilles étaient collationnées et apportées aux couseuses. Ma mère actionnait le levier de la presse qui permettait de rassembler les tas de feuilles à l'aide d'un curieux point de suture. Elle arrivait à coudre entre deux mille et trois milles feuilles par jour. Juste avant son décès, j'avais été promue plieuse ; je possédais désormais mon propre couteau au manche d'os.

Si tout se déroulait comme prévu, je deviendrais couseuse à l'âge de quatorze ans.

Tous les dimanches, au cours de l'année qui suivit sa mort, je me rendis sur sa tombe, dans la partie inférieure du cimetière de l'église des Marins, ainsi dénommée parce que le cours de la Mersey passait juste à côté, en bas de Chapel Street. En réalité, il s'agissait de l'église de Notre-Dame-et-Saint-Nicolas. Je m'y attardais, cachée parmi les pierres tombales humides et les croix des pauvres gens envahies par les orties, effleurant du bout des doigts les lettres de son nom – Frances Gow – gravure à peine lisible sur la croix en simple bois. Je n'oubliais pas que comme Pa avait refusé de payer la sonnerie des cloches pour son enterrement, elle avait eu des funérailles de miséreuse. Seules quelques couseuses de l'atelier de reliure et autres rares voisins avaient assisté à sa mise en terre, et ils n'avaient même pas eu droit ensuite à une tasse de thé.

Ma mère méritait mieux que cela, si bien que chaque dimanche, le souvenir des traitements indignes qu'il lui avait fait subir même après sa disparition ravivait la haine qu'il m'inspirait.

Au cours de l'une de mes visites, lors d'une après-midi assombrie par la pluie, un gros corbeau noir qui plantait son bec cruel dans l'herbe clairsemée à moins de cinquante centimètres de moi ne cessa de m'épier. Son œil orange, fixe, m'arrachait des frissons. Alors qu'il prenait son envol, d'un battement d'ailes brutal qui m'évoqua le secouement d'un drap mouillé, je pris la décision de partir en quête de mon père. Un rêve d'enfant, sans nul doute, mais les rêves se transforment souvent en réalité et sans eux, ne subsisterait que le désespoir. Je m'aventurai plus au nord que je ne m'étais jamais rendue dans la ville, jusqu'à Mount Pleasant, et après avoir demandé mon chemin à plusieurs reprises, je finis par trouver Rodney Street.

Ce quartier était fort éloigné de Back Phoebe Anne Street, mais à la suite de cette première expédition, je m'y rendis chaque dimanche lorsque le temps était assez clément, pour arpenter dans les deux sens la rue la plus prestigieuse de Liverpool et observer les demeures géorgiennes, agrémentées à l'étage de magnifiques balcons en fer forgé. J'y croisais des filles du même âge que moi, mais qui ne me ressemblaient pas. Dans Vauxhall Road, je ne me distinguais en rien des autres filles, dans mes hardes de travail trop courtes, reprisées, tachées, mes bottines éraflées et mon châle en lambeaux. Ici, elles portaient de jolies robes et des capes de velours. Leurs bas impeccables n'étaient pas filés ; des boucles d'argent rehaussaient parfois leurs souliers vernis. Leurs cheveux étaient retenus par des rubans de satin, elles avaient une peau lisse et des yeux clairs qui me transperçaient sans me voir. Je n'étais qu'une pauvre gueuse des bas quartiers, près des quais. Personne ne m'adressait la parole, hormis une matrone qui, un jour, me bouscula dans la rue au passage alors que j'observais l'une des plus belles bâtisses.

— Reste pas ici, ma fille, ronchonna-t-elle. C'est une rue respectable. On n'a pas besoin de greluches dans ton genre dans le coin.

Je l'ignorai. Je me moquais de ce qu'elle ou les autres habitants de Mount Pleasant pensaient de moi. Je scrutais chaque homme de près, qu'il marchât dans la rue, passât près de moi à cheval ou, s'il était visible, derrière la vitre d'un coupé de ville luxueux ou d'un phaéton haut sur roues. J'étais à la recherche du visage que je voyais dans ma tête, un visage possédant des yeux mouchetés d'or d'une forme identique aux miens et les mêmes cheveux blonds que moi.

Je savais à quoi il ressemblerait, car je lui avais donné autant de consistance que ma mère en conférait à son récit.

À la fin de chacune de ces après-midi dominicales infructueuses, je repartais vers la partie basse de la ville. Plus les maisons rapetissaient et se rapprochaient, plus elles se transformaient en taudis misérables et sordides, plus la tristesse de ma propre vie m'accablait. Cette sensation était aussi réelle et vive que la douleur provoquée par les écorchures de mes talons, dues au frottement de mes bottines désormais trop petites, que j'avais jadis récupérées au mont-de-piété.

Ma mère avait été femme de chambre, j'en avais la conviction : ne savait-elle pas lire et écrire, ne possédait-elle pas une voix douce, un langage policé, en dépit de son léger accent écossais ? De plus, elle connaissait les bonnes manières : elle tenait à ce que je reste assise bien droite durant mes simples repas, un torchon propre posé sur les genoux, elle me montrait comment tenir correctement mon couteau et ma fourchette, comment découper des petites bouchées et mâcher lentement, et elle me conseillait de n'aborder à table que des sujets de conversation agréables. Elle m'aidait à lire et dépensait même quelques pennies sur chacune de ses paies pour m'acheter des *Catéchismes* abîmés de Pinnock dans le bureau du relieur. Quand ils présentaient un défaut – des pages reliées à l'envers ou une couverture tachée –, elle pouvait se procurer pour un demi-penny un des petits livres de classe qui en valait six. C'était notre secret. Pa ne l'aurait jamais autorisée à dépenser le moindre penny pour un objet aussi inutile qu'un livre. Je les cachais sous ma paillasse et, le soir, quand ma mère s'était endormie et que Pa était sorti, je lisais jusqu'au moment où je tombais de sommeil.

Mes livres préférés étaient la dizaine de volumes de la série *Amis de la Jeunesse.* Ils proposaient des questions et des réponses couvrant un éventail de sujets allant de l'histoire au commerce, et de la géographie à la poésie. Bien évidemment, je ne pouvais pas faire la fine bouche : une fois, le seul ouvrage nouveau dans lequel je pus me plonger deux semaines durant était intitulé *Un catéchisme de la mécanique : introduction simple à la connaissance des machines.*

Ma mère m'apprenait aussi à regarder mes interlocuteurs en face et elle corrigeait toujours mon langage : si j'utilisais celui des gens de la rue et des ouvriers, je ne m'élèverais jamais au-dessus d'eux et, « Tu dois te sortir d'ici, Linny, me déclarait-elle. Il y a autre chose que ça, autre chose que la rue et le travail. Je ne supporte pas de penser que tu ne connaîtras rien de mieux. »

Pa se moquait d'elle, il lui demandait ce qu'elle entendait par s'élever au-dessus des autres. Elle s'imaginait me préparer à quoi ? Croyait-elle que je deviendrais un jour femme de chambre, comme elle prétendait l'avoir été ?

— Elle restera avec toi chez le relieur, un métier comme i' faut, pis elle trouvera un type pour la marier, pour que j'aie plus à la nourrir. Faudra ben qu'y en ait un autre pour lui donner à manger.

Cela n'empêchait pas ma mère de continuer à faire sans cesse des projets. Comme si elle était bien décidée à ne pas me laisser oublier qu'elle venait d'ailleurs et que je devais partir, par tous les moyens. Les rêves d'une vie meilleure qu'elle nourrissait pour moi semblaient lui apporter ses uniques moments de bonheur.

— Avec un peu de chance, elle pourrait devenir gouvernante. Elle lit très bien, elle ferait une gouvernante parfaite, déclara-t-elle un soir au souper. Si seulement elle était vêtue correctement, elle pourrait, par l'intermédiaire de l'église, être placée chez des gens convenables. Il ne faudrait jamais mentionner qu'elle vient de Vauxhall Road. Elle parle comme moi, mais mieux. On pourrait faire croire qu'elle vient d'Écosse. Ses antécédents, il ne faudrait jamais les...

Sa voix s'éteignit. Son front luisait faiblement et plus d'une fois, au cours de notre dîner composé de miettes de bacon aux pommes de terre bouillies – auquel elle ne toucha pas – elle y porta la main et retira ensuite ses doigts qu'elle examina avec une espèce d'étonnement.

— Si seulement l'occasion lui était offerte, répéta-t-elle, tandis que la rougeur inhabituelle de ses joues fonçait encore, ma fille ferait ma fierté.

Une étincelle de défi luisait dans ses yeux et, l'interprétant comme de l'audace, je l'imitai et m'exprimai comme je ne l'avais encore jamais fait devant Ram Munt.

— Je sais ce que j'aimerais faire, déclarai-je, tandis que ma mère se tournait vers moi, la bouche crispée en un sourire forcé, s'attendant, j'en suis sûre, à ce que j'abonde en son sens, même si nous savions toutes les deux qu'une fille des bas quartiers de Liverpool ne pourrait jamais passer pour une gouvernante.

— J'aimerais décorer les livres chez l'imprimeur.

Son sourire qui n'en était pas un s'effaça.

— Qu'est-ce que tu veux dire ?

— J'aimerais être finisseuse, comme M. Broughton, à l'atelier des dernières finitions.

Son visage s'assombrit.

— Quand est-ce que tu es montée au troisième étage ?

— Parfois, le contremaître m'envoie apporter des messages à M. Broughton. Il y a de belles choses là-haut, dis-je avec le sourire, rien qu'à y penser. Je l'ai vu relier un livre d'or, puis l'estampiller avec ses poinçons chauffés. Il en avait de toutes sortes : des cercles, des volutes, des losanges, sans compter toutes les lettres. Rien qu'en pressant ces formes et ces lettres brûlantes, M. Broughton peut obtenir n'importe quel dessin qui lui passe par la tête. Tu t'imagines ! Créer de telles merveilles...

Je me tus à la vue de la déception affichée par ma mère, accompagnée du petit ricanement de Ram Munt.

— Mais ce n'est pas un emploi pour une dame, déclara-t-elle. Aucune femme ne pourra jamais faire ça. Tu sais bien que les finisseurs ne prennent que des garçons comme apprentis. Et puis seuls les hommes sont assez intelligents pour effectuer les dernières finitions. Qui est-ce qui t'a mis cette idée en tête ?

Je ne pouvais pas lui avouer que M. Broughton m'avait laissée à plusieurs reprises faire des essais, lors de ces brefs instants volés. J'avais lavé du vélin, teinté des initiales et même estampillé des ciselures dorées sur un morceau de cuir de veau hors d'usage. Il avait l'air d'apprécier tout autant que moi notre activité clandestine, à en juger par les conseils qu'il me donnait à la hâte, sans cesser de me surveiller du coin de l'œil.

Le ricanement chevalin de Pa se mua en rire. Il se gondola pendant une minute entière avant de me donner l'ordre, en s'essuyant les yeux, de faire ce que je faisais le mieux – remplir son bol de pommes de terre – et de ne plus jamais évoquer des emplois aussi ridicules que ceux de gouvernante ou de finisseuse.

Plus tard dans la soirée, la fièvre qui se jouait de ma mère depuis vingt-quatre heures la terrassa pour de bon.

Et moins d'un an après sa mort, Pa rentrait à la maison en compagnie de M. Jacobs.

3

Après la visite de M. Jacobs, Pa fit en sorte de me tenir occupée. Plus jamais je ne l'appelai Pa. Je ne m'adressais que rarement à lui, mais lorsque je le faisais, c'était par son nom. Ram ne pouvait pas amener des clients régulièrement dans notre pièce du deuxième étage, de crainte d'être expulsé par le propriétaire si ce dernier avait vent du commerce qui s'y déroulait ou, pire encore, d'être contraint de lui verser un pourcentage. À la place, dès que je rentrais de mes dix heures de labeur chez le relieur, il me faisait quitter mes haillons pour enfiler une robe propre de petite fille modèle et un tablier qu'il s'était procurés dans la boutique du prêteur sur gages. Je nattais mes cheveux, mettais le bonnet de paille aux rubans bleus qu'il m'avait également fourni, et il m'emmenait voir les clients.

Je n'ai jamais su comment il racolait ces hommes. Toujours vieux, à mes yeux en tout cas, ils appréciaient ce que j'étais à l'époque : une enfant, menue et délicate, qui apparaissait sur le seuil de leur hôtel ou de leur pension de famille, la main dans celle de ce rustre bas sur pattes et large d'épaules. Ils appartenaient à toutes les catégories. La plupart d'entre eux venaient de Londres ou de Manchester pour affaires. D'autres d'Écosse, et parfois même d'aussi loin que l'Irlande. Certains étaient brutaux ; d'autres doux. Les uns mettaient des heures à parvenir à leurs fins, tandis que d'autres se soulageaient presque dès que je soulevais ma jupe pour m'asseoir sur le bord du lit ou que je me penchais sur une table.

Certains soirs, je rendais visite à deux hommes. Je consacrais une heure à chacun, pendant laquelle Ram attendait toujours pour ramasser l'argent, une fois que leur temps était écoulé. Mais j'avais également des clients réguliers qui payaient pour la soirée entière. J'avais un Lundi, un Mercredi et un Jeudi. Je dois reconnaître que ces trois-là me devinrent assez chers, parce qu'ils faisaient partie des gentils : ils préféraient voir une enfant rire plutôt que pleurer. Avec eux, je savais à quoi m'attendre, et ils m'apprirent des choses sur moi-même.

Lundi tenait absolument à m'appeler Ophélie et fondait toujours en larmes après sa piètre performance ; il m'offrait des sachets de bonbons et me caressait les cheveux. Il me parlait de Shakespeare et me citait des extraits de ses pièces et de ses sonnets. Lundi prétendait être lui aussi auteur dramatique, comme M. Shakespeare, mais il ne parvenait pas à s'imposer. Il me racontait que lorsque son désir de voir son œuvre prise au sérieux s'était mué en obsession, sa femme l'avait quitté en emmenant leur petite fille. Ses larmes se muaient alors en sanglots déchirants et il hochait la tête, me contemplant ainsi que les draps froissés, comme s'il avait du chagrin d'être auprès de moi, sans cependant pouvoir s'en empêcher.

— Mon innocente, pleurait-il en se tordant les mains. Si innocente, si pure, mais née du désir de comprendre les mystères de la vie. Tu as envie de comprendre ce qui t'entoure, non ?

Mercredi avait une idée fixe : me voir prendre mon

bain. Avant mon arrivée, il faisait toujours remplir une baignoire sabot en cuivre d'eau chaude. Elle m'attendait devant un feu pétillant. Quand je m'étais lavée de fond en comble, que je m'étais fait un shampooing avec un savon au délicat parfum de lavande (il m'apportait un pain neuf chaque semaine et me laissait repartir avec le morceau usagé), il me séchait dans d'épaisses serviettes moelleuses et me portait sur le lit. Il trouvait son plaisir à me contempler et à effleurer ma peau avec délicatesse. Je n'ai jamais su s'il était incapable de passer à l'acte ou s'il avait honte de quelque chose qu'il gardait dissimulé sous ses vêtements soigneusement boutonnés, mais il ne me reprochait pas de m'endormir. En général, c'était le cas : j'éprouvais des difficultés à garder les yeux ouverts après ma rude journée de labeur, suivie du bain chaud et du lit douillet, des caresses inoffensives de ses mains douces comme de la peau de chevreau. J'avais du mal à quitter Mercredi quand j'entendais Ram frapper à la porte.

Mon préféré était néanmoins Jeudi. Il adorait me nourrir et après le temps que nous passions dans la chambre d'un hôtel au charme discret donnant sur Lord Street, il me faisait toujours descendre dans la salle à manger illuminée par les lumières chatoyantes des chandeliers et par les plateaux d'argent brillant comme des miroirs. Sur les murs, tapissés d'un élégant papier bleu et argenté, étaient alignés des tableaux à l'huile. Les généreux feux de bois ainsi que les corps échauffés par les mets succulents, les boissons coulant à flots et, je le suppose, la pensée des chambres à l'étage, diffusaient une chaleur telle qu'elle embuait les hautes fenêtres.

Pendant que nous étions à l'hôtel, j'avais pour instruction d'appeler Jeudi oncle Horace. Les employés de la réception, derrière leur beau comptoir, ceux qui transportaient le linge propre et les dessertes dans les longs couloirs, de même que les garçons qui nous servaient dans la salle à manger, croyaient-ils vraiment que j'étais sa nièce ? Ou refusaient-ils de regarder la réalité en face, souscrivaient-ils à ce mensonge avec un sourire de politesse, des courbettes et des révérences serviles, acceptant sans état d'âme les pourboires qu'oncle Horace glissait dans chaque main ?

Oncle Horace était très corpulent. Bien que rapidement et aisément satisfait à l'étage, il paraissait incapable, à table, d'assouvir son appétit insatiable. Il commandait une profusion de plats, dont des mets délectables à mon intention : chapons à la peau blonde grésillante, turbots à la sauce au homard, cônes montés en spirales de purée de pommes de terre dorée juste à point. Il me commandait aussi du porto dont le goût ne me plaisait pas mais dont j'admirais la coloration rubis foncé qui reflétait les flammes. Oncle Horace tenait absolument à disposer d'une table près de la cheminée.

Ce fut là, dans cette élégante salle à manger au plafond élevé, où flottaient des fumets de viande rôtie et de sucre caramélisé, des parfums de pommade capillaire et d'eau de toilette, respirant la richesse et l'aisance, que j'observai et appris tout ce que je pouvais sur le comportement des hommes et des femmes de sa classe. J'étudiais les dames assises aux autres tables, j'analysais leurs toilettes, le geste distingué dont elles se tamponnaient les lèvres de leurs épaisses serviettes de damas, j'écoutais leurs rires pareils à des carillons musicaux. Je mémorisais leur langage et leurs tournures de phrases, bien plus subtils, j'en avais à présent conscience, que ceux de ma mère. C'était facile, un vrai jeu qui consistait à faire semblant d'écouter oncle Horace me parler de ses affaires, de sa fortune et de sa somptueuse demeure de la ville de Dublin. Il évoquait son enfance dans la campagne irlandaise, ses fugues dominicales, quand il allait jouer au hurling avec les garçons d'écurie. Il me racontait comment il s'était mis à manger pour compenser le vide provoqué par l'absence de ses parents qui le laissaient parfois seul avec les domestiques une année entière, pendant qu'ils parcouraient le monde. Il m'apportait souvent un gâteau fourré aux groseilles, moelleux et épicé, qu'il appelait *barmbrack*. Petit garçon, c'était sa friandise préférée. Le cuisinier de sa jeunesse, toujours en vie, qu'il hébergeait désormais dans sa maison de Dublin, le confectionnait à mon intention. Le gâteau était enveloppé dans l'un de ses beaux mouchoirs de pur fil, et il me pressait de le rapporter chez moi.

— Es-tu aussi affamée que tu en as l'air ? me demanda-t-il un jour, alors que je me hâtais, proprement néanmoins, de gober une huître dans sa coquille. Ou manges-tu parce que tu sais que ça me fait plaisir ?

J'effleurai mes lèvres avec la serviette, puis je posai les mains sur mes genoux et choisis mes mots avec circonspection. Avait-il connu la faim ? Imaginait-il seulement qu'avant de lui être amenée sur un plateau, j'avais passé la journée entière avec mon couteau à plier, les mains tellement endolories par les crampes que j'avais la sensation d'avoir des cailloux logés sous les paumes ? Que je n'avais disposé que d'un quart d'heure à midi pour me rendre aux cabinets et ingurgiter en hâte le pain et le fromage qui constituaient mon repas ?

— Croyez-moi, oncle Horace, vous me voyez telle que je suis, car comment pourrais-je ne pas avoir faim devant de tels plats et en pareille compagnie ?

Il me scruta avec beaucoup d'attention.

— Je vois bien que tu es mal nourrie. Mais il existe un autre genre de faim, Linny, une faim de connaissances, de compréhension, que je discerne aussi sur ton visage.

Je portai le verre à mes lèvres pour les tremper dans le liquide cramoisi, puis je le reposai sur la table d'un blanc neigeux.

— C'est possible, répondis-je. J'ai peut-être faim de l'âme elle-même.

J'avais répété, mot pour mot, une phrase que venait de prononcer quelques instants plus tôt le jeune homme anémique installé à la table derrière moi. Je n'avais aucune idée de ce qu'elle signifiait, quoique sachant ce qu'était une âme : je continuais à assister fidèlement aux services dominicaux de Notre-Dame-et-Saint-Nicolas.

Ma réponse le fit rire. Il avait les cheveux trempés de sueur, la pommade fondue dégoulinait dans son cou et son visage rondelet était empourpré par le porto et le brandy qu'il avait bus.

— Petite espiègle, comme tu es maligne ! Allez, fais-moi ta plus belle voix irlandaise, j'ai un peu le mal du pays ce soir.

Je lui récitai un poème avant de lui rapporter quelques petits cancans benêts, en adoptant la cadence de son propre accent irlandais, car j'étais très douée pour les imitations.

Il secoua la tête, le visage fendu d'un large sourire d'ébahissement feint.

— Quelle merveille tu fais ! Le vrai accent de Dublin. On dirait que tu as passé toute ta jeunesse à prendre le thé dans Grafton Street.

Il appela alors le garçon pour commander les desserts :

poires à la crème pour moi et pudding au brandy à la sauce en gelée pour lui, et cette conversation assommante s'arrêta là.

Le temps que je passais avec mes amies me manquait. Deux d'entre elles, Minnie et Jane, travaillaient avec moi à l'atelier de reliure. Minnie avait un an de plus que moi ; Jane un de moins. Il nous arrivait parfois de quitter l'atelier ensemble, quatre heures avant que nos mères ne fussent autorisées à partir. Nous nous attardions de temps à autre sur le chemin du retour pour évoquer – tout en sachant sans doute qu'il ne s'agissait que d'une illusion – les chapeaux distingués et les réticules brodés de perles que nous posséderions un jour, ou le plus délicieux repas du monde à nos yeux. Parfois, nous nous tenions par la main, comme le font les vraies amies.

Désormais, je n'avais plus de temps à consacrer à l'amitié. À ma sortie de l'atelier, je devais me précipiter directement à la maison pour préparer notre simple repas, dîner et me changer avant que Ram m'emmène. J'avais raconté à Minnie et Jane que je devais nourrir mon beau-père, sous peine d'être rouée de coups, et elles ne mettaient pas ma parole en doute. Elles continuaient à se montrer très affables avec moi, mais la perte de leur compagnie m'affectait beaucoup.

Les visites à mes voisins me manquaient également. Certains soirs, lorsque le temps était assez doux, ma mère et moi nous attardions dans la cour en compagnie d'autres femmes et de filles de Back Phoebe Anne Street. Je me tenais debout à côté de ma mère qui s'affairait souvent à un petit travail de ravaudage ou de couture. Nos compagnes portaient des bébés dans les bras ou leur donnaient le sein, quand elles ne rattrapaient pas des reprises en retard, comme Mère. Toutes ensembles, nous regardions les tout-petits s'amuser à sautiller, gambader et jeter des cailloux. Je prêtais l'oreille aux potins du voisinage : qui avait été vu en compagnie de qui, quelles disputes avaient été entendues à travers les murs fins comme du papier, quel bébé était souffrant et quelle grand-mère mourante. En dépit du fait que ces autres femmes étaient plus rustres que Mère, que la plupart étaient édentées et avaient les joues et l'intérieur des lèvres gonflés par le tabac qu'elles chiquaient, je trouvais quand même agréable de passer une demi-heure en leur compagnie, adossée au mur, avant d'aller me coucher.

À présent, je passais tête baissée devant ces femmes, collée aux basques de Ram, persuadée qu'elles étaient au courant de ce que je partais faire. Leurs chuchotis et marmonnements ne m'échappaient pas et j'avais conscience de constituer désormais une source de cancans, mais aucune ne s'avança jamais vers moi pour m'adresser la parole ou me demander des nouvelles de ma santé. Elles savaient rester à leur place, ces femmes.

Je crois néanmoins que ce fût Mae Scat qui parla de moi aux Dames de Bonne Conduite. Mae logeait dans la cave, de l'autre côté de la ruelle. Elle avait toujours eu un faible pour ma mère et plus d'une fois, l'avait enlacée par les épaules ou serrée avec effusion lorsqu'elle avait une lèvre tuméfiée ou un œil au beurre noir. Six mois avant le décès de ma mère, Mae Scat avait enterré son troisième mari ; elle avait six enfants en vie et jurait qu'elle ne laisserait plus jamais un homme la toucher. Elle ne cessait de se réjouir de n'avoir que des fils et se louait que ses aînés, trois solides gaillards, rapportent à la maison le pain et le café qui permettaient à toute sa famille de subsister.

Du coin de l'œil, j'avais vu Mae Scat me surveiller

lorsque je me hâtais sur les talons de Ram dans la ruelle. Ses bras dodus toujours dénudés croisés sur sa poitrine affaissée, car elle ne portait jamais de châle, même par grand froid, elle regardait dans ma direction. Une fois, je l'avais entendue s'écrier, à personne en particulier, « C'est pas bien, c'est vraiment pas bien. »

De telle sorte que lorsque la dame tirée à quatre épingles frappa à notre porte par une chaude soirée automnale, je me dis que c'était Mae Scat qui l'avait envoyée.

— Tu es Linny Munt ?

Mon cœur se mit à battre à tout rompre en même temps que je répondais oui de la tête. Personne ne s'était encore jamais présenté chez nous pour me demander. Nous venions de finir notre repas et je n'avais pas encore troqué mes habits tachés de l'atelier de reliure pour ma tenue de labeur nocturne.

Tenant ses épaules étroites bien rigides dans le corridor sombre et malodorant sur lequel donnait notre porte, cette dame m'annonça :

— Je suis Mme Poll, de la Société des Dames de Bonne Conduite. Est-ce que je peux entrer te dire un mot ?

Je n'avais pas élargi l'entrebâillement. Je jetai un regard par-dessus mon épaule à Ram, afin de réagir suivant sa volonté. Assis sur le banc, il fixait le feu comme s'il n'avait entendu ni le coup frappé à la porte ni la voix discrète.

Comme il ne faisait pas mine de s'y opposer, j'ouvris la porte et je reculai, afin de permettre à la visiteuse d'entrer. Elle était vêtue très strictement : bonnet bleu marine, accompagné d'un spencer en popeline assorti sur une robe de batiste de couleur bleu clair. En dépit de la coupe très simple de la veste et de la jupe, ces vêtements étaient d'excellente qualité. Au lieu d'un réticule, elle tenait à la main un gros cabas de toile grise fermé par un cordon.

— Comment vas-tu ce soir, Linny ? me demanda-t-elle.

Je hochai la tête en tortillant les mains dans ma jupe. Elle avait beau s'exprimer avec gentillesse, j'étais subitement effrayée. Je remarquai ses gants de coton bleu marine et, sans savoir pourquoi, je me fis la réflexion qu'elle avait bien fait de ne pas en avoir mis de blancs pour venir à Vauxhall Road.

— Tu as quel âge ? Dix ans, je dirais.

— Je viens d'en avoir douze.

Ma voix était à peine plus élevée qu'un chuchotis. J'ignore ce que je craignais. Peut-être me disais-je qu'elle allait m'emmener au quartier des enfants de l'hospice. J'avais entendu des histoires atroces à propos de cet établissement.

Elle eut l'air surprise.

— Douze ans ? Figure-toi que je suis juste venue t'apporter quelques informations. C'est ton père, j'imagine ?

Elle regardait Ram, derrière moi, qui n'avait toujours ni bougé ni parlé. Je hochai de nouveau la tête.

— Monsieur Munt, n'est-ce pas ? lança-t-elle.

Ram répondit d'un grognement et se décida enfin à se lever.

— Qu'est-ce que vous venez faire chez moi, puisque vous connaissez mon nom ? Qui c'est qui vous envoie ?

— Je peux vous assurer, monsieur Munt, que je ne suis pas ici pour vous causer des ennuis. Je m'assure du bien-être des enfants du quartier.

J'expirai lentement. Elle ne paraissait pas être venue me chercher.

— Bien-être ? Qu'est-ce que ça veut dire ? demanda Ram.

Mme Poll humecta ses lèvres. Je m'aperçus que ses tempes étaient moites.

— S'assurer qu'ils sont bien portants. Les inciter à participer à notre Heure pour les Enfants du dimanche après-midi à l'église. J'ai un tract que vous aurez peut-être plaisir à lire, ajouta-t-elle, sortant un papier plié du fond de son cabas de toile. En plus, il est plein de jolis dessins.

Comme je tendais la main vers le prospectus, elle remarqua mon poignet meurtri : un de mes clients m'avait rudoyée quelques soirées plus tôt.

Elle jeta un coup d'œil à Ram.

— Comment t'es-tu fait mal, mon enfant ? me demanda-t-elle.

Je recouvris mon poignet de ma main.

— Je... je me souviens pas.

Dans le même temps, je levai les yeux vers elle, désireuse de lui faire comprendre que je ne pouvais pas le lui dire, que je n'osais pas. Que Ram me punirait si j'avouais la vérité.

— Quelqu'un te maltraite ? demanda-t-elle, s'adressant cette fois directement à Ram.

Oui, oui, voulais-je hurler. *Regardez-moi, madame Poll. Regardez-moi et comprenez ce que Ram m'oblige à faire tous les soirs.*

La voix de Ram monta d'un cran.

— L'a juste droit à ce qu'elle mérite quand elle fait pas quelque chose assez vite. Aux dernières nouvelles, le devoir d'un père, c'est d'élever correctement sa fille.

Mme Poll acquiesça. Malgré ses joues qui s'étaient légèrement empourprées, elle garda une voix ferme et aimable.

— Oui. Le devoir d'un père est d'élever ses enfants, de les nourrir et de les vêtir. Et de s'assurer qu'aucun mal ne leur est fait. Par conséquent, vous assumez vos devoirs paternels ?

— Comme vous le dites ! s'écria Ram. Mais c'est pas à vous de venir le vérifier. La loi dit nulle part comment qu'un père doit traiter son enfant. Et l'église a pas à s'en mêler.

J'inclinai la tête vers le prospectus pour parcourir son contenu pendant que Ram éructait. Il citait une phrase des Évangiles et annonçait des cours dominicaux, destinés aux enfants de la paroisse. « Tous ceux qui y assisteront auront droit à une tranche de pain à la confiture », lus-je.

— N'est-ce pas dommage, monsieur Munt ? Ce problème de la prévention de la cruauté à l'égard des enfants est sujet à controverses.

— Bon, vous avez fini ? Ma fille l'a pas le temps de lambiner. Maintenant, rends ça, Linny, m'ordonna Ram.

En tendant le prospectus à Mme Poll, je lui demandai :

— Il y a du pain à la confiture pour tout le monde ?

Mme Poll se rapprocha.

— Je vois que tu sais lire, mon enfant ?

— Oh oui, répondis-je, ça fait déjà très longtemps.

Et vous entendez comme je m'exprime bien ? Ne voyez-vous pas que je ne devrais pas être ici, madame Poll ? Ne pourriez-vous pas m'emmener avec vous ? Mes pensées étaient celles d'une jeune enfant incapable de comprendre la vie.

— Dans ce cas, dit-elle d'un ton légèrement surpris, ça t'intéresserait peut-être de nous aider à donner certains cours sur la Bible aux petits enfants, le dimanche après-midi ? En fait, c'est très simple : on leur en lit un passage. On chante un ou deux vers d'une hymne et on leur parle de la conception divine d'une vie saine et charitable.

D'un geste inconscient, elle coinça une boucle de cheveux égarée derrière mon oreille et je sentis que je m'abandonnais contre sa main gantée. Elle la garda appuyée contre le côté de ma tête un petit moment. Je fermai les yeux, car ce contact faisait remonter à ma mémoire celui de la main de ma mère.

Ça me plairait bien, pensais-je, *j'aimerais beaucoup ça.* J'ouvris la bouche pour le lui dire, mais Ram anticipa ma réponse.

— L'a pas le temps pour ces trucs, déclara-t-il. J'la laisse aller le dimanche matin à l'église et dire ses prières sur la tombe de sa maman, mais après, faut qu'elle rentre à la maison.

— Ça ne dure qu'une heure, monsieur Munt, et je suis sûre que Linny aimerait...

— Son père, c'est moi, alors j'suis mieux placé pour dire comment qu'elle doit passer ses dimanches, répliqua-t-il en se levant. Pour tout dire, c'est moi que je sais comment qu'elle doit passer son temps. Et pis maintenant, ça suffit. Et vous attendez pas à voir ma fille à une de vos après-midi.

L'annonce officielle que cette visite – si on pouvait la qualifier ainsi – était close poussa Mme Poll vers la porte.

— Dans ce cas, je te souhaite une bonne soirée, Linny. J'espère au moins te voir à l'église dimanche prochain.

Je fis oui de la tête, les dents plantées dans ma lèvre inférieure. J'avais envie de me précipiter sur elle, de poser mes mains tachées d'encre sur ses mains gantées et de m'y accrocher. Je savais que ma vie était ici, mais je voulais aussi enseigner des histoires de la Bible aux petits enfants, passer une après-midi en compagnie de dames qui portaient des gants et avoir droit à une tranche de pain à la confiture pour couronner le tout. Je voulais… je voulais tellement de choses.

Mais je restai muette, clouée sur place.

— Et bonsoir à vous aussi, monsieur Munt, ajouta Mme Poll en redressant le menton.

Elle ouvrit la porte et sortit. J'entendis l'ourlet de sa robe bruire contre chaque marche qu'elle descendait. Je mourais d'envie de la suivre.

Je savais que je n'aiderais jamais à donner de cours sur la Bible. Je savais que ni l'église, ni Mme Poll, ni aucune autre membre de la Société des Dames de Bonne Conduite ne pouvait m'aider. Aurais-je eu le courage de faire à Mme Poll des confidences sur ma vie que Ram disait vrai : personne n'avait à dire à un parent comment traiter un enfant, ni à se mêler de son éducation. Personne.

Mes treize ans passés, je compris que je m'étais endurcie. Ma mère aurait été mécontente, je le savais. Non pas du fait que j'étais une prostituée, car je n'y pouvais rien, mais en raison de mes mauvaises manières et de mes pensées encore plus viles.

Affairée à ma table de travail, mes réflexions quotidiennes tournaient autour des façons de tuer Ram Munt.

Vaines, en général tortueuses, elles impliquaient invariablement mon couteau au manche d'os. J'envisageais également des moyens d'assassiner tous les hommes que mon père racolait, hormis Lundi, le geignard et le chagrin, et le gentil oncle Horace du jeudi. À cette époque, Mercredi le fastidieux avait cessé de venir en voyage d'affaires à Liverpool ; mon bain hebdomadaire me manquait et j'avais dû recommencer à me laver à l'eau tiède dans notre bassin cabossé.

Mais les autres ! Pour moi, ils se valaient tous. Indépendamment de l'attitude qu'ils adoptaient, chacun était habité par la même obsession : faire en sorte que le ver, au milieu de son corps, devienne aussi gros qu'un serpent et trouve ensuite un terrier à l'intérieur duquel se débattre et se secouer par saccades, jusqu'à mourir en s'égouttant dans une dernière convulsion.

Dès que j'entrais dans une chambre où m'attendait un de ces hommes, je cherchais le pot de fleurs massif, assez vaste pour contenir un crâne, ou le couteau d'argent aiguisé posé sur la table du dîner, capable de trancher la veine jugulaire d'un coup. Bien sûr, il ne s'agissait que d'images fantasmées qui me procuraient du plaisir, même s'il m'était arrivé de devoir me défendre contre certains clients.

J'avais été contrainte de recourir aux coups de pied et aux morsures pour échapper à ceux qui forçaient mon corps à se contorsionner dans des positions insensées. Une fois, j'avais saisi un lourd presse-papiers et j'en avais cogné la tempe d'un monsieur handicapé, incliné sur la paume de ma main qu'il voulait inciser, afin de goûter mon sang pendant qu'il tirait de moi son plaisir. L'incident le plus effrayant s'était produit avec un homme portant une cape avec un capuchon, qui dégageait une odeur ignoble de liniment pour chevaux. Lorsqu'il m'avait montré les instruments qu'il transportait dans une sacoche de cuir et que j'avais compris le genre de comportement dépravé qu'il attendait de moi, j'avais essayé de lui échapper, malgré l'étau dans lequel il tenait mon bras. Ma résolution de ne pas me soumettre à l'humiliation qu'il me réservait avait grandi au fur et à mesure que cet étau se resserrait. J'avais attrapé le tisonnier dans l'âtre et je l'avais enfoncé dans son ventre. Bien que contrainte d'utiliser ma main gauche, cela avait été suffisant : il avait lâché mon bras et j'avais pris la fuite.

Les coups que Ram faisait pleuvoir sur moi lorsque je rentrais les mains vides n'étaient rien, comparés à la violence que je m'épargnais.

Néanmoins, en dehors d'une soirée éprouvante pour les nerfs de temps à autre, la plupart de ces hommes étaient primaires et dénués d'imagination. Une seule chose les préoccupait : se soulager, au sens le plus élémentaire du terme, de ce qu'ils considéraient comme une torture. De mon côté, mes gestes étaient aussi simples et routiniers que leur désir.

Pour alléger l'ennui et le caractère insupportable de ces visites nocturnes, je dérobais tous les petits objets dont la disparition ne serait pas constatée tout de suite : un tire-bouton d'argent, une minuscule boussole de cuivre, une tasse à thé, un petit pot ou un plateau à bibelots miniature décoré de barrières à treillis chinoises et de fleurs peintes en rouge, bleu, jaune et vert criards, les couleurs en vogue chez Fazackerley de Liverpool. J'arrivais sans peine à glisser de menus objets dans un pli de mon châle, dans une bottine, voire même sous mon bonnet quand le client se préoccupait de ses vêtements après ma prestation.

Je les revendais toujours le lendemain sur le marché grouillant de monde de Great Charlotte Street, en rentrant de l'atelier de reliure. J'utilisais quelques pièces pour acheter des berlingots et des gâteaux que je mangeais avant d'arriver à la maison, pour que Ram ne se doute de rien. J'avais deux raisons de lui cacher que je volais mes clients : tout d'abord, parce qu'il me subtiliserait l'argent obtenu sur la vente des objets ; ensuite, et cela avait davantage d'importance à mes yeux, parce que s'il avait su, j'aurais été privée du petit pouvoir que je détenais sur lui. Voler les hommes qui faisaient de moi leur chose me procurait le sentiment de posséder l'autorité d'une adulte : je ne me contentais pas de tromper mes clients, mais également Ram Munt. En eux-mêmes, ces objets ne présentaient aucune importance à mes yeux. En revanche, je chérissais ce nouveau pouvoir.

Après avoir acheté mes bonbons, je me rendais tout droit chez Armbruster, un magasin d'occasions. Ce dépôt ressemblait à un cimetière : tous ces objets avaient appartenu autrefois à des marins, des grands-parents, des mères, des pères et leurs enfants. Un rayon nautique proposait des boussoles de bois et de cuivre, des quadrants et des cuvettes de bateaux en porcelaine bleue et blanche, décorée chacune d'une image du navire dont elles provenaient. Sur des étagères poussiéreuses s'alignaient des moulins à café en fonte et des bassinoires en cuivre terni, des soufflets, des carreaux imprimés, détachés avec soin de manteaux de cheminées, et un bol en faïence de Delft grossière et ébréchée, sur lequel était gravée en lettres noires bâclées l'inscription, « Succès à toi, héros prussien, 1769 ». Il y avait aussi des couvertures qui sentaient le moisi et de la flanelle galloise toute tachée, des mouchoirs de soie noire rayés et côtelés, des bouts de thibaude décolorés et des tapis au centre marqué d'un passage élimé.

Et les objets en verre ! Rangée sur rangée des bouteilles noires, vidées de leur whisky ou de leur remède, attendaient à côté de verres aux épaisses tiges basses et de carafes de cristal au plomb, d'une teinte bleutée. On ne comptait plus ces pièces, dont chacune était plus originale que la précédente. Je me représentais les jeunes employés des verreries avec leurs yeux larmoyants, abîmés par la fumée provoquée par le mélange d'alcali, de chaux et de sel ; j'avais devant moi une partie des résultats de leurs efforts qui les avaient parfois rendus aveugles, cédés pour quelques pennies dans cette boutique humide, d'où se dégageait une odeur de moisissure et de désespoir.

Je passais devant ces tristes vestiges d'autres vies pour me rendre directement au rayon des livres. Sur des étagères ployées s'entassait un pot-pourri d'ouvrages aux pages gondolées par l'humidité, marquées de taches brunes, aux tranches noircies et aux couvertures souillées et gonflées. Ils coûtaient un ou deux pennies pièce ; parfois une collection complète d'un auteur était étiquetée cinq pennies. J'achetais livre sur livre, je les cachais sous ma paillasse et, après les avoir lus, soit je les revendais, soit je les échangeais contre d'autres. Contrairement aux bonbons, qui étaient une gâterie, ces livres m'étaient nécessaires.

Avant le décès de ma mère, je lisais le *Catéchisme* de Pinnock le soir pour le simple plaisir de la lecture. Mais depuis M. Jacobs et le début de cette existence, peu importait l'épuisement de mon corps lorsque je m'affalais sur ma paillasse, en proie à la sensation que mon esprit fonctionnait trop vite. Mon cerveau débordait d'une telle laideur que certains soirs, j'en arrivais à me dire que mon crâne allait exploser et laisser jaillir sur mon oreiller une cascade de liquide fétide composé d'odeurs et de saveurs nauséabondes. La lecture me servait en quelque sorte de baume apaisant, appliqué par une main douce à l'intérieur de mon crâne, et je me reposais sur elle pour retrouver mon calme avant d'être capable de m'endormir. Il me fallait attendre que les ronflements, de l'autre côté de la pièce, me prouvent que je ne pouvais pas être surprise, pour lire à la lueur d'une chandelle à mèche jusqu'à ce que mon esprit soit prêt à dériver. Je lisais toutes sortes de livres, de Defoe à Swift et d'Ann Radcliffe à Elizabeth Hamilton, des récits d'aventures aux romans d'amour et aux mémoires.

Ces larcins, de même que les suppléments qu'ils m'apportaient, mes délicieux projets de torture et de meurtre, mes mascarades de jeune dame dans des chambres à coucher luxueuses et des salles à manger somptueuses étaient destinés, et servaient, à rendre ma vie supportable.

Tous les jours, je pensais à ma mère et aux rêves qu'elle avait nourris pour moi. Je songeais à ce qu'elle penserait si elle me voyait telle que j'étais devenue : une prostituée, une menteuse et une voleuse. Et chaque dimanche je lui jurais, la main posée sur la croix portant son nom dans le cimetière de Notre-Dame-et-Saint-Nicolas, que je deviendrais autre chose. Que je serais davantage que la Linny Munt que j'étais. Que je serais davantage que les jeunes femmes minaudantes qui descendaient des fiacres devant les théâtres, enveloppées dans leurs fourrures et leurs plumes. Je serais Linny Gow et je ferais sa fierté. J'en faisais le serment.

4

La dernière corvée que j'accomplis pour Ram Munt eut lieu six mois après mon treizième anniversaire. Un soir froid et humide de février, il rentra à la maison, le visage fendu d'un sourire réjoui, un paquet enveloppé dans du papier brun et attaché par une ficelle coincé sous le bras.

— Je t'ai trouvé un boulot qui va rapporter gros, ma fille, m'annonça-t-il en lançant le paquet sur une chaise vide, tout en désignant de la tête le chaudron suspendu au-dessus du feu.

Je remplis un bol de soupe aux carottes et aux navets de ma confection. J'y avais mélangé une poignée de crottes de souris que j'avais ramassées derrière le banc. Après avoir mangé ma part, j'éprouvais une jouissance à ajouter chaque soir un ingrédient à la soupe de Ram. Certains soirs, c'était des gouttes d'urine que je versais du pot de chambre, avant d'aller le vider dans la rigole qui ruisselait dans notre cour ; parfois, une éclaboussure de merde de pigeon raclée sur le bord de la fenêtre ; en d'autres occasions, des cafards écrabouillés.

Ce soir-là, j'étais plus lasse que d'ordinaire. Une des ramasseuses s'était évanouie et j'avais dû la remplacer pendant une heure, le temps qu'elle revienne à elle. J'avais monté et descendu les escaliers à toute allure, les bras remplis de feuilles de papier, car j'étais censée avoir quand même bouclé mon propre travail avant la fermeture. Je n'avais qu'une seule idée en tête : m'allonger sur ma paillasse, lire dix minutes et fermer les yeux.

La perspective de ma besogne de la soirée m'anéantissait. Je savais qu'il ne servirait à rien de dire à Ram que j'étais trop fatiguée. Il ne me frappait jamais au visage, car mes clients n'auraient pas du tout apprécié un œil au beurre noir ou une lèvre enflée. Il s'y prenait de manière beaucoup plus sournoise et vicieuse : il enfonçait de toutes ses forces les jointures de ses doigts dans mes reins, au point d'y laisser un hématome douloureux, ou il tenait une allumette sous mon aisselle, juste assez longtemps pour faire cloquer la peau. Aucune blessure susceptible de me faire perdre un client, juste de quoi m'accabler.

— On va grimper dans la haute, ouais, dans la haute, précisa-t-il, ignorant la cuillère que j'avais placée sur la table pour se ruer directement sur le bol. Tu vas travailler avec certaines des dames les plus huppées de Liverpool.

De la vapeur se dégageait de son manteau gris humide, posé près du feu, qui empestait le chien mouillé. Je me plantai devant lui.

— Des dames ?

Une très légère note de mépris teintait ma voix.

Ram rota bruyamment, puis il sortit un bout de carotte du bol avec les doigts.

— S'agit d'une réception, organisée par des gentlemen de passage. À la Flyhouse, v'là que j'ai entendu dire qu'ils cherchaient la crème des dames de Liverpool. Pas des salopes à marins, ni même des filles de Paradise Street. Oh, que je leur ai dit, j'ai juste ce qui vous faut. L'est encore une jeune fille, et propre comme un sou neuf, des cheveux comme de la soie. « Faut qu'elle ait des cheveux blonds, qu'il m'a dit le gars, pour c'te travail particulier dont j'm'occupe, elle fera l'affaire que si elle a les cheveux blonds. » « Ben vous aurez du mal à trouver plus blond que ma fille, que je lui ai répondu. Et elle fera tout ce qui vous plaira. C'est une bonne fille, ma Linny, que j'ai dit au gentleman qu'avait l'air d'être responsable. » C'est ça que je lui ai dit, Linny, que tu ferais n'importe quoi, et il compte dessus. Alors me déçois pas. Avec ce que tu vas gagner ce soir, on va pouvoir penser à trouver une meilleure piaule.

Il embrassa la pièce impeccablement rangée du regard avant de secouer la carotte sous mon nez.

— Si tu fais ce qui faut, ils te redemanderont. Ça pourrait être le début d'une nouvelle vie pour nous.

Il me lança alors un clin d'œil en fourrant la carotte dans sa bouche.

— Rien qu'un début, répéta-t-il, un brin orange coincé entre deux dents de devant brunâtres.

Le paquet contenait une robe de soie verte de Spitalfields, rehaussée d'une ruche écrue. Achetée chez le fripier de Fox Street, elle était élimée et il s'en dégageait de vagues relents de transpiration froide. Avant de l'enfiler, j'examinais ses coutures de fond en comble afin de vérifier qu'elles ne contenaient pas de puces. La robe datait de l'année précédente : aucune des dames que j'avais vues dans Lord Street ne portait encore ce modèle. Elle tombait néanmoins parfaitement et son tissu était lisse contre ma peau. Après l'avoir passée, je me plaçai devant Ram qui exprima son assentiment d'un hochement de tête. Je n'avais encore jamais porté de robe décolletée et en baissant les yeux, j'aperçus le renflement naissant de mes seins et dus me retenir pour ne pas les recouvrir de mes mains.

— Brosse ben tes cheveux. Ce soir, pas de nattes. Faut que tu sois à ton avantage. Ouais, c'est pas une soirée ordinaire.

Je lui obéis. Puis je m'examinai dans le miroir de chrysocale de la boîte en bois d'arbre fruitier d'où je sortis le pendentif. Je le passai autour de mon cou et j'enclenchai le fermoir. J'admirai la lueur que jetait l'or luisant sur ma peau, le camaïeu vert des pierres et de la soie de la robe. Mais lorsque je tendis la main vers mon châle et annonçai à Ram que j'étais prête, il m'inspecta une nouvelle fois et fit non de la tête.

— Enlève-moi c'te babiole minable, m'ordonna-t-il, tandis que ses yeux voletaient de mon visage au pendentif et du pendentif à mon visage. Il gâche tout.

Je refermai la main autour du bijou. Il avait rappelé ma mère à Ram. *Était-il vraiment capable de se sentir coupable de m'avoir forcée à devenir ça ?* Je replaçai le pendentif dans sa boîte, transpercée par ma propre culpabilité comme par un coup de poignard. Comment avais-je pu, ne serait-ce que songer à le porter ? Quel affront à la mémoire de ma mère d'avoir tout simplement eu l'idée de le mettre pour ce que j'allais faire ! *Je ne le porterai que le jour où je serai fière de ce que je suis*, me dis-je, et je refermai le couvercle de la boîte en bois d'un claquement sec.

Ram avait loué une carriole et nous cahotâmes dans des rues qui nous firent monter bien au-dessus du dédale de ruelles, de venelles et de cours de Liverpool, démarrant du bord de l'eau. Lorsque j'aperçus St-Andrews, l'église presbytérienne d'Écosse, je compris que nous

nous trouvions à Mount Pleasant. Puis nous atteignîmes Rodney Street, la rue dans laquelle j'avais erré tant de dimanches après-midi. Notre véhicule s'arrêta devant l'une des demeures géorgiennes brillamment éclairées, dont il aurait pu franchir la porte, tant elle était large. Ram m'accompagna, coinçant sa main sous mon bras avec la fierté d'un père escortant sa fille à l'autel. Mes pérégrinations dominicales m'avaient familiarisée avec l'extérieur des bâtisses géorgiennes, mais je n'étais jamais entrée dans l'une d'elles.

Un majordome ouvrit la porte. C'était un individu d'âge moyen portant des culottes de velours, dont le visage fermé ne posait aucune question. Sans l'ombre d'une émotion, il s'écarta et, alors que je dégageais mon bras de celui de Ram et franchissais le seuil d'un pas hésitant, il lui claqua la porte au nez. Ram parvint cependant à la rouvrir d'une poussée avant que la serrure ne soit enclenchée.

— Je dois être payé avant de partir, dit-il. Paiement à la livraison. V'là l'accord que j'ai conclu avec le m'sieur.

Je baissai la tête et fixai le bout de mes souliers, bruns et éraflés, qui présentaient un contraste incongru avec la robe verte vaporeuse. En relevant les yeux, je constatai que le majordome les fixait aussi. Ils trahissaient ce qu'aucune jolie robe ne pouvait dissimuler.

— Un moment, répondit-il, sans se donner le mal de cacher son dégoût, même s'il n'avait pas cillé.

Il essaya à nouveau de refermer la porte, mais cette fois, Ram poussa plus fort et pénétra dans le vestibule pour se poster près de moi.

— J'vais attendre ici, dit-il.

Le majordome se retourna, le dos rigide, monta l'escalier et disparut. Nous restâmes baignés dans la lumière dansante d'un chandelier qui comptait au moins une trentaine de bougies. Une servante passa derrière nous, un vase de fleurs mourantes dans les mains. Rouges, longues et hérissées, elles possédaient un feuillage pointu. Des fleurs exotiques sans doute, probablement importées de Londres. C'était la première fois que j'en voyais de pareilles.

La servante nous jeta un coup d'œil. Comme celui du majordome, son visage ne laissait transpirer ni intérêt ni curiosité. De quelque part dans la demeure retentissait un incessant battement cadencé.

Quelques minutes plus tard, le majordome réapparut et descendit l'escalier d'un pas étudié.

Ram mourait d'impatience de palper son butin. Il se rua vers le majordome et le rejoignit en bas de la première marche. L'homme lui tendit quelque chose ; comme j'étais derrière Ram, je ne vis pas de quoi il s'agissait. Ram y jeta un coup d'œil, puis il m'effleura au passage, les yeux brillants, les lèvres incurvées en un sourire crispé. Sans prendre congé, il s'en alla en hâte.

Je me tournai vers le majordome.

Il me passa en revue, de mes cheveux dénoués à mes affreuses bottines. Alors qu'il tendait la main vers mon châle, je vis un changement, presque imperceptible, s'opérer en lui, une espèce d'adoucissement qui me perturba davantage que son attitude impérieuse. Il saisit mon châle avec circonspection entre le pouce et l'index, comme s'il grouillait de poux. La servante fit sa réapparition et le lui prit des mains, le nez baissé pour m'indiquer à quel point je lui étais inférieure.

J'entrepris de gravir l'escalier sur les talons du majordome. Je n'étais jamais entrée dans une maison d'une telle splendeur. Je posai la main sur la rampe vernie dont le contact velouté me procura un plaisir sensuel.

Lorsque nous atteignîmes le palier, le bruit étouffé que j'avais entendu dans le vestibule se précisa et s'amplifia. En arrière-plan, j'entendais aussi autre chose, comme une espèce de mélopée. Les battements cessèrent, cédant la place à un cri suivi d'un rire. Ce rire était à la limite de l'hystérie. Le majordome s'arrêta devant une porte à double battant enduite d'une peinture rouge luisante. Chaque battant était muni d'une poignée de cuivre en forme de serpents enchevêtrés. Il me les désigna de la tête et s'éloigna.

Ne sachant trop ce que l'on attendait de moi, je frappai à la porte. Je recommençai, puis je posai la main sur l'un des serpents. Il me parut chaud au toucher, comme en réponse à la pulsation qui résonnait de l'autre côté de la porte. Je n'eus pas le temps de tourner la poignée, car la porte s'ouvrit. Je fus assaillie par une bouffée d'air brûlant, accompagnée d'une odeur composée d'un mélange de parfum et de fumée. Une fumée noire et sucrée. Je reculai.

— Oh, regarde ! s'écria le garçon qui venait d'ouvrir la porte. Regarde, Pompey ! Une petite fille. Et je crois bien que c'est elle.

J'eus l'impression qu'il avait quelques années de plus que moi, même s'il me fut difficile d'en avoir la certitude. Il avait les lèvres brillamment fardées et une tache rouge sur chaque pommette. Il portait une tiare de perles de strass, agrémentée d'une plume d'autruche recourbée. Une tunique en tissu diaphane imprimé flottait autour de son corps. Il posa les mains sur mes épaules pour m'attirer dans la pièce.

— Tu la vois, Pompey ?

Les lampes à gaz, accrochées très bas sur les murs, projetaient des ombres vacillantes. Des meubles de taille imposante garnissaient chaque coin de la pièce : commodes et armoires, canapés et fauteuils ressemblaient à de gros animaux noirs à l'affût. D'un angle émergea un homme à la carrure impressionnante. Comme ma vision s'adaptait aux conditions d'éclairage, je constatai qu'il avait la peau noire et qu'il ne portait en tout et pour tout qu'un pagne minuscule et un turban blanc. Il s'approcha de moi, un tambour sous le bras dont il faisait sortir un son sinistre et solennel en le frappant de la paume.

Je regardai le garçon.

— N'aie pas peur, petite fille, me dit-il.

Ses pupilles étaient dilatées. Il fit un geste de la main à l'homme noir qui s'empressa d'abaisser son tambour pour dissimuler son entrejambe.

Le garçon éclata de rire et je reconnus la note d'hystérie que j'avais perçue quelques instants plus tôt. J'avais alors cru entendre une voix de femme.

Une odeur de noisette, inhabituelle, me saisit aux narines, tellement prenante qu'ajoutée aux ombres mouvantes de la pièce, elle me donnait le vertige. Quelque chose d'anormal était tapi là, quelque chose d'inconnu qui m'effrayait.

— Je m'appelle Clancy, m'annonça le garçon. À présent, suis-moi. Nous t'attendions.

Il me prit par la main.

— Je ne crois pas que…

J'essayai de lui échapper, mais malgré sa silhouette ondoyante et frêle, Clancy resserra son étau d'une poigne surprenante, me broyant douloureusement les doigts.

— *De toute façon*, tu n'as pas à penser. C'est tellement assommant, déclara-t-il. Tu dois juste ressentir.

Il me tira d'un geste sec et m'entraîna brusquement. Comme je le suivais, je m'aperçus qu'il ne portait rien sous sa tunique. Il m'obligea à faire le tour de la pièce; pendant que nous contournions des ottomanes et des tables basses, je me demandai comment m'enfuir. Sans l'étau d'acier de Clancy autour de ma main, j'aurais sans doute pu y parvenir. Mais c'était sans compter avec le fait que l'homme noir – Pompey, sans nul doute – avait recommencé à battre bruyamment du tambour et qu'il me suivait de près.

— Ça y est, annonça Clancy. Nous y sommes.

Il écarta une lourde tenture de brocart. Derrière apparut une autre porte, de bois ordinaire, qui détonnait complètement avec le style boursouflé du reste de la pièce. Une clé de cuivre était insérée dans la serrure.

— Vas-y. C'est ouvert. Il t'attend.

— Qui? demandai-je, tout en reculant de nouveau prise de panique.

Mais Clancy me lança subitement un regard féroce et le sourire niais qui jouait sur ses lèvres depuis que j'avais posé les yeux sur lui s'évanouit et céda la place à une sorte de flou. Son expression avait un caractère inquiétant, identique à celle du majordome, moins de cinq minutes plus tôt.

Je réalisai aussi qu'il était beaucoup plus jeune que je ne l'avais au départ imaginé; en fait, nous devions avoir le même âge.

Il tourna la poignée et, d'une poussée, me fit franchir le seuil de la porte.

L'arôme particulier de la fumée était encore plus pénétrant à l'intérieur de la pièce, mais en plus de son étrangeté, il y avait d'autres relents, juste sous cette suavité. Comme si quelque chose pourrissait lentement, délicatement, sans hâte, avec délectation. La porte se referma dans mon dos et la pièce se retrouva plongée dans une obscurité complète.

— Il y a quelqu'un ? demandai-je.

Cette situation était anormale, affreusement anormale. Je voulais juste m'enfuir.

— Entre, entre, répondit une voix.

Douce et chevrotante, elle était atteinte d'un défaut d'élocution indéfini.

— Il n'y a pas de lumière, monsieur ? demandai-je, de plus en plus apeurée car cette voix n'avait rien de rassurant. Je n'y vois rien du tout.

J'étais entrée dans un nombre incalculable de pièces, j'avais entendu un nombre incalculable de voix d'hommes. Mais au moins, je voyais alors ce qui m'attendait ; en dépit de la quantité de surprises désagréables bien trop élevée, je n'avais jamais attendu dans le noir, habitée par la crainte de la personne ou de la chose qui allait se présenter à moi.

J'entendis un bruit, long et lent, de succion, et j'entrevis le minuscule rond de lumière rouge provenant d'un cul-de-pipe. S'ensuivirent le sifflement d'un soupir et un mouvement bruissant. Le raclement coupant d'une pierre à briquet provoqua un éclair de lumière et j'aperçus une silhouette, recroquevillée devant un manteau de cheminée de marbre. Comme le petit bois prenait feu et que les flammes s'embrasaient, la silhouette s'écarta d'une démarche traînante et hésitante et s'affaissa, avec un léger soupir, dans une profonde bergère dont les oreilles me dissimulaient ses traits.

— À présent, tu dois t'avancer dans la lumière, m'ordonna l'homme, pour que nous voyions si tu corresponds à ma demande. C'est tellement difficile d'obtenir ce qu'on cherche, ces temps-ci. La sélection de Liverpool m'a beaucoup déçu. Beaucoup déçu, répéta-t-il.

Je me dirigeai vers la cheminée et me postai devant.

— Tourne la tête. Je veux voir tes cheveux.

Je tournai la tête vers la gauche, puis vers la droite. Les flammes me chauffaient le dos.

— Très bien, très bien.

La voix de l'homme avait grimpé d'un ton, comme s'il était excité.

Quel est donc ce défaut d'élocution ? me demandai-je.

— Approche-toi maintenant. Nous allons boire agréablement ensemble, si tu veux bien.

Je me dirigeai vers le fauteuil.

— Je préférerais pas, monsieur. Qu'est-ce que vous voulez que je fasse ?

L'odeur de plus en plus aigre qui m'agressait, au fur et à mesure que je m'approchais, me fit plisser le nez. J'avais déjà eu droit à toutes les exigences ordinaires, plus aucune ne me surprenait, mais hormis mon client encapuchonné, je n'avais jamais senti une telle menace peser sur moi.

— Tu t'appelles comment, ma chère ?

— Linny.

— Tu peux épeler ton prénom, s'il te plaît ?

— L-I-N-N-Y : exactement comme il se prononce, monsieur.

— C'est ton vrai nom de baptême ?

— Non, c'est Linnet, comme l'oiseau.

— Ah, la petite linotte ! Est-ce que tu chantes d'une voix aussi douce qu'elle, mon enfant ? Je crois quand même que je préfère Linny, continua-t-il sans attendre ma réponse. Linny de Liverpool. Je m'en souviendrai. À présent, je veux les toucher, poursuivit-il. Tes cheveux.

Je m'agenouillai devant lui et de ma position basse, je parvins à le distinguer à la lueur des flammes qui dansaient sur ses traits. Il me fut difficile de deviner son âge, car il avait un visage dépravé, pourvu de paupières épaisses retombant sur des yeux globuleux et hargneux. Son regard était flou, comme s'il venait de se réveiller ; son nez marbré et ses lèvres trop humides, trop rouges. Sa langue, d'une roseur stupéfiante, dardait de sa bouche et y rentrait en une danse incontrôlable.

— Je te sers à boire, si tu veux bien.

Ses doigts s'égarèrent en direction d'une grosse bouteille brune posée sur une table près de son fauteuil.

— Es-tu déjà allée en France, ma chère ?

Je hochai la tête négativement, en m'efforçant de ne pas regarder sa langue : sa danse effrénée qui écorchait chacune de ses paroles avait quelque chose d'obscène. Je passai la main sous mes cheveux pour les tendre vers lui.

— Ils n'ont pas de poux, monsieur, vous verrez, car je…

Sans avertissement, les pieds chaussés de pantoufles de prunelle bleu foncé de l'homme se projetèrent en avant et battirent l'air avec frénésie. Je reçus un coup de talon en plein visage qui m'envoya valser sur le flanc. Tenant ma joue dans la main, je m'assis et posai sur lui un regard de stupéfaction. Il se laissait à présent glisser du fauteuil en grognant. Allongé sur le dos, il cisaillait l'air de ses jambes aussi vite qu'un rémouleur pédalant sur sa roue dans Seel Street. Il agrippait les bras du fauteuil des mains et poussait par à-coups des petits cris saccadés.

La porte s'ouvrit sur l'homme noir qui entra dans la

pièce en baissant la tête pour ne pas en toucher le linteau de son turban. Il inclina le regard dans ma direction avant de s'approcher du fauteuil. Comme il passait à côté de moi, avec son pagne qui se balançait sur ses reins, je constatai que son pied nu mesurait plus de trois fois la longueur de ma main.

— C'est... il... je ne sais pas ce qu'il a, bégayai-je. Je n'ai rien fait.

Pompey souleva le vieil homme dont les jambes gesticulaient à présent plus lentement et le tint contre son torse nu avec autant d'aisance que s'il portait un enfant.

— Pompey ! Pompey ! hurlait l'homme. J'ai mal ! Aide-moi ! Donne-moi mon chloral. Dépêche-toi. Ça me comprime les poumons.

Pompey le reposa dans le fauteuil, puis il prit la bouteille brune. Il versa du liquide dans un petit verre et en soutenant la bouche tremblotante de l'homme, lui enfonça la langue dedans à l'aide de son long index, tout en faisant couler la boisson dans sa gorge.

— Bientôt, bientôt, maître, dit-il. C'est presque fini.

Il avait une voix de basse, avec un accent très prononcé.

Le vieillard ouvrait et fermait la bouche comme un oisillon.

J'observai cette scène saugrenue en palpant la bosse qui grossissait sur ma joue. La perspective d'avoir une relation quelconque avec ce personnage immonde me donnait la nausée.

Les secousses de son corps ralentirent. La tension de son dos s'était relâchée ; ses jambes continuaient à trembler légèrement.

Pendant que je m'agenouillais, Pompey remplit à

moitié un verre à mon intention et s'approcha de moi. Il me le tendit.

— Je ne vous ai pas vue boire, petite maîtresse. Allez. Prenez ça. C'est l'heure.

Il s'exprimait d'une voix encore plus basse, à peine plus élevée qu'un murmure.

Je hochai négativement la tête en le dévisageant. Des zébrures, larges et gonflées, plus foncées que le reste de sa peau, couraient verticalement le long de ses joues. Il n'avait pas de cils.

— Ça ne se reproduira plus – son attaque – cette nuit, m'affirma-t-il. Sa douleur va passer et vous n'avez rien à craindre.

Je voulais croire cette voix apaisante, mais je n'y parvenais pas.

Je jetai un regard de l'autre côté de Pompey à la silhouette de l'homme, à présent immobile dans le fauteuil.

— Que dois-je faire ?... Qu'est-ce qu'il veut de moi ? chuchotai-je, obligée d'incliner la tête en arrière pour voir le visage de Pompey.

Le regard posé sur ma joue qui enflait, il me retendit le verre.

— Contentez-vous de rester tranquille. Ne le bouleversez pas. Maintenant, buvez ça, s'il vous plaît.

Je scrutai le liquide incolore.

— C'est quoi ? demandai-je. Je ne bois pas d'alcool.

— Ça sera plus facile pour vous. Buvez, petite maîtresse.

Je repoussai le verre de la main.

— Non...

D'un mouvement preste, Pompey m'avait déjà saisi la mâchoire et m'avait forcé à ouvrir les lèvres, tout comme il venait de le faire avec le vieillard. Le liquide me brûla la gorge et je me mis à tousser et à étouffer à l'instant où Pompey me lâchait. Je déglutis, m'humectai les lèvres, mais ne sentis sur ma langue qu'un vague goût sucré.

— Ça sera plus facile comme ça, répéta Pompey en reposant le verre sur la table avant de se diriger vers la porte.

— Mais qu'est-ce qu'il a ?

Pompey ouvrit la porte et franchit le seuil.

— Certains appellent ça le « mal français », me répondit-il.

Comme il se taisait, je me penchai en avant pour entendre la suite.

— Mais la plupart du temps, c'est connu sous le nom de syphilis.

Il referma la porte d'un geste ferme, et je l'entendis tourner la clé de cuivre dans la serrure.

5

J'étais assise, face à la cheminée, sur le tapis dont les motifs aux couleurs de pierreries tournoyaient. Je savais que les marins étaient porteurs de maladies. Je fouillai ma mémoire, me demandant si j'avais déjà entendu parler du mal français ou de cet autre mot qui sonnait comme le sifflement d'un serpent. Je tombais subitement de sommeil. Mes paupières étaient si lourdes que j'avais du mal à ne pas les fermer, malgré tous mes efforts. En définitive, je m'étendis sur le flanc, le dos au feu, la tête nichée dans le nid formé par mon bras replié. Ma joue ne me lançait plus ; je n'éprouvais plus de douleur, rien qu'une agréable sensation de flottement. Le vieillard avait l'air également de dormir. Sa respiration était lourde et bruyante. Sa langue s'était elle aussi calmée et un épais ruisselet de salive sèche formait une croûte sur sa lèvre inférieure. Dans l'antichambre, Clancy accompagnait de nouveau les battements de tambour de Pompey de sa voix. Les sons se fondaient en un murmure continu que j'étais incapable de définir, mais qui me captivait inexplicablement.

Je fermai les yeux, bercée par la chanson, le rythme, la respiration du vieillard et le crépitement réconfortant des flammes. Puis je sombrai dans un rêve étrange, d'une noirceur et d'un mystère dérangeants. Bientôt les ténèbres se dissipèrent et cédèrent la place à un soleil dont la lumière âpre endolorissait mes paupières closes. Je rêvais, les yeux fermés, mais cela ne m'empêchait pas de voir parfaitement. Je marchais sur le quai de Salthouse, en direction de l'eau. Des mouettes aux cris vagissants me survolaient, battant des ailes dans le soleil éblouissant. Elles décrivaient des courbes et piquaient, décrivaient des courbes et piquaient, volant si bas que je sentais leurs ailes chaudes papillonner contre mes paupières et mes joues. L'une d'elles prit ma tête pour cible : son bec, long et acéré, claqua à mon oreille. Épouvantée, je voulus échapper à ce cliquetis métallique. Je me mis à courir, mais la mouette me poursuivit jusqu'à l'extrémité du quai. L'intensité de ses cris augmentait chaque fois qu'elle essayait de m'asséner un coup de cette affreuse saillie cornue. Incapable d'aller plus loin, je contemplai l'eau vaseuse en contrebas. Le bec se rapprochait. Je n'avais pas le choix. Je sautai, et pendant ma chute vers l'eau, j'aperçus, juste sous la surface, le visage de ma mère, blanc et inerte, énucléé, enveloppé de sa chevelure flottant comme des algues.

Au bord de la suffocation, j'ouvris les yeux.

Le vieillard, penché sur moi, brandissait de grosses cisailles pourvues de lames argentées luisantes et de poignées dorées. Des mèches de mes cheveux étaient prisonnières des lames. Ses yeux scintillaient et il haletait. De sa gorge sortaient des trilles vibrant d'excitation et sa langue avait repris sa danse, encore plus frénétique qu'auparavant.

— Ah ! s'écria-t-il d'un ton émerveillé en scrutant mon visage, tandis que je cillais pour tenter d'éclaircir ma vision et de comprendre ce qui se passait.

Je voulus me relever mais il me repoussa à terre.

— Ne bouge pas, mon enfant. Ne bouge pas, je n'ai pas fini, parvint-il à déclarer malgré les convulsions de sa langue gluante. Je te croyais morte, mais c'est beaucoup plus agréable, avec une fille si chaude et si docile.

Il éclata d'un rire de ravissement, comme si cette surprise l'enchantait.

Je le frappai de mon bras et le repoussai, car il était à peine plus épais qu'un fantôme. Je me relevai. La pièce était à présent brillamment éclairée par les lampes à gaz des murs, ainsi que par celles des tables, dont les mèches avaient été montées. Je levai la main pour palper faiblement les petites touffes hirsutes, tout ce qui restait de ma chevelure sur mon crâne rasé.

— Qu'est-ce que vous avez fait ? m'écriai-je d'une voix étouffée, comme si je parlais à travers un oreiller. Pourquoi avez-vous coupé mes cheveux ?

Il me fallut une éternité pour parvenir à prononcer ces deux phrases. Je regardai mes longues mèches qui luisaient sur le tapis aux couleurs vibrantes. Toujours agenouillé, le vieillard en souleva une et la fit glisser contre son visage, où elle resta collée à la surface visqueuse de sa langue. Son rire reprit. Il désignait quelque chose dans mon dos et je reconnus alors le cri de la mouette.

Je me tournai dans la direction qu'il indiquait, incapable de remuer alors que mon instinct me hurlait de nouveau de fuir, de m'échapper. Je vis une grande malle ouverte, placée à la verticale. Des étagères, sur lesquelles étaient posés de gros bocaux, en occupaient un pan entier.

— Va regarder, mon cher cœur, va regarder, me pressa le vieillard.

Comme tirée par d'invisibles ficelles poisseuses, je me dirigeai vers les bocaux, sans comprendre la raison pour laquelle j'obéissais aux ordres de ce dément. L'image du visage de ma mère, flottant sous l'eau, me paraissait plus réelle que la scène qui se déroulait dans cette pièce.

Je contemplai les bocaux, sans parvenir à saisir ce que je voyais. Ils étaient remplis d'ombres flottantes. Chaque bocal portait une étiquette avec une inscription rédigée en pattes de mouche tremblotantes : *Emma, Newcastle*, disait l'une. *Loulou, Calais. Mollie, Manchester.* Je continuai à déchiffrer les étiquettes. *Yvette, Toulouse. Bette, Glasgow.*

— Est-ce que tu es déjà allée en France, ma chère petite Linny ? me demanda le vieillard pour la seconde fois de la soirée.

Je me retournai vers lui. Il se releva péniblement et se rapprocha d'une démarche claudicante, une épaule tordue vers l'avant. Mes yeux tournèrent lentement dans leurs orbites : il tenait un objet derrière son dos.

— La France, c'est beau, c'est atroce. Je suis resté trop longtemps là-bas. Trop longtemps, avec toutes ces belles filles. Des traînées, ma chère. Toutes de charmantes traînées, avec leurs chattes juteuses, comme toi, ma petite. Vous ne devriez pas avoir le droit de répandre vos maladies répugnantes. Tu as sans doute entendu parler du berger de Fracastoro. Tu connais le poème, ma belle ? *Syphilis sive de morbo gallico.*

Il s'était assez rapproché pour me toucher.

— Un berger jadis, du nom de Syphilus (ne vous méfiez pas de cette ancienne renommée) cita-t-il, possédait ces dunes…

Ses yeux me fascinaient. Pourvus de pupilles incolores, c'était juste de gros globes noirs, aussi durs que du charbon.

— Et par conséquent, il faut vous arrêter. Toi et toutes tes semblables, car rien ne peut mettre un terme au calvaire que vous m'avez infligé. Ni les sels de mercure, ni le bromure, ni le chloral. Temporaire, rien qu'un soulagement temporaire. C'est pour ça que je fais collection, comme tu le vois, de celles que j'ai empêchées de répandre cet immondice. Des couleurs si variées ! Cela faisait un bon moment que je cherchais à ajouter un exemplaire à ma collection. Il devait être exactement de la bonne couleur, l'entendis-je dire. Et voici que je l'ai trouvé. Linny de Liverpool.

Mon regard revint aux bocaux. Je scrutai le plus proche de mon visage. Un cri étranglé m'échappa alors et je voulus m'écarter de ces choses que je venais de reconnaître. Mais j'avais à présent l'impression d'avoir rejoint ma mère, à la différence près que mes cheveux ne pouvaient pas – plus – flotter comme les siens. Je décrivis des courbes molles avec mes bras pour essayer de nager dans l'air écrasant, de m'écarter des bocaux et de leur abominable contenu de chevelures sans corps.

Noir luisant, brun touffu, roux foncé, orange vif, blond vénitien. Toutes flottantes.

L'homme posa la main sur mon épaule. Sous la pression, je me tournai vers lui. Quelque chose jeta une lueur au-dessus de ma tête et je pensai à la mouette. Je vis les cisailles en l'air, argent et or, s'approcher de moi. D'un geste instinctif, je relevai mon bras, mais pas assez rapidement pour arrêter les lames. Uniquement pour les faire dévier. Au lieu de s'enfoncer dans leur cible prévue, mon cou, elles glissèrent plus bas et fendirent la chair tendre de mon sein gauche en une longue estafilade en zigzag, après avoir transpercé le tissu de la robe verte aussi facilement qu'elles seraient entrées dans du beurre. Je vis du sang jaillir de l'entaille, mais je ne ressentis ni douleur ni stupéfaction.

Je m'enfonçais à présent davantage dans l'eau. Je

n'entendais aucun bruit, en dehors du sang qui bourdonnait lourdement dans mes oreilles. Lorsque le vieillard souleva de nouveau les cisailles pour me frapper, je le cognai gauchement et elles lui échappèrent des mains.

Je me penchai pour les ramasser. Je plongeai le regard dans ces yeux déments. Puis mon propre bras se releva et redescendit en un geste qui me fit penser à un mouvement de danse, lent et gracieux, et le vieil homme tomba, les lames plantées dans l'un de ses yeux immondes, sa bouche formant un cercle humide et tremblotant.

Je le contemplai, gisant à mes pieds, et mes propres genoux cédèrent. Je tombai, tombai dans la Mersey où m'attendait ma mère.

Les voix résonnaient plus fort. Je reconnus l'hystérie du garçon à la tunique fleurie. Clancy.

— Je n'en sais rien. Comment aurais-je pu deviner qu'il ne commencerait pas par la tuer, comme il l'a toujours fait ? Oh, Pompey, j'ai un vertige affreux. Je t'en prie, laisse-moi m'appuyer contre toi.

— Seigneur, quelle pagaille ! Pourquoi ne lui a-t-il pas donné assez de chloroforme pour la tuer avant de commencer ? Mais à présent, elle est morte, non ? demanda une autre voix.

Celle d'un homme, plus âgé que Clancy. Pleine d'aplomb.

— Je crois bien, Jeune Maître.

La voix de Pompey. Je songeai à la boisson qu'il m'avait forcée à avaler. Lui, pas le vieillard.

— Bon, nous ne saurons jamais ce qui s'est passé, déclara le Jeune Maître d'un ton qui parvenait difficilement à dissimuler sa colère. Je savais bien que nous n'aurions pas dû le laisser poursuivre ce jeu sordide. Que nous ne devions pas en piéger une autre. À présent, regardez-moi ça ! J'aurais dû faire confiance à mon intuition.

Je ne ressentais toujours rien, même si je commençais à prendre conscience d'un phénomène nouveau : une vague pulsation douloureuse, qui allait crescendo dans la partie supérieure de mon corps. Et puis l'odeur ferreuse de sang frais. Je sentis qu'on soulevait ma tête et qu'on me déplaçait. On me tira par les poignets, balayés par une coulée d'air frais car mes manches glissaient en arrière.

— Regarde cette marque, couina Clancy. On dirait un poisson.

Puis on me laissa de nouveau retomber mollement sur le sol.

— Qui l'a amenée ? Un maquereau ? Est-ce que quelqu'un viendra la chercher cette nuit ?

C'était la même voix bien éduquée, s'exprimant d'un ton supérieur, qui venait de poser ces questions. Une voix qui ne tolérait aucune opposition. Je me fis la réflexion sur l'étrangeté de mon état : j'étais capable d'entendre et de comprendre, mais je n'avais même pas l'énergie de soulever une paupière.

— Je crois qu'elle a été achetée pour la nuit, Jeune Maître. Personne ne viendra la chercher avant demain matin, répondit Pompey.

— Dans ce cas, qu'est-ce qu'on doit faire ? demanda Clancy. Qu'est-ce qu'on doit faire avec tout ça ? Ce sang ! Il y a tellement de sang.

Sa voix se mua en pleurs.

— Ferme-la, Clancy. Jette-la dans la Mersey, Pompey, ordonna l'homme. Tout de suite.

— Et votre père, Jeune Maître ?

Un silence s'ensuivit, seulement rompu par les sanglots de Clancy.

— Nettoie-le de ton mieux, ordonna la voix autoritaire. Nous partirons pour Londres le plus tôt possible, pendant qu'il fait encore nuit. Si quelqu'un vient chercher la fille demain, il ne restera aucune trace, ni d'elle, ni d'aucun d'entre nous. De toute façon, qui peut se soucier d'une catin de moins, en dehors d'un maquereau furibond ?

« À notre arrivée à Londres, nous annoncerons que mon père est décédé durant sa visite à Liverpool et nous lui organiserons des funérailles officielles. Personne ne doit être au courant de rien. Ne savent que ceux qui sont dans cette pièce. Et aucun de nous ne parlera. C'est compris, Clancy ? »

— Mon Dieu, oui, bien sûr que oui. Mais… mais je vais être *hanté*, complètement *hanté* par ce que j'ai vu ici cette nuit, se lamenta Clancy dont la voix grimpait et se transformait en couinement haletant. Je ne peux plus regarder. Non, je ne peux plus regarder.

— Ressaisis-toi, Clancy.

La voix du Jeune Maître était franchement agacée.

— Mais ces horribles cisailles, son visage… Oh, là, là, je… je vais vomir.

Je sentis le parquet trembler sous des pieds qui prenaient la fuite. Un silence s'installa, plus long que le précédent.

La voix assurée reprit alors la parole :

— Je te confie le travail nécessaire, Pompey, dit-elle calmement. Il ne doit pas rester la moindre trace, et surtout pas de ces cheveux maudits ou de cette sale malle. Ni de quiconque susceptible de parler de cette soirée. Personne. C'est compris, Pompey ?

— Oui, Jeune Maître.

Je remuai alors mon bras gauche. Ce geste provoqua une douleur inattendue et fulgurante, comme si les cisailles venaient de plonger dans ma peau, mes tendons et mes muscles. *Au secours, quelqu'un, s'il vous plaît, aidez-moi*, essayai-je de chuchoter. Mais mes lèvres refusèrent de bouger et, en outre, il n'y avait personne pour me venir en aide. Ma mère était partie, un homme du nom de Ram ne se préoccupait que des pièces de monnaie qu'il pouvait entasser dans sa main. Une odeur âcre de cheveux brûlés empestait l'air.

— Pompey ?

J'avais enfin retrouvé ma voix et chuchoté son nom au milieu de l'épaisse puanteur qui m'enveloppait, mais je n'obtins aucune réponse. Puis la sombre Mersey s'avança, en douceur, et je m'abandonnai à elle.

— Dis, c'était quoi ?

Quelque chose m'avait fait reprendre conscience. S'agissait-il d'une voix qui hurlait, comme étouffée par la distance ou par une barrière ? Ou bien d'une brusque secousse ?

Je n'y voyais rien, sans pouvoir néanmoins dire si mes yeux étaient ou non ouverts. Mon corps restait engourdi, et je me rendais compte que j'étais doucement balancée, comme je l'aurais été dans un berceau.

La voix se fit de nouveau entendre. Elle s'était rapprochée.

— Gib ? Gib, t'entends ça ? Gib !

Un grommellement répondit, comme si quelqu'un venait d'être brutalement tiré du sommeil. Un marmonnement suivit.

— J'ai rien entendu. Verse-nous à boire, Willy.

J'avais froid. J'étais mouillée. Allongée sur le flanc. J'entendais un bruit qui me disait quelque chose. Je tendis l'oreille. Des avirons, à en juger par les petits battements du bois qui frappait l'eau.

— On est restés dehors toute la nuit ? Le matin va se lever, hein, Willy ?

— Non, les cloches viennent juste de sonner trois heures.

Les voix s'étaient rapprochées et le bruit des avirons devenait plus sonore.

Je me rendis compte que j'étais de plus en plus mouillée. L'eau m'arrivait presque aux oreilles.

— J'ai entendu un équipage, Gib, pis quelque chose a heurté l'eau, juste là-bas. Quelque chose de lourd.

Un rot lui répondit.

— Ma bourgeoise, elle va m'écorcher vif, je vais pas y couper. Ramène-moi sur la rive, Willy. Faut que je retourne à la maison. Si j'arrive à rentrer sans la réveiller, elle va peut-être pas…

Quelque chose vint cogner, juste au-dessus de ma tête.

— Nom de Dieu ! T'avais raison, espèce de vieux bougre ! C'est quoi, c'est quoi, Willy ?

L'eau commençait à recouvrir un côté de mon visage. Elle atteignait ma bouche, je la sentais s'insinuer entre mes lèvres. Froide, avec un goût immonde. J'essayai tour à tour de l'avaler et de la recracher, mais ne parvins à faire ni l'un ni l'autre. Rien – ni ma bouche, ni ma gorge – ne fonctionnait.

— Ça coule, Gib, dépêche-toi. Aide-moi à hisser ça à bord. On dirait une boîte. Aide-moi à la tirer, mon vieux. Coince ton coude ici.

— L'est trop lourde. Tiens, t'as qu'à accrocher c'te corde à la poignée. On va la tirer jusqu'à la rive.

L'eau tourbillonna un certain temps sur mon visage, puis je me sentis soulevée. J'avais à présent la bouche emplie d'eau. Le mouvement saccadé suivant me fit prendre conscience qu'un objet lourd était pressé contre mon dos, qu'une chose me poussait.

J'étais enfermée dans une boîte. Un cercueil ? *Est-ce que je suis morte ?* L'eau menaçait de m'étouffer. J'en fus presque soulagée, car cela me prouva que j'étais encore en vie. Mais où me trouvais-je et que faisais-je, à dériver le long de l'eau avec quelque chose de lourd qui s'enfonçait dans mon dos ? J'entendis le fond d'une embarcation racler les gros cailloux de la rive. Puis on tira sur la boîte. Je sentis une vibration sous moi, mais je ne pouvais toujours ni bouger ni proférer un son.

— C'est une malle. Une de ces grosses malles de voyage. On va l'ouvrir, Willy. Peut-être ben qu'elle vaut quelque chose.

— J'essaie.

— Y a une serrure ?

— Non. Mais les verrous, ils ferment bien. C'est bon signe. Ça a peut-être empêché l'eau d'entrer dedans. Ça y est, j'ai eu le dernier et… oh, miséricorde !

Je sentis une bouffée d'air glacial, suivie du silence. Je savais à présent que mes yeux étaient fermés : je n'y voyais rien.

— Deux filles, annonça la voix la plus calme, celle de Willy.

— J'le vois ben tout seul ! Regarde-moi comment qu'elles sont allongées. Comme des cuillères. Et tous ces bocaux, c'est quoi ? Ils sont vides. Même pas de couvercles.

— Comment tu veux que je sache ? Dieu du ciel, Gib, qu'est-ce qu'on doit faire ?

— Pour sûr qu'elles sont mortes, hein, Willy ?

— Ben, on dirait. Immobiles comme elles sont.

J'entendis un bruissement de vêtements, et la voix la moins énervée m'effleura presque le visage.

— Mais sont pas mortes par noyade. L'ont que la moitié de la tête sous l'eau.

Je sentis son haleine avinée par la bière.

— T'as raison. On dirait que celle de devant a à peu près le même âge que ta dernière, Willy.

On tira sur mon épaule.

— Poignardée. En plein cœur, à première vue.

— Et l'autre ? Pareil ?

D'autres bruissements, d'autres mouvements. Cette fois, le poids dans mon dos se déplaça.

— Non, celle-là, l'a la gorge tranchée. Peut-être ben qu'elles ont des objets de valeur sur elles.

— Ça m'étonnerait. Personne irait se donner le mal de les tuer et de les jeter à la rivière avant de les avoir dépouillées.

— Hé, Willy, peut-être ben qu'on pourrait les vendre aux chirurgiens, là-bas, au dispensaire.

L'autre voix s'énerva.

— Pas question que je m'acoquine avec ces déterreurs de cadavres.

— Baisse d'un ton, Willy. On les sort pas du cimetière ! L'ont flotté jusqu'à nous, comme qui dirait.

— Non, je le ferai pas. J'vendrai pas ces filles à des types qui trempent leurs mains dans le sang pour faire leur sale boulot. C'est moche, c'te truc, découper les morts pour apprendre quelque chose. Et pis on a rien pour les envelopper, et rien pour les tirer de là. Non, Gib, je le ferai pas, répéta-t-il.

J'entendis un léger grincement, susceptible de correspondre à une main frottant un visage barbu.

— Peut-être ben que t'as raison. Si on se faisait prendre avec deux filles mortes...

Un soupir. J'entendais à présent les raclements de l'embarcation contre les galets épouser le rythme du ressac de l'eau sur la rive.

— Mais leurs robes, elles pourraient peut-être nous rapporter quelque chose, Willy, insista la voix avec une note d'espoir.

— Sont toutes ensanglantées. Et on dirait que la verte est découpée devant.

— Mais c'est du sang frais. Il partirait facilement. Et ma bourgeoise, elle sait s'y prendre avec une aiguille et du fil. On pourrait les vendre sur le marché. La fleurie, l'a l'air cher. On pourrait en tirer un ou deux shillings. Et y a la malle... sûr qu'elle pourrait nous rapporter quelque chose. Vas-y, Willy. Commence avec la verte. J'vais enlever l'autre. Et jette-moi ces bocaux.

Derrière moi, il y eut des mouvements brusques et saccadés et j'entendis un bruit de verre brisé.

— Je suis chrétien, Gib, et je suis père. Déshabiller ces filles et les rejeter à l'eau, ça me paraît pas bien. Ça me plaît pas du tout.

— T'as pas à penser à tes filles à toi maintenant, Willy. J'te parie que juste c'te robe... (Un bref sifflement suivit.) Ça alors, c'est pas une fille ! Regarde-moi ça ! Regarde ici.

Un silence, puis :

— Dieu du ciel, t'as raison ! Mais qu'est-ce qu'il fait, déguisé comme ça ?

On me souleva de nouveau.

— Qui sait ? Et pis, on s'en fiche. Mais celle du devant, c'est ben une fille. Je le vois ben, même avec ses cheveux tout rasés.

— L'est si petite !

— Arrête d'y penser, Willy. Sont mortes ; garçons ou filles, jeunes ou vieilles, l'ont plus besoin de leurs habits. Une robe, c'est qu'une robe.

Je ne suis pas morte. Vous ne le voyez pas ? Je ne suis pas morte.

Derrière moi, les mouvements se poursuivirent.

— Arrête de la fixer comme si t'avais vu un revenant, dit la voix la plus rude.

L'air froid s'engouffra, car on tirait le corps derrière le mien. Je me doutais à présent qu'il devait s'agir de Clancy.

— Regarde-moi c'te gorge. D'une oreille à l'autre. Un grand sourire rouge, comme qui dirait.

J'entendis un petit bruit d'éclaboussure, puis un son mat correspondant à la chute du corps de Clancy qu'on laissait retomber derrière moi.

— Tiens. Secoue ben la robe et va au bord de l'eau pour me laver c'te sang.

Quelqu'un me saisit par le bras, et deux bocaux qui avaient dû se coincer dans les plis de ma jupe s'entrechoquèrent.

— Qu'est-ce que t'as à rester planté là, Willy ? Fais ce que je te dis. Si t'es trop trouillard, je vais m'en occuper moi-même. Mais dans ce cas, la robe, c'est moi que je l'aurai.

On me tira, pour me laisser sur-le-champ retomber.

— L'est pas comme l'autre, dit l'homme appelé Gib.

L'est moins froide, Willy. J'suis pas sûr que celle-ci l'est morte.

La pointe d'une botte s'enfonça brutalement dans mes côtes. Ce choc provoqua un renvoi qui me fit recracher un ruisselet de la Mersey puante.

— Bon sang, c'est vrai qu'elle vit encore, dit Gib. Mais on voit ben qu'elle en a plus pour longtemps. C'te robe va pas lui manquer.

Il se mit à la tirer de mon épaule.

— Gib, non, dit Willy.

— Quoi ? demanda ce dernier.

— T'as entendu. Laisse-la comme ça.

— De quoi tu causes, Willy ?

Je sentis des bras sous mes aisselles, qui me tiraient hors de la malle. Les bocaux encore coincés dans ma jupe se brisèrent sur les galets visqueux. Quelque chose de doux et de chaud pesait sur ma poitrine.

— Sans doute que l'eau froide l'a ralenti les saignements, dit la voix la plus pondérée. Peut-être ben que c'est l'eau qui devait la tuer qui l'a sauvée. Qui qu'a pu faire ça ?

J'eus un haut-le-cœur et mon renvoi me fit de nouveau expulser un mélange d'eau et de salive. J'eus la sensation que ma gorge était dégagée.

— Pompey, murmurai-je.

C'était sans doute Pompey qui avait obéi à l'ordre de me jeter dans la Mersey. Et comme il pensait que j'étais déjà morte, il n'avait pas estimé utile de me trancher la gorge, comme celle de Clancy.

— L'appelle son père, dit Willy. Veut son papa.

On me tira alors sans ménagement sur les galets et la douleur qui me transperçait la poitrine fit sa réapparition, de même que l'obscurité bénie.

6

On me secouait sans ménagement.

— Réveille-toi ma fille. L'est grand temps. Allez, dépêche-toi.

La secousse déclencha une douleur si fulgurante que je poussai un hurlement. J'ouvris les yeux sur le visage aux traits tirés d'une femme d'un certain âge.

Mon corps entier me faisait souffrir. La douleur qui martelait mes tempes et me lacérait la poitrine m'empêchait de bouger. J'étais clouée sur place.

— Maintenant, faut te lever. T'as passé vingt-quatre heures couchée ici.

Je voulus humecter mes lèvres. Sans succès.

— S'il vous plaît, chuchotai-je. À boire, s'il vous plaît.

La femme ne parut pas m'avoir entendue. Elle était vêtue d'une longue chemise qui la faisait ressembler à une mince planche grisâtre. En elle, tout était gris, de ses cheveux à sa peau, en passant par ses habits.

— Le chirurgien, l'est passé te recoudre.

Elle était obligée de crier pour se faire entendre par-dessus les cris, malédictions et prières résonnant de toutes parts.

— Habille-toi. Y en a d'autres qu'attendent le lit. Tu passeras par c'te porte, là-bas.

Elle me désigna l'autre extrémité de la longue salle.

Puis elle laissa tomber mes bottines par terre et jeta la robe verte, raidie par le sang et empestant l'humidité, sur le bord du lit. Une écharpe de laine marron, mangée par les mites, restait collée au corsage par le sang.

— T'avais rien d'autre sur toi, même si c'est rare d'en voir avec des bottines comme ça. Allez, remue-toi.

— Chirurgien, murmurai-je. Où suis-je ?

La femme se pencha de plus près.

— Quoi ? fit-elle.

— Cet endroit ? Je suis où ? répétai-je, lentement envahie par la crainte.

— À l'hôpital de l'hospice de Brownlow Hill.

Je levai la tête, en dépit de la nouvelle vague de douleur provoquée par ce mouvement.

— Personne ne sort vivant de cet hôpital. Je vais mourir ?

La femme hocha la tête.

— Ça m'étonnerait. Vous autres, si vous croyez que vous allez mourir parce que vous êtes à l'hôpital, c'est parce que personne ne vient jamais à moins d'être à deux doigts de la mort. C'est pas notre faute s'ils sont trop malades pour qu'on les aide. T'as de la veine. Une bonne âme t'a déposée devant la porte avec ta blessure emmaillotée dans c't'écharpe. Sinon, t'aurais saigné à mort. Grouille-toi, ma fille. Si t'as pas d'endroit où aller, va à l'hospice. Quand tu pourras travailler, on te donnera de quoi t'occuper.

Elle me tourna le dos et s'éloigna.

Je restai immobile. J'essayais de respirer malgré la douleur, de maîtriser mon vertige, de réfléchir.

L'atrocité des événements me revint avec une telle violence que j'eus l'impression qu'on me fouettait.

— Non, murmurai-je en refermant une nouvelle fois les yeux. Non !

La pièce et son odeur suave. Les souvenirs me remontaient à la mémoire. J'étais allongée sur le tapis de la maison de Rodney Street... L'odeur des cheveux qui brûlaient... les cheveux, et les cisailles. Et l'homme... l'homme que j'avais tué. Que j'avais assassiné. Est-ce qu'on allait m'attraper, m'envoyer en prison et me pendre, jeter mon corps dans une fosse de chaux vive avec celui d'autres meurtriers ?

Que s'était-il passé ensuite ? Un autre souvenir. Il faisait noir et j'étais mouillée. S'agissait-il de mon rêve qui revenait, celui de ma mère flottant sous la surface de la Mersey ? Mais il faisait froid, si froid ! À présent, je me souvenais. Mère, c'est toi, mère ? J'avais senti quelqu'un me pousser et ballotter dans l'eau contre mon dos. Pas mère. Clancy. Des voix d'hommes appelés Gib et Willy. C'était Willy qui m'avait sauvé la vie, qui m'avait amenée ici.

En gémissant, je parvins à m'asseoir sur le matelas. Il était maculé de taches brun foncé, composées d'un mélange de sang, de vomi, d'urine et d'excréments. J'inspirai profondément pour essayer de refouler les nausées provoquées par la douleur. J'enlevai maladroitement la chemise grise, usée jusqu'à la corde, que quelqu'un m'avait fait enfiler, les lèvres crispées par l'effort, sans prêter attention à la vieillarde qui me scrutait de ses yeux catarrheux, dans le lit proche d'une vingtaine de centimètres du mien. Ma poitrine était enroulée dans une épaisse bande de flanelle imbibée de sang. Enfiler la robe me parut relever de l'impossible, car je n'avais personne pour m'aider. Je savais que la femme qui s'était adressée à moi devait venir de l'hospice, car son visage n'exprimait pas la moindre trace de compassion.

Je réussis enfin à me vêtir. La vieillarde tendit le bras et effleura ma jupe de soie verte d'un ongle à la corne épaisse et jaunie, m'adressant un sourire édenté et marmonnant quelque chose d'incompréhensible. Je laissai tomber l'écharpe marron sur son lit. Elle s'en saisit, la huma, la caressa comme s'il s'agissait d'un petit animal. J'enfonçai les pieds dans mes bottines souillées, sans les lacer, et je parcourus d'une démarche titubante la longue salle débordante d'hommes et de femmes pitoyables, comme si j'étais encore en plein cauchemar. Je dus traverser plusieurs parties du bâtiment. Je lisais automatiquement au passage les pancartes des différents pavillons : « Aliénés », pourvu de portes fendues cadenassées qui laissaient passer des hurlements de désespoir et des voix embrouillées. « Brûlures et démangeaisons », d'où émanaient des plaintes et des pleurs étouffés. « Petite vérole », d'où provenait un sinistre silence. Et pour finir, pire en quelque sorte que les cris et le silence accablant, la cacophonie de sons isolés se déversant des portes du pavillon qui portait le simple écriteau, « Enfants ».

Je sortis dans la brume matinale grisaillante, j'évitai l'hospice à la gauche de l'hôpital et j'empruntai le chemin menant à la route principale. Je marchai et marchai, sachant que si je tombais, on me traînerait de force à l'hospice. Le vent dispersa peu à peu la brume à travers laquelle percèrent les rayons d'un soleil délavé. Comme j'approchais de Vauxhall Road et des écluses du canal de Leeds à Liverpool, je remarquai une foule de spectateurs rassemblés dans le petit matin sur le terrain de Locks. Ils regardaient une rixe entre deux jeunes gens, qui s'empoignaient probablement à la suite d'une dispute ayant duré toute la nuit dans l'un des nombreux pubs bordant le quartier.

J'avançais, dans mes bottines alourdies et ma robe souillée, le corps par instants presque plié en deux de douleur. Les gens s'écartaient pour me laisser passer. J'avais l'impression d'être aussi âgée que la vieille femme qui attendait la mort dans le lit voisin du mien à l'hôpital, la vieille femme qui aimait le vert.

Lorsque je m'effondrai sur le seuil de la porte, la mâchoire de Ram se décrocha.

— Que… commença-t-il, mais je parvins à me relever, à zigzaguer à travers la pièce et à m'effondrer sur ma paillasse.

La douleur, intolérable, me permit uniquement de m'allonger sur le dos. Je voulus saisir ma couverture, mais je fus incapable de m'en recouvrir. Je restai étendue, les yeux grand ouverts. Ram s'approcha et me scruta d'en haut.

— Mais qu'est-ce qui t'est arrivé ?

Son regard engloba la robe déchirée, la flanelle sale enroulée autour de ma poitrine, mes cheveux rasés. Le pli de colère familier se creusa autour de sa mâchoire.

— J'ai ben cru que tu t'étais sauvée quand je suis allé te chercher et que personne a répondu à la porte. Regarde-moi dans quel état t'es ! T'as pas voulu faire ce que demandaient les messieurs ? Ils ont dû te punir ?

Je fermai les yeux.

— Moi aussi, je devrais te punir. C'te robe, elle m'a coûté la peau des fesses. Va falloir que tu la recouses et que t'éponges le sang.

Sa voix grimpait, mais elle tremblotait légèrement, et il employait un ton que j'entendais pour la première fois, comme s'il avait du mal à exprimer sa colère.

— Ils te reprendront jamais chez le relieur si tu manques plus que quelques jours. Et tu vas p'us rien me rapporter de ton travail du soir, au moins pendant un moment. Si t'étais pas délabrée comme ça – mais qu'est-ce qu'a ben pu arriver à tes cheveux – j'te ficherais une branlée pour tous les ennuis que tu me causes. Connasse, bonne à rien, grogna-t-il.

Une minute plus tard, une couverture tomba sur moi et il reprit d'une voix plus calme :

— Vaut mieux que tu bouges pas pendant un moment.

Puis je sentis sa paume rugueuse qui soutenait ma nuque, soulevait ma tête et portait le bord d'une tasse à mes lèvres. J'ouvris la bouche et de l'eau fraîche coula dans ma gorge.

J'avalai gorgée sur gorgée, sans émettre le moindre son. Si j'avais été une pleurnicharde, j'aurais sans doute fondu en larmes.

Le pus suintant des points de suture crasseux de mon sein finit par se tarir et j'émergeai de mon délire. Je savais que cela faisait un bail que je me retournais dans tous les sens sur ma paillasse. Une semaine ou deux, peut-être. Entremêlés à des trous noirs, les moments de douleur, de soif ou de lumière, ceux où Ram me donnait des cuillerées de gruau infâme et me soulevait sur le pot de chambre se fondaient en une seule continuité. Mais ce matin-là, au bout d'une période indéfinie que je pourrais qualifier de cauchemardesque, je m'assis sur ma paillasse et embrassai la pièce du regard. J'étais seule et malgré ma tête en proie au vertige, néanmoins beaucoup plus lucide que je ne l'avais jamais été. Mes idées étaient claires, solides, évidentes et cohérentes. J'allais avoir quatorze ans et je savais que j'étais en âge d'effectuer un choix. De deux choses l'une : soit je restais ; soit je partais.

Si je restais, je devrais reprendre mon labeur épuisant à l'atelier de reliure, à condition qu'on m'y reprenne, ou dans une autre fabrique, pour un salaire de misère que me subtiliserait Ram Munt. Et je continuerais à me prostituer pour lui, ne recevant rien d'autre en échange de mes besognes que le giclement visqueux déposé sur moi ou en moi.

Si je partais, mon avenir était flou, mais au moins, j'en serais en partie responsable.

L'alternative était simple, claire comme de l'eau de roche.

J'allai prendre la boîte en bois d'arbre fruitier et en sortis le miroir. J'y scrutai mon visage et y constatai que le changement que j'avais pressenti, alors que je me tournais et me retournais dans mon drap moite, s'était bien produit. Si mon visage était désormais plus émacié, mes yeux avaient véritablement changé : plus larges et plus sombres, ils dégageaient une intensité et brillaient d'une étincelle énigmatique. Mes cheveux pâles se hérissaient sur mon crâne. L'absence de mes boucles et mes pommettes plus dessinées indiquaient ma mutation d'enfant en femme.

Je dénouai la bande de mousseline qui avait remplacé la flanelle sale. Sur mon sein, la cicatrice se détachait en noir. Je l'effleurai. Elle était boursouflée et refermée par une couture sinueuse. Elle durcissait en même temps qu'en moi, un noyau se densifiait et se refroidissait. Devenait résistant et impitoyable.

Je nettoyai la robe verte et recousis la déchirure. Puis je partis en chasse des sous que Ram avait dissimulés partout dans la pièce : mon argent, celui que j'avais gagné. Je fus simplement navrée de constater qu'il en avait bu la plus grande partie, et que de mes années de labeur, debout ou allongée, ne subsistait qu'une somme minable.

Je croquai un croûton de pain que je trouvai sur la table, la main posée sur la bouche pendant que je déglutissais afin de ne pas rejeter le premier aliment solide que j'avalais depuis longtemps. Je bus un tout petit peu d'eau et je sortis. Je quittai la misérable chambre de Back Phoebe Anne Street, je quittai la cour pouilleuse, avec son ruisselet de rejets humains dégoulinant dans sa rigole centrale à peine creusée, je laissai derrière moi les pâtés de maisons infestées de vermines, adossées de guingois les unes aux autres.

Je portai l'élégante robe verte, un châle propre et un bonnet de paille, et je serrai sous mon bras la boîte en bois d'arbre fruitier contenant mon miroir, mon livre, mon pendentif et mon couteau au manche d'os. Les quelques sous étaient coincés dans un vieux mouchoir tire-bouchonné que j'avais cousu à mon jupon.

— T'empiète sur mon territoire, déclara la grande femme osseuse en scrutant les petites mèches dorées qui dépassaient de mon bonnet.

Quelques heures s'étaient écoulées, et je faisais le pied de grue dans Paradise Street, bordée de foyers pour marins et d'asiles de nuit.

— La rue est gratuite, non ? répliquai-je sur le même ton qu'elle.

— Tu bosses depuis quand ?

— Presque trois ans, lui dis-je.

— En tout cas, pas par ici. J'connais toutes les filles à un kilomètre à la ronde. Mais t'as l'air de savoir où tu vas. T'es jeune, constata-t-elle après avoir étudié mon visage. Plus jeune que la plupart. J'parie que t'as même pas encore tes règles.

Je m'abstins de répondre.

— T'as quel âge ?

— Quatorze ans. *Presque quatorze ans.*

— Tu veux travailler par ici : tu travailles pour moi. Qu'est-ce que t'en dis ?

— Ça dépend, répondis-je, faisant preuve d'une audace dont je ne me croyais pas capable et qui me plut. Vous prenez combien ?

— La moitié de ce que tu te fais chaque soir. Voilà les règles : j'autorise pas mes filles à boire pendant le boulot. Et j'ai les moyens de savoir si tu m'as trompée. Si c'est le cas, t'es renvoyée avant même d'avoir eu le temps de renouer les rubans de ton bonnet et je m'arrange pour que t'aies plus jamais de clients dans le coin. Pigé ?

Je fis oui de la tête.

— T'es propre ? Les filles qu'ont la chtouille ou la vérole travaillent pas pour moi. J'ai un nom à faire respecter. Rien que des filles propres. Tous ceux qui viennent voir les filles de Blue, ils le savent. C'était pareil à Londres quand je dirigeais mes affaires à Seven Dials, avant de venir ici. Mes filles, elles étaient toutes propres.

— Je suis propre, dis-je.

Sur ce, je fis exprès d'ouvrir mon châle. Mon geste fut

accueilli par une expression de dégoût qui voila le regard de la femme.

— Malédiction ! C'est récent. Tu veux travailler avec c'te machin dans un état pareil ?

— Je m'en fiche.

Elle déroula une écharpe jaune crasseuse de son cou.

— Couvre-moi ça avec pendant un petit moment. Faut pas que tu commences par les faire fuir de trouille.

Je pris l'écharpe et la drapai sur ma cicatrice.

— Comment qu'tu t'appelles ?

— Linnet, lui dis-je. Linnet Gow. (Je me redressai.) Mais on m'appelle Linny.

La femme hocha la tête.

— Tu veux changer de nom ?

Elle indiqua ma poitrine du menton.

— T'as pas quelqu'un d'avant à tes trousses, que tu voudrais pas qu'il te retrouve ?

Comme je ne répondais pas sur-le-champ, elle tapa du pied d'impatience.

— Je garde Linny, déclarai-je. Linny Gow. Et si quelqu'un vient à ma recherche, poursuivis-je, tandis que m'apparaissait mentalement le visage hirsute de Ram Munt, je m'en occuperai moi-même.

— Bien, j'ai des chambres où que tu peux travailler, et du moment que tu fais tes preuves, tu peux bosser pour moi. Si un client, une autre fille ou les flics te font des noises, tu viens me voir. Si tu suis les règlements, tu verras que je suis juste.

Le sourire qu'elle m'adressa en me voyant hocher la tête révéla qu'il lui manquait une dent de devant. Les autres étaient longues, droites, et paraissaient saines.

— T'as l'air d'avoir du cran, dit-elle. Les hommes qui viennent dans la rue, c'est un peu ça qu'ils cherchent, non ? Restez chez vous avec votre bourgeoise, que je leur dis, à ceux qu'en cherchent qui font leurs timides et leurs réservées.

Elle rit de sa propre plaisanterie. J'ouvris la bouche et émis un son que certains auraient pu confondre avec un rire.

Mes cheveux finirent par repousser et je parvins enfin à redresser le menton et les épaules sans ressentir d'élancements et de douleurs. En échange d'un coin bondé d'une pièce pour dormir et d'une autre pièce, divisée par un rideau en trois espaces contenant chacun un fin matelas en bourre de laine, dans laquelle je pouvais amener des clients, je remettais la moitié de mes gains nocturnes à Blue, conformément à notre accord.

— D'où que tu viens, au fait ? me demanda un soir Lambie, alors que nous étions assises à une table graisseuse chez Goat's Head.

— De Back Phoebe Anne Street. Ça donne sur Vauxhall Road, lui répondis-je.

— Vauxhall Road ? Alors comment que t'as fait pour bien parler comme ça ? Les putes de Vauxhall Road, elles causent pas comme toi. Moi, je viens de Scottie Road, et j'ai jamais appris à bien causer.

Je souris. Un vrai sourire.

— Du sang noble, répondis-je. Du sang noble, mes chères.

Je levai mon verre d'eau sucrée et Lambie, Douçon et moi portâmes un toast au sang noble, à nos gains qui dépassaient en une heure ceux d'une journée dans une verrerie, une poterie, une fabrique de chandelles, une raffinerie de sucre ou un atelier de reliure, et à la liberté liée à notre insouciance à propos du qu'en dira-t-on.

— Tu manques pas de clients, hein ? fit Lambie. Mais comment qu'elle s'y prend ? ajouta-t-elle, interrogeant Douçon du regard. Comment qu'elle fait pour attirer tous ces clients ? Et avec c'te truc, en plus ?

Le tendre renflement de mon sein droit apparaissait au-dessus de la dentelle grisâtre de mon corsage, sa peau lisse luisait faiblement, telle une perle sous la lampe à gaz puante et crépitante. Mais à gauche, la large zébrure rouge courait du haut de mon sein jusqu'au sommet de ma première côte. Quand personne ne m'observait, je grattais la cicatrice, profonde et froncée. Elle me lançait parfois encore, comme si les lames qui s'étaient profondément enfoncées dans la chair tendre y avaient laissé des barbillons invisibles qui continuaient à pincer et piquer après que le chirurgien eut coupé la chair détruite et maladroitement suturé les bords inégaux de la plaie. Le téton avait été épargné, mais le muscle et le tissu graisseux qui gonflaient mon sein droit n'existaient plus sur le gauche.

Douçon haussa les épaules.

— J'sais pas, mais j'aimerais bien qu'elle m'envoie un peu de ceux qu'elle récolte. Certains soirs, c'est zéro, rien que des bites vérolées qui dégoulinent de la pisse.

— À mon avis, c'est parce qu'elle s'fait passer pour une dame distinguée, qui passe juste par là pour baiser vite fait bien fait, avec son p'tit con bien poudré et tout frais. J'ai t'y pas raison ?

Elles éclatèrent bruyamment de rire et je haussai un sourcil dans leur direction. C'était mon sang qui me rendait différente. Mais il y avait plus. J'avais la certitude que je ne mènerais pas toujours cette vie : un autre genre de destin, plus grand, m'attendait. Linny Gow serait un nom dont les gens se souviendraient.

7

Douçon disait vrai : je n'étais pas à court d'hommes. J'emmenais la plupart d'entre eux dans l'une des minuscules alcôves contenant plusieurs matelas sur lesquels étaient empilés des draps rugueux de mauvaise qualité – celui du dessus, souillé, était enlevé après chaque client – au troisième étage d'une maison de Jack Street, l'une des étroites ruelles partant de Paradise Street. D'autres étaient incapables d'attendre : ils voulaient juste me tripoter, à la va-vite, sous une porte cochère ou dans une venelle.

Bien évidemment, Ram Munt m'avait rapidement retrouvée après ma fuite de Back Phoebe Anne Street. Je ne me cachais pas et malgré son cerveau vaseux, Ram n'avait eu aucune difficulté à deviner par déduction dans quel endroit je pouvais avoir atterri.

Je me tenais sous un réverbère lorsque je le vis approcher. Sa démarche chaloupée et ses oreilles décollées le trahissaient et je me rendis compte aussi, malgré l'obscurité qui régnait dans l'intervalle entre chaque réverbère, qu'il était complètement aviné. Il dévisageait effrontément toutes les filles devant lesquelles il passait. Je me plaçai davantage dans la lumière, la main tendue derrière mon bonnet.

Les jambes arquées de Ram se mirent à tricoter en

crabe quand il me reconnut à son tour. Je m'approchai de lui, les bras écartés comme si je voulais l'étreindre. Lorsqu'il me rejoignit, je posai ma main gauche sur son épaule. Puis je glissai la pointe luisante de la lame de mon couteau, mortellement aiguisée, sur son cou, juste à côté du pouls.

— Bonsoir, Ram, lui soufflai-je au visage. Je me demandais combien de temps s'écoulerait avant que je te voie ici.

J'appuyai un peu et la pointe transperça la surface de sa peau ; une brillante perle cramoisie jaillit.

Ram geignit comme un bébé.

— Linny, ma fille, en v'là une façon d'accueillir ton Pa, s'écria-t-il, sans oser me regarder en face.

J'étudiai ses joues marbrées, la surface rougeaude et pustulée par la vérole de son nez que la boisson avait rendu bulbeux. Il était évidemment plus costaud que moi, et il aurait été capable, même dans cet état d'ébriété, de me faire tomber avec mon couteau avant que je puisse m'en servir. Il le savait, et moi aussi. Mais au milieu de ce cercle de lumière, je me sentais invulnérable. Depuis plusieurs années, j'avais si souvent imaginé cette scène, celle où je menaçais Ram Munt d'un couteau, que je compris qu'il lisait sur mon visage que je n'étais plus la petite Linny Munt.

— Va-t'en, Ram. Désormais, j'habite ici. Tu ne me possèdes plus.

Le ton que j'avais employé pour lui répliquer m'inspira de la satisfaction.

— Linny, voyons Linny, réfléchis.

La moitié de ma bouche seulement sourit.

— C'est fait, Ram, c'est fait. Tu peux me croire.

— Des ennuis, Linny ?

C'était Blue, qui s'était approchée de moi par-derrière. Ram la regarda en sourcillant.

Je souriais à présent sans retenue, les yeux rivés sur lui.

— Non, Blue, tout va bien. Juste quelqu'un qui croyait me connaître. Mais il se trompait. En fin de compte, il ne me connaît pas.

J'abaissai le couteau, sans cependant le dissimuler pour lui permettre de renvoyer la lumière.

Ram ouvrit la bouche et la referma. Il me fusilla du regard et jeta un coup d'œil au couteau. Puis il revint à Blue.

— Elle va te mettre sur la paille, c'te voleuse, grommela-t-il. Une vraie petite salope, avec ses grands airs, et rusée comme pas une. Tu vas regretter de l'avoir prise.

— C'est moi qu'en jugerai, répliqua Blue.

Ram Munt tourna les talons. Je le regardai s'éloigner, convaincue qu'il ne viendrait plus me chercher des noises. Je regrettais presque de ne pas avoir enfoncé le couteau dans sa veine palpitante au moment où j'en avais eu l'occasion. Je me rendais compte que je n'aurais eu aucun mal à tuer de nouveau. Que tuer pour la première fois, c'est comme perdre sa virginité. C'est difficile, douloureux, déroutant, mais la chose faite, aucun retour en arrière n'est possible. On ne peut pas faire grand-chose pour éviter de baiser une deuxième fois. Ou de commettre un deuxième meurtre.

L'été arriva, et avec lui, une foule de clients. Par moments, je trouvais presque agréable de faire le pied de grue dehors, le visage et les bras caressés par le vent chaud, les pieds ni brûlants ni gelés. La camaraderie qui me liait aux autres filles me plaisait : bras dessus, bras dessous, nous regardions les équipages ralentir, en riant et en nous racontant des potins, à l'occasion en craquant des cacahuètes. Elle me rappelait, par certains côtés, mon amitié d'antan avec Minnie et Jane, et les moments où je m'attardais dans la cour auprès de ma mère après le dîner. Je me rendais compte de la solitude dans laquelle j'avais vécu les années précédentes, de l'emprise étouffante qu'avait exercée Ram sur moi. J'appréciais mon indépendance. Il m'arrivait rarement de refuser un client, mais je savais que je pouvais le faire si je le trouvais trop repoussant ou trop douteux. J'aimais la liberté que me procurait le droit de conserver la moitié de mes gains. Je n'avais pas oublié mes rêves simples de petite fille, partagés avec Minnie et Jane lorsque nous rentrions à pas sautillants de l'atelier de reliure, et je m'achetais désormais des colliers de strass, des réticules en perles et des bonnets à plumes au mont-de-piété. J'entrais sur une impulsion dans une gargote pour acheter une tourte chaude, parfois à deux reprises dans la soirée, et j'avais commencé une collection de petits livres reliés de cuir, usagés, mais assez chers.

Ces achats me donnaient l'impression d'être une adulte et, parfois, lorsque je glissais un colifichet criard à mon poignet et que je l'admirais ensuite, j'éprouvais un sentiment assez proche du bonheur. Qu'était-il advenu de Minnie et de Jane ? Sans doute trimaient-elles encore à l'atelier de reliure et remettaient-elles toujours leurs gains à leurs pères, ou alors, si cela se trouvait, à leurs maris. Elles avaient cessé de rêver aux beaux atours exposés dans les vitrines et leurs salaires leur permettaient tout juste de continuer à mettre du pain sur leur table et à les protéger de la pluie.

J'étais honnête avec Blue, reconnaissante de sa protection, et je savais qu'elle m'aimait bien. Un soir que je lui remettais la moitié de mes gains, elle m'adressa un clin d'œil.

— Tu t'en sors bien, ma fille, me dit-elle. À mon avis, ton avenir est dans la poche, du moment que tu restes propre. Une fille comme toi, elle peut gagner sa vie pendant un bon bout de temps.

J'acquiesçais de la tête, alors que je n'avais évidemment pas l'intention de continuer à faire le trottoir toute ma vie. Tout en jouissant d'une liberté que ne connaîtraient jamais Minnie et Jane, je n'aimais pas le prix qu'elle me coûtait. Je savais que je quitterais Paradise Street, que je quitterais Liverpool, que je quitterais l'Angleterre elle-même. J'avais commencé à réfléchir à l'Amérique… l'Amérique à laquelle ma mère rêvait jadis. Elle n'avait peut-être pas été capable de quitter son existence pénible, mais j'y parviendrais.

Je lus l'information concernant le navire en partance pour l'Amérique par une nuit de mars venteuse. C'était dans l'officine d'un agent de Gore Piazza, où les bureaux traitant du commerce des esclaves avaient jadis pignon sur rue. La place abritait désormais ceux de plusieurs compagnies maritimes et quelques pubs. Ce soir-là, les clients étaient rares et vu la somme maigrelette que j'avais gagnée, j'aurais aussi bien fait de ne pas m'exposer aux rafales de pluie. Les conditions de travail étaient plus risquées près de l'eau. Je préférais ne pas trop m'éloigner de Paradise Street, où les réverbères à gaz offraient au moins un peu de sécurité, mais une fois de temps en temps, je m'aventurais quand même jusqu'aux quais.

La chance aidant, j'avais vite trouvé deux clients à la file, ce qui avait suffi à boucler ma nuit. En regagnant Jack Street, je m'arrêtai devant une agence, afin de coincer un bout de papier dans ma bottine, à l'endroit où elle irritait l'os de ma cheville. Alors que je me redressais et que je jetais un coup d'œil dans la vitrine sombre, mon regard tomba sur une affiche toute récente, dont le titre était rédigé en grosses lettres noires :

Compagnie associée de Paquebots
Liverpool à New York
Fitzhugh et Caleb Grimshaw

Les détails figuraient dessous, en caractères plus petits : « Le *Bodwitch* appareillera le 5 avril. Place pour cent cinquante à deux cents passagers en entrepont ; plusieurs cabines de première et deuxième classes également disponibles. Aucun sel ne sera emporté ; traversée garantie sèche et confortable. »

Le tarif d'une cabine de première classe s'élevait à vingt-cinq livres. *Vingt-cinq livres !* me dis-je. Je n'arrivais pas à concevoir comment quiconque pouvait arriver à économiser une telle somme. En entrepont, le passage coûtait cinq livres et dix shillings.

Cinq livres était quand même un montant dont je n'avais jamais vu la couleur. Je haussai les épaules et poursuivis mon chemin.

Les semaines passant, je me mis cependant à repenser à cette annonce. Je réfléchissais à sa signification : partir pour l'Amérique. Et par une nuit noire, alors que j'étais plus proche de mes seize ans que de mes quinze ans et que ma lèvre palpitait à la suite d'un coup que m'avait flanqué un client qui refusait de me payer, j'y songeai pour de bon et j'eus la vision d'un voilier avec son grand mât et ses voiles déployées et gonflées par la brise marine.

Je me représentai une nouvelle vie, une vie différente, dans laquelle personne ne me connaîtrait, qui me permettrait de repartir à zéro. C'était peut-être ma seule occasion de ne pas terminer comme d'autres filles avec lesquelles j'avais travaillé : Lambie, qu'on avait tant battue qu'elle en était devenue aveugle et avait échoué à l'hospice, et le mois précédent tout juste, Mo la Maigre, décédée de la tuberculose, après trop d'années passées dans les rues froides et mouillées.

Je me mis à amasser mes gains, à mettre au clou mes babioles bon marché et mes bonnets superflus et à m'interdire d'acheter de nouveaux livres, malgré le plaisir que j'éprouvais à passer les mains sur leurs couvertures satinées, en effleurant les lettres gravées. Je me restreignais sur la nourriture, et j'allais moins souvent boire avec les autres filles dans les estaminets. Et j'attendais.

Je savais que lorsque se présenterait le moment de partir, un signe me l'indiquerait. J'ignorais quel serait ce signe, mais je ne pourrais pas me méprendre.

Quelques mois après avoir fait le vœu d'immigrer en Amérique, je fis la connaissance de Sally la Chinoise.

— Eh ben, regarde-moi qui r'descend dans not'e monde, avait dit Blue à la vue d'une jeune femme, grande et élancée, qui s'avançait vers nous dans la rue par une soirée d'été.

Elle trimballait un gros sac tapissé de brocart, manifestement pesant, et elle était vêtue d'une gracieuse robe de dentelle, bien trop chic pour la rue. Elle portait des souliers équipés de patins épais, pour empêcher son ourlet de traîner dans la gadoue. Ses cheveux luisants étaient tellement foncés que les mèches qui dépassaient de son élégant bonnet paraissaient bleu marine. Elle avait une jolie peau, pâle et lisse, et des yeux en amande d'une couleur changeante lorsqu'ils réfléchissaient la lumière, si bien que je ne pus décider s'ils étaient verts ou marron.

— Alors, ton homme est de nouveau en taule ? lui demanda Blue.

— Juste pour un petit moment, Blue. Cette fois, il a simplement chopé une rallonge, trois mois pile. Et il a été victime d'un coup monté par un type qu'il prenait pour un pote. À cause de ce pourri, Louis a été pris la main dans le sac.

Elle posa son cabas par terre avec un léger soupir de regret, en prenant bien soin d'éviter un crachat. Elle fit des flexions avec ses doigts. Elle portait des gants.

— Ça prouve bien qu'on peut faire confiance à personne.

— Linny, dit Blue, voilà une de mes anciennes, Sal. Tu peux lui faire une petite place pour quelques mois ?

— Je préfère qu'on m'appelle Sally la Chinoise, déclara la nouvelle venue.

Elle ne ressemblait pas à nous autres de Paradise Street. Non seulement à cause de son visage, mais de son élégance indubitable. Sa robe de dentelle était neuve, repassée, et avait été confectionnée sur mesure et non achetée chez le fripier ou sur l'étal d'un marché. Et elle s'exprimait d'une voix mélodieuse et instruite.

— Bien sûr, répondis-je. Pour l'instant, il n'y a que Helen qui partage ma chambre.

Sally la Chinoise remarqua-t-elle que je m'exprimais comme elle ?

Elle sourit. Un petit sourire narquois.

— L'a un jules, tu sais, me dit Blue. Un vrai gandin. Notre Sal, elle navigue dans le beau monde, tant que son mec se fait pas arrêter. Mais l'a ben de la veine d'avoir ses vieilles copines quand les temps sont durs. C'est la deuxième fois que tu reviens, non ?

La fille hocha la tête en examinant le bâtiment derrière moi.

— Je ne pensais pas que je reviendrais un jour. Nous avions l'intention de partir à Londres le mois prochain.

— Qu'est-ce que fait ton homme ? lui demandais-je.

— Il est pickpocket, me répondit Sally la Chinoise. La crème de la crème. Y en a pas un à Liverpool plus doué que mon Louis.

Elle reprit son sac de voyage, en étouffant un bâillement délicat derrière sa main gantée.

— Je suis claquée, déclara-t-elle. J'ai appris ce matin très tôt, par l'un de ses hommes, que mon Louis avait été arrêté. J'ai eu peur de sortir toute la journée, au cas où ils me surveilleraient aussi. J'ai jugé préférable de revenir ici et de garder un profil bas jusqu'à sa libération. Je vais dormir une bonne nuit, poursuivit-elle après avoir de nouveau bâillé, comme ça je serai prête pour travailler demain toute la journée.

Blue opina du chef.

— Linny, fais-la monter dans ta chambre.

Elle donna une claque sur l'épaule de la fille.

— Ça fait du bien de te revoir, Sal.

Je vis Sally la Chinoise se raidir et ses lèvres se crisper, mais elle ne répondit rien.

— Par ici, dis-je. La pièce donne sur Jack Street.

Elle marcha à mes côtés.

— Dans la rue, je suis Sally la Chinoise. Mais dans ma vraie vie, je suis Mlle Sing, me déclara-t-elle.

Elle s'abstint de tout autre commentaire. Je la laissai assise sur le lit froissé. Elle parcourut la pièce d'un regard dégoûté, le sac de voyage sur les genoux.

Il ne s'agissait donc pas de sa vraie vie. Comme moi. Je réfléchis à ses paroles durant la nuit. « Dans ma vraie vie », me chuchotais-je à moi-même, avec le même ton supérieur que celui utilisé par Sally. « Ma vraie vie ».

Au fil des mois suivants, j'appris à bien connaître Sally la Chinoise. Comment peut-il en être autrement, quand on dort à côté de quelqu'un, quand on l'entend hurler dans ses cauchemars, quand on sait quel a été son dernier client à l'odeur qui se dégage encore d'elle ? Je savais que ses yeux étaient marron quand elle se sentait bien et qu'ils lançaient des étincelles vertes lorsqu'elle était en colère. Elle avait dix-huit ans, deux ans de plus que moi, et sa vie avec Louis me paraissait fascinante.

— Je suis sa fleur, me confia-t-elle un soir, alors qu'assise sur le lit, je me poudrais avant d'aller au travail. Tu sais, j'ai de belles toilettes et je divertis des gentlemen du grand monde. Il m'achète des robes dernier cri et il me loue deux jolies pièces. Les gentlemen qui me rendent visite sont distingués, rien à voir avec cette racaille dont on doit se contenter dans Paradise Street.

Elle sourit, un sourire mélancolique, et sombra dans le silence.

— Et il ne s'agit pas que des clients, finit-elle par reprendre. La vie… oh, Linny, elle n'a rien à voir avec celle-ci !

Elle regarda ses robes onéreuses, suspendues à des clous sur le mur, puis elle étudia mon visage en venant se planter devant moi, ses gants à la main.

— Tu ferais une bonne fleur, me dit-elle.

Je déposai mon miroir de chrysocale et le boîtier de poudre sur mes genoux.

— Tu crois ?

— Bien sûr. Tu es encore fraîche et c'est ça que recherchent les gentlemen : toutes tes dents, un physique plutôt agréable, des cheveux abondants. Et pour tout couronner, tu as quelques manières, et tu sais parler.

Malgré les compliments qu'elle venait de me faire, je me sentis insultée. « Quelques manières ? »

Je me levai.

— Je suis mieux élevée que n'importe quelle autre fille ici, tu le sais bien. Ma mère m'a éduquée, répliquai-je, insufflant une note de mépris dans ma voix. J'ai des manières impeccables et un langage châtié.

Gardant la lèvre inférieure serrée, Sally m'adressa son habituel sourire circonspect. Il lui manquait deux dents du bas et elle ne supportait pas de laisser entrevoir ce trou noir à quiconque.

— Tu imagines peut-être que tu sais te conduire correctement, ma fille, mais si tu devais passer un certain temps en ma compagnie avec les gens comme il faut, ceux qu'ont jamais besoin de travailler, ils t'apprendraient une ou deux choses sur ce que tu appelles « impeccables ». Tu te tiens juste une petite marche au-dessus des autres filles et je peux te garantir que d'ici quelques années, quand tu auras dégringolé de cette marche, tu t'apercevras que tu n'es rien d'autre qu'une coquine ordinaire. Et il sera trop tard pour saisir une autre occasion.

Je la fixai des yeux. Disait-elle vrai ? Allais-je ainsi continuer, nuit après nuit, client après client, habitée par mon rêve de quitter Paradise Street et Liverpool, qui ne resterait que cela, un rêve ? Finirais-je par mourir, abandonnée de tous ?

Sally la Chinoise s'aperçut sans doute que j'étais

bouleversée, car elle tendit la main pour effleurer ma joue.

— Quand Louis sortira, je t'emmènerai peut-être avec moi. Ça te plairait ?

Je haussai les épaules et reculai d'un pas. Son doigt était doux. Elle avait un pot de crème à la lavande dont elle s'enduisait les mains tous les soirs, avant d'enfiler ses gants.

Je redressai le menton et plissai les yeux.

— Comment veux-tu que je sache ? J'ignore ce qu'on attendrait de moi. Et puis, ce n'est pas si mal ici, ajoutai-je, même si nous savions parfaitement toutes les deux que je bluffais.

— Dans ce cas, je te reposerai la question quand tu auras pris le temps de réfléchir. Tu n'as pas besoin de réagir comme si tu étais acculée à un mur. Pas avec ton physique. Tu pourrais rapporter une somme coquette à Louis, et plus vite nous aurons assez d'argent pour partir, plus vite nous irons à Londres, Louis et moi. Est-ce que je t'ai dit, Linny, que Louis allait m'épouser – au bon moment, évidemment – quand on aura déménagé à Londres ? Après, bien sûr, j'arrêterai de travailler, parce que Louis pourra subvenir correctement à mes besoins, et j'aurai une maison pleine de domestiques. J'aurai une bonne à moi.

Je me dis alors que si je travaillais pour Louis, je pourrais économiser mon argent encore plus vite et réserver mon passage pour l'Amérique plus tôt que prévu. Cette perspective avait de quoi me séduire.

À peine trois semaines plus tard, comme je me réveillais par un froid matin de novembre, je vis Sally la Chinoise remplir son sac de voyage.

— Il est sorti, m'annonça-t-elle en me voyant m'asseoir. Louis vient de sortir. Il a envoyé un de ses hommes me l'annoncer il y a une heure.

Elle arrêta de plier une chemise et garda les mains en l'air.

— Alors, tu viens ? J'ai demandé au messager de préciser à son retour que j'amènerais une autre fille. Mais tu ne peux pas venir avec cet air d'épouvantail. Si tu veux m'accompagner, tu as intérêt à te pomponner.

Je repoussai la couverture rapiécée et passai la main dans mes cheveux.

— Tu penses vraiment que j'en serai capable ?

Elle me répondit par un détour.

— Pour commencer, une fois qu'on naviguera dans la haute, n'oublie pas de m'appeler Mlle Sing. Quand on sera seules, tu pourras m'appeler Sally la Chinoise, mais au théâtre, dans les restaurants chic ou dans tout autre réunion mondaine, tu t'en tiendras à Mlle Sing.

Elle plongea la main dans son sac à moitié plein et en tira une robe de soie beige moirée qu'elle jeta à côté de moi sur le lit.

— Tiens. Enfile ça. Elle va être trop grande pour toi, mais pour une journée, ça passera. Je ne peux te présenter à Louis dans aucune des robes que tu portes sur le trottoir, tu ressembles à un paon déplumé. Louis aime qu'on ait l'air classe. Tu peux la garder, il nous achètera d'autres toilettes.

Je saisis la robe et palpai le tissu.

— Pourquoi fais-tu ça pour moi ?

Elle me dévisagea sans ciller.

— Pour toi ? Tu crois que je fais ça pour toi ? Mon cœur n'est pas si généreux que ça ! s'écria-t-elle avec un petit gloussement. Je te l'ai dit. Tu feras partie du groupe et ça aidera Louis. Ça lui plaît bien, quand j'amène de nouvelles filles. Il a confiance en mon nez. Et il me récompense joliment quand elles conviennent, surtout que je ne me trompe presque jamais. Si c'était pas le cas…

Elle ne cessait de me scruter, mais son visage se fit hostile.

— Ce serait bon pour personne, hein ?

Je compris cet avertissement. Sous mes doigts, la soie moirée était lisse et fraîche. J'imaginai que je possédais une garde-robe entière de cette classe.

— Donne-moi juste le temps de faire ma toilette… lui répondis-je, avant d'ajouter, mademoiselle Sing.

Elle me récompensa de son petit sourire coincé que je connaissais désormais par cœur.

Blue ne fut pas ravie de nous perdre toutes les deux, mais elle ne nous en tint pas rancune. Chaque matin, lorsque nous lui tendions la moitié de nos gains, elle m'affirmait :

— Tu me dois rien, et je te dois rien.

Les filles n'étaient pas une denrée rare, et lorsqu'elle en perdait une ou deux, cela ne durait pas plus d'une nuit.

— J'te garantis que tu vas revenir, me dit-elle à présent, les sourcils froncés. Juste comme elle, ajouta-t-elle en secouant la tête en direction de Sally la Chinoise.

Cette dernière resta impassible, à fixer la rue des yeux comme si elle n'avait rien entendu, et comme si elle se moquait de la prédiction de Blue.

— Tu peux pas compter sur c'te genre de vie, là-haut avec ces snobs. Ça dure jamais, crois-moi. Tu reviendras en rampant là où que tu peux avoir confiance dans tes copines, là où que tu connais ta place. Une belle robe, ça peut pas cacher grand-chose.

Je resserrai la main autour de ma lourde boîte en bois d'arbre fruitier. Elle contenait l'argent que j'avais caché sous une latte dans la chambre de Jack Street, ainsi que mon couteau au manche d'os, mon miroir, mon pendentif et Wordsworth. J'avais aussi emballé trois petits livres, mes préférés, dont je ne supportais pas de me séparer.

J'avais laissé mes vieux vêtements à Helen et avais revêtu la robe que Sally la Chinoise m'avait donnée, ainsi que la cape chaude et le bonnet élégants qu'elle m'avait prêtés. Et comme Sally la Chinoise, je me moquais des affirmations de Blue. Je quittais ce lieu, sa puanteur et ses ennuis. Nous nous rendîmes à pied jusqu'à l'angle de Chester Street et de Roper Street et nous attendîmes. Sally la Chinoise n'arrêtait pas de palper ses cheveux, de nouer et de dénouer son bonnet, de lisser sa jupe.

— Quand tu rencontreras Louis, tends-lui la main, me conseilla-t-elle. Il te dira que c'est un grand plaisir de faire ta connaissance et tu devras lui répondre, « Non, oh non, monsieur, tout le plaisir est pour moi ». Il baisera peut-être ton gant. Laisse-le faire et, après, dis-lui, « Merci, monsieur ». Si tu ne lui fais pas tout de suite bonne impression, ajouta-t-elle avec un coup d'œil à mon adresse, ce sera négatif pour toi. Alors, si tu ne sais ni quoi faire ni quoi dire, tais-toi. Observe-moi.

Elle parlait de plus en plus vite. D'un seul coup, le trac me saisit. J'avais peur de ce qui m'attendait. Je me rendis compte que je n'avais pas éprouvé une telle sensation depuis longtemps et que, dans Paradise Street, je m'étais laissé confortablement et tranquillement bercer.

Quelques instants plus tard, un élégant cabriolet tiré par deux chevaux pommelés fit son apparition. Un homme en émergea et resta debout près de la portière ouverte. Après tout ce que m'avait raconté Sally la Chinoise, je m'attendais à ce que Louis en jette davantage. Et à ce qu'il soit plus jeune. Sa petite taille me surprit, de même que son physique passe-partout. Il devait avoir la trentaine ; autour de sa bouche, les rides étaient déjà creusées. Il avait un teint olivâtre, des cheveux bruns plutôt longs et des yeux marron tirant sur le jaune, pourvus de longs cils recourbés. Il ressemblait un peu à un Italien. Rien de notable dans sa personne, franchement. Si j'étais passée à côté de lui dans la rue, je ne l'aurais probablement pas remarqué. Je me dis que c'était sans doute important, vu qu'il était pickpocket et qu'il opérait au milieu de la foule. Il ne devait sous aucun prétexte se distinguer de son entourage.

Il se pencha sur la main de Sally la Chinoise qui pouffa. Je ne l'avais encore jamais entendue émettre ce petit rire. Puis il se tourna vers moi et me parcourut des yeux, de mon bonnet à mes bottines.

— Je te présente Mlle Linny Gow, lui dit Sally, celle dont je t'ai parlé dans le message que t'a remis Dirty Joe. Qu'est-ce que t'en penses ? Elle fera l'affaire ?

Je redressai les épaules.

Louis n'en avait pas terminé de l'inspection qu'il me faisait passer. Au bout de trente secondes, il hocha lentement la tête et, me souvenant des instructions de Sally la Chinoise, je lui tendis la main. Louis la regarda, sourit et la souleva jusqu'à ses lèvres, sans cependant en effleurer mon gant.

— Comme c'est agréable de vous rencontrer, ma chère, me dit-il, la tête courbée, alors qu'il continuait à me scruter sous ses longs cils.

— Tout le plaisir est pour moi, monsieur, vraiment,

répondis-je, lui adressant ce que j'espérais être mon plus joli sourire.

Il lâcha ma main, en apparence à contrecœur.

— Mlle Sing vous a-t-elle fait part de mes attentes ?

J'humectai mes lèvres.

— Elle m'en a juste touché deux mots. Mais je suis dans la partie depuis mon adolescence et...

Il s'approcha si près que j'entrevis les veines sur son nez.

— Je collecterai directement tous vos gains. Vous prendrez les clients que je vous amènerai, sans jamais en refuser aucun. Parfois, vous aurez peut-être à en divertir un certain nombre en même temps, en compagnie d'une autre fille. Vous comprenez ?

— Un certain nombre ? Vous voulez dire plus d'un client à la fois ?

Il se tourna vers Sally la Chinoise.

— Franchement, Sal, elle a l'air d'un lapin apeuré ! s'écria-t-il.

— Elle fera l'affaire. Je lui montrerai, affirma cette dernière, comme si j'étais transparente.

Lapin apeuré ? Envahie par une bouffée de chaleur, je repoussai de mes épaules l'écharpe que Sally la Chinoise m'avait prêtée.

— Vous ai-je bien compris ? Je ne verrai pas la couleur de l'argent que je gagnerai ?

— Vous aurez votre propre chambre et vos propres toilettes... de belles toilettes, comme celles de Sal. Vous n'aurez besoin d'argent pour rien. On vous servira tous vos repas. Vous ne sortirez pas, sauf pour les divertissements que j'organiserai.

Ma gorge se serra. Quelque chose en lui me rappelait Ram et l'emprise qu'il exerçait sur moi. Qu'étais-je en train de faire ? J'allais perdre la liberté dont je jouissais. Je me représentai, prisonnière dans une chambre fermée à double tour, dont la porte ne s'ouvrait que pour laisser passer un homme, puis se refermait. Si cet homme avait des exigences répugnantes, s'il me faisait mal, je n'aurais personne pour venir à ma rescousse, et aucun moyen de lui échapper. Je reculai d'un pas.

— Je ne crois pas, dis-je.

Louis consulta Sally la Chinoise du regard, puis ils me fixèrent ensemble des yeux.

— Qu'est-ce que vous voulez dire ? me demanda-t-il méchamment.

J'enlevai la cape et le bonnet et les tendis à Sally.

— Tu peux venir reprendre ta robe si tu veux, lui dis-je. Aucun homme ne me possédera.

— Tu es folle ! s'écria-t-elle. Tu es aveugle ? Paradise Street, tout le monde se fiche de toi. Tout le monde se fiche que tu vives ou que tu meures. Tu ne seras rien d'autre qu'une catin de plus à faire le trottoir, sans aucun but dans la vie.

Sa voix s'était endurcie, teintée de colère. Elle me saisit le bras et le secoua, tel un fox-terrier tenant un rat coincé dans la mâchoire. La boîte en bois d'arbre fruitier tomba et j'entendis le tintement du verre qui se brisait.

— Me fais pas passer pour une idiote, Linny.

Je ramassai la boîte et la serrai contre ma poitrine, tout en m'écartant davantage d'elle. Sans la cape chaude, le vent mordant de novembre me piquait amèrement.

— Au moins, je travaille pour moi-même et je prends mes propres décisions. Je choisis mes clients. Je mange ce dont j'ai envie, quand j'en ai envie. Blue veille sur moi. Je fais ce qu'il me plaît. Tu peux envisager ta vie avec lui, fis-je en inclinant la tête en direction de Louis, et tant mieux pour toi, Sally la Chinoise. Mais à mes yeux, tu n'es rien d'autre qu'un petit oiseau dans une cage.

Elle passa le bras sous celui de Louis.

— Très bien. Dans ce cas, reste sur le trottoir. Restes-y, à pourrir sur place. Avant même que tu t'en aperçoives, tu ne seras plus qu'une vieille putain, incapable de te vendre pour un verre de bière.

Sans me prêter attention, Louis aida Sally la Chinoise à grimper à bord du véhicule. La portière claqua et les chevaux se mirent en marche. Je restai clouée sur place, à réfléchir à ce que je venais d'abandonner et à ce que j'allais retrouver. Avais-je pris la bonne décision ? Sally la Chinoise avait raison, quand elle affirmait que personne ne se souciait de savoir si j'étais morte ou en vie.

Le froid engourdissait mes pieds et mes doigts ; mon dos était courbaturé, à force d'être resté tendu dans la même position. Finalement, j'entendis le sifflement joyeux de l'allumeur de réverbères qui s'approchait avec son échelle. Une à une, les lampes s'éclairèrent. Une lumière d'une douceur trompeuse illumina la rue, et je compris ce qu'il me restait à faire.

Comme j'effectuais en sens inverse la longue marche à pied vers Paradise Street, je pensai au miroir brisé dans la boîte que je portais sous mon bras, et je vis mentalement le clin d'œil qu'allait m'adresser Blue en me voyant arriver au coin de la rue.

Et la vie poursuivit son cours identique. L'hiver se mua en printemps, le printemps en été, et l'été céda la place à l'automne. Je dépassai mon seizième, puis mon dix-septième anniversaire. Les clients allaient et venaient comme les saisons. Je vieillissais, et mon envie de quitter cette existence grandissait.

8

Il avait des mains qui puaient le poisson. Il essayait de se faire passer pour un gentleman dans son élégant manteau de laine noire et son chapeau claque, mais à l'odeur putride incrustée dans ses doigts épais, je compris qu'il n'était rien d'autre qu'un poissonnier portant un costume de location pour la soirée. Nous faisons donc tous les deux semblant, me dis-je, soutenant le poids de l'individu qui me guidait dans une venelle, le bras pesamment drapé autour de mes épaules.

Nous étions fin octobre et j'effectuais mon labeur avec des gestes las et précis. Cela faisait à présent plus de trois ans que j'étais chez Blue, puisque j'avais fêté mon dix-septième anniversaire au mois d'août. Je n'appréciais plus le temps que je passais en compagnie des autres filles comme au début, et la lecture ne me procurait plus le même plaisir. J'avais l'impression de ne plus disposer du temps ni de l'intimité nécessaires pour lire. Quant à l'élan et à la passion que je ressentais autrefois à tenir de beaux livres entre mes mains, à prendre connaissance de leur contenu magique et à admirer les détails de leur fabrication, ils semblaient s'être échappés goutte à goutte.

Je me laissais également aller : je m'étais aperçue qu'aucun de mes clients ne prêtait vraiment attention à mon apparence. Depuis quelques mois, je pensais plus souvent à ma mère. Certains soirs, quand j'attendais qu'un client en finisse, je fermais les yeux et j'envisageais la vie qu'elle avait désirée pour moi, loin de la crasse et de la puanteur de Back Phoebe Anne Street. J'essayais de m'imaginer, assise à une table identique à celles auxquelles je prenais place jadis en compagnie d'un homme que j'appelais oncle Horace, je me voyais au milieu de verres et de porcelaines étincelants, tellement délicats qu'ils en devenaient transparents, j'utilisais à bon escient la fourchette à poisson, le couteau à beurre, la cuillère à soupe, je savais quand verser le porto, le vin et le sherry.

À présent, j'avais le dos douloureusement pressé contre le mur en briques grossières d'un bâtiment noirâtre d'une venelle donnant sur Paradise Street – j'aurais bientôt une traînée de meurtrissures sombres, pareilles à des baisers couleur encre, le long de ma colonne vertébrale – et les gros doigts de la main gauche du poissonnier fouaillaient à l'intérieur de mon corps, pendant qu'il se secouait faiblement de sa main droite contre ma jupe. Je me dis au passage que cela tombait bien qu'il fût mon dernier client de la soirée. Le suivant n'aurait pas manqué de se plaindre de la puanteur qu'il avait laissée traîner sur moi.

Rien n'y faisait. Le poissonnier laissa tomber. Il sortit ses doigts et me donna un coup de coude brutal à la hanche, tout en reboutonnant son pantalon en maugréant.

Je lissai ma jupe et massai ma hanche endolorie.

— Ça fera six pence, monsieur, lui dis-je. Une pièce de six pence, s'il vous plaît.

Je tendis la main.

— T'auras que dalle. J'ai rien eu, je paierai rien, dit-il, et il s'éloigna.

Je fis un pas de côté pour éviter de marcher dans une flaque de vomi dont la surface striée luisait à la lueur du réverbère et je le rattrapai par la manche.

— Monsieur, dis-je, sans perdre une once de mon onctuosité, je n'y peux rien si vous n'étiez pas dans votre meilleure forme ce soir. Et je suis sûre que vous avez éprouvé un peu de plaisir, à en juger par votre familiarité à mon égard.

Il s'immobilisa et fixa les yeux sur ma main posée sur la laine épaisse de sa manche.

— T'auras droit à deux pence, et pas un de plus.

Il fureta dans la poche de son gilet à rayures trop étroit et en sortit les pièces de monnaie. Comme il me les tendait, son regard se riva sur ma peau, juste au-dessus de mon corsage.

— Peut-être ben que c'est toi la coupable. C'est peut-être ta faute si j'étais pas en forme. C'est affreux. Quelle horreur ! Pourquoi tu te couvres pas ?

Je tenais les pièces bien serré dans mon poing.

— Pourquoi le ferais-je ? N'est-ce pas quelqu'un dans votre genre qui m'a fait ça ?

Le poissonnier marmonna quelque chose d'inintelligible et s'éloigna. Il déboutonna de nouveau son pantalon pour uriner contre un mur et je vis de la vapeur s'élever dans l'air froid. Je regardai la flaque qu'il faisait, dégoulinant le long des veines entre les pavés.

Je coinçai les pièces dans la fente pratiquée sur l'envers de ma ceinture, puis je m'avançai avec prudence sur la surface sale et inégale de la venelle et m'engageai dans la rue suivante, presque déserte.

— Hé, Linny ?

Je scrutai la ruelle obscure pour essayer d'y distinguer quelque chose et j'adressai un signe à l'autre fille qui se hâtait dans ma direction.

— T'as fait une bonne nuit, Linny ? me demanda Annabelle.

Elle mâchait avec précaution un petit pain dur fourré de hareng graisseux. Une de ses pommettes était tuméfiée.

— Pas trop mauvaise, en dehors du dernier. Il n'a pas réussi à mettre son petit soldat au garde-à-vous et il a refusé de payer ce que je lui demandais.

Annabelle opina.

— Ces salopards, ces pourris, ils peuvent aller se faire foutre, et leur bite molle avec. Tu devrais porter un surin comme moi. Ils crachent vite, quand ils voient une lame solide briller à côté de leurs bijoux de famille.

Je souris, songeant au couteau au manche d'os qui m'avait servi à menacer Ram Munt et que j'avais parfois sorti, en plusieurs occasions où je m'étais sentie véritablement menacée. Mais je l'avais perdu au mois de juillet précédent, un jour où une rafale subite de vent sec, pleine de grains de sable, avait fait s'envoler mon bonnet de paille dénoué. J'avais couru pour tenter de le rattraper avant qu'il ne fût aplati sous les sabots d'un cheval. Mais il dansait et tourbillonnait devant moi, emporté par le vent qui ne retombait pas, et quand j'avais enfin réussi à mettre la main dessus, à l'épousseter et à le replacer sur ma tête, je m'étais aperçue que mon couteau avait disparu. J'avais refait mon parcours en sens inverse à maintes et maintes reprises, mais il s'était bel et bien volatilisé, sans doute récupéré au passage par un garnement des rues à l'œil aussi acéré que celui d'une pie voleuse. Je n'avais pas eu envie de dépenser l'argent nécessaire pour m'en procurer un autre. Mais je réalisais à présent qu'Annabelle disait vrai. Je devais me défendre de plus en plus souvent, soit pour obtenir mon argent, soit pour sauver ma peau. Les clients devenaient de plus en plus durs et violents.

Les cloches de la chapelle St-Peter sonnèrent cinq coups.

— Tu viens boire un verre ? me demanda Annabelle.

— Non, répondis-je en clignant les yeux. Je rentre prendre quelques heures de sommeil.

Annabelle poursuivit son chemin, pendant que je regagnais la pièce délabrée de Jack Street. Je la partageais désormais avec Annabelle, Helen et Dorie.

J'avais dit la vérité à Annabelle : j'étais *vraiment* fatiguée. Mais j'avais une autre raison de refuser de me rendre chez Goat's Head. Je ne voulais pas dépenser un penny. J'avais économisé sept livres. Le tarif annoncé sur les affiches était passé de cinq à sept livres en deux ans, il ne cessait de fluctuer de quelques shillings, suivant la saison ou le navire. Mais avec sept livres, j'étais en principe bien couverte. J'avais l'intention de travailler pendant encore un mois, pas davantage, afin de ne pas me retrouver à sec quand je débarquerais à New York.

Plus jamais on ne me forcerait à faire le tapin.

Je m'introduisis sans bruit dans la chambre fétide de Jack Street et entrevis deux silhouettes immobiles, recroquevillées sur les matelas. J'étais contente qu'Annabelle ne fût pas rentrée. Nous ne pouvions nous serrer qu'à trois sur la paillasse en bourre de laine. Si Annabelle et moi étions revenues ensemble, nous aurions dû tirer à la courte paille laquelle prendrait le lit et l'autre le plancher. Il faisait vraiment frisquet dans la pièce, et si j'avais perdu au tirage, j'aurais été très mal à l'aise sur les lattes froides, uniquement recouverte de mon châle et de ma robe de rechange, car je n'avais même pas une bande de thibaude pour me protéger du froid. La pièce était bien équipée d'un minuscule foyer, mais nous n'allumions pas de feu, à cause des nuages de fumée émis par la cheminée. Une fine couche de dépôt calcaire verdâtre, provoqué par l'humidité suintante, recouvrait les murs qu'aucun pinceau n'avait blanchi à la chaux depuis des années. La pluie faisait craquer les poutres pourrissantes et la fenêtre cliquetait bruyamment à la moindre petite rafale de vent. La vitre était tellement maculée de saleté et de suie que la pièce était plongée dans un crépuscule perpétuel.

J'ôtai mes bottines et enlevai ma robe afin de pouvoir détacher les crochets du devant de mon corset. Puis j'enfilai ma chemise de nuit en frissonnant, je m'enveloppai dans mon châle et je me fis une petite place sur le bord de la paillasse aplatie et tachée. Je dus pousser Dorie de ma hanche ; elle se pressa davantage contre Helen, la coinçant contre le mur. J'étais presque endormie lorsque je me retournai de l'autre côté, face à la pièce plongée dans le noir. Les yeux fermés, je palpai l'épaisseur rassurante de ma ceinture, dans la fente de laquelle étaient fourrés mon pendentif et mes pièces. J'avais pratiqué une ouverture identique dans celle de mon autre robe et personne n'était au courant de mes économies, pas même les filles qui partageaient la chambre avec moi. Je les faisais passer en douce d'une ceinture à l'autre quand je changeais de robe chaque semaine. J'attendais que mes compagnes fussent parties ou alors, lorsque cela était impossible, je me détournais, face à un angle, pour enlever ma robe tout en glissant l'autre par-dessus ma tête. Je faisais croire à quiconque se trouvait en ma présence que j'agissais de la sorte parce que j'avais honte de la cicatrice qui enlaidissait ma poitrine.

La boîte en bois de fruitier, les pièces et les livres qu'elle contenait m'avaient été dérobés plus d'un an auparavant. Mon pendentif n'avait échappé au même sort que pour une seule raison : ce soir-là, Helen me l'avait emprunté sans me demander la permission. Je m'étais emportée contre elle lorsque je l'avais aperçu à son cou dans la rue, et j'avais exigé de le récupérer. Plus tard, à mon retour Jack Street, j'avais trouvé la chambre sens dessus dessous et constaté la disparition de ma boîte. Du coup, j'avais presque remercié Helen d'avoir emprunté mon pendentif à mon insu.

Depuis lors, je le gardais sur moi, avec mon argent.

Le sommeil m'envahissant doucement, je récitai comme un perroquet la prière qui m'aidait à tenir à distance mon cauchemar, la pression oppressante du sang et des cheveux, de l'eau froide et des cisailles piquant sur moi. Lorsqu'il me réveillait en sursaut, le plus souvent toutes les trois ou quatre nuits, je m'asseyais, baignée de sueur, la bouche grande ouverte dans une tentative d'aspirer une à une des goulées d'air, haletante. La réalité de ce cauchemar, savoir que j'avais tué un homme, même si mon geste avait été provoqué par la nécessité de me défendre pour ne pas subir un sort identique, ressemblait à un animal sombre et furtif, à une bête pourvue de dents aiguisées et d'yeux jaunes. Jamais cette bête ne me laissait en paix. Parfois, elle était collée à mes basques ; parfois, elle restait tapie, à m'épier d'une certaine distance. Sous l'éclairage brillant des réverbères à gaz ou sous la pâle lueur d'une bougie, elle se tenait à carreau, repoussée par la chaleur et la lumière. Mais elle se rapprochait dès que je me trouvais dans l'obscurité. En cet automne glacial, elle avait grossi. Par moments désormais, je la sentais si proche que je tournoyais dans la ruelle sombre, croyant l'entendre respirer. Et je savais alors que cette nuit-là, je ferais mon cauchemar.

Cela faisait trois nuits de suite qu'il revenait me glacer d'horreur, et je n'étais parvenue à m'assoupir que quelques heures, d'un sommeil agité. L'épuisement endolorissait mon corps. Je m'intimai l'ordre de ne pas rêver. Je sentis mes paupières se détendre et la ride, entre mes sourcils, s'effacer. Juste avant de me laisser aller, je relevai une main et la posai sur mon sein saccagé, dans sa vieille position : cela me procurait un réconfort de le protéger, même si j'en ignorais la raison. Depuis quelque temps, je déplaçais mon autre main de l'endroit habituel où elle gardait ma ceinture. Je la fis descendre plus bas, jusqu'à mon ventre, pour tenir l'enfant lové à l'intérieur.

Je savais qu'il s'agissait d'une fille et que je l'appellerais Frances. J'ignorais en revanche quand et comment elle avait été conçue. J'avais toujours pris soin de me protéger : je me servais du morceau d'éponge, rincé chaque matin, puis trempé dans de l'alun et du sulfate de zinc, que je mettais en place avant mon premier client. Après le dernier, j'enlevais l'éponge et j'utilisais la seringue, enveloppée dans un vieux morceau de tissu imbibé du même brouet de sorcière, quelle que fût ma fatigue. C'était Blue qui m'avait montré la marche à suivre, et depuis mes premiers saignements, trois mois après avoir quitté Back Phoebe Anne Street pour toujours, j'avais fidèlement recours à l'éponge et à la seringue. Malheureusement, toutes les filles se faisaient prendre, un jour ou l'autre. Cela m'était déjà arrivé, à la fin de ma première année avec Blue, mais je ne m'en étais aperçue qu'au moment où c'était déjà presque terminé. J'avais appris par Helen, revenue Jack Street chercher son manteau, ce qui m'arrivait. Elle m'avait trouvée pliée en deux de douleur sur le lit, le visage couleur cire et mouillé de transpiration, alors que j'aurais dû être au travail. Après m'avoir posé quelques questions, elle était discrètement ressortie et m'avait rapporté un litre de bière. Puis elle s'était assise à mon chevet pour me forcer à le boire et m'avait affirmé que ce serait bientôt fini, que je devais m'en réjouir. Comme cela, m'avait-elle précisé, je n'aurais pas à payer pour m'en débarrasser.

En tout et pour tout, j'avais ressenti un soulagement lorsque les crampes s'étaient arrêtées et que j'avais expulsé le dernier caillot de sang. Rien d'autre.

Mais cette fois, il en allait autrement. Pour commencer, je m'étais rendu compte assez tôt que le bébé était en route. Et j'avais compris qu'il s'agissait du signe que j'attendais.

Le passage pour New York me prendrait six semaines. Davantage si les conditions climatiques s'avéraient défavorables. Si je partais à la fin du mois, j'arriverais avant la naissance du bébé. Elle naîtrait outre Atlantique, dans le grand Nouveau Monde, et elle serait américaine. Je trouverais un emploi respectable, car ne pouvait-on pas en dénicher de toutes sortes là-bas, en particulier dans cet endroit appelé New York ? En Amérique, personne ne me connaîtrait et je créerais une nouvelle existence pour ma fille qui ne saurait jamais rien de la mienne – de cette vie – à Liverpool.

Ces derniers mois, pendant que j'attendais que chaque client en termine, en murmurant des compliments machinalement et en feignant de gémir pour le faire jouir plus vite, j'inventais les histoires que je raconterais à la petite Frances à propos du monsieur distingué qui était son père, de ce qui lui était arrivé, et de la manière dont j'avais immigré aux États-Unis d'Amérique.

Mais un matin à l'aube, alors que je retournais Jack Street sous une pluie torrentielle et un ciel d'encre, par instants zébré de nappes d'éclairs qui explosaient loin au-dessus de la Mersey, j'avais réalisé, avec un terrible coup au cœur, que c'était exactement ce que ma mère avait fait.

Pour la première fois, je m'étais mise à douter d'avoir du sang noble dans les veines. Ma main avait cherché la marque de naissance sous le revers mouillé de ma manche et palpé l'excroissance en forme de poisson.

— Quand c'est que tu t'en débarrasses ?

Je secouai les mains au-dessus de la cuvette et les essuyai avec un torchon propre avant de baisser les yeux vers Dorie. Helen était sortie s'acheter une tourte chaude et Annabelle n'était pas rentrée après sa nuit de travail, mais Dorie était allongée sur la paillasse où elle profitait de l'espace pour elle toute seule avant de partir l'après-midi sur le trottoir.

Je posai les mains sur mon abdomen, regrettant de ne pas avoir serré davantage les crochets.

— Ça se voit ?

— Pour moi, oui. Mais la plupart le verraient pas… T'es tellement mince. T'en es à combien ?

— Je n'en sais rien.

J'avais mes raisons de ne pas confier à Dorie que j'en étais presque à six mois.

— Mais depuis quelque temps, il bouge, ajoutai-je,

songeant aux petits frémissements qui me rendaient heureuse, alors que rien d'autre n'y parvenait.

Dorie émit une exclamation de dégoût.

— Ben alors, t'es folle. Une fois qu'il bouge, c'est plus difficile de s'en débarrasser. Ça veut dire que t'en es au moins à quatre mois. Pourquoi t'as rien fait plus tôt ? Mais c'est pas trop tard, même si tu vas en baver. Ça fait bien plus mal, c'est bien plus dégoûtant, mais ça peut marcher, si tu trouves la bonne personne, et si t'es prête à payer.

Elle enfonça un doigt dans sa bouche pour farfouiller dans l'une de ses molaires en contorsionnant le visage. Les plis épais de ses paupières cachaient presque ses yeux.

— Mal aux dents ?

Elle se leva en hochant la tête.

— J'vais la faire arracher chez le barbier tout à l'heure. Pourquoi que tu viens pas avec moi ? Je t'organiserai tout ça, du moment que t'as les sous. Y a quelqu'un que le barbier connaît. Je l'ai déjà utilisé.

Je nouai un ruban bleu foncé dans mes cheveux, secouai la tête et pris mon châle.

— Qu'est-ce que tu fiches avec tout ton argent, Linny ? Tu t'achètes aucun dessous, pas même une robe au mont-de-piété. Et tu viens presque plus jamais avec nous dans les tavernes ou les gargotes. C'est pas compliqué, tu manges presque rien. Pas de bons gâteaux, pas de tartes aux fruits. Juste le bouillon des éventaires, des patates et des joues de porc.

— Je fais des économies.

— Pas pour un jour pluvieux, j'espère, s'écria joyeusement Dorie, ce qui fit disparaître ses yeux.

Sur ce, elle grimaça et se donna des claques sur les joues.

— Wouah ! Le mois de novembre suffira pour que tu dépenses tout, si t'économises juste pour ça. Alors, tu viens avec moi ? ajouta-t-elle en sondant le fond de sa bouche de sa langue.

Je lui répondis de nouveau non de la tête, avant de la laisser se concentrer sur sa rage de dents lancinante.

Je savais que certaines filles avaient été contraintes de porter un bébé jusqu'à terme, parce qu'elles ne parvenaient pas à s'en débarrasser. La plupart abandonnaient leurs nouveau-nés sur les marches de l'hospice ou sur celles d'une église. Je ne connaissais qu'une fille, Elsie, qui avait essayé de garder le sien et de rester dans la partie. Elle le confiait la nuit à une mégère édentée, pendant qu'elle allait trimer, et la petite chose – un garçon, parfaitement formé – avait semblé se développer correctement au cours des quatre ou cinq premiers mois. Mais un jour, il n'avait pas voulu s'arrêter de brailler parce qu'il faisait ses dents et la vieille mégère, pour ne pas être jetée dehors par les autres, avait essayé de le calmer en lui donnant du sirop de la Mère Bailey. Le bébé avait sombré dans un sommeil profond provoqué par le laudanum, dont il n'était jamais sorti. Après ce drame, Elsie avait disparu subrepticement de Paradise Street, et on avait appris par la bande qu'elle s'était pendue dans une cave inondée de Lime Kiln Lane.

Évidemment, personne n'avait jamais su le fin mot de l'histoire.

9

De toute ma vie, je n'avais connu pareil épuisement. Quel que fût le nombre d'heures de sommeil que je parvenais à m'accorder, j'étais encore lasse quand je me réveillais en fin d'après-midi pour me préparer à aller au travail. Je savais que ma fatigue provenait du bébé qui tirait de moi les ressources nécessaires pour se développer. Mes pieds étaient plus douloureux que jamais. Tous les matins à l'aube, quand je délaçais mes bottines, je constatais que mes chevilles étaient enflées et leur peau marquée par de vilaines striures rouges, là où le cuir la mordait.

Ce soir précis du 5 novembre, Nuit des feux de joie [1], j'envisageai de ne pas sortir du tout. J'allais peut-être fêter Guy Fawkes et m'acheter un petit quelque chose à manger, et passer ensuite la nuit dans Jack Street, à écouter les feux d'artifice. Peut-être irais-je même jusqu'à m'acheter un roman à quatre sous à couverture jaune, et à essayer de le lire.

Mais alors que je nettoyais un bout de la vitre couverte de suie pour regarder la ruelle grouillante de monde

1. Tous les ans, les Anglais célèbrent la Conspiration des Poudres qui, le 5 novembre 1605, tenta de faire exploser le Parlement. Guy Fawkes, le principal instigateur, fut arrêté à temps et pendu. (*NdT.*)

en contrebas, tout en rêvant que je m'éloignais sur un voilier et que je jouais sur une pelouse verte ensoleillée avec mon joli bébé, je savais bien que j'étais contrainte de sortir. Je devais absolument remettre une somme minimum à Blue chaque matin, même si je ne me faisais pas de clients. Et je n'irais pas pêcher dans mes économies. J'étais si proche de mon but que j'entendais presque les voiles bruire dans le vent.

Depuis un certain temps, j'attirais de moins en moins de clients. Par-dessus tout, je craignais que certains des plus brutaux ne fissent du mal à ma petite Frances. Et puis, mon corps était plus lourd et moins malléable et je me sentais gênée et boudinée dans mes robes, même après en avoir élargi toutes les coutures. J'avais du mal à faire preuve de l'enthousiasme nécessaire pour susciter une réaction favorable et de nombreux hommes, percevant peut-être de la mauvaise volonté inconsciente dans ma posture ou mon attitude, se contentaient de me jeter un coup d'œil et de passer à la suivante.

En laçant mes bottines, je compris que je devais à tout prix quitter ce monde : la chambre moisie de Jack Street, le dédale de ruelles obscures, pleines de clients éméchés. Les rues devenaient de plus en plus dangereuses. Au cours des trois dernières semaines, trois prostituées étaient passées de vie à trépas, étranglées et abandonnées près des quais. Je connaissais l'une d'elles : une petite chose au teint blafard, qui avait eu deux dents de devant cassées dans une bagarre avec une autre fille deux mois plus tôt. On racontait que depuis l'été précédent, d'autres filles avaient disparu. Mais tant qu'un cadavre ne se matérialisait pas, on ne pouvait pas déclarer que son propriétaire était mort.

Ce soir-là, je choisis un coin à l'angle de Paradise

Street et de Cable Street où la chance m'avait souvent souri. Dix cloches avaient sonné en même temps, cacophonie de toutes les églises des environs, de St George à St Peter et St Thomas, mais les affaires n'étaient pas brillantes et je n'avais aguiché que trois clients. Souvent, les choses ne s'amélioraient pas avant onze heures du soir, quand les messieurs seuls se déversaient des théâtres, des music-halls et des salles de bal. Mais comme on était le 5 novembre, de nombreux hommes, le visage rougi par l'air mordant et le rhum, allaient rentrer chez eux pour consacrer le reste de la soirée à regarder les feux d'artifice en compagnie de leurs enfants. Il faisait froid. Le ciel avait été plombé toute l'après-midi, comme si la neige menaçait. Un épais brouillard tombait sur la ville. À l'angle de la rue suivante, je distinguais la lueur orange d'un tonneau de goudron embrasé, allumé par des ivrognes qui n'avaient nulle part où roupiller. Les réverbères n'étaient plus que de simples orbes brumeux.

Quelques secondes après la dissipation de l'écho de la dernière cloche, j'entendis derrière moi un fracas de sabots. Je me tournai, momentanément aveuglée par les lanternes qui se balançaient de chaque côté de l'équipage. C'était un splendide coupé de ville, tiré par deux chevaux à la démarche dansante. Je l'avais déjà vu, sans jamais apercevoir son passager. Il avait fait son apparition plus d'une semaine auparavant, avec une des filles – Petite Ève – à son bord.

Quelques soirées plus tôt, elle m'avait chuchoté à l'oreille qu'il valait mieux ne pas monter dedans.

— Crois-moi, je l'ai regretté, m'avait-elle raconté. Un type vicieux. Ça lui plaît de te la fourrer dans la gorge ou le cul et il se sert brutalement de ses mains. J'ai entendu dire qu'il avait cogné plus fort que sur moi. Regarde-moi c' qu'i m'a fait.

Petite Ève avait enlevé son bonnet pour me montrer une oreille violette et gonflée et une croûte suintante, à l'endroit où le lobe rejoignait la mâchoire.

— L'a bien failli m'arracher la tête. I' paie bien, mais t'as intérêt à l'éviter. Un vrai scélérat. Et on sait jamais, Linny, qui peut dire que c'est pas lui qu'a tué ces filles ?

— Ton imagination travaille trop, Petite Ève. Un assassin ne reviendrait pas tout le temps sur le lieu de ses crimes. Il aurait trop peur de se faire prendre. Et en plus, tu es toujours en vie, non ?

Sans me répondre, elle avait replacé correctement son bonnet sur son oreille blessée.

L'équipage s'arrêta. Une fois le rideau tiré, j'entrevis un homme d'âge moyen qui m'examinait. Une mâchoire proéminente, de la chair flasque autour des yeux et de la bouche, mais rien de sinistre. Parfaitement consciente que les apparences ne signifiaient pas grand-chose, je faisais la plupart du temps confiance à mon intuition qui se révélait le plus souvent juste. Je pensai néanmoins à l'oreille de Petite Ève et ne bougeai pas.

— Bonsoir, ma belle, dit l'individu. Tu n'as pas froid, à rester immobile par ce temps ?

Écossais. Souvent bruyants, quand ils jouissaient, enclins à souffler comme des bœufs et à râler, mais comme leur accent cadencé me rappelait toujours ma mère, j'avais un faible pour eux.

— Un petit peu peut-être, répondis-je.

Il me lorgna de la tête aux pieds et s'arrêta à ma cicatrice. Ses yeux restèrent posés dessus, comme s'ils caressaient la peau abîmée.

— Dans ce cas, veux-tu venir faire un petit tour ?

Boire un verre et te réchauffer un peu par cette soirée misérable ?

Il souleva une flasque d'argent. Comme je ne me rapprochais toujours pas, il avala une longue rasade, puis il la reboucha.

— Je paie bien, dit-il. Je te donnerai un souverain.

— Un souverain ? répétai-je.

C'était le triple de ce que j'espérais économiser au cours du mois à venir.

— Vous ai-je entendu correctement, monsieur ? Vous avez bien dit un souverain ?

— Exactement, répondit l'homme, le visage à présent souriant.

Il avait les dents de devant très jaunes. Les chevaux piaffaient bruyamment et balayaient l'air de leurs queues comme s'ils barattaient le brouillard. L'un d'eux secouait même la tête d'impatience, irrité d'avoir à attendre.

— Excusez-moi, monsieur, mais je dois réfléchir avant de monter avec vous.

Je m'attendais à le voir s'éloigner : les messieurs circulant à bord de beaux équipages n'appréciaient pas d'avoir à se justifier, de quelque façon que ce fût, auprès d'une fille de Paradise Street.

L'expression de l'inconnu ne changea pourtant pas. Un instant plus tard, il leva une pièce d'or pour la faire luire à la lumière de la lanterne de l'équipage.

— Le voici, dit-il.

Son sourire me déplut. Mais une livre ! Je pourrais arrêter de travailler le lendemain et embarquer à bord d'un navire appareillant plus tôt que prévu. Bébé Frances et moi ne serions pas dans le besoin tant que je n'aurais pas trouvé d'emploi. Petite Ève et son avertissement pouvaient aller se faire voir.

Je me dis que la chance me souriait et que je l'avais bien méritée.

— D'accord, monsieur, dis-je, levant un pied pour monter dans le coupé.

L'homme ouvrit la portière de l'intérieur pour me permettre d'y entrer. Je m'assis en face de lui, je disposai ma robe correctement autour de mes genoux et croisai mes chevilles dans leurs épaisses bottines.

— Je crains que l'hiver ne soit un peu en avance, dis-je de ma voix la plus étudiée.

L'homme ressortit la flasque, tout en coinçant la pièce dans la poche de son manteau de futaine et en tapotant ensuite cette dernière.

— Plus tard, dit-il. Tu t'appelles comment ?

Il disposa un plaid en tartan sur ses genoux.

— Linny, répondis-je, et je ne bois pas d'alcool, monsieur.

Ma réponse le fit rire. Un borborygme caverneux.

— On dirait que j'ai déniché un oiseau rare.

Il porta de nouveau la flasque à sa bouche et la vida entièrement. Puis il la secoua et la jeta à terre.

Elle atterrit à mes pieds. Je l'examinai. En argent, avec des initiales, mais il faisait trop sombre à l'intérieur du véhicule pour que je puisse les déchiffrer.

Nous avançâmes pendant un certain temps. Je n'arrivais pas à voir où nous allions, car il avait tiré les rideaux, mais je le soupçonnais de tourner en rond dans les rues pour me laisser redescendre, quand il en aurait terminé, à l'endroit où il m'avait ramassée. En dépit de l'obscurité ambiante, je distinguais quand même une lueur au fond de ses yeux qui restaient rivés sur moi. Au début, je tentai d'entretenir la conversation, mais il n'avait manifestement aucune envie de parler. Il finit par me faire signe de m'asseoir près de lui. Je lui obéis, et il passa tout de suite le doigt sur ma cicatrice, un nombre incalculable de fois, jusqu'au moment où il pencha la tête pour en lécher et mordiller la chair plissée. Je grinçai des dents : j'avais subi toutes sortes d'avilissements, mais celui-ci m'emplissait curieusement d'un autre genre de répulsion, due peut-être au fait que personne n'avait jamais osé la toucher. D'une certaine manière, j'estimais qu'il s'agissait de la seule partie de moi inviolée, du seul endroit de mon corps qui n'avait pas été utilisé par un homme pour son plaisir.

Sentant que je serais incapable de supporter cette violence une seconde de plus, j'essayai de m'écarter de lui. Grâce à Dieu, il releva la tête et rejeta le plaid de côté. D'une main, il me força à m'agenouiller devant lui, tandis que de l'autre, il farfouillait ses boutons.

Encore dégoûtée par l'humidité de sa salive épaisse sur mon sein, je me recroquevillai, agressée par l'odeur immonde lorsqu'il émergea brusquement de son pantalon, plus que prêt. Il saisit les deux côtés de ma tête et attira de force mon visage dans son entrejambe.

Je me débattis, j'essayai de reculer, je voulus lui demander s'il ne préférait pas autre chose, si je ne pouvais pas lui suggérer d'autres moyens de le satisfaire, mais je n'eus pas le temps de m'exprimer : il venait de me donner une gifle d'une telle violence que mon oreille tinta.

Je compris que je devrais obéir à ses exigences, et vite, si je voulais m'en sortir sans être battue, mais cette première gifle fut suivie d'une deuxième, plus violente encore, qui me laissa sonnée. Il essaya de se mettre debout dans le véhicule qui se balançait et son pantalon de laine lui tomba sur les chevilles. Il me dominait, sa main ouverte brandie, alors que je faisais des efforts désespérés pour me relever.

Malheureusement, il était à présent complètement investi dans son jeu, un jeu que nous autres, dans la rue, ne connaissions que trop bien : il était incapable de jouir sans commencer par humilier et par faire souffrir.

— Monsieur, s'il vous plaît, dis-je, laissez-moi une chance de…

Mais il me frappa de nouveau et je tombai d'un côté, les mains battant l'air. Par inadvertance, je me rattrapai à la poignée de la porte. Cette dernière s'ouvrit d'un mouvement de balancement vers l'extérieur. J'y restai un instant accrochée et, subitement, je me retrouvai le visage à plat contre les pavés, sur le bord de la chaussée. J'étais complètement assommée, allongée là, suffocante, au milieu de la foule. Tant de bottes, de sabots de chevaux et de roues passaient à côté de ma tête que je crus mourir écrasée.

Un moment plus tard, des mains me soulevèrent par les aisselles et on me tira vers un endroit sûr, devant les bâtiments qui bordaient la rue. Une femme, accompagnée d'un petit garçon, s'était portée à mon secours.

— Ça va, mam'selle ? me demanda-t-elle.

Je hochai la tête, encore courbée en deux à essayer de reprendre ma respiration.

— On vous a vue, poursuivit le garçon, voler hors de c'te coupé.

Je levai la tête pour regarder la rue fourmillante de monde. Le véhicule avait disparu. Je portai une main à ma poitrine : mon cœur battait à tout rompre.

— Ça va aller ? me redemanda la femme.

Je la remerciai de m'avoir aidée. Elle avait bien dépassé la cinquantaine, son visage était ridé comme une pomme et les dents du bas qui lui manquaient avaient transformé son menton en point d'interrogation. Sous un bonnet bourgogne délavé, ses cheveux blancs gardaient des reflets jaunes de leur ancienne blondeur, alors que ses sourcils restaient noirs et touffus.

J'embrassai les lieux du regard. J'étais complètement perdue.

— Où sommes-nous ? demandai-je.

— Tout en bas de Richmond Row, mam'selle, répondit-elle.

L'accablement s'empara de moi. L'équipage n'avait pas tourné en rond dans les rues. Nous nous étions beaucoup éloignés du centre de Liverpool.

La femme tendit la main pour épousseter ma manche.

— Vous avez pas de réticule, ma chère ? Pas de châle ?

Je me maudis de ma stupidité. Outre avoir été secouée violemment et avoir perdu mon souverain – à imaginer que l'Écossais eût jamais eu l'intention de me le donner – j'avais perdu mon châle et ma jupe était maculée de marques de bottes noires. Ma main se porta en hâte à ma ceinture : le rembourrage habituel me rassura.

La femme me surveillait.

— Non. J'imagine que je les ai perdus.

Je ne savais pas comment lui expliquer ce qui s'était passé. De la bonté émanait de ses yeux noirs, presque humides, comme si elle se souciait de moi alors que je lui étais étrangère.

— Une aussi jolie p'tite chose que vous, me dit-elle, comme si elle avait lu dans mes pensées, si cruellement traitée !

Ses yeux se voilèrent.

— Moi-même, j'ai perdu une fille. J'sais que la vie peut être très dure pour une jeune dame.

La foule bruyante nous pressait et nous bousculait.

— C'est pas juste, d'être maltraitée comme ça, quelqu'un d'aussi raffiné que vous, poursuivit-elle, haussant la voix pour se faire entendre par-dessus les cris et les détonations lointains des feux d'artifice. Vous devriez vous asseoir et boire une petite gorgée de bière pour calmer vos nerfs. Si on avait un penny de trop, on vous paierait une tournée, ajouta-t-elle avec un coup d'œil au garçonnet.

Le gamin se lécha les lèvres.

— J'ai soif, Ma.

Comme je lui donnais cinq ou six ans, je fus étonnée de l'entendre l'appeler maman : elle avait l'air bien trop âgée pour être sa mère.

— Je sais, mon fils, mais les temps sont durs. Tu sais bien qu'ta mère, l'a même pas un penny.

Ils me roulaient, car l'enfant avait pris la parole comme s'il en avait reçu le signal. Mais j'étais reconnaissante que quelqu'un soit venu me secourir alors que la plupart m'aurait ignorée.

— Vous devez me laisser vous inviter, vous et votre fils, dis-je. Pour vous remercier de votre aide.

La femme posa sa main sur la tête de l'enfant dont les cheveux, longs et noirs, étaient raides de crasse et dont les cils foncés étaient collés les uns aux autres. Il avait des yeux bleu pâle, d'une grandeur disproportionnée dans son visage menu, et des traits réguliers. S'il n'avait pas été tellement sale, il aurait été beau.

— Ça me gêne pas pour moi, mais ça fait des heures que mon petit garçon marche et l'est claqué. On voulait aller voir le feu d'artifice au parc. Une bonne tisane d'orge lui ferait du bien. Mais vous avez perdu votre réticule. Si vous avez pas d'argent…

Elle laissa sa remarque en suspension.

— J'en ai un peu de côté, dis-je.

Elle opina de la tête.

— Y a un gentil pub un peu plus haut dans la rue, si vous êtes capable de marcher.

La perspective de m'asseoir pour boire un verre m'attirait. J'avais retrouvé une respiration normale, mais je ressentais toujours une douleur aiguë dans le dos. Je posai la main dessus et elle se calma au bout de quelques secondes.

La femme passa le bras sous le mien pour me conduire jusqu'au pub dont le nom – Green Firkin – était peint en élégantes lettres incurvées sur la vitrine épaisse. Lorsqu'elle en ouvrit la porte, des chansons d'ivrognes, ainsi qu'une odeur de gin renversé, de fumée de cigare et de transpiration nous agressèrent. Nous dûmes nous frayer un chemin au milieu des clients pressés les uns contre les autres. Alors que nous nous approchions d'une table placée dans l'angle le plus éloigné, une femme et deux hommes âgés qui y étaient assis se levèrent et nous cédèrent leurs places. Je vis celle qui s'était portée à mon secours adresser un signe de tête à l'un des hommes, et il la salua d'une inclination de la sienne, comme s'ils se connaissaient.

— J'suis déjà venue ici une ou deux fois, m'expliqua-t-elle. On y est bien accueillis.

Dès que nous fûmes assis, je mis les mains sous la table et fouillai dans ma ceinture dont je sortis quelques pièces. La femme ne me prêtait pas attention : elle se léchait les doigts et frottait ensuite frénétiquement le visage du gamin pour le nettoyer.

— Je prendrai un gin au citron chaud, et une tisane d'orge pour mon garçon, annonça-t-elle.

Je me frayai un chemin jusqu'au bar pour commander le gin, et je pris une tisane pour moi et pour l'enfant.

Je parvins à rapporter les verres pleins à la table, mais dès que je me rassis, la douleur reprit. Je me penchai en avant pour me frotter les reins du poing.

— Des ennuis, ma fille ? me demanda la femme.

Sur ce, elle descendit son gin d'un geste habile et aguerri. Elle émit un bruit caoutchouteux en se léchant les babines et reposa le verre vide sur la table.

— J'ai dû me froisser le dos en tombant du véhicule, répondis-je, avant d'avaler à mon tour une longue gorgée de ma boisson. Je vais rentrer chez moi et, dès que je me serai allongée, ça ira mieux.

Je regardai son verre vide ; celui de l'enfant était encore à moitié plein. Elle allait vouloir en boire un second. Mais j'avais besoin de quitter ce lieu bruyant et enfumé. Malheureusement, j'étais fort loin de Jack Street.

Quelle soirée gâchée, me dis-je, comme le gamin avalait une autre gorgée. Je ne m'étais pas contentée de perdre mon châle et quelques heures de travail, mais j'offrais un gin à cette femme et j'allais devoir me payer un fiacre pour regagner Jack Street.

Comme je me retournai vers la femme pour lui annoncer que j'allais partir, le garçonnet renversa son verre et le liquide poisseux et tiède forma une flaque sur mes genoux avant que j'aie le temps de bouger. La femme prit son châle sur ses épaules pour essuyer ma jupe, en invectivant bruyamment l'enfant pour sa maladresse. Le visage de ce dernier se pinça et il laissa échapper un cri aigu et sauvage de sa bouche qui formait un carré noir.

— Je vous en prie, je vous en prie, la suppliai-je, comme elle frottait frénétiquement ma jupe. Ça n'est pas grave. Tout va bien, dis-je ensuite au gamin qui enfonçait ses poings dans ses yeux en hurlant de plus en plus fort.

— Tu vas y avoir droit. Une bonne claque sur l'oreille, c'est ça qu'tu vas récolter, hurla la femme qui s'était à présent levée, son châle trempé roulé en boule

— Non, Ma, non ! cria le gosse, bondissant de son tabouret pour fuser vers la porte.

— Je vais le rattraper dans la rue et le ramener par la peau des fesses, me lança-t-elle en se précipitant à ses trousses. Attendez-moi ici, ajouta-t-elle par-dessus son épaule.

Je n'avais pas l'intention de passer le reste de la soirée à lui payer des gins. J'espérais que le gamin courait vite et qu'il allait obliger sa mère – si c'était bien sa mère – à le poursuivre loin dans la rue, afin d'avoir la possibilité de me glisser dehors et de héler un fiacre avant leur retour.

Dans mes reins, la douleur se faisait de plus en plus pénétrante, et je dus poser les mains sur la table pour parvenir à me lever. Quand elle se fut estompée, je voulus secouer ma jupe, trempée par la cervoise, et je m'aperçus que ma ceinture avait été retournée. Je la saisis et la renversai complètement. Elle était vide. Je m'agenouillai et me mis à fouiller à tâtons le sol crasseux sous la table en hurlant, "Non, non, non !" d'une voix désespérée, suraiguë, qui ressemblait à celle du gamin. Sauf que la sienne relevait d'une comédie parfaitement mise au point.

Je me taillai difficilement un chemin dans la salle bourrée de consommateurs et parcourus les deux côtés de la rue du regard, sans parvenir à rien apercevoir à travers la foule de femmes, d'hommes, d'enfants, de chevaux et de charrettes qui l'encombraient. Je rentrai comme une flèche dans l'établissement pour aller raconter au tenancier ce qui venait de m'arriver. Connaissait-il cette femme et ce gamin ? Étaient-ils des habitués ?

Mais il se souciait de mon histoire comme d'une guigne.

— Peux pas vous aider, me répondit-il.

— Mais... mais elle m'a volé tout ce que je possède, gémis-je, alors qu'il s'était déjà déplacé vers une femme assise à l'autre bout du bar.

J'étais tellement foudroyée par le choc que mes genoux cédèrent. Un jeune homme qui sirotait un verre de bière brune me rattrapa.

— Vous êtes souffrante, mademoiselle ? me demanda-t-il en me soutenant par l'avant-bras.

Lorsque la douleur se dissipa, je sentis que sa main frémissait légèrement. Son poignet instable sortait d'une manche trop courte. Une légère paralysie agitante le faisait trembler.

— Non, je suis dans tous mes états parce qu'on m'a volée. Personne ne peut rien y faire ? pleurai-je.

Il avait un visage long et ordinaire. De petits yeux, à l'iris bleu foncé entouré d'un cercle plus sombre encore, mais empreints de bonté.

— Votre voleur doit déjà être loin. Avec les fêtes de Guy Fawkes et la foule, ils peuvent facilement opérer.

Je retirai mon bras et restai immobile. La mésaventure qui venait de m'arriver était tellement monumentale que je n'arrivais pas à y croire. Après tout ce temps passé sur le trottoir, à surveiller sans relâche mes économies, je m'étais laissé prendre à la plus ancienne ruse du monde. Mon cerveau avait-il été autant secoué que mon dos dans ma chute du coupé ?

— Je pourrai vous raccompagner chez vous, mademoiselle, me proposa le jeune homme, si vous craignez de rentrer toute seule.

Je relevai la tête. Craindre de rentrer toute seule ? Ne voyait-il pas ce que j'étais ou pensait-il pouvoir obtenir une passe gratuite en faisant semblant de me prendre en pitié ? Personne n'y arrivait. En tout cas pas avec moi. On m'avait pris assez de choses pour la soirée. Presque tout. Je posai les mains sur le renflement de mon ventre.

— J'y arriverai toute seule, répondis-je, si vous me montrez le chemin pour regagner le centre de Liverpool.

Dans mon dos, la douleur ne me laissait plus en paix.

— Mais si on vous a volée, vous n'aurez pas de quoi payer un fiacre. C'est loin.

Son inquiétude paraissait sincère. Mais celle de la femme qui venait de me dérober mon avenir paraissait l'être aussi. Je pinçai les lèvres pour tenter de retenir le gémissement qui voulait en sortir.

— Je m'appelle Shaker[1], me dit-il, et je peux vous assurer que vous n'avez pas du tout l'air en état de parcourir cette longue distance à pied. Vous êtes très pâle. C'est votre dos, mademoiselle ?

Je pétris une fois de plus mes reins douloureux du poing. Les contractions naissaient, augmentaient d'intensité, atteignaient un paroxysme et se dissipaient.

— Je suis tombée. Ça va bientôt passer, répondis-je en inspirant à fond, comme la douleur disparaissait.

— Puis-je vous offrir une boisson chaude ? Est-ce que ça vous ferait du bien ? me demanda-t-il.

Au moment où j'ouvrais la bouche pour répondre non, un spasme particulièrement profond me déchira et me

1. Le « Tremblant ». (*NdT.*)

fit pousser un cri. Inconsciemment, je saisis le jeune homme par le revers de la veste.

Il passa un bras autour de ma taille et me soutint jusqu'à ce que la douleur régresse.

— J'ai l'impression qu'il ne s'agit pas de votre dos mais d'autre chose, me dit-il sans me regarder, les yeux rivés sur le nœud posé au sommet de mon chignon.

Je sentis ses doigts se déplacer d'un côté de mon ventre. Ils le palpèrent doucement à travers mon corset, comme s'ils cherchaient quelque chose.

— Je vous en prie, dis-je d'une voix plus apaisée, je dois rentrer chez moi. Si seulement je pouvais…

Mais une autre vague de douleur me terrassa, me contraignant cette fois à me plier en deux. Le son qui sortit de mes lèvres ressemblait à celui d'un animal, presque à un grognement.

Il me souleva alors, sans que je puisse m'y opposer car ma douleur était trop atroce, et il se fraya un chemin au milieu des corps qui s'entassaient les uns contre les autres. Les yeux fermés, je m'appuyai contre son torse. C'était la petite Frances, détachée par le choc, qui voulait voir le jour. Trop tôt. Beaucoup trop tôt. Si elle naissait maintenant, elle n'avait aucune chance de survivre.

10

Je parvins à me tenir debout près de lui, avec son soutien, le temps qu'il hèle un fiacre et m'aide à y monter.

— Où dois-je demander au cocher de vous emmener ? me demanda-t-il en se penchant par la portière ouverte. Où habitez-vous ?

Je songeai au placard étroit et étouffant. Les filles seraient encore dehors pendant quatre ou cinq heures. Je devrais faire ça toute seule, sur la paillasse de Jack Street. Je sentis mes lèvres trembler, tout comme l'homme qui s'était présenté à moi sous le nom de Shaker.

Non, non, non, non. À chaque non intérieur, ma tête remuait.

Shaker interpréta ma réaction de travers. Il sortit quelques pièces de sa poche.

— Tout va bien. Tenez, dit-il. Ça vous suffira pour payer le cocher.

Je fus incapable de répondre quoi que ce soit. J'arrivais juste à fixer des yeux le rideau de la vitre, couleur lie de vin délavé.

Shaker attendit jusqu'au moment où les chevaux secouèrent le fiacre d'impatience en faisant un écart et où le cocher lui posa une question brutale. Il lui répondit et monta à côté de moi.

Nous restâmes tous les deux muets. Je me concentrai sur le rideau, me mordant les lèvres pour refouler chaque nouvelle vague de douleur. Elle ne se concentrait plus seulement dans mon dos, mais me prenait par-devant et irradiait le long de mes cuisses. Au bout de dix minutes, le fiacre s'arrêta et Shaker m'aida à en descendre.

— Où sommes-nous ? lui demandai-je, examinant la rue faiblement éclairée, bordée d'une rangée de coquettes maisons mitoyennes, pourvues de deux étages et de façades de brique.

De leurs portes et fenêtres, hautes et bien proportionnées, émanait une élégance discrète. J'eus le temps de constater que les pas-de-porte et les rebords de fenêtre étaient d'une blancheur impeccable. Je mis les mains en coupe sous mon ventre pour essayer de soulager la pression.

— À Everton, au nord de la ville. C'est ici que je vis : Whitefield Lane.

Shaker ouvrit la porte qui n'était pas fermée à clé et me guida à l'intérieur. Hormis la vague incandescence d'un feu mal éteint sur notre gauche, tout était plongé dans l'ombre. Poussée par la pression de la main de Shaker dans mon dos, je montai un étroit escalier jusqu'à un palier. Sous l'une des deux portes qui donnaient dessus se profilait un croissant de lumière. Alors qu'il hésitait, cette porte s'ouvrit brusquement. Une femme émaciée, à la chevelure grise, tenant une bible usagée dans une main et une bougie dans l'autre, nous contemplait.

— Mais qu'est-ce qu'il se passe ? grommela-t-elle, la bougie inclinée dans ma direction.

La flamme projetait des ombres abruptes sur ses traits grimaçants.

— Qui est cette personne ?

Je vis ses yeux prendre note de la coupe de ma robe et de ma chevelure blond crème. Je savais que nous dégagions les odeurs d'alcool, de tabac et de transpiration du pub.

— Une jeune femme dans le besoin, mère, répondit Shaker.

Je ne pensais pas que mes jambes allaient me soutenir plus longtemps. Je m'accrochai faiblement à la manche de Shaker, qui m'enlaça pour m'aider à ne pas m'effondrer. J'inclinai le front contre son torse.

— Besoin ? répéta la femme. À ce que je vois, elle est prise de boisson. Tu oses ramener une prostituée ivre morte à la maison ?

Je me tournai vers elle et elle se rapprocha tellement que je reçus les postillons qui se déversaient en pluie fine de ses lèvres.

— Tu me déçois, mon garçon. Mais il y a bien pire . tu déçois le Seigneur avec un comportement pareil.

— Mère, tu ne comprends pas la…

— Peut-être pas. Mais je ne peux pas supporter de voir une créature comme elle sous mon toit.

Elle pivota la tête sur son cou maigre et tout flétri et se pencha pour me lancer en plein visage :

— Fornicatrice !

Shaker ne lui prêta aucune attention.

— C'est *notre* toit, mère. Pas ton toit.

— Donne-moi une bonne raison pour que j'accepte ça, Shaker.

— La charité chrétienne, peut-être.

L'expression de la femme changea, et elle recula d'un pas.

Mes genoux cédèrent sous l'atrocité de la douleur. À présent, l'intolérable pression m'arrachait des plaintes. Je m'accrochai de toutes mes forces à la veste de Shaker pour ne pas tomber. Il resserra son étreinte et je sentis ses bras trembler dans mon dos.

— Elle est sur le point d'accoucher, mère, elle a besoin d'aide.

— On ne dirait pas qu'elle est enceinte. Mais c'est peut-être parce qu'elle est maigre comme un clou, à force d'avoir sauvagement forniqué.

De nouveau, elle s'approcha. Ses yeux scrutateurs passèrent de mon ventre à mes doigts dénués d'alliance, puis à mon visage.

— Et puis-je te demander pourquoi tu l'as amenée ici ? Tu n'as pas... de lien avec elle ?

Elle enfonça ses yeux chassieux dans les miens. À présent, elle se montrait soupçonneuse et craintive.

— As-tu quelque chose à voir avec son état ? Mon fils ? Assure-moi que tu n'es pas responsable de l'état de cette femme. Je t'en prie.

Son dernier mot était à peine plus élevé qu'un murmure.

— Je vous en prie, répondis-je comme un écho, la pression se transformant en étau d'acier qui écartelait mes os. Je vous en prie, aidez-moi.

Shaker me traîna jusqu'à une pièce obscure, en me portant à moitié. Sa mère nous suivit. Des ombres monstrueuses, projetées par sa bougie, dansaient sur les murs.

— Pourquoi ne retourne-t-elle pas chez elle ?

— On lui a volé tout son argent. La foule... ce soir,

répondit Shaker d'une voix qui s'estompait. Et elle avait besoin d'aide, reprit-il. À présent, laisse-nous, mère. Retourne dans ta chambre.

Il lui avait donné cet ordre d'une voix basse, mais ferme.

— J'insiste. Ça ne te regarde pas.

La femme n'essaya plus de répliquer mais sortit, sa chandelle à la main, et referma la porte dans son dos.

Je ne pouvais plus maîtriser mon corps. Dans l'obscurité, j'entendais ma voix de plus en plus aiguë se transformer en une espèce d'imploration continue, pendant que Shaker m'aidait à m'allonger avec ménagement sur une surface confortable. Le frottement d'une allumette fut suivi d'un éclair de lumière quand il approcha la petite flamme de la mèche d'une lampe Argand. La lueur me permit de distinguer que j'étais allongée sur un matelas étroit, posé sur un cadre cordé. Les douleurs semblaient s'accumuler les unes sur les autres, à intervalles de plus en plus rapprochés. Au loin, les déflagrations indiquaient que les feux d'artifice battaient leur plein. J'étais déchirée en deux.

— Il est trop tôt, beaucoup trop tôt, murmurai-je en écartant les genoux pendant que Shaker allumait un feu dans le petit âtre.

— Oui, je sais, dit-il, comme s'il se parlait à lui-même. Et ça semble bien trop engagé pour qu'on puisse arrêter le processus.

J'haletais.

— Je ne sais pas quoi faire, dis-je. *Et j'ai peur.*

Shaker se lavait les mains dans un bassin. Elles tremblaient frénétiquement. De l'eau éclaboussa le devant de sa veste, qu'il ôta. Les explosions et les déflagrations faisaient cliqueter la vitre de la fenêtre.

— Moi, je sais, dit-il en s'approchant de moi.

— Montrez-la moi.

— Ça va juste vous bouleverser, mademoiselle.

— Je veux la voir quand même.

Tout s'était déroulé très vite. Je n'avais objecté à aucune des instructions de Shaker qui avait retroussé ma robe pour dégrafer mon corset, coincé mon jupon pour ne pas être gêné, puis placé ses grandes mains noueuses sur mon ventre en me chuchotant quoi faire. Quand la douleur atteignit son paroxysme, il me donna un morceau de coton dans lequel mordre. Ensuite, il fit glisser le drap souillé sous moi afin de le remplacer par un drap propre, puis il revint avec des linges pour éponger les saignements, de l'eau chaude et un morceau de flanelle agréable au toucher pour me permettre de me laver. Lorsqu'il m'eut laissée seule, j'ôtai ma robe et mon corset et je m'y employai, lentement et à fond. Mes gestes étaient pesants et lorsque j'en eus terminé, je me rallongeai sur le lit.

Le jour ne s'était pas encore levé, mais la lumière de la lampe baissait et l'opacité diminuait. Le vent soufflait contre la fenêtre.

— C'est mon bébé. Vous n'avez pas le droit de me dire que je ne dois pas la voir.

J'essayais de maîtriser ma voix, mais j'étais parcourue de frissons, malgré la couverture dans laquelle Shaker m'avait enveloppée. Il avait entrouvert la fenêtre et l'air frais s'y engouffrait, porteur d'une espèce de parfum nouveau. Les feux d'artifice étaient terminés depuis belle lurette et pas un bruit ne provenait de l'extérieur. Comme j'étais accoutumée au fracas et aux hurlements perpétuels de Jack Street, le calme de cette chambre m'alarmait.

Il me scruta encore un certain temps, puis il s'approcha de la table de toilette qui était équipée d'un bassin de porcelaine.

— Une minute…

Je fermai les yeux et entendis de légers bruits d'éclaboussures et des petits bruissements. J'essayai de me redresser dans une position confortable, en disposant la couverture autour de mes épaules.

— Qu'est-ce que vous faites ?

Sans me répondre, il s'approcha de mon chevet. Il s'agenouilla près de moi et abaissa le bassin de porcelaine. Je contemplai la forme minuscule, sous le mouchoir de pur fil blanc dont il l'avait drapée. Un linceul miniature.

De l'index, je soulevai le mouchoir.

Elle était allongée sur le flanc. Shaker l'avait lavée : sa peau était propre, de la couleur bleu-gris pâle d'une poitrine de colombe et son corps recouvert d'un léger duvet. De ses minuscules paupières à ses ongles transparents, elle était parfaitement formée.

Je caressai son front frais velouté, son bras, son dos, d'un doigt tremblant. Encore que je n'en suis pas certaine : peut-être que le bébé tremblait parce que le bassin vibrait dans les mains de Shaker.

J'avais envie de pleurer. L'intérieur de ma gorge semblait avoir gonflé de façon insupportable, sa paroi s'être tellement épaissie que je ne parvenais plus à déglutir. Ma bouche se remplit de salive, mon nez se mit à couler, mais mes larmes ne jaillirent pas.

— Pardon. Je savais que cela vous peinerait.

Je dus me battre avec ma gorge pour retrouver ma voix, qui sortit sous la forme d'une espèce de croassement.

— Elle s'appelle Frances. (Je détachai ma main du

bébé pour la poser sur mon ventre, dans mon autre main.) Je suis contente qu'elle n'ait pas vécu. Quel genre de vie une fille peut-elle espérer en ce monde ?

Shaker alla reposer calmement le bassin sur la table de toilette en contemplant le bébé mort-né.

— Vous n'allez pas la jeter sur un tas d'ordures ? Confiez-la moi et je l'enterrerai.

Ses yeux n'avaient pas quitté le petit cadavre.

— Si vous voulez que je parte, je m'en irai maintenant. Je l'emporte et je pars, répliquai-je.

Les épaules affaissées de Shaker, ses mains tremblantes et le chagrin dont il semblait souffrir me contrariaient. De quel droit pleurait-il ma petite Frances ? Il ne connaissait rien de moi, et moi rien de lui.

Je voulus balancer mes jambes sur le sol, mais une douleur aiguë m'arracha un cri. La couverture tomba.

Shaker se retourna.

— Je vous laisserai faire d'elle ce que vous voulez, me dit-il.

Il ne bougeait pas, en dehors de ses mains tremblotantes qu'il coinça sous ses bras.

— Vous vous appelez comment ?

— Linny Gow, répondis-je, assise là quasiment nue, puisque je ne portais plus que ma fine chemise.

Je posai les paumes des deux côtés de mon corps sur le lit pour me préparer à me soulever.

— Je dois partir.

— Pourquoi ? m'interrogea Shaker.

Je n'avais aucune réponse à lui donner. Je regardai le bassin.

— Vous ne voulez pas rester ici, au moins pendant quelques heures, le temps que vos saignements s'arrêtent ? me demanda-t-il. Vous récupérerez ainsi assez de force pour pouvoir rentrer chez vous.

Comme je continuais à me taire, il poursuivit :

— Vous ne devez pas vous remettre à travailler tout de suite. En tout cas pas pendant quelques jours. Votre corps a besoin de temps pour guérir.

Bien évidemment, il savait qui j'étais. Il n'avait pas eu besoin de sa mère pour deviner ma profession. Il l'avait su dès l'instant où je m'étais approchée de lui dans le pub, même s'il avait fait preuve d'un tel respect à mon égard que je m'étais imaginé, pendant un certain temps, l'avoir trompé.

À la simple mention du mot travail, je sentis l'épuisement me terrasser. Je ne pouvais pas sortir par cette froidure précédant l'aube et retourner à pied à Jack Street.

— Je vais me reposer tout au plus une heure, lui répondis-je. Juste une heure.

Je me rallongeai.

Pendant qu'il disposait l'épaisse couverture de laine sur moi, Shaker frémit à la vue de ma cicatrice. J'entendis presque un soupir imperceptible lui échapper. Puis il referma la fenêtre, tisonna le feu, éteignit la lampe et sortit.

Allongée là, bien au chaud, incapable de dormir alors que pointaient les premiers rayons de la pâle lumière matinale, je détournai les yeux du bassin pour les porter vers la fenêtre. Une branche nue humide effleurait légèrement la vitre, remuée par le vent qui tombait peu à peu. Le ciel était d'une couleur perlée. Je m'interrogeai sur la raison pour laquelle Shaker avait su comment s'y prendre. Je songeai à son visage triste, au moment où il m'avait tendu le bassin, puis quand il avait contemplé mon bébé mort.

À mon réveil, un soleil lumineux brillait par la fenêtre la plus propre que j'avais jamais vue de ma vie. Je rejetai la couverture pour m'asseoir, le corps raide et endolori, comme si j'avais reçu une rossée bien plus violente que les quelques coups que m'avait donnés l'Écossais dans le coupé. Je me sentais écorchée, à l'intérieur comme à l'extérieur. J'avais l'impression que prononcer un seul mot risquait de me faire souffrir. Je me levai lentement sur mes jambes flageolantes et je m'habillai.

Tandis que je dénouais mon chignon emmêlé et me battais avec les nœuds de mes cheveux, je jetai un regard vers la table de toilette. Le bassin avait été remplacé par une petite boîte au couvercle de cuivre. Shaker avait dû entrer dans la chambre pendant que je dormais. Je me dis d'abord qu'il s'agissait d'une boîte à bijoux ou à colifichets. J'allai l'effleurer des doigts. Puis la lumière se fit dans mon esprit et j'entrouvris le couvercle. Le blanc neigeux du mouchoir de fil me sauta aux yeux. Je l'effleurai et sentis le petit contenu lové dessous. Je refermai le couvercle.

La pièce était meublée d'un bureau large et austère et d'une chaise à dos droit. Plusieurs piles de livres étaient entassées sur le bureau. L'un d'eux était ouvert. Sur le mur, derrière, était accroché le dessin d'un homme dont n'apparaissaient que les muscles, les tendons et les veines. Il y avait d'autres croquis d'os, celui d'un crâne coupé en deux. De l'un des côtés ouverts débordait un amas vermiforme. Puis mes yeux tombèrent sur eux. Posés à même le sol, à côté du bureau. Des bocaux.

L'espace d'un instant atroce, je me retrouvai dans

la pièce brillamment éclairée, avec son abominable collection.

Je m'approchai, redoutant ce que j'allais découvrir. Mais ces bocaux ne contenaient pas de cheveux. Au début, je crus qu'ils étaient remplis d'aliments : à l'intérieur flottaient des formes que je n'avais vues que sur l'étal du boucher. Je me sentis suffoquer : il s'agissait en fait de parties du corps humain préservées. Je ne les reconnus pas toutes, mais je vis un rein, un cœur et un foie. Le contenu du dernier bocal me fit porter la main à ma bouche pour retenir un cri, mais pas assez vite.

La porte s'ouvrit et Shaker se précipita dans la pièce à temps pour me voir m'écarter du bureau.

— Pardon. Vraiment, pardon. Je ne pensais pas..., bégaya-t-il.

Il saisit le bocal si vite que le fœtus humain se mit à ballotter dans le formol.

Je gardai les yeux rivés dessus, abasourdie par le choc, consciente que mon propre visage était aussi blafard et délavé que les contenus des bocaux.

— Je... j'étudie le corps humain, m'annonça trop vite Shaker, d'un ton presque coupable. Je... je voulais être médecin. Mais c'est bien sûr impossible... un médecin, même un chirurgien, même le plus élémentaire des barbiers-chirurgiens, comme celui qui vous a soignée... poursuivit-il, les yeux posés sur ma cicatrice, impossible, vu mon état... mes mains, précisa-t-il, comme s'il devait se justifier, mais ça reste ma passion.

Pendant qu'il s'expliquait, il avait caché le bocal dans son dos.

— Je vous ai préparé un bouillon de viande, dit-il, et vous devriez prendre un peu d'émétique pour revigorer votre sang. Mais vous aurez besoin d'une ordonnance.

Vous ne pourrez l'obtenir qu'au dispensaire. Est-ce que vous vous sentez très mal ?

Il bredouillait.

Je m'étais laissée glisser sur la chaise à dos droit derrière le bureau.

— J'ai juste eu un vertige parce que je me suis levée trop vite, mentis-je. Je vais bientôt partir. (Mon regard se dirigea vers la jolie boîte.) Vous voudrez récupérer votre boîte ?

— Oh non, je vous en prie. Vous avez dit que vous vouliez l'enterrer et j'ai pensé que…

J'examinai la boîte, refusant de regarder Shaker sortir à reculons de la pièce. Il réapparut, un châle à la main.

— Pardon de vous avoir bouleversée, mademoiselle Gow. Tenez.

Il me tendit le châle, lequel appartenait bien entendu à sa mère. Je m'en enveloppai.

— Buvez au moins une tasse du bouillon que je vous ai préparé. Il vous attend de l'autre côté du couloir, dans la chambre de ma mère. Elle vient juste de rentrer de l'église et il fait plus chaud dedans qu'en bas où nous n'avons pas encore allumé le feu. Nan' va bientôt arriver pour s'en occuper. Venez vous asseoir dans l'autre chambre, je vous en prie, insista-t-il.

La proposition du bouillon de viande me fit saliver.

— D'accord. Merci, monsieur… ?

Le visage de Shaker s'empourpra à partir du cou.

— Oh, je m'appelle juste Shaker, comme je vous l'ai dit hier soir. Au début, c'était une plaisanterie de mauvais goût de mes camarades d'école, mais ça m'est resté.

Il esquissa un sourire qui dévoila des dents de guingois, mais dont la spontanéité rendait son visage plus chaleureux. L'idée que je n'avais pas vu ce genre de sourire éclairer le visage d'un homme depuis fort, fort longtemps me traversa l'esprit. En tout cas sur aucun visage des hommes qui me regardaient.

— Mon nom de famille est Smallpiece. Mais je préférerais que vous m'appeliez Shaker. Si cette familiarité ne vous gêne pas.

— Merci, Shaker, répondis-je. Pour hier soir. Pour votre aide.

J'examinai ses mains tremblantes. Arrêtaient-elles jamais de danser ? Tressautaient-elles pendant qu'elles avaient fait sortir la minuscule petite fille bleue de mon corps ?

Il serra alors les poings et j'eus honte de les avoir fixés de la sorte.

— Vous devez me prendre pour une gourde, dis-je, de m'être laissé dépouiller comme ça. Surtout moi ! J'aurais pourtant dû connaître ce genre d'arnaque, ajoutai-je en haussant les épaules. Je sais que je ne reverrai jamais mon argent.

Shaker enfonça une main dans une poche.

— Il doit déjà avoir servi à acheter du gin de mauvaise qualité ou Dieu sait quoi d'autre. Je suis cependant retourné au Green Firkin ce matin. Le patron m'a laissé entrer, bien que nous soyons le jour du Seigneur. Je lui ai redemandé, comme vous l'avez fait hier soir, s'il connaissait la femme et l'enfant. Bien entendu, il m'a répondu par la négative. J'en déduis qu'il est peut-être dans le coup et qu'il exige un pourcentage pour la laisser opérer chez lui. J'ai quand même fait un tour des lieux, et j'ai trouvé ça dans un coin. Évidemment, ça peut appartenir à n'importe qui.

Il sortit la main de sa poche et me tendit mon pendentif. À la vue du bijou, tournoyant au bout de sa chaîne d'or, le chagrin suscité par la dérobade de mes rêves se manifesta dans l'explosion d'un sanglot dénué de larmes. Je le lui arrachai de la main et le pressai contre ma joue.

— Elle s'appelle Frances, déclarai-je, même si je le lui avais déjà dit. Comme ma mère.

Et je parvins enfin à pleurer, à gros sanglots. Après toutes ces années. Les yeux clos, la morve au nez, j'émettais une espèce de mélopée funèbre, aiguë et mystérieuse, en me balançant d'avant en arrière sur le bord de la chaise. Je sentis la main de Shaker sur mon épaule. Elle tremblait à présent violemment, mais elle m'apporta un certain réconfort.

Lorsque je parvins enfin à me ressaisir, Shaker ôta sa main et recula d'un pas. Il fit mine de manifester un vif intérêt pour le croquis de l'écorché, puis pour le livre ouvert, les bocaux, le paysage visible de la fenêtre. Il regardait partout, sauf dans ma direction, comme si le fait de me voir pleurer l'embarrassait davantage que tout ce qu'il avait vu la nuit précédente, alors que j'étais allongée sur son lit et qu'il était accroupi entre mes jambes écartées.

11

Pendant que je buvais une tasse de bouillon de viande fumant dans la pièce située de l'autre côté du couloir, où, comme Shaker me l'avait annoncé, il faisait chaud grâce à une belle flambée, je lui fis part de mon projet d'immigrer en Amérique. Je lui racontai comment Ram Munt m'avait obligée à me prostituer, comment j'avais économisé jusqu'au moindre penny dans le but de rompre avec cette vie, de la seule manière envisageable pour moi. Comment j'avais presque amassé la somme suffisante. Comment j'avais prévu d'élever mon enfant en Amérique et d'y mener une vie respectable.

J'ignore pourquoi je lui fis toutes ces confidences, sauf que je sentais de mon devoir de lui expliquer qui j'étais et, peut-être, de le remercier de la seule façon à ma disposition, hormis lui faire cadeau de mon corps : en faisant preuve d'honnêteté à son égard. Pendant que je parlais, je me rendis compte, en observant son visage, que l'opinion qu'il se faisait de moi comptait à mes yeux. C'était la première fois que j'éprouvais un tel sentiment.

Sa mère assista à toute la conversation. Elle faisait de la dentelle, assise dans son fauteuil à bascule en osier placé face à une haute fenêtre. Elle ne m'avait pas saluée lorsqu'il m'avait fait pénétrer dans la pièce, une main légèrement pressée sur mon dos. Il tira une chaise à mon intention de la petite table de bois blanc disposée devant la cheminée. Il agissait comme si elle ne se trouvait pas là, et au bout d'un moment, j'ignorai moi aussi sa présence.

J'étudiai les vitres embuées par la chaleur, encadrées de rideaux d'une propreté immaculée. Sur le large manteau de cheminée trônait une horloge ronde dans une boîte d'Amritsar, entourée d'une collection de chiens de porcelaine. Mes pieds étaient bien au chaud, sur l'épais tapis frangé qui recouvrait le sol. Sur un buffet de chêne, placé à côté d'un paravent en crin, était disposé un assortiment de bibelots en verre, de coquillages, de plateaux de laque et de boîtes à biscuits aux couleurs éclatantes. La pièce respirait la décence et le bien-être matériel.

Au-dessus du buffet était suspendu un tableau qui représentait un temple appartenant à un pays manifestement lointain, peint dans des teintes bleues, vertes et blanches criardes. Il s'agissait de toute évidence d'une croûte, même à mes yeux de néophyte, mais ses couleurs me plurent.

— Ce tableau représente quoi ? demandai-je après en avoir terminé de mon récit.

Le regard de Shaker passa de ma personne au tableau, puis il fit le parcours inverse, comme si ma question le déconcertait. Ou le surprenait. Il me répondit par un nom aux consonances étranges, du genre « Tajatagra » et changea de sujet.

— Vous allez donc devoir recommencer à faire des économies ? me demanda-t-il.

Il déplaçait sa tasse de bouillon, à présent refroidi et auquel il n'avait pas touché, d'avant en arrière sur le dessus de la table bien cirée, d'un simple petit centimètre à la fois. Il était incapable de rester immobile. Je pense qu'il s'était abstenu de boire parce que ses mains agitées auraient fait déborder le liquide de la tasse.

— Je n'arrive même pas à y penser, soupirai-je. Mais bien sûr, je vais recommencer. Je n'ai pas le choix. J'ai tout perdu, en dehors du pendentif de ma mère. Quel choix ai-je donc ? répétai-je, passant le doigt sur le rebord de ma tasse.

La mère de Shaker intervint alors, et nous sursautâmes tous les deux, pris au dépourvu.

— Quel choix ? s'enquit-elle, laissant tomber son ouvrage de dentelle sur ses genoux pour me fixer du regard. Ignorez-vous donc les bienfaits du Seigneur ?

Elle s'exprimait d'une voix trop sonore : surdité partielle ou colère ?

— Du vivant de ma mère, je fréquentais l'église avec elle. J'ai continué pendant quelque temps, après son décès, répondis-je.

Je faisais des efforts pour garder un ton respectueux, par égard pour Shaker, mais je détestais déjà cette femme, ses yeux soupçonneux et son expression dévote.

— Et que penserait votre mère, que Dieu ait son âme, de votre comportement de pécheresse ?

Shaker me coula un regard.

— Franchement, mère ! s'écria-t-il.

Une fois de plus, il rougit.

Sa mère ignora sa remontrance.

— Pensez-vous qu'elle vous approuverait ? Pensez-vous que le Seigneur, dans Sa gloire, approuve votre conduite dépravée ?

Je bus la dernière gorgée de mon bouillon de viande avant de reposer la tasse sur la table.

— Je suis juste une travailleuse, qui fait ce qu'elle peut pour s'en sortir, madame Smallpiece, répliquai-je.

Ma voix laissait percer une note impérieuse.

Les sourcils de la vieille femme, broussailleux et gris, se haussèrent.

— Et fière de l'être, à vous entendre ! Vous vivez dans un enfer où règnent la prostitution et le crime, et vous vous moquez des principes de respectabilité et de pureté. Ce n'est pas en essayant de vous faire passer pour une dame que vous vous en sortirez avec moi. Je sais qui vous êtes, de A à Z. J'en ai connu d'autres dans votre genre. Car n'ai-je pas…

— Arrête, mère ! la coupa Shaker. Arrête ! Cela ne fera de bien à personne. Tu sais ce qu'il risque d'arriver si tu te mets dans tous tes…

Je l'empêchai de continuer.

— Comme vous devez le savoir, la fierté n'a rien à voir dans cette histoire, affirmai-je, puisque vous connaissez si bien ma vie.

Je fixais la vieille femme, me moquant désormais de ce que pouvait bien penser Shaker. Je n'allais pas me laisser malmener par cette mégère desséchée.

— J'ai commencé par travailler dans un atelier de reliure aux côtés de ma mère quand j'avais six ans. En échange de mon labeur, on lui donnait juste de quoi acheter une tranche de bacon supplémentaire, une miche de pain à moitié crayeux et un paquet de tisane, composé d'un mélange de feuilles usagées et de feuilles fraîches. Je suis persuadée que vous connaissez cette triste histoire, n'est-ce pas, madame Smallpiece ? En réalité, vous n'en avez pas la moindre idée ! repris-je après avoir fait le tour de la pièce du regard. Vous restez assise dans votre maison confortable, forte de la certitude de disposer de quelqu'un pour s'occuper de vous et veiller sur vous au quotidien. Si je travaillais encore chez le relieur, j'aurais tout juste de quoi louer un coin de pièce dans une pension de famille. Je remettrais la moitié de mon salaire à la grippe-sous qui truanderait tous ceux logeant sous son toit, et je me contenterais de survivre sur la même ration de bacon, de pain dur et de tisane pisseuse. Peut-être que je finirais par me marier et par déménager dans un autre coin de la pièce. J'aurais des enfants et je continuerais à aller trimer à la fabrique, et ma vie se poursuivrait de la sorte, jusqu'au jour où je décéderais, soit en couches, soit de m'être épuisée au travail.

Ma voix n'avait cessé de passer abruptement d'un registre à l'autre, comme la surface du sable change de dessin sous le ressac. J'entendis mes intonations de salon se muer en celles, grossières, des quartiers nord de Back Phoebe Anne Street. J'entendis les douces inflexions écossaises de ma mère, puis je revins aux tons de gorge que j'avais essayé de perfectionner dans la salle à manger éclairée aux chandelles d'un hôtel de Lord Street. Mon désespoir était tel que je ne parvenais pas à m'en tenir à une seule voix.

— J'ai donc opté pour la seule solution susceptible, je l'espérais, de m'éviter cet avenir. J'aurais dû savoir qu'il ne s'agissait que d'un rêve inatteignable. J'aurais dû écouter la personne qui m'affirmait que je n'étais qu'une fille qui garderait toujours la puanteur de la Mersey dans ses narines, et j'aurais dû en rester là, conclus-je d'un ton qui n'était plus qu'un cri perçant insoutenable.

Je me levai, tentant de ne pas tenir compte de mes crampes et de mes saignements qui avaient subitement repris.

— Pardon, Shaker, dis-je, sans plus me préoccuper de la vieille femme. Je n'aurais pas dû parler durement à votre mère et il est temps pour moi de partir, de regagner ma place.

Mais Mme Smallpiece s'était également levée et approchée de moi, une épaule plus basse que l'autre, le visage, du même côté, également baissé. J'entrevis une vague étincelle dans ses yeux aux pupilles délavées, enfoncés dans leurs orbites.

— Je pourrais vous offrir le salut. Une fille si jeune que vous, il ne s'est peut-être pas définitivement installé. Le mal.

— Le salut ? répétai-je. Le salut ?

Un léger ricanement de dérision m'échappa. Je regardai Shaker, mais il étudiait sa tasse.

— Si vous hébergez Notre Seigneur Jésus dans votre cœur, si vous Lui offrez votre âme, il existe peut-être une possibilité pour que vous abandonniez votre mode de vie. (Mme Smallpiece essaya de relever son épaule et du même coup, son menton se redressa.) Car moi aussi, j'ai été jadis coupable de pensées lubriques et j'ai accompli des actes charnels lascifs, mais le Seigneur a jugé bon de faire briller Sa lumière sur moi et j'ai été arrachée des griffes du diable. Oui, j'ai échappé à ses griffes, mais elles s'étaient déjà profondément enfoncées en moi, affirma-t-elle, inclinant à cet instant la tête en direction de Shaker. La punition de mes péchés, c'est lui, là. À peine plus qu'un handicapé à la naissance. Un fils au corps inutile, incapable de me donner une belle-fille pour s'occuper de moi, incapable de me donner des petits-enfants ! se plaignit-elle, ses yeux, dans lesquels luisait une étincelle étrange, tournés vers Shaker. Inutile, répéta-t-elle d'une voix qui s'éleva vers le plafond à solives dont il renvoya l'écho, creux et aigu.

Je refusai de regarder Shaker. Je gardai les yeux rivés sur la vieille femme.

Des bulles de salive s'étaient formées sur sa lèvre inférieure et ses paupières cillaient rapidement, comme si l'étincelle qui allumait par instants ses yeux menaçait de les enflammer.

— J'ai accepté ma punition. Je l'ai gardé, alors que d'autres l'auraient laissé mourir. Et c'est pour ça que j'ai été sauvée. Dans Sa miséricorde, le Seigneur sait tout et voit tout. Alléluia, dit le Seigneur, alléluia, oh, Seigneur, oh, Seigneur, sauvez-nous.

Elle parlait de plus en plus vite et de plus en plus fort, ses paroles butaient les unes contre les autres, jusqu'au moment où ne sortit plus qu'une cacophonie de grognements et de syllabes embrouillés, un charabia qui me donna des frissons dans le dos. Puis ses yeux se révulsèrent dans leurs orbites et ses genoux cédèrent. Elle tomba par terre, le corps secoué de convulsions, et se mit à taper frénétiquement des talons sur le plancher.

Sentant l'odeur âcre d'urine qui emplit la pièce, je me mordis la lèvre inférieure jusqu'au sang.

Shaker s'agenouilla près de sa mère, plaça la main sous sa tête et la tourna sur le côté. Elle avait la langue qui pendait. Il enfonça un petit bout de bois qu'il avait sorti de sa poche entre ses gencives serrées. Les convulsions de la vieille femme finirent par s'estomper, puis elles cessèrent. Shaker reposa sa tête par terre, enleva le bout de bois, puis il sortit un mouchoir de sa poche pour lui essuyer le visage. D'un geste aguerri, il la souleva comme si elle n'était qu'un fétu de paille et la déposa sur le lit étroit placé le long d'un mur, en coinçant un épais morceau de flanelle sous sa jupe mouillée.

Il alla ouvrir la fenêtre pour débarrasser la pièce des miasmes de pisse et de transpiration.

— Pardon, dit-il sans croiser mon regard. Cela fait longtemps qu'elle n'avait pas eu une crise pareille. Ça lui arrive quand elle s'énerve beaucoup. Elles ont commencé après son attaque d'apoplexie, il y a quelques années. Je l'incite à garder son calme, ajouta-t-il.

Quelque chose, sur son visage, un désespoir muet, éveilla ma pitié.

— À son réveil, elle sera calme. On dirait que ces cataclysmes périodiques lui permettent de redevenir normale pendant un bon moment, poursuivit-il, comme s'il voulait se persuader que c'était effectivement normal, qu'il menait une vie agréable auprès de cette femme exigeante et dominatrice, qu'il lui vouait même une certaine gratitude de ne pas l'avoir abandonné, alors que de toute évidence, c'était lui qui l'avait à sa charge.

Je regardai sa mère, le filet de bave qui coulait de son menton poilu, et tendis la main vers la chaise dans mon dos. Je m'affaissai lourdement dessus.

Shaker prit place en face de moi. Le corps immobile de sa mère était étendu à deux pas de nous.

— Je vous le répète : vous pouvez vraiment rester ici aussi longtemps que vous le désirez. Je vous aiderai ensuite à rentrer chez vous. (Il me dévisagea.) Quel âge… pardonnez-moi de vous poser cette question… quel âge avez-vous ?

— Dix-sept ans.

Une expression d'étonnement passa sur son visage avant qu'il puisse la retenir.

— Dix-sept ans ?

— J'ai toujours eu l'air plus jeune…

Je me tus, réalisant que j'avais interprété sa surprise à l'envers.

— Quel âge me donniez-vous ? repris-je.

Je savais déjà, en dépit de notre rencontre toute récente, que Shaker avait du mal à dissimuler ses pensées.

— Je me disais qu'il était plus proche du mien... vingt-trois ans.

Je me dirigeai vers le miroir au cadre doré suspendu au mur près de la fenêtre pour m'y contempler à la lumière éclatante du jour. Depuis des années, je ne m'apercevais qu'à la lueur bienveillante d'une chandelle ou à celle d'un rouge tirant sur le rose irradiant d'une lampe à gaz, le visage toujours recouvert d'une épaisse couche de poudre et de rouge. À présent, je constatai que j'étais vraiment devenue une créature de la nuit.

Ma peau, depuis le temps qu'elle n'avait pas été exposée au soleil, avait acquis la pâleur et la texture d'un champignon de deux jours. D'un côté de ma bouche, je portais la marque écarlate d'une cicatrice en forme de croissant, souvenir d'un coup violent asséné par une main baguée. Mes cheveux, que j'avais toujours imaginés dorés, étaient à présent secs et comme privés de leur riche couleur, pareils à de la paille en hiver. Mes paupières n'étaient que des ombres mauves, tout comme les poches sous mes yeux, semblables à des meurtrissures, accentuées par des traces de poudre en croûte. Quant à mes yeux... les taches d'or qui brillaient jadis dans leurs iris bruns, qui les éclairaient, avaient disparu. L'or s'était envolé de mes cheveux et de mes yeux.

Je vis le visage de Shaker derrière le mien. Il m'étudiait. Son expression était aussi pincée et défaite que la mienne.

Je reculai.

— Qu'est-ce qu'il m'est arrivé ? chuchotai-je.

Ce n'était pas à Shaker que je posais la question, mais à moi-même. Je ne connaissais pas la femme aux yeux creusés du miroir. Elle ressemblait à la ruine que j'appelais mère. Où était Linny, la petite Linny Gow, l'enfant aux yeux limpides et aux cheveux aussi veloutés que la plus mûre des poires d'été ?

— Vous avez eu un choc, avança Shaker. Je pense que quand vous vous remettrez...

— Non, dis-je en me rasseyant. Non, ce n'est pas ça.

Nous restâmes assis sans rien dire, à écouter le tic-tac monotone de l'horloge. Le ciel s'assombrissait, et la brise pénétrant par la fenêtre entrouverte soulevait les mèches de cheveux autour de mon visage.

— J'ignore ce que j'essaie de dire, finis-je par avouer lamentablement.

Mme Smallpiece laissa échapper un vague murmure et tourna la tête d'un côté à l'autre. Shaker l'aida à se lever et à s'installer dans son fauteuil. Son menton s'affaissa sur sa poitrine, mais Shaker prit sa bible sur une étagère et la posa sur ses mains repliées mollement.

— Vous croyez aux signes, mademoiselle Gow ? me demanda-t-il.

Il était grand. J'étais obligée de relever le menton pour le regarder.

— Aux signes ?

Je pensai au bébé. Mon signe, c'était elle. Mais comment devait-on interpréter le fait que le signe ne correspondait pas à ce qu'on avait imaginé ? Comme un autre signe ?

Dans la pièce toujours silencieuse, les bruits de l'extérieur s'intensifiaient peu à peu : l'aboiement d'un chien excité, un beuglement lointain de bétail, le carillon, plus proche, des cloches d'une église. La brise s'était transformée en un vent qui faisait gonfler les rideaux comme la voile d'un navire.

— J'y crois, répondis-je.

Shaker referma la fenêtre d'un claquement sourd. Puis incliné contre le seuil, éclairé à contre-jour, il me fixa du regard.

— Moi aussi, mademoiselle Gow, me dit-il.

— Linny. S'il vous plaît, appelez-moi Linny.

Une fois de plus, son cou s'empourpra lentement.

— Je crois bien que vous êtes mon signe, Linnet Gow.

Malgré l'étrangeté apparente de la situation, je la trouvai normale, sans pouvoir m'expliquer pourquoi. Je demeurai simplement là, dans la maison de Whitefield Lane, sans que nous en débattions, sans que nous projetions quoi que ce soit. À la suite de notre discussion, Shaker avait disparu durant une heure, deux peut-être. J'avais perdu la notion du temps. Assise à la table vernie, je me sentais détachée, comme si mon esprit embrouillé flottait quelque part au-dessus de mon corps. Après son accès de ferveur religieuse et ses convulsions, Mme Smallpiece paraissait épuisée, presque aussi hébétée que moi. On aurait dit que quelque chose l'avait abandonnée et vidée. Elle finit par se diriger vers le paravent placé dans un angle et disparut derrière. Elle en ressortit revêtue d'une robe propre. Elle regagna sa chaise et se mit à feuilleter sa bible sans interruption, mais sans la lire. Nous restâmes là toutes les deux à attendre, mais j'ignorais quoi.

Des bruits se firent entendre dans l'escalier. Deux personnes montaient les marches, l'une au pas lourd, l'autre plus léger, presque gambadant. Une femme plantureuse entra bruyamment, un seau à cendres à la main. Elle s'arrêta net à ma vue, et une petite fille borgne, à l'œil mort laiteux, se cogna contre elle. Mme Smallpiece la gronda pour son retard. La femme laissa tomber le seau vide.

— Comment je pouvais savoir que vous aviez de la compagnie ? Est-ce que ça veut dire aussi quelqu'un de plus à dîner ? Ce bœuf, il est pas à rallonge. Est-ce que Merrie doit mettre la table pour trois ?

Comme elle n'obtenait pas de réponse, elle tourna les talons et sortit de la pièce d'une démarche raide, en balançant son dos volumineux. La petite fille courut derrière elle. Quelques instants plus tard, j'entendis des coups sourds et secs dans l'escalier, comme si la femme l'époussetait ou le cirait en faisant davantage de bruit que nécessaire.

Shaker revint, les bras chargés d'un matelas en bourre de laine et de draps d'une propreté impeccable, d'un oreiller apparemment neuf et de couvertures. Il disposa le tout contre le mur opposé à celui où se trouvait le lit de sa mère. Mme Smallpiece le regarda faire sans rien dire.

Puis il rapporta la petite boîte en plaqué cuivre et prit la pelle à charbon posée contre la cheminée. Je me levai, m'emmitouflai plus étroitement dans le châle et nous descendîmes ensemble l'escalier.

— Bonjour, Nan', dit-il alors que nous passions devant la femme corpulente, agenouillée devant la cheminée du salon qu'elle nettoyait. Et à toi aussi, Merrie.

La femme me dévisagea sans répondre. La fillette tenait une figurine dans une main et un chiffon dans l'autre. Comme sa mère, elle arrêta sa tâche pour nous regarder de son unique œil bleu foncé ; l'autre, le laiteux, étant retourné vers l'intérieur.

Je marchai aux côtés de Shaker dans plusieurs rues. Le soleil continuait à briller et il faisait plus doux que depuis ces derniers jours. Nous nous arrêtâmes devant une allée boueuse menant à une petite église entourée d'ifs sombres.

— Il y a un cimetière ici, mais il faudrait que nous obtenions la permission. Les règlements de l'église, bien évidemment.

Je hochai la tête.

— Et quels seraient-ils, pour une bâtarde non baptisée ?

Ma phrase suivante apporta d'elle-même la réponse à ma question.

— Une tombe à ras du sol dans une terre non consacrée, au milieu de miséreux que personne n'est venu réclamer. Non, je refuse de penser à Frances dans un tel endroit.

— Il y en a un autre, dit-il. J'ignorais ce que vous désiriez.

Il se tourna, et je le suivis comme son ombre durant toute notre traversée du petit village d'Everton. J'avais entendu parler d'Everton. La campagne s'étendait au-delà des maisons et des boutiques. Je n'étais jamais allée à la campagne.

Au bout de dix minutes de marche, nous émergeâmes sur une route tranquille. Shaker s'immobilisa pour écarter une haie, et je passai par l'étroite échancrure. Nous nous retrouvâmes au milieu d'un petit bosquet. Les feuilles tombées rendaient le sol spongieux et des brindilles se cassaient sous nos pieds au fur et à mesure que nous avancions. En dehors du bruit de chute des rameaux noircis, le silence était absolu. Je respirai le parfum inconnu de l'herbe après la pluie. Je m'en emplis les narines : mes senteurs à moi étaient celles, huileuses, des quais, celles de la nourriture décomposée, des excréments humains et animaux jonchant les rues, et celles, oppressantes, des hommes : l'odeur de crasse et de transpiration des individus appartenant à une certaine classe, ou d'eau de Cologne et de pommade dégagée par ceux d'un autre milieu. Devant nous, un buisson de houx exhibait bravement les bourgeons de premières baies écarlates dans l'air hivernal. L'herbe haute était souple et commençait à peine à perdre sa verdure luxuriante.

— J'ai pensé qu'on pourrait le faire ici, dit Shaker.

— Oui, dis-je. Vous avez bien choisi. C'est l'endroit idéal pour elle.

À l'aide de la pelle à charbon Shaker m'aida à enterrer Frances sous le buisson, puis il recula. Je découvris un petit galet strié de rose et le coinçai au-dessus du léger monticule dans la terre fraîchement retournée, puis je prononçai une prière pour elle. Je restai agenouillée là un certain temps – un temps qui, là encore, ne possédait ni longueur ni amplitude. Je me rendais compte que Shaker se tenait quelque part derrière moi. Il finit par placer la main sous mon coude pour m'aider à me relever, en me disant :

— J'aime venir réfléchir ici. Personne ne semble connaître ce lieu. On ne viendra pas la déranger.

Nous refîmes le parcours en sens inverse sans rien dire, à pas lents, car j'étais encore faible. Nous entrâmes dans la salle à manger au moment où Nan' et Merrie en sortaient. Un grand plat de ragoût alléchant était posé sur la table. Nous dînâmes là tous les trois, dans cette pièce petite, mais confortable. Le papier mural représentait de ravissants bouquets de roses thé ; il était juste un peu fané et barré de la ligne horizontale d'une plinthe blanche. Nous étions assis à une table qui sentait bon la cire d'abeille, devant de jolies assiettes. Malgré les dizaines d'années de vaisselle qui rendaient son motif méconnaissable et quelques encoches sur ses rebords, le service de porcelaine conservait sa délicatesse. Nous passâmes tout le repas sans échanger un mot, chacun plongé dans ses pensées, comme si nous avions fait cela toute notre vie.

12

Cette nuit-là, je dormis sur la paillasse installée dans la chambre de Mme Smallpiece d'un sommeil profond et sans rêves, un sommeil que je n'avais pas connu depuis des mois, voire des années, peut-être même depuis l'époque où je n'étais qu'une petite fille dormant près de sa maman. À mon réveil le lendemain matin, je posai, par habitude, ma main sur ma ceinture puis sur mon ventre. Mes yeux s'ouvrirent en grand dans la lumière matinale, car je venais de me rappeler en sursaut, non seulement qu'ils étaient vides, mais tous les événements de la veille.

— Où est Shaker ? demandai-je, à la vue de Mme Smallpiece penchée sur un travail d'aiguille près de la cheminée.

Ma voix me déconcerta : elle était presque timide.

— Il est à son travail. Un travail bon et honnête, à l'image de ce que devrait être celui de tous ceux qui craignent Dieu.

Je me levai et lissai les draps. Puis je pliai les couvertures et donnai des claques à l'oreiller pour lui redonner sa forme.

— Le pot de chambre est derrière le paravent, m'annonça-t-elle d'une voix pincée. Vous feriez mieux de vous occuper de ces cheveux – vous avez une tête impossible. Il y a un peigne à côté du lavabo.

— Où travaille-t-il ? demandai-je.

— Au Lyceum, répondit-elle d'un ton sec.

— Le Lyceum de Bold Street ?

Je connaissais bien cet endroit. Situé à l'angle de Bold Street et de Ranelagh Street, il s'agissait d'un club pour messieurs, abrité dans un bâtiment impressionnant agrémenté d'une petite pelouse circulaire sur le devant, démarquée par une barrière de fer ouverte. J'étais souvent passée devant et j'avais admiré ses colonnes et les larges marches de marbre menant à sa grandiose entrée placée dans un renfoncement.

Elle hocha la tête.

— Dépêchez-vous. Ensuite, descendez le pot de chambre, et videz-le dans les cabinets à l'arrière de la maison. Après, vous pourrez remonter ici et m'aider à me coiffer. J'ai renvoyé cette bonne à rien de Nan'. Elle et sa fainéante de fille s'attendent à être grassement payées en se la coulant douce. À présent que vous êtes ici, vous pouvez reprendre leur travail.

J'ouvris la bouche dans le but de protester, mais elle ne me laissa pas m'exprimer. Elle déposa son aiguille et leva les mains. Leurs articulations étaient gonflées et noueuses ; la couture devait être une activité très douloureuse pour elle.

— Des souffrances supplémentaires à cause de mes péchés, dit-elle. Votre perfidie vous vaudra une affliction, si ce n'est pas déjà fait. Et il vaut mieux que l'enfant soit mort-né. Ça n'aurait été qu'un idiot, procréé par des centaines d'hommes.

J'inspirai à fond pour m'empêcher de lui siffler une insulte. Ses paroles odieuses avaient effacé chez moi toute trace de frilosité. Je passai derrière le paravent, reconnaissante de disparaître de sa vue, ne serait-ce que le temps de me soulager. Je n'avais pas l'intention de m'attarder dans cette maison. Je ne serais pas la servante d'une vieille harpie à l'œil aussi froid que celui d'une morue.

Lorsqu'il rentra de son travail pour le repas du soir, Shaker me parut différent de la première vision que j'avais eue de lui au Green Firkin. Cette impression ne provenait pas seulement du fait qu'il était rasé de près et que ses cheveux longs étaient bien peignés. Il s'agissait d'un changement en profondeur.

Nous nous saluâmes tous les deux à son entrée, subitement aussi intimidés l'un que l'autre.

— Ça m'étonnerait qu'elle ait jamais préparé un repas correct de toute sa vie, se plaignit Mme Smallpiece. J'ai dû lui montrer chaque étape. Mais comme elle a une certaine force dans les mains, j'ai quand même pu me servir un peu d'elle comme bonne.

Shaker se racla la gorge.

— Nan' n'est pas venue aider aujourd'hui, mère ? Et la petite Merrie ? Qui sert le dîner ?

Comme sa mère ne répondait rien, je pris la parole.

— Votre mère m'a dit que vous travaillez au Lyceum, le club pour messieurs. C'est moi qui ferai le service.

Il s'installa sur sa chaise et je pris les assiettes de mouton et de pommes de terre bouillies sur le buffet et en plaçai une devant Shaker, une devant sa mère, et une devant ma place. Je fis passer la saucière dans une atmosphère empruntée et sinistre. Était-ce parce que je le servais ? Parce que je n'étais plus plongée dans la détresse ? Ou parce que je ne ressemblais plus à la putain fardée de rouge au chignon ébouriffé qui s'était accrochée à lui dans un pub, ni même à la créature débraillée qui avait débité le récit pathétique de ses rêves inaboutis, avant de courber le dos devant la tombe minuscule dont la présence n'était indiquée que par un galet strié de rose ?

J'avais démêlé mes cheveux et je les avais tirés en arrière. Mon visage était récuré à fond et j'avais joliment attaché le châle de Mme Smallpiece sur ma poitrine à l'aide d'une épingle. L'effrayais-je davantage, à présent que je ressemblais à une femme ordinaire ?

Il prit sa fourchette.

— Je vous en prie, mademoiselle Gow. Linny. Asseyez-vous. Je travaille à la bibliothèque. Outre la salle des informations du rez-de-chaussée, il y a une bibliothèque où on peut s'abonner à l'étage, qui appartient aux membres du club.

Il pencha alors la tête sur son assiette et je pris garde de ne pas lui donner l'impression de faire une fixation sur ses tentatives de porter une bouchée complète à ses lèvres sans en laisser tomber la moitié. De longues minutes s'écoulèrent. On n'entendait que des cliquetis de porcelaine, des bruits de mastication et de déglutition.

Il releva subitement la tête.

— Vous lisez ?

— Oui, répondit Mme Smallpiece à ma place. Tu sais que mes yeux arrivent à peine à distinguer les lettres. J'ai choisi des passages de l'Évangile qu'elle avait besoin d'entendre. J'ai trouvé que « Tu es soupesé et tu ne fais pas le poids » s'appliquait bien à son cas, après sa vie de débauche. « Tu as labouré l'immoralité, tu as moissonné l'iniquité, tu as mangé le fruit des mensonges… »

— Je me doutais que vous lisiez, l'interrompit Shaker. Et vous savez aussi écrire ?

— Ça fait longtemps que je n'ai pas écrit, mais petite fille, je savais. Ma mère m'avait appris.

— Je vois, dit-il, et je compris ce qui avait changé dans son visage.

Son expression ne reflétait plus une mélancolie sans fond.

Le lendemain matin, Mme Smallpiece fouilla dans sa garde-robe et jeta ensuite sans cérémonie une de ses vieilles robes sur ma paillasse. J'avais conscience que la robe bon marché, mal taillée et trop courte que je portais – ma toilette de travail criarde – ne convenait pas pour Everton. J'enfilai cette lugubre robe marron ravaudée, contemplai d'un œil chagrin le châle reprisé à de multiples reprises et le bonnet démodé qu'elle dénicha aussi pour moi. La robe ne m'allait pas, elle pendouillait sur moi. Je me sentais aussi sinistre que mon apparence.

Une fois de plus, je suivis les ordres de Mme Smallpiece. Elle me mit au travail après le petit déjeuner. Je dus polir les couverts dépareillés, puis éplucher les légumes que l'épicier était venu livrer à la porte arrière. Je fis des biscuits et de la pâte pour une tourte au bœuf. Mme Smallpiece reçut une carte bordée d'un liseré doré. Après avoir pris connaissance de son contenu et marmonné « comme c'est agréable », elle la déposa sur un plateau d'argent placé sur une petite table d'acajou à côté de la porte d'entrée. Elle me fit de nouveau lire tout haut un passage de la Bible, mais au bout de cinq minutes, sa tête se mit à dodeliner et elle s'endormit. Je m'enveloppai étroitement dans le châle et me glissai dehors pour aller jusqu'à la clairière où je m'assis près du houx en traçant du doigt les veines lisses et roses du galet. Mon corps douloureux était sur le chemin de la guérison, mais une profonde tristesse le faisait palpiter. Si je devais retourner dans Paradise Street, il fallait que ce fût le lendemain, car cela ferait trois jours que j'étais partie. Sinon, Blue ne manquerait pas d'attribuer mon coin, dans la pièce et dans la rue, à une autre fille.

Mais à son retour à la maison ce soir-là, Shaker affichait un visage très souriant. Il m'avait trouvé un travail à la bibliothèque. Je pouvais débuter la semaine suivante.

Je laissai tomber bruyamment une assiette de biscuits sur la table.

— Vous avez fait quoi ?

Le ton que j'avais employé effaça son sourire.

— Je disais que j'ai réussi à vous trouver…

— Avez-vous pensé à me demander si ça me plairait de travailler à la bibliothèque ? Je n'ai pas encore pris ma décision sur ce que je veux faire. Vous êtes très bon, mais je suis restée chez vous jusqu'ici pour récupérer les forces qui me seront nécessaires, comme vous me l'aviez suggéré. Je n'ai pris de décision sur rien.

— Vraiment ? fit-il.

Je tripotai le couteau à pain.

— En outre, qui m'engagerait sans m'avoir d'abord rencontrée ? Qui engagerait une parfaite inconnue ?

— J'ai raconté à M. Ebbington – mon patron – que ma cousine, Linny Smallpiece, fille du frère de mon père, est venue de Morecambe vivre sous mon toit, qu'elle est dans le besoin et qu'elle doit absolument trouver un emploi.

Sa voix avait pris un ton distant, inhabituel, qui trahissait de l'indignation. Je me refusai à lui montrer la honte qu'elle m'inspirait.

— Non, lui ai-je répondu quand il me l'a demandé, poursuivit-il, elle n'a pas de lettre de recommandation, car elle a passé toute sa vie au chevet d'un père invalide, mais j'ai ajouté que je pouvais répondre de vous et que je prendrais toutes les responsabilités sur moi. Je n'ai pas l'habitude de mentir, Linny, mais aujourd'hui, j'ai choisi de le faire.

Je ne quittai pas les biscuits du regard.

— M. Ebbington a confiance en moi. Cela fait sept ans que je travaille pour lui, et c'est mon père qui m'a trouvé cet emploi avant son décès. Lui et M. Ebbington étaient très liés. La seule chose vraie, dans toute cette histoire, c'est que mon père avait bien un frère qui vivait à Morecambe, mais il est mort il y a quatre ans, et il n'a jamais eu d'enfants.

Ses tremblements avaient tellement augmenté que son corps entier en était secoué.

Un long moment s'écoula avant que je croise son regard.

— Que devrais-je faire ? finis-je par lui demander.

— Il n'y avait pas de poste disponible, mais M. Ebbington m'a dit qu'il songeait à engager quelqu'un possédant une jolie écriture et à lui confier la mise à jour de l'enregistrement des livres. Je suis responsable des commandes, de la réception et du rangement des livres, mais je ne peux pas écrire, avec mes… (il regarda ses mains en ricanant), avec ça, et quoique M. Worth, qui a un certain âge, inscrive les ouvrages qu'empruntent les membres, nous sommes en retard pour leur enregistrement. C'est cela que vous feriez : tenir les enregistrements des livres à jour. *À condition*, bien évidemment, que vous estimiez ce travail digne de vous.

Je redressai le menton. Sa dernière phrase, tout comme le ton qu'il employait, m'avaient blessée.

— Et le salaire ?

— Un florin par semaine. Réglé à la fin du mois, bien sûr.

Deux shillings par semaine. Un peu plus que pour un emploi à l'usine, mais à peine. Et je pouvais tirer un bénéfice beaucoup plus lucratif de quelques soirées dans la rue. Le parfum de levure des biscuits frais me prenait aux narines. La pluie froide de novembre tambourinait contre la vitre du devant, mais le bruit était étouffé par les épais rideaux fermés. Une goutte tomba dans l'âtre et fit grésiller le feu. Il faisait chaud dans la salle à manger emplie des saveurs des aliments cuisinés ; bien que ses meubles, ses installations et ses tapis fleuris fussent usés et n'eussent manifestement pas été remplacés depuis des années, je m'y sentais à l'aise.

Je m'imaginai dehors par un temps pareil, à espérer que la pluie n'allait pas inciter les clients des music-halls à rentrer directement bien au chaud dans leur foyer auprès de leur femme froide, au lieu d'aller se soulager en hâte pour un prix moins élevé que le tarif du retour chez eux en fiacre. Je songeai à l'odeur immonde de l'Écossais dans son coupé de ville, aux doigts rugueux et fouailleurs du poissonnier. Je revis, l'estomac retourné, le visage du cinglé syphilitique de Rodney Street, mon couteau pointé sur la gorge de Ram Munt sous le réverbère à gaz de Paradise Street.

Je songeai à bébé Frances, à ses minuscules doigts repliés. Je ne voulais plus jamais porter l'enfant d'un étranger.

Je songeai aux grands mâts des voiliers amarrés le long de King's Dock et je sus que je ne mettrais jamais les pieds sur l'un d'eux.

Je compris aussi que je m'étais induite moi-même en erreur, comme ma mère l'avait peut-être fait avec moi, en avalant ces histoires qui laissaient entendre que j'étais supérieure à ma condition, en attendant davantage que je ne pouvais obtenir. J'avais conscience d'abandonner, mais j'étais trop épuisée pour continuer à me battre.

— Je vais accepter cet emploi.

La pluie fouettait à présent la fenêtre et le vent qui l'accompagnait gémissait autour de son châssis.

— Merci, Shaker.

Je me demandai quand il allait venir me demander de le payer.

Après le dîner, Shaker me pria de venir dans sa chambre, sans croiser mes yeux. Je gardai un visage inexpressif, me contentant de hocher la tête. Le paiement allait donc se faire comptant. Sa mère se conduisait comme si elle n'avait rien entendu. Je me demandai comment il l'affronterait ensuite, et aussi pourquoi il n'attendait pas au moins qu'elle fût endormie. Son audace me surprenait. Je m'inquiétai de la manière dont ma chair en voie de guérison allait le supporter.

Mais je ne pouvais pas le repousser, quel que soit le nombre de fois où il voudrait me prendre. Je le lui devais.

Lorsqu'il eut franchi la porte, il approcha du bureau pendant que j'allais directement vers son lit, celui-là même que j'avais ensanglanté quelques nuits plus tôt. Je m'allongeai sur le dos et tournai le visage vers le mur en relevant ma jupe. Le silence régnait. Je me retournai vers Shaker pour voir pourquoi il n'avait pas encore commencé à déboutonner son pantalon.

— Non, chuchota-t-il d'une voix scandalisée.

Debout près de son bureau, il était devenu écarlate.

— Non, répéta-t-il. Je voulais que vous écriviez

quelque chose à ma place. Comme vous le savez, je suis incapable de tenir une plume…

Mes joues se mirent à me brûler étrangement et je compris que pour la première fois, je rougissais comme Shaker. J'ignorais que j'en étais capable. Je rabaissai ma jupe retroussée et m'approchai de la table sur laquelle était ouvert un grand livre.

— Il est de Bernard Albinus, m'apprit-il.

Ses joues restaient empourprées mais il s'exprimait d'un ton normal, comme s'il n'avait pas vu ma nudité exposée quelques instants plus tôt.

— Il s'agit du plus grand dessinateur anatomiste du siècle dernier. Il a illustré les muscles du corps, l'ensemble des systèmes sanguin et nerveux, ainsi que le squelette humain. J'ai très souvent emprunté cet ouvrage à la bibliothèque. Si je pouvais disposer d'un ensemble de notes portant sur les domaines les plus pertinents de mes études, ceux qui portent sur le système nerveux, je n'aurais plus à le sortir et à essayer d'en apprendre des passages par cœur. Je me suis demandé… si vous ne pourriez pas recopier les informations que je vous donnerais.

Il tira la chaise à mon intention.

— Mais est-ce que votre mère ne pensera pas que… Que conclura-t-elle de ma présence dans votre chambre ?

— Ne lui prêtez pas attention. Elle aboie plus qu'elle ne mord.

Il essaya d'éclaircir sa gorge enrouée. Un tic, je m'en rendais à présent compte, qui le prenait chaque fois qu'il était embarrassé.

— Elle n'a pas toujours été telle que vous la voyez aujourd'hui. Je me souviens d'elle à l'époque où elle riait et s'amusait, du vivant de mon père.

Son visage s'adoucit et ses yeux prirent une expression lointaine.

Je fis un effort pour imaginer Mme Smallpiece riant aux éclats, Shaker petit garçon et son père, assis tous les trois dans la salle à manger que nous venions de quitter.

— Mon père était médecin, m'apprit Shaker, mais il ne se contentait pas de prescrire des remèdes. Il a également choisi d'effectuer le travail d'un chirurgien, même si dans la hiérarchie médicale, il se situait au-dessous du sien. Au lieu de s'en tenir aux soins habituels – prendre le pouls et traiter l'hystérie et la mélancolie des gens les plus aisés –, il s'occupait du corps et de toutes ses fragilités. Il remettait les os en place, il trouvait des remèdes pour les maladies de peau, il effectuait des opérations chirurgicales à l'infirmerie. Parfois, il me permettait de l'accompagner dans les foyers qu'il visitait, pour que je l'écoute et le regarde faire. C'est là que je me suis découvert une passion pour cette profession. Mon père était un homme d'une grande bonté. Je savais que je ne pouvais pas suivre la même voie que lui, mais je n'en ai jamais parlé. Il s'occupait d'un grand nombre de personnes dans le besoin à Liverpool, sans recevoir en général d'autre paiement que leur gratitude. C'est pour cela que ma mère a été contrainte de mener une vie plus frugale que si mon père s'était occupé de la santé des nantis. Néanmoins, même si notre train de vie est très simple, mon père jouissait d'une telle réputation que ma mère peut encore estimer faire partie de ce qu'elle considère comme la haute société.

— Elle m'a parlé de ses amies, lui appris-je. Je crains que ma présence ne l'ait empêchée d'en inviter une seule.

— Je suis content qu'elle puisse encore jouir de petits plaisirs en qualité de veuve du Dr Smallpiece, dit-il en me souriant, grâce à son intégration dans ce milieu et aux invitations qu'elle reçoit.

Il se tut, et je réalisai alors que Shaker tenait du père qu'il venait de me décrire.

— Peu après le décès de mon père, il y a sept ans, ma mère a été victime d'une terrible attaque d'apoplexie et c'est après qu'elle s'est mise en quête de Dieu.

Il fronça les sourcils pour étudier l'illustration suspendue derrière son bureau, comme s'il avait oublié ma présence.

— J'ai beaucoup lu sur ce genre de cas. Il semblerait qu'il peut exister un lien entre les deux : le commencement des crises et le début d'une ferveur religieuse anormale.

J'émis un léger bruit d'approbation qui le fit sursauter. Il me fixa du regard :

— J'ai essayé de l'aider. J'ai appliqué tous les traitements médicaux prescrits : j'ai réduit sa prise de fluides, je lui ai fait prendre des émétiques et des purges. J'ai même pratiqué des saignements pour essayer d'équilibrer sa circulation. Mais rien n'y a fait. Ses crises sont rares, comme je vous l'ai dit, mais par moments, son comportement est tel que j'ai du mal à la reconnaître, soupira-t-il. Ne vous souciez pas de ses exigences. Nan', qui a toujours travaillé pour nous, et sa fille Merrie, qui s'occupe des vêtements et des cheveux de ma mère, vont revenir. Ma mère les renvoie régulièrement sous prétexte d'une faute ou d'une autre. Nan' et Merrie ne se montrent pas pendant deux ou trois jours, le temps de lui manquer, puis elles font leur réapparition. Nan' en a l'habitude. Ma mère et elle se comprennent parfaitement.

Je pris la plume et la trempai dans l'encre.

— Que vouliez-vous dire, Shaker, quand vous m'avez déclaré que j'étais votre signe ? lui demandai-je avant d'écrire le premier mot.

Shaker s'approcha de la fenêtre.

— Ce soir-là, au Green Firkin, j'avais pris la décision… J'avais décidé de boire le plus possible, alors que je bois rarement des alcools forts. J'avais l'intention, une fois que j'aurais bu assez pour en avoir le courage, de me rendre à l'endroit où Frances est enterrée, pour que ma mère n'ait pas à s'occuper des détails, et d'avaler une potion de ciguë que je m'étais procurée.

— Ciguë ? Ne s'agit-il pas d'une forme de poison ?

Je vis la commissure de ses lèvres se retrousser.

— Si. J'avais le sentiment de ne plus avoir de but. C'était une manière couarde de m'en sortir, mais je ne parvenais pas à trouver d'autre solution que de mettre un terme à mon existence minable. Devant ce comptoir, dans le pub, j'étais en proie à trois émotions.

J'attendis.

— La plus forte était de l'auto-apitoiement. Provenant du fait qu'en raison de mon handicap, je ne pourrais jamais devenir l'homme que je voulais être. Je ne serais jamais médecin, ni même chirurgien. Je voulais absolument pratiquer ce métier pour aider les gens. Même si mon travail tranquille à la bibliothèque me satisfait, je l'effectue sans aucune passion. J'étais désespéré, parce que je ne connaîtrais jamais le plaisir d'avoir ma propre famille. Car quelle jeune femme s'intéresserait à un homme comme moi ?

Cet argument me déconcerta, car j'avais commencé à discerner une force tranquille sous les traits ordinaires de Shaker. De plus, il se tenait avec dignité, en dépit de ses tremblements. Il portait manifestement sur lui-même un jugement beaucoup trop dur.

— La deuxième émotion était de la culpabilité, poursuivit-il, parce que j'allais abandonner ma mère. Mais l'auto-apitoiement l'emportait. J'avais fait rédiger contre finances une lettre d'explications que j'estimais assez claire, comprenant des instructions pour assurer son bien-être. Et je savais qu'elle ne sombrerait pas dans la misère, puisque mon père lui avait laissé assez d'argent pour vivre dans le confort jusqu'à sa mort. Et il y a longtemps, j'avais évoqué avec Nan' l'éventualité, si je devenais inapte à m'occuper de ma mère, qu'elle vienne vivre sous notre toit avec Merrie et prenne soin d'elle jusqu'à la fin de sa vie. Nan' avait accepté. Elle est veuve aussi, et même si ma mère la considère de très haut, elles sont liées par une forte amitié.

Il glissa les doigts de haut en bas sur le passepoil du rideau.

— Et la troisième ? demandai-je, quand son silence commença à s'éterniser.

— La troisième était un brin d'espoir. L'espoir qu'un signe me montrerait pourquoi je ne devais pas mettre mon projet en pratique. J'attendais, depuis plus de deux semaines que j'avais pris ma décision. Si un événement susceptible d'être interprété comme un signe se présentait, je demanderais pardon de m'être ainsi amèrement apitoyé sur moi-même et je continuerais à vivre. Et ce signe, c'était vous, Linny.

— Et pourquoi ?

Je regardai s'élargir la goutte d'encre qui venait de tomber sur le papier vierge.

— Parce que je me suis aperçu que je pouvais vous aider.

— Vous voulez dire que comme je suis une prostituée, vous avez estimé pouvoir justifier votre existence en transformant la mienne en une vie respectable à vos yeux ?

Un silence s'installa de nouveau, puis Shaker se remit à parler d'une voix sourde, car il avait du mal à réfréner sa colère.

— Non. J'ai simplement pensé qu'avec une tisane de camomille, éventuellement mélangée à quelques feuilles de romarin qui ont le pouvoir d'apaiser les contractions, je parviendrais peut-être à arrêter le travail. Lorsque j'ai compris que c'était trop tard, j'ai voulu vous aider et m'assurer que vous n'auriez pas à l'expulser seule dans une ruelle, avant de saigner à mort. C'était comme cela que j'espérais vous venir en aide, bien que je ne sois ni médecin ni chirurgien, mais juste un citoyen ordinaire qui se souciait du bien-être d'une étrangère. C'est pour cela que je vous ai considérée comme mon signe. Vous m'avez permis de m'élever au-dessus du bourbier de mon narcissisme.

Je mordis l'intérieur de ma joue ; cette habitude récente y avait provoqué une petite boule dure. Je pouvais me concentrer dessus pour ne pas répliquer vertement à Mme Smallpiece ou quand j'étais à court de repartie, comme à présent.

Shaker se rapprocha du bureau et me désigna le passage par lequel il souhaitait que je commence. Il rapprocha la lampe et j'entrepris de copier, de ma plus belle écriture. Plus jamais nous ne reparlâmes de la confidence qu'il venait de me faire.

13

Un jour plus tard, Nan' et Merrie avaient repris leur travail, conformément aux prédictions de Shaker. J'attribuai une partie de l'accueil chaleureux que leur réserva Mme Smallpiece non seulement au fait qu'elle allait de nouveau pouvoir être pomponnée comme à l'ordinaire mais aussi, par déduction, au fait qu'elle pourrait reprendre les habitudes mondaines – déjeuners, thés et services à l'église – qui lui plaisaient tellement. Elle craignait peut-être d'apprendre que j'avais pris la fuite avec l'argenterie si on me laissait seule sans surveillance, mais elle n'était pas non plus satisfaite de rester en tête à tête avec moi.

Lorsque nous étions ensemble, cette première semaine, elle toléra ma présence dans la mesure où je lui lisais des passages de la Bible au moment où elle l'exigeait. Elle connut une journée pénible durant laquelle ses articulations la firent beaucoup souffrir : elle essaya alors de m'obliger à me repentir, à reconnaître ma conduite scandaleuse et les pensées lascives que je devais nourrir. Comme je m'entêtais à n'en rien faire, elle me donna des coups sur les mains avec sa bible, me prédit une mort solitaire et d'interminables souffrances. Elle me fit clairement comprendre que le Méthodisme avait constitué une étape naturelle de son développement moral et qu'il constituait toujours pour elle un soubassement intellectuel et philosophique.

Je n'eus guère de mal à me faire à ses habitudes et je me portai à son aide, comme Shaker, quand un matin, elle eut une crise au réveil.

Elle était bien décidée à améliorer mes manières et ma bonne éducation et elle me serinait les règles que, selon elle, devait observer une jeune femme décente.

— Si Shaker vous autorise à rester ici, et il semble que vous ayez accepté sa proposition de vous loger, vous ne me mettrez pas davantage dans l'embarras que vous ne l'avez déjà fait. Je sais que dans votre cas, il n'existe aucun véritable espoir, soupira-t-elle bruyamment et avec insistance comme quelqu'un d'incommodé, mais je dois essayer. Regardez-moi comment vous êtes assise !

Je me jetai un coup d'œil. J'étais vêtue de la robe usagée dont Mme Smallpiece s'était débarrassée, les jambes étendues devant moi et les chevilles confortablement croisées, adossée dans un angle du sofa bourré de crins de cheval, le coude posé sur le bras du siège, la joue soutenue par ma paume.

— Redressez-vous, ma fille. Croisez les mains sur vos genoux. Alignez vos pieds. Avachie comme ça, vous ressemblez à la souillon que vous êtes.

Je redressai le dos en gardant la bouche close, joignis mes doigts et déplaçai mes pieds de manière à rapprocher complètement mes chevilles l'une de l'autre.

— C'est mieux. Restez dans cette position pendant une heure.

— Comment ?

— « Veuillez me pardonner, madame Smallpiece ». Vous resterez assise comme ça jusqu'à ce que ça devienne une seconde nature. Toute femme devrait apprendre à le faire lorsqu'elle est encore une fillette.

— Ça ne peut pas devenir naturel.

— Peut-être pas pour quelqu'un né dans une cave, qui n'a reçu aucune éducation. Mais ici, à Everton, une dame sait comment se tenir.

— Je ne suis pas née dans une cave, répliquai-je, et ma mère m'a éduquée. Au passage, j'ai aussi appris un ou deux détails sur la bienséance.

Peu importait cependant ce que je croyais savoir. Mme Smallpiece, malgré toutes ses drôles de manières, ne connaissait que l'existence d'une femme de la classe bourgeoise.

Elle renifla et alla prendre dans la bibliothèque deux livres qu'elle déposa sur mes genoux. Le premier s'intitulait *Un appel à la conscience des chrétiens sur le sujet des vêtements* et l'autre *La jeune femme bien élevée.*

— Étudiez celui sur les vêtements décents quand vous serez seule. Mais je vous demande de lire un chapitre par jour de celui sur l'étiquette. Commencez par le premier. Tous les soirs, je vous interrogerai sur votre lecture.

Elle m'examina, tandis que je demeurais immobile dans la posture qu'elle m'avait indiquée.

— Vous devez comprendre que votre présence ici m'a privée de mes propres divertissements, me dit-elle. Je ne peux laisser aucune des dames de ma classe sociale vous rencontrer tant que je n'aurai pas la certitude que vous n'allez pas m'humilier.

— Je ne vous humilierai pas, madame Smallpiece, répondis-je en essayant de réfréner la férocité que j'éprouvais et en espérant ne pas être trahie par ma voix. Je peux vous l'assurer.

Son expression suffit à me faire comprendre qu'elle ne me croyait pas.

— Attendons de voir, n'est-ce pas ? dit-elle avant de sortir de la pièce.

En dépit de sa robe de bombasin informe, elle parvenait à donner l'impression d'être une douairière impérieuse.

Dès qu'elle fut sortie, je me détendis en reprenant ma position confortable précédente et feuilletai au hasard les livres qu'elle avait laissés tomber sur mes genoux. Malgré tout, je tendais l'oreille, prête à redresser le dos, au cas où le bruit de ses pas m'annoncerait son retour.

À la demande de son fils, Mme Smallpiece m'emmena à contrecœur chez sa couturière pour me faire fabriquer trois robes. Toutes étaient conçues sur le même modèle : corsage ajusté à encolure arrondie boutonné sur le devant, sans baleines ; jupe large, froncée à la taille. Pour toutes fioritures, elles étaient ornées d'un col de nankin bordé de dentelle légèrement luisant, et d'un étroit revers de dentelle blanche attaché par un crochet en bas de chaque manche. Le tissu était solide, destiné, j'en suis persuadée, à résister une bonne dizaine d'années. Une des robes était marron, l'autre grise et la troisième bleu marine. Leur forme et leur couleur ternes me déçurent, mais je remerciai Mme Smallpiece et manifestai un enthousiasme que j'étais loin de ressentir.

Bien qu'elle eût persuadé Merrie de retenir sévèrement mes cheveux avec des épingles, je convainquis la fillette de me faire une coiffure un peu plus jeune et plus flatteuse. Lorsque Mme Smallpiece découvrit mes anglaises, elle s'abstint de tout commentaire.

Le premier jour où je me rendis à mon travail en compagnie de Shaker, nous empruntâmes un large cabriolet de louage qui effectuait le trajet entre Everton et Liverpool à plusieurs reprises dans la journée. Grâce aux quatre chevaux qui traînaient l'attelage, le parcours se déroulait rapidement. Pressée contre les autres passagers, j'oscillais fébrilement entre des sentiments qui allaient de la nervosité à la confusion. Je savais parfaitement, en arrivant au centre de Liverpool, qu'aucune des filles avec lesquelles je travaillais depuis plusieurs années ne serait dehors à cette heure matinale. Cela ne m'empêcha pas néanmoins de me dire que, de toute façon, il était peu probable, si nous passions à côté de l'une d'elles, qu'elle reconnût ce terne oiseau brun au milieu de la foule des hommes et des femmes respectables se rendant à leur travail dans des bureaux ou des magasins.

Je correspondais désormais véritablement à mon nom. Indépendamment des belles modulations de son chant, je ressemblais véritablement à cet oiseau, à ce petit bouvreuil plutôt morne.

Avais-je manqué à l'une d'entre elles : Annabelle, Helen ou Dorie ? C'était probable. Tout au moins pendant un jour ou deux. Quant à Blue, elle regrettait peut-être d'avoir perdu une de ses filles les plus industrieuses. Je me disais qu'en ne me voyant regagner ni la chambre de Jack Street ni les réverbères à gaz bordant Paradise Street, elles avaient dû présumer le pire : sans doute avais-je terminé comme une fille de plus assassinée, jetée dans une décharge où personne n'irait jamais me repêcher. Quelqu'un m'avait peut-être vue monter à bord de la voiture de l'Écossais, et j'avais disparu de la circulation. On m'avait prévenue, mais je n'avais pas tenu compte des avertissements et elles déclaraient sans doute, « Elle en a payé le prix. » Allaient-elles me pleurer ? Brièvement, peut-être. Certaines iraient même jusqu'à lever un verre à ma mémoire chez Goat's Head, mais il y avait toujours des filles désireuses de prendre la place d'une autre.

Dès que Mme Smallpiece eut le sentiment que je n'allais pas l'embarrasser en public, elle m'emmena à l'église. De même que Shaker, elle me présenta comme la fille du frère de son défunt mari, par conséquent comme sa nièce. La première fois qu'elle le fit, à l'extérieur de l'église par un froid dimanche de décembre, je sentis néanmoins son bras trembler contre le mien à travers nos épaisses manches de laine. J'ignore si elle tremblait parce qu'elle m'en voulait de l'avoir acculée à cette extrémité ou parce qu'elle avait conscience de commettre un péché. Mais pour une femme telle que Mme Smallpiece, j'en suis convaincue, ce péché était moins grave que celui de reconnaître qu'elle abritait une prostituée sous son toit.

Le ministre, M. Lockie, un individu aux sourcils gris broussailleux et affligé de strabisme, m'accueillit dans son troupeau d'un serrement de main d'une ferveur perturbante. Après les présentations, il me dévisagea avec une grande intensité, peut-être due à sa coquetterie dans l'œil. Je lus cependant sur son visage une expression que je remarquais souvent sur celui de Mme Smallpiece : l'espoir de m'apporter le salut si je me convertissais au Méthodisme. Avait-il saisi quelque chose de mon passé et, comme Mme Smallpiece, s'enthousiasmait-il à la perspective de sauver une âme nécessiteuse ?

La première invitation à laquelle m'emmena la mère

de Shaker se tenait chez son amie Mme Applegate. Il faisait si froid que notre haleine formait des volutes dans l'air. On nous introduisit dans un salon où régnait une chaleur étouffante, due à un feu rugissant et à un groupe de dames d'un certain âge, assises les unes contre les autres. Je leur fus présentée par Mme Applegate comme la « pauvre nièce » de Mme Smallpiece. Lorsque l'hôtesse nous eut indiqué nos sièges, Mme Smallpiece m'adressa un signe de tête imperceptible, pour me faire comprendre que je devais ôter mes gants, car le thé était servi. Elle ne se gêna pas pour raconter avec un luxe de détails que j'avais vécu très à l'écart à Morecambe auprès de mon père et que je n'avais pas l'habitude de la vie mondaine.

— Veuillez donc l'excuser de ne pas posséder les manières dont nous nous enorgueillissons, ajouta-t-elle, le cou raide.

Je pris une tartelette aux fruits secs sur un plateau d'argent que me présentait une jeune servante et la posai sur l'assiette décorée que je tenais rigidement dans mon autre main. J'avais la bouche trop sèche pour avaler quoi que ce fût. Une femme de petite taille, dont une paupière était déparée par une grosse verrue, adressa un signe de tête attristé à Mme Smallpiece, comme si elle comprenait l'épreuve de son amie, la difficulté de s'occuper de la jeune femme si médiocre et limitée intellectuellement dont on venait de dresser le portrait.

Mon corps entier brûlait de honte, j'en voulais terriblement à Mme Smallpiece, mais je savais que cela ne me servirait à rien de démontrer qu'elle avait tort. Si je devais demeurer un certain temps à Everton, comme j'avais choisi de le faire, au lieu de retrouver la liberté impitoyable de Paradise Street, il me fallait lutter contre mon instinct, garder mon calme et afficher un sourire minaudant. Assise là, j'imaginai les expressions scandalisées et horrifiées qui s'afficheraient sur les visages de ces femmes si elles avaient la possibilité de voir les images de moi qui me brûlaient encore le cerveau, allongée avec mes clients ou agenouillée auprès d'eux. Malgré tous leurs grands airs et leurs belles manières, j'en connaissais bien plus qu'elles ne pouvaient le concevoir sur la vie et la nature humaine.

Et pourtant, en dépit des jeux muets auxquels je m'adonnais, la tête me lancinait lors de ces réceptions, et la boule, à l'intérieur de ma joue, ne cessait de grossir, car je n'arrêtais pas de me mordre. Dans le miroir au cadre doré de la chambre que je partageais avec Mme Smallpiece, je voyais se creuser un nouveau pli entre mes sourcils.

La Jeune Femme bien élevée tombait en lambeaux. Au bout de quelques mois, j'aurais pu le réciter par cœur. Il s'en dégageait un ennui insupportable : l'étiquette en vigueur dans les salons, lors de visites mondaines, de rencontres de connaissances dans la rue, de présentations, ces coutumes et ces exigences me paraissaient interminables. Par moments, j'en avais la tête qui tournait : quand ôter son bonnet et quand le garder, la même chose pour les gants, comment ne jamais se pencher pour ramasser un objet tombé, mais attendre qu'une personne d'un statut inférieur au vôtre se baisse à votre place et vous le rende, et tout particulièrement, les règles à observer au cours d'un dîner.

— Rien n'indique plus clairement une bonne éducation que les bonnes manières de table, m'affirmait-elle. Une dame peut se vêtir avec classe et se conduire dignement dans la rue. Elle peut être capable de soutenir une conversation, mais c'est son attitude, parfaite ou non, à table, qui la trahira. Vos manières sont peut-être passables, mais vous manquez de finesse.

Quoique ennuyeuses, ces leçons étaient simples, et ma réaction positive faisait plaisir à Mme Smallpiece. Les mois passant, comme je lui montrais que j'étais prête à accepter ses exigences, elle trouva moins de raisons de me réprimander. De temps en temps, je surprenais un petit sourire crispé sur ses lèvres pincées lorsque je me chargeais de verser le thé ou passais le sucre et les petits gâteaux à ses visiteuses du samedi après-midi ou que je lui lisais à haute voix, d'un ton agréable, des extraits de *Shakespeare pour la famille*, le seul ouvrage qui l'intéressait en dehors de la Bible. Il s'agissait des œuvres complètes de Shakespeare, revues et corrigées par Thomas Bowdler qui en avait exclu tous les passages estimés malséants, de manière à ce qu'on ne risque pas d'y trouver la moindre trace d'immoralité.

Mme Smallpiece prenait également plaisir à me regarder broder délicatement des mouchoirs de linon au petit point, lorsque nous étions installées le soir au coin du feu. Dans mes mains, le tissu se froissait et s'amollissait. Parfois même, il se maculait de petites taches de sang qui perlait quand je me piquais le pouce avec le bout de l'aiguille. J'avais beau trouver cet ouvrage d'un ennui engourdissant, sa monotonie tranquille et son rythme régulier permettaient à mon esprit de s'égarer loin d'Everton.

Mme Smallpiece interprétait à tort ma tête baissée pour de l'obéissance. Elle croyait être en train de me convertir, et nul n'est plus moralisateur qu'une personne imaginant qu'elle a transformé une pécheresse en sainte.

Au cours de cette époque, Shaker ne me considéra ni comme une pécheresse ni comme une sainte, mais sans doute un peu comme les deux à la fois.

Jamais il ne me demanda de le rejoindre dans son lit. Il me manifestait un respect d'une courtoisie étrange. Je me rendais compte qu'il me surveillait quand il croyait que je ne le regardais pas, et je devinais par moments, à la gêne lisible sur son visage qu'il détournait subitement, que ma présence toute proche l'excitait, mais il se conduisait en parfait gentleman. Je le soupçonnais de s'être pris d'une affection de plus en plus vive à mon égard, mais j'ignorais comment éprouver un quelconque sentiment pour un homme. Pour moi, ils étaient tous bâtis sur le même modèle. Ils ressemblaient à Ram Munt et à M. Jacobs ou au personnage innommable de la maison de Rodney Street. J'avais rencontré une série interminable d'individus du même acabit. Je savais que Shaker n'avait pas les mêmes dispositions d'esprit qu'eux, mais je ne parvenais pas à lui exprimer autre chose qu'une gratitude maladroite.

J'avais tout de suite adoré mon travail à la bibliothèque, au milieu des livres. Il me reliait à ma vie d'enfant, à la présence de ma mère à mes côtés à l'atelier de reliure. Je pensais désormais souvent à elle, au papier propre, à l'odeur de l'encre, à l'ordre de reliure des pages : tout cela m'apaisait. Je savais qu'elle aurait été fière de mon travail. Mais cette vie, quel que fût le regard que je posais sur elle, était un mensonge, une pose et une tromperie. Je ne portais pas son pendentif.

J'étais installée avec ma plume et mon encrier, une pile de livres et de fiches d'enregistrement, à un bureau disposé derrière un grand paravent. Des flots de lumière pénétraient par une petite fenêtre percée dans le mur dans mon dos. M. Ebbington m'avait prévenue que je ne devais pas me montrer du côté du public en présence des membres, mais que je serais autorisée, au même titre que Shaker, à emprunter des livres comme si j'étais moi-même membre de la bibliothèque, après sa fermeture.

Tous les soirs, j'attendais avec impatience ce moment. Sur les tables de lecture vernies, les lampes Argand allumées projetaient des ombres estompées sur la coupole élégante soutenue par des piliers. Des instruments scientifiques et des cartes étaient exposés, ainsi que des pendules à gaine et des baromètres d'acajou. Des livres pourvus de fermoirs dorés et argentés, reliés de velours et de soie, étaient présentés dans des vitrines de verre. Les collections de la bibliothèque, achetées ou données par ses membres, couvraient de vastes sujets. Je me promenais dans les différentes sections : Histoire, Voyages et Expéditions, Science, Gouvernement, Jurisprudence, Théologie, ainsi que dans la plus vaste de toutes, celle de la littérature comme il faut, et je découvrais des encyclopédies, des ouvrages consacrés aux armoiries, à la topographie, à la poésie, au théâtre, à la philosophie et à la fiction. Je m'arrêtais au milieu de ces étagères et prenais les livres dans mes mains, j'inspectais leurs tranches tachetées ou dorées et je passais les doigts sur leurs couvertures. Je me réjouissais intérieurement devant les tissus de coton décorés de caractères, de dessins gravés pareils à des camées, et je m'attardais sur les reliures en maroquin hors de prix et en cuir de veau.

Chaque semaine, Shaker et moi choisissions chacun trois livres à rapporter à la maison. Alors qu'il savait toujours parfaitement ce qu'il désirait, puisqu'il était en quête d'ouvrages précis traitant des sciences médicales, même s'il professait également un intérêt pour l'histoire, il me fallait davantage de temps pour prendre une décision. Shaker m'attendait toujours, sans manifester la moindre impatience, pendant que je parcourais les différentes allées. Au début, il m'avait recommandé des livres, attirant mon attention sur des poésies, des pièces ou des drames gothiques qu'il avait lus et qu'il estimait que je priserais. Mais j'avais passé beaucoup de temps à lire de la littérature comme il faut. À présent, j'avais envie de me plonger dans des ouvrages qui m'apprendraient des choses sur le monde et ses populations. Les récits de voyages et d'expéditions éveillaient particulièrement ma curiosité.

— Est-ce que vous rêvez parfois de partir en voyage, Shaker ? lui demandai-je un soir, en déposant sur la table l'ouvrage que j'avais choisi, *Journal d'un tour des Hébrides* de Boswell. Le monde qui nous entoure est si vaste !

— J'ai souvent rêvé d'aventures quand j'étais plus jeune, m'avoua-t-il. Du vivant de mon père, nous discutions du monde, de ses nombreux pays et de leurs peuples. Il m'encourageait à voyager, et avant son décès, il m'a pressé de passer un été à Paris. J'étais un peu plus jeune que vous ne l'êtes aujourd'hui et je m'y suis rendu avec deux camarades.

J'étais assise en face de lui, inclinée en avant sur mes coudes appuyés sur la table, les pieds enroulés autour de ceux de ma chaise. Mme Smallpiece n'aurait pas manqué de se lancer dans l'une de ses leçons de maintien si elle m'avait surprise dans une posture si vulgaire, mais Shaker et moi étions seuls.

— C'était comment ? Aussi pervers qu'on le raconte ?

Il sourit.

— C'était nouveau, passionnant. Je me sentais plein

de vie. Mes amis et moi avons passé des jours à visiter la ville au gré de nos promenades. L'un d'eux était peintre. Il a exécuté une série d'esquisses et m'en a offert un certain nombre. Je vous les montrerai quand nous rentrerons à la maison.

— Vous y retourneriez ?

Son sourire s'estompa.

— Je crains que ma période aventureuse ne soit terminée.

Il croisa les bras, coinçant ses mains tremblantes dessous ; il avait pour habitude de le faire inconsciemment quand il parlait de lui-même.

— Et vous, Linny ? L'Amérique vous fait toujours rêver ?

Je fis non de la tête. Ce continent me paraissait tellement loin d'Everton, encore plus loin que lorsque je faisais le trottoir.

— Je n'arrive plus à y penser aujourd'hui, même si je ne sais pas bien pourquoi, lui répondis-je. Et cependant...

— Cependant ?

— J'éprouve une sorte de fébrilité dont j'ignore l'origine, surtout quand je lis ceux-là, précisai-je, la main posée sur le livre placé entre nous sur la table. Comme si quelque chose m'attendait tout près, mais que je n'arrive pas à l'atteindre.

Shaker regarda ma main qui caressait la couverture tendue d'un tissu moiré. Puis il leva les yeux vers moi.

— Je pense que ces envies sont des sentiments inhérents à la jeunesse, Linny. Mais peut-être que quand vous... si vous...

— Peut-être quoi ? le pressai-je, comme il ne poursuivait pas.

Il se leva.

— Rien. Parfois, il m'arrive de parler sans réfléchir.

— Mais non, répliquai-je. Je ne vous ai jamais entendu dire quoi que ce soit d'irréfléchi.

Il rassembla ses livres.

— Nous ferions mieux de nous dépêcher. Nous allons rater le cabriolet.

Je lui emboîtai le pas, non sans m'interroger sur ce qu'il avait voulu me dire.

En dépit du fait que l'entrée dans la Salle des Informations à l'étage principal du Lyceum m'était interdite, puisqu'elle était réservée aux hommes, je jetai des coups d'œil dans la pièce au plafond très élevé, pourvue de vastes fenêtres donnant sur Waterloo Place, chaque fois que l'occasion se présentait. En général, c'était quand je descendais au sous-sol chercher de l'encre ou du papier, ou pour utiliser le nouvel appareil installé dans une pièce discrètement appelée « Vestiaire Dames », des toilettes équipées d'une chasse qui fonctionnait quand on tirait sur une corde suspendue au mur. Un luxe inouï ! Je m'y attardais parfois beaucoup plus longtemps que nécessaire, tirant sur la corde pour le simple plaisir de voir l'eau tourbillonner en direction d'un endroit énigmatique et lointain. Je ne pouvais m'empêcher de sourire quand je comparais cette méthode à l'époque où je vidais notre pot de chambre ébréché directement par la fenêtre dans la cour de Back Phoebe Anne Street.

Dans la Salle des informations du Club, des hommes se détendaient dans de profonds fauteuils de cuir en fumant un cigare ou en buvant un café ou un thé. Certains lisaient des exemplaires impeccablement repassés du *Liverpool Mercury* ou de l'un des autres journaux ou magazines mis à leur disposition. D'autres parlaient des arrivées ou des départs imminents du port. Je découvris que de nombreux membres du club étaient des armateurs très aisés. Certains avaient été mes clients, à un moment ou à un autre, mais je ne m'inquiétais pas d'être reconnue, ni même remarquée.

Il y avait aussi une salle de conférences, équipée de grandioses doubles portes, à l'étage principal. Posés sur un chevalet à l'entrée de la salle, des écriteaux aux inscriptions élégantes, conçus et fabriqués par M. Worth, annonçaient des conférences sur les arts, la littérature ou les sciences pour les membres et leurs invités.

C'était un lieu qui respirait la beauté et l'élégance.

Au fil du temps que je passais dans la journée à la bibliothèque et le soir dans la maison respectable d'Everton, sous la sévère tutelle de Mme Smallpiece, je sentais que l'ancienne Linny cédait la place à une autre qui se déplaçait dans le monde avec assurance. J'éprouvais souvent un sentiment d'accomplissement, je baignais dans une lumière chaleureuse qui me faisait penser qu'en définitive, je pourrais devenir le genre de jeune femme dont ma mère avait rêvé. Cependant, ce sentiment était accompagné de la prise de conscience troublante d'une perte. Je ne partageais plus les rires et la camaraderie décontractée des filles de Paradise Street. J'étais moins spontanée, plus bridée. Je me disais que j'avais peut-être perdu une partie de ma sincérité. Mais on ne peut pas aller de l'avant sans laisser quelque chose derrière soi.

Ma vie devenait confortable et prévisible. Je fis la connaissance de deux amis de Shaker, des jeunes gens insipides et sérieux mais courtois, dont l'un paraissait perdre la voix en ma présence. Ils m'acceptèrent comme sa cousine. Tous les quinze jours, ils venaient dîner à

Whitefield Lane. En présence de Mme Smallpiece, le repas était toujours guindé, mais elle finissait par se fatiguer et par se retirer dans sa chambre. Laissant à Nan' et Merrie le soin de débarrasser la table, nous nous retirions tous les quatre au salon et c'était là, après que Shaker et ses amis avaient bu quelques verres d'alcool, que la soirée prenait un tour plus détendu. Le moins coincé des jeunes gens me racontait des histoires savoureuses sur Shaker petit garçon, si bien que je découvris un aspect malicieux de sa personnalité qui me plaisait beaucoup.

Je faisais attention de ne pas trop me laisser emporter par ses histoires et de ne pas en rire trop fort, car je n'oubliais pas que je devais me conduire conformément à mon passé imaginaire. Shaker ne perdait jamais de vue ce détail non plus et mentionnait souvent mon père – son oncle – en termes qui le rendaient plus réel à mes yeux. Par instants, il m'arrivait de croire que j'étais vraiment née Smallpiece.

Je me disais souvent qu'on m'avait offert l'occasion de mener une vie meilleure, une vie qui inspirerait une reconnaissance éternelle à toute personne issue d'une arrière-cour de Vauxhall Road. Je n'avais plus à passer de longues soirées trempée et gelée. Je n'avais plus à m'accroupir tous les matins avant le lever du soleil au-dessus d'un bassin ébréché, afin d'extirper un morceau d'éponge visqueux de mon corps. Je n'avais plus à craindre d'être écartelée par un homme gonflé comme un étalon, ni d'être mordue, battue ou pincée pour permettre à un autre de se raidir. Les ivrognes titubants n'urinaient plus et ne vomissaient plus sur mes jupes, et je recevais mon salaire dans un papier plié, au lieu de me le voir jeté sur la chaussée malpropre, où je devais le ramasser à tâtons au milieu des crottes de chien et des crachats. Je mangeais à ma faim. J'avais à ma disposition tous les livres que je désirais et j'avais le temps de lire. J'avais un lit à moi, un lit propre.

Pour quelle raison, dans ce cas, ne parvenais-je pas à me sentir comblée ? Pour quelle raison, dans ce cas, étais-je en proie au désespoir, hantée par des pensées qui s'envolaient loin du Lyceum et de la maison de Whitefield Lane ? J'avais abandonné mon rêve de l'Amérique, mais je me voyais toujours vivre une autre existence, complètement différente de celle que pouvait m'offrir Liverpool, avec son brouillard, ses mouettes et ses lumières grises mouvantes au-dessus de la large Mersey battue par les vents. En outre, mon passé me rendait agitée et angoissée, l'horreur de mon acte et mon vieux cauchemar continuaient à me terroriser.

Pour quelle raison ne parvenais-je pas à accepter le cadeau de Shaker et à être heureuse de mener cette vie, non, cette mascarade, sous l'identité de Mlle Linny Smallpiece ?

14

Je fis la connaissance de Faith Vespry par l'intermédiaire de Celina Brunswick. Les cheveux bruns de Celina ne la distinguaient en rien, mais ses yeux d'un bleu lumineux, frangés de longs cils foncés, exerçaient une certaine séduction. Un soir où je quittais la bibliothèque en compagnie de Shaker, deux mois après avoir emménagé chez lui, nous la croisâmes dans Bold Street, où elle marchait bras dessus bras dessous avec son père.

Shaker s'immobilisa devant eux et porta la main à son couvre-chef.

— Mademoiselle Brunswick, monsieur Brunswick, les salua-t-il.

— Bonsoir, monsieur Smallpiece, répondit la jeune fille.

Sur ce, elle posa les yeux sur moi et des taches rouge vif apparurent sur ses pommettes.

— Bonsoir, Geoffrey, répondit le vieux monsieur. *Geoffrey ?*

— Cela fait longtemps que nous ne vous avons pas rencontré, poursuivit Mlle Brunswick dont le regard papillonnait entre Shaker et moi. J'ai l'impression que vous n'avez pas assisté à plusieurs réunions depuis quelques mois.

— C'est vrai. J'ai été… très occupé, répondit Shaker.

Permettez-moi, monsieur Brunswick, mademoiselle Celina Brunswick, de vous présenter avec plaisir Mlle Linny Smallpiece, qui est originaire de Morecambe.

— Mlle Smallpiece ? répéta Celina.

Sa voix était aussi froide que le regard qui analysait ma tenue démodée. Elle portait une longue pelisse couleur bleu fumé – identique à celle de ses yeux – et ses mains étaient protégées par un manchon de fourrure, auquel était assortie la bordure de son chapeau. La coupe et le tissu de ses vêtements révélaient leur qualité.

— Une de vos parentes, par conséquent ?

— Ma cousine, répondit Shaker, et je vis la mâchoire de Celina se décrisper légèrement. Elle est venue vivre chez nous après le décès de son père. Elle travaille à présent avec moi à la bibliothèque.

— Elle travaille ? répéta Celina.

Elle me fit la grâce d'une esquisse de sourire en regardant les livres que je tenais sous le bras, et inclina la tête pour déchiffrer leurs titres à haute voix d'un ton interrogateur.

— *Lettres sur l'amélioration de l'esprit* de Hester Chapone ? *Quête du bonheur* de Hannah More ?

Elle croisa mon regard. Je ne compris pas la signification du défi que je lus dans ses yeux.

— Lectures ambitieuses. Dois-je en conclure que vous admirez les Bas bleus [1], mademoiselle Smallpiece ?

Je lui adressai un sourire incertain et Shaker se porta à mon secours.

— Ma cousine a des lectures très variées, répondit-il. Je serais bien incapable d'affirmer que vous ne vous

1. Surnom que l'on donnait aux femmes qui avaient des prétentions littéraires. (*NdT.*)

intéressez qu'aux écrits des femmes aux goûts littéraires pédants, n'est-ce pas Linny ?

— Certainement pas, déclarai-je, prenant soin d'harmoniser le ton de ma voix avec celui de Celina, alors que la nervosité m'asséchait la gorge. Cependant, je dois reconnaître que j'admire beaucoup l'audace des Bas bleus qui se moquent de l'opinion publique à propos des limites des femmes. Oh, ajoutai-je, je crois que notre cabriolet arrive.

Je voulais m'éloigner de cette jeune fille et de ses airs supérieurs.

— Oui, constata-t-il. Nous avons intérêt à nous dépêcher. J'ai été enchanté de vous revoir, mademoiselle Brunswick, et vous aussi, monsieur.

Shaker porta de nouveau la main à son chapeau.

Celina me contempla longuement à travers ses paupières à moitié closes, puis nous prîmes congé tous les quatre.

— Elle a compris, chuchotai-je à Shaker dès que nous eûmes pris place dans le véhicule qui se dirigeait vers Everton.

— Compris quoi ? fit-il en ouvrant son livre.

— À mon sujet. Elle a tout de suite compris que je n'étais pas à ma place.

Shaker referma son livre.

— Sottises. Vous avez répondu de façon admirable, même si vous étiez un peu raide. Mais je l'ai effectivement trouvée moins chaleureuse que d'ordinaire. Cela fait plus d'un an que je la connais. Nous avons été présentés lors de l'une de nos conférences – sur la botanique, si mes souvenirs sont exacts. Mlle Brunswick s'intéresse beaucoup à la flore et à la faune.

— Mais elle s'intéresse aussi beaucoup à *moi*, commentai-je, avant d'ajouter : Geoffrey.

Shaker m'adressa un sourire pince-sans-rire.

— C'est mon nom de baptême. Mais je vous ai déjà dit que tous ceux qui sont à l'aise avec moi m'appellent Shaker.

— Geoffrey vous convient bien. C'est distingué, déclarai-je.

Sur ce, j'ouvris mon livre pour lire pendant le reste du trajet jusqu'à la maison, non sans avoir eu le temps de remarquer, avant qu'il ne se soit replongé dans le sien, que ses joues avaient rosi.

La semaine suivante, Shaker me suggéra de rester sur place le vendredi pour assister à la conférence prévue ce soir-là.

— Impossible, répondis-je.

— Et pourquoi ? Vous pourrez y entrer en qualité de membre du personnel. Je suis persuadé que Celina Brunswick viendra aussi. Comme cela, vous connaîtrez au moins une personne.

Pour moi, cet argument représentait une raison supplémentaire de ne pas y assister.

— J'ai juste… je n'ai encore jamais assisté à un événement de ce genre, répondis-je, songeant à l'écriteau installé ce matin-là par M. Worth.

« Les papillons des Indes », annonçait-il, avec dessous, en lettres plus petites et plus ordinaires « Tous les membres et leurs invités seront les bienvenus ».

— Vous y assisterez aussi ? lui demandai-je.

Il fit non de la tête.

— Je ne m'intéresse ni aux Indes ni aux papillons. Mais ça pourrait vous distraire.

Son regard s'égara en direction du vieux bonnet de sa mère, que je portais encore tous les jours.

Je savais que mes vêtements n'étaient pas suffisamment à la mode pour me permettre d'assister à cette conférence. Ma tenue trahissait sur-le-champ mon statut d'employée et si elle pouvait passer dans mon travail, je songeai à Celina Brunswick, à son air supérieur et à sa silhouette mince dans sa pelisse bien ajustée.

— Réfléchissez-y, me dit-il.

Le lendemain, Shaker se précipita dehors à l'heure de sa pause déjeuner et revint avec un volumineux paquet enveloppé dans du papier. Il le transporta sur ses genoux pendant le trajet jusqu'à la maison, les doigts écartés dessus comme s'il prenait plaisir à le toucher. Quand nous fûmes entrés au salon, il me le tendit. Il contenait une robe et une cape avec capuche. La robe, dont les manches gigot se rétrécissaient peu à peu en pointe jusqu'aux poignets, était fabriquée dans une soie épaisse façonnée. Le bord du col et l'ourlet de la jupe étaient festonnés. La cape, de couleur mordorée, était en laine moelleuse.

Mme Smallpiece, assise sur le canapé, les mains posées sur le ventre, émit un bruit étouffé.

— Dyspepsie, annonça-t-elle plus fort que nécessaire. J'ai envoyé Merrie chercher des graines de cumin aujourd'hui, mais elles n'ont eu aucun effet.

— J'ignore si elles vous plaisent, me dit Shaker, comme nous nous détournions à l'unisson de sa mère, mais je me suis dit que pour la conférence…

— Bien sûr, déclarai-je, m'en voulant de ne pas avoir réagi plus vite. C'est un très joli ensemble, Shaker.

— La dame de la boutique m'a dit que vous auriez

également besoin... de... des autres pièces. À l'intérieur de la robe.

Il me l'annonça en s'arrangeant pour ne pas me regarder.

Je cherchai dans les plis soyeux d'où émanait un délicat parfum de lilas et y trouvai deux jupons amidonnés, ainsi que des petits coussinets à tournure, destinés à maintenir la jupe à partir de la taille.

— C'est vraiment trop beau, Shaker. Je ne suis pas sûre que je dois accepter.

— Contentez-vous de l'essayer, Linny, je vous en prie.

La robe était effectivement splendide. Je la comparai mentalement à celles de Sally la Chinoise et je me rendis compte que ces dernières étaient de fabrication fort médiocre et qu'elles avaient beaucoup moins d'allure que cette soie couleur ambre façonnée. Lorsque je descendis les escaliers et pénétrai dans la pièce, Shaker sourit, les mains jointes.

— Je savais que cette couleur rehausserait celle de vos yeux, dit-il.

Mme Smallpiece se couvrit la bouche pour étouffer un renvoi.

— Elle a l'air parfaitement respectable dans ses robes de tous les jours, lança-t-elle d'un ton hargneux. On ne peut pas transformer la paille en or. Et de toute façon, pour quelle raison aurait-elle besoin d'une tenue neuve ? Tu la gâtes. Ce qu'elle paie pour son gîte et son couvert n'est pas suffisant.

— Qu'est-ce que tu entends par payer, mère ?

Mme Smallpiece redressa le menton, mais sa voix frémissait.

— Ça fait plusieurs mois que je l'oblige à me remettre

sa paie mensuelle, et je le ferai encore à la fin du mois. C'est la moindre des choses.

Shaker alla se placer devant sa mère.

— Tu vas lui rendre cet argent, lui ordonna-t-il. Ce salaire, elle l'a gagné. Et si je décide de lui offrir une jolie toilette, ça ne regarde personne d'autre que moi.

Je me détournais pour faire semblant de chercher de la poussière sur le râtelier à vaisselle, mais c'était pour dissimuler à Mme Smallpiece mon petit sourire de satisfaction.

Mon allure, dans la robe et la cape neuves, me plut tellement que j'assistai à la conférence sur les papillons. Une fois sur place, ma confiance s'envola néanmoins et je me frayai un chemin au milieu du public en proie à une éprouvante nervosité. La sueur perlant sous mon corset, je m'efforçais de rester gracieuse. Je réfléchissais à chacun de mes gestes, à chaque propos poli que je prononçais à voix basse. Je repérai Celina, assise près d'une autre jeune femme, plus petite et plus menue qu'elle. Cette dernière avait des cheveux roux comme le pelage d'un renard et des yeux gris sombre, très saisissants. Seul son nez, un peu trop long, gâchait légèrement son visage.

Pendant que le public se réunissait autour d'une table proposant des biscuits et du thé après la conférence que venait de donner M. Prinsep, un monsieur d'un certain âge au teint rubicond alarmant, Celina se retrouva en face de moi.

— Bonsoir, mademoiselle Brunswick, dis-je, essayant de faire preuve de courage dans ma toilette ambrée.

— Oh, mademoiselle Smallpiece, je ne vous avais pas

reconnue, répondit-elle sans me retourner mon sourire. Mademoiselle Smallpiece, mademoiselle Faith Vespry.

Faith m'adressa un sourire chaleureux qui découvrit ses gencives. Elle avait des dents petites et régulières.

— C'est donc la cousine, commenta-t-elle d'une voix aiguë et essoufflée.

Le coup de coude que Celina donna dans le flanc de Faith ne m'échappa pas, mais cette dernière parut ne pas s'en apercevoir.

— Celina m'a raconté que M. Smallpiece hébergeait désormais sa cousine. Comment trouvez-vous Liverpool ? D'où venez-vous, déjà ? De Bristol ?

— De Morecambe, mademoiselle Vespry, répondis-je d'un ton ferme.

J'étais prête. Outre tous les renseignements que m'avait communiqués Shaker, j'avais lu tout ce que j'avais pu trouver sur Morecambe et son histoire et je m'étais fabriqué tout un passé, lieux et dates inclus. Je me réjouissais de posséder une mémoire d'éléphant.

— Appelez-moi Faith. Je sais que Celina trouve cela ordinaire de vouloir se faire appeler par son prénom, mais nous allons devenir amies, j'en suis convaincue. Oh, j'adore le bord de la mer, poursuivit-elle, sans même s'accorder le temps de reprendre souffle. Est-ce que cet adorable salon de thé – comment s'appelle-t-il, déjà ? L'Archery ? – existe toujours ?

Faith sourit si largement qu'elle dévoila encore davantage ses gencives roses.

J'étais abasourdie, non par son ouverture d'esprit, mais par la manière dont j'avais évolué en quelques mois. Faith me considérait comme une jeune fille d'un statut social identique au sien.

— Oui, répondis-je avec empressement, car j'avais

envie de m'affirmer davantage. L'Archery est un endroit des plus agréables. Moi aussi, j'y ai souvent pris le thé, dans la serre.

Ce mensonge m'était venu très facilement.

— Celina, continua Faith sans me quitter des yeux, Mlle Smallpiece n'est pas du tout comme tu me l'as décrite. Absolument pas.

— Faith, apprendras-tu un jour à garder tes pensées pour toi ? l'interrogea Celina, les joues délicatement rosées.

Elle gardait les yeux baissés sur sa tasse.

— Pourquoi ne sucres-tu pas ton thé ? lui répliqua Faith. À en juger par la tête que tu fais, il doit être affreusement amer.

Celina rejeta cette observation d'un petit soupir et se déplaça le long de la table.

— Ne lui prêtez pas attention, me dit Faith. Elle n'arrive pas à bien le cacher.

— À cacher quoi ?

Faith s'inclina davantage vers moi.

— Vous avez beau n'être que sa cousine, Celina n'apprécie pas l'idée qu'une autre femme vive près de M. Smallpiece.

Le temps de froncer les sourcils, j'avais compris.

— Ah… Mlle Brunswick éprouve de… l'attirance pour Shaker ?

Ce fut au tour de Faith de hausser les sourcils.

— Shaker ? Je trouve ce surnom bien cruel.

— Laissez-moi vous expliquer. Je reconnais qu'il semble cruel. Mais en réalité, c'est le surnom de son enfance et il préfère être appelé ainsi par ses proches. Bien évidemment, précisai-je après une pause, il est normal que je l'appelle comme ça puisque je fais partie de sa famille.

Je cherchai Celina au milieu de la foule. Elle bavardait, apparemment sans enthousiasme, avec une dame d'un certain âge.

— M. Smallpiece est-il au courant de ses sentiments ?

— Bien sûr que non, me répondit Faith. De toute façon, elle sait très bien qu'il ne peut rien se passer entre eux.

— Pourquoi ?

Faith inclina la tête.

— Cela va de soi. Le père de Celina n'approuverait jamais Geoffrey Smallpiece.

J'en pinçai les lèvres de contrariété.

— À cause de sa maladie ?

— Le pauvre homme. Il a l'air suspendu à des ficelles, non ? Mais le plus ennuyeux n'est pas là. (Elle embrassa les lieux du regard avant de poursuivre.) Je suis sûre que vous trouvez comme moi ce sujet trop délicat pour que nous l'abordions.

— Bien sûr, répondis-je, alors que je n'avais pas la moindre idée de ce dont elle parlait.

Elle m'attira dans un coin.

— C'est vraiment grossier de ma part de parler argent. Je vous en prie, ne soyez ni scandalisée ni déçue par moi. J'espère que vous ne l'êtes pas.

Elle attendait une réponse. J'avais du mal à suivre sa conversation.

— Bien sûr que non, dis-je. Non, non, pas du tout.

— Mais je suis sûre que vous n'avez jamais rencontré quelqu'un d'aussi franc que moi.

À présent, je souriais. Elle reprit :

— En fait, c'est juste que…

Elle regarda par-dessus son épaule, et se lança, après avoir constaté que Celina était toujours en pleine conversation.

— Juste que M. Brunswick espère arranger une union pour Celina qui sera profitable à la famille sur tous les plans. Si elle épouse un homme comme M. Smallpiece, ni elle ni sa famille ne pourront nourrir le moindre espoir de s'élever. Pas seulement financièrement, mais socialement.

Elle s'éventa avec ses gants. Je n'avais pas enlevé les miens.

— Si ma mère m'entendait vous parler ainsi, elle m'interdirait de sortir de ma chambre pendant une semaine.

Je souris de nouveau. Elle avait quelque chose de rafraîchissant, mais ce n'était pas la seule raison pour laquelle j'appréciais sa compagnie. J'éprouvais une forme d'allégresse depuis que j'avais saisi qu'elle me considérait comme une jeune femme du même milieu qu'elle et s'adressait à moi comme telle.

— Vous aurez sans doute constaté, poursuivit-elle, que votre cousin ne manifeste guère d'intérêt pour les événements mondains de Liverpool. Il est invité à un assez grand nombre de réceptions, car son père avait une excellente réputation. Le nom Smallpiece est très respecté, mais il n'a aucune envie d'en tirer parti. Vous comprenez sans doute ce que j'en déduis à son sujet…

Elle haussa un sourcil.

— J'imagine, répondis-je.

— J'ai entendu dire qu'il ressemblait beaucoup à son père, mais qu'il était encore plus charitable que lui. Connaissiez-vous bien votre oncle ? Apparemment, il a été victime de circonstances malheureuses.

— Effectivement, agréai-je, sans avoir la moindre idée de ce qu'elle entendait par circonstances malheureuses.

Je priai le ciel qu'elle n'approfondisse pas le sujet. Fort heureusement, elle reprit la parole avant de me laisser passer à autre chose.

— Sans compter le fait que vous avez également perdu quelqu'un récemment. Toutes mes condoléances.

— Merci, murmurai-je.

— Quelle était la profession de feu votre père, mademoiselle Smallpiece ? me demanda-t-elle.

Un bref silence s'installa entre nous.

— Si vous souhaitez que je vous appelle Faith, vous préférerez sans doute m'appeler Linny ? lui dis-je.

J'essayais de gagner du temps, sans parvenir à comprendre comment j'avais pu oublier d'inventer une fausse vie professionnelle à mon présumé père défunt, ni comment Shaker ne m'avait jamais parlé du métier de son oncle.

— Il...

Je songeai aux commerces et aux boutiques tels que Rushworth's et Draper & Seeger de Seel Street, tous deux fabricants de pianos et d'orgues, devant lesquels nous étions encore passés la veille sur le chemin de la bibliothèque.

— Il possédait un commerce, il vendait des pianos, conclus-je.

— Oh, dit Faith en ouvrant son réticule. Ça me fait penser que ma mère organise souvent des soirées musicales. Nous serions enchantés que vous assistiez à la prochaine. Elle aura lieu jeudi en huit, précisa-t-elle en me tendant une carte de visite. Vous devez éprouver des difficultés à faire des connaissances, vu que vous êtes enfermée toute la semaine avec des livres, que vous vivez à Everton et que M. Smallpiece n'essaie pas de vous introduire dans le monde. Je ne comprends pas pourquoi il n'emmène pas sa mère à des réceptions et ne se rapproche pas du centre des activités.

J'essayai de garder un visage composé et pris la carte qu'elle me tendait.

— Bon. Jeudi en huit, répéta-t-elle. Et bien évidemment, vous serez accompagnée de votre tuteur. Celina sera absolument sidérée quand elle verra M. Smallpiece. J'ai hâte de voir sa tête.

Je murmurai quelque chose. Bien qu'enchantée par l'accueil ingénu que me réservait Faith, j'avais du mal à la suivre, car il me fallait soupeser la moindre des paroles que je prononçais, afin de ne pas passer pour une sotte. Ou pour la menteuse que j'étais.

— Qu'avez-vous pensé de la conférence de M. Prinsep ? me demanda-t-elle.

Mes épaules se détendirent. J'avais consacré du temps à étudier un livre sur les papillons avant la conférence pour me préparer à la soirée. Je me sentais à présent en territoire plus sûr.

— J'ai trouvé certaines de ses illustrations vraiment magnifiques. Je n'avais jamais tellement pensé aux papillons.

Enfin. Je disais la vérité.

— Et il a réussi à rendre ce pays exotique et fascinant, ajoutai-je. Je n'avais jamais beaucoup pensé aux Indes non plus. Grandiose, d'après le récit de M. Prinsep.

— Il n'a évoqué que les bons côtés. N'oublions pas qu'il est artiste. Il ne voit pas le monde avec les mêmes yeux que les réalistes. Aux Indes, il y a des choses affreusement vilaines à côté de la beauté. (Le volume de sa voix diminua jusqu'à n'être plus qu'un murmure.) Ils vouent un culte à des idoles et il semblerait que dans les temples, il y a des fresques décrivant... Bref, je ne peux pas en parler. J'ai entendu dire que des femmes s'évanouissent à la vue de certaines de ces statues, tant elles sont choquantes. Mon frère a un ami avocat à Bombay. Quand il est revenu au pays en visite l'an dernier, j'ai écouté leurs conversations en catimini. Bien évidemment, il s'est contenté de raconter de jolies histoires à ma mère et moi, mais je sais à quoi m'en tenir.

— Vraiment ? dis-je en essayant de retenir un sourire.

Faith était absolument délicieuse. Son attitude directe me rappelait mes amies de Paradise Street. Et puis elle ne me jugeait pas et ne portait pas sur moi un regard soupçonneux. Elle me donnait la sensation d'être à ma place. J'en éprouvais une telle gratitude que si j'avais été Linny Gow et non Mlle Linny Smallpiece, j'aurais été capable de la serrer dans mes bras pour cette unique raison.

— Parfois, je songe à me rendre là-bas, ajouta-t-elle dans un souffle. Ne trouvez-vous pas que ce serait une aventure absolument extraordinaire ?

— Je n'en sais rien, dis-je, désireuse de l'entendre se confier davantage.

Malheureusement Celina nous rejoignit alors avec son interlocutrice d'un certain âge et interrompit notre conversation. Nos propos se transformèrent en cancans oisifs dont je n'avais que faire. De plus, je me sentais de nouveau empruntée, à présent que je n'étais plus en tête à tête avec Faith. Je pris congé d'elles le plus vite possible et le portier m'aida à monter à bord de la voiture de louage qui attendait de me ramener vers Whitefield Lane.

La tête me tourna pendant le court trajet : en dépit de mon impression d'appartenir à ce milieu, j'étais survoltée en raison des efforts que j'avais dû déployer pour me montrer à la hauteur des questions et des commentaires de Faith.

Cette nuit-là, après avoir soufflé la chandelle, je gardai les yeux grand ouverts dans le noir. Je distinguai la silhouette du tableau grossier suspendu au-dessus de la commode de chêne et je compris que j'en avais vu une version plus professionnelle parmi les illustrations de M. Prinsep. Je ricanai intérieurement. Le Taj Mahal, à Agra. Il y avait tellement de choses que j'ignorais.

La semaine suivante, Shaker et moi nous rendîmes à la soirée musicale donnée chez les Vespry. Je n'eus guère de mal à le persuader. Il eut la galanterie d'inviter sa mère, mais elle déclina sa proposition, comme je m'en doutais à l'avance. Il portait avec beaucoup d'élégance le costume bien coupé qu'il réservait manifestement à de telles occasions.

La soirée se déroula plaisamment. Shaker et moi, installés au fond du salon des Vespry, écoutâmes le récital de harpe et de piano. On nous servit ensuite de petites assiettes de pâtisseries et des verres de sherry sucré. Je n'avais jamais goûté de petits fours plus fondants. Je constatai qu'en dépit de ses tremblements, Shaker buvait et mangeait sans grande difficulté ; il se montrait plus nerveux lorsque nous étions en tête à tête qu'à présent, au milieu de tout ce beau monde. Je brossai ensuite les miettes qui étaient tombées sur les revers de sa chemise, agrémentée de boutons d'ivoire raffinés, et nous nous mêlâmes à la foule. Je m'aperçus que Celina le surveillait, le visage légèrement empourpré, détail qui la rendait plus séduisante. M'adressant à Shaker de manière qu'il me suive, je m'approchai d'elle jusqu'au moment où nous nous heurtâmes, alors que j'avais noté qu'elle aussi se frayait un chemin vers nous. Nous engageâmes une conversation d'un ton légèrement guindé au début, mais il ne fallut pas longtemps à Celina et à Shaker pour se lancer dans des commentaires sur le programme choisi par le pianiste. Je les abandonnai et prétendis étudier les portraits de famille alignés le long d'un mur du salon, non sans leur jeter de temps à autre un coup d'œil. De l'autre bout de la pièce je constatai que Shaker, avec ses cheveux longs, épais et luisants, était presque beau.

Faith me retrouva et me présenta à un certain Gerrard Beck dont je conclus, à la manière dont elle le tenait par le bras et lui adressait des sourires en s'arrangeant pour que sa lèvre supérieure cache ses gencives, qu'il devait être son prétendant. Elle me présenta un certain nombre d'autres personnes, dont je m'empressai d'oublier le nom.

Pendant tout le trajet de retour, Shaker parla avec animation de la musique, des mets et des invités. Il ne mentionna pas précisément Celina Brunswick, mais je fus contente de constater qu'il s'était bien diverti.

Je revis Faith quelques jours plus tard, car je tombai par hasard sur elle et M. Beck devant la vitrine d'un magasin de Bold Street. Ils paraissaient agités et de mauvaise humeur, comme s'ils s'étaient disputés. Je me contentai donc de les saluer et de poursuivre mon chemin.

Une autre invitation arriva à la maison de Whitefield Lane. Cette fois, Mme Smallpiece, Shaker et moi étions conviés à un dîner chez les Vespry. À mon vif étonnement, Mme Smallpiece l'accepta. J'utilisai ma plus belle écriture pour rédiger la réponse confirmant que Mme Lucinda Smallpiece, M. Geoffrey Smallpiece et Mlle Linny Smallpiece seraient enchantés d'assister à ce dîner.

Les convives, dont faisaient partie les Brunswick, étaient au nombre de seize. Faith m'avait placée à sa droite. Shaker était assis en face de moi, Celina à sa gauche. Mme Smallpiece occupait une place un peu plus loin, à côté d'une jeune femme au physique ordinaire qui devait être missionnaire, à en juger par son expression pieuse et par sa tenue.

On nous servit une soupe, de la selle d'agneau et de l'oie à la sauce au céleri. Puis des ris de veau accompagnés d'une sauce blanche, de pommes de terre et de chou frisé, suivis d'un splendide soufflé. Je m'inquiétais de voir Shaker confronté à un tel repas en public, et comme on nous accompagnait à nos places, je lui coulai un regard, mais il m'adressa un clin d'œil. Voulait-il m'assurer qu'il était capable de se sortir d'une situation pareille ? Ou souhaitait-il me faire comprendre qu'il me faisait entièrement confiance pour déployer la bonne éducation nécessaire ?

Faith et moi discutâmes pendant la plus grande partie du repas, en dépit des regards furibonds que lui adressa sa mère à deux reprises pour lui faire comprendre qu'elle devait converser avec d'autres invités.

Je m'aperçus que Shaker et Celina étaient également plongés en pleine conversation. Shaker mangeait très peu, mais personne ne semblait le remarquer. Je l'entendis éclater de rire à la suite d'une remarque de

M. Vespry. J'en fus ravie. C'était la première fois que cela lui arrivait en ma présence.

Par la suite, Faith et moi passâmes de plus en plus de temps ensemble. Je me rendis compte qu'elle avait du mal à remplir ses journées. Parfois, elle m'envoyait un petit mot à la bibliothèque pour m'annoncer qu'elle allait venir me rendre visite durant ma pause déjeuner – son père était membre du club – et nous nous asseyions à mon bureau, derrière le paravent, pour manger ce qu'elle sortait de son sac et le simple repas que Nan' m'avait préparé. En d'autres circonstances, nous parcourions Bold Street pendant une demi-heure, bras dessus bras dessous, en faisant du lèche-vitrine.

J'étais de plus en plus à l'aise lorsque nous nous trouvions en tête à tête, en partie parce qu'elle laissait de côté les potins féminins pour aborder des sujets aussi variés que la politique, son opinion sur les Whigs, l'histoire, la littérature, le mouvement pictural. Désireuse de connaître ce que j'en pensais de mon côté, elle me demandait mon avis. Elle était manifestement plus éduquée et cultivée qu'elle ne voulait le dévoiler en présence d'autres personnes ; comme je travaillais à la bibliothèque, elle estimait que j'étais plus encline à m'intéresser à des sujets sérieux que ses amies de la bonne société, dont les préoccupations se cantonnaient à la mode et aux cancans. De plus, le jour où je compris que Faith n'avait pas envie d'en savoir plus sur mon passé – ni sur ma situation actuelle, à dire vrai – je me détendis pour de bon.

Je finis par comprendre que pour se conformer à ce qu'on attendait d'elle, Faith prenait garde, la plupart du temps, de ne pas révéler sa véritable personnalité. Je compris également qu'elle avait découvert que je portais aussi un masque, même s'il était impossible d'établir une comparaison entre son passé et le mien. Tout cela m'amenait néanmoins à lui vouer de l'admiration et de l'amitié.

Six mois après notre première rencontre, un jour de début juin, alors qu'il pleuvait depuis des heures, Shaker et moi, à notre sortie du Lyceum, trouvâmes Faith qui s'abritait sous le portique. Cela faisait manifestement un bon moment qu'elle attendait : l'ourlet de sa jupe était trempé et des petites bouclettes de cheveux roux foncé, frisottées par l'humidité et luisantes de perles de pluie, s'échappaient de son bonnet.

— Linny, j'aimerais t'inviter à dîner. Je sais que tu n'as pas de chaperon et qu'il est tôt, mais peux-tu venir ? J'ai réservé une table au salon de thé de Lord Street.

Sa voix était encore plus essoufflée que d'ordinaire, et je crus que cela venait du fait qu'elle m'avait attendue longtemps. Plus tard, j'appris qu'il n'en était rien.

Je jetai un regard à Shaker. De toute évidence, il n'était pas inclus dans cette invitation.

— Je sais que vous ne trouvez pas cela convenable, monsieur Smallpiece – deux jeunes femmes dînant seules – mais je peux vous assurer que mes parents m'ont donné l'autorisation de sortir. En fait, mon père vient de me déposer ici. Je veillerai à ce que Linny rentre sans encombre, ajouta-t-elle. Je lui louerai un fiacre. Et nous ne nous attarderons pas. Je veux juste... Il y a quelque chose dont je voudrais m'entretenir avec elle.

— Si elle souhaite se joindre à vous et que vos parents sont d'accord, je lui accorde ma permission, répondit Shaker en la saluant.

Lorsque nous étions loin de Whitefield Lane, il se glissait sans le moindre hiatus dans son rôle de tuteur.

— Cela me ferait très plaisir, Faith.

Je disais vrai : son amitié comptait à mes yeux. C'était la seule de ma vie, en dehors de ma relation avec Shaker. Mais je trouvais que les sentiments qu'il me portait étaient devenus trop lourds ; de protection impalpable, ils s'étaient transformés en un joug pénible. Je savais que ma proximité, à la maison et à la bibliothèque, lui posait des problèmes.

Le soir, quand il se penchait vers moi pour me désigner les passages que je devais copier, je m'inquiétais à présent de sentir son haleine sur ma joue. Je m'inquiétais lorsque nos doigts se frôlaient alors que je lui passais un plat au cours du dîner, et je m'inquiétais de la pression de sa cuisse contre la mienne, lorsque nous étions à bord du véhicule bondé qui nous conduisait à notre travail et nous en ramenait. Un soir très tard, je l'entendis par hasard se masturber, alors que je passais devant sa chambre close. J'éprouvais de la pitié pour lui et je m'en voulais de le faire souffrir. S'il avait été un autre genre d'homme, je me serais peut-être rendue dans sa chambre une fois que sa mère était endormie, afin de le laisser se servir de moi pour se soulager. En ce qui me concernait, cet acte charnel n'aurait guère eu davantage de signification qu'un éternuement et ne m'aurait pas procuré une sensation d'un ordre différent. Mais s'il avait été un autre homme, il m'aurait convoquée dans sa chambre depuis des mois, que je le lui aie suggéré ou non. Et je savais qu'il ne désirait pas simplement s'envoyer rapidement en l'air. Je voyais clairement, depuis que j'avais fait sa connaissance, que Shaker Smallpiece n'était pas un homme de la même étoffe que la plupart de ses congénères : il ne prendrait ni une putain ni une autre femme en dehors des liens du mariage. Je crois que jusqu'au jour de notre rencontre, il avait accepté son célibat au prix d'efforts d'une grande élégance. J'avais gâché cela.

Désormais, je réfléchissais souvent la nuit, au moment de m'endormir, à un moyen de ne pas le blesser le jour où il finirait par m'avouer son désir : il ne pourrait plus supporter encore longtemps de ne pas m'en faire part, d'une manière ou d'une autre.

15

Faith et moi prîmes congé de Shaker et partîmes rapidement, riant de nos tentatives de nous abriter sous son parapluie qui se retournait. Comme nous passions devant le seuil d'une porte très renfoncée, j'aperçus une petite fille recroquevillée au fond, la tête recouverte d'un châle en guenilles. On distinguait une bosse sous le châle, à la hauteur de sa poitrine, que je pris pour un bébé endormi. Je m'immobilisai, alors que Faith continuait à avancer.

Elle me jeta un coup d'œil en arrière.

— Que fais-tu, Linny ?

Je fouillai dans mon réticule, contente d'avoir quelques pennies sur moi, que je tendis à l'enfant. Au moment où son bras nu sortait du châle, Faith me rejoignit.

— Ne lui donne rien, Linny, me gronda-t-elle. Ne l'encourage pas à la mendicité.

Sa voix était teintée de mépris, et pourtant, j'y perçus une forme de pitié.

Le bras de l'enfant hésita, à mi-chemin entre ma main et les pièces.

— Tu as un bébé ? lui demandai-je.

Elle avait l'air d'avoir huit ou neuf ans.

— Mon p'tit frère, acquiesça-t-elle avec un hochement de tête.

— Tu as un endroit où aller ?

Elle opina de nouveau.

— Mais ma mère, l'a un client dans la pièce. M'a envoyée dehors, l'temps qu'elle finisse.

Faith laissa échapper un cri de souris.

— Que le ciel nous vienne en aide ! Viens, Linny !

— Est-ce que tu as d'autres pièces ? lui demandai-je, rendue audacieuse par les frissonnements de la fillette et le silence du bébé minuscule sous le châle.

Faith ouvrit son réticule et en sortit une.

— C'est tout, se défendit-elle, comme si je l'accusais de quelque chose.

Son visage exprimait de la compassion, mais également de la peur.

Je donnai la pièce à la fillette qui se recroquevilla dans le renfoncement dès qu'elle eut refermé la main dessus.

— Maintenant, dépêche-toi, nous allons être trempées, me dit Faith en se mettant à courir.

Je lui emboîtai le pas. Le vent en provenance de la Mersey filait devant nous, créant des rides à la surface des flaques. Faith bondissait par-dessus comme si elle avait le cœur léger, alors que le mien pesait des tonnes.

Nous arrivâmes au salon de thé avec des palpitations et le souffle court. Faith secoua son bonnet, si bien qu'une petite averse de gouttes en tomba, sous les sourcils froncés de matrones installées à une table près de la porte. Faith leur rit au nez, réaction qui les surprit autant que moi. Outre notre arrivée sans chaperon, déjà assez peu bienséante, je savais désormais que se faire remarquer était totalement interdit par la bonne éducation.

Lorsque nous fûmes assises, je tentai de repousser l'image des deux enfants sous le portail et les souvenirs qu'elle faisait remonter à ma mémoire.

— Faith ? Que penses-tu de cette fillette ? Cette petite chose qui n'a aucun espoir d'un avenir ? lui demandai-je néanmoins.

— Ce que j'en pense ? Tu sais, les riches et les pauvres existeront toujours, comme le bien et le mal. C'est ce que dénonce le révérend Thomas Malthus dans ses craintes de surpopulation. Il est évident que les populations ont toujours tendance à se développer plus rapidement que les moyens de subsistance. Il faut accepter cette gamine, de même que sa mère, bien qu'elles viennent empirer notre grand mal social. Cela fait juste un an que mon père a lu *L'Essai sur le principe de la population* de Malthus, et il le cite souvent. La pauvreté et l'inégalité font partie de l'ordre universel instauré par Dieu. C'est un réconfort de savoir qu'en fait, on n'y peut rien.

— Et si on essayait de changer cet ordre des choses ?

— Pour une personne ou pour tout le monde ? me demanda-t-elle.

Malheureusement, le serveur s'approcha alors pour prendre notre commande. Faith appuya les coudes sur la table et se prit le visage entre les mains. Par moments, elle avait un comportement qui n'avait rien de celui d'une dame et qui la rendait adorable, alors que je m'efforçais de toujours garder mes bonnes manières en public.

— Arrêtons de parler des côtés désagréables de la vie, me dit-elle. J'ai une nouvelle absolument extraordinaire à t'annoncer, Linny. Écoute-moi bien, parce que tu vas sans doute me prendre pour une folle. Soit dit en passant, mes parents ne m'ont pas donné l'autorisation d'aller te chercher à la bibliothèque et de venir ici. J'ai passé outtre. Ils pensent que je m'adonne à la lecture dans ma chambre.

Cet aveu d'une escapade audacieuse, dans son esprit, me fit sourire. Je songeai au rôti de mouton à la sauce à la menthe que je venais de commander. Les quelques pennies que nous avions donnés à la petite fille lui permettraient tout juste de s'acheter une pomme de terre chaude, deux peut-être, si le camelot était d'humeur généreuse.

— Voilà : j'ai décidé que je devais aller aux Indes.

— Aux Indes ? Mais…

Elle leva la main.

— Écoute-moi ! Comme je te l'ai dit, j'y pense depuis fort longtemps, poursuivit-elle en tripotant nerveusement le bord de dentelle de sa serviette de table. Ma vie me semble vide, Linny. Je ne ressens que de… *l'ennui*, je suppose. J'ai des sautes d'humeur…

Elle se tut, les yeux subitement vides, comme si elle regardait quelque chose à l'intérieur de son crâne.

— Nous en avons toutes, Faith.

J'eus l'impression qu'elle ne m'écoutait pas.

Elle se ressaisit cependant une seconde plus tard, mais son expression ressemblait plus à une grimace qu'à un sourire.

— Mon père dit qu'il m'autorise à y aller, du moment que je pars accompagnée de quelqu'un, poursuivit-elle, sans avoir conscience de cet instant d'égarement. Bien évidemment, il y aura plusieurs chaperons à bord du navire, des femmes mariées retournant auprès de leur époux, après avoir ramené leurs enfants au pays afin de leur permettre d'y suivre leur scolarité, ou à la suite d'une simple visite, mais il refuse absolument de me laisser partir seule.

Les mots se bousculaient dans sa bouche et je dus attendre qu'elle eût repris sa respiration pour lui demander :

— Qu'est-ce qui t'attire aux Indes ?

Faith embrassa du regard la salle qui s'emplissait peu à peu, puis elle attendit que le garçon nous eût servi notre soupe aux poireaux, saupoudrée de brins de persil. Lorsqu'il se fut éloigné, elle reprit la parole.

— Linny, il y a un choix tellement restreint d'hommes intéressants à Liverpool.

— Et M. Beck ? Je le trouvais agréable. J'avais l'impression que...

Elle rejeta mon objection d'un geste de la main.

— Oh, il a pris un emploi à Londres. Nous nous sommes séparés il y a quelques semaines. J'ai dû oublier de t'en parler.

La trace de désespoir qui filtrait dans sa voix démentait sa désinvolture.

— Comme je viens de te le dire, il ne reste guère d'autres prétendants de remplacement à Liverpool par les temps qui courent.

Je songeai à tous les hommes que j'avais connus dans cette ville. Elle avait probablement raison, même si nos opinions étaient basées sur des expériences différentes.

— En fait, c'est terriblement déprimant. Je suis sûre que tu ne m'en voudras pas de te parler si ouvertement de mes... difficultés.

En recoupant plusieurs confidences que Faith m'avait faites, je savais qu'elle approchait des vingt et un ans. Pour elle, le moment de trouver un mari était venu et presque passé. Il lui restait tout au plus un an. Je fis non de la tête.

— Bien qu'il te reste du temps, j'imagine que tu n'as

pas rencontré beaucoup de prétendants convenables, poursuivit-elle, avant d'avaler une petite cuillerée de potage. Veiller sur ton père pour commencer et à présent… la vie auprès de ta tante et de ton cousin. Force est de reconnaître que ça n'a rien de bien excitant.

Je m'abstins de répondre, mais elle ne le remarqua même pas.

— J'ai donc décidé que je devais me rendre aux Indes pour rencontrer l'homme qu'il me faut, me déclara-t-elle avec une esquisse de sourire qui fit frémir sa lèvre supérieure. Si tu m'accompagnais, Linny, je suis sûre que tu aurais l'occasion d'en rencontrer un aussi.

J'en restai bouche bée, la cuillère figée à mi-chemin entre mon assiette et ma bouche. Je refermai les lèvres et reposai la cuillère.

— T'ai-je bien entendue, Faith ? Tu souhaites que je t'accompagne aux Indes ?

— Oui, rends-toi compte ! La délicieuse Mlle Vespry et l'énigmatique Mlle Smallpiece, en provenance de Liverpool, arrivent à Calcutta par la brise légère de la saison fraîche. On dirait le début d'un roman, non ?

Elle s'agitait de plus en plus et sa voix avait monté de plusieurs crans.

Je posai un doigt sur mes lèvres pour lui rappeler que les murs avaient des oreilles.

— Les Indes, Faith ? C'est trop pour moi. Je ne peux pas envisager une chose pareille. Il faut que je prenne le temps d'y réfléchir, pour…

— Enfin, Linny, m'interrompit-elle, réfléchir à quoi ? Ne préférerais-tu pas vivre une aventure plutôt que rester assise derrière ce paravent à la bibliothèque ? D'autant que tu as pratiquement *l'assurance* de rencontrer un prétendant convenable.

Mieux valait opter pour la vérité.

— Les Indes me paraissent en effet un pays fascinant, mais je ne suis pas encore intéressée par le mariage, lui déclarai-je.

Et je ne le serai *jamais*.

Ce fut au tour de Faith d'en rester la mâchoire décrochée. Elle la referma brutalement

— Qu'est-ce que tu veux dire ? En dehors d'un mariage convenable, qu'existe-t-il pour des femmes comme nous ? me demanda-t-elle, l'air de ne plus savoir où elle en était.

Je ne sus quoi lui répondre.

— Et Celina ? Cela m'étonne que tu ne lui aies pas proposé de t'accompagner.

— Ça ne l'intéresse pas. En fait, nous avons abordé le sujet, brièvement, mais son cœur est déjà pris. Même si celui dont elle est éprise ne lui rend pas la pareille. Tu sais *de qui* il s'agit, ajouta-t-elle, les yeux écarquillés. Mais comme elle garde espoir, elle n'a aucune intention de quitter l'Angleterre.

Je compris alors que Faith avait dû poser la question à toutes ses amies. Je représentais sa dernière chance.

— Et ta famille accepte de t'envoyer là-bas ?

— Tout à fait. Mon père, en tout cas. Il pense que c'est une idée avisée. Mère est moins convaincue. Comme un certain nombre des amis de mon père travaillent dans l'administration de la Compagnie des Indes orientales, il comprend mieux ce genre de situation qu'elle. En fait, il projette de se rendre à Calcutta à la fin de l'automne, mais je ne compte pas attendre jusque-là. Je pense que cela ne me ferait pas arriver au bon moment, poursuivit-elle après avoir hésité. La meilleure des époques, celle de toutes les mondanités, est la saison fraîche. Si j'attends père, j'arriverai trop tard et ce sera un coup d'épée dans l'eau. Des amis très chers de père et mère, M. et Mme Waterton, m'ont lancé une invitation, ainsi qu'à celle qui m'accompagnerait. Nous pourrions loger chez eux aussi longtemps que… nécessaire.

À sa manière de jouer avec le manche gravé de son couteau, je compris qu'elle n'en avait pas terminé.

— Je crois que mère préférerait que je ne me marie pas, même si elle ne l'admettra jamais. En fait, elle dépend beaucoup de moi. Sa santé n'est pas florissante, et je n'ai que deux frères.

Je songeai à des réceptions chez les parents de Faith et à sa mère, avec son visage pâle et son corps étrangement boursouflé.

— Je pense que mère s'imagine que je veillerai sur elle aussi longtemps qu'elle aura besoin de moi, c'est-à-dire jusqu'à son dernier souffle. Elle a sans doute de bonnes intentions et je l'aime vraiment, je l'aime de tout mon cœur, mais je n'ai aucune envie de finir vieille fille dans cette maison. Je veux posséder mon propre foyer, Linny.

Dans le moment de silence qui s'ensuivit, j'entendis presque le *avant qu'il ne soit trop tard* qu'elle n'avait pas formulé.

— Aux Indes, il y a trois fois plus d'Anglais que d'Anglaises célibataires, poursuivit-elle, et il y a toutes sortes de mondanités : déjeuners, dîners, bals et soirées. Ce serait impossible de ne pas trouver quelqu'un. Les Indes ne sont peut-être pas un pays où on a envie de passer toute sa vie, mais rien ne nous empêche de rentrer par la suite chez nous. Oh, Linny, dis-moi que tu vas y réfléchir, je t'en prie !

Elle tendit le bras par-dessus la table pour me saisir la main et continua sur un ton plus confidentiel :

— Je ne veux pas te blesser, alors ne le sois pas. Il est facile de comprendre ta situation. Je sais que si tu acceptais de m'accompagner, mon père te paierait ton billet, qu'il te procurerait une garde-robe et tout ce dont tu peux avoir besoin. Il en débattrait avec ton cousin qui est ton tuteur, afin d'obtenir son approbation. Là-bas, nous serions hébergées chez les Waterton, qui seraient absolument ravis de divertir des jeunes filles arrivant de leur patrie, porteuses de nouvelles d'Angleterre dont ils sont friands. (Elle fit une pause pour reprendre souffle et se remit à jacasser.) J'ai obtenu tous les renseignements nécessaires. La traversée peut prendre entre quatre et cinq mois. Tout dépend du temps. Quelle aventure magnifique ce serait que de contourner le cap de Bonne-Espérance ! Les panoramas splendides qui s'offriraient à nos yeux ! Il arrive parfois que le navire soit obligé de jeter l'ancre dans des lieux exotiques, lorsque les vents l'ont fait dériver de son cap. Avant Calcutta, la dernière escale est Aden. Sais-tu que les indigènes, là-bas, ont des cheveux roux ou jaunes tout frisés ? À ton avis, ça s'explique comment ?

Sa voix avait de nouveau grimpé d'un ton.

Les clients installés aux autres tables nous observaient en catimini et j'en vis plusieurs converser derrière leurs mains, les yeux rivés sur Faith.

— Et figure-toi que dans les eaux chaudes de l'océan Indien, des baleines et des dauphins bondissent le long des bateaux, comme s'ils offraient un spectacle aux passagers. Tu te rends compte, Linny !

Subitement, elle porta la main à sa bouche pour s'empêcher de continuer.

— Pardon, pardon, s'écria-t-elle derrière sa paume. Je me rends compte, à ton expression, que je t'ai offensée *pour de bon* en te faisant ces propositions financières sans détour. Je réalise parfaitement que je suis d'une outrecuidance inacceptable. D'après père, c'est sans doute la raison pour laquelle aucun…

Elle se tut.

Mais Faith s'était trompée sur le sens de mon expression.

Inopinément, je venais de comprendre, pour la première fois de ma vie, la signification du mot séduction. Si Faith Vespry avait tenté de me séduire avec des mots, elle avait atteint son but. Elle avait déterré mon rêve défunt, que j'avais enfoui avec tant de précautions de longs mois auparavant, en même temps que ma petite Frances. Elle l'avait effleuré et j'en restais à la fois flageolante et tremblante. Je n'étais pas outrée, contrairement à ce que Faith avait cru lire sur mon visage. Je venais de me réveiller et j'étais affamée.

L'aspect le plus difficile de mon départ de Liverpool, l'entreprise la plus ardue, sans doute, de ma vie adulte, fut de confier mon projet à Shaker. Quelques jours après ma dernière conversation avec Faith, je lui demandai, par un dimanche ensoleillé, de venir faire une promenade avec moi. Shaker et moi empruntâmes sans nous presser une large route poussiéreuse, à la sortie d'Everton. Un vieux sureau déployait ses branches sur le bas-côté de la chaussée et ce fut à l'ombre de son feuillage que je choisis de m'arrêter pour lui faire part de l'invitation de Faith et de mon intention de l'accompagner. Je lui racontai que M. Vespry prendrait à sa charge l'organisation matérielle de mon voyage aux Indes avec sa fille, si Shaker m'autorisait à partir, ainsi que mon hébergement sur place.

Il en resta abasourdi.

— Vous partez ? s'étonna-t-il. Vous quittez Liverpool ? Vous quittez l'Angleterre ? *Vous me quittez ?* crus-je l'entendre me demander, même s'il ne prononça pas ces mots.

— Oui. Un navire, le *Margery Ellen*, doit lever l'ancre dans trois semaines exactement. Il nous emmènera à Calcutta en contournant toute l'Afrique.

— Mais cette traversée prend des mois ! Et elle est dangereuse. Les Indes sont dangereuses. Que ferez-vous lorsque vous serez arrivée là-bas ? Quand avez-vous l'intention de revenir ?

— J'ignore ce qui se passera une fois que je serai sur place. Je ne sais qu'une chose : je ne peux pas laisser passer cette occasion. Le simple fait d'y songer a fait renaître ce vieux sentiment, celui qui me soufflait de partir d'ici à bord d'un grand voilier. Je vous ai raconté que je nourrissais ce projet depuis que j'avais commencé à faire le trottoir.

Un silence s'installa entre nous. Puis Shaker changea d'expression.

— La Flottille des Pêcheuses, c'est ça ? m'interrogea-t-il, la mâchoire crispée.

— Je ne comprends pas.

J'avais du mal à le regarder, car son visage dévoilait toutes ses émotions. J'avais l'impression de le voir complètement nu.

— Personne n'en parle, Linny, mais c'est bien connu. Les femmes dans la détresse qui ne savent plus où se tourner entreprennent ce long voyage dans l'ultime espoir de trouver chaussure à leur pied.

— C'est effectivement le but de Faith, même si elle ne l'avoue pas. Je me contente de l'accompagner.

— Mais vous, Linny ? N'allez-vous pas adopter vos meilleures manières, vos grands airs, ceux que vous avez appris depuis que vous logez sous notre toit, pour dénicher un mari ?

Un brin de cruauté, bien peu dans sa nature, filtrait à travers sa voix.

— Shaker, êtes-vous vraiment capable de penser cela de moi ?

Il se détourna, de telle sorte que je ne voyais plus que son profil.

— Que voulez-vous que je pense d'autre ? L'existence que vous menez ici n'est pas assez confortable ? Quelque chose vous manque ?

Il ne s'agissait pas de cruauté, mais de souffrance.

— Non, répondis-je honteusement. Jamais je n'aurais pu rêver recevoir cadeau plus somptueux que celui que vous m'avez fait. Un toit, un emploi qui me plaît, la sécurité. Et vous ne me demandez rien en échange. Cependant, Shaker, je veux partir. Pardonnez-moi. Vous m'avez tout offert, et pourtant...

— Je pourrais vous donner davantage, Linny.

Il se tourna face à moi. Sa voix était à présent perçante. Mon cœur se serra, car je connaissais déjà la suite.

— Épousez-moi, m'implora-t-il. Grâce à vous, je me sens dans un état complètement inconnu, un état que je n'aurais jamais imaginé concevable.

Il prit ma main ; la sienne était moite.

— Je vous aime vraiment, Linny. Vous avez dû vous en rendre compte.

Je baissai les yeux sur nos mains jointes et tremblantes.

— Je pense que vous faites fausse route, Shaker. À mon avis... il est probable que je vous excite, en raison de mon passé. De l'image que vous avez eue de moi, des actes que vous savez que j'ai commis.

Je choisissais mes mots avec circonspection, pour essayer de lui faire comprendre que s'il m'avait prise autant de fois qu'il le désirait, il aurait consumé tout le désir et tous les fantasmes que je lui inspirais. Comment un être qui s'était toujours comporté en homme de bien pouvait-il m'aimer, souillée comme je l'étais par mon passé ?

— Ce que vous étiez n'a rien à voir là-dedans, me rétorqua-t-il. Il s'agit des sentiments que vous m'inspirez aujourd'hui. Au cours des neuf mois écoulés, vous m'avez aidé à oublier la haine que je me portais. Vous m'avez montré que je pouvais me sentir comme un homme.

Aussi subitement qu'il avait saisi ma main, il la lâcha et s'écarta de moi. Son visage était devenu couleur cendre.

— Bien sûr. Je n'ai fait que parler des sentiments que *vous* m'inspirez. J'ai complètement passé sous silence ceux que je peux, moi, vous inspirer. Mais à présent, je comprends. Je ne vous inspire que de la pitié.

— Comment pouvez-vous affirmer une chose pareille ? Je vous ai peut-être pris brièvement en pitié au début de notre vie commune, mais cette pitié s'est vite envolée, dès que je vous ai observé et écouté. Pas seulement en raison de la compassion que vous me manifestiez, mais de votre comportement avec votre mère. J'observe votre attitude avec vos amis, avec les membres de la bibliothèque, dans des réunions mondaines et même avec les employés des magasins. Et je n'éprouve que de l'admiration pour l'homme que vous êtes.

— Comment ne me suis-je pas rendu compte,

pendant tout ce temps, que vos sourires, tous vos petits gestes de gentillesse à mon égard ne traduisaient rien d'autre que de la gratitude teintée de pitié ?

Il recula.

Je ne sus que répondre.

— J'étais tellement ébloui par ma découverte de la joie, Linny, que je n'ai pas songé une seconde à me mettre à votre place. Pardonnez-moi.

Il se détourna et se dirigea d'un pas raide en direction d'un bosquet touffu qui s'étendait le long de la route poussiéreuse. Je ne pus qu'admirer la posture altière de ses épaules.

Il ne rentra à la maison que bien longtemps après que sa mère et moi étions allées nous coucher. J'étais incapable de trouver le sommeil. Je m'inquiétais pour lui, quelque part dans la nuit, mais je finis par l'entendre monter l'escalier, à pas lents et pesants. Ils s'arrêtèrent sur le palier et je retins mon souffle, pensant qu'il allait ouvrir ma porte, ne sachant ce qu'il allait dire ou faire ni comment j'allais réagir. Mais j'entendis ensuite la sienne s'ouvrir et se refermer sans bruit, et rien ne se produisit.

Le lendemain, Shaker ne m'accompagna pas au travail. Sa mère descendit pour m'annoncer qu'il souhaitait que je prévienne M. Ebbington qu'il avait contracté une fièvre.

— Il ne s'est encore jamais absenté de son travail, me dit-elle. Pas une seule fois.

L'inquiétude adoucissait son regard et l'expression de sa bouche. Un instant, j'entrevis la femme qu'elle avait peut-être été jadis.

— Est-ce que je dois aller voir s'il a besoin de quelque

chose ? demandai-je en me levant de la table du petit déjeuner.

— Non. Il a demandé à ne pas être dérangé, me répondit-elle.

Je me rassis, repoussant le toast que Nan' venait de me servir, car j'étais subitement incapable d'avaler quoi que ce soit.

Je travaillai toute la journée dans un état de grande anxiété, mais à ma descente du cabriolet, Shaker m'attendait dans la rue. À sa vue, je ressentis un soulagement, mêlé à de l'inquiétude, qui accéléra les battements de mon cœur. Le ciel était bas et gris. Il avait plu un peu plus tôt et des gouttes tombaient sur nous à intervalles réguliers de l'angle des avant-toits.

— Vous vous sentez mieux ? lui demandai-je, sachant parfaitement que la maladie dont il avait prétendu souffrir n'avait rien de physique.

— Allons marcher, m'ordonna-t-il.

Il prit ma main et la posa sur son bras avec une fermeté qu'il manifestait pour la première fois. Nous gagnâmes un salon de thé proche, dans un angle duquel étaient disposées quelques tables. Il présentait un visage pâle, mais résolu. Avec son sol luisant et ses cuivres vernis, ce lieu était d'une impeccable propreté, mais complètement vide. Nous commandâmes des thés et des parts de gâteau aux noix.

— J'ai passé les dernières vingt-quatre heures à réfléchir à cette situation, m'annonça-t-il dès que nous fûmes assis. Je suis navré de mon comportement d'hier. J'ai honte de moi-même.

Je dus fermer les yeux une seconde avant d'être en état de faire confiance à ma voix.

— Je vous en prie, Shaker. Si quelqu'un doit avoir

honte, c'est moi. Pas vous. Je suis désolée, mais je ne… Je ne ressens rien, et je pense que je ne ressentirai jamais rien. Rien pour un homme.

Je tentai de trouver un moyen de lui décrire le bouleversement intérieur qui s'était opéré en moi, mais les termes adéquats m'échappèrent.

— Il est rare que les gens se marient par amour, Linny. Ils le font pour avoir de la compagnie, un bien-être matériel, une certaine sécurité. Par convention. Je suis convaincu que l'amour n'est pas une priorité pour beaucoup de monde.

J'attendis qu'il développe son point de vue, mais il garda les lèvres pincées. Pour tout bruit, nous n'entendions dans le salon de thé que le cliquetis tranquille d'une cuillère de bois qui fouettait quelque chose dans un bol, derrière une embrasure de porte dissimulée par un rideau.

— Je pars pour les Indes, Shaker, affirmai-je d'une voix calme, et je crois que je vous aime. Mais pas comme une femme aime son mari. Je crois aussi que si j'étais capable d'aimer un homme de cette façon, vous seriez cet homme.

Sa pomme d'Adam remua dans sa gorge.

— Je dois donc accepter cette situation et m'en satisfaire ?

Nous restâmes assis sans rien dire devant nos thés qui refroidissaient.

— Cependant, voulez-vous me faire une promesse ? Si les choses ne se déroulent pas comme vous le souhaitez aux Indes et que vous deviez rentrer en Angleterre, vous me reviendrez ?

— Shaker, je viens de vous dire que je ne peux pas…

— Pas pour m'épouser, Linny, m'interrompit-il. J'ai

compris. Vous m'avez clairement expliqué vos sentiments et je ne vous redemanderai pas en mariage. Mais si vous avez un jour besoin d'un toit ou d'un ami, je ferai tout mon possible pour vous aider.

Je tendis le bras pour poser la main contre sa joue.

— Un jour, vous trouverez quelqu'un qui me vaudra mille fois, quelqu'un qui sera capable de vous aimer comme moi je ne le peux. Et vous m'oublierez, comme vous devez le faire, lui affirmai-je.

Nos parts de gâteau restaient intactes entre nous. Nous bûmes quelques gorgées de thé, et d'un accord tacite, nous nous levâmes et sortîmes dans la rue. Le ciel s'était éclairci, les nuages évaporés, et des parfums pénétrants embaumaient l'air estival. Le bruit de jeux d'enfants, au loin, flottait dans notre direction. Je passai le bras sous celui de Shaker et il posa sa main sur la mienne.

À pas lents, sans prononcer un mot, nous prîmes la direction de la maison de Whitefield Lane.

Cette nuit-là, je me rendis dans sa chambre. Lorsque j'y pénétrai, il avait les yeux ouverts fixés en direction de la porte, presque comme s'il attendait ma venue. L'idée qu'il m'avait peut-être attendue d'autres nuits me traversa l'esprit, même si la première fois où je m'étais offerte à lui, pour le remercier de la seule façon que je connaissais, il s'était conduit comme s'il ne pouvait s'abaisser à un tel comportement.

Je m'agenouillai à son chevet dans ma fine chemise de nuit et lui caressai le front. Cette fois, il ne se détourna pas. Il se redressa en position assise et repoussa la couette. Je me dis alors que mon vieux comportement de prostituée ne me quitterait jamais, que je serais toujours prête à offrir mon corps. Mais une seconde plus tard, je me retrouvai plongée en plein émoi : je m'aperçus que je n'étais pas la seule à lui faire cadeau d'une partie de moi en signe de gratitude, mais qu'il en allait de même pour lui.

Je fis passer la chemise de nuit par-dessus ma tête, pour lui permettre de me voir au clair de lune. Il inspira à fond et retint son souffle. Je m'installai près de lui et il soupira. Nous restâmes allongés, l'un en face de l'autre, jusqu'au moment où nous respirâmes à l'unisson. De ses draps se dégageait une odeur de savon au crésol. Je l'embrassai sur sa bouche qui avait un léger goût de persil, rafraîchissant et propre. Ma propre bouche avait été violée de tant de manières que je n'avais encore jamais embrassé personne. Je pris plaisir à poser mes lèvres sur les siennes.

Avec des gestes lents et tendres et de violents tremblements, Shaker resserra son étreinte. Ses lèvres répondirent aux miennes et d'un seul effleurement, bref et doux, je sentis qu'il était prêt.

Je m'allongeai sur le dos, l'attirai sur moi et le guidai de la main, car il tremblait de plus en plus, pour lui permettre de me pénétrer. Je demeurai complètement immobile, étreignant ses hanches de mes genoux repliés. Quelques instants suffirent pour que les tremblements incontrôlables de son corps se dissipent. Nous commençâmes alors à nous mouvoir lentement au même rythme, comme si nous y étions déjà accoutumés. Au moment où il baissa la joue contre la mienne, je sentis qu'elle était mouillée de larmes.

Après, il demeura totalement immobile. On aurait dit que ses tremblements l'avaient temporairement abandonné, comme emportés par la libération physique. La gorge serrée, douloureuse, je contemplai son visage endormi, ses cils humides, contre mon sein saccagé. C'était un homme d'honneur, auquel on pouvait faire confiance. Il veillerait sur ma sécurité.

Mais je savais, avec une certitude empreinte de tristesse, que la sécurité n'était pas la seule chose que je désirais.

16

J'assistai en spectatrice à notre éloignement à la voile de Liverpool. J'observai la fumée grise flotter au-dessus des cheminées d'usine. Le pont s'inclinait sous mes pieds. Je respirais l'odeur d'acier des ancres, des chaînes, des serre-câbles, des moraillons. Celle du goudron fit remonter à ma mémoire l'image de Ram Munt et de ses mains.

Mes propres mains s'accrochaient au bastingage que le brouillard humidifiait. Mon cœur battait à tout rompre. Je m'éloignais à bord d'un voilier, je m'éloignais, comme dans mes rêves, de cet endroit qui m'avait apporté de telles souffrances. La phrase de Sally la Chinoise résonnait à mes oreilles : *Dans ma vraie vie.* À présent, je partais vers une destination inconnue, et vers ce qui devait être le commencement d'une nouvelle existence.

Je regardais se rapetisser les cheminées de Liverpool. Je songeais à Shaker, dans la lumière qui soulignait sa silhouette debout sur le quai, une main levée en un dernier adieu.

Août 1830

Mon très cher Shaker,

Cela fait plus d'un mois que nous avons quitté Liverpool à bord de cette frégate au grand mât et ce jour est celui de mon anniversaire. Je fête aujourd'hui mes dix-huit ans et j'en profite pour vous écrire. Je sais que cette lettre ne pourra pas être postée avant des mois, mais ce soir, j'éprouve un étrange sentiment de solitude, et le geste de me servir d'une plume pour confier mes pensées à un papier me réconforte toujours. Je tiens le journal quotidien – celui que vous m'avez offert en cadeau de séparation – de la vie à bord de ce navire, mais ce soir, c'est à vous que j'ai envie de m'adresser. Il s'agit de la première lettre que j'écris de ma vie.

Je me suis habituée à la vie en mer comme si j'étais née sur l'eau. En écrivant ceci, je songe à mon beau-père : comme je porte sur le bras la marque d'un poisson, il m'affirmait souvent que j'étais la fille d'un marin. Bien sûr, je ne le croyais pas. La version de ma mère, celle d'un père de sang noble, me séduisait bien davantage, et c'est en celle-là que je croirai toujours. Cela n'empêche cependant pas qu'à bord de ce navire, j'ai la sensation que la mer, dans toute son énergie et sa puissance, me parle une langue que je comprends.

Nous sommes entassés les uns sur les autres et les conditions sanitaires sont plus que déficientes. Nous logeons dans une cabine de troisième classe, séparées d'autres femmes par un rideau de toile. L'air et la lumière sont parcimonieux ; la porte donne sur l'entrepont. Faith et moi partageons une minuscule alcôve avec une dame au visage blafard d'âge indéterminable, dénommée Mme Cavendish. Elle vit à Dehli depuis quatorze ans et a effectué cette traversée à plusieurs reprises. Elle retourne auprès de son mari, général dans l'armée des Indes, après une visite au pays natal. En raison de son âge, Mme Cavendish a choisi la couchette la plus proche de la porte. Faith et moi n'avons droit qu'à des hamacs de corde. Si Faith est anéantie à la perspective d'avoir à dormir dans ce lit de fortune pendant des mois, j'adore le balancement de mon hamac au rythme des vagues. Nichée de la sorte, je sens se dénouer l'enchevêtrement de mon ancienne existence, au fur et à mesure que je dérive chaque soir dans le sommeil.

J'apprends à jouer aux cartes : au whist et au piquet, à l'écarté et au loo. J'ai refusé de me joindre aux joueurs avant d'avoir observé chaque jeu pour en connaître suffisamment bien les règles. Il y a parfois des danses, et je profite de l'occasion pour m'assurer que je serai capable d'y prendre part sans me déconsidérer. Vous arrive-t-il de danser, Shaker ? Je ne me souviens pas de vous avoir jamais entendu m'en parler. À ce jour, je me suis perfectionnée dans le menuet et le quadrille, et je connais mon dos à dos et ma promenade. Je vogue de partenaire en partenaire – même si nous sommes pour la plupart de sexe féminin ! – les soirs où la mer est calme et où certains des passagers se laissent persuader de sortir leurs violons, leurs clarinettes et leurs altos pour nous jouer quelques morceaux.

Saviez-vous, Shaker, que bien trop de gens consacrent un excès de temps à se pomponner et à épier les autres et ne sont pas observateurs ? Ce travers a joué en ma faveur pendant que j'acquérais ces talents si nécessaires. Dans ses bons jours, Faith ne parle que des bals, réceptions et soirées de jeux de cartes auxquelles nous serons conviées. Elle-même ne semble pas remarquer que je suis novice en la matière, même si je me suis rendu compte que comme beaucoup d'autres, elle se réjouit d'être le point de mire et montre moins de zèle à observer de près son entourage.

Nous dînons dans la cambuse, ou salle à manger, et jouissons du luxe constitué par la viande de bœuf et de mouton fraîche embarquée à bord, ainsi que de celui des légumes à tubercules, qui gardent leur fermeté et leur goût, même si je me demande combien de temps ils vont conserver leur fraîcheur.

Au cours de ces premières semaines à voguer sur les eaux grisâtres de l'Atlantique, je suis restée enveloppée chaudement sur le pont de longues heures durant, simplement assise sur un banc ou plongée dans l'étude des ouvrages sur les coutumes et le climat des Indes que Faith et moi avons emportés. J'apprends des bribes de hindi ou je marche à pas rapides, enjambant des rouleaux de cordes et des empilements de chaînes. J'aspire la brise fraîche et je m'émerveille des interminables rouleaux de couleur métallique formés par les vagues qui sillonnent la mer.

Je suis navrée d'avoir à vous apprendre que Faith a beaucoup pâli, qu'elle ne cesse de soupirer et de me gronder parce que le vent rend mon teint beaucoup trop écarlate, que je devrais passer davantage de temps à me reposer en bas, comme elle et les autres. Mais j'ai passé une trop grande partie de ma vie dans des lieux confinés et malodorants.

Je suis pleine d'optimisme, Shaker, en proie à un étrange sentiment de gaieté qui me procure une espèce de ravissement. J'espère que votre santé est bonne, que vous rendez visite à vos amis et que vous acceptez les invitations. Il est important que vous voyiez du monde.

Bien à vous,

Linny

Septembre 1830

Cher Shaker,

Je me dis que vous lirez ces missives dans l'ordre où elles ont été écrites. La présente, rédigée trois semaines après la première, va vous narrer un récit différent de ma vie à bord du navire. La mer reste mon alliée, mais elle a dévoilé son autre visage.

À en juger par les vagues égales et les vents réguliers qui nous ont permis d'avancer rapidement le premier mois, je m'étais imaginé que le reste de notre traversée serait tout aussi facile et dénué de péripéties. Mais une tempête s'est déclarée lors de notre sixième semaine en mer. Au milieu d'une matinée, le ciel a viré au noir menaçant, un vent froid s'est mis à nous fouetter cruellement et, dès l'après-midi, les vagues s'étaient transformées en énormes crevasses déchiquetées. Alors que nous nous tenions dans la petite cambuse instable, le capitaine nous a ordonné d'un ton bourru de nous retirer dans nos cabines et de nous attacher à nos lits jusqu'à ce que la tempête se soit calmée. Faith s'est tournée vers Mme Cavendish qui a essayé de la réconforter :

— J'ai traversé beaucoup de tempêtes, ma chère. Elles empirent quand on contourne le cap de Bonne-Espérance. En général, on parvient à les franchir.

— En général ? a répété Faith, et j'ai vu la couleur, autour de sa bouche et de ses yeux, se rapprocher d'une nuance vaguement jaune verdâtre. Vous voulez dire qu'il arrive qu'un navire ne...

Elle a été incapable de terminer sa phrase. J'étudiais son expression. N'avait-elle pas envisagé l'éventualité de mourir en route pour les Indes, Shaker ? La possibilité d'un naufrage, au cours d'une tempête de ce genre ? Des pirates, dans l'océan Indien aux eaux chaudes, attaquant le navire pour piller les biens des passagers, prêts à tuer quiconque se mettrait en travers de leur chemin ? J'avais réfléchi à tous ces dangers, et à bien d'autres encore, et ils ne m'inquiétaient guère. Mais Faith... pour quelqu'un possédant une telle perspicacité dans certains domaines, elle est par ailleurs d'une insondable naïveté.

Mme Cavendish lui a murmuré quelque chose à l'oreille et lui a tapoté le bras.

— Nous allons vous donner un peu de racine de gingembre de Jamaïque. Ça va calmer votre estomac, en tout cas pendant un petit moment, lui a-t-elle dit.

Toutes les deux, se soutenant l'une l'autre, sont sorties en titubant. Pour ma part, je n'ai pu m'empêcher de m'attarder quelques minutes supplémentaires, afin de contempler par le hublot la transformation de l'océan.

J'avais sous les yeux un paysage sorti d'un cauchemar dantesque. Les vagues rugissantes s'étaient transformées en véritables falaises, érigées devant nous. Nous grimpions ces pentes à pic et replongions sur leur autre versant, le cœur à l'envers, pour nous retrouver, sans le moindre répit, devant l'un de ces interminables murs aqueux. Un mousse, me voyant projetée violemment d'un côté à l'autre alors que je me retenais à la main courante de cuivre qui longe le mur de la cambuse, m'a apostrophée à grands cris, et je suis parvenue à emprunter la passerelle pour rejoindre notre cabine, trempée jusqu'aux os.

Cette tempête était épouvantable, mais comme je suis ici pour vous en parler, j'ai survécu ! Et comme vous pouvez le constater, je me réjouis de vous raconter ces instants dramatiques. Jamais je n'aurais imaginé que j'étais amatrice de drame. Je le suis peut-être devenue grâce à la sensation de liberté que j'éprouve.

Comme Mme Cavendish me gronde pour que j'aille me coucher, je vais lui obéir et prendre congé de vous.

Bien à vous,

Linny

Je ne souhaitais pas lui raconter trop en détail ce qui s'était passé durant cette première tempête. Il s'agissait, à défaut d'autre chose, de sujets bien peu bienséants, qui n'appartenaient pas à la catégorie de ceux qu'une jeune femme bien éduquée pouvait coucher sur le papier.

Lorsque je descendis, les jambes flageolantes, je trouvai Faith allongée sur son hamac, plusieurs écharpes et châles enroulés autour de la taille et noués aux cordes. Elle poussait des gémissements continus, à la fois bas et sonores. À l'instant même où je fus projetée contre mon propre hamac, elle pencha le cou de côté et vomit, éclaboussant le sol d'une énorme flaque d'un jaune nauséabond. Le cœur battant, je m'attachai à mon tour. Les cris étouffés que j'entendais autour de moi tempérèrent l'enthousiasme que m'inspirait la sauvagerie de la tempête. Il se mua en appréhension, puis en panique.

Au cours des heures suivantes, je me questionnai sur le bien-fondé d'avoir quitté Liverpool, ainsi qu'une existence stable et sans danger auprès de Shaker. Les narines pleines de la puanteur du goudron, du vomi et d'autres excrétions physiques, sourde à tout autre bruit qu'à celui des vagues qui s'écrasaient et aux hurlements du vent, je perdis la notion de la nuit et du jour. J'étais violemment projetée en tous sens dans les ténèbres et j'imaginais, à chaque craquement du bois, que l'eau glacée allait jaillir à l'intérieur du navire et remplir mon nez et ma bouche, puis me noyer, puisque mes liens me retenaient à mon hamac. J'eus l'impression de revivre pendant plusieurs jours mon vieux cauchemar de noyade dans la Mersey. Tour à tour, je me sentais étouffer dans la cabine ou je frissonnais dans mes vêtements trempés de sueur. Mes entrailles se vidaient sur place. Le goût du sang sur mes lèvres et la sensation de déchirure provoquée par la paroi à vif de mon estomac me soulevaient le cœur.

J'éprouvais une nostalgie intense pour Whitefield Lane, pour Jack Street, même pour Back Phoebe Anne Street. Je gardais les yeux clos, dans l'attente de la mort. En fait, j'étais si démunie que par instants, j'en arrivais à la réclamer. De toute ma vie, je n'avais approché la mort de si près qu'une seule fois.

Je finis par prendre conscience que j'avais dormi et que j'étais à présent doucement bercée. J'ouvris les yeux : la porte était ouverte et retenue à la paroi par son crochet. Une faible lumière filtrait dans le capharnaüm de notre cabine malodorante. J'entendis la voix de Faith, cristalline et aiguë comme celle d'une enfant, et je compris que c'était elle qui m'avait réveillée.

— Linny ? Réponds-moi ! Linny ?

Je me tournai vers son hamac et constatai que le lit de Mme Cavendish était vide, dépouillé de ses draps et de ses couvertures.

— Où est Mme Cavendish ?

Ma voix n'était qu'un grossier croassement et j'avais la gorge irritée par mes vomissements.

— Elle est montée sur le pont laver son linge de couchage. Je crois que je ne peux pas bouger.

Je tirai faiblement sur les châles et les écharpes qui m'avaient maintenue en place et m'assis en grimaçant. Je défis mes entraves et me levai, flageolante, la cage thoracique et le ventre endoloris par les spasmes de mon estomac vide. J'aidai Faith à se détacher et lui adressai une esquisse de sourire.

— Quelle paire nous faisons ! Je ne vois qu'une solution : un bon baquet d'eau salée sur nos têtes.

— Ne plaisante pas, Linny. Je suis tellement faible que je n'arrive même pas à pleurer. Je crois que je ne m'en remettrai jamais.

— Bien sûr que si, lui dis-je.

— Ah, vous voici réveillées, les filles, lança Mme Cavendish d'une voix tonitruante du seuil de la porte. Allez, changez-vous complètement et emportez ensuite vos vêtements et votre linge de couchage sur le pont. Nous allons récurer cette cabine en deux temps trois mouvements. J'ai traversé des tempêtes pires que celle-là. Une fois, une vague a heurté le navire à l'arrière, l'eau a submergé le pont et s'est engouffrée jusqu'à ma cabine. Je fais une sirène des plus séduisantes, plaisanta-t-elle avec un rire exubérant. Et ce n'est pas la dernière tempête que nous allons affronter.

Faith éclata en sanglots et une bonne dizaine de minutes nous furent nécessaires pour l'aider à se ressaisir suffisamment pour se lever.

Au large de la côte occidentale de l'Afrique, notre navire fut dérouté par une autre tempête. Ce grain nous fit presque dériver jusqu'au Brésil, et il nous fallut trois semaines pour reprendre notre cap initial. Je profitai de cette période pour poursuivre mon apprentissage du hindi, la rédaction de mon journal et mes lettres non envoyées à Shaker. Nous étions en mer depuis plus de trois mois. La nourriture avait perdu toute saveur. Pour ce qui était de la viande, il ne restait plus que du porc en boîte, dur, filandreux et trop salé. Tout semblant d'ordre avait été abandonné dans la cambuse : on nous jetait la nourriture sans cérémonie sur les tables et ceux qui étaient en état de l'avaler ce jour-là tendaient la main pour la saisir. L'eau avait pris la couleur du thé fort et avait un goût aussi désagréable que son apparence et son odeur. La chaleur augmenta tellement que nous échangeâmes nos robes de laine pour de la fine mousseline, jusqu'à l'approche du cap de Bonne-Espérance, où le temps se rafraîchit de nouveau. Alors que nous allions atteindre la ligne de démarcation imaginaire entre les océans Atlantique et Indien, nous courûmes le risque d'être projetés contre le rivage en raison d'un revirement du vent qui faisait tournoyer l'eau à une vitesse vertigineuse.

Après une brève escale au Cap, destinée à embarquer des provisions fraîches, nous pénétrâmes dans des eaux plus chaudes. Malheureusement, nous nous retrouvâmes très vite prisonniers d'un ouragan saisonnier. Le navire roulait et tanguait ; les meubles étaient arrachés à leurs attaches. Je priais tout bas pour que nous résistions à ces coups de bélier, et cette fois, mon corps ne me trahit pas. Au bout d'une journée et d'une nuit, je me levai enfin, les yeux secs et maîtresse de moi-même, mais Faith refusa de sourire.

Nous restâmes encalminés pendant deux semaines sous un soleil torride. Les voiles, aux déchirures à présent visibles, pendaient mollement. Personne n'avait l'énergie de bavarder ou de jouer aux cartes et la chaleur rendait tout simplement inconcevable la perspective de danser. Pour tout bruit, nous n'entendions que les lapements taquins des vaguelettes contre les flancs du navire, auxquels répondaient les craquements du bois. La mer ressemblait à une soucoupe d'argent, dure et figée. Les membres d'équipage présentaient un visage renfrogné. Ils réparaient les toiles et les drisses raguées en ronchonnant, jetant des regards agacés aux passagers qui n'arrêtaient pas de faire le tour du pont, dans l'espoir de bénéficier d'un courant d'air rafraîchissant.

Enfin, un matin, au réveil, je me rendis compte que nous voguions de nouveau et, lorsque je montai sur le pont, les voiles se déployaient dans le vent. Le navire fendait une mer lisse et moelleuse et je me sentis tellement requinquée que j'allai jusqu'à adresser un sourire au plus taciturne des membres d'équipage. Il avait des avant-bras protubérants et des tatouages qui ondulaient en fonction des mouvements de ses muscles. La veille encore, il m'avait rappelé Ram Munt, de sinistre mémoire, mais à présent, il ne lui ressemblait presque plus.

La chaleur devint tellement insoutenable que nous transportâmes nos couchages sur le pont. Les dames dormaient d'un côté ; les messieurs de l'autre, une voile étant dressée entre nous pour préserver notre intimité. Cette première nuit sur le pont, je fus incapable de trouver le sommeil. Je me levai et j'enjambai Faith et les autres femmes pour atteindre le bastingage. Debout dans le noir, je contemplai la mer dans laquelle le reflet de la lune formait un long ruban argenté sinueux. Puis l'eau commença à s'éclairer brillamment, comme si des myriades de chandelles minuscules s'allumaient juste sous sa surface. Je contemplai ce spectacle, clouée sur place, jusqu'à en avoir les yeux qui me piquaient. S'agissait-il d'une créature sous-marine ? Ou d'un signe m'indiquant que j'avais emprunté le bon chemin ?

Pendant la journée, l'océan Indien débordait de vie : des poissons volants filaient à côté de nous telles d'étroites flèches d'argent et, comme Faith l'avait prédit, des baleines et des dauphins folâtres faisaient la course avec le navire. Le soleil brutal se posait sur ma peau, me brûlait profondément, comme s'il réchauffait mes os jusqu'à la moelle, à tel point que je me demandais si j'avais déjà eu chaud dans ma vie. Comme je me tenais un jour sur le pont, les yeux clos et le visage offert au ciel, je me rendis compte que mon cauchemar n'était pas venu me hanter depuis plusieurs jours, voire même plusieurs semaines. J'avais l'impression que le soleil, beaucoup plus brûlant qu'en Angleterre, avait éradiqué la terreur de mon esprit, l'avait grignotée et détruite, tout comme les rats audacieux filant dans l'entrepont avaient rongé et troué nos vêtements.

Subitement, de l'eau m'éclaboussa par-dessus le bastingage. Elle mouilla mon visage et je léchai mes lèvres, savourant le goût primitif de la mer. Ce faisant, je me tournai vers un jeune couple qui se tenait à quelques pas de moi. Ils s'étaient mariés juste avant notre départ et se rendaient d'abord à Calcutta. Ensuite, ils traverseraient le continent jusqu'à Bombay où un poste dans l'administration des Indes orientales attendait l'homme. Nous avions eu l'occasion d'échanger des civilités à plusieurs reprises. Je me dis que nous allions sourire de concert, divertis par cette douche inattendue. Mais je constatai alors qu'ils étaient tellement perdus dans la contemplation l'un de l'autre qu'ils ne se rendaient même pas compte de ma présence. Le jeune homme baissa la tête pour lécher l'eau salée contenue dans le creux minuscule à la base du cou de son épouse qui, la tête penchée en arrière, lui offrait sa gorge. Je ressentis un choc, une émotion profonde, palpitante, dérangeante. Ce léger mouvement de la jeune femme, l'expression de son visage, me firent retomber de la sensation vertigineuse de bonheur que j'avais un instant éprouvée. Cette expression de tendresse et d'abandon ne pouvait être que du désir. Je ne l'avais jamais connu ni ressenti. Le chagrin m'envahit et m'emplit de mélancolie. Toute la fascination que m'inspirait la mer m'avait subitement abandonnée. Elle ne ressemblait plus désormais qu'à une étendue interminable et lassante de simples sillons.

Novembre arriva. Nous avions pris la mer depuis près de quatre mois. Des hirondelles piquaient en direction du bastingage, annonçant le rivage proche. Mme Cavendish comparait ces petits oiseaux pépiants et débordant d'activité à la colombe avec son rameau d'olivier. Elle avait raison, car un jour plus tard, nous repérâmes des villages le long de la côte. Des dizaines de minuscules embarcations pleines d'Indiens se balançaient sur l'eau d'où montait un véritable brouhaha. Des pourvoyeurs de vivres, comme les appelait Mme Cavendish, qui faisaient la réclame de leurs produits à pleins poumons, dans l'espoir de vendre des noix de coco, des bananes ou des tamarins. Penchée par-dessus le bastingage, j'étudiai la manière dont ces indigènes jetaient par-dessus le flanc du navire des cordes auxquelles étaient attachés des paniers. Certains membres d'équipage les interpellaient dans une langue que je ne pus identifier et déposaient des pièces dans ces paniers qui étaient redescendus, puis remontés, remplis des marchandises demandées par les marins. Je mourais d'envie de goûter aux fruits, mais Mme Cavendish, d'un mouvement de tête, me fit comprendre que nous ne pouvions rien acheter de cette façon sans nous abaisser.

Au fil des derniers jours qui nous rapprochaient de

notre destination, mon enthousiasme grandit. Au début, je l'attribuai à la beauté du soleil et de l'eau, puis je compris qu'il s'agissait d'autre chose. Je percevais une atmosphère différente, mais je n'aurais pu dire si cela venait de l'air lui-même ou du degré de chaleur ambiante. Les arômes transportés par le vent contribuaient peut-être à mon inhabituel essoufflement. Mes narines se remplissaient de l'odeur nouvelle de la populace, des parfums d'une végétation inconnue. J'avais l'impression que la tête me tournait autant que le jour où j'avais tourbillonné pour la première fois en dansant le quadrille.

Nous jetâmes l'ancre aux Sandheads, à l'embouchure du Hooghly, dans l'attente que la marée puisse nous pousser en amont du fleuve. Mme Cavendish nous prévint que cette dernière partie du voyage était dangereuse. Les cent kilomètres de remontée sur l'eau brune éructante du Hooghly qui traversait le Bengale verdoyant s'étaient avérés désastreux pour de nombreux navires, en raison de dangereux bancs de sable et de bas-fonds mouvants.

— Des centaines de vies ont été perdues sur un seul banc de sables mouvants, le terrible *James-and-Mary*, poursuivit-elle, sans tenir compte de l'expression de Faith.

La traversée n'avait pas réussi à cette dernière. Comme la plupart d'entre nous, elle avait perdu du poids. De nouveaux cernes étaient apparus sous ses yeux et des plis s'étaient creusés autour de sa bouche. J'avais tenté de lui offrir ma compagnie et mon soutien, mais elle avait sombré dans la mélancolie et était incapable de communiquer. Elle semblait s'être renfermée sur elle-même pendant que je développais ma force intérieure et mes connaissances. J'avais l'impression d'avoir grandi, tout en sachant que c'était impossible.

— Regarde, Faith, des palmiers et des bananiers, comme nous en avons vu dans ton livre, m'écriai-je pour essayer de l'égayer au spectacle de la verdure émeraude luxuriante, peu de temps avant notre arrivée à Calcutta.

Des champs de riz ondulaient sous nos yeux. Toutes ces couleurs étaient tellement vibrantes et vives que, comparés à elles, les tons pastels anglais pâlissaient. Je contemplai distraitement un chien aux côtes protubérantes, couvert de croûtes, qui errait sur la rive. Il déchirait un objet entouré de morceaux de tissu bleu pourri. Faith et moi réalisâmes en même temps qu'il s'acharnait sur une jambe et un pied humains. Elle laissa échapper un petit cri étranglé et s'enfuit du pont. J'allais la suivre lorsque Mme Cavendish posa une main sur mon bras.

— Laissez-la, me dit-elle. Les Indes sont dures pour certains, qui n'arrivent jamais à s'y faire. D'autres, poursuivit-elle en bombant la poitrine de telle sorte qu'elle me rappela un pigeon à la gorge gonflée, font des efforts et s'en sortent mieux. Quatorze ans... et regardez-moi. J'ai survécu à tout : les fièvres, la chaleur, la mousson, les naissances, deux enfants enterrés aux Indes et trois vivants au pays, les coutumes païennes, les morsures de serpent. Sans parler de toutes sortes d'incidents auxquels j'ai assisté : agressions au couteau sur le marché, exécutions de voleurs, veuves brûlées sur les bûchers. Même si la pratique des sati a été interdite l'an dernier. (Elle m'étudia.) Pensez-vous être suffisamment armée ?

Je hochai la tête.

— Vous avez intérêt à commencer à apprendre, Linny. Pas même d'ombrelle ce matin ! Le soleil et le vent vous ont donné un hâle tout à fait interdit par la bonne éducation.

Notre navire s'immobilisa, au milieu de l'après-midi, juste devant les eaux peu profondes des quais de Chandpal Chat. La date que j'avais inscrite ce jour-là sur la dernière page de ma lettre de voyage à Shaker était celle du 18 novembre 1830. Lorsque je tournai mon regard vers les quais, je ne vis rien d'autre qu'un essaim grouillant d'êtres humains. L'eau était peuplée de toutes sortes d'embarcations : bateaux de pêche, radeaux, boutres, ferries et *lorchas,* si nombreux qu'ils se frottaient les uns aux autres. Je songeai aux caboteurs, aux garde-côtes et aux goélettes fendant l'épais brouillard du port de Liverpool et dressai des comparaisons avec ces petits esquifs, manipulés par des hommes à la peau brune à moitié nus.

Les environs de Calcutta m'étonnèrent. De vastes villas de style palladien faisaient face au fleuve. Élégantes et majestueuses, elles appartenaient, à entendre Mme Cavendish, à des négociants anglais qui avaient fait fortune dans le commerce de la Compagnie des Indes orientales.

Après avoir été chercher Faith dans la cabine où elle restait assise, triste et délaissée, sur son hamac, je saisis mon ombrelle et nous descendîmes par une grossière échelle de corde dans des *masoolas* – de petites embarcations oscillantes qui faisaient traverser les passagers jusqu'au rivage. Le tangage et les embardées de la nôtre nous contraignaient à nous raccrocher de toutes nos forces à ses bords. De l'eau sale éclaboussait nos bottines et trempait les ourlets de nos robes.

On avait prévenu Faith que M. Waterton, l'ami de son père qui avait accepté de nous héberger durant tout notre séjour à Calcutta, viendrait nous accueillir. Assise entre elle et Mme Cavendish, j'étais contente d'avoir déployé mon ombrelle ruchée bleu pâle, sous laquelle je contemplai la foule massée sur le quai pendant que nous effectuions cette petite traversée. Des psalmodies se mêlaient aux cris et aux hurlements.

— Apercevez-vous votre époux, madame Cavendish ? lui hurlai-je à l'oreille.

Ma question était stupide : comment aurait-on pu reconnaître quelqu'un dans une bousculade pareille ? Face à la symphonie de couleurs criardes qui éclataient de toutes parts, je dus fermer les yeux un instant afin d'éclaircir ma vision. Les rose, orange et rouge vif des saris des femmes, les charrettes débordantes de fruits et de légumes inconnus. Les visages sombres sous des turbans blancs. Comme nous nous approchions du quai, des parfums m'assaillirent. Je fus incapable de les identifier, mais je pouvais les deviner d'après mes lectures : jasmin, bois de santal, clou de girofle et gingembre. Mais il y avait autre chose : sous ces arômes s'insinuaient des odeurs, fétides, écœurantes, d'urine, de crasse et de décrépitude, ainsi que de profonds relents de pourriture qui me rappelaient ceux des caves suintantes des cours les plus misérables de Liverpool.

On nous hissa sur le quai et la masse brillante que j'avais aperçue du *masoolas* prit davantage de réalité et révéla des détails qui venaient contredire ce que j'avais pris de loin pour de la beauté. Debout dans la poussière et la chaleur au milieu du brouhaha de la foule tumultueuse, dans nos bottines trempées, nous essayâmes de prendre congé des passagers auxquels nous nous étions liées au cours de notre longue traversée, en hurlant pour nous faire entendre par-dessus les flonflons de l'orchestre de poche qui accueillait le navire.

Après tous ces mois passés sur la mer instable, j'avais du mal à garder l'équilibre. J'avais la sensation que mes genoux continuaient à tanguer et cherchaient à se stabiliser et que ma tête restait inclinée d'un côté. Une pression, contre ma cheville, attira mon regard. Je crus que c'était mon corps, dans sa tentative de s'adapter à la terre ferme, qui me jouait des tours. Mais une jeune femme, à peine plus âgée qu'une fillette à dire vrai, était agenouillée à mes pieds, un bébé nu émacié dans un bras et une écuelle de métal cabossée tendue au bout de l'autre. Elle remuait les lèvres, mais avec le vacarme environnant, je fus incapable de comprendre si elle parlait, pleurait ou priait. Je n'avais pas encore d'argent indien, aucune roupie ni aucun anna à lui donner, si bien que je me contentai de lui adresser un sourire timide, en lui désignant mon réticule et en hochant la tête. Elle ne parut pas comprendre et j'eus alors le choc de m'apercevoir que la tête du nourrisson, que je croyais couverte d'une toison noire, était en fait infestée de mouches. La fillette changea le bébé de position afin de tirer sur ma jupe d'une main crasseuse et je constatai alors que la surface du crâne minuscule n'était constituée que de blessures purulentes. Je déglutis et tentai de m'écarter, mais je sentis ma jupe se déchirer légèrement à la taille, car la mendiante s'accrochait au tissu léger. Le morceau de mousseline diaphane qu'elle empoignait était à présent noir de saleté et dans mon dos, la gaze était trempée de sueur.

À mes côtés, Faith baissa les yeux, vit le fardeau de la fillette et ses jambes se dérobèrent sous elle. Parcourue d'un vague frémissement de panique, je passai le bras sous le sien d'un geste ferme pour l'empêcher de tomber, me débattant avec mon ombrelle et mon réticule. Mon corset était soudainement trop étroit, j'avais trop chaud, j'éprouvais des difficultés à respirer, et les odeurs bizarres me retournaient l'estomac.

La pointe de l'ombrelle de Mme Cavendish apparut sur l'épaule recouverte de haillons de la fillette et s'enfonça brutalement dedans. Elle lâcha ma jupe et détala en se faufilant entre des jambes vêtues de pantalons et des jupes fluides.

Je voulus entraîner Faith. Auréolée de sa chevelure flamboyante, sa peau avait pris la couleur du parchemin. Mme Cavendish, qui avait ramassé le réticule que Faith avait laissé choir, nous emboîta le pas.

Le quai grouillait de formes humaines. Il y avait des hommes aux reins ceints d'un tissu en lambeaux, appelé *dhoti*, comme mes lectures me l'avaient appris, qui transportaient des paquets sur la tête. C'étaient des vendeurs de confiseries colportant leurs marchandises : de l'eau au thé brûlant en passant par des noix de bétel. Des petits mendiants aux immenses yeux suppliants ; des chiens jaunes galeux. Partout, des hommes à la peau basanée, des femmes et des enfants, assis, debout, déambulant, mangeant, dormant. Une humanité fourmillante en déplacement, caquetante et puante. Mon vertige ne cessait d'empirer. Je ne m'étais jamais évanouie et je considérais comme des mauviettes les femmes qui succombaient à cette faiblesse. Mais je craignais à présent que la démesure du spectacle, des bruits et des odeurs, la chape torride qui enserrait mon corps, ne me fissent perdre mes sens. Je respirai à fond en serrant de toutes mes forces mes molaires pour écarter cette sensation brumeuse d'être coupée de la réalité.

Une série de hurlements suraigus s'élevèrent au-dessus de la cacophonie générale. Leur caractère pressant m'incita à chercher la source de ce nouveau bruit.

Sur le quai caillouteux de terre battue, un cavalier dominait la foule sur une monture à la magnifique robe châtain, rehaussée d'une crinière et d'une queue noires. Homme et bête étaient prisonniers de cette masse mouvante et remuante, si bien que le cheval hennissait de détresse, roulait des yeux et soulevait un sabot après l'autre. L'homme s'exprima d'une voix tonnante et impérieuse, mais je fus incapable de dire s'il s'adressait à son cheval ou à la foule qui se pressait autour. Il tira sur les rênes de cuir à petits coups secs vers le haut, comme s'il voulait faire prendre une autre direction à sa monture, mais l'animal au pelage luisant ne cessait de rejeter la tête en arrière en agitant son épaisse crinière. S'il se cabrait, ses sabots pesants ne manqueraient pas de s'écraser sur un pied ou sur un enfant. L'homme possédait une longue chevelure noire qui ressemblait étrangement à la crinière de sa monture. La blancheur de sa dentition tranchait avec son visage tanné par le soleil, et je distinguais même la lueur ébène de ses yeux en amande. Subitement, il se pencha en avant, baissa la tête comme s'il parlait à l'oreille du cheval, laquelle se dressa. La créature cessa sur-le-champ ses mouvements de tête frénétiques et resta figée sur place, comme transfigurée. On aurait dit qu'ils venaient d'être sculptés dans la plus somptueuse des pierres. La foule finit par se disperser assez pour les laisser avancer. Le cavalier aida sa monture à se frayer un chemin, sans jamais baisser les yeux, le regard fixé sur un point lointain.

— Qui était-ce ? demandai-je à Mme Cavendish qui soutenait toujours Faith, affaissée contre moi.

— Qui, ma chère ?

Portant les mains en visière devant ses yeux, Mme Cavendish scruta la foule.

— Cet homme, lui désignai-je. Ce grand homme à cheval.

Était-ce dû à l'épuisement, à la fébrilité du débarquement, à la confusion ou à la sensation de la terre ferme sous mes pieds, mais le spectacle de ce cavalier, isolé au milieu de la foule, m'avait calmée.

Mme Cavendish suivit mon doigt du regard.

— Un Pathan. Pas un Indien. Les Pathans sont originaires de la frontière nord-ouest, bien au-delà de Peshawar, à la limite avec l'Afghanistan. Ils viennent à cheval aux Indes pour vendre leurs destriers. Les Pathans – ou Pachtounes, comme ils s'appellent eux-mêmes – sont de splendides cavaliers. Ils gouvernent la plus grande partie de l'Afghanistan, ces sacripants ! Ils sont fiers, je dirais même nobles, mais les Indiens se méfient d'eux. Leurs femmes sont tout aussi sauvages, elles mutilent leurs ennemis. C'est bizarre d'en voir un si loin à l'est.

— Un Pathan, répétai-je. Un Pathan d'Afghanistan.

— Dieu merci ! intervint Faith d'une voix faible. Il y a un homme qui porte un écriteau sur lequel est inscrit mon nom. C'est M. Waterton.

Mme Cavendish et moi nous étreignîmes et je suivis Faith qui se dirigeait vers M. Waterton, les épaules si hautes et si droites que je crus qu'elles allaient toucher ses oreilles. Il nous accueillit d'un air solennel. C'était un individu de petite taille aux cheveux clairsemés, affublé d'un tic à l'œil gauche qui donnait l'impression qu'il vous adressait constamment des clins d'œil. Il avait fait venir un palanquin pour nous emmener à la maison. Composée de poteaux de bois auxquels étaient attachés quatre rideaux en lambeaux, cette litière était portée par quatre individus à la peau très brune, vêtus uniquement de minuscules pagnes crasseux. Faith y grimpa, les joues empourprées, en s'efforçant de ne pas prêter attention à ces hommes tout en leur coulant des regards entre ses cils. Nous prîmes place l'une à côté de l'autre sur l'un des bancs de bois, pendant que M. Waterton donnait des instructions pour faire transporter nos bagages par un second palanquin. Puis il grimpa à son tour, s'assit sur le banc en face du nôtre et referma tous les rideaux.

— Oh, monsieur Waterton, pouvons-nous laisser les rideaux ouverts ? J'aimerais voir Calcutta.

Ma demande parut le scandaliser. Il fronça les sourcils.

— Bien sûr que non, Linny, déclara Faith. Je me sentirais tellement menacée, avec tous ces yeux scrutateurs. De plus, qui sait quelles maladies peuvent flotter dans l'air ? Je veux juste aller chez les Waterton. Et ce n'est pas tout, ajouta-t-elle d'un ton bégueule, avant de se cacher la bouche de la main pour me chuchoter en coin : nous aurions ces hommes juste sous nos yeux. Ils sont à moitié nus, Linny.

Je soupirai et me redressai sur le banc de bois fendillé. Nous fîmes une embardée quand les hommes soulevèrent les poteaux et démarrèrent à une espèce de petit trot. J'écoutais le chahut à l'extérieur des rideaux qui oscillaient, regrettant d'être incapable de voir ce qui se passait.

— Un Pathan d'Afghanistan, me dis-je à moi-même.

— Pardon ? fit Faith.

— Rien, lui répondis-je. Je me souvenais juste de quelque chose.

17

Nous descendîmes du palanquin devant l'une de ces belles demeures de style palladien que j'avais admirées du fleuve. Elle était érigée sur une large avenue, dont j'appris par la suite qu'elle s'appelait Garden Reach. Son entrée et son portail formaient une *porte cochère* sous le toit de laquelle nous nous tenions à présent, à l'abri du soleil.

Faith me pinça le bras.

— Tu ne trouves pas que cette maison est absolument splendide, Linny ?

J'étais déçue. J'ignore à quoi je m'attendais, mais cette bâtisse n'était pas plus extravagante que les vastes et élégantes maisons d'un étage que j'avais vues à Liverpool. En me tournant vers M. Waterton, je constatai qu'il était en train de farfouiller dans une poignée de pièces de monnaie. Une altercation l'opposait à l'un des porteurs du palanquin. L'homme au *dhoti* en lambeaux levait cinq doigts. M. Waterton secouait la tête et n'en dressait que trois. La voix du porteur prit de plus en plus d'amplitude et ses compagnons se joignirent à lui. Ils s'époumonaient ensemble avec des cris suraigus. Pour finir, M. Waterton lança plusieurs pièces par terre et tourna le dos aux hommes qui se mirent à chercher à tâtons dans la poussière rouge. Dix-huit mois seulement auparavant, c'était moi qui récoltais mon salaire à quatre pattes dans des rues malpropres.

— On ne doit pas les laisser prendre le dessus, affirma M. Waterton, l'air satisfait de lui.

Il s'essuya les mains avec un grand mouchoir à carreaux qu'il avait sorti de sa veste. Puis il enleva son casque colonial, gratta son front et son crâne luisants et ébouriffa les rares cheveux raides et d'un brun terne qui lui restaient.

— Vous autres, mesdames, allez devoir vous habituer à en porter un, dit-il en montrant son casque. Il faut protéger vos cerveaux, sinon ils risquent de frire, de se liquéfier, sous ce soleil infernal. Notre peau n'est pas assez coriace ; elle n'est pas faite pour ce genre de pays.

Le deuxième palanquin arriva avec nos bagages. Le temps qu'ils en soient descendus, Mme Waterton sortit de la maison, une ombrelle à la main, et nous accueillit avec un sourire empreint de bonté dans ce qu'elle appela notre « second chez nous ». Nous pénétrâmes à l'intérieur de la maison dont elle nous fit faire une visite qui me donna le tournis : j'étais aux Indes, mais le mobilier le démentait. J'avais l'impression d'être entrée dans un foyer anglais superbement décoré. Hormis, bien évidemment, les domestiques à la peau brune qui rôdaient dans les couloirs, certains dans l'expectative, sur le qui-vive, tandis que d'autres rasaient les murs, les yeux baissés. J'avais presque la sensation de me trouver dans une ruche géante, bourdonnante d'activités précises. Aux yeux écarquillés de Faith, je compris qu'elle se sentait aussi dépassée que moi.

— Mes pauvres enfants, déclara Mme Waterton, vous devez être épuisées. Je suis sûre que vous avez été choquées par le bruit et la saleté des quais. J'ai tendance à l'oublier. Je vis ici depuis trop longtemps. Beaucoup trop longtemps, ajouta-t-elle avec un nouveau sourire, lequel n'avait cette fois rien d'agréable.

J'allais vite découvrir que cette répétition assommante faisait partie intégrante de son discours.

— Je suis persuadée qu'aujourd'hui, vous avez été apeurées et intimidées. Mais rassurez-vous. Vous n'aurez plus à voir ce même genre de spectacle. Désormais, vous êtes à l'abri, et vous le resterez. Venez, je vais vous montrer vos chambres. Vous pourrez vous rafraîchir et vous reposer. Comme cela, vous vous sentirez de nouveau vous-mêmes à l'heure du dîner. Une autre jeune femme, tout récemment mariée – Mme Liston – demeure aussi chez nous. Elle dîne dehors ce soir et vous ne la rencontrerez que demain au petit déjeuner. À présent, allez-y. Je vous ferai appeler pour le dîner.

Faith et moi acquiesçâmes.

Lorsque Mme Waterton m'eut laissée dans ma chambre – elle jouxtait celle de Faith – je demeurai le dos appuyé à la porte close et contemplai le grand lit à baldaquin disposé au centre de la pièce aux poutres apparentes, équipé d'une moustiquaire relevée autour de son cadre de bois fin, soutenu au-dessus du lit par quatre colonnes. Un tissu était tendu au sommet, comme un dais. Je songeai, brièvement, aux lits que j'avais connus : le minuscule pucier de Back Phoebe Anne Street, l'unique paillasse que j'avais partagée avec deux filles dans Jack Street, le matelas en bourre de laine jeté à même le sol de la chambre de Mme Smallpiece, dans Whitefield Lane. Même dans les chambres de Liverpool les plus luxueuses où on m'avait emmenée, je n'avais pas vu de lit au matelas plus épais.

Il y avait également une écritoire en bois de rose, une

psyché, une petite coiffeuse couverte de flacons de lotions et de parfums, une table de toilette équipée d'une vasque, une armoire profonde, une commode et deux fauteuils rembourrés, tapissés d'un tissu fleuri. La fenêtre ouverte était dissimulée derrière des stores en paille tressée, déroulés du plafond, qui cachaient la vue.

Au-dessus de ma tête, un grand cadre rectangulaire en bois léger, recouvert de coton blanc, se balançait d'avant en arrière pour brasser l'air immobile. Je m'aperçus dans un sursaut qu'il était manipulé par un petit garçon assis en tailleur dans un angle de la pièce, par le biais d'une corde attachée à son gros orteil. Une femme menue, entièrement vêtue de blanc, était accroupie dans un autre angle. Je les regardai, bouche bée, mais je fus incapable de leur dire quoi que ce soit.

La femme se leva et s'approcha de moi en gardant le silence. Elle défit la rangée de boutons à l'arrière de ma robe, qui était toujours trempée de sueur. Elle dit un mot au garçon qui détacha la corde de son orteil, écarta les stores de la porte-fenêtre et se glissa à l'extérieur. Lorsqu'elle m'eut enlevé ma robe, mon corset et mon jupon, je me retrouvai en chemise et elle prit une éponge sur la table de toilette, la plongea dans l'eau fraîche parfumée à la rose et entreprit de laver mon visage et mon cou, ma poitrine et mes bras, avec des gestes lents, presque langoureux. Jamais une autre femme ne m'avait ainsi touchée, ni aucun homme, depuis celui dont je ne me souvenais que sous le surnom de Mercredi. Ces petits soins inattendus firent hérisser la toison pâle de mes bras et je sentis la somnolence m'envahir dans cette pièce chaude et silencieuse. La femme me poussa ensuite avec douceur vers le lit sur lequel je m'allongeai sans rechigner. Elle me recouvrit d'un léger drap de mousseline, fit descendre la moustiquaire, prononça un autre mot, et le garçon revint.

Allongée sur ce lit somptueux, j'écoutai les craquements du ventilateur – je me souvenais qu'on l'appelait un *punkah* – et le chantonnement apaisant de la femme. Aucun des livres que j'avais lus à bord ne m'avait préparée à cette grandeur, ni à la misère sordide que j'avais découverte sur les quais. J'avais mal à la tête et je fermai les yeux.

Le dîner fut trop long ; ennuyeux. Comme je me rendais dans la salle à manger avec Faith, sur les pas d'un domestique qui avait discrètement frappé à ma porte, j'en profitai pour étudier la maison de plus près. En dépit de sa décoration anglaise, plusieurs détails indiquaient que nous ne nous trouvions pas en Angleterre. Les plafonds n'étaient pas fermés, les poutres étaient apparentes. Il y avait des *punkahs* dans toutes les pièces et le sol était en grande partie pavé de pierres fraîches. J'entrevis une petite table dont les pieds étaient fabriqués dans les cornes incurvées d'un gros animal et des vases emplis de toutes sortes de fleurs inconnues, disposés aux quatre coins de la maison. Des peaux de bête jonchaient le sol et des trophées de chasse étaient accrochés aux murs. J'aperçus des parapluies dans un porte-parapluies en lequel je crus reconnaître – oui, je ne me trompais pas – un pied d'éléphant.

Faith et moi pénétrâmes dans la salle à manger ; l'atmosphère y était lugubre, en raison de son mobilier, noir et pesant. La table, recouverte d'une épaisse nappe blanche, était décorée de fougères et de feuilles de vigne. Tout le repas fut placé en une fois sur la table par un homme de haute taille, imposant, portant un grand turban et une barbe passée au henné.

Mon estomac se serra à la vue des mets qui nous étaient proposés : épaule d'agneau, volaille coupée en tranches fines et nageant dans une sauce gluante, grand saladier empli d'une espèce de purée qui avait la couleur, mais pas la texture, des pommes de terre, légumes que je ne sus identifier dans trois autres plats, et épaisses tranches de pain noir indigeste. J'avais le ventre ballonné et dérangé, à cause de la chaleur et du changement d'environnement et ma sieste n'avait pas soulagé ma migraine. Un léger bruit me fit lever la tête. Je constatai qu'un linge blanc était suspendu sous le plafond. Je distinguai un mouvement bizarre sur le fin tissu, comme si quelque chose rampait là-haut.

— Avez-vous pu vous reposer ? nous demanda Mme Waterton.

Ce fut Faith qui répondit en se frottant le front.

— J'ai eu du mal à rester immobile, après tous ces mois sur les vagues. Je me sens aussi mal à l'aise à terre que lorsque j'ai mis les pieds sur le bateau.

— Comme cela doit être désagréable ! compatit Mme Waterton en posant une main sur son bras. Vous aurez peut-être besoin d'un certain temps pour récupérer. Vous me semblez moins épuisée, mademoiselle Smallpiece, observa-t-elle en se tournant vers moi.

— Le voyage m'a moins dérangée que Mlle Vespry, répondis-je, sans savoir si je devais être fière ou honteuse de ma résistance.

— Je vous ai fait préparer un *burra khanah* – un grand festin – de bienvenue, mesdemoiselles, nous annonça Mme Waterton, le visage rayonnant, avant que son sourire ne s'efface. Mais je dois vous avouer que ces pauvres gens ignorants ne sauront jamais cuisiner correctement. On obtient souvent un pur salmigondis. J'ai beau me décarcasser à expliquer les recettes élémentaires au *bobajee,* son cerveau n'arrive pas à les saisir. Et pourtant, celui-ci avait d'excellentes références. Il faut accepter cette malédiction, conclut-elle. Cette malédiction !

Elle poussa un soupir.

Lorsque nous fûmes installés à table, elle adressa un signe de tête à l'homme à la stature imposante.

— *Khit !* dit-elle. La soupe.

L'homme qu'elle appelait *khit* – je compris par la suite qu'il s'agissait d'une abréviation de son titre, *khitmutgar* – s'avança avec une grande soupière d'argent et nous versa une louche de soupe aqueuse qui sentait la noisette. Dès que nous eûmes vidé nos bols, il les desservit et emplit nos assiettes de tous les mets posés sur la table. Il découpa l'agneau et la volaille de M. Waterton, si bien que je me demandai si nous n'étions pas censées nous abstenir aussi de ces gestes élémentaires. Mais lorsque Mme Waterton prit sa fourchette et son couteau et commença à s'en servir, Faith et moi l'imitâmes. Pendant tout le dîner, j'entendis des espèces de petits animaux et de gros insectes courir sur le linge blanc tendu par-dessus nos têtes, alors que ni M. ni Mme Waterton n'y prêtaient attention. Je me rendis compte que ce linge était destiné à empêcher les bestioles qui se déplaçaient entre les poutres de tomber sur la table. Ils ne faisaient pas non plus attention aux écaillures de chaux qui tombaient du cadre du *punkah* et voltigeaient vers la table. Pendant que le *punkah* se balançait, je me demandai si le petit garçon qui tirait sur sa corde dans un angle sombre de la pièce était le même que celui de ma chambre.

Pour ne pas insulter nos hôtes, je fis honneur autant

que je le pus à la nourriture empilée sur mon assiette, mais il en restait beaucoup lorsque je fus contrainte de reposer mes couverts. Mon estomac ne supportait rien, après les repas simples et frugaux dont nous avions dû nous contenter depuis plusieurs mois.

— Mes chères, s'écria Mme Waterton dont le regard passait de Faith à moi et vice versa – l'assiette de Faith paraissait aussi intacte que la mienne –, il faut vous nourrir. Ce voyage vous a fait beaucoup trop maigrir. Allons, ça ne vous servira à rien de dépérir. Qu'en pensez-vous, monsieur Waterton ?

Les lèvres luisant de graisse d'agneau, il leva les yeux de son assiette. Il claqua des doigts et le *khitmutgar* s'approcha pour lui essuyer la bouche à l'aide d'une serviette blanche et lui verser un deuxième verre de porto. Puis il recula.

M. Waterton avala une rasade.

— Eh bien, elles s'habitueront vite aux dîners, répondit-il à sa femme, mais en nous regardant, Faith et moi. Je suis sûre que Mlle Smallpiece et Mlle Vespry attendent la saison mondaine avec impatience.

— Tout à fait, monsieur Waterton, tout à fait, s'empressa de répondre Faith.

Elle avait une voix faible, presque rauque, et je compris qu'elle était au bord de l'épuisement.

— Bien sûr, enchaîna Mme Waterton, sans paraître remarquer que la voix de Faith n'avait rien d'enthousiaste ou sans y prêter aucune attention. Nous allons vous accorder quelques jours pour vous installer, oui, deux ou trois jours pour vous remettre et retrouver votre appétit. Il n'y a pas urgence. Vous avez au moins quatre mois de splendides divertissements avant la fin de la sais…

Mme Waterton s'interrompit. Un gros morceau de chaux venait de tomber dans la sauce.

— Bref, ne voyons pas si loin. Je suis absolument convaincue que de charmantes jeunes filles comme vous seront très occupées.

Un silence embarrassé tomba sur la table. Mme Waterton appela d'un ton sec *Koi-hai!* et un autre boy s'empressa de venir desservir nos assiettes.

— Le dessert, ordonna-t-elle au *khitmutgar* qui apporta des coupes sur un plateau de laque qu'il avait pris sur une longue table disposée contre un mur.

— J'ai fait préparer de la crème caramel en votre honneur, dit-elle. Le dessert a dû vous manquer à bord. C'est ce qui me manque le plus quand je suis obligée de retourner au pays ou d'en revenir. Mon dessert.

Faith et moi en avalâmes la plus grosse quantité possible. M. Waterton l'avait refusée d'un geste de la main, car il n'en était manifestement pas aussi friand que sa femme. Le domestique s'affaira à lui servir un thé, à y verser du sucre et à le remuer à sa place. Je me demandai s'il allait également porter la tasse aux lèvres de son maître, mais M. Waterton parut capable de s'en sortir tout seul.

Cette première nuit, je sombrai dans un sommeil profond, sans rêve, dès l'instant où je posai la tête sur l'oreiller. Lorsque j'ouvris les yeux, les rayons de soleil lumineux qui filtraient par les stores des fenêtres me désorientèrent un instant. Je m'assis en sursaut, mais la femme qui allait être mon *ayah*, d'après ce que m'avait appris Mme Waterton, surgit de nulle part, tira sur la moustiquaire et me tendit un verre d'une boisson laiteuse, douce et rafraîchissante. Après quoi, elle m'aida à me vêtir et à me coiffer. Je me sentais reposée et enthousiaste à la perspective de ce que la journée me réservait.

Lorsque nous nous retrouvâmes dans la salle à manger, je vis que Faith avait meilleure mine que la veille, en dépit des cernes sombres qui soulignaient encore ses yeux. Une autre table ployant sous les victuailles nous accueillit. Je grignotai un petit pain sucré et une banane verte. Comme promis, Faith et moi fîmes la connaissance de Mme Liston qui me plut sur-le-champ. Je lui attribuai un âge situé entre celui de Faith et le mien. Elle avait de grands yeux verts et portait ses cheveux blond foncé en anglaises épaisses. Elle riait à gorge déployée. Malheureusement, son visage gardait de vilaines traces de petite vérole. Elle était née aux Indes, était retournée au pays petite fille avant de regagner les Indes trois ans auparavant pour vivre auprès de ses parents. Durant les douze années qu'elle avait passées en Angleterre, elle n'avait vu sa mère que trois fois et son père, jamais. Elle nous affirma qu'elle trouvait cela tout à fait normal.

— Normal ? répliquai-je. Ne voir sa mère qu'à trois reprises durant tout ce temps ?

— Vous ne connaissez pas encore les manières des Anglais vivant aux Indes, mademoiselle Smallpiece, me fit remarquer Mme Waterton. Il se trouve que mes quatre enfants vivent chez des parents à Cambridge, où ils peuvent bénéficier d'une bonne éducation. J'ai accompagné mon cadet là-bas il y a deux ans. Il n'avait que cinq ans. J'essaie de me rendre en Angleterre tous les trois ans, mais il faut bien reconnaître qu'on doit toujours compter avec la durée et l'aspect imprévisible de la traversée.

Je me posai des questions sur le courage de ces femmes qui acceptaient de se séparer de leurs enfants en bas âge.

Il ne s'agissait pourtant là que de l'un des sacrifices – le plus grand, peut-être – auxquels consentaient les Anglaises vivant aux Indes pour soutenir leurs époux.

— Lorsque vous commencerez à vous déplacer, vous constaterez qu'il n'y a aucun enfant anglais plus âgé ici, déclara Mme Liston. Aux Indes, les mères doivent affronter cette séparation. Nous n'avons pas le droit de garder les enfants au-delà de cinq ou six ans. Il est nécessaire de les renvoyer au pays pour qu'ils y fassent leur scolarité. La mère doit prendre la décision de les accompagner ou de demeurer auprès de son époux. La plupart choisissent de rester. Personnellement, j'ai vécu auprès d'un oncle, d'une tante, et de trois cousins durant toutes mes années de scolarité. Je crains que mes parents n'aient été scandalisés par la manière dont j'ai évolué. Ils ne s'attendaient pas à ça.

Elle prononça cette dernière phrase d'un ton rieur.

Je souris, avec un regard à l'adresse de Mme Waterton qui gardait un visage assez réservé, les yeux fixés sur sa tatouille, comme elle l'appelait. Des œufs brouillés. Je commençais déjà à prendre note du jargon de la maisonnée.

— M. Liston et moi sommes mariés depuis deux mois. Il est parti avant moi préparer notre maison de Lucknow, une ville du nord-est. Depuis que père a pris sa retraite de fonctionnaire de la Compagnie des Indes orientales le mois dernier et que mère et lui ont embarqué à bord d'un navire pour regagner l'Angleterre, M. et Mme Waterton ont eu la générosité de m'accueillir chez eux jusqu'au retour de mon époux.

— Comment l'avez-vous rencontré ? lui demanda Faith.

J'étais heureuse de constater que ses joues avaient

repris quelques couleurs et qu'elle avait adopté une coiffure très seyante. La couleur fauve de sa robe rehaussait sa peau crémeuse.

— Oh, par l'intermédiaire d'amis, peu après mon arrivée. Mais je dois dire qu'au début, il n'a guère été question d'amour entre nous.

Mme Waterton s'éclaircit la gorge, mais Mme Liston ne parut pas s'en apercevoir.

— Nous avons commencé par nous lier d'amitié pendant un certain temps. Nous allions souvent faire de l'équitation dans la campagne… accompagnés d'un chaperon, bien évidemment, ajouta-t-elle peut-être à l'attention de Mme Waterton. Nous traversions des kilomètres de champs de moutarde ou de haricots d'où montaient de délicieuses senteurs. Nous passions devant des paons qui faisaient la roue et nous traversions des villages dans lesquels les chiens venaient aboyer autour des jambes de nos chevaux. Les villageois se montraient polis et accueillants, ils nous proposaient des rafraîchissements. Mon nouvel époux est une mine de surprises et il m'a fait vivre toutes sortes d'aventures intéressantes et inattendues, de la visite d'autels en pleine campagne à l'égorgement des cochons. Je n'ai jamais apprécié les passe-temps prisés par la plupart des jeunes filles – peut-être parce que j'ai été éduquée à la campagne auprès de mes cousins – et je n'ai jamais vraiment songé que je me marierais un jour. Voyons, madame Waterton, lança-t-elle à cette dernière qui venait de laisser échapper un petit cri scandalisé, ne prenez pas cet air sinistre. Vous savez que je dis la vérité. (Elle m'adressa un sourire.) Je ne joue d'aucun instrument. Les oiseaux s'enfuient des arbres dès que je commence à chanter et dans un bal, mes cavaliers ont l'impression de tanguer avec une oie ivre.

Je ne pus que me joindre à son rire.

— Je ne comprends toujours rien aux cartes, poursuivit-elle, et je trouve les soirées musicales, l'art des bouquets et la contemplation des marchandises présentées par les *box-wallahs* d'un ennui incommensurable. Allons, madame Waterton, dit-elle avec un autre regard destiné à notre hôtesse, faites-moi plaisir. Reconnaissez que ce n'est pas la fin du monde si je n'ai pas réussi à maîtriser ces talents escomptés.

— Vous avez parfaitement raison, ma chère, concéda Mme Waterton, alors qu'il était clair comme de l'eau de roche qu'elle désapprouvait les opinions de Mme Liston et la façon dont elle nous les confiait sans la moindre honte.

— Et vous, mesdemoiselles ? Êtes-vous prêtes à affronter les activités mondaines interminables de la saison fraîche ? nous demanda Mme Liston, en enfournant une grosse bouchée de banane frite dans sa bouche ouverte.

Elle mâchait et avalait la nourriture avec grand plaisir et je trouvais son enthousiasme fascinant.

— Pour ma part, tout à fait, répondit Faith, en coupant un morceau minuscule de sa saucisse. Après ces mois absolument horribles à bord du navire, j'ai vraiment envie de me distraire un peu. Pardonnez-moi, madame Liston, mais force m'est d'avouer que je fais partie de ces jeunes filles qui se plaisent *vraiment* à danser, à jouer aux cartes, et à prendre part à toutes les autres activités de la vie mondaine.

Sa voix avait perdu sa lassitude de la veille et contenait une note presque supérieure qui m'étonna. Je m'étais dit qu'elle allait apprécier Mme Liston. Car à dire vrai, le caractère direct et l'assurance dont faisait preuve cette dernière me rappelaient la Faith que j'avais connue à Liverpool. Je fus alors frappée par la mutation inouïe survenue chez Faith durant notre traversée. Peut-être qu'une fois reposée, elle retrouverait son appétit pour la vie et me ferait rire de ses affirmations et confidences extravagantes. Tandis que j'étalais de la marmelade d'orange sur mon petit pain à l'aide de ma cuillère, je l'observai en catimini.

— J'ai l'intention de m'amuser, répéta Faith.

— Et vous allez le faire, l'assura Mme Waterton. Vous allez vous amuser.

J'eus l'occasion de constater, au cours de cette première journée, que Mme Waterton s'adressait d'un ton acerbe à ses domestiques et ne cessait de ronchonner à leur propos. Elle ne les appelait pas par leur nom mais uniquement par le titre de la tâche qu'ils accomplissaient. Elle donnait néanmoins l'impression d'éprouver de l'affection pour eux et, de leur côté, ils la traitaient avec le plus grand respect.

Je commençai à comprendre la hiérarchie. La maisonnée était dirigée par le *khansana* ou serviteur en chef, qui veillait sur tous les autres domestiques avec sévérité. Venait ensuite le *khitmutgar*, ce personnage imposant qui nous avait servi à table, qui disposait de toute une série de subordonnés. Après, il y avait le cuisinier ou *biwarchi*, encore appelé *bobajee* par Mme Waterton. Il avait sous ses ordres un assortiment de petites mains, que Mme Waterton dénommait simplement boys du *bobajee*. Il y avait ensuite le *chuprassi*, ou messager, avec sa belle ceinture rouge ; sa tâche consistait à se tenir près de la porte toute la journée pour faire entrer les invités et accepter le courrier et les cartes de visite. Il y avait le *dhobi*, chargé de la lessive et du repassage, le *bheesti* qui transportait l'eau, le *mali* qui s'occupait du jardin et le gardien de nuit, ou *chowkidar*. Mme Waterton partageait un *durzi*, ou tailleur, avec deux autres maisons. Il y avait une imposante équipe de nettoyage, dont chaque membre était chargé d'une tâche précise. Le boy qui emportait les plats de la salle à manger n'était pas le même que celui qui les lavait. Un autre était chargé de faire reluire l'argenterie. Celui qui balayait la maison ne balayait pas la véranda. Le boy qui époussetait n'était pas autorisé à toucher les plats, et ainsi de suite. Les plus jeunes domestiques étaient les tireurs de *punkah* et les petits garçons qui tournaient derrière nos chaises en agitant des rameaux de prêle au-dessus de nos têtes pour chasser les insectes. Je ne vis qu'une seule catégorie de servantes : les *ayahs*. Chaque femme de la maison en avait une à sa disposition, qui l'aidait à se baigner, à s'habiller, à se brosser les cheveux et à se coiffer.

Régnait une litanie de règlements stricts, étouffants au début. De temps en temps, je demandais quelque chose à quelqu'un que je croisais dans le couloir, la véranda ou la salle à manger, et je n'obtenais pour toute réponse qu'un regard vide. Au début, je crus que leur silence provenait du fait qu'ils ne comprenaient pas les quelques ordres élémentaires que j'avais appris, mais je réalisai par la suite qu'ils restaient muets parce que je n'avais pas posé la question à la personne adéquate. Comme la majorité des domestiques, exception faite du *khitmutgar* et du *chuprassi*, étaient vêtus de simples *dhotis*, chemises et turbans blancs et qu'ils marchaient pieds nus, j'avais du mal à les distinguer les uns des autres. Au bout de quelques jours, je parvins néanmoins à les reconnaître à leurs visages, leurs tailles et leurs démarches spécifiques.

À la fin de notre troisième journée à Calcutta, je m'aperçus que nous n'avions rien à faire. M. Waterton, de même que, j'en avais l'impression, chaque Anglais qui ne faisait pas partie de l'armée, appartenaient à l'administration de la Compagnie des Indes orientales. Il était directeur du cadastre. Il s'en allait après le petit déjeuner, rentrait pour le déjeuner, et repartait travailler jusqu'au dîner. La maisonnée se dirigeait d'elle-même, ou plutôt, était dirigée par le *khansana*. D'après mes observations, le rôle de Mme Waterton consistait avant tout à rencontrer son *bobajee* tous les matins pour planifier les repas de la journée. Il lui arrivait ensuite d'inspecter les pièces afin de voir si le ménage y avait été fait selon les normes qu'elle avait fixées. De temps en temps, elle composait des bouquets : le *mali* lui avait préparé des brassées de fleurs coupées, déposées en piles énormes, et des vases remplis d'eau. Parfois, elle parlait avec le *durzi* des retouches qu'elle souhaitait. Certains jours, un *box-wallah* se présentait à la porte arrière et étalait ses marchandises, comprenant aussi bien des rubans que des poêles et des tissus que des théières. Mme Waterton faisait son choix, tendait quelques roupies à l'un des domestiques qui les tendait à son tour au *box-wallah*. Il lui arrivait de rédiger des notes pour communiquer avec ses voisins ou pour répondre aux notes ou cartes qu'ils lui avaient fait déposer. Elle s'en occupait entre le petit déjeuner et le déjeuner.

Venaient ensuite un déjeuner imposant, une sieste, suivie parfois de visites dans l'après-midi, d'une invitation à dîner, ou si nous dînions à la maison, d'une visite au Club de Calcutta ou d'une réception.

Je la trouvai assise à une petite table du salon, occupée à étudier un livre de recettes de pâtisseries illustré.

— Madame Waterton, lui demandai-je, puis-je aller faire une promenade à pied ?

Nous étions à Calcutta depuis quatre jours. Comme notre hôtesse nous l'avait prédit, je me sentais requinquée. J'avais continué à bien dormir et je ressentais à présent le besoin de voir un peu Calcutta, à l'extérieur des murs. Faith lisait dans sa chambre, mais elle avait accepté de m'accompagner, à condition que nous ayons un chaperon.

— Bien sûr, ma chère. Contentez-vous de suivre le chemin qui serpente au milieu des fleurs dans le jardin. C'est une promenade très agréable.

Elle ne leva même pas les yeux de son livre.

— Je voulais dire une promenade hors du jardin.

Elle leva les yeux, un doigt sur une page.

— Une promenade ? Où voulez-vous aller ?

— Je… je ne sais pas. Je me demandais juste si Faith et moi… à condition que Mme Liston nous accompagne, bien sûr, ou vous-même… pouvions aller nous promener.

— Vous voulez dire sur la route ? fit-elle d'un air consterné. Oh non, ma chère. C'est tout simplement impossible. À Calcutta, une dame ne se promène pas dans la rue. Nous ne sommes ni à Londres ni à Cheltenham. On ne se promène tout simplement pas, répéta-t-elle.

— Oh, dis-je, pardon. Je l'ignorais.

— C'est normal. Ne vous inquiétez pas. Vous apprendrez vite les coutumes en vigueur ici.

— Dans ce cas, serait-il possible de faire une promenade en voiture ?

Elle referma son livre. Doucement, mais d'un geste résolu.

— En voiture ? À cette heure de la journée ?

Je jetai un coup d'œil au pendule qui se balançait sur l'horloge. Faisais-je preuve d'une ignorance crasse ? J'aurais dû d'abord en débattre avec Faith.

— Oh, il n'est que quatorze heures. Je ne me rendais pas compte que...

— Eh bien, ce n'est pas impossible, j'imagine, mais je vais devoir demander au *chuprassi* de faire venir un palanquin. Où souhaitez-vous aller ?

Je fixai le tapis.

— Je n'en sais rien, madame Waterton. Mais j'aimerais vraiment voir une partie de la ville.

Les lèvres de Mme Waterton ne formaient plus qu'une ligne ténue.

— Il n'y a rien d'intéressant à voir. Il est possible d'aller jusqu'au *maidan*[1] après le dîner, pour profiter de l'air frais du soir. Si vous y tenez, nous pouvons prendre les dispositions nécessaires pour nous y rendre aujourd'hui, mais cette sortie ne faisait pas partie de mes projets pour la journée. L'organisation des repas m'occupe davantage qu'en temps ordinaire, car nous sommes plus nombreux dans la maison. Et je dois répondre à beaucoup d'invitations.

Au ton qu'elle employait, à sa voix d'acier et à sa

1. Esplanade verdoyante réservée aux promenades des Anglais. (*NdT.*)

référence à des invités supplémentaires, il était clair que je n'aurais pas dû réclamer une chose aussi frivole qu'une balade à l'extérieur.

— Je comprends, madame Waterton. Veuillez me pardonner cette demande malvenue, dis-je en sortant de la pièce à reculons. Je vais me promener dans le jardin.

Elle rouvrit son livre.

— Oui. Cela vaut mieux, ma chère. Cela vaut mieux.

De toute évidence, je devrais attendre un petit peu plus longtemps pour découvrir le pays dans lequel je venais d'arriver. Mme Waterton semblait satisfaite de s'exclure du monde indien et de se concentrer sur celui qu'elle connaissait.

Le cinquième jour, nous commençâmes à organiser nos visites mondaines. Le *chuprassi* nous apporta une pile de cartons qui venaient d'arriver et Mme Waterton, Faith et moi les lûmes ensemble. Il s'agissait d'invitations à des bals, des dîners et des soirées de jeux de cartes. Mme Waterton passa nos garde-robes en revue, examina nos toilettes et admira leur style dernier cri.

— Vous disposez d'un joli éventail, mais insuffisant, remarqua-t-elle. Il n'est pas bon de se montrer vêtue de manière identique à plusieurs réceptions. Nous allons acheter des tissus et nous vous ferons confectionner des robes neuves dans le même style par le *durzi*. Ces *durzis* indiens ont une faculté surprenante de reproduire les modèles, au point près. Cependant, il faut être vigilant : mon propre *durzi* est tellement zélé que s'il distingue une minuscule déchirure qui a été reprisée, il reproduira la reprise aussi ! Que Dieu le bénisse !

La servilité me mettait mal à l'aise. Je détournais le regard quand je voyais le grand *chuprassi*, dans son bel uniforme, se mettre à genoux pour épousseter les souliers de M. Waterton avec une brosse minuscule chaque fois que ce dernier rentrait à la maison. Je remarquai que le *dhobi* avait une main brûlée. La zébrure enflée, provoquée, je l'imaginais, par un fer brûlant, devait le piquer, mais cela ne l'empêcha pas d'adresser un *salaam* plein de gaieté à Mme Waterton, avant d'accepter une autre pile de fins tissus souillés qu'elle entassait dans ses bras tendus. En entrant dans ma chambre inopinément, je vis des larmes couler sur le visage de mon *ayah* qui était occupée à ranger des objets sur ma table de toilette, mais son visage s'illumina subitement, comme si elle débordait de joie à ma vue. Je tentai de lui demander la raison de ses pleurs, mais elle s'essuya les joues négligemment, sans cesser de sourire. Je m'aperçus que l'un des garçonnets maniant les prêles avait perdu les deux petits orteils de son pied droit et que son amputation avait eu lieu récemment ; il touchait son pied avec précaution quand il croyait que personne ne l'observait. Je me demandai s'il était le fils d'un autre des domestiques, ou s'il était tout simplement orphelin. Une foule de questions me taraudait, mais je n'osais les poser ni à Faith ni même à Mme Liston : elles risquaient de s'interroger à mon propos si je manifestais de l'intérêt pour des personnes censées passer inaperçues.

Je voulus dire au *durzi* que toutes mes robes devaient avoir un décolleté qui cacherait ma cicatrice. J'essayai de m'exprimer en hindi, mais je fus incapable de trouver les mots nécessaires. En définitive, lorsque je me retrouvai seule dans ma chambre avec lui et mon *ayah*, je lui révélai la cicatrice et maintins ensuite un morceau de tissu dessus. Le visage impassible, le *durzi* me demanda sereinement :

— Mamselle Sahib voudrait que ses robes cachent ça ? C'est possible.

— Vous parlez anglais ? m'écriai-je avec ravissement.

Mais son expression et son violent hochement de tête suffirent à me faire cacher ma bouche derrière ma main. Il secoua une deuxième fois la tête en posant un doigt sur ses lèvres, et je compris que je ne devais pas mentionner que j'avais découvert qu'il parlait notre langue.

Cette après-midi-là, Mme Waterton m'avait laissée seule sur la véranda en compagnie de Mme Liston, qui m'avait priée de l'appeler par son prénom, Meg. Enfin, seule dans la mesure où on peut l'être aux Indes. Le *durzi,* assis en tailleur dans un angle, cousait ma nouvelle robe. Il tenait le tissu tendu entre ses orteils et il avait piqué des dizaines d'aiguilles dans son turban, dans le chas desquelles étaient passés des fils de couleurs assorties, qu'il tirait au fur et à mesure de ses besoins. Un serviteur faisait le pied de grue, au cas où nous lui demanderions quelque chose, et les garçonnets agitaient leurs prêles au-dessus de nous.

La véranda était l'endroit le plus agréable de la demeure. Des treillis de bambou, ornés de plantes grimpantes couvertes de fleurs orangées, faisaient écran et la transformaient en pièce fraîche et verte. Des tapis végétaux recouvraient le sol, à côté de pots de géraniums roses, d'achimènes rouges et blancs, de bégonias caoutchouteux et de fragiles violettes. Au lieu des canapés et des fauteuils rembourrés en crins de cheval durs du salon, les dames disposaient de fauteuils d'osier ou de bambou et les hommes de sièges de teck noir, lourds et larges, au dossier incurvé.

Lorsque je m'y trouvais seule durant quelques minutes, je m'autorisais parfois à m'incliner en arrière, les bras allongés par-dessus la tête, pour humer la verdure rafraîchissante des plantes. Mme Waterton m'avait prévenue qu'au premier souffle de la saison chaude, toutes se flétriraient et mourraient, indépendamment du nombre d'arrosages qu'on leur consacrerait par jour, et que je devais en profiter, tant que le plaisir m'en était donné.

— Meg, aujourd'hui le *durzi* m'a parlé en anglais, puis il a paru inquiet que je le révèle à quelqu'un, lui dis-je tout bas pour que ce dernier ne m'entende pas.

Elle fit la grimace.

— Normal. Quand un domestique semble trop bête, on le bat et on le renvoie ; s'il montre qu'il est intelligent, et le fait qu'il maîtrise l'anglais peut l'indiquer, on le considère avec soupçon et il risque aussi de se faire renvoyer. C'est injuste, je le reconnais, mais ils s'adonnent à ce jeu pour survivre. C'est pareil chez nous, en fait, mais ici on remarque davantage la ligne rigide qui sépare les maîtres des domestiques. Peut-être parce que nous *n'appartenons pas* à ce pays. Nous venons d'Angleterre et cependant...

Elle s'arrêta, comme si elle avait conscience d'en dire trop. Elle se leva subitement, faisant bondir de côté le petit garçon avec son prêle, et alla pincer une fleur morte dans l'une des jardinières.

— En fait, j'ai hâte de me rendre dans le *mofussil* – l'arrière-pays – loin de toute cette affectation et de tout cet insupportable côté guindé. Je trouve cette ambiance intolérable. À la campagne, on est plus détendu.

Elle étudia mon visage.

— Dois-je craindre que vous ne rapportiez mes idées rebelles ?

Bien qu'elle me posât cette question avec sérieux, je compris à son expression qu'elle espérait avoir trouvé en moi une alliée.

— Bien sûr que non, lui dis-je. Mais j'espère que vous ne partirez pas trop tôt.

— Je pense rester encore deux semaines.

Comme elle continuait à m'observer, mon ancienne peur revint me titiller. Cela faisait longtemps que je ne craignais plus que Faith découvrît la vérité à mon sujet : je savais qu'elle éprouvait de l'affection pour moi, mais elle ne m'étudiait pas avec suffisamment d'acuité. J'avais souvent la sensation de n'être que le miroir réfléchissant de ses pensées et de ses sentiments ; elle n'éprouvait pour les miens qu'un vague intérêt. Bien évidemment, cette situation avait toujours joué en ma faveur, mais ici, je restais constamment sur mes gardes avec tout le monde, par crainte qu'une parole déplacée ou un manquement aux bonnes manières ne vinssent me trahir.

Il se dégageait du long visage de Meg une roublardise qui m'inquiétait.

— Parlez-moi de vous, mademoiselle Linny Smallpiece. J'aimerais savoir où vous avez été et ce que vous avez vu. Vous donnez l'impression d'appartenir à la catégorie des personnes qui en savent davantage qu'elles ne sont prêtes à l'admettre, contrairement à la plupart des gens qui se répandent sur des sujets qu'ils connaissent à peine.

Je fus incapable de trouver une réponse adéquate. Mes paumes étaient moites. Je les dissimulai dans les plis de ma robe d'intérieur moirée.

— Pardon, vous ai-je offensée ? me demanda Meg. Ma tante, mon oncle et mes cousins – mon mari aussi –

sont accoutumés à mes accès de franchise. Non seulement ils tolèrent ma liberté de pensée, mais ils m'y encouragent. Il m'arrive de m'oublier en bonne société.

En bonne société. Voilà que la jeune Mme Liston me présentait ses excuses parce qu'elle craignait d'avoir fait preuve de vulgarité. L'ironie de la situation aurait pu me faire sourire si je ne m'étais pas sentie tellement embarrassée.

— Non, vous ne m'avez pas offensée, bégayai-je. C'est juste que je ne suis pas… à l'aise quand je parle de moi-même.

— C'est normal. La plupart des jeunes filles bien éduquées ne le seraient pas. Je vous en prie, ne tenez aucun compte de moi ni de mes familiarités déplacées. Veuillez vraiment me pardonner.

Elle me sourit.

— Je n'ai rien à vous pardonner.

Je lui rendis son sourire, balayée par une vague de gratitude. En me demandant mon pardon et en me permettant de le lui accorder, elle m'avait dotée d'un sentiment proche de la bienveillance.

18

Nous commençâmes donc pour de bon notre tournée des festivités. Les dîners se suivaient les uns les autres, comme si chaque hôtesse donnait la même réception. Nous buvions un cocktail au salon à vingt heures précises, moment où Faith, moi, et toutes les autres jeunes filles du navire – je refusais d'utiliser l'expression Flottille des Pêcheuses – étions présentées aux célibataires. Une conversation de bon ton s'installait, que je trouvais ennuyeuse car je devais garder ma présence d'esprit pour ne pas faire de bourde. Raconter la même histoire fabriquée de mon passé soir après soir, sourire poliment des mêmes papotages, feindre de l'intérêt pour les récits qu'offraient les hommes, tout cela m'exaspérait. Ce jeu assommant, j'y avais joué trop de fois et sous trop de formes différentes.

Au moment où j'avais la sensation que j'allais hurler s'il me fallait attendre un instant de plus, mon verre collé à mon gant, le serviteur nous convoquait dans la salle à manger. Nous rentrions dans la pièce en observant strictement l'ordre de préséance, qui dépendait de la position du mari dans l'administration. La hiérarchie jouait un rôle essentiel, tout comme dans les relations avec les domestiques.

Lors de nombreux dîners grandioses, un serviteur se

tenait debout derrière chaque siège ; devant chaque place étaient dressés une panoplie de couverts et un verre à champagne – pourvu d'un couvercle d'argent pour empêcher les insectes de tomber dedans –, ainsi qu'un rince-doigts, dans lequel flottait une fleur à l'arôme léger. Les places étaient attribuées avec le plus grand soin : le plus âgé des gentlemen était assis à la droite de l'hôtesse, et l'aînée des dames à la droite de l'hôte. Les Waterton semblaient se situer assez haut sur l'échelle sociale alors que Meg, qui se joignait rarement à nous, leur était inférieure. Faith et moi occupions en tout état de cause la position la plus basse : nous n'avions pas d'homme pour nous hisser sur cette fameuse échelle. Nous mangions des variations de la même nourriture anglaise : potage, suivi de poisson, de rôti, de légumes trop cuits, puis de dessert et de douceurs. Durant cette première semaine, j'eus l'impression que comme les plans de table et les menus, tout le monde était identique : les messieurs en chemise blanche amidonnée et queue de pie, les femmes parées de plumes, de longs gants et de robes du même style, fabriquées, je l'imaginais, par les mêmes *durzis* qui ne disposaient que d'un nombre limité de modèles.

Je dois admettre que de temps en temps, mes pensées vagabondaient vers un boui-boui bondé et bruyant où j'avais mangé une tourte graisseuse en compagnie des autres filles de Paradise Street. Là, les histoires coulaient de source, les rires éclataient spontanément et une franche camaraderie régnait. Je savais que j'avais fait alors l'expérience d'une liberté que personne dans cette pièce n'avait jamais connue.

Une fois le repas terminé, du porto et du madère étaient servis pour les messieurs, tandis que les femmes se réunissaient au salon avec des liqueurs ou du ratafia, où elles attendaient que les hommes les rejoignent. Parfois, quelqu'un se mettait à un piano qui paraissait toujours désaccordé. La doyenne finissait par se lever, signe du départ général. Personne n'osait en apparence prendre la porte tant qu'elle n'avait pas procédé à cette permission muette.

Outre ces dîners, nous nous rendions à des thés et à d'autres soirées plus décontractées, consacrées aux cartes ou aux danses de salon, dans d'autres maisons des quartiers aisés de Garden Reach, Chowringhee et Alipur.

Les interminables discussions mondaines me fatiguaient. La voix que j'utilisais depuis mon entrée au Lyceum – cette voix cultivée dotée des mêmes inflexions que celles de Shaker et de Faith – me venait à présent sans que j'aie besoin de me concentrer. Mon épuisement provenait de l'énergie dans laquelle je devais puiser pour feindre de l'intérêt, apparaître très sage et cependant pétulante. Dans ces salons, rien ne me semblait jamais juste : je passais mon temps à jouer la comédie, j'étais une actrice en représentation. Sauf que la pièce ne se terminait jamais avant que j'aie regagné ma chambre chez les Waterton. Mais même là, je n'étais pas seule. Il y avait toujours les domestiques : le *durzi* et le balayeur, le cireur et le garçonnet avec son rameau de prêle, l'*ayah* et le *punkah-wallah*.

Durant les premiers temps de mon séjour aux Indes, j'eus l'impression que j'attendais de *voir* le pays. Il m'était interdit de me déplacer nulle part sans être accompagnée de Faith et de Mme Waterton, alors que Mme Liston avait l'autorisation de passer du temps en compagnie d'autres jeunes femmes mariées. Hormis nous rendre en visite dans d'autres demeures, toutes identiques à celle des Waterton, nous n'effectuions qu'une seule expédition, jusqu'au *maidan* situé au centre de Calcutta. Mais bien évidemment, les rideaux du palanquin restaient toujours clos durant le trajet. Je m'étais arrangée pour couler des regards en douce à l'extérieur la première fois que nous nous y étions rendues, et j'avais entr'aperçu le lacis d'allées fétides et de chemins tortueux qui constituaient les bas-fonds de Calcutta, partant de la route principale dans toutes les directions. Mon indiscrétion m'avait valu une réprimande de Mme Waterton. Dès lors, je demeurais sagement assise comme Faith, mes mains gantées posées sur mes genoux, jusqu'à notre arrivée au *maidan.* L'immense esplanade, plate et verdoyante, agrémentée de petits bosquets d'orangers et d'agréables sentiers gravillonnés, était bordée par une variété d'arbustes à fleurs. Ce lieu était interdit à tous les Indiens, sauf aux *ayahs* chargées de veiller sur des enfants et à ceux qui balayaient les sentiers ou ramassaient les feuilles et les fleurs fanées sous les arbres. Nous prenions place sur des bancs fraîchement repeints et bavardions comme l'auraient fait des dames de la bonne société britannique. On nous conseillait de profiter de ce temps clément qui ne durerait tout au plus que jusqu'à la fin du mois de janvier. La brève saison fraîche était exempte de la chaleur intolérable et de l'humidité lénifiante qui, me prévenait-on, causaient des démangeaisons désagréables et faisaient surgir des hordes d'insectes voraces, volants ou rampants.

— Elle n'arrivera que trop tôt, nous prévenait Mme Waterton, les lèvres pincées. Beaucoup trop tôt. Et vous découvrirez les Indes pour de bon.

Si seulement !

15 décembre 1830

Cher Shaker,

Les Indes sont pour moi une éducation. Je suis une *tabula rasa*, prête à recevoir toutes les inscriptions que les Indes voudront bien graver sur moi. Quel que soit mon avenir, je sens, du fond de mes entrailles, que cette terre me marquera de son empreinte.

Je suis sidérée par l'attitude et par le rôle des Anglais, bien que je ne sois pas ici depuis assez longtemps pour me forger une opinion définitive. D'après mon expérience de ce premier mois, je suis gênée d'être installée par la force des choses dans une position d'une importance incongrue. Je constate que malgré le merveilleux accueil que m'ont réservé toutes les personnes à la peau basanée que j'ai rencontrées, les Anglais éprouvent une hostilité sous-jacente à l'égard des Indiens. À *leur* égard, Shaker, alors que nous nous trouvons sur leur sol. La Compagnie des Indes orientales, que l'on surnomme ici avec désinvolture « Compagnie de John », ressemble à un maître sévère qui oblige les Indiens à prendre des directions contre leur volonté. Et les Anglais et Anglaises ordinaires, dès qu'ils se sont installés ici, déploient une volumineuse cape impérialiste comme s'ils en avaient le droit… Non, le devoir.

Porter un tel fardeau m'est inconcevable.

On a beau dire que Calcutta est la « cité des palais », je l'appellerais plutôt la « cité des contrastes ». Près de l'endroit où Faith et moi sommes hébergées dans Garden Reach, chez M. et Mme Waterton, s'étend tout un monde composé de bâtiments blancs carrés de facture classique, qui doivent leur existence à la présence de la Compagnie de John. Mais à deux pas des beaux magasins et des jolies maisons se déploient des rangées de cases en pisé aux toits de chaume, et des corps humains brûlent sur les rives du fleuve. Par-dessus le parfum du jasmin flotte la puanteur des égouts à ciel ouvert et des cadavres pourrissants.

Shaker, vous n'arriveriez pas à imaginer les choses que nous voyons. J'ai découvert que les Waterton emploient un domestique dont le seul rôle consiste à rester planté toute la journée près de la berge du fleuve, derrière leur maison. Il repousse les cadavres, sur certains desquels les vautours s'acharnent déjà, dans l'eau, afin qu'ils ne viennent pas s'entasser sur la rive. Le jour où je me suis approchée de lui et de sa tâche macabre, cet homme a paru effrayé. Dans l'air flottaient des relents de chair en décomposition. Il m'a fait signe de me couvrir les yeux et de m'enfuir, comme si j'étais en quelque sorte responsable de ce que je venais de découvrir et que j'en serais punie. Le pauvre homme.

Le peuple hindou ne dispose que d'une piètre couverture médicale. J'ai demandé hier à Mme Waterton la raison pour laquelle tant de gens étaient manifestement malades et estropiés. Ma question l'a fait rire, comme si elle dévoilait ma sottise. Je me suis sentie insultée, même si j'ai pris garde de dissimuler ma colère pour ne pas la froisser, par égard pour son hospitalité. Puis elle m'a raconté que ces « païens » ont leur propre forme de « charivari » qu'ils considèrent comme leurs remèdes personnels. Rien que du potin et des âneries, m'a-t-elle assurée. Je suis persuadée que leurs méthodes sont plus efficaces que ne le prétend Mme Waterton, mais j'ai préféré me taire. Je lui ai demandé s'il y avait des Indiens soignés par des chirurgiens et médecins employés par la Compagnie des Indes orientales. Elle en a secoué la tête et m'a répliqué :

— Franchement !

Je dois faire attention où je mets les pieds.

Une femme intéressante est hébergée chez les Waterton en même temps que Faith et moi. Elle s'appelle Meg Liston. J'ai l'impression d'apprendre beaucoup d'elle.

Vous disposez à présent d'une adresse, si vous décidez de correspondre avec moi.

J'espère de tout cœur que vous êtes en bonne santé.

Linny.

C'était grâce à Meg que mon avenir aux Indes me paraissait plein d'espoir : elle débordait de suggestions et de questions. Elle me confia qu'elle avait entrepris la rédaction d'un livre au sujet des autels indiens et qu'elle avait tout un recueil d'esquisses de son cru, représentant des coutumes locales. Elle avait l'intention de les compléter lorsqu'elle traverserait les villages de la région de Lucknow. Elle n'hésitait pas à avoir des prises de bec avec M. Waterton.

— Tout est très facile aux Indes sans rivaux européens, monsieur Waterton, déclara-t-elle un soir, alors que son mari était censé venir bientôt la chercher. Et après la défaite… peut-être devrais-je dire la défaite écrasante… des Marathes dans le conflit anglo-marathe il y a une quinzaine d'années, vous n'avez pas d'opposants indiens non plus. La compagnie gouverne des régions de plus en plus larges du pays, et vous continuez cependant à refuser d'apprendre à communiquer efficacement avec son peuple.

Un tic incontrôlable fit frénétiquement cligner l'œil gauche de M. Waterton.

— Nous désirons sincèrement enseigner aux païens ce que nous avons reçu du Tout-Puissant. Sans nous, c'est le règne de l'anarchie. Le bon Indien, c'est un Indien obéissant, complètement dépendant de nous. Nous devons croire que nos valeurs remettront les choses en ordre.

— Nos valeurs ? Ça alors ! s'écria Meg, tandis que je dissimulais un sourire derrière ma serviette de table. Et qu'avez-vous accompli jusqu'à présent ?

— Meg ? Puis-je vous proposer de reprendre de la compote de fruits ? demanda Mme Waterton avec un coup d'œil à son mari et un faible sourire coincé. Le cuisinier a fait de gros efforts pour la réussir. Je travaille avec lui depuis la dernière…

— Qu'avons-nous accompli ? reprit M. Waterton. Accompli ? Enfin, madame Liston, regardez autour de vous ! Ne croyez-vous pas à la hiérarchie de la société ? Ne croyez-vous pas que nous, les Anglais et les Anglaises, en occupons le sommet, et que cette position nous permet par conséquent de contrôler la situation et d'apporter la lumière ?

— Pourquoi devrions-nous penser que nous sommes les seuls au sommet ? demandai-je.

Toutes les têtes qui se tournaient vers moi me rendirent fébrile.

— Bravo, Linny, déclara Meg. Vous voyez ? Elle est de mon avis. Nous représentons la nouvelle génération, Linny, moi-même… et Faith, ajouta-t-elle après une brève hésitation. Nous sommes des femmes confiantes, prêtes à nous élever à la hauteur de ce nouveau défi qui consiste à nous inclure dans un ensemble.

Faith émit un son qui aurait pu passer, au choix, pour un accord ou un désaccord. J'avais envie de la secouer comme un prunier. Pour quelle raison ne prenait-elle pas la parole ? Elle avait tant d'opinions – trop, m'étais-je parfois dit jadis. Mais j'avais l'impression qu'elle avait laissé une partie d'elle-même à Liverpool. Elle se disait peut-être que comme l'ancienne Faith n'avait pas réussi à obtenir une demande en mariage, elle devait désormais se fondre dans un moule plus conventionnel. Elle s'en sortirait peut-être avec davantage de succès. J'avais l'intention de la questionner à ce sujet.

— Oh, là, là, s'écria Mme Waterton qui avait perdu son sourire, à mon avis, nous devrions aller prendre le café sur la véranda. Nous y serons plus au frais. Je vous en prie. Allons sur la véranda.

Elle se leva. Nous fûmes contraintes de l'imiter et de la suivre à l'extérieur. M. Waterton nous pria de l'excuser, il allait fumer un cigare dans la salle de billard et la conversation, sous la férule agressive de Mme Waterton, revint à des sujets tels que le temps et son influence sur les fleurs.

— Tous ces beaux phlox et ces capucines seront anéantis dès la première rafale de vent chaud, annonça-t-elle.

La poitrine de Meg, assise rigidement au bord de son fauteuil, se soulevait et s'abaissait beaucoup trop rapidement. Elle ne participait pas aux tentatives de conversation de Mme Waterton et n'y prêtait même aucune attention. Pour finir elle se leva, nous présenta ses excuses et descendit dans le jardin. Le *mali* l'y suivit, une chaise légère dans les bras, au cas où elle aurait envie de s'asseoir. D'un geste impatient, elle lui fit signe de s'éloigner. Il posa la chaise et s'accroupit à côté. Il ne quittait pas Meg des yeux, comme s'il espérait la voir changer d'avis et réclamer ses services.

Lorsqu'elle fut hors de portée d'oreille, Mme Waterton hocha la tête.

— Je me demande comment son mari va s'en sortir avec elle. Elle est beaucoup trop impatiente de démontrer ses connaissances. Un trait de caractère peu souhaitable. Vraiment peu souhaitable.

Je jetai un coup d'œil à Faith qui tirait d'un air absent sur un brin d'osier détaché du bras de son fauteuil. Vêtue d'une robe de batiste rose pâle, avec des pantoufles de satin rose assorties, elle paraissait charmante et languissante.

Le mari de Meg arriva ce week-end-là. C'était un jeune homme séduisant, l'œil gauche recouvert d'un bandeau noir qui ajoutait à son charme fringant. Lui et Meg s'en allèrent, intarissables à propos des aventures qui les attendaient. Comme j'agitais le bras en guise d'adieu, je songeai qu'elle allait me manquer. Je l'enviais : il devait y avoir d'autres Anglaises aux Indes qui ne suivaient pas la norme comme des petits toutous. Mais d'après mes observations, elles étaient sans doute fort rares.

Nous étions arrivées depuis un mois et je n'avais encore rien découvert de la réalité des Indes. Je vivais une existence anglaise, je mangeais de la nourriture anglaise, des voix anglaises s'adressaient à moi, tout ce que je voyais faisait l'objet d'un strict contrôle. Je sentais que mon cœur était prêt à se laisser émouvoir par ce pays et je commençais à désespérer. Quand, et dans quelles circonstances, aurais-je la possibilité de m'aventurer dans Calcutta et peut-être, à l'intérieur des terres ? J'étais encore plus captive à Calcutta que je ne l'avais été à Liverpool ou même à Everton. Cette sensation éprouvante d'être confinée derrière des barreaux augmentait chaque jour.

Peu avant le départ de Meg, je lui avais demandé si elle trouvait difficile d'attendre son mari, de passer une période tellement calme et passive chez les Waterton avant d'entamer sa nouvelle vie. *Sa vraie vie*, comme l'avait affirmé Sally la Chinoise si longtemps auparavant à Liverpool.

— La vie aux Indes m'a appris la patience, m'avait-elle répondu. Un proverbe pachtoun m'a particulièrement aidée : « La patience est amère, mais les fruits sont doux. »

Je me répétais ce vers plusieurs fois chaque jour.

Faith ne paraissait pas avoir besoin d'un proverbe. En apparence, elle se satisfaisait d'aller faire une promenade guindée au *maidan*, d'aider Mme Waterton à planifier les repas, d'écrire des réponses aux invitations que nous recevions ou de rester assise oisivement dans le jardin. Ou, bien évidemment, de participer au cirque interminable des réunions mondaines. Faith avait dit vrai : Calcutta comptait plus de trois hommes pour chaque femme.

Sa conduite me laissait de plus en plus perplexe. Au début, je m'étais dit qu'elle était simplement épuisée par la longue traversée et qu'elle récupérerait sa vitalité au bout d'un certain temps. Mais c'était l'inverse qui se produisait : les semaines passant, il devenait indubitable qu'elle avait décidé de se conformer à Calcutta aux lois rigides de respectabilité contre lesquelles elle s'était battue à Liverpool. Elle me répliquait sèchement lorsque je mettais en question son acceptation du mode de vie creux et frivole de Garden Reach.

— On ne vient pas aux Indes sans objectif, Linny, me déclara-t-elle. La saison mondaine compte beaucoup.

Elle repoussa une mèche de cheveux qui s'était égarée.

— Je ne subirai pas la disgrâce d'être renvoyée au pays bredouille.

Elle s'employait de son mieux à éviter cet échec. Souvent, j'entendais son rire éclatant à travers la pièce, mais j'étais la seule à y discerner une note de désespoir. Elle était toujours entourée d'un cercle de prétendants. Chaque fois que nous rentrions d'une soirée, elle venait dans ma chambre s'asseoir sur mon lit pour me parler de chacun d'eux et me raconter ce qu'il lui avait dit. Elle avait son préféré, un jeune homme timide aux cheveux noirs qui s'appelait M. Snow – Charles, m'avait-elle confié. Il n'était pas très bavard mais il semblait fasciné par sa conversation et par la couleur flamboyante de sa chevelure.

Je trouvais assommantes les hordes de jeunes gens occupés à nous évaluer, dont aucun ne m'intéressait. Malgré mes efforts, je leur découvrais tout de suite des défauts. Certains me paraissaient coincés et suffisants, mais je reprochais surtout à la plupart d'entre eux d'être vains. Ils se pavanaient, fort satisfaits d'eux-mêmes, tels des paons déambulant sur une pelouse en faisant la roue.

Je me demandais si ma réaction provenait du fait que, contrairement aux autres jeunes filles, j'avais autrefois trop bien connu les hommes.

Ce fut lors de l'une de ces réceptions, durant la semaine de l'Avent, que je fis la connaissance de Somers Ingram.

Il était grand, avec des cheveux châtain ondulés et une moustache très soignée. Ses yeux bruns profonds, ses traits réguliers, son nez aquilin, ses lèvres pleines et son menton affirmé lui donnaient une beauté classique. Son teint était hâlé par le soleil. Lorsqu'on nous présenta l'un à l'autre, il se pencha au-dessus de ma main, la tint un instant de plus que nécessaire et m'adressa un sourire langoureux. Je connaissais par cœur ce genre d'individu, mais il dissimulait peut-être un secret soigneusement maîtrisé sous son sourire éclatant et son expression ouverte. Je lui rendis son sourire en murmurant que j'étais ravie de faire sa connaissance.

— Vous êtes donc arrivée par le navire de novembre ? me demanda-t-il.

— Oui. Depuis combien de temps vivez-vous aux Indes ?

— Cinq ans.

— Vous avez dû vivre des expériences mémorables...

C'était un jeu. Les mêmes questions, les mêmes réponses. Le trouvait-il aussi assommant que moi ?

— Effectivement. Et quelles sont vos impressions des Indes ?

Chaque jeune homme auquel j'avais parlé m'avait posé la même question. J'utilisais une réponse toute faite, apprise par cœur, que j'avais entendue dans la bouche de Faith et des autres jeunes filles : je m'extasiais brièvement sur l'étrangeté ambiante et sur les différences exotiques entre les Indes et l'Angleterre. De purs mensonges, puisque l'on ne m'avait pas autorisée à découvrir la moindre parcelle des Indes. Jusque-là, je n'avais des idées que sur l'Angleterre, sur les pressions incessantes exercées par la nécessité de se conformer aux règles de la société, sur le snobisme en vigueur dans les rangs des jeunes fonctionnaires, sur les tentatives de ne consommer que de la nourriture anglaise, sur le dédain manifesté à l'égard des domestiques. Les Indes demeuraient pour moi une énigme fascinante.

Ce soir-là, j'étais lasse et d'humeur plutôt maussade. Je poussai un soupir.

— J'aimerais bien pouvoir m'adresser correctement aux domestiques, dis-je. Vous devez bien parler le hindi, après toutes ces années, monsieur Ingram ?

— Le strict nécessaire. Les ordres et les réprimandes, essentiellement.

Le silence s'installa entre nous. M. Ingram attendait ma réponse. Devais-je adopter la réaction adéquate et lui dire que je partageais son avis ? Non. Je plongeai le regard dans le sien et crus y discerner une certaine profondeur. Je me dis qu'il n'était pas du genre à se laisser traiter à la légère. Si je lui avouais ce que j'avais sur le cœur, il manifesterait peut-être de l'intérêt.

— Eh bien, j'aimerais aller plus loin. J'étudie la langue plus sérieusement, mais elle n'est pas facile. J'essaie de la pratiquer avec les domestiques des Waterton, mais ils paraissent ne me répondre qu'à contrecœur. J'ignore si cela provient du fait que je ne prononce pas les mots correctement ou si c'est parce qu'ils sont effrayés.

Les yeux de M. Ingram se rétrécirent légèrement.

— Ni l'un ni l'autre, probablement. Ils se sentent mal à l'aise quand on s'abaisse à leur niveau. Ça leur embrouille les idées. Je ne vois pas pourquoi vous vous donnez ce mal. Vous n'avez besoin que de connaissances superficielles, juste de quoi les faire remuer. En fait, ce sont de vrais enfants. Mieux vaut les mener à la baguette. Et avec cohérence. Leur propre monde est si chaotique, si dénué de discipline, que d'une certaine façon, cela les rassure de recevoir des ordres et de savoir à quoi s'attendre s'ils ne les exécutent pas.

Je m'abstins de répondre. Il était comme les autres, avec son arrogance. J'essayai de trouver une riposte digne de Meg, mais aucune ne me vint à l'esprit. M. Ingram me décevait. Un bref instant, j'avais cru discerner en lui quelque chose qui en faisait un homme différent des autres.

Ma contrariété grandit, tandis que nous restions plantés au milieu des bruissements de soie et de laine de bonne qualité, cernés par les éclats de rires et les bavardages. Je n'avais plus aucune envie de continuer à converser avec lui et M. Ingram devait éprouver le même sentiment que moi : il parcourait la salle des yeux. Mais ni lui ni moi ne disposions d'un moyen poli de nous esquiver.

— Avez-vous de la famille en Angleterre, monsieur Ingram ?

— Personne. Ma mère est morte quand j'étais enfant. J'ai vécu à Londres jusqu'à il y a cinq ans, mais après le décès de mon père, j'ai décidé de m'aventurer ici. Venez-vous de Londres, mademoiselle Smallpiece ?

C'était à son tour à présent de plonger les yeux dans les miens avec insistance.

— De Liverpool.

— Je n'ai jamais eu l'occasion de visiter cette ville. Votre famille en est donc originaire ?

— Mes parents aussi sont décédés, répondis-je. Je vivais chez une tante et un cousin.

C'était plus facile de donner des réponses directes.

— J'imagine qu'ils vivent à Mount Pleasant ?

— À Everton, au nord de la ville. Mais vous venez

de me dire que vous n'aviez jamais été à Liverpool, monsieur Ingram ?

Son expression resta la même, mais il cligna les yeux et porta un doigt à sa moustache. Au cours du centième de seconde qu'il lui fallut pour répondre, j'eus la certitude qu'il allait mentir. Un bon menteur n'a en général aucun mal à en reconnaître un autre.

— Il n'est pas nécessaire d'être allé quelque part pour en avoir entendu parler.

— J'imagine.

Il s'éclaircit la gorge, leva le menton par-dessus mon épaule et une seconde plus tard, un monsieur d'un certain âge apparut à mes côtés. M. Ingram nous présenta et prit poliment congé.

Plus tard dans la soirée, alors que je me préparais à partir avec mes compagnons, j'aperçus M. Ingram en conversation avec un autre jeune homme. Verre à la main, il l'écoutait avec une vive attention. Pendant que je l'observais, il leva la tête et nos yeux se croisèrent. Nos regards se soutinrent une seconde de trop. Nous ne sourîmes ni l'un ni l'autre.

Je trouvais le beau M. Ingram énigmatique, mais déstabilisant. Il me donnait envie de fuir. Je n'arrivais pas à déchiffrer ce mélange d'attirance et de répulsion qui revenait me tarauder en un cercle vicieux.

Mais je suis en train de prendre de l'avance sur mon histoire.

19

Le lendemain matin de ma rencontre avec Somers Ingram, je demandai à Faith si elle le connaissait. Elle m'avoua l'avoir rencontré et trouvé charmant.

— Il occupe un poste important dans la Compagnie des Indes orientales, m'apprit-elle. Il fait beaucoup parler de lui, du fait de la rapidité de son parcours professionnel. De plus, sa famille est fortunée. À en croire certains, c'est grâce à l'influence de ses parents qu'il a pu grimper les échelons si vite. Mais il ne faut pas croire tout ce qu'on raconte.

J'acquiesçai.

— Pourquoi me poses-tu cette question, Linny?

— Je l'ai rencontré hier soir. Je dois dire que je l'ai trouvé arrogant.

— Pas du tout, Linny. Il ne l'est absolument pas. Question arrogance, parlons plutôt de M. Wittington. Est-ce que tu as été obligée de passer du temps avec lui ?

Elle continua à babiller au sujet d'autres célibataires et je cessai de l'écouter, me demandant ce que M. Ingram avait à cacher et quand nos chemins se croiseraient de nouveau.

Cette occasion se présenta lors d'un superbe bal organisé au Club de Calcutta pour célébrer la naissance de l'année 1831. La plus grande partie de l'élite de Calcutta, soit plus de trois cents personnes, y était conviée. Mon carnet de bal était plein depuis deux semaines. Je portais la toilette que j'avais fait fabriquer, poussée par Faith, avant notre départ de Liverpool. En brocart doré et soie couleur parchemin, elle était agrémentée d'un châle de dentelle destiné à dissimuler son large décolleté. En me contemplant dans la psyché qui me renvoyait le chatoiement de ma jupe éclairée par les chandelles, j'eus l'impression qu'elle me conférait une certaine magnificence.

J'avais changé depuis le jour où j'avais découvert, épouvantée, mon visage dans le miroir chez Shaker, après la nuit atroce où il s'était porté à mon secours. Mes cheveux étaient à présent épais et luisants, mes yeux brillants et mon teint pâle. Pendant que mon *ayah* me coiffait, j'eus la certitude que Somers Ingram assisterait à ce bal. Dès notre arrivée, je me rendis compte que je le cherchais du regard. Je ne le vis pas à la réception ni quand on nous attribua nos places au dîner, mais il fit son apparition au début du bal et s'inclina devant moi.

— Mademoiselle Smallpiece, dit-il, et je fus de nouveau frappée par sa prestance, sa peau lisse et ses lèvres pleines. Puis-je avoir le plaisir d'escorter Mlle Smallpiece sur la piste, madame Waterton ?

Il me tendit sa main gantée.

Mme Waterton émit un trille grisé et tint mon carnet de bal à bout de bras pour parvenir à le lire.

— Voyons, monsieur Ingram, je ne vois pas votre nom inscrit ici.

— Allons, madame Waterton, lui répondit-il d'un ton cajoleur. Bien entendu, il faut d'abord que Mlle Smallpiece accepte de m'accorder ce plaisir.

— Madame Waterton ? la questionnai-je, les yeux rivés sur elle.

J'avais envie de danser avec lui. Très envie.

— Mais bien sûr, ma chère. Je transmettrai vos excuses à votre partenaire quand il se présentera. Il sera déçu.

Nous valsâmes avec légèreté sur la piste de danse. Au début, le boniment de M. Ingram ne me demanda guère d'efforts. Il évoqua la splendide organisation du bal, un problème avec son *khansana*, un événement sportif auquel il avait récemment assisté.

— Vous êtes un excellent danseur, monsieur, le félicitai-je, une main gantée sur son épaule et l'autre tenue fermement dans sa propre main gantée.

— Merci, mademoiselle Smallpiece, me répondit-il en m'étreignant d'un peu plus près.

Comme nous virevoltions, je pris conscience de la pression de sa cuisse contre la mienne. Aucun autre célibataire n'avait manifesté une audace pareille. La plupart me tenaient à distance respectable.

— Mais j'ai l'impression que vous n'êtes pas tout à fait sûre de vos pas, ajouta-t-il. Est-ce que danser vous ennuie ou est-ce parce que vous n'êtes pas douée ?

Le caractère plus que critique de son commentaire me scandalisa tellement que je m'immobilisai net au milieu d'un tour.

— Je vous trouve bien indélicat, monsieur, déclarai-je du ton le plus indigné dont j'étais capable.

Je n'appréciais pas du tout l'insinuation selon laquelle je n'avais peut-être pas l'habitude de danser dans des salons distingués et des salles de bal. Meg Liston et le manque d'intérêt qu'elle professait à l'égard de la danse me vinrent alors à l'esprit.

— Nous ne sommes pas toutes aussi talentueuses que vous, monsieur Ingram, répliquai-je d'une voix teintée à présent d'impertinence, et certaines d'entre nous préfèrent consacrer leur temps à des loisirs plus intellectuels et culturels que la danse.

Il écarquilla les yeux.

— En fait, à en juger par vos talents de danseur, j'en conclus que vous êtes plutôt doué pour la mécanique et que l'intellect ne vous intéresse guère.

Il éclata de rire. Un rire franc et ravi.

— Bien dit, mademoiselle Smallpiece. Me voici puni. Et à juste titre. Bien évidemment, vous dansez avec grâce et légèreté. J'ai parlé hardiment parce que j'avais la sensation que tout ce tralala vous ennuyait et que je voulais voir comment vous alliez réagir à une remarque moins inoffensive que toutes ces mondanités habituelles que nous sommes tous contraints de ressasser, danse après danse.

Qu'il fût capable de discerner exactement ce que je ressentais me fit tressaillir d'étonnement. Sans compter le fait qu'il avait l'effronterie – non, le courage – de l'avouer. Cela signifiait qu'il avait entendu ce que j'avais cru être capable de dissimuler dans mes paroles et le ton de ma voix.

Nous recommençâmes à tournoyer à l'unisson.

— Par conséquent, vous me faisiez passer un test ? C'est bien ça ?

Il sourit.

— Si vous voulez. Et je suis enchanté de vous annoncer, mademoiselle Smallpiece, que vous l'avez brillamment réussi. Vous avez du cran, qualité qui fait cruellement défaut à la plupart des jeunes femmes que je rencontre ici. De l'esprit aussi, je le vois, vos yeux lancent des éclairs. Permettez-moi de vous complimenter pour les flèches dorées que vous me décochez.

Il flirtait à présent sans vergogne. En quelques secondes, il était passé des insultes aux éloges. Je ne savais quelle conduite adopter avec un homme tel que M. Somers Ingram.

Je pris une profonde inspiration.

— Que faites-vous pour la Compagnie ? lui demandai-je.

— J'en suis le contrôleur principal.

J'ignorais totalement en quoi consistait ce poste.

— C'est merveilleux.

— Vous trouvez ? J'aimerais bien savoir ce que vous trouvez de « merveilleux » dans mon emploi.

Lisait-il à nouveau dans mes pensées ? Comment osait-il me placer dans une situation si inconfortable ? La plupart des autres hommes auraient accepté ce compliment et se seraient ensuite répandus sur leur poste pour me faire comprendre les responsabilités qu'il impliquait. Ils n'auraient pas mis ma réaction en question.

— Vous ne savez absolument pas ce qu'est un contrôleur principal.

Je claquai la langue et lui adressai un sourire suggestif. Je me rendais compte que j'étais aussi capable que lui de flirter.

— Vraiment, monsieur Ingram, je vous trouve impossible.

— Allons, mademoiselle Smallpiece, ça ne vous va pas du tout.

— Quoi ?

— Ce faux air blessé. Pourquoi dites-vous que mon

poste est merveilleux alors que vous ignorez tout de lui et qu'en plus, vous vous en moquez totalement ?

La danse s'arrêta avant que je sois contrainte de lui répondre et il me ramena à Mme Waterton.

— Auriez-vous la gentillesse de m'autoriser à redanser avec Mlle Smallpiece ce soir ? lui demanda-t-il.

— De nombreux jeunes gens ont souhaité avoir le plaisir de sa compagnie, répondit Mme Waterton en s'éventant avec mon carnet de bal. Mlle Smallpiece ne doit pas donner l'impression de se conduire grossièrement.

— Bien sûr, dit M. Ingram en s'inclinant de nouveau.

Je fus envahie à la fois par la déception et par le soulagement, à l'idée qu'il n'allait plus m'embrouiller les idées avec son comportement déstabilisant.

— Quoique, ajouta Mme Waterton, elle sera peut-être de nouveau libre vers la fin de la soirée.

M. Ingram se pencha sur ma main qu'il tenait toujours et pressa les lèvres sur mon gant.

— J'en suis ravi à l'avance, dit-il avant de s'éloigner.

Mais il ne revint pas et je ne le revis pas au milieu de la foule. J'éprouvai une sensation qui ressemblait à une perte. Non, pas à une perte. Cela aurait signifié que quelque chose me manquait. Peut-être que le non-retour de M. Ingram pour une dernière danse se rapprochait davantage de la frustration que je ressentais, captive auprès de Faith et des Waterton dans Garden Reach, alors que les Indes étaient à portée de ma main.

Je m'aperçus que je me demandais quand j'allais revoir M. Ingram. Mais je n'éprouvais pas l'envie de me trouver en sa présence. En fait, c'était plutôt que quelque chose, dans sa personnalité, me déconcertait.

Nous nous revîmes à une soirée au Club de Calcutta, un peu plus tard en janvier. Sa peau était encore plus hâlée, comme s'il venait de passer du temps en plein air. Entourés d'autres personnes, nous échangeâmes des propos sur les sujets attendus : le temps (frais et agréable), l'architecture (la rénovation de plusieurs pièces du Bâtiment des Écrivains), la politique indienne (des rumeurs de difficultés avec l'administration du Rajah de Mysore) et des nouvelles du pays (la perspective enthousiasmante de la navigation à vapeur).

Comme les autres s'éloignaient peu à peu, nous nous retrouvâmes en tête à tête près de l'une des grandes portes. Je le félicitai sur son apparence.

— Vous avez l'air en grande forme, monsieur Ingram. Avez-vous fait du sport ?

— J'ai chassé toute la semaine dernière. J'ai tiré avantage du temps superbe qui ne va malheureusement plus durer très longtemps. Il faut en profiter à tout prix. Est-ce que vous aimez l'équitation, mademoiselle Smallpiece ?

Je glissai un doigt sur mon poignet.

— Pas particulièrement.

Je n'étais jamais montée sur un cheval.

— J'aurais pensé que cela vous plairait d'aller galoper et de partir en exploration sous le soleil et le vent de la saison fraîche. Vous n'en avez pas encore eu l'occasion ?

Si seulement il savait à quel point je rêvais de pouvoir m'adonner à ce genre d'activités !

— Cela vous dirait-il de vous joindre à un petit groupe ? Quelques-uns de mes amis, des dames comme vous et M. et Mme Weymouth, projettent une sortie la semaine prochaine.

— Je ne pense pas, monsieur Ingram. Je vous remercie de m'inviter, mais…

— Je vous prie de laisser de côté cette fausse timidité, mademoiselle Smallpiece. Elle ne vous sied pas, comme je me souviens de vous l'avoir déjà dit récemment.

Sa remarque me déplut.

— Je ne feins pas la timidité, répliquai-je.

— Non ? Dans ce cas, de quoi s'agit-il ? Savez-vous que votre expression vous trahit clairement ? On dirait que vous êtes renfrognée. J'ai presque l'impression de vous voir vous battre contre vous-même. Qu'est-ce qui vous empêche d'accepter de vous joindre à moi ? Allons, mademoiselle Smallpiece. J'aimerais la vérité. Je vois bien que vous avez très envie de partager ma compagnie.

À présent, j'étais beaucoup plus qu'ennuyée. Sa présomption me faisait bouillir de colère.

— Une dame n'a pas besoin de s'expliquer, répliquai-je avec flamme.

— Et une dame ne s'oublie pas non plus, rétorqua-t-il. Il me semble avoir perçu de l'impolitesse…

Il émit une exclamation de désapprobation.

— Vos manières me déplaisent, monsieur, dis-je d'une voix sourde. Je peux vous assurer que je ne m'oublie pas. Jamais.

Il haussa un sourcil d'un air suffisant qui me rendit absolument furieuse.

— Vraiment ?

Ses yeux étaient plongés dans les miens. Puis il chuchota, en effleurant ma joue de ses lèvres :

— Je ne vous crois pas.

Son haleine était chaude et son geste beaucoup trop familier lorsqu'il posa sa main sur mon avant-bras et caressa ma manche.

Le sang rugissait dans mes oreilles. Son visage n'était qu'à quelques centimètres du mien et un sourire retroussait les commissures de ses lèvres. Un sourire condescendant, présumant que j'étais comme toutes ces oies blanches, que sa proximité allait me faire flageoler et que j'allais m'évanouir dans ses bras. Je le trouvais séduisant, et pourtant je haïssais son insolence et la certitude qu'il avait de son charme.

J'approchai mon visage du sien de quelques millimètres supplémentaires.

— Monsieur Ingram, chuchotais-je, la mâchoire serrée, et il tourna légèrement la tête pour que je puisse lui parler à l'oreille.

L'envie de l'emporter me faisait trembler.

— Ôtez votre foutue main de mon bras !

L'impatience m'avait fait lâcher cet ordre avec autant de venin que j'avais pu en rassembler.

Il écarta la tête comme si je venais de le gifler. Et je compris à cet instant ce que je venais de faire : ce que Somers Ingram m'avait poussée à faire. Depuis deux mois, je me conduisais comme la dame que je prétendais être, en dépit du combat intérieur que je livrais. Cet homme m'avait fait oublier ma fausse identité, il m'avait lancé un défi et, bêtement, je l'avais relevé.

Somers Ingram me regarda directement dans les yeux et ce que je lus dans les siens me fit fermer un instant les paupières. *Comment avais-je pu être si sotte ? J'avais travaillé si dur.*

— Vous ai-je bien entendue, mademoiselle Smallpiece ?

Il retira sa main et recula, le visage triomphant.

Son expression laissait clairement entendre qu'il avait obtenu ce qu'il cherchait à atteindre.

— Je… je…

Je portai mes gants à mes joues brûlantes. Des ruisselets de transpiration coulaient sous mon corset étroitement lacé.

M. Ingram embrassa les lieux du regard pour s'assurer que personne ne nous observait et prit mes doigts dans sa main, légèrement, mais d'une manière encore beaucoup trop intime. Il fit glisser son pouce au centre de ma paume, et je frissonnai sous la pression de cette caresse. Puis il me dit, d'une voix basse et satisfaite :

— La dernière fois que j'ai entendu ce genre de langage, mademoiselle Smallpiece, c'était dans un bain turc de l'est de Londres.

Je ne trouvai rien à répondre.

M. Ingram lâcha ma main et s'écarta à une distance respectable.

— Mademoiselle Smallpiece, je trouve votre liberté de… langage rafraîchissante. Quand les circonstances s'y prêtent, je ne dédaigne pas moi-même d'employer un langage peu châtié. Alors, vous répondez définitivement non à mon invitation d'une promenade à cheval ?

Je tournai les talons et m'éloignai dans le bruissement de ma jupe, avec l'espoir d'avoir l'air digne.

Le 31 janvier, les Clutterbuck donnèrent une soirée de cartes à laquelle les Waterton, Faith et moi étions conviés. J'étais de bonne humeur ; cette après-midi-là, j'avais persuadé Faith de se glisser en douce avec moi hors du *maidan* pendant une bonne demi-heure. Mme Waterton avait détourné son habituel œil circonspect parce qu'elle avait rencontré une vieille amie qui revenait d'un poste dans le Nord. Toutes deux s'étaient retrouvées absorbées dans leur conversation, tandis que Faith et moi restions assises sur un banc face à elles. Quand je les avais poliment interrompues pour lui demander si nous pouvions nous promener le long du *maidan*, elle avait acquiescé d'un signe de tête absent.

Dès que nous avions été hors de la vue de Mme Waterton, j'avais dirigé Faith vers le chemin bordant le *maidan*. Passant un bras sous le sien, je l'avais entraînée le long de la queue de rickshaws et de palanquins. Faith hésitait, mais je la tenais d'une main ferme.

— Linny, Linny, arrête ! Où allons-nous ? me demanda-t-elle, le visage empourpré par l'inquiétude.

— Je n'en sais rien. C'est pour ça que c'est beau, répondis-je gaiement.

— On ne peut pas, Linny. Et si quelqu'un nous voyait ? Et si quelque chose nous arrivait ? Et si quelqu'un…

Je ne prêtai aucune attention à son plaidoyer dénué de conviction et une minute plus tard, nous nous retrouvâmes sur un marché. Il offrait une profusion désordonnée de fleurs, parmi lesquelles je reconnus des soucis et des reines-marguerites, ainsi que des fruits et des légumes que je voyais pour la première fois. Je m'arrêtai devant une charrette et j'enlevai mes gants pour caresser leurs surfaces allongées et lisses, certaines blanc ivoire et d'autres mauve foncé. L'homme enturbanné accroupi sur les talons à côté de la charrette se releva d'un bond, prit un légume violet luisant et le poussa dans ma direction. Je lui adressai un hochement de tête négatif et lui dis, dans mon hindi hésitant, que je n'avais pas d'argent. Mais il le déposa avec douceur dans mes mains avant de m'adresser un *saalam*. Je compris qu'il s'agissait d'un présent. J'inclinai la tête et il répondit de la même façon, avec une grande dignité.

— Qu'est-ce que c'est ? Qu'est-ce que tu vas en faire ? me demanda Faith qui s'accrochait à moi.

— Je n'en ai aucune idée, lui répondis-je, mais je ne pouvais pas lui faire l'insulte de le refuser.

Nous suivîmes les étroites ruelles du marché, respirant des odeurs d'huile de cuisson, d'ail et de tabac. Je reconnus celle du gingembre et du clou de girofle, mais il y avait une foule d'autres épices dont j'ignorais le nom. Un instant, nous respirions le parfum enivrant du bois de santal et la seconde suivante la puanteur agressive de la bouse de vache en train de brûler. Faith se couvrit le nez de sa main gantée. Comme nous passions devant des braseros sur lesquels des femmes cuisinaient des galettes plates pâteuses, je m'aperçus que j'avais faim. Je mourais d'envie de goûter ces galettes qu'elles pétrissaient de leurs mains avant de les jeter dans une poêle pour les cuire. Dans l'air résonnaient des bribes de musique exotique jouée sur des instruments inconnus, des tintements de cloches et les craquements d'essieux de chars à bœufs…

Je m'immobilisai, si bien que Faith se cogna contre moi. Je restai figée sur place, les yeux clos, pour écouter.

— Pourquoi t'arrêtes-tu, Linny ? Est-ce que tu connais le chemin pour retourner au *maidan* ? Oh, mon Dieu, regarde cet enfant ! Il est tout seul ?

J'ouvris les yeux et aperçus un bambin entièrement nu d'environ deux ans, qui avançait à pas menus sur le sol de boue durcie. Une ficelle rouge était enroulée autour de son poignet. Je la suivis des yeux et m'aperçus qu'elle était reliée à celui d'une jeune mère qui portait un second enfant contre son sari. Elle marchandait avec un vendeur à propos d'un coupon de coton jaune vif qu'elle tenait dans sa main libre.

— Non, regarde sa main.

L'enfant s'approcha jusqu'à ma jupe, s'arrêta et leva les yeux vers moi. Il referma son petit poing sur la popeline à pois de ma robe. Je souris et posai la main sur son crâne foncé. Ses cheveux étaient soyeux.

— Ne le touche pas, me chuchota Faith. Tu risques d'attraper une maladie.

— Ce n'est qu'un bébé, Faith. Regarde comme il est mignon !

— Mais c'est honteux. Il est complètement nu !

Le bambin regardait le légume violet luisant que je portais dans mon autre main. Il lâcha ma jupe pour tendre les deux mains vers lui. Il avait des yeux immenses, d'un noir lumineux, et il se mit à pousser des plaintes identiques à celles de tous les petits enfants du monde qui réclament quelque chose. Je déposai le légume dans ses paumes tendues. Au moment où il s'en saisit, une secousse fit bouger le fil à son poignet et mon regard passa de lui à sa mère. Elle nous observait, l'air inquiet. Je lui adressai un sourire. Son visage se détendit et elle me sourit en retour.

Faith me tira par la manche.

— Il faut que nous retrouvions notre chemin, Linny. Ça fait trop longtemps que nous sommes parties. Mme Waterton va peut-être nous chercher, et elle ne mettra pas longtemps à s'apercevoir que nous ne nous trouvons plus au *maidan*.

— Très bien, très bien, répondis-je.

Je jetai un dernier regard à l'enfant qui avançait à pas hésitants, le visage rieur, sur ses petites jambes torses en direction de sa mère à laquelle il tendait le légume.

D'instinct, j'avais compris comment fonctionnait ce marché : il n'était guère différent de ceux que, petite fille, je traversais à la hâte tous les jours à Liverpool.

Faith poussa un soupir de soulagement lorsqu'elle aperçut la structure bien nette, soigneusement dessinée, du *maidan*.

— Tu ne trouves pas que nous sommes très vilaines, Linny ? me demanda-t-elle, détendue à présent que nous avions survécu à ce qu'elle considérait probablement comme une aventure téméraire.

Le chaos du marché n'était déjà plus qu'un vague souvenir d'odeurs et de bruits.

— Mme Waterton ferait une crise de dyspepsie si elle apprenait notre escapade.

— Arrangeons-nous donc pour qu'elle ne l'apprenne pas, lui dis-je avec un sourire.

Des bribes de l'ancienne Faith frémissaient à l'intérieur de la nouvelle. Je renfilai mes gants et en portai un à mon visage. Il conservait encore des relents de fumée et d'épices des Indes que je voulais connaître. Je passai mon bras sous celui de Faith et nous hâtâmes le pas.

Plus tard, à notre arrivée chez les Clutterbuck, j'étais encore remplie du plaisir que m'avait procuré cet avant-goût de liberté inattendue. Il y avait plusieurs autres invités et M. Ingram et moi nous retrouvâmes au bout de quelques minutes devant les portes ouvertes de la véranda. En dépit du petit pincement de plaisir que je ressentis à sa vue, l'inquiétude m'envahit aussi : je ne désirais pas lui parler, je ne voulais pas sentir peser sur moi le regard suggestif qui m'avait fait réagir de travers. Je craignais qu'il ne gâchât ma bonne humeur. Tout ce que je désirais, à cet instant précis, c'était respirer un peu.

Les pièces étaient bondées, l'air embaumait les parfums des femmes et celui du laurier-rose, du jasmin et des reines-de-la-nuit qui débordaient de grands vases placés un peu partout.

Mais M. Ingram refusa de me laisser passer sans me parler, alors que j'avais la tête tournée dans l'autre direction.

— Eh bien, mademoiselle Smallpiece, je suis ravi de vous revoir, me dit-il.

Il était l'image même de la politesse.

— Moi aussi, monsieur, répondis-je, essayant de conserver une voix agréable, mais sans croiser ses yeux.

Une grande tension régnait dans l'air.

Un jeune domestique élancé, portant un pantalon, une veste et un turban blancs impeccables, traînait non loin de nous avec un plateau d'argent plein de flûtes en cristal remplies d'un liquide cramoisi. Les verres cliquetaient imperceptiblement les uns contre les autres. Je vis un mince filet de transpiration couler de sous son turban. Il finit par s'approcher de nous, et tendit le plateau vers moi tout en regardant M. Ingram.

— Du bordeaux ? Ou alors du madère ? me proposa ce dernier.

— Rien du tout, merci, répondis-je.

Le serviteur ne bougea cependant pas. M. Ingram finit par prendre un verre, mais le garçon restait toujours là. M. Ingram le renvoya d'une phrase murmurée rapidement en hindi.

Notre hôtesse choisit cet instant pour claquer ses mains potelées afin de nous annoncer que nous allions former des paires pour jouer au whist.

— Mademoiselle Smallpiece, je vais aller fumer un

petit cigare discrètement dehors. Les jeux de cartes, sans gros enjeux, ne m'intéressent pas du tout.

Il m'adressa son sourire éblouissant bien huilé et reposa son verre plein sur une table proche.

Je le regardai disparaître par les portes ouvertes. Il s'était conduit comme si aucun incident désagréable ne s'était déroulé entre nous, à peine dix jours auparavant. Je pris une profonde inspiration, me convainquant que ses bonnes manières l'empêcheraient de faire mention de mon éclat de vulgarité.

Je jouai plusieurs parties de whist, mais je me sentais agitée et sur les nerfs. J'avais l'impression que j'allais me mordre la langue si Mme Clutterbuck demandait une fois de plus ce qu'étaient les atouts ou si elle gémissait parce qu'on ne lui servait que des cartes avec des chiffres et jamais des figures. À la partie suivante, je priai mes partenaires de m'excuser et je me glissai par les portes ouvertes de la véranda pour descendre les larges marches brun foncé de la villa donnant sur le jardin. Ravissant, il devait son éclat à un éventail de cannas qui s'élevaient à hauteur de poitrine et, au-delà, à un bosquet de frangipaniers de temple aux fleurs délicates, presque ciselées, dont l'arôme pénétrant me surprenait toujours. La pleine lune, blanche, brillait de tous ses feux, et je m'arrêtai pour coincer une fleur de frangipanier derrière mon oreille. Une sensation étrange s'empara de moi, comme si j'allais m'élever subitement dans le ciel étoilé. Malgré son côté dérangeant, elle était agréable. Je souris à la pensée du marchand qui m'avait offert le légume et de la douceur soyeuse des cheveux du bambin. Puis j'étendis les bras et me mis à tournoyer au clair de lune. Je sentais se relâcher en moi quelque chose de froid, de dur et de sombre. Je compris tout à coup, non sans surprise, que j'éprouvais en fait du bonheur. *Je suis heureuse*, me dis-je. *Je me trouve dans un jardin de Calcutta. Je m'appelle Linny Gow et je ne rêve pas d'une vie différente. C'est ma vie.*

— Je suis heureuse, annonçai-je tout haut dans ce jardin à la beauté désordonnée.

Des mots qui sonnaient pleinement, ronds, argentés et brillants comme s'ils captaient le reflet de la lune. J'avais la sensation d'avoir retenu mon souffle toute ma vie, la poitrine comprimée par l'effort. À présent que je prononçai cette phrase, *je suis heureuse,* elle parvenait à se dilater.

Je repris mon équilibre et m'attardai, sans être dérangée, dans l'herbe éclairée par la lune. Il m'était impossible de regagner le salon bruyant et étouffant. Je m'avançai sans hâte sur le sentier menant au quartier des domestiques, dont les hangars rudimentaires s'entassaient contre le mur du fond. Il en provenait un ronronnement incessant de voix étouffées et le roulement lent d'un tambour. À l'extérieur d'une hutte, une jeune femme, assise adossée au mur grossier, donnait le sein à son bébé. Elle se leva d'un bond à ma vue, voulut couvrir sa poitrine de son sari et m'adresser un *saalam* en même temps. L'enfant, qui avait perdu son téton, se mit à brailler faiblement.

— Je vous en prie, essayai-je de lui dire dans mon hindi approximatif, je vous en prie, continuez.

Tout en suivant le chemin sinueux, je croisai des hommes et des femmes qui conversaient à voix basse, accroupis autour de chandelles à mèches de jonc posées par terre à côté de leurs huttes. À mon passage, tous se levèrent et se turent. J'adressai un sourire à chacun d'entre eux, consciente de les avoir dérangés en m'aventurant jusqu'à leur quartier, mais sans me le reprocher. Je distinguai une dernière hutte éclairée par les rayons de lune qui soulignaient tout avec autant de netteté qu'en plein jour. À côté d'elle, un sentier étroit formait une boucle qui allait me ramener en direction de la maison. Je fus soulagée de ne pas avoir à revenir sur mes pas et à déranger une deuxième fois les domestiques.

La hutte se détachait à une certaine distance des autres. Alors que je passai devant sa porte ouverte, les bruits familiers d'un accouplement m'incitèrent à m'arrêter pour jeter un coup d'œil à l'intérieur. Je distinguai deux silhouettes qui s'ébattaient en rythme sur un matelas. J'aurais dû continuer mon chemin, mais la respiration rauque et rapide de l'une, à laquelle répondait l'autre, me cloua sur place. Je m'aperçus alors qu'il ne s'agissait pas d'un homme et d'une femme comme je le pensais, mais de deux hommes. J'ajustai ma vision de manière à voir que l'un d'eux était à genoux, appuyé sur les coudes. Son corps à la couleur ténébreuse, mince et frêle, luisait. L'autre, plus solide et d'une stature plus large, était agenouillé derrière lui. Vêtu d'une chemise blanche dont les boutons de perle jetaient des éclats, il agrippait fiévreusement les hanches étroites devant les siennes pour parvenir à ses fins.

Avant que j'aie pu reculer ou même détourner les yeux, l'individu qui prenait l'autre tourna la tête et je me retrouvai face à face avec le visage de Somers Ingram. Il s'arrêta au milieu de son mouvement et j'eus l'impression que l'intensité des roulements de tambour, quelque part dans mon dos, s'amplifiait. L'autre homme, en lequel je reconnaissais à présent le jeune serviteur du salon, regarda aussi en direction de la porte et poussa un cri d'alarme. M. Ingram se détacha brutalement de lui et le jeune homme roula sur le flanc en attrapant sa chemise et en la jetant par-dessus son turban et son visage.

Il était trop tard pour faire semblant de ne pas les avoir vus.

— Pardonnez-moi pour cette intrusion, dis-je, excuse qui me parut guindée, presque comique. Je suis absolument navrée. Je... je m'étais égarée.

M. Ingram me contemplait, sans essayer de se couvrir. Il était assis sur les talons et son érection était encore visible.

Incapable de respirer normalement, je m'éloignai en hâte. Je ne comprenais pas vraiment pourquoi ce spectacle m'avait perturbée, moi qui n'avais pas seulement été témoin de tous les genres de perversions mais qui y avais participé. Je me maudis d'avoir eu l'audace d'aller me promener ainsi. Toute mon allégresse s'était envolée, je n'étais plus que confusion et amertume. Je pris la fleur de frangipanier coincée derrière mon oreille et la jetai à terre. Étais-je déçue d'être tombée sur Somers Ingram dans une telle situation ou lui en voulais-je de m'avoir déstabilisée au cours de nos conversations, pour son propre plaisir, alors que son goût se portait sur les garçons et non sur les femmes ? Il ne s'était jamais intéressé à moi, et je m'aperçus que je le ressentais comme un affront.

Je ne m'étais éloignée que depuis quelques instants lorsque Somers Ingram me rejoignit à grands pas, en écrasant les coquillages du sentier sous ses semelles.

— Mademoiselle Smallpiece ?

Je me tournai vers lui. Il était aussi maître de lui et parfaitement vêtu que lors de notre conversation dans le salon des Clutterbuck, un peu plus tôt dans la soirée.

— Je ne pense pas que nous ayons quelque chose à nous dire, monsieur, lui dis-je en redressant le menton.

— Permettez-moi de vous raccompagner à la maison, me dit-il.

Sur ce, il passa fermement son bras sous le mien.

Lorsque je voulus me détacher, il resserra son étau de telle sorte que j'en fus incapable. J'essayai de marcher rapidement, mais il me força à adopter une allure tranquille.

— Mademoiselle Smallpiece. Je dois vous parler franchement.

Je laissai échapper une exclamation de dégoût.

— Croyez-vous que j'aie envie de parler de quoi que ce soit avec vous ?

Il ôta son bras, mais pour tenir à présent le haut du mien. Puis il se tourna vers moi de façon à me faire face à la lumière de la lune.

— Figurez-vous, me dit-il, manifestement peu soucieux de savoir si je voulais ou non lui parler, que ce qui vient de se passer fait partie de ce qui me gênait à votre sujet, mademoiselle Smallpiece. Cette scène dont vous venez d'être témoin… Vous n'avez pas réagi comme l'aurait fait toute autre jeune femme de votre classe en m'apercevant avec mon Ganymède. Vous n'avez pas poussé un hurlement d'horreur et vous ne vous êtes pas évanouie sur place. Vous ne vous êtes pas transformée en épave muette et tremblante, comme aurait dû le faire toute vierge anglaise, devant un spectacle que, soit dit en passant, la plupart seraient bien incapables d'imaginer, y compris dans leurs rêves les plus vicieux, tant leur innocence est soigneusement préservée. J'ai vu votre expression – ou dois-je dire votre manque d'expression – quand vous nous avez surpris… disons, *en flagrant délit*. Vous étiez déroutée. Ce qui m'induit à croire que vous n'étiez ni choquée ni même désarmée. Comme si vous aviez assisté à des scènes dont une jeune fille de bonne famille anglaise n'aurait pas dû être le témoin. Est-ce que je me trompe ?

Sa main me brûlait à travers la soie fine de ma manche.

Je savais que je me trouvais devant un précipice et qu'un seul faux pas me précipiterait par-dessus bord.

— Je ne comprends pas ce que vous racontez.

La note de désespoir qui s'était insinuée dans ma voix me fit perdre mon sang-froid.

— Votre réaction, sans compter votre langage stupéfiant lors de notre dernière rencontre, m'incitent à m'interroger.

Il sait, il sait, résonnait dans ma tête aussi bruyamment qu'une cloche sonore.

— Vous sentez-vous bien, mademoiselle Smallpiece ? En définitive, vous êtes peut-être sous le choc. Vous avez l'air interloquée.

Il eut l'audace de sourire.

J'arrachai mon bras à son étau, relevai ma jupe et pris mes jambes à mon cou dans l'herbe humide qui abîma mes mules. Je regagnai le salon où je trouvai un coin tranquille où m'asseoir. En inspirant à fond et en m'éventant, j'essayai de reprendre souffle. Je ne cessai de jeter des coups d'œil en direction des portes ouvertes de la véranda. Je m'attendais à voir apparaître Somers Ingram et je me demandais comment je parviendrais à rester maîtresse de moi-même. J'avais désormais commis trop d'erreurs avec lui et j'étais terrifiée.

Mais il ne revint pas et une demi-heure plus tard, je fus reconnaissante à Mme Waterton de suggérer que nous prenions congé.

20

Nous étions le 5 février. Faith et moi avions été invitées à une soirée de rafraîchissements et de musique de chambre dans une demeure d'Alipur où résidaient plusieurs célibataires, dont Somers Ingram. La réception était donnée par le Groupe des Anciennes du Club de Calcutta. Mme Watterton nous assura, Faith et moi, que ces dames aidaient souvent les célibataires à recevoir jusqu'à ce qu'ils trouvent chaussure à leur pied.

— Cette occasion de recevoir à domicile constitue un changement agréable pour eux.

Dès que j'appris que M. Ingram faisait partie des hôtes, j'essayai de trouver une raison de me faire excuser. Mais Faith se languissait d'y aller : elle avait revu M. Snow à plusieurs reprises et il serait également présent.

— Si tu ne m'accompagnes pas, Mme Waterton m'interdira peut-être d'y aller, Linny. Je t'en supplie, tu dois venir. Pour moi, à défaut d'autre chose.

Je finis par accepter, tout en sachant que j'allais passer un moment désagréable. Mais il m'était impossible d'éviter M. Ingram à l'infini : nos chemins continueraient à se croiser lors d'événements mondains et je ne pouvais pas rester enfermée à jamais chez les Waterton.

La maison était spacieuse et meublée de façon plus

spartiate que celles que j'avais visitées jusque-là. Hormis les Anciennes, qui s'affairaient ici et là d'un air suffisant, les invités étaient jeunes, ils riaient bruyamment et parlaient avec animation et l'ambiance de la soirée était plus détendue que d'ordinaire.

Charles Snow vint tout de suite saluer Faith qui prit son bras, et ils s'éloignèrent, tête contre tête, plongés dans une conversation intense. Je bavardai avec plusieurs autres jeunes femmes au salon en sirotant de la liqueur au citron vert. J'étais soulagée de ne pas voir M. Ingram.

Mais au moment où on nous convoquait dans la salle de musique, il surgit à mes côtés comme d'un nuage de fumée.

— Mademoiselle Smallpiece…

— Bonsoir, monsieur Ingram, répondis-je d'un ton détaché.

C'était à lui d'orienter la conversation. Il gardait un visage indéchiffrable.

— C'est sympathique d'être venue. Bienvenue chez nous.

— Je vous en prie.

— J'espérais vous revoir au plus vite, mademoiselle Smallpiece. En fait, j'ai fait avancer cette soirée pour avoir l'occasion de vous parler avant que trop de temps ne se soit écoulé. J'ai songé vous envoyer un carton chez les Waterton, mais je me suis dit que vous risquiez de refuser de me recevoir. Et puis, auriez-vous accepté la présence éventuelle de Mme Waterton.

— Et en quoi sa présence vous aurait-elle gêné, monsieur Ingram ?

Sans rien dire, il me fit emprunter un large couloir. Je jetai un coup d'œil par-dessus mon épaule en me demandant si je devais m'arracher à lui et rejoindre les autres et si quelqu'un n'allait pas conclure, à notre vue, que je me conduisais de façon malséante. Mais comme tout le monde faisait la queue dans l'autre direction, ils nous tournaient tous le dos, et je le laissai m'emmener.

Nous entrâmes dans une pièce dont M. Ingram referma les portes munies de volets dans notre dos. C'était une chambre, meublée d'un lit à baldaquin. Des portes fenêtres ouvertes donnaient sur la véranda, à l'arrière de la maison.

— Est-ce votre chambre, monsieur Ingram ? C'est tout à fait déplacé, observai-je, remarquant le *punkah-wallah* qui tirait d'un geste languissant sur sa corde dans un coin de la pièce. Pour quel genre de femme me prenez-vous ? M'emmener ainsi dans la chambre d'un homme…

Il ne me laissa pas terminer.

— Cessons ce petit jeu. Vous et moi avons besoin de nous parler en toute intimité, déclara-t-il.

Quelque chose, dans sa voix, indiquait que je ne m'étais pas trompée la première fois que je l'avais jugé. Comme il tournait le visage vers moi, dans cette pièce faiblement éclairée, je constatai qu'il avait laissé tomber le masque qu'il portait, tout comme j'en portais un moi aussi en compagnie des autres. Et je saisis par la même occasion sa véritable nature : il était fort de la certitude d'obtenir ce qu'il désirait, à n'importe quel prix.

— Je ne vois aucune raison d'éviter le sujet, mademoiselle Smallpiece. Le sujet étant, bien évidemment, la découverte infortunée que vous avez faite lors de la soirée de cartes chez les Clutterbuck.

— Je ne vois pas là matière à conversation, répliquai-je. On peut difficilement qualifier de sujet vos agissements, à savoir vos préférences et vos activités. Personnellement en tout cas, j'en suis incapable.

Somers Ingram était assis sur un tabouret rembourré et me fixait d'un regard identique à celui qu'il avait posé sur moi, de la hutte éclairée par la lune. Qu'il restât assis alors que j'étais debout traduisait l'idée qu'il se faisait de moi : il faisait preuve d'irrespect à mon égard. Gênée d'être scrutée de la sorte, je pris également place, de manière empruntée, dans un petit fauteuil.

En dépit du fait qu'il ne faisait pas une chaleur brûlante à l'extérieur, pas un souffle d'air ne traversait la pièce à l'atmosphère pesante, malgré le panneau de toile que le *punkah-wallah* balançait lentement au-dessus de nos têtes. Au loin, j'entendis nettement le point d'orgue et les grattements signalant la fin d'un morceau de musique, suivis d'applaudissements étouffés. Puis les premières notes familières d'une œuvre de Mozart.

J'attendis, malgré mon envie de me relever – avec l'air digne et hautain dont je voyais chaque jour des exemples – et de quitter cette pièce, quelle que fut la tactique que M. Ingram avait choisie d'utiliser. Il n'exerçait aucune emprise sur moi. Je pouvais partir de mon propre gré. Pourtant, je n'en fis rien.

— Je vous connais bien, vous, les filles de la Flottille des Pêcheuses, déclara-t-il. Rien que des calculatrices, poussées par le désespoir. Vous êtes prêtes à tout pour dénicher un mari, non ? La perspective de rentrer bredouille au pays ? Je suis persuadé que c'est la pire des menaces suspendues au-dessus de vos jolies têtes dès que vous avez posé le pied sur le sol indien. Je voulais vous demander si je pouvais vous rendre un service susceptible de vous faire oublier ce commerce sur lequel vous êtes tombée par hasard. Vous présenter, par exemple, à un homme qui n'a pas encore eu vent de tout ce que vous avez à offrir.

— Je n'ai pas besoin de votre aide, monsieur Ingram, lui répliquai-je. Et comme je vous l'ai dit, la manière dont vous conduisez votre vie ne me regarde pas. Vous n'avez pas à m'acheter. Je sais garder un secret. Et je ne suis pas la créature désespérée que vous décrivez. Je ne suis peut-être pas aussi impatiente de trouver un mari que vous l'imaginez.

Son attitude avait quelque chose de tellement condescendant, il évoquait la Flottille des Pêcheuses et les « Bredouille », comme on les surnommait, d'un ton tellement sarcastique que je voulais le remettre à sa place et lui faire comprendre que je n'étais pas comme les autres.

Non seulement ma réponse ne le démonta pas, mais il osa même sourire. Je m'aperçus néanmoins qu'une fine pellicule de transpiration faisait luire son front et je le vis effleurer sa moustache d'un geste preste, signe de nervosité. Cela me donna de l'assurance. Il croisa les jambes.

— C'est l'unique raison de faire le voyage aux Indes quand on n'est pas mariée, non ? Je sais bien que certaines d'entre vous s'abritent derrière l'excuse de venir s'occuper d'un frère ou de tenir compagnie à une mère esseulée, mais aucun d'entre nous n'est dupe. Aucune femme célibataire ne vient ici dans un autre but, à moins d'être missionnaire. Vous avez l'audace d'affirmer que vous n'êtes pas désespérée. Mais cela ne provient-il pas du fait que vous ne vous en sortez pas bien avec les prétendants éventuels ? Force est de constater que vous faites souvent tapisserie.

Je ne baissai pas les yeux.

— J'ai accompagné ici mon amie, Mlle Vespry.

— Et vous avez l'intention de regagner l'Angleterre dès qu'elle aura trouvé un mari convenable ?

J'hésitai. Personne ne m'avait jamais posé la moindre question au sujet de mes projets.

— Non. Je n'ai pas l'intention de retourner en Angleterre. En tout cas pas dans un avenir proche.

Rien ne m'attend là-bas, même si je me refuse à vous l'avouer.

— Et ?

Il balançait le pied.

— Qu'allez-vous faire ici, une fois que l'entreprenante Mlle Vespry sera devenue une memsahib ? Il est évident qu'elle ne voudra plus de votre compagnie quand elle aura trouvé un époux.

— Je ne sais pas encore. J'ai… j'ai pensé me renseigner sur les possibilités d'emploi. J'ai travaillé autrefois dans une bibliothèque. De mon propre choix, bien entendu.

Il dressa la tête.

— Vous avez été *employée* ? Et vous croyez que vous pourriez continuer de la sorte à Calcutta ? Voyons, voyons, mademoiselle Smallpiece. À votre place, je n'ébruiterais pas ce projet. Il marquerait votre fin. Aucune femme blanche n'est jamais employée aux Indes. Et aucune femme blanche n'y demeure, à moins d'être mariée ou d'avoir l'infortune d'être une fille ou une sœur célibataire. Je suis persuadé que vous le comprenez, mademoiselle Smallpiece. À quoi pensez-vous donc ?

Je me levai.

— Franchement, monsieur Ingram, votre grossièreté dépasse les bornes. Je me demande pourquoi je suis restée parler avec vous. Nous n'aborderons plus votre…

votre imprudence. Je ne vous menacerai jamais de le faire, même si la sodomie est punie de pendaison. Nous ferons notre possible pour nous ignorer l'un l'autre quand nos chemins se croiseront en société.

Il inclina la tête de côté en plissant les yeux. Il ne s'était pas levé en même temps que moi mais avait choisi de demeurer assis, irrespectueusement, sur son tabouret.

— Ça recommence, mademoiselle Smallpiece. Vous me surprenez un peu plus chaque jour. Comment pouvez-vous savoir que la sodomie est un crime ? D'ailleurs, que savez-vous à ce sujet, mademoiselle Smallpiece ? Le simple fait de connaître et de prononcer ce mot…

Je redressai le menton et me dirigeai vers la porte.

— Il y a quelque chose chez vous qui n'est pas… (Il regarda vers les portes-fenêtres ouvertes)… pas exactement… (Il marqua une nouvelle pause.) Je n'arrive pas à le formuler.

Sous sa moustache, son sourire s'était réduit tout au plus à une simple balafre.

— J'ai toujours estimé être fin psychologue. Cette façon qu'ont les hommes de se tenir à distance respectueuse de vous… Cette manière appuyée dont vous leur faites comprendre votre manque d'intérêt. On dirait presque que vous *n'aimez pas* les hommes, mademoiselle Smallpiece. Oui, j'ai l'impression que c'est ça, conclut-il avec un hochement de tête, comme si son intuition le surprenait. Vous essayez peut-être de le dissimuler, mais à présent que j'y pense, c'est tout à fait clair et je crois que les hommes le sentent. Sinon, d'où pourrait venir leur réticence ? Ce n'est pas que vous manquiez de séduction, et si vous n'êtes pas un parangon de beauté conventionnelle, votre physique est tout aussi passable que celui des autres. Allons, mademoiselle Smallpiece, parlons-en franchement.

J'étais arrivée au milieu de la pièce.

— Qu'est-ce qui vous permet de penser que vous êtes autorisé à me parler sur un ton si grossier et si familier ?

À l'arrière de ma tête, un bourdonnement me prévenait que j'étais en danger. J'aurais voulu que Faith vienne me chercher. Au loin, le ronronnement de la musique continuait. Le *punkah* se balançait paresseusement au-dessus de nos têtes et de l'obscurité, au-delà de la terrasse, nous parvint le criaillement d'un paon auquel répondit le cri de désir d'une femelle.

M. Ingram aboya de rire.

— Familier ? Franchement, à vous entendre, on dirait que vous ne m'avez pas surpris dans la plus familière des postures !

Un gecko choisit cet instant pour tomber des poutres sur ma manche de soie moirée lavande pâle. Je suffoquai de surprise et voulus me débarrasser du petit lézard, mais il tenait bon. M. Ingram agit rapidement, se conduisant sans réfléchir comme tout gentleman l'aurait fait à sa place. Il traversa la pièce en quelques enjambées et saisit le gecko. Comme il essayait de l'arracher, les griffes de la minuscule créature restèrent coincées dans le tissu délicat et firent remonter la manche fluide en corolle jusqu'à mon coude.

M. Ingram demeura alors figé sur place, la main refermée autour du fragile corps vert. Une curieuse expression s'était affichée sur son visage. Il se servit de son autre main pour dégager le reptile inoffensif en le tenant avec précaution entre le pouce et l'index.

— Prends ça, dit-il, et le *punkah-wallah* surgit de l'ombre et lui prit le gecko des mains.

Alors que je remettais de l'ordre dans ma manche, je m'aperçus que M. Ingram continuait à fixer mon bras du même regard bizarre et pensif. Puis sa peau hâlée par le soleil blanchit, comme si le sang se retirait de son corps. L'espace d'un instant, je crus que le gecko l'avait terrifié.

— Remontrez-moi ça, dit-il. La marque, à l'intérieur de votre bras.

Dans mes oreilles, un chuchotement lointain transforma le bourdonnement en sonnette d'alarme bruyante. Une bouffée de chaleur déclencha des martèlements dans mon crâne. J'avais l'impression qu'un surplus de sang coulait dans mes veines, comme si celui de M. Ingram m'avait été transfusé. Alors qu'il avait blêmi jusqu'à devenir de la même couleur qu'un pudding à la farine et à la graisse de bœuf, je brûlais, je rougissais. Mes mains continuèrent à papillonner sur ma manche, la lissant et la tapotant comme si je n'avais pas entendu sa requête.

Il parcourut mon visage et mes cheveux des yeux, puis sans avertissement, il me saisit la main et repoussa ma manche d'un geste brutal. Il fixa ma peau douce et ma marque de naissance en forme de poisson, puis il rabaissa la manche et recula brusquement d'un pas, comme s'il sentait souffler les miasmes putrides de la contagion.

Je posai la paume sur ma marque de naissance et le regardai d'un air consterné.

— Ce n'est qu'une marque de naissance, monsieur Ingram. Rien d'extraordinaire.

— Je connais cette marque de naissance. Je l'ai déjà vue quelque part.

Il parlait d'une voix sourde, en pesant ses mots.

— Sûrement pas, bégayai-je.

Un moment s'écoula, durant lequel M. Ingram continua à me scruter avec la même expression, car le contour de ses yeux et de sa bouche restaient toujours tirés. Je savais que le pire venait de se produire. Ses paroles suivantes me le confirmèrent.

— Je vous ai déjà vue, j'en suis persuadé. Je ne reconnais pas votre visage, mais ce poisson vous désigne, sans le moindre doute. Quoique j'aie choisi de ne pas vous en parler, je me suis bien rendu à Liverpool, où j'ai eu régulièrement l'occasion de rencontrer toutes sortes d'hommes… et de femmes. Nombre de mes visites là-bas restent très floues, mais certaines choses vous marquent, non ?

Mon Dieu, non, priai-je. Les hommes de son rang n'étaient pas des habitués de Paradise Street. Avait-il été un de mes clients ? Aurais-je été capable de le reconnaître, parmi le nombre incalculable de visages et de corps que j'avais connus ? J'avais toujours pensé que ma mémoire était encombrée de trop de détails que je souhaitais oublier.

J'attendais sans bouger. Au sourire qu'esquissaient à présent ses lèvres toujours vidées de leur sang, je compris qu'il était persuadé d'avoir dévoilé mon passé et qu'il allait s'en servir pour me détruire. Ce sourire indiquait également qu'il y prendrait du plaisir. Mais pourquoi ? Je l'avais assuré que je ne trahirais pas son secret. Je disais vrai : les secrets des autres ne m'intéressaient absolument pas. J'avais le mien à protéger.

Je redressai les épaules et ressentis inopinément un lancement du côté de ma vieille cicatrice, comme s'il s'agissait d'une blessure récente. J'allais devoir jouer la comédie jusqu'au bout, nier toutes les accusations qu'il porterait contre moi.

— Que voulez-vous dire ? J'exige de savoir ce que vous insinuez, monsieur, dis-je dans une tentative de me scandaliser avec dignité.

Malheureusement, je sentis avec horreur que mon ancienne voix essayait de se faire entendre. Je déglutis. Bien que la consternation puisse faire parfois ressortir à mon insu une forme de brutalité dans mes expressions, j'avais choisi de croire que je m'étais débarrassée de cette voix. Non seulement de ses inflexions, mais de son ton grinçant. Mais en cet instant où elle resurgit malgré moi, je compris que, comme Back Phoebe Anne Street et Paradise Street, elle s'était incrustée de façon sinistre en moi, malgré tous mes efforts pour tenir à distance cette part de ma personne.

— Je vous suggère de vous asseoir, mademoiselle Smallpiece. Vous n'avez pas l'air bien, pas l'air bien du tout.

La couleur avait fait une réapparition brutale sur son visage, par le biais de deux taches fiévreuses en haut de ses pommettes.

— Venez. Laissez-moi vous aider, dit-il.

Il me saisit par le haut du bras pour m'obliger à reculer, jusqu'au moment où mes mollets effleurèrent le devant du fauteuil. Je m'affaissai dessus.

Il me contempla. Puis il jeta un regard circulaire dans la pièce. Le *punkah-wallah* y était rentré en catimini après être allé déposer le gecko sur les marches de la terrasse et il avait repris sa tâche, mais je savais que pour M. Ingram, sa présence ne comptait absolument pas.

— J'ai élucidé le secret que j'ai déchiffré sur votre visage et lu dans votre corps. Je sais à présent exactement ce que vous êtes.

J'entendis quelque chose de sombre jaillir derrière ma tête, comme venant de fort loin.

— Vous êtes une employée, c'est bien ça. Même si ce n'est pas comme employée de bibliothèque que je me souviens de vous.

Il fit remonter ma manche et caressa d'un geste tendre ma marque de naissance.

— À présent, je sais ce que vous êtes, chuchota-t-il.

Non pas *qui*, mais *ce que*. Une prostituée.

On m'avait démasquée. Tout était fini.

Je ne m'évanouis pas. Quelque chose, le désespoir peut-être, me poussa à lutter contre ma tête lourde et à me lever du fauteuil. Je m'enfuis à toute allure d'un pas titubant, loin de la chambre et de Somers Ingram. Je courus dans le couloir désert, je passai devant la salle de musique, j'inhalai une bouffée de l'air brûlant et parfumé qui en émanait, j'entendis les cors français et la mélodie des altos. Je continuai à courir dehors jusqu'à la grande allée où l'un des serviteurs m'arrêta et compris mes suppliques désespérées. Je voulais partir. Sous son haut turban, son visage calme ne s'étonnait pas du tout de voir une jeune fille anglaise s'enfuir à toutes jambes comme une folle pantelante, et il appela un petit palanquin tiré par un coureur.

Je ne me rappelle pas comment j'indiquai au *boyee* le lieu où je me rendais ni comment je rentrai chez les Waterton. Je renvoyai les serviteurs qui s'étaient agglutinés autour de moi dès mon entrée et me laissai tomber sur mon lit tout habillée. Au bout de quelques minutes à peine, je frissonnais de la tête aux pieds. Je claquais des dents et je n'arrivais pas à me réchauffer, alors que la nuit était loin d'être fraîche. Je tirai une couverture sur mon corps, mais ce fut peine perdue. J'entendis la voix de Faith dans le corridor, le bruissement du taffetas au moment où elle jeta un coup d'œil dans la chambre, suivi du bruit de la porte qui se refermait, car elle avait cru que je dormais.

Peu après, je fus prise de nausées.

M'entendant vomir dans le bassin de la table de toilette, Faith vint dans ma chambre. Elle posa sa main fraîche sur ma joue.

— Nous nous demandions tous où tu étais allée. Je suis revenue tôt, avant qu'ils servent les rafraîchissements, parce que je m'inquiétais pour toi. J'espère que ce n'est pas la malaria, Linny. Tu as bien pris ta quinine ?

J'opinai de la tête.

— Ce n'est pas la malaria, chuchotai-je. J'ai sans doute mangé quelque chose qui m'a rendue malade.

— Est-ce que tu crois que c'était le *pilaf* de volaille aux pois ? Je l'ai trouvé un peu huileux. Ou alors le dessert aux almandins. Tu as besoin de quelque chose ?

Elle regarda le matelas vide, au pied de mon lit.

— Où est ton *ayah* ?

— Je l'ai renvoyée. J'ai besoin d'être seule. Je vais dormir et ça ira mieux demain, j'en suis sûre.

Mes dents reprirent leur danse.

— Peu importe ce que tu dis, je vais faire chercher ton *ayah*. Elle pourra t'aider à passer ta chemise de nuit. Si tu es malade, tu ne peux pas rester seule. De plus, si jamais ton état empire durant la nuit, elle viendra me prévenir.

J'acquiesçai sans mot dire, trop bouleversée pour discuter, et mon *ayah* revint. Je la laissai me déshabiller et dénouer mes cheveux, faire glisser la chemise de nuit par-dessus ma tête, passer un linge frais sur mes mains et mon visage. Mais lorsqu'elle s'endormit, le rythme tranquille de sa respiration égale dans la pièce silencieuse ne parvint même pas à calmer mes maux de cœur, provoqués, non par la nourriture, mais par la terreur. Je savais que cette nuit-là, je ne dormirais pas, et que mes insomnies ne s'arrêteraient sans doute pas là.

21

Une journée s'écoula, suivie d'une autre. Je gardai la chambre, racontant à Faith que je ne me sentais pas bien. Mme Waterton voulut appeler le médecin, mais je leur fis fermement comprendre que mon malaise n'était que passager, qu'il n'était dû qu'à mon inconfort mensuel.

Je ne parvenais néanmoins pas à rester en place et je ne cessais de déambuler dans ma chambre, de ramasser des objets et de les reposer, sans pouvoir dormir, manger, ni même lire.

Le troisième jour, mes tentatives d'imaginer l'usage qu'allait faire M. Ingram de sa découverte me rendirent incapable de rester enfermée plus longtemps. Au prix de gros efforts de concentration pour me conduire normalement, je dînai en compagnie des Waterton et de Faith. Je sentais ma bouche sourire, je sentais les aliments, aussi secs que des cendres, tenter de descendre dans ma gorge, j'entendais ma voix papoter à propos de sottises. Ce soir-là, une fête se donnait au Club. M. Snow avait proposé à Faith de l'y accompagner et les Waterton y assisteraient également. Je leur fis néanmoins comprendre que je n'étais pas suffisamment remise pour participer à cette soirée. La perspective de rencontrer M. Ingram me terrifiait, même s'il me fallait peut-être l'affronter, afin de découvrir ses intentions. Ce face-à-face vaudrait sans doute mieux que les souffrances que m'infligeait l'ignorance de l'avenir.

Le palanquin des Waterton venait à peine de disparaître lorsque le *chuprassi* apparut dans le salon où j'étais assise à une écritoire, une plume à la main et une feuille de papier vierge devant moi. Je m'étais dit que j'allais écrire à Shaker, dans l'espoir de me calmer en lui narrant des événements sans importance. Le *chuprassi*, tout en rajustant la ceinture rouge qui symbolisait sa fonction, m'annonça l'arrivée de M. Ingram.

La plume tomba sur le papier qu'elle éclaboussa d'une tache d'encre. Avait-il surveillé la maison dans l'attente que je fusse seule pour se faire annoncer ? Comble de l'incongruité, je me scandalisai de son manque d'éducation : arriver ainsi sans prévenir, alors que je me trouvais sans chaperon. Une seconde plus tard, un petit ricanement d'amertume, suscité par ma propre hypocrisie, m'échappa. Je me conduisais exactement comme les femmes que je méprisais en secret. Et il était trop tard pour m'inquiéter de l'éventuelle inconvenance de ma conduite avec cet homme.

Le *chuprassi* le fit entrer dans le salon où le suivit le *khitmutgar*. Comme le *chuprassi* ressortait de la pièce en inclinant la tête, le *khitmutgar* se dirigea vers le buffet pour aller verser une dose de rhum foncé dans un verre de cristal épais. Il le présenta à M. Ingram sur un plateau incrusté et s'inclina ensuite devant moi.

— Non, rien, répondis-je.

Il s'inclina de nouveau et alla reprendre sa place à côté du buffet.

M. Ingram, le visage souriant, avala une rasade. Son sourire paraissait innocent, mais je savais à quoi m'en tenir.

— Linny, dit-il. Vous conviendrez que nous pouvons désormais nous épargner le « mademoiselle Smallpiece ». Il ne sert plus à rien de jouer la comédie, étant donné que je sais ce que vous êtes.

Je m'approchai de lui et lui rendis un sourire encore plus fourbe que celui qu'il venait de m'adresser.

— Tout ce qui m'importe, c'est de rester ici, et cela me sera évidemment impossible si vous révélez ce que vous savez de moi. Inutile de chercher la bagarre avec moi, monsieur Ingram, déclarai-je, prononçant son nom avec une fermeté identique à celle qu'il avait utilisée pour dire le mien. Vous ne révélerez pas mes secrets et je tairai les vôtres.

La perspective d'être en mesure de ternir sa réputation m'apportait au moins une infime parcelle de réconfort. Ses paroles suivantes la brisèrent.

— Des menaces ? Vous croyez donc que quelqu'un serait prêt à croire vos cancans ? Vous imaginez que quelqu'un pourrait accepter les allusions que vous – une moins que rien, tout juste débarquée du bateau –, raconteriez à mon sujet, moi qui occupe une position bien établie et respectée dans tout Calcutta ? Tous vos propos seraient interprétés comme les divagations d'une femme amère, aux penchants amoureux contrariés. Si vous imaginez que vous pouvez être en mesure de m'intimider, c'est vraiment pathétique.

— Vous avez donc commencé votre campagne de diffamation ? Dois-je m'attendre à être renvoyée de chez les Waterton ce soir même ?

Il semblait éprouver de la jouissance à me faire souffrir. Le visage souriant, il hocha la tête.

— Ou allez-vous vous servir de ce que vous savez pour tirer de moi du plaisir à volonté ? criai-je. Vous vous imaginez que vous allez m'utiliser, comme vous me laissez entendre l'avoir déjà fait, même si je ne garde aucun souvenir de vous. Vous avez vraiment dû manquer totalement de brio !

Je vis sa mâchoire se crisper.

— Ce genre de commerce ne m'intéressait pas à l'époque, rétorqua-t-il, et c'est toujours le cas. Comme vous l'avez découvert, je suis attiré par le sexe le plus fort. Jamais je ne vous aurais utilisée moi-même, mais je reconnais cette marque de naissance, et j'ai la certitude qu'elle est liée à l'époque de ma vie où j'étais en contact avec les bas-fonds de Liverpool.

Je trouvais toujours étrange de ne pas avoir de souvenir plus précis de lui qu'un vague écho, susceptible d'avoir été créé par la terreur qui m'habitait.

— Avez-vous reçu beaucoup de propositions de compagnons masculins, Linny ? Avez-vous quelque chose en vue ? Un homme vous a-t-il jamais sérieusement prêté attention ?

Il n'était guère utile d'essayer de bluffer avec Somers Ingram. J'étais parfaitement consciente d'avoir effrayé les jeunes gens de Calcutta. Ou, si je ne les avais pas effrayés, de leur avoir inspiré un malaise suffisant pour les éloigner de moi. Je savais exactement ce qu'ils recherchaient : une femme réservée, timide même, et conciliante. Y en avait-il d'un autre genre dans ces cercles ? Mais j'avais du mal à tenir ce rôle, à faire preuve de cette aménité réservée. En dépit de l'intérêt feint que j'accordais à leurs histoires, mes cils baissés jetant sur mes joues des ombres qui me semblaient seyantes sur celles des autres femmes, je savais que j'en étais incapable. Mon cœur n'y était pas. Je fis non de la tête.

— Mais comment comptez-vous rester aux Indes, Linny, si personne ne propose de vous épouser ?

— Comme je vous l'ai dit, je... peut-être... une espèce d'emploi.

— Franchement, Linny, cessez de rêver !

Des effluves de rhum parvinrent jusqu'à moi.

Il disait vrai, je le savais. Je pense que j'avais compris, pratiquement dès mon arrivée, que si je voulais rester, je devrais trouver un mari, mais j'avais refusé de l'admettre. Nous pourrions passer tout au plus six à sept mois chez les Waterton sans nous fiancer, et nous en étions déjà au quatrième mois. En fait, il ne me suffirait que de tromper un seul homme et je réalisai, à cet instant précis, que je me moquais de l'identité de ma future victime. Confrontée à l'obligation de quitter les Indes et de regagner Liverpool, je savais que je ferais le nécessaire. J'épouserais quelqu'un... n'importe qui. Je songeais à la manière dont j'avais affirmé à Shaker que je ne me marierais pas aux Indes. Mais si je me retrouvais face à l'alternative consistant à y rester en qualité de femme mariée ou à repartir... Ici, avec à ma disposition des domestiques chargés d'accomplir toutes les tâches de mon foyer, je n'aurais en tout et pour tout qu'à recevoir. Je pouvais apprendre à le faire, à me lancer dans d'interminables conversations dénuées du moindre intérêt à table, à donner des ordres aux domestiques, à organiser des soirées et à planifier des repas. Quant au reste, ce ne serait sans doute pas la fin du monde d'écarter les jambes sous une moustiquaire pour un époux sans visage. Tous ces détails ne signifiaient rien à mes yeux : ils ne représentaient qu'un maigre prix à payer pour demeurer aux Indes, où mon cœur s'était ouvert pour la première fois de ma vie. Si je devais rester captive, mieux valait l'être dans ce pays où je parviendrais peut-être à gagner une certaine forme de liberté, un peu de temps hors des palanquins aux rideaux clos, du *maidan* et du Club de Calcutta.

Je songeai à Meg Liston, qui s'était éloignée à cheval vers des régions sauvages en compagnie de son mari. Qui écrivait son livre. Qui était libre d'explorer. Ces aventures pouvaient s'avérer également possibles pour moi.

— Vous m'écoutez, Linny ? Je vous ai dit que j'avais un plan.

Je clignai les yeux.

— Un plan ?

M. Ingram prit place sur le canapé et me désigna le fauteuil qui lui faisait face.

— Je préfère rester debout.

— Comme vous voudrez. Mais voici ce à quoi j'ai pensé ces derniers jours.

Il laissa lentement dériver son regard autour de la pièce avant de le reposer sur le liquide sombre, au fond de son verre. De ses doigts aux ongles manucurés, il repoussa en arrière ses cheveux bruns bouclés.

— J'irai droit au but : j'ai besoin d'une épouse. Je ne peux plus attendre. J'avais l'intention d'en choisir une dans cette Flottille. En fait, j'ai même songé un instant porter mon choix sur ce petit perroquet à la voix perçante que vous avez accompagné : Mlle Vespry. Elle me semblait facile à supporter, assez jolie pour ne pas me dégoûter de mon petit déjeuner tous les matins, même si elle paraît coquette et peut-être encline à l'instabilité. J'irais même jusqu'à subodorer qu'elle meurt de peur à la simple perspective d'être touchée par un homme, ce qui pourrait m'être utile au début, puisqu'elle ne s'attendrait évidemment à aucun exploit de ma part.

Il continuait à passer les doigts dans ses cheveux, les yeux rivés sur son verre. Puis il revint à moi.

— Enfin, n'y pensons plus. Il m'est venu à l'esprit l'autre soir que non seulement le moment était idéal, mais que nous formions un couple parfaitement assorti, Linny.

— Assortis ? Vous et moi ? Vous plaisantez ? Je refuse cette comparaison. Vous m'insultez.

Il éclata d'un rire bruyant et spontané.

— Très rafraîchissant ! Que vous, une catin de Liverpool, vous sentiez insultée de vous retrouver dans la même catégorie que moi !

Il se remit à rire et fit signe au *khitmutgar*. Le domestique de haute taille se rapprocha sur-le-champ avec le plateau d'argent. Je vis trembler sa barbe passée au henné pendant qu'il attendait que M. Ingram reposât son verre. Il le rapporta au buffet, le remplit et revint avec. Puis il disparut dans un coin d'ombre de la pièce.

M. Ingram avala une gorgée avec délicatesse.

— Mais nous sommes pourtant assortis, ma chère, pour la seule raison que nous avons tous les deux un secret à cacher et que nous pouvons y parvenir en nous servant l'un de l'autre. Point positif supplémentaire : aucun de nous n'a d'autres attaches en ce monde.

Je surveillais le *khitmutgar* dans son coin obscur : ses yeux ne quittaient pas le sol.

— Pourquoi devons-nous nous marier rapidement ?

M. Ingram but une nouvelle rasade.

— J'attends de recevoir la totalité de mon héritage. Mon père a fait fortune grâce à son intuition et à des investissements avisés dans l'immobilier, même s'il a dilapidé une grande partie de ses richesses à la fin de sa vie en raison de ses... activités qui n'avaient rien de distingué. (Il s'interrompit pour secouer la tête d'agacement.) Je suis son unique héritier. En dépit de l'amoindrissement de cette somme, je me retrouverai quand même à la tête d'un joli magot. Il ne me suffira pas à vivre dans l'oisiveté le restant de mes jours, mais il me permettra d'effectuer quelques choix. Dans son testament, mon père spécifie que je le recevrai à vingt-cinq ans, à condition que toutes les conditions soient réunies. L'une d'elles est que je sois marié. Or je vais fêter mes vingt-cinq ans dans tout juste trois mois.

Il vida son verre.

— Je suis en train de dire, Linny, que vous et moi sommes dans le pétrin. Qu'en pensez-vous ? La solution la plus simple, c'est de nous marier. Cela vous permettra de rester aux Indes. Moi aussi, j'aime ce pays, en dépit de sa confusion, de sa saleté et de l'idolâtrie qui y règne. J'ignore ce qui vous y attire, mais je peux y mener mon mode de vie préféré : tous mes besoins sont pris en charge par une foule de serviteurs qui bondissent au moindre de mes caprices. Sans mentionner la profusion de jeunes garçons, avides et intacts, qui se jettent sur la chance de devenir l'amant d'un *pukka sahib* à leurs yeux.

« Les Indes sont un lieu incomparable pour un homme comme moi. Si j'avais atteint l'âge de raison il y a un demi-siècle, j'aurais pu devenir un négociant insouciant ou un mercenaire. Mais cette époque d'affairisme commercial pur et dur est dépassée. Notre tâche consiste aujourd'hui à diriger les Indiens. Non. Pas seulement à les diriger. À tenter de les aider. Les Indes sont un pays en pleine stagnation. (Il marqua une pause.) Ma position de contrôleur principal de la Compagnie de John me vaut un respect que je n'aurais pu acquérir à Londres. Et en vous épousant, Linny, je deviendrai assez riche pour faire plus ou moins ce que bon me semble, tout en maintenant les apparences nécessaires. Un jeune homme au sang chaud avec une épouse destinée à le satisfaire, une épouse qui se joindra à l'équipe anglaise aux Indes, et qui la soutiendra. Mon célibat commence à se transformer en embarras pour moi : depuis cinq ans que je suis ici, nous en sommes au débarquement de la cinquième Flottille des Pêcheuses. Les gens se demandent peut-être pourquoi je n'ai trouvé aucune de ces jeunes femmes à mon goût, en dépit de tous les efforts déployés par des entremetteuses bien intentionnées qui veulent absolument faire mon bonheur domestique.

Le *khitmutgar* se rapprocha de nouveau de lui pour lui présenter le plateau, mais M. Ingram le repoussa d'un petit geste impatient de la main.

— Reconnaissez que vous bénéficieriez de la meilleure part du marché, Linny. Vous resteriez aux Indes, alors que je récupérerais une personne à charge. Mais cela me procurerait l'argent et la liberté de satisfaire mes besoins selon mes désirs. Et bien évidemment, nous n'aurions pas d'enfants. Je n'ai aucune envie de vous toucher. Bien sûr, nous prétendrions que vous êtes stérile. Les autres femmes feraient preuve de beaucoup de sympathie à votre égard.

— Et si je refuse ? Après tout, je peux trouver quelqu'un d'autre qui ait envie de m'épouser.

Je me raccrochais à un semblant d'espoir. Il le savait parfaitement ; et moi aussi.

M. Ingram reposa son verre vide sur la table vernie, à côté du canapé. Il y choisit un cigare dans l'humidificateur et le renifla.

— Si vous refusez, ma chère Linny, vous vous retrouverez sur le prochain navire en partance pour Liverpool.

Et tous ceux qui comptent à Calcutta, et bien au-delà, puisqu'on n'apprécie rien tant ici que les potins, auront entendu parler de Mlle Linny Smallpiece. De façon mystérieuse, par le biais de cancans insidieux dont on ne découvrira jamais l'origine, tout le monde entendra dire que vous n'êtes pas celle que vous semblez être. Que vous êtes une prostituée de bas étage. Imaginez dans quel état se mettra Mlle Faith Vespry ! Les Waterton seront mortifiés. Et les hommes hocheront la tête entre eux, quand ils comprendront ce qu'ils sentaient quand ils reniflaient autour de vous. On entendra même vite raconter que vous avez fait des propositions à un ou deux d'entre eux au Club.

Il se tut, le temps d'enfoncer le bout du cigare dans sa bouche.

— Les femmes seront absolument horrifiées, et elles aussi reconnaîtront entre elles que Linny Smallpiece a toujours eu quelque chose de pas tout à fait normal, qu'elles le savaient depuis longtemps, poursuivit-il avec un hochement de tête. Bien évidemment, cette nouvelle atteindra Liverpool. Elle risque de porter un coup dur à votre famille. Une tante et un cousin, c'est bien ça ? Ou sont-ils également sortis de votre imagination ? Quoi qu'il en soit, l'endroit dont vous venez se fermera également à vous.

« Je trouve que vous avez parfaitement réussi à tromper les gens, Linny, constata-t-il, sans attendre de réponse. Ce chemin que vous avez parcouru ! Je n'arrive pas à concevoir l'itinéraire que vous avez emprunté pour vous hisser à ce niveau. Qu'avez-vous bien pu faire pour arriver ici ? soupira-t-il. Admirable ! Ça m'inspire presque de l'affection pour vous.

Je m'approchai des larges fenêtres et contemplai les

ténèbres. Subitement ce pays, devenu sombre, me menaçait, m'épiait.

— Imaginons que j'accepte votre proposition, comment ferions-nous pour dissimuler notre véritable relation ? Nous ne pourrions pas faire semblant de nous aimer.

— Rien de plus facile, franchement. Nous sommes tous les deux experts à vivre dans le mensonge. Nous habiterions comme mari et femme sous le même toit, mais nous passerions le minimum de temps en commun. Nous n'aurions même pas besoin de dîner ensemble, sauf lorsque nous aurions de la compagnie. Mon emploi me tient très occupé, déclara-t-il en souriant, avant de claquer des doigts en direction du *khitmutgar* qui s'avança pour allumer un briquet d'amadou. Je reste souvent absent des semaines entières. Et j'aime beaucoup me rendre à la chasse dans la jungle. La plus grande partie du temps, nous n'aurions même pas à nous voir. Lorsque nous serions contraints d'apparaître en public, ou en présence d'invités chez nous, vous donneriez l'impression de mener l'existence normale d'une épouse. Vous ne manqueriez de rien.

« Je ne vous demande que deux choses, poursuivit-il. Pour commencer, vous ne devez jamais prononcer un mot sur mes activités ou sur mes partenaires. Bien sûr, cela va de soi. Deuxièmement, si vous revenez, ne serait-ce qu'une fois, à votre ancien comportement, et si vous me faites la disgrâce de vous conduire en prostituée, vous sortirez de chez moi en moins de temps qu'il ne m'en faut pour fumer ce cigare. Avec vos vêtements sur le dos en tout et pour tout. Je ne serai pas cocu.

Il inspira à fond sur le cigare, pendant que le *khitmutgar* tenait le briquet contre son extrémité. J'observai son beau visage éclairé par la petite lueur et me demandai, dans cet éclat rapide de lumière, si je serais capable de maintenir ce défi. L'instant d'après, je songeai, frissonnante, à l'enfer qu'il ferait de ma vie et à la valse éternelle qu'il me forcerait à danser.

— Linny ? Vous comprenez ?

— Oh oui, monsieur Ingram. Bien sûr que oui.

— Et vous êtes d'accord avec ce plan ?

Comme je gardais le silence, il vint se poster derrière moi.

— Un navire, le *Bengal Merchant*, appareille dans trois jours pour le pays. Si vous ne me faites pas la bonne réponse, vous risquez de vous retrouver à son bord, déshonorée.

Je répondis à M. Ingram que j'avais besoin de temps pour soupeser ma décision. À l'aube du troisième jour, je fis mes malles, puis j'envoyai mon *ayah* annoncer mon départ à Mme Waterton. J'allai réveiller Faith dans sa chambre. Assise à son chevet, je lui fis part de ma décision.

Sur son visage, l'incrédulité céda la place à la confusion, puis à la déception et à la tristesse.

— Tu quittes Calcutta ? Maintenant ? Mais… mais *pourquoi*, Linny ? Je ne comprends pas. Je croyais que tu t'étais engagée à me tenir compagnie jusqu'au jour où… au jour de mon retour au pays ou alors, la chance aidant, jusqu'à celui où j'aurais une raison de rester ici. Nous ne sommes qu'au mois de février. La saison ne se terminera officiellement que début avril et même là, il nous restera du temps.

Elle était toujours couchée, les yeux rivés au mur.

— Je croyais que tu adorais ce pays, Linny. Tu me

l'as dit, tu m'as affirmé que tu ne t'étais jamais sentie si heureuse et voilà que tu pars ! Tu veux vraiment retourner à Everton ? Ton cousin et ta tante te manquent ? Tu as le mal du pays ?

Faith ne me laissa même pas la possibilité d'intervenir.

— Personne, absolument personne n'entreprend cette traversée éprouvante après un temps si court. On n'a jamais vu ça. Et… et… bégaya-t-elle, jetant frénétiquement des regards à la ronde pour essayer de trouver des raisons de me dissuader, mon père sera très mécontent. Il est en route pour Calcutta, à bord d'un navire qui doit arriver dans quelques mois. Il ne m'a autorisée à partir avant lui que parce que je t'avais présentée sous le meilleur jour. Et s'il arrive et que tu n'es plus ici, il apprendra à M. Smallpiece, ton tuteur, que tu as rompu ta part de notre accord, si bien que son embarras – celui de ton cousin – constituera un fardeau très lourd à supporter. Par conséquent, tu ne peux pas partir, Linny. C'est tout simplement impossible.

Elle se glissa tant bien que mal hors du lit et me saisit par les bras pour me forcer à lui faire face.

— Je t'en supplie. Dis-moi que tu restes.

Je scrutai son joli visage. Elle avait changé depuis que nous nous étions éloignées des quais de Liverpool. Je n'avais cessé d'attendre le moment où elle s'habituerait à l'exotisme des Indes, mais elle paraissait en quelque sorte déphasée, dans cette ambiance à l'anglaise étouffante de Calcutta. Elle était devenue suffisante, moins franche, voire même légèrement timorée, pendant que je trouvais ma place dans le monde. Faith n'était plus dans son élément alors que j'étais dans le mien. Ou l'avais été.

— Je ne peux pas t'expliquer la raison de mon départ. J'espérais qu'une fois que je serais partie sans prévenir

M. Ingram, il se garderait de parler. Mais je ne faisais là que prendre un pari. Il pouvait tout aussi bien, par rancune, se répandre sur moi.

— Mais la saison ne sera pas finie avant six semaines. Deux mois ou davantage, comme je viens de te le dire, insista Faith. Il reste du temps.

— Pour quoi ?

— Pour que quelqu'un manifeste de l'intérêt.

— Ne vois-tu pas M. Snow de façon assez régulière ?

— Je parle de toi, Linny. Du temps pour que quelqu'un demande ta main. Tu ne dois pas désespérer.

— La raison n'est pas là, répondis-je. Je t'ai accompagnée ici. Je n'avais aucune intention de me marier. Je te l'ai dit clairement avant notre départ. Je me disais simplement que je pourrais peut-être… rester aux Indes.

Là encore, mon raisonnement n'était guère convaincant. Je sortis de la chambre de Faith. En larmes, revêtue de son peignoir, elle me suivit jusqu'au palanquin qui m'attendait. Mme Waterton lui collait aux basques. Elle s'était habillée en hâte et, de toute évidence, avait omis de mettre son corset. Elle se tordait les mains. De désarroi, son visage s'était transformé en un masque plissé. Je vis M. Waterton passer la tête par la porte, l'air buté, puis battre en retraite.

— Votre conduite va nuire à notre image, ma chère, dit Mme Waterton. On dirait que nous ne vous avons pas rendue heureuse ici. Vous nous avez été confiées, Faith et vous, par M. Vespry. Et voici que vous décidez de repartir au pays sans compagne de voyage. À ce jour, je n'ai pas entendu dire qu'il y aurait des femmes mariées à bord du *Bengal Merchant*. Ce n'est pas bien. Ces choses doivent être planifiées.

— J'ai envoyé le *chuprassi* réserver ma traversée et

j'utiliserai le billet de retour acheté par M. Vespry. Je vous promets que je peux m'en sortir seule, lui répondis-je, avant de la remercier pour son hospitalité.

Les porteurs de palanquin y hissèrent mes bagages et je partis. Je jetai un regard en arrière aux deux femmes postées à l'extérieur de la splendide villa dont la blancheur éclatait dans la lumière matinale. Mme Waterton agitait un mouchoir, alors que Faith, les épaules secouées de sanglots, se couvrait le visage des mains.

Je laissai les rideaux ouverts pendant notre traversée de Calcutta. C'était la première et la dernière fois que je parcourais seule la ville et que je pouvais m'emplir les sens des Indes. Comme le jour de notre arrivée sur les quais, je fus stupéfaite par la palette de couleurs éblouissantes. La lumière était jaune. Je songeai à celle, bleutée, de l'Angleterre, qui donnait l'impression que tout était usé, une lumière douce, soporifique, qui incitait à une vie stagnante, une vie d'acceptation. Ici, elle était tellement vive qu'elle brûlait mes paupières et m'empêchait de fermer les yeux.

Nous passâmes devant la dernière maison de Garden Reach et empruntâmes une rue de moindre importance. Ici, les maisons restaient de style européen, mais elles étaient plus petites et plus simples. Elles étaient coiffées de toits de chaume et leurs murs portaient des traces de moisissure. Elles abritaient les employés de l'administration non contractuels, les Eurasiens nés sur place, teintés de sang indien, même si ce croisement remontait à fort loin. Cette lignée leur enlevait définitivement tout espoir de s'élever dans les rangs des employés sous contrat de la Compagnie. De jeunes métis couraient ici et là, petits-enfants et arrière-petits-enfants issus de l'union entre des femmes indigènes et des hommes de la

Compagnie de John, avant que les Anglaises n'aient été autorisées à s'aventurer dans ce pays primitif et dangereux. Certains ressemblaient de façon frappante à des Européens ; d'autres avaient la peau plus sombre et des traits plus indigènes.

Nous atteignîmes enfin les quais. Comme lors de notre arrivée, ils bourdonnaient d'activités et de bruits. Je songeai au matin de notre départ de Liverpool, au triste brouillard qui nous enveloppait, Faith et moi, qui mouillait nos vêtements et nos cheveux, qui nous réfrigérait et nous réduisait au silence. Je m'imaginai débarquer là-bas par ce même silence, me traîner péniblement à la recherche d'un fiacre et effectuer le trajet jusqu'à Whitefield Lane en passant par Paradise Street, Bold Street et le Lyceum. J'imaginai l'expression de Shaker à ma vue, l'étincelle qui s'allumait dans ses yeux. Puis je me vis, des années plus tard, résidant toujours à Everton, vieille femme ridée en manteau noir et bonnet verdi par le temps. J'imaginai mon propre visage, ma vision défaillante et mon écriture perdant de sa fermeté, je me vis penchée sur les cartes d'enregistrement du Lyceum, dissimulée derrière des piles de livres.

Je me tenais à côté de mes bagages, mon billet à la main. Venu de nulle part, un *sadhu* à moitié nu, un saint homme, se frayait un chemin en tournoyant et en hurlant au milieu de la foule de femmes en saris fuschia, turquoise et orange qui ne lui prêtaient aucune attention. Sous la couche de cendres de bois dont il était barbouillé, son corps émettait une lueur bleu-noir et ses épais cheveux rêches pendaient de son crâne comme des ficelles entortillées, séparées par une raie de poussière vermillon. Je reconnus les trois lignes horizontales tracées en épaisse peinture blanche sur son front, indiquant qu'il était un adepte de Shiva, le dieu de la Mort. Il se rapprochait de plus en plus en bondissant de-ci de-là, accompagné du cliquetis des colliers de perles qui dansaient sur son torse. Il se dirigea droit sur moi, comme s'il me cherchait, et mon regard se posa sur ses yeux injectés de sang. Il me hurla quelque chose au visage, m'éclaboussant de salive. Le bétel et d'infectes remontées gastriques empestaient son haleine. Je ne compris pas ses paroles, mais j'en saisis le sens. C'était un avertissement, une prémonition. Un homme en uniforme militaire et casque colonial le repoussa d'un geste violent loin de moi et me demanda ensuite si tout allait bien. J'acquiesçai de la tête, sans être capable de lui répondre.

J'avais saisi le présage du *sadhu.*

Je repartis en palanquin. Le *chuprassi* qui m'ouvrit la porte commença par me fixer, puis par regarder derrière moi, avec une expression horrifiée suscitée par le manque de bonnes manières qui me rendait capable de me présenter chez un homme sans chaperon.

— Je veux parler à M. Ingram, dis-je. Il est encore chez lui ?

Il hocha la tête mais bloqua la porte sans bouger d'un pouce.

— Allons, dis-je, le poussant de côté pour pénétrer dans le vestibule. Je dois le voir. Veuillez l'appeler.

Comme l'homme ne bougeait toujours pas, je m'aventurai dans la maison jusqu'à la pièce dans laquelle M. Ingram et moi nous étions entretenus la fois précédente. Lorsque j'atteignis le couloir, un petit troupeau de domestiques, désarmés par mon audace, me suivait.

Je m'arrêtai devant la porte close, la main levée. Mais un souffle de brise la fit trembler avant que j'aie eu le temps de frapper, et j'entendis bouger à l'intérieur. Mon ombre avait peut-être été projetée dans la pièce, ma présence annoncée.

— Hazi ? C'est toi ? Tu m'apportes mon col propre ?

J'ouvris la porte.

— C'est moi, monsieur Ingram, annonçai-je.

J'entrai dans la pièce et refermai la porte au nez des domestiques inquiets.

Somers Ingram se tenait derrière son bureau. Il ne portait que son pantalon et une chemise sans col déboutonnée, aux manchettes défaites. Ses cheveux, pas encore pommadés, bouclaient autour de ses oreilles et dans son cou. En dépit de ce qui s'était passé entre nous, sa beauté physique me causa un choc.

Je sentais la porte close dans mon dos.

Il s'avança vers moi avec un visage indéchiffrable.

— Qu'est-ce qui me vaut une visite si matinale ? me demanda-t-il.

— J'ai pris ma décision.

Il se rapprocha. Je sentis l'odeur de savon et d'amidon de sa chemise.

— Oui ?

Je constatai à présent, en dépit de ses efforts pour le dissimuler, que la façon dont son torse dénudé se levait et se baissait rapidement démentait sa prétendue nonchalance.

— J'accepte vos conditions.

— Pour m'épouser ? confirma-t-il d'une voix moins assurée qu'à l'ordinaire.

Me voyant acquiescer de la tête, il leva l'articulation de son index vers sa moustache du geste caractéristique que j'avais remarqué. Et au spectacle des réactions involontaires de son corps – sa respiration, sa voix, cet effleurement de sa moustache – je ressentis une petite dose de fierté, d'accomplissement, car j'acquis alors la certitude que malgré tous ses efforts pour me prouver que ma décision ne comptait guère pour lui, il avait espéré que je finirais par accepter.

— Vous avez fait le bon choix, Linny. Nous sommes semblables. Nous avons tous les deux quelque chose à dissimuler, et nous devons continuer à être acceptés comme nous y sommes parvenus jusqu'ici. Ce sera beaucoup plus facile pour nous ainsi. Nul besoin de comédie entre nous. Nous nous comprenons. Ne voyez-vous pas les choses ainsi ? répéta-t-il.

Je ne répondis rien. Sans doute trouvait-il une partie de ma personne haïssable, comme je le haïssais de mon côté, mais il était également indéniable qu'en dépit de toutes ses fanfaronnades, je détenais un certain pouvoir sur lui.

22

15 février 1831

Mon très cher Shaker,

J'ai du mal à rédiger cette lettre, pour la simple raison que je ne pensais pas devoir jamais vous l'écrire. Je sais que lorsqu'elle vous parviendra, vous viendrez tout juste d'avoir reçu mon premier ensemble de missives dans lesquelles je vous raconte ma nouvelle vie ici. Je les ai écrites le cœur empli d'allégresse, allégée du fardeau de mon ancienne existence et prête à recommencer à partir de rien. C'est dans un état d'esprit différent, le cœur lourd, que j'écris la présente. Je n'ai qu'un seul moyen de vous l'apprendre : d'ici quinze jours, je serai mariée. Bien évidemment, le jour où vous me lirez, mon mariage datera déjà de plusieurs mois.

Cet événement est inattendu, et relève, je dois vous le confier, de l'imprévisible. Je vous ai dit la vérité, l'été dernier, avant de quitter Liverpool. Je vous prie d'ôter de votre imagination tout rendez-vous galant, toute passion et même la moindre vague amitié. Cette union est exempte de tout sentiment, aussi bien de la part du jeune homme que de la mienne. Il s'agit d'un mariage de convenance. Je ne peux vous en dire davantage, même si je sais ce qui vous vient à présent à l'esprit : un mariage de convenance ? N'est-ce pas exactement ce que je lui ai proposé, en lui suggérant qu'il fonctionnerait peut-être dans notre cas ? Voyez-vous, Shaker, bien d'autres choses entrent en jeu ici, une multitude d'éléments. Jamais je ne pourrai les expliquer. En fait, une lourde chaîne de faits appartenant à mon passé, dont chaque anneau est rouillé et rivé à jamais, a précipité cette union. Et c'est en raison de cette époque sombre que je me vois dans l'obligation de devenir Mme Somers Ingram. C'est un gentleman londonien, fonctionnaire de la Compagnie des Indes orientales.

Je ne peux vous en révéler davantage aujourd'hui. Comme vous pouvez le constater à l'apparence de cette missive, ma main est loin d'être stable. Veuillez me pardonner et je vous en supplie, je vous en supplie, veuillez dicter une réponse à ma lettre. J'attends chaque arrivée de courrier d'Angleterre avec une vive impatience. Si vous estimez impossible de me contacter, je comprendrai. Mais je vous supplie de nouveau, Shaker, de ne pas me rejeter de votre vie, car à bien des points de vue, j'ai le sentiment d'avoir besoin de vous plus que jamais.

Avec ma plus profonde affection.

Linny

Écrire à Shaker constitua l'élément le plus éprouvant de mon mariage avec Somers, comme je l'appelais désormais. Encore plus difficile que ma tentative d'expliquer ma décision à Faith. Dès que je lui eus donné mon assentiment et que nous eûmes fixé la date de l'événement – la plus proche possible –, Somers se refusa à toute tergiversation et à tout faux-semblant rituels de cour prénuptiale. Je retournai chez les Waterton. Je trouvai Faith, pâle et amorphe, sur la véranda. Un domestique, agitant un éventail en plumes de paon, se tenait derrière elle. Elle se redressa et resta bouche bée en me voyant franchir la porte d'entrée.

Elle se leva d'un bond.

— Tu n'es pas partie ? Tu as changé d'avis ?

J'acquiesçai de la tête.

— Je savais que tu ne pouvais pas m'abandonner, Linny. Je le savais.

Elle me serra contre elle.

— Je dois te parler de mes projets, Faith, lui dis-je. Assieds-toi, je t'en prie.

Elle se laissa retomber sur le canapé de rotin. Le boy recommença à nous éventer.

— De tes projets ?

Je m'assis près d'elle et pris ses mains dans les miennes.

— Je vais me marier, Faith.

Ses doigts se crispèrent et je sentis ses ongles s'enfoncer dans le dos de ma main.

— Te marier ? Mais… Mais avec qui ? Personne ne t'a…

— Je sais. C'est arrivé de façon tout à fait impromptue. Il s'agit de Somers Ingram.

Faith fronça les sourcils.

— Somers Ingram ? *Monsieur* Ingram ?

— Oui.

— Il n'est jamais venu te rendre visite. Je t'ai rarement vue lui parler ou danser avec lui, à quelques exceptions près. Je… je ne sais quoi en penser, Linny.

En dehors du frémissement de l'éventail, tout était silencieux.

— Notre mariage aura lieu dans deux semaines, le

vingt-huit février. Somers – M. Ingram – dit que nous devons le célébrer avant l'arrivée de la saison chaude.

Faith arracha alors ses mains des miennes et se leva.

— Eh bien, tu es vraiment cachottière ! Je constate qu'en définitive, tu es tout à fait capable de t'en sortir à ton avantage. Quand je pense que j'avais pitié de toi ! fulmina-t-elle. Manifestement, tu as pratiqué de la magie noire hindoue dans mon dos... dans nos dos à tous. De notoriété publique, M. Ingram représentait un beau parti, mais il était inatteignable. Il est séduisant, ce n'est pas moi qui vais te l'apprendre. De plus, vu son poste important dans la Compagnie, Linny... tu vas te retrouver en haut de l'échelle sociale... Même au-dessus de Mme Waterton.

Ma gorge se serra. Je n'avais même pas pensé à la position que, en qualité d'épouse de Somers Ingram, j'allais occuper dans la société de Calcutta.

— Il semblerait qu'un certain nombre de jeunes filles aient tenté de le séduire sans succès, poursuivit Faith. Les potins habituels circulent... une maîtresse à la peau brune, et puis... l'autre rumeur...

— À savoir ?

La vie clandestine que Somers Ingram pensait avoir tellement préservée n'était-elle en définitive qu'un secret de polichinelle ? L'explication suivante de Faith m'assura qu'il n'en était rien.

— Sa préférence pour une femme un peu canaille, sa recherche de quelque chose de plus. Par conséquent, toi, tu as peut-être plus à offrir qu'au premier regard, Linny. Qu'est-ce qui a pu séduire M. Ingram dans ta personnalité, là où nous avons toutes échoué ? Et pourquoi as-tu estimé devoir tout me cacher ? Pourquoi as-tu fait preuve d'un tel égoïsme ?

— Ça ne s'est pas passé comme ça, Faith.

— Non ? Tu ne m'as même pas avoué que tu t'intéressais à M. Ingram. Quand je pense que je me suis ridiculisée auprès de lui il y a quelques semaines à peine, à l'époque où je me disais que si M. Snow semblait trop timide pour se déclarer, M. Ingram paraissait de son côté s'intéresser à moi. Tu as dû bien te gausser de moi.

Elle rassembla ses jupes autour d'elle et après m'avoir frôlée au passage, marqua un arrêt à la porte de la véranda.

— Ne t'attends pas à ce que j'assiste à ton mariage, Linny Smallpiece, car je ne te considère plus comme mon amie. J'aurais dû écouter mon intuition et tous ceux, à Liverpool, qui me déclaraient que tu ne ferais pas une compagne convenable. Tu le savais, Linny ? Savais-tu que plus d'une personne m'a conseillé de ne pas devenir trop intime avec toi ? Et tout à l'heure, quand tu m'as annoncé que tu quittais les Indes, et moi par la même occasion, je me suis dit que ces gens avaient raison. Mais à présent, c'est le bouquet ! Tu te maries avant qu'on m'ait demandée en mariage ! Toi, que j'ai sauvée de cette bibliothèque sinistre et d'une existence encore plus lugubre à Everton, que j'ai amenée ici par simple bonté d'âme, grâce à l'argent de mon père. Après m'avoir fait comprendre par A plus B que le mariage ne t'intéressait pas du tout, voici que tu es la première de la Flottille à te fiancer ! Avec une date de mariage d'une proximité indécente... J'ai l'impression que tu m'as toujours menti. Et je ne peux pas le supporter, Linny. Je ne peux pas.

Elle sortit d'une démarche altière de la véranda, me laissant seule en compagnie du boy et de son éventail en plumes de paon, dont le va-et-vient languissant ne s'interrompait jamais.

Pauvre Mme Waterton ! Lorsque j'allai la mettre au courant, elle ne s'était pas encore remise de la stupéfaction qu'avait suscitée mon départ précipité. Un linge humide posé sur le front, elle était allongée sur un sofa dans sa chambre.

Bien évidemment, elle fut estomaquée. Elle se redressa en sursaut et jeta le linge par terre, sans cesser de répéter « M. Ingram, ça alors ! Ça alors, M. Ingram ! », exclamation qui révélait clairement qu'elle ne parvenait pas à concevoir comment un gentleman de sa classe avait pu remarquer une jeune fille telle que moi.

— Mais pourquoi une telle hâte ? Pour quelle raison le mariage doit-il avoir lieu si rapidement ? me demanda-t-elle lorsque je lui en eus confié la date. Un mariage nécessite toute une série de préparations. Si on veut en profiter pleinement, il faut s'y consacrer pendant des mois. C'est impossible fin février.

— Je suis désolée, madame Waterton, mais M. Ingram y tient absolument.

— Ne pouvez-vous pas le convaincre de prolonger vos fiançailles, Linny, et de vous marier durant la première partie splendide de la saison fraîche, l'automne prochain ?

Je fis non de la tête.

— Je suis désolée, madame Waterton.

Elle garda un moment le silence, puis je vis une expression soupçonneuse voiler son visage. Elle inspira alors à fond, se leva et me tendit les bras.

— De toute façon, peu importe mon opinion, les félicitations sont de mise, ma chère. Je suis sûre que vous serez très heureuse.

Elle m'étreignit avec une grande raideur.

Je lui fus reconnaissante, car je savais à quel point cette situation était difficile pour elle. Mais elle déployait de gros efforts pour manifester sa satisfaction.

Au moment où elle recula, je pus constater qu'elle s'était ressaisie. Je savais parfaitement que, à jamais fidèle à sa classe, elle n'ajouterait pas un mot sur l'étrangeté de cette situation, même si d'ici quelques heures, les langues ne manqueraient pas de se délier dans la bonne société de Calcutta.

— Nous n'aurons même pas le temps de lancer des invitations dans les règles, soupira-t-elle. Bon, nous devons nous occuper avant tout de vous faire fabriquer une robe.

Elle ouvrit la porte et cria :

— *Koi-hai ?...* Il y a quelqu'un ?

Et elle envoya un domestique chercher le *durzi.*

Confronté à la tâche colossale de fabriquer une robe de mariée, le *durzi*, qui, de désarroi, oscillait d'avant en arrière, appela à la rescousse un petit contingent de ses confrères et, à eux tous, en moins d'une semaine de travaux continus, vingt-quatre heures sur vingt-quatre, ils m'en créèrent une. Mme Waterton supervisait le tout, après m'avoir donné des conseils quant au modèle le plus approprié. J'avais l'impression qu'elle me faisait comprendre qu'on ne pouvait pas me faire confiance et que comme j'étais son hôte, et des plus embarrassantes, je devais obéir à sa volonté. En fait, j'étais plus soulagée que je ne l'aurais jamais admis de la laisser prendre en charge la préparation de la robe et de la noce. Au lieu de me punir, comme elle s'imaginait le faire, elle m'autorisait à poursuivre ma mascarade quotidienne, car j'ignorais absolument tout ce qu'impliquait un mariage.

Je n'avais jamais assisté au moindre d'entre eux. Je ne m'étais jamais approchée plus près de nouveaux mariés que le jour où j'étais passée près d'une église de Liverpool alors qu'un jeune couple en descendait les marches.

La robe, fabriquée en soie ivoire extrêmement fine, possédait de larges manches gigot. Comme une coupe à la dernière mode ne pouvait comprendre qu'un profond décolleté, Mme Waterton faillit défaillir lorsqu'elle aperçut ma poitrine saccagée lors du premier essayage. J'avais toujours dissimulé ma blessure à l'aide de cols, de dentelles, d'écharpes et de fichus et Faith elle-même ne l'avait jamais vue. Aux Indes, les seules personnes qui la connaissaient étaient mon *ayah* et le *durzi*.

— Oh, ma chère, je ne savais pas. J'ignore totalement comment nous allons pouvoir… bégaya Mme Waterton.

Pendant que je restais debout au milieu de sa chambre spacieuse, trois *durzis* agenouillés autour de moi, elle s'éventa en hâte en se laissant tomber dans un fauteuil. À la lueur de pitié qui pointait dans son œil, je formulai l'espoir que sa colère à mon égard allait s'atténuer.

Elle s'entretint longuement avec le *durzi* et ils convinrent d'ajouter un nœud au décolleté. Elle me témoignait à présent une sympathie sans fard, s'émerveillait de la forme et du teint crémeux de mes épaules et me disait que la faible trace de mon « ennui » encore visible pouvait facilement être dissimulée sous de la poudre.

Elle admira ensuite la ceinture étroite et le triangle inversé de la jupe qui soulignait la courbure de ma taille, tandis que le vertugadin d'osier, attaché autour de mes hanches au moyen de sangles, maintenait l'évasement de la robe, à la façon somptueuse, à l'entendre, du style londonien.

Que dire de cette cérémonie sans amour ? Nous avions pu nous abstenir de publier les bans, et il ne fut pas nécessaire de fournir des certificats de naissance authentifiés. Les références fournies par M. et Mme Waterton quant à ma personne furent suffisantes. Fidèle à elle-même, Mme Waterton s'était chargée de tous les détails. Le service, fort simple, se tint en l'église St John. Lorsque le ministre prononça mon nom, mademoiselle Linnet Smallpiece, au cours de la cérémonie, j'eus conscience que Somers tournait les yeux dans ma direction. Il ne connaissait même pas mon prénom entier. Je songeai à ma mère à de nombreuses reprises au cours de cette journée, honteuse de ce déploiement d'hypocrisie.

La réunion mondaine qui s'ensuivit, dans la salle de bal de la Maison du Gouvernement, fut du meilleur goût. Y assistèrent les intimes des Waterton, les amis de Somers et les jeunes filles de la Flottille des Pêcheuses. Mme Waterton était constamment entourée par l'essaim de matrones qui avaient fondu sur nous de façon plutôt sinistre pour l'aider à organiser cet événement d'une soudaineté frisant le scandale. Elles furent plus d'une, du fait qu'elles nourrissaient peut-être l'espoir d'unir leur propre fille ou l'une de leurs hôtes à M. Ingram, à me battre froid, voire même à faire preuve de grossièreté à mon égard.

Malgré l'atmosphère lugubre qui pesait en filigrane sur cette journée, elle parut, de l'extérieur, tout à fait réussie. La salle resplendissait, avec ses miroirs et ses chandeliers en pierreries et ses magnifiques canapés de satin damassé de couleur bleue installés entre des rangées de piliers en *chunam* d'un blanc éclatant. Un magnifique gâteau blanc trônait sur un tréteau, entouré de l'habituelle panoplie de cadeaux utiles à l'installation d'un jeune couple : vases, argenterie et objets de décoration divers et variés. Quelqu'un trouva-t-il étrange que le jeune marié et son épouse s'adressent à peine la parole après la cérémonie ? Comme des domestiques en tenue immaculée faisaient passer à la ronde des plateaux de délicieux petits fours, une foule de ses camarades entraîna mon mari dans le fumoir. Je restai au milieu des jeunes filles, qui multiplièrent les compliments sur la beauté de ma robe, admirèrent le déploiement étincelant de cadeaux et s'extasièrent de la chance inouïe qui m'était échue. Elles prononçaient ces louanges d'une voix criarde, gaie et mondaine qui parvenait difficilement à dissimuler leurs vrais sentiments, inspirés, je m'en doutais, par l'incrédulité et la jalousie amère : Mlle Smallpiece, cette jeune fille hors normes, venait d'épouser le célibataire le plus convoité de Calcutta, alors qu'elles n'avaient pas encore réussi à mettre sur pied le moindre projet de mariage pour elles-mêmes.

En dépit de son affirmation, Faith assista à la cérémonie, mais j'eus le sentiment qu'elle le faisait uniquement pour éviter les interrogations que ne manquerait pas de provoquer son absence. Les deux semaines précédentes, elle m'avait tenue à distance respectueuse chez les Waterton. Elle gardait la chambre, sous prétexte d'avoir besoin de se reposer ou de souffrir d'une migraine quand je frappais à sa porte, alors que Mme Waterton s'affairait autour de moi. Durant cette longue après-midi, elle afficha un sourire perpétuel qui lui tirait les traits.

Je souriais, j'acceptais les félicitations, je hochais la tête, mais j'avais la sensation bizarre de flotter au-dessus de la scène. Les camarades de Somers finirent par le ramener près de moi. À son comportement, il était évident qu'il avait ingurgité de bonnes doses de porto et de brandy au fil des heures précédentes. Il m'enlaça par les épaules et je me rendis compte que ce geste était d'une familiarité déplacée en public, même le jour de notre mariage. Puis il déposa un baiser humide sur ma joue.

— Monsieur Ingram, roucoulai-je à l'attention de ceux qui nous lorgnaient peut-être, je vous en prie, je crois qu'il est temps pour nous de prendre congé.

Puis je refermai la main autour de ma bouche d'un geste coquet pour lui parler à l'oreille, comme si je lui susurrais une confidence affectueuse.

— N'en rajoutez pas trop, Somers. J'ai une réputation à maintenir.

Ma remarque le fit rire et les invités l'imitèrent, sans bien savoir s'ils venaient ou non d'être témoins d'un moment de tendresse entre deux jeunes gens amoureux, mais présumant que c'était le cas.

Lorsque Somers et moi prîmes congé, je cherchai Faith des yeux, mais elle avait disparu. J'avais nourri l'espoir qu'elle s'adoucirait au moins suffisamment pour me souhaiter bonne chance avant que j'entreprenne ma nouvelle existence de femme mariée, mais elle s'était volatilisée.

Juste avant notre départ, Mme Waterton me serra contre sa poitrine.

— Soyez forte, Linny. Demandez au Seigneur la délivrance cette nuit et sachez que je prierai de mon côté pour que votre supplice soit supportable.

Je m'écartai pour plonger le regard dans ses yeux débordant de larmes. Pleurait-elle vraiment d'inquiétude ou ne s'agissait-il que de larmes de fatigue, ajoutées au soulagement de ne plus être responsable de moi ?

— Merci, madame Waterton, répondis-je. Merci pour tout ceci, et pour vos prières. Je suis sûre qu'elles me seront utiles.

Comme j'avais conscience de lui devoir beaucoup, j'ajoutai alors les mots qu'elle attendait, de toute évidence :

— Vous avez été une véritable mère pour moi, et je n'oublierai jamais votre gentillesse.

Elle se mit alors à pleurer pour de bon, à m'étreindre, à me caresser les cheveux, et me chuchota à voix basse, pour que personne ne puisse l'entendre :

— Dans ce cas, permettez-moi de vous parler comme l'aurait fait votre mère. N'oubliez pas de vous arranger pour que votre… vous savez, votre… (elle m'indiqua discrètement le nœud de mon décolleté) soit cachée par votre chemise de nuit. Si votre mari la découvre tout de suite, cela risque de le perturber. Laissez passer un peu de temps, préparez-le, pour que le choc soit moins grand.

— Je le ferai.

Comme si la moindre parcelle de ma personne pouvait choquer Somers Ingram ! De toute façon, il ne la verrait jamais.

— Votre suggestion est excellente, ajoutai-je.

Somers et moi grimpâmes alors à bord du somptueux palanquin de cérémonie fermé par des rideaux de soie, avec son poteau incurvé en argent plaqué, et on nous ramena dans sa demeure de célibataire d'Alipur d'où ses colocataires avaient déménagé et qui allait devenir notre résidence jusqu'à ce qu'il déniche une nouvelle maison.

Ce jour-là, le supplice d'avoir interprété le rôle d'une jeune épouse oie blanche et enthousiaste m'avait épuisée. Somers était dans un état d'ébriété avancé, même s'il gardait sa dignité. Dès que le *chuprassi* nous fit entrer dans la maison, le *khansana* s'avança vers nous en compagnie d'une femme menue. Manifestement, ils nous attendaient. La femme s'agenouilla à mes pieds pour me saluer. Elle portait un simple sari blanc fileté de bleu.

— Votre *ayah,* Linny, m'annonça Somers en avalant la moitié de ses mots.

La femme se leva et resta debout devant moi, la tête baissée.

— Je vais me coucher, m'annonça-t-il. Elle va vous montrer votre chambre. Vos malles sont déjà arrivées, je crois.

Il avait le regard complètement flou et ses paupières n'arrêtaient pas de ciller.

J'acquiesçai de la tête. J'avais beau savoir qu'il ne s'intéressait pas du tout à moi physiquement, je me sentais curieusement vide. À cet instant précis, j'aurais préféré une étreinte sans aucune signification à cette solitude accablante.

— Bon, bonne nuit, lança-t-il avant de s'éloigner dans le couloir d'une démarche titubante.

Son *khansana* lui emboîta le pas, les bras tendus comme s'il était prêt à le rattraper s'il tombait.

Je restai seule avec *l'ayah*, jusqu'au moment où je me rappelai qu'elle attendait mes instructions.

— Tu veux bien me conduire à ma chambre, s'il te plaît ?

Elle se tourna et s'éloigna dans la direction opposée de celle prise par Somers, à petits pas menus de ses pieds nus. Elle ouvrit la porte d'une chambre faiblement éclairée par quelques chandelles et, sans un mot, m'aida à enlever ma toilette de mariée et à enfiler ma chemise de nuit, avant de dénouer mes cheveux. Elle alla chercher de l'eau parfumée pour m'en baigner le visage, les mains et les pieds. Elle rabattit le drap et lorsque je me fus allongée sur le lit, le remonta sur mon corps et fit descendre la moustiquaire. Si elle trouvait étrange qu'une jeune mariée passât seule sa nuit de noces, son visage ne le trahissait en aucune façon.

— Est-ce que tu parles un peu anglais ? lui demandai-je.

Pour la première fois, ses yeux croisèrent les miens à travers les fines mailles de la moustiquaire. Je la vis hésiter.

— Oui, un peu, répondit-elle.

Elle avait une voix basse et mélodieuse. Des ténèbres extérieures nous parvint le hurlement d'un chacal, suivi de l'aboiement d'un chien errant.

— Est-ce que Memsahib veut que je reste ?

Mon nouveau titre me fit ciller.

— Oui, lui répondis-je en détournant la tête, car les yeux me piquaient.

Une fois de plus, revint la question qui me taraudait depuis deux semaines : avais-je fait le bon choix ?

— Oui, reste, je t'en prie, répondis-je, le visage toujours détourné, mais la voix ferme.

Comme elle soufflait sur les chandelles, je songeai que pour la première fois, depuis l'époque de Back Phoebe Anne Street, j'allais dormir tout près d'une femme que je n'appelais pas mon amie, qu'il s'agisse de Dorie, de Helen, d'Annabelle, de Sally la Chinoise ou de l'une de mes autres compagnes de Jack Street, ou bien encore de Faith, à Reach Garden. Le gouffre de ma solitude s'approfondit encore.

L'*ayah* s'installa, dans un silence presque total, sur un tapis placé dans un angle de la chambre.

— Tu t'appelles comment ?

— Malti.

— Ça signifie quelque chose en anglais ?

Après un silence prolongé, elle me répondit d'une voix douce.

— Ça veut dire petite fleur. Très petite et très délicate.

— Oh !

Après un autre silence, ce fut à mon tour de lui dire :

— Bien que l'on m'appelle Linny, mon vrai nom est Linnet. C'est celui d'un oiseau. Petit, lui aussi.

— Très bien, Memsahib.

Et nous restâmes donc ainsi, la petite fleur indienne et le petit oiseau anglais, étendus dans l'obscurité.

23

Notre mariage débuta calmement. Les premiers jours, Somers m'apprit que je devrais donner des réceptions deux fois par semaine et accepter toutes les invitations que nous recevrions. Les couples qui venaient dîner chez nous semblaient rechercher ardemment à être inclus dans notre liste d'invités. Après tout, M. Somers Ingram occupait une position importante et à présent qu'il était marié et en mesure de donner de véritables réceptions, nombreux étaient ceux désireux de profiter des retombées de son brillant statut.

Je n'accordais pour ma part aucune importance à son statut : je me moquais autant de la façon dont il passait ses journées que lui se souciait de celle dont j'occupais les miennes, même si sa lassitude, certains soirs, indiquait qu'il devait avoir de lourdes responsabilités.

La préparation des menus et mes entretiens avec le cuisinier s'avérèrent choses aisées : ces tâches n'exigeaient aucune vitalité. Le soir, en revanche, Somers et moi devions nous conduire en jeunes mariés au comble de la félicité. Nous étions de merveilleux acteurs. Par moments, lorsque je lui adressais un sourire de l'autre extrémité d'une immense nappe de damas à la blancheur éblouissante sur laquelle l'argenterie scintillait à la lueur des chandelles, au milieu des éclats de rire de nos invités, j'avais presque l'impression que nous étions ce que nous prétendions être. C'était un séducteur et j'avais la sensation d'être englobée dans les rayons lumineux qu'il émettait sans le moindre effort. Mais dès que la porte se refermait pour la dernière fois, son charme s'évanouissait et il emportait une bouteille dans sa chambre. Je me retirais dans la mienne, subitement consciente de mon cou rigide, de mon visage endolori par le masque que je devais porter.

Je savais que par instants, lorsque j'avais particulièrement chaud ou que j'étais excessivement lasse, ce masque tombait. Somers était le premier à s'en apercevoir et à me le reprocher. Pour finir, je crois que les autres finirent également par s'en rendre compte et il arriva souvent que pendant que j'étais assise à un bout de la table, toutes les têtes fussent tournées vers Somers, comme si je n'étais pas là.

À la fin d'une soirée particulièrement éreintante, Somers se tourna vers moi et je me tendis, dans l'attente de sa réprimande :

— Étiez-vous particulièrement lasse ce soir, Linny ? me demanda-t-il.

Le caractère serein de sa question m'étonna.

Je fis oui de la tête.

— Cela se voyait ?

Comme il s'était adressé à moi avec respect, j'étais prête à faire un pas vers lui.

— J'ai vraiment essayé, Somers, mais avec ce moulin à paroles qu'est le colonel Colton, j'ai perdu le fil au bout d'un moment.

— J'ai eu du mal ce soir aussi, soupira-t-il.

J'éprouvais une espèce d'élan vers lui, j'entrevis la perspective éventuelle de trouver un accord sur ce détail précis. Je posai la main sur sa manche.

— Devons-nous voir autant de gens si souvent ?

— Je crains que nous ne puissions y échapper. Nous susciterions des interrogations si nous ne suivions pas les règles. Vous êtes joliment coiffée ce soir, ajouta-t-il, les yeux posés sur mes cheveux.

— C'est Malti qui a essayé cette nouvelle coiffure.

Où était passée son arrogance, la joute verbale habituelle au cours de laquelle nous tentions de nous dominer l'un l'autre ?

— Bien, bonsoir, dit-il.

Sa voix hésitait néanmoins. J'y perçus une nuance que je pouvais presque interpréter comme de… la solitude. La conscience de la profondeur de ma propre solitude, au milieu du flot d'événements dont les participants ne se souciaient absolument pas de moi, m'écrasa. Dans un moment d'émotion imprévue, je l'enlaçai et posai la tête sur sa poitrine.

Il me repoussa sur-le-champ.

— Pourquoi faites-vous ça ? demanda-t-il du ton qu'il me réservait d'ordinaire.

— Je n'en sais rien, répondis-je en toute franchise. J'ai senti… je ne sais pas, ai-je eu tort ?

Lui inspirais-je une répulsion telle qu'il ne supportait même pas que je le touche ?

Il ne répondit rien et me laissa plantée à l'entrée de la maison. Dans mon dos, j'entendais les bruits des tables que l'on débarrassait le plus discrètement possible.

Faith épousa Charles Snow six semaines après mon propre mariage. Si ses épousailles furent précipitées, comme les miennes, elles se firent sous de plus mauvais auspices : un simple échange de vœux à l'église, suivi d'une minuscule réception. Pauvre Mme Waterton ! Sans doute regrettait-elle le jour où elle avait ouvert sa porte à des invitées. En moins d'un an, elle avait dû éteindre les flammes allumées par l'intarissable et indomptable Mme Liston, organiser mon mariage, puis affronter les terribles implications sociales que le scandale créé par Faith et Charles faisait retomber sur elle.

Lorsque le père de Faith arriva à Calcutta, trois semaines après mon mariage, on racontait que M. Snow avait déjà fait sa demande et que Faith l'avait acceptée. J'apprenais tout par ouï-dire, car Faith n'avait répondu à aucune de mes invitations. Je pensais à elle tous les jours. Elle me manquait, et je me refusais à croire qu'elle allait faire ainsi le deuil complet de notre amitié. Parfois, je me surprenais à songer au rire que lui inspirerait un petit incident, au plaisir qu'elle prendrait à m'entendre lui parler d'un livre dans la lecture duquel j'étais plongée. Je conversais avec elle dans ma tête.

À son arrivée, le père de Faith lui interdit d'épouser Charles Snow. Au début, on ignora pourquoi, puis la nouvelle se répandit comme une traînée de poudre dans l'enclave anglaise de Calcutta : Charles Snow était eurasien, mais il l'avait dissimulé jusqu'au jour où Faith et lui avaient annoncé leurs fiançailles. Elle me confia par la suite, lorsque nous reprîmes langue, qu'il lui avait déjà fait part de ses origines, mais qu'elle n'avait pas conscience des potins et de la discrimination qu'elles allaient susciter. Il était impossible de savoir qui les avait évoquées le premier, et une fois confronté à la réalité, Charles, en homme d'honneur qu'il était, ne nia pas les faits. En dehors de ses cheveux noirs lustrés, rien, dans son apparence, ne laissait deviner que sa mère, décédée en couches, était indienne. M. Vespry était furieux de l'affront dont sa fille allait entacher le nom honnête de sa famille en s'unissant à un métis. On racontait qu'il lui avait hurlé, sur le perron du Club de Calcutta, qu'il la déshériterait si elle prenait la décision d'épouser Charles.

Ce fut alors que Faith revint vers moi. Elle ne se fit même pas précéder d'une carte de visite. Un jour, je la trouvai dans mon entrée, sans gants et en larmes. Elle voulait mes conseils sur la conduite à adopter. Je lui ouvris les bras sans un mot et elle s'y réfugia. Je l'étreignis et elle me rendit mon étreinte. J'eus la sensation d'être délestée d'un fardeau. Malgré le chagrin que m'inspiraient ses ennuis, j'éprouvais une forme de joie intérieure.

Quand nous nous fûmes installées au salon et que j'eus renvoyé les domestiques, je sentis que je pouvais lui parler franchement :

— Tu l'aimes, Faith ?

— Oui, Linny. Je n'aurais jamais cru être capable d'éprouver un sentiment pareil. Évidemment personne, absolument personne, ne me soutient. Et même si je souhaite que tu me comprennes, dans le cas inverse, je ne te reprocherai rien.

Sa lèvre inférieure était gercée et elle ne cessait de mordiller de ses petites dents les bouts de peau qui pelaient.

— J'ai eu le sentiment, sans pouvoir me l'expliquer, que tu comprendrais. C'est pour cela que je suis venue te voir. J'espérais qu'en me trouvant à ta porte, tu me laisserais entrer. J'avais peur d'être rejetée si je t'envoyais un carton.

— Je te soutiendrai, Faith, répondis-je calmement, car j'étais mieux placée que la plupart pour savoir qu'il faut suivre son instinct. Si tu veux épouser Charles, bien entendu, je te soutiendrai, ajoutai-je.

Le soulagement détendit son visage.

— Je ne peux plus supporter d'avoir perdu ton amitié, Linny. Pourtant, j'aurais compris que tu ne veuilles pas me revoir, après la manière dont je t'ai traitée.

Elle fondit en larmes. Je sortis mon mouchoir de ma manche et le lui tendis, car elle ne s'était même pas munie de son réticule.

— J'ai dû te sembler ridicule quand tu m'as annoncé ton projet de mariage. J'avais tellement peur… (Elle marqua une pause, comme si elle hésitait à continuer, puis elle inspira à fond et se lança.) C'était de la peur, Linny, ma chérie, la peur d'être renvoyée chez moi. J'étais dans les affres. J'attendais la demande en mariage de Charles et c'est alors que tu m'as annoncé que tu allais te marier de façon si imprévue que… Pardonne-moi, Linny. Je t'en supplie, pardonne-moi. Depuis que Charles m'a demandé de devenir sa femme et que j'ai compris la profondeur de ses sentiments à mon égard, j'ai l'impression d'être devenue une autre personne. Je suis heureuse, Linny, plus heureuse que je ne l'ai été depuis… Oh, je ne m'en souviens pas. Je me moque des menaces de mon père. Je me moque que Charles ait été rabaissé au rang d'employé sans contrat et d'avoir à mener un mode de vie inférieur avec lui. Lorsque je contemple son visage tant aimé, je me rends compte que je me fiche complètement de tout cela. Je l'aime, et il m'aime.

Elle poussa un long soupir saccadé.

Je lui pris les mains.

— Dans ce cas, tu dois l'épouser, Faith. Il est tellement rare de ressentir le véritable amour et d'être aimée en retour.

Elle esquissa un sourire frémissant.

— Je savais que je ferais bien de t'en parler. J'ai conscience de m'être conduite d'une manière inacceptable depuis notre départ de Liverpool, Linny. C'est toi qui as fait preuve d'un courage sans bornes, d'une force immense. Oublie ce que la colère a pu me pousser à te dire et sache que sincèrement, je n'aurais préféré faire ce voyage avec personne d'autre que toi. Est-ce que tu peux me pardonner ?

Je souris.

— Bien sûr. Et je suis vraiment heureuse pour toi, Faith. Nous resterons toujours amies…

— Mais tu es une dame de haut rang et Charles… en fait, je vais te devenir inférieure, me dit Faith.

— Je ne permettrai pas qu'on nous sépare pour cette raison. Voici ce que je pense de ceux qui trouveront à redire à notre amitié, déclarai-je en claquant des doigts.

Elle m'enlaça d'un geste spontané

— N'est-ce pas merveilleux, Linny, d'être l'objet d'un amour si profond et si vrai ? Tu te rends compte ? Bientôt, nous serons toutes les deux des Memsahib de Calcutta. As-tu jamais rêvé de cette vie ?

— Non, répondis-je en toute honnêteté. Jamais.

Faith préféra donc Charles à sa pension, son héritage et un retour à son ancienne existence à Liverpool. Il me plaisait. C'était un jeune homme dénué de prétention, au charme sans ostentation. Il avait été employé en qualité de commissaire dans l'un des bureaux les moins importants de la Compagnie, mais dès la révélation de son ascendance, on l'avait rétrogradé parmi les sans contrats et son salaire n'était plus qu'une fraction de celui qu'il gagnait précédemment. Dès qu'ils furent mariés, la plus grande partie de la communauté anglaise de Calcutta snoba Faith et elle cessa de recevoir des cartons d'invitation aux événements les plus huppés. Le statut social et les invitations qui en découlaient présentant une grande importance à ses yeux, je nourris l'espoir que, dopée par l'énergie qu'elle devait désormais tirer de Charles, elle saurait surmonter cette offense. J'imaginai qu'elle allait s'épanouir en sa compagnie.

Je commis néanmoins une erreur en tentant de l'inclure dans notre cercle. Somers et moi étions mariés depuis quatre mois et il me laissait souvent rédiger les cartons d'invitation, dressés à partir d'une liste de noms qu'il m'avait fournie. Ce soir-là, j'avais convié deux anciennes membres de la Flottille des Pêcheuses que Faith et moi connaissions bien. Elles étaient désormais fiancées à des jeunes gens que Somers estimait, des collègues de travail de Charles avant sa récente disgrâce. J'avais également invité un couple plus âgé, destiné à servir de chaperon aux jeunes couples de fiancés, que Somers connaissait depuis son arrivée aux Indes. J'inclus Charles et Faith sans en parler à mon mari.

Lorsque l'on annonça l'entrée de M. et Mme Charles Snow dans le salon où se tenaient tous les invités, un silence tomba dans la pièce. Je me hâtai de les accueillir. Faith était à croquer dans une robe de popeline fleurie dont le fond ocre éclatant rehaussait la couleur de sa chevelure. Elle avait cependant des yeux écarquillés et apeurés ; Charles se tenait à ses côtés, raide comme un parapluie.

— Je vous en prie, entrez, entrez, dis-je.

Je me retournai vers les autres. Aucun n'affichait de sourire accueillant et il n'y eut même pas un murmure pour les saluer. Somers leur tourna le dos et s'entretint d'une voix trop sonore avec les autres messieurs d'un sujet sans conséquence. Le ton de la soirée était donné.

Elle fut lamentable. À table, je fis tout mon possible pour les inclure dans la conversation, mais eux aussi restaient coincés et incapables de communiquer. J'observais le regard sombre et intelligent de Charles qui me faisait face de l'autre côté de la table, et j'étais honteuse de les avoir attirés, lui et Faith, dans ce traquenard.

Dès le départ du dernier de nos invités, Somers se tourna vers moi.

— Comment avez-vous *osé* me faire une chose pareille ? tonna-t-il. Parmi toutes les idioties, les incongruités…

— Ne me dites pas que vous partagez leur avis, Somers, lui répondis-je d'un ton las. Vous m'avez déclaré en personne que vous aviez envisagé de faire la cour à Faith lorsque nous sommes arrivées. Et c'est elle qui m'a amenée ici, elle qui…

— Ces sales sang-mêlé ! me coupa-t-il. Tous semblables, figurez-vous, avec leur espèce d'accent chichiteux et leurs courbettes, alors qu'ils vous poignardent dans le dos à la première occasion. Ces métis ! ironisa-t-il. Quand vous avez été effleuré par la brosse à goudron, vous ne pouvez pas le cacher. Ça ressort toujours, d'une façon ou d'une autre.

— Vous acceptiez Charles tout naturellement avant de savoir, lui fis-je remarquer. Et il ne s'exprime pas différemment de vous.

— J'ai toujours soupçonné quelque chose d'anormal chez lui, répliqua Somers, tout comme j'ai su que vous dissimuliez quelque chose, dès notre première rencontre. Je renifle les arnaques. Vous avez dû vous en apercevoir. (Il se tourna pour gagner sa chambre mais s'arrêta net.) Ne me faites plus jamais subir ce genre d'humiliation. C'est compris ?

— Oui, répondis-je.

Il resta figé quelques secondes à me fusiller du regard,

puis il gagna sa chambre en quelques longues enjambées alimentées par la colère et claqua la porte derrière lui.

Le lendemain, j'envoyai un carton à Faith pour lui demander de me rendre visite après le déjeuner, une fois que Somers serait reparti travailler. Elle me le renvoya, griffonné d'un « OUI » en lettres démesurées.

Je la saisis par les mains dès son arrivée.

— Je suis navrée pour hier soir, Faith. Je t'en prie, pardonne-moi. Jamais je n'aurais imaginé qu'ils te traiteraient avec une telle bassesse.

Elle me serra les mains.

— Ne t'inquiète pas. Charles ne voulait pas venir. C'est moi qui l'ai convaincu. J'ai boudé et j'ai joué la comédie pour le culpabiliser, en lui racontant que tu étais ma seule vraie amie à Calcutta et que je ne lui pardonnerais jamais si nous n'assistions pas à ta réception. À présent, je regrette. Je n'imaginais pas, comme toi, à quel point notre présence serait mal vue.

Nous nous assîmes ensemble sur le canapé, sans cesser de nous tenir la main. En cet instant, il ne semblait pas y avoir grand-chose à ajouter.

15 juin 1831

Cher Shaker,

Merci, merci, merci ! Je ne peux vous dire les palpitations que j'ai ressenties et comment mon sang s'est retourné lorsque j'ai reçu votre lettre. J'ai tout de suite reconnu l'écriture très personnelle de M. Worth. C'est gentil de sa part d'écrire à votre place. S'occupe-t-il toujours de la rédaction de toutes les annonces ?

La nouvelle du décès de votre mère m'a attristée. Je comprends sans mal à quel point l'an passé a dû être difficile pour vous qui deviez prendre constamment soin d'elle. Je suis touchée que Celina Brunswick et sa mère vous aient rendu une visite de condoléances. Faith m'a souvent parlé très chaleureusement de Celina, elle m'a vanté ses nombreuses qualités et ses dons pour la musique.

Cela fait quatre mois que je suis une femme mariée : une Memsahib. Mon époux, Somers, a hérité d'une fortune personnelle qui lui a permis d'acquérir une maison à Chowringhee, deux mois après notre mariage. Ce quartier fait partie de ceux de Calcutta pourvus de grands espaces censés capter la brise rafraîchissante montant du fleuve et ombragés par une végétation naturelle. Il s'agit d'une villa de stuc, nichée dans un jardin luxuriant. Je reconnais qu'elle est très agréable, quoique beaucoup trop vaste et emplie d'échos. Somers prend un immense plaisir à la décorer, à remplir les pièces de mobilier anglais, de tapis et d'objets qui n'exercent guère de séduction sur moi.

En revanche, j'adore les larges vérandas situées à l'avant et à l'arrière de la villa. Elles se sont avérées indispensables au cours de la saison chaude dans laquelle nous sommes plongés. Des vents desséchants soufflent en ce moment, prémices du début de la mousson qui arrivera d'ici un mois. Le soleil, que j'ai accueilli avec bonheur à mon arrivée aux Indes, s'est transformé en seigneur agressif et sans pitié. L'air est blanc, brillant, il délave la couleur des arbres, des routes, des jardins, des rochers, et même de nos visages. Impossible de toucher une surface. Partout, le soleil laisse son empreinte blessante. Je sens sa brutalité sur ma peau. De plus, une moiteur affaiblissante règne. J'ai des démangeaisons sur le corps entier, provoquées par cette chaleur. On voit des insectes qui dépassent l'entendement. Mes paroles elles-mêmes, lorsque je trouve l'énergie de m'exprimer, semblent fondre et déserter ma bouche. Elles se dissolvent comme du sucre et ne paraissent avoir aucune signification.

Mais en dépit de ce dieu cruel, plus la chaleur s'intensifie, plus les fruits s'adoucissent, plus les fleurs s'alourdissent et embaument.

Je me réfugie à l'intérieur de ma tanière en m'aidant de toutes sortes d'artifices pour rester au frais : les perpétuels ventilateurs (*punkah)* au-dessus de nos têtes, même s'ils ne font en réalité que brasser l'air brûlant et poisseux ; les *tatties*, des écrans en osier qui recouvrent toutes les fenêtres et embrasures de portes, qu'on éclabousse d'eau toute la journée dans l'espoir de rafraîchir la brise qui souffle au travers. Je dispose également d'un appareil censé envoyer de l'air frais dans une pièce. Mais hormis vrombir, il ne sert guère à grand-chose.

Lorsque Somers est à la maison, les visites mondaines occupent notre temps. Je trouve insipide l'espèce de gaieté forcée de ce commerce des cartons d'invitation et des visites qui se déroulent entre onze heures du matin et quatorze heures, lorsque le soleil est à son zénith. Mais quand Somers s'absente, et cela se produit souvent, car il va à la chasse au sanglier sauvage dans la jungle ou se rend en visite dans les autres présidences de la Compagnie, à Madras ou à Bombay, le monde indien, oh ! Shaker, s'ouvre alors à moi, même si je suis obligée de tenir mes activités secrètes. C'est peut-être le fond de ma nature, le comportement où je me sens le plus à l'aise. Je constate avec le recul que la plus grande partie de ma vie est placée sous le signe du secret et qu'il en sera peut-être toujours ainsi.

En l'absence de Somers, je refuse toutes les invitations que je reçois, car je préfère rester à la maison. Je marche déchaussée, en repoussant tous les tapis de *Dhuri* pour savourer la fraîcheur de la pierre sous la plante de mes pieds. Je dévore les livres. Le Club possède une bibliothèque, petite mais bien fournie, dont je suis une visiteuse assidue. Je ne commande pas de repas, ce qui rend le cuisinier boudeur. Je sais que je le froisse. Mais je préfère éviter la viande omniprésente – gibier, bœuf, mouton, porc, veau et volaille – et la riche nourriture anglaise que notre malheureux *bilwarchi* s'efforce toujours de nous servir, souvent avec de curieux résultats.

Les domestiques, j'en suis persuadée, me prennent pour une folle, en dehors de ma bien-aimée *ayah*, Malti. Son prénom, qui signifie petite fleur parfumée, lui sied à merveille. Ils font semblant de ne pas me prêter attention quand je danse pieds nus dans la maison, revêtue de l'un des saris de Malti, les cheveux dénoués, que je me nourris de riz et d'amandes, de cantaloups, de mangues et de temps à autre, d'un curry. Ils se sont assez enhardis pour échanger parfois, lorsque je les en presse, de brèves conversations avec moi en hindi, quand le *burra sahib* est absent. J'ai fait de gros progrès dans cette langue.

J'ai également appris à monter à cheval. Là encore, j'ai dû m'y prendre en secret : comment aurais-je pu expliquer aux dames les plus distinguées de Calcutta que je n'avais jamais pratiqué l'équitation ? Ici, le plus petit des enfants anglais est un parfait cavalier dès son plus jeune âge. J'ai recherché une écurie située à distance respectueuse du Club où, grâce à un instructeur eurasien très patient qui ne se posait pas de questions sur mon inexpérience, je suis parvenue en quelques mois à me débrouiller plutôt bien en selle. Je n'ai pas encore abordé les sauts ni d'autres exercices plus ambitieux que le trot, le petit galop ou le galop, mais je monte suffisamment bien pour ne pas me faire remarquer.

Il m'arrive par ailleurs de me glisser dans Calcutta sous prétexte d'aller effectuer des emplettes. Qu'ai-je à faire des emplettes, Shaker ? Vous me connaissez assez bien pour savoir que ce passe-temps, tellement prisé des Memsahibs anglaises, ne présente aucun intérêt à mes yeux. À la place, je remets à Malti, ma confidente, qui semble me vouer une adoration pour la simple raison qu'on lui a confié la tâche de veiller sur moi, une liste de courses, un grand panier et une traite. Elle se rend au marché de Hogg et s'y procure les provisions pour les repas à venir. Ou alors elle va jusqu'au grand magasin Taylor, doté de larges allées impeccablement rangées, le long desquelles sont exposés argenterie reluisante, porcelaine étincelante, bijoux et toutes sortes d'autres objets anglais. Cette tâche lui donne l'impression d'être importante et elle me raconte que ses homologues la jalousent, car jamais leurs Memsahibs ne leur confieraient de telles activités.

Et pendant que Malti effectue ces courses, Shaker, je pars en exploration. Je me rends dans les bazars en plein air. Le principal est le Chow Bazar et sa profusion joyeuse, sinon sordide, d'étals et, oh ! j'ai trouvé des objets dont j'ignorais totalement l'existence, des objets dont je n'avais jamais vu la trace dans tous les livres que j'ai étudiés avant de venir ici. Des idoles étranges et des tissus insolites, des épices aux arômes acres, des gommes précieuses, et de grandes bouteilles d'huile et d'eau de rose encastrées dans de l'osier. De l'ivoire pur de Ceylan et du cuir de rhinocéros de Zanzibar. Je me sens en sécurité. Il règne ici un respect tacite – et je le soupçonne, feint – à l'égard de toutes les Memsahibs. Feint, parce que les Indiens n'ont pas le choix. Ce respect n'est pas suscité par l'admiration, mais il est lié à la couleur de notre peau. C'est un détail qui me dérange beaucoup, et je dois encore parvenir à assimiler le fait que les Indes sont un pays où la valeur d'un être humain est fonction du niveau de sa naissance.

On peut d'ailleurs en dire autant de la vie en Angleterre. C'est bien la seule similarité entre ces deux pays.

Je présume que vous êtes au courant du fait que Faith s'est mariée peu de temps après moi. Je sais qu'elle l'a écrit à Celina, et j'espère que cette dernière vous a transmis la nouvelle. Je la vois le plus souvent possible. Elle me paraît souffrir d'une santé fragile. Son mari, M. Snow, est un homme bon, sérieux et cependant prévenant. Il l'adore. Malgré la félicité de leur union, Faith éprouve des difficultés à s'habituer au chaos du monde indien. Elle évoque l'éventualité de se rendre en visite au pays l'an prochain. Je pense que ce voyage serait bienvenu, même s'il faudrait d'abord qu'elle regagne la résistance physique qui lui permettrait d'affronter ce périple.

Merci encore de m'avoir écrit, Shaker. J'avais essayé de ne pas perdre espoir de recevoir de vos nouvelles depuis mon départ de Liverpool, il y a à présent presque un an. Grâce à votre lettre, j'ai l'impression qu'une porte s'est ouverte.

Je vous présente de nouveau toutes mes sincères condoléances pour le décès de votre mère.

Avec ma fidèle amitié,

Linny

PS – À l'avenir, votre courrier me parviendra directement si vous l'adressez à Mme Somers Ingram, qui est désormais mon nom de femme mariée.

Je ne décrivais pas certaines parties de ma vie à Shaker. Je ne lui parlais pas de mes promenades au cimetière St John, par crainte qu'il ne me jugeât morbide. En apparence, la visite des tombes représentait une espèce de passe-temps irrésistible pour certaines Anglaises. Au-dessus du portail du cimetière était inscrit « Ici repose la Gloire profondément ensevelie ». Je trouvais en ce lieu une paix qui me rapprochait des souvenirs de ma mère et de ma petite fille. Beaucoup – beaucoup trop – de bébés étaient enterrés là : morts du choléra, morts d'entérite, morts de la petite vérole, morts de la fièvre, morts de… l'inexplicable et pourtant atroce emprise des Indes. Mais malgré cette tristesse, j'y trouvais une forme de sérénité. Après le début de la mousson, lorsque la pluie eut assez lessivé la poussière des pierres pour laisser apparaître les inscriptions, lorsque de la verdure jaillit entre elles, cet endroit me parut sacré.

J'avais été témoin d'autres coutumes dont je n'avais pas parlé à Shaker. L'une fut un rite sati. Quoique interdit par le gouvernement l'année précédant mon arrivée, je tombai par hasard sur les restes fumants d'un bûcher sur lequel une veuve s'était embrasée afin de périr brûlée vive. À en juger par les deux petits garçons en pleurs au pied des cendres noires et des sinistres vestiges humains carbonisés, cette femme était jeune. Je contemplai ces enfants, me demandant s'ils étaient en âge de comprendre que leur mère s'était sacrifiée, non seulement pour leur père, puisque son décès assurait à ce dernier une renaissance heureuse, mais pour eux. À présent qu'elle était partie prendre place aux pieds de son époux dans les cieux, ils avaient l'assurance d'hériter de l'ensemble des biens familiaux. Avaient-ils des sœurs, et dans ce cas, quel allait être le sort de ces fillettes ?

Une autre après-midi, alors que je me tenais dans l'ombre entre deux temples, je vis une foule d'hommes traîner un individu dont les bras et les jambes étaient étroitement liés par des bandes de tissu, jusqu'à une clairière entre des autels. Ils le forcèrent à s'agenouiller et à placer la tête sur un large billot de bois. *Choor, choor*, murmurait la foule qui gonflait rapidement, et je compris qu'il s'agissait d'un voleur.

L'instant d'après, un cornac fit entrer dans la clairière un éléphant docile, décoré de peintures de cérémonie, des cloches tintinnabulant autour de ses chevilles massives. Un silence inhabituel tomba sur l'assemblée. Obéissant à un ordre du cornac, l'énorme patte fripée se leva au-dessus de la tête du voleur. Lentement, presque délicatement, le pied gigantesque descendit dans un carillon de clochettes et écrasa le crâne de l'homme sur le billot de bois qui s'ensanglanta. Je fus incapable de détourner le regard. Ce silence révérencieux se poursuivit, tandis qu'on emmenait l'éléphant et que la foule se dispersait. Immédiatement, deux *sudras*, des intouchables, se hâtèrent de traîner le corps, avec sa bouillie pâteuse attachée au cou. Le reste de la foule en haillons s'écarta pour former deux haies autour d'eux. Ils passèrent devant moi en tirant leur sinistre chargement et je vomis prestement et sans bruit. Puis je m'essuyai la bouche avec le bas de ma jupe et me dirigeai vers la ruelle qui me ramènerait au cœur du bazar.

Là, je me procurai un sachet en papier de *pan*, et je mâchouillai le mélange moulu d'épices, de feuilles et de noix de bétel pour calmer mon estomac. J'observai un aveugle tout ridé qui jouait du sitar : la musique qu'il en tirait était déstructurée, éthérée. Lorsqu'il eut terminé, il inclina la tête vers le ciel et je vis des larmes couler sur son visage crasseux, fendu d'un large sourire. Je m'agenouillai à côté de lui et fourrai dans sa main le reste du *pan*. Il prit la mienne, passa les doigts sur ma paume et mon poignet et me chuchota une bénédiction de sa bouche édentée. Je fus prise d'un frisson de répulsion et pourtant... et pourtant je pense que j'éprouvais également de l'envie. Oui. Il ne désirait rien d'autre que son sitar et la chaleur de cette flaque de soleil. Il connaissait sa place dans le monde ; il l'acceptait.

Bien que le cours des choses m'eût amenée dans un endroit sûr – une jolie maison dans laquelle je ne manquais de rien matériellement –, je continuais souvent à me sentir en désaccord avec cette existence. Quelle était cette douleur lancinante qui creusait un vide en moi, en dépit de ma vie luxueuse ?

Comme je m'éloignais du vieillard, je m'admonestai de nourrir des pensées d'un tel égoïsme.

24

Faith m'inspirait bien du souci. Elle et Charles étaient contraints de vivre dans le quartier plutôt décrépit réservé aux fonctionnaires non contractuels, que j'avais souvent eu l'occasion de traverser. Leur maison était la dernière de Chiptore Road, composée d'une rangée de bungalows de plain-pied de piètre fabrication, puisque des mauvaises herbes poussaient dans les larges fissures de leurs murs extérieurs.

Je lui rendis pour la première fois visite alors que la saison chaude devenait insupportable. Le bungalow, petit mais bien tenu, contenait une foule d'objets évoquant la vie de Charles aux Indes, contrairement aux foyers de Garden Reach, Alipur et Chowringhee que je fréquentais. La simplicité et le manque de lourdeur de son mobilier de rotin et de ses petites tables en cuivre, de ses murs blancs et nus, en dehors de quelques tentures tissées et de nattes de jonc odorantes sous les pieds, dégageaient un certain charme. Encore dans l'ivresse de son union avec Charles, Faith paraissait heureuse et se plaisait à jouer les maîtresses de maison. Il n'y avait pas de véranda et l'arrière donnait sur une cour. Privée de la possibilité d'être traversée par la brise, la maison était suffocante.

Faith disposait du nombre minimum de domestiques :

une adolescente maigrichonne aux dents de lapin d'une douzaine d'années comme *ayah*, le frère cadet de cette dernière comme homme de ménage principal et un vieillard qui se déplaçait à pas traînants et qui ne faisait jamais grand-chose. Elle partageait un cuisinier, un *dhobi* et un *durzi* avec trois autres bungalows.

Le temps passant et la chaleur recouvrant Calcutta de sa chape liquéfiante, Faith se mit à répondre par des regrets et des excuses aux cartons par lesquels je la priais de me rendre visite durant la journée ou lui demandais si je pouvais passer la voir. Elle prétextait divers empêchements, allant de la chaleur à sa santé médiocre ou à un problème avec un serviteur. Après ne pas l'avoir vue pendant trois semaines, je pris sur moi de lui rendre visite une après-midi, malgré le soleil.

L'*ayah* m'ouvrit la porte et me fit pénétrer dans le minuscule salon. Elle alla chercher Faith. Pendant que j'attendais dans la pièce étouffante au point que la tête me tournait, je remarquai que des fourmis blanches se déplaçaient sur le tapis de sol et sentis une odeur aigre de linge non lavé. Une couche de poussière était visible sur le *punkah* en mouvement. Des assiettes et des tasses sales traînaient sur la petite table de dîner ronde en teck que j'apercevais par une porte ouverte. Faith apparut enfin. Elle avait le visage pâle, ses vêtements étaient froissés et les épingles se détachaient de ses cheveux.

— Bonjour, Linny. J'essayais de rester au frais en demeurant allongée, complètement immobile. Je te prie d'excuser l'état de ma maison. Nous n'avons pas reçu du tout. Il fait trop chaud.

— Je te comprends. Qui pourrait s'occuper efficacement de quoi que ce soit par cette chaleur torride ? répondis-je.

Nous nous assîmes et elle demanda à l'*ayah* de nous apporter du thé frais. L'adolescente nous présenta en même temps une assiette de biscuits. Il se dégageait d'elle l'odeur prenante du *ghee* dont elle se servait pour huiler ses cheveux. Faith ne jeta même pas un regard à l'assiette ; mais je notai que les biscuits paraissaient farineux.

Nous essayâmes de papoter, mais Faith semblait incapable de se concentrer sur un sujet. Elle donna à l'*ayah* des ordres pour le cuisinier, qu'elle modifia à deux reprises. Elle demanda au garçon de ménage de s'occuper de petits détails sans importance, alors que des essaims de mouches bourdonnaient au-dessus de la vaisselle sale. Lorsque je lui annonçai que j'allais partir dans la demi-heure, elle se mit à arpenter la pièce en jetant des coups d'œil par la fenêtre.

— Es-tu sûre que tu vas bien, Faith ? lui demandai-je.

Il était visible qu'elle ne portait ni corset ni jupon et sa robe écrue, maculée de taches de transpiration sous les aisselles et sur les reins, pendouillait lamentablement. Par cette touffeur, je me changeais au moins quatre fois par jour : Malti me préparait des bains frais et tenait toujours des vêtements propres à ma disposition.

Elle posa sur moi un regard distrait.

— Oui. Je pensais simplement que Charles risquait de rentrer plus tôt que d'habitude. Je l'espérais. Je n'aime pas rester ici seule.

— Tu n'es pas seule. Tu as tes domestiques et les autres femmes, dans la cour. Tu ne leur rends pas visite ?

Elle détourna les yeux de la fenêtre et se rapprocha de moi.

— Je voulais juste dire que… j'espère qu'il rentrera

avant ton départ. C'est à cause des domestiques. Ils passent leur temps à m'épier et j'ai l'impression qu'ils ne m'aiment pas.

— Tu pourrais peut-être sortir davantage, dis-je. Je sais que c'est éprouvant par cette chaleur, mais ça ne fait pas de bien de rester enfermée comme ça toute la journée.

— Je ne suis pas invitée aux mêmes réceptions que toi, Linny.

— Mais je sors souvent faire d'autres choses avec Malti. Ils ont même une petite bibliothèque au Club de Calcutta.

— Charles n'est pas autorisé à en être membre.

— Mais je pourrais t'y amener comme invitée.

— Tout cela est trop épuisant, me répondit alors Faith.

Lorsque je pris congé, vingt minutes plus tard, elle était distraite, se plaignait de la table en désordre et craignait que Charles n'appréciât pas son dîner.

Si je m'irritais de certains aspects de ma vie à Calcutta, cela ne m'empêchait pas d'en apprécier de nombreux côtés. Je passais des heures interminables et heureuses à la bibliothèque. M. Penderel, l'homme d'un certain âge qui en avait la charge, apprit à me connaître. Je crois qu'il était content de voir quelqu'un en franchir la porte, car il n'y avait jamais personne lorsque je venais, tous les quatre ou cinq jours, chercher deux nouveaux livres. Au bout de quelques mois, il commença à mettre de côté à mon intention les volumes qui venaient d'arriver par bateau. La première fois qu'il me vit examiner la reliure particulièrement jolie d'un livre, il fronça les sourcils.

— Je peux vous assurer, madame Ingram, qu'il n'y a

pas de mites dans les reliures. Je les examine de près une par une avant de ranger les livres sur les étagères et je recommence chaque fois que quelqu'un en sort un et le rapporte.

— Oh, je ne cherchais pas de mites, monsieur Penderel. J'étudiais les détails. Il y a un point curieux, ici, lui montrai-je, que je n'ai encore jamais vu.

Une étincelle s'alluma dans ses yeux.

— Ça alors, madame Ingram ! Vous vous intéressez aux livres en eux-mêmes ?

— Oh oui, lui répondis-je. Je m'intéresse à la fabrication des livres depuis… eh bien, depuis mon enfance. Cela m'a toujours plu.

M. Penderel s'empressa de m'en apporter toute une variété et nous passâmes une bonne demi-heure à en commenter les finitions et les estampillages. Cette conversation me stimula bien davantage que toutes celles auxquelles j'avais participé depuis un certain temps.

Mes visites à la bibliothèque, celles à Faith et les fréquentes absences de Somers pour son propre plaisir me firent croire, au cours de ces premiers mois de mon mariage, que j'étais plus proche d'atteindre la plénitude que je ne l'avais jamais été.

18 juillet 1831

Cher Shaker,

Fin juin nous a apporté le *loo* ou vent d'ouest, rouge et torride. Il transporte une fine poussière argileuse à laquelle on ne peut échapper. Aussi insidieuse qu'une odeur, elle s'insinue à l'intérieur par les brèches et les fissures. Elle s'incruste dans mes yeux, mes oreilles, mes narines, entre mes dents. J'ai presque l'impression qu'elle étouffe également mes sens. Les serviteurs eux-mêmes ne tiennent pas en place.

À son summum, la puissance de ce vent est telle qu'il arrache les frêles bâtiments du sol et que les arbres se ploient presque en deux. On raconte qu'il rend les Anglais fous et cette réputation est peut-être exacte. Il s'agit d'une démence temporaire, car son gémissement incessant brûle le cerveau d'une manière que j'imagine identique à celle d'une fièvre cérébrale. Lorsqu'il arrête de souffler, tout le monde s'immobilise, l'oreille aux aguets, car c'est au tour du silence d'apparaître menaçant.

La fin de la période venteuse marque l'arrivée du début de la mousson, qui s'abat sans avertissement. On a l'impression que les cieux s'entrouvrent et laissent sans cérémonie tomber des baquets d'eau chaude sur la cité. Des fleuves boueux cascadent dans les rues, si bien que j'arrive à peine à avancer, embarrassée par des jupes à traîne pesantes, des couches de jupons et de crinolines que je suis contrainte de porter quand je sors de la maison. Ces averses quotidiennes durent au moins quelques heures, avant de s'interrompre de façon aussi abrupte qu'elles ont commencé. L'air brûlant, saturé, entrave la respiration et, par moments, j'ai l'impression d'essayer de reprendre souffle à travers un morceau de gaze trempé. Après le court répit apporté par un ciel d'un azur étonnant et l'apparition d'un soleil chatoyant, de nouveaux nuages s'amoncellent, le bleu vire au gris ardoise alarmant et quelques instants plus tard, la mousson reprend avec une force décuplée.

Une moisissure d'un vert aussi éclatant et luisant que celui d'une émeraude se développe durant la nuit et recouvre tous les objets en papier, tissu ou cuir, y compris à l'intérieur de la maison. J'ai découvert l'usage de la mystérieuse pile de boîtes doublées d'étain que j'ai trouvée dans un angle d'une chambre vide et je m'en sers à présent pour ranger mes vêtements. Lorsque nous n'attendons pas de visite, les domestiques recouvrent tous les meubles de draps blancs. Je passe la plus grande partie de mon temps sur la véranda de ma chambre.

Des dizaines de mouches pénètrent en essaim par les fenêtres ouvertes et tout un éventail de créatures volantes, rampantes et vrombissantes semblent jaillir de l'air moite. Hier soir au dîner, j'ai compté des lépismes, des fourmis blanches, des carabes pygmées, des chenilles et des mille-pattes qui grimpaient sur la table et se promenaient dessus. Du coup, il n'est bien sûr pas facile de manger. Dès que l'on découvre la nourriture, les volettements commencent, malgré la horde de boys qui manient des rameaux de prêles. Un domestique se tient derrière moi avec une sorte de louche dont il se sert pour ramasser les plus gros scarabées et les insectes qui atterrissent sur mes épaules et dans mes cheveux. Somers a pris l'habitude de prendre la plupart de ses repas dans le salon du bâtiment de l'administration réservé aux messieurs. C'est une pièce d'une propreté scrupuleuse, presque scellée.

À qui d'autre que vous pourrais-je avouer, Shaker, que je suis fascinée par un grand nombre de ces insectes ? Certaines phalènes, aux ailes tissées d'or, sont gracieuses et délicates. J'ai attrapé un gigantesque mille-pattes à raies vertes et jaunes de plus de vingt centimètres et je l'ai enfermé dans un bocal en verre pendant plus d'une semaine. Tous les matins, je lui jetais des feuilles et je l'observais, habitée par une forme d'émerveillement respectueux, mâchonner son repas. Même les mouches,

Shaker, les mouches ! Elles n'ont rien à voir avec nos mouches bleues à viande d'Angleterre. Beaucoup ont des corps couleur bourgogne foncé ou vert somptueux.

J'ai appris à envelopper mon lit de plusieurs épaisseurs de très fine mousseline et avant d'y grimper chaque soir, je soulève les draps et procède à une inspection minutieuse, afin de vérifier que je ne vais pas m'allonger à côté d'un scorpion endormi. Je procède ensuite de la même façon avec l'épais dais de coton qui surmonte le lit, pour m'assurer qu'il tient bien en place. Une nuit, j'ai eu la surprise, fort désagréable, d'être réveillée par la chute sur mon visage d'un scarabée bousier tombé des poutres, gros comme une noix. Cet incident s'est produit l'unique et dernière fois où j'avais procédé à la légère à cette inspection vespérale. J'ai également découvert, non sans un léger effroi, qu'une éponge utilisée pour le bain offre un refuge idéal aux scorpions.

Tous les matins, j'avale ma dose de quinine, une cuillerée d'une taille redoutable, dont le goût atroce me donne le frisson. On m'a prévenue que la malaria fait le plus souvent des ravages durant la saison chaude. Somers a souffert d'une attaque de cette maladie au cours de son premier été ici, il y a plus de cinq ans, et il est désormais enclin à faire des rechutes.

Lorsqu'il est souffrant, il préfère que je ne m'approche pas de lui et que je laisse aux domestiques la tâche de le soigner. Mais j'ai entendu ses gémissements et ses chuchotements : il a l'impression d'avoir les os tordus par une main gigantesque et brutale et d'entendre dans sa tête des battements incessants de tambour qui l'incitent à croire qu'il va sombrer dans la folie. Bien qu'il m'ait très peu parlé de ses parents, il appelle sa mère décédée dans son délire comme un enfant, pour mieux maudire, un instant plus tard, un père cruel dont le souvenir le hante. Au cours de sa dernière crise, ses tremblements étaient si violents qu'il s'est fêlé une dent. Le pauvre homme !

Je vais m'arrêter sur ce détail, en vous promettant, cher Shaker, de vous écrire de nouveau.

Sincèrement.

Linny

J'évitai d'en écrire davantage à propos de Somers, car qu'aurais-je pu dire ? Au début, je ne crus pas en sa cruauté, mais le pris simplement pour un homme d'un égoïsme sans bornes. Nous continuions à ne nous manifester aucun intérêt et à nous conduire en simples voisins bien élevés partageant la même maison. Par moments, il s'adressait à moi d'un ton sarcastique, il me lançait des insultes, mais cela ne se produisait que lorsqu'il avait bu plus que de raison ou qu'un rendez-vous, qui sait, l'avait laissé sur sa faim. Le lendemain, il m'offrait un petit cadeau en guise d'excuses : un bibelot ou un bijou, un objet impersonnel qu'il pouvait charger l'un de ses coolies d'aller acheter au grand magasin Taylor. Je me rendais bien compte alors qu'il réalisait que sa conduite avait été déplacée. J'aurais accordé davantage de signification à un mot gentil ou à un sourire sincère, mais il ne semblait pas capable de reconnaître autrement ses torts.

Il y avait des moments dérangeants, au cours desquels je m'apercevais qu'il m'observait avec acuité. Mais il détournait la tête en hâte et niait, lorsque je l'interrogeais, qu'il souhaitait me parler de quelque chose qui le tracassait. Je sentais que, sous son charme et son côté fanfaron, se dissimulait un profond sentiment de tristesse. Une fois, je voulus lui faire évoquer son enfance à Londres, sa mère et son père, mais il refusa d'aborder son passé.

En fait, il ne désirait évoquer aucun aspect de sa vie, aussi bien passée que présente. Et de la même façon, il ne souhaitait rien savoir de mes occupations. Lorsque je le questionnais sur son travail, il me répondait que ce dernier n'aurait guère d'intérêt à mes yeux. Lorsque je tentais de lui parler de mes lectures, de mes conversations avec M. Penderel à la bibliothèque du Club, il ne dissimulait pas son ennui. Lors des rares soirées où nous nous retrouvions en tête à tête, nous ne parlions que de la maison et des domestiques, de nos projets d'invitations et des événements mondains auxquels nous étions conviés. Jamais nous n'abordions les affaires du cœur ou de l'esprit.

Ce fut après la fin de la mousson, alors que nous étions plongés au beau milieu de la saison délicieusement tempérée, que notre mariage entama sa spirale descendante. J'étais aux Indes depuis presque un an.

Somers avait profité du beau temps pour accompagner quelques amis à la chasse et s'était absenté depuis presque trois semaines. Il rentra à la maison avec des coups de soleil aux nuances multiples, en proie à une immense lassitude et d'humeur renfrognée, car il revenait bredouille. Il faisait porter la responsabilité de ce fiasco à l'incapacité de ses coolies de battre la brousse. Il me rapporta qu'en dépit de la richesse du gibier – tigres, panthères, samburs[1], sangliers – ils avaient été pris de panique après la mort inopinée de l'un des leurs, qui avait reçu un coup de patte d'un tigre blessé.

— Ces fichus couards ! ajouta-t-il. Après ça, ils grim-

1. Élan indien. (*NdT.*)

paient aux arbres dès qu'un bruissement répondait à leur battue. Ils ont laissé le gros gibier s'enfuir.

— Mais ils avaient sans doute raison de...

— Ils n'ont aucune excuse, Linny. Ils sont payés pour effectuer ce travail.

Nous nous trouvions dans le salon à l'atmosphère feutrée et guindée. Il marchait de long en large devant le canapé de damas où j'étais assise avec le livre dans lequel j'étais plongée avant son arrivée. Je ne l'avais encore jamais vu se mettre dans un état pareil et je gardai le silence, pendant qu'il tempêtait contre cette équipée minable. Il finit par appeler les domestiques à tue-tête et nombre d'entre eux se précipitèrent à ses ordres. Il leur demanda d'apporter de l'eau dans sa chambre pour son bain et commanda pour le dîner un repas anglais bien consistant, qui comprenait de la selle d'agneau, du roast-beef en sauce et un pudding du Yorkshire. Il sortit une bouteille de porto de l'armoire et s'éclipsa pour le reste de l'après-midi.

En début de soirée, il me pria de me joindre à lui pour le dîner et on nous servit le repas en grande pompe comme à l'ordinaire, dans de la porcelaine de Sèvres et des couverts d'argent rutilants. Somers avait placé un verre de madère à côté de son assiette, dont il avalait une rasade après chaque bouchée, et il demandait constamment au *khitmutgar* de le resservir.

Pendant qu'il découpait sa viande d'une main plutôt malhabile et mâchait lentement mais avec délectation, je bus une gorgée d'eau de mon fragile gobelet de cristal et repoussai ma tranche de viande rosée vers le bord de mon assiette.

Somers finit par relever la tête.

— La viande n'est pas assez cuite à votre goût ?

Il bredouillait. Je ne l'avais jamais vu dans un tel état d'ébriété. Je me demandai s'il ne s'agissait pas des prémices d'une nouvelle attaque de malaria.

— J'ai pris un thé très tard, et ce repas est très lourd.

— Dans ce cas, demandez autre chose. Rahul, ordonna-t-il à un garçon qui passait dans la pièce, les bras pleins d'une pile de serviettes de table propres, emporte l'assiette de Mme Ingram.

Le jeune serveur regarda la table. Ses yeux s'écarquillèrent et il baissa la tête.

— Emporte son assiette, Rahul, lui ordonna de nouveau Somers.

La tête toujours baissée, Rahul recula.

— Somers, vous savez bien qu'il ne peut pas. Appelez quelqu'un d'autre...

Immédiatement, Somers fit bruyamment racler sa chaise en arrière et bondit sur le garçon. Il saisit son bras frêle d'un geste brutal. Les serviettes s'éparpillèrent sur le sol comme un lâcher de colombes.

— Quand je te dis...

Je me précipitai aux côtés de Rahul pour repousser la main de Somers.

— Lâchez-le !

Le visage et le cou de Somers étaient rouge brique et il resserrait son étau.

— Il doit obéir lorsque je lui donne un ordre. Celui-ci n'aime pas obéir aux ordres. Je m'en suis aperçu tout à l'heure, n'est-ce pas, Rahul ?

Il ne s'agissait donc pas que du problème de l'assiette. J'étais navrée pour cet adolescent qui ne devait pas avoir plus de quatorze ans. La peur le faisait trembler de tous ses membres. Je préférais ne pas penser à ce qui lui était sans doute arrivé quelques heures plus tôt, alors que je croyais que Somers se reposait.

— Somers, dis-je calmement, laissez-le.

— Comment osez-vous me défier devant un domestique ?

— C'est un Hindou. Il n'a pas le droit de toucher une assiette contenant du bœuf, vous le savez bien, dis-je à voix basse, tout en gardant les doigts sur la main de Somers. Même si vous le battez à mort, il ne touchera pas à cette assiette. Va chercher Gohar, Rahul. Gohar pourra prendre l'assiette. Somers, *lâchez*-le.

Je prononçai ce mot avec davantage d'insistance que je n'en avais jamais fait preuve depuis que Somers et moi nous étions épousés.

Une seconde plus tard, Somers m'adressa un sourire qui ressemblait plutôt à une grimace. Puis il laissa tomber le bras de Rahul. Le garçon prit ses jambes à son cou, les pans de sa chemise au vent. Quelques secondes plus tard, un autre boy apparut et emporta mon assiette. Les autres domestiques présents dans la salle à manger – le *punkah-wallah*, le *khitmutgar* et les garçonnets avec leurs prêles – se conduisaient comme si de rien n'était.

Nous nous rassîmes. Méthodiquement, Somers enfourna bouchée sur bouchée de son dîner. Je pris une figue sur le plateau de fruits et de noix placé sous la chandelle qui diffusait une douce lumière, au centre de la table. Je mordis dedans, mais la figue était trop mûre et mon gosier se serra. Je regardai les éclaboussures de jus de viande sur le devant de la veste de soie crème de Somers et les gouttes de transpiration perlant de ses rouflaquettes.

Nous restâmes assis dans un silence uniquement rompu par les battements d'ailes d'un papillon de nuit au-dessus du candélabre, jusqu'à ce que Somers ait achevé son repas. Puis il quitta la table sans un mot.

Je crus l'incident clos et me préparai à aller au lit. Cependant, Malti venait à peine de m'aider à passer ma chemise de nuit que Somers apparut, s'appuya contre le chambranle de la porte et la congédia d'un aboiement. Elle s'éloigna à pas glissés, contrainte de se tourner maladroitement de profil pour éviter de l'effleurer au moment de franchir la porte. Il n'avait jamais pénétré dans ma chambre, ni moi dans la sienne, depuis notre mariage.

— Somers, dis-je, pourquoi…

Je me tus. Il venait de sortir une cravache de derrière son dos.

— Si vous m'humiliez *une seule autre fois* devant quiconque, vous repenserez à cette soirée et vous prierez le ciel, car vous allez avoir droit à un simple avertissement.

— Que voulez-vous dire ? Vous n'allez quand même pas me fouetter, Somers ? répliquai-je d'un ton assuré.

Il y avait au moins vingt serviteurs à portée d'oreille.

— Et pourquoi pas ?

Il attendit, le temps d'un battement de cœur, puis il s'approcha, sourire aux lèvres, comme s'il déchiffrait mes pensées.

— Vous vous imaginez que les domestiques vont se précipiter à votre aide ? N'avez-vous donc rien appris à propos de ce pays ? Êtes-vous aveugle au point de croire que quelqu'un se soucie de vous ? De vous imaginer qu'un seul de ces rustres serviles tentera de m'empêcher de dompter ma propre épouse ?

J'ouvris la bouche mais je n'eus pas le temps de prononcer une seule parole. Déjà, il m'avait attrapée par le devant de ma chemise de nuit et attirée brutalement vers lui. J'essayai de lui donner des coups de poing dans la poitrine, mais je n'étais pas de taille à lutter contre sa robustesse, d'autant qu'il était animé d'une fureur démultipliée par l'alcool. Il me jeta sur le lit. Une lampe éteinte s'écrasa sur le sol et l'huile de noix de coco qui s'en déversait emplit la pièce de son odeur. Il renversa ma table de toilette. Sans la moindre difficulté, il me retourna, le genou posé sur mes reins, et me cloua au matelas. Puis, maintenant mon poignet d'une main, il se servit de l'autre pour me fouetter avec les lanières de cuir cinglantes de la cravache. Je sentis le fin tissu de ma chemise de nuit se déchirer et ma peau se lacérer. Pendant qu'il me fouettait, je hurlais contre lui des malédictions dans le pire langage de ma connaissance : celui de mes vieilles amies, Helen et Annabelle, Dorie, Lambie et Mo la Maigre. D'un seul coup, il s'arrêta et je lui jetai un regard par-dessus mon épaule. De la transpiration dégoulinait sur son torse qui se soulevait et sur son visage déformé. Je me rendis compte avec épouvante que son regard anormal, vitreux, posé sur mon dos écorché et ensanglanté, exprimait une forme d'intimité sexuelle. Il lança alors la cravache, déboutonna son pantalon et redressa de force mes hanches pour me placer à genoux. Je me débattis et me dégageai d'une violente torsion, pendant qu'il farfouillait dans ses vêtements. Puis je m'agenouillai face à lui, me protégeant au moyen de la couverture placée contre mon corps. Il baissa les yeux sur son entrejambe, proféra un juron et se détourna. Le matelas s'affaissa quand il tomba à moitié du lit.

— Je n'ai même pas l'énergie de déverser ma semence en vous, me lança-t-il en se levant.

Puis il coinça sa chemise, reboutonna son pantalon et lissa ses cheveux.

— Et je ne me souillerai jamais avec vous. Le petit cul serré de Rahul est cent fois plus propre que vous ne le serez jamais. J'aurais dû me servir du bout de la cravache à la place, même si je n'ai aucune envie de la polluer non plus.

Il sortit et je compris alors que notre marché dépassait ce que j'avais prévu. J'étais sa prisonnière, tout aussi sûrement que j'avais été celle de Ram Munt.

Le lendemain, Somers me présenta ses excuses à sa façon habituelle. J'étais installée sur la véranda lorsqu'il fit son apparition, en fin d'après-midi. J'avais eu du mal à remuer avant midi sans souffrir. Je savais que les terribles coups de fouet laisseraient des cicatrices. Malti était revenue en hâte dans ma chambre après la sortie en fanfare de Somers. Tout en versant des pleurs accompagnés de gémissements en hindi, elle m'avait baignée et avait soigné mes blessures. De ses mains apaisantes, elle m'avait enduite d'un baume parfumé aux amandes. Après s'être installée sur le sol au pied de mon lit, elle avait chantonné d'une voix douce jusqu'à ce que je sombre dans un sommeil tourmenté. À mon réveil le lendemain matin, dans l'aube encore peuplée d'ombres, elle avait toujours la tête posée contre le côté de mon lit. Somers s'avançait à présent avec un panier d'osier qu'il déposa près de moi.

— Qu'est-ce que c'est ? demandai-je, me refusant à lever les yeux vers lui.

Le panier était agité de soubresauts et j'entendais des bruits de reniflements humides en sortir. Puis le couvercle se souleva de lui-même et un petit chien pointa les yeux dehors, sa langue humide pendant d'un côté de sa gueule. Je pris sa petite tête ébène osseuse entre mes mains et regardai droit dans ses yeux couleur ambre.

— Une espèce d'hybride. Je suis incapable de prononcer son nom indien, mais il est le fruit d'un métissage compliqué entre un mâle et une femelle triés sur le volet. Apparemment, ces chiens prospèrent aux Indes grâce à leur solidité et à leur poil ras. Contrairement à nos chiens, ils n'attrapent pas la gale. Ce sont des animaux féroces mais loyaux.

Somers s'exprimait d'une voix calme, d'où sourdait quelque chose d'indéfinissable. De l'embarras ou du remords ?

— Leur élevage n'est pas commode et il est difficile de s'en procurer un sans délai, poursuivit-il. J'ai eu de la chance de trouver celui-ci. Il y a une bonne dose de terrier chez lui, à mon avis, à en juger par sa maigreur et sa nervosité. Un métis les élève ici pour les Anglais.

Je sortis le chien de son panier pour le poser sur mes genoux. Ce simple geste suffit à me faire grimacer. Malgré sa petite taille, le chiot avait de longues pattes et il était pataud. Il posa celles de devant sur ma poitrine et me lécha le visage, tout en cherchant à s'accrocher à ma jupe de ses pattes arrière.

— Il a déjà un nom hindou, mais vous pouvez le prénommer comme bon vous semblera. Cela fait quelques semaines qu'il est sevré et son éleveur m'a assuré qu'il se laisserait facilement dresser.

Il se pencha en avant pour gratter l'oreille du chien.

— Ce sont de splendides pisteurs.

Le chien agita frénétiquement sa queue minuscule. Je regardai Somers. Le pourtour de ses yeux, injectés de rose, était enflé. Je me rendis compte qu'il avait grossi depuis notre mariage et qu'il avait le visage gonflé. L'air pitoyable qu'il affichait ne provenait pas seulement de l'alcool qu'il consommait. Je savais qu'il avait honte de son comportement.

Je m'abstins néanmoins de le remercier de m'avoir fait présent de ce chiot. Plus jamais je ne le remercierais. Je ne lui étais reconnaissante d'aucune des choses matérielles qu'il était en mesure de m'offrir et j'avais pris la décision, la semaine précédente, après avoir refusé un flacon d'eau de toilette, de ne plus accepter le moindre de ses cadeaux.

Mais j'avais envie de ce chiot. Je n'avais encore jamais rien possédé en propre.

Je l'appelai Neel, bleu, en hindi : son pelage luisant était si noir qu'il jetait presque des éclats bleus.

25

12 mars 1832

Cher Shaker,

Merci pour votre dernière lettre. Votre intérêt grandissant pour la nouvelle discipline médicale de l'homéopathie me fascine. Je suis heureuse d'apprendre qu'elle est adoptée en Angleterre. Les Indiens utilisent de nombreuses plantes pour soigner diverses maladies. Si cela vous intéresse, je pourrai demander à Malti de me donner des renseignements plus précis sur celles qui, à sa connaissance, possèdent des propriétés curatives.

Je me rends dans une station montagneuse d'ici quelques jours et souhaite vous poster cette missive avant mon départ. Je vais passer toute la saison chaude à Simla, au fin fond des montagnes de l'Himalaya. Vu le supplice que j'ai enduré à cette époque l'an dernier, j'ai remercié Somers de m'avoir suggéré de séjourner durant ces quelques mois loin de la poussière et de la touffeur de Calcutta. Il m'a fait comprendre que ce séjour dans une station de montagne est une obligation pour nous, les Memsahibs, dont le mari a les moyens, à condition que son épouse soit de constitution assez solide pour supporter le périple ardu de mille huit cents kilomètres vers le nord. Il consiste à emprunter pour commencer un *budgerow*, sorte de péniche, sur le Hooghly, un affluent du Gange, et la Yamuna, puis à effectuer une longue et lente ascension dans la montagne en *dooli* (chaise à porteur). Il est sans aucun doute tout à fait préférable de passer l'été dans les montagnes fraîches et verdoyantes. D'après ce que j'ai pu comprendre, les Memsahibs n'éprouvent guère de remords de laisser leurs époux étouffer de chaleur dans les villes et les plaines pendant qu'elles profitent de l'air limpide et embaumé.

Je suis ravie que Faith ait accepté de venir avec moi. Somers a absolument tenu à ce que je sois accompagnée d'un chaperon. Que vous inspire l'ironie de cette situation ?

Je suis cependant bien ennuyée pour Faith, Shaker. J'ai l'impression qu'elle souffre d'un mal profond. Par moments, je me demande si elle n'a pas hérité de sa mère une forme de mélancolie, bien qu'elle refuse de s'en ouvrir à moi lorsque je l'interroge sur sa santé. Malgré l'affection qu'elle porte à Charles, la situation de leur mariage n'a fait qu'aggraver considérablement son malêtre. J'ai le cœur lourd quand je songe à la jeune fille charmante et primesautière que j'ai rencontrée à Liverpool. Je nourris vraiment des craintes pour elle, et j'aimerais pouvoir faire quelque chose pour l'aider.

J'espère que ce séjour à Simla lui permettra de se revigorer.

Votre amie fidèle,

Linny

PS. Le guggal (bdellium indien) possède une résine odorante que l'on extrait pour l'utiliser aussi bien contre les œdèmes que contre les gonflements douloureux des articulations.

Lorsque j'avais suggéré pour la première fois que Faith m'accompagne à Simla en leur disant, à Charles et elle, que Somers avait déjà loué un chalet (vrai), organisé et payé le voyage (vrai) et accepté que Faith fût mon chaperon (mensonge), Charles l'avait pressée de sauter sur cette occasion. Nul n'était besoin d'évoquer leur situation matérielle, qui lui interdisait de l'envoyer là-bas. Elle avait prétendu ne pas pouvoir supporter d'être séparée de lui, mais Charles ne voulait pas la laisser passer la saison chaude à Calcutta. Au cours de l'année précédente, elle avait souffert d'une fièvre bizarre, ainsi que de furoncles et de calculs rénaux qui n'avaient fait qu'empirer durant la saison humide. Son corps s'était couvert de plaies et avait été secoué d'accès de fièvre qui l'avaient vidée de son énergie et l'avaient rendue muette.

Elle s'était remise, mais elle était désormais incapable de bavarder et de sourire. Des heures durant, elle restait assise dans un fauteuil placé près de sa fenêtre, inerte, le visage blême.

Charles m'avait confié ses craintes, peu après qu'ils eurent accepté qu'elle m'accompagne à Simla. Il redoutait qu'elle ne survécût pas à la saison chaude qui allait s'abattre sur Calcutta, car elle venait à peine de se remettre de ses maladies. Il éprouvait un bonheur intense à la pensée qu'elle allait séjourner plusieurs mois dans le confort et la fraîcheur des montagnes de Simla. Il ne désirait rien tant que de retrouver son visage heureux. Il voulait la voir rire, applaudir, lire, bavarder et dessiner les oiseaux qu'elle se plaisait tellement à observer. Je le soupçonnais aussi de se dire que Faith serait plus facilement admise à Simla en son absence. Il trouvait cette solution idéale, même si elle n'était que temporaire.

Somers m'en voulut cependant terriblement d'avoir invité Faith. Je savais parfaitement qu'il se fâcherait, que j'aurais à en subir les conséquences, mais je l'avais fait en toute connaissance de cause. J'attendis volontairement la veille de notre départ pour lui apprendre qu'elle se joindrait à nous. Il allait partir au Club lorsque je l'arrêtai sur le pas de la porte pour l'en informer.

Il fronça les sourcils.

— Non. Vous savez parfaitement que je me suis organisé pour que Mme Partridge vous accompagne, me déclara-t-il, retournant son chapeau entre ses doigts qui laissaient des marques profondes dans le tissu léger. Vous n'aviez pas le droit de prendre cette décision de votre propre chef. J'en ai parlé au colonel Partridge il y a plus d'un mois. Mme Partridge devait de toute façon se rendre à Simla, si bien qu'elle est tout à fait prête à partager un chalet avec vous et à vous…

— À surveiller le moindre de mes mouvements, Somers ?

— … à vous servir de compagne. Nous sommes convenus que vous partiriez à Simla avec un chaperon. Et voici que vous salissez le nom d'Ingram en gardant des relations avec cette femme. Vous allez devoir inventer un moyen de rompre avec elle.

Il posa la main sur la poignée de la porte, comme si le sujet était clos.

Je tirai sur sa manche.

— C'est impossible. Je l'ai invitée et elle a accepté de venir. La chose est donc réglée. Nous devrons partir toutes les trois et vous n'avez rien à y redire.

Je retins mon souffle. J'avais appris, à mes dépens, que toute provocation incitait Somers à se déchaîner contre moi. J'ignorais pourquoi, mais je me surprenais par moments à l'asticoter volontairement. Je savais parfaitement ce que je faisais lorsque je le reprenais en société ou lorsque je ne tenais pas compte d'une exigence qu'il avait formulée dans le domaine domestique. On aurait dit que j'essayais de voir jusqu'où je pouvais le pousser avant d'obtenir une réaction de sa part. Je lisais sur son visage le moment où il atteignait ses limites, mais cela ne m'empêchait pas de prendre un plaisir pervers à le titiller. Je pense à présent, lorsque je réfléchis à mon comportement d'alors, que j'utilisais ce moyen pour attirer son attention sur moi, même s'il n'aboutissait qu'à me rendre fébrile, à m'effrayer ou à me faire souffrir physiquement. Je voulais l'atteindre, d'une manière ou d'une autre, et c'était peut-être la seule façon pour moi d'y parvenir.

Il me saisit par le bras et me fit pivoter sur place. Puis il me donna un coup de poing à la mâchoire et, comme je tombais à terre, sortit en claquant si violemment la porte qu'un tableau du roi Guillaume IV encadré d'or tomba du mur et que son verre se brisa sur le sol de pierre à côté de moi.

Le lendemain matin, 15 mars – les Ides de mars –, le temps était chaud et brumeux. Faith, Charles, Muriel Partridge et moi nous tenions sur la rive boueuse du fleuve, d'où nous observions le chargement de nos malles et de nos caisses à bord d'une longue péniche plate qui allait transporter nos domestiques et nos provisions durant les trois semaines suivantes. À l'arrière, une tente de fortune leur servirait d'abri pour la nuit, ainsi qu'aux bateliers. Faith, Mme Partridge et moi voyagerions à bord d'un plus petit *budgerow*.

Mme Partridge était une femme revêche et maniérée,

mais elle avait séjourné à Simla les deux années précédentes, et tout en la trouvant coincée et désagréable, je lui étais redevable de nous avoir conseillées sur l'équipement nécessaire pour le voyage et notre séjour. Son mari était aussi snob et affecté qu'elle ; il avait pris sa retraite l'année précédente et gardé de son ancien statut dans l'armée une pompeuse suffisance. Somers et moi les recevions à l'occasion et ils m'avaient déplu tous les deux au premier regard.

Nous emportions chacune trois malles de voyage ; nos vêtements étaient emballés soigneusement dans de la flanelle et du tissu huilé. Nous partagions une grande commode de linge de maison, deux caisses emplies d'ustensiles de cuisine, une grosse caisse contenant mes livres, mes cahiers d'écriture et les carnets d'esquisses de Faith. Nous avions également prévu une malle de vêtements plus épais destinés à protéger les domestiques de l'air plus frais des montagnes. Nous emmenions chacune notre *ayah*, un *dhobi*, deux balayeurs, et nous avions engagé un cuisinier et deux coolies pour le voyage.

— Quel bazar incroyable ! commenta Charles. Je n'arrive pas à concevoir comment tous ces objets vont pouvoir être acheminés au sommet de ces chemins montagneux.

Mme Partridge renifla.

— La plupart des femmes en emportent presque le double.

— Tu m'enverras un message le plus tôt possible pour m'annoncer que tu es bien arrivée ? demanda-t-il à Faith.

Le souci se lisait dans ses yeux de jeune homme.

— Je t'ai dit que je le ferai, lui répondit-elle. Ne t'inquiète pas, je t'en prie. De nos jours, tout le monde se rend dans les stations. Il n'y a vraiment aucun danger.

Je m'aperçus qu'elle avait boutonné ses gants de travers et que ses cheveux étaient ternes.

Nous nous tournâmes tous vers Mme Partridge. Debout tout au bord de l'eau, elle hurlait à l'encontre d'un petit homme assis sur l'une des malles :

— Ouste ! Déguerpis ! Tu n'as pas le droit de t'asseoir sur nos bagages !

L'individu l'ignora. Il croisa les bras sur son torse et regarda dans l'autre direction, pendant que Mme Partridge continuait à vociférer contre lui.

— En outre, ajoutai-je, avec Mme Partridge dans les parages, personne n'osera nous importuner.

Charles émit un rire de petit garçon qui s'éteignit à la vue de ma mâchoire meurtrie. Il s'abstint de tout commentaire, mais prit le menton de Faith dans sa main. Je me penchai pour faire semblant de tripoter la laisse de Neel, non sans couler un regard discret quand il donna un dernier baiser à Faith. Il lui effleura tendrement la bouche de ses lèvres avant de nicher la tête dans le creux de son cou, comme s'il voulait respirer une dernière fois son parfum avant leur séparation. Je vis Faith resserrer les bras autour de lui. Par cette étreinte, au vu et au sus de tout le monde, ils révélaient la profondeur de leur amour. Je ressentis un bref pincement de chagrin en songeant à la manière dont Somers et moi nous étions quittés.

Tôt le matin, il s'était arrêté devant ma chambre avant de partir pour son bureau. J'étais encore couchée. Debout dans l'embrasure de la porte, il avait boutonné sa veste avec ostentation.

— Très bien, avait-il finalement dit, bon voyage.

— Je suis sûre qu'il va bien se passer.

— C'est donc parfait.

— Parfait, oui, avais-je répondu, tel un écho.

Sur ce, il était parti.

Dans cette boue glissante de la rive du Hooghly, au milieu des cris des hommes qui chargeaient les embarcations amarrées le long de la berge, j'inspirai à fond et j'expirai lentement afin de repousser cette dernière image de mon mari. J'allais demeurer absente cinq mois : un mois de voyage dans chaque sens et trois mois à Simla. Cette idée me remplissait d'un enthousiasme presque aussi exaltant que celui qui m'avait envahie à mon débarquement sur les quais de Calcutta. J'allais enfin découvrir les Indes que je me languissais de connaître.

Durant les premiers jours, tant que les rives du fleuve ne furent pas encore trop recouvertes de *mongee*, une herbe haute et grossière dépassant la taille de deux hommes, je demandai aux bateliers habiles de longer la rive de près, afin de pouvoir y sauter facilement et d'y marcher à pas rapides. Neel adorait gambader à mes côtés, même si je le tenais en laisse depuis qu'il s'était précipité dans un buisson sur les traces d'un rongeur. Je suppliais Faith de marcher auprès de moi, mais elle paraissait satisfaite de rester assise sur une petite chaise de rotin attachée à la barge, perdue dans la contemplation du fleuve. Je sentais qu'elle se repliait de plus en plus sur elle-même et je souhaitais désespérément la ramener à moi. Elle était ma seule vraie amie, et le fait de lui avoir caché la vérité sur ma vie passée me la rendait mystérieusement presque plus proche. Elle avait toujours cru en moi, en ce que j'étais – ou étais devenue – et sa confiance m'avait emplie d'une fierté que je n'avais jamais connue auparavant. J'étais incapable d'imaginer la vie sans elle. Alors qu'elle avait représenté pour moi un point d'ancrage, il me revenait à présent de l'empêcher de flancher, au moment où elle était prête à sombrer dans les ténèbres. Notre séjour dans la verdure rafraîchissante de Simla allait l'extirper de son chagrin, j'y étais bien décidée. Simla ne pourrait que lui rappeler son pays, et je retrouverais peut-être la jeune fille vibrante que j'avais rencontrée à la conférence sur les papillons, qui me paraissait à présent à des années-lumière.

Nous avions quitté le Hooghly et nous nous frayions une voie dans le delta du Bengale, vaste mangrove déchiquetée appelée Sunderbans. L'un de nos bateliers m'apprit que ce mot signifiait « belle forêt ». Une odeur différente se dégageait à présent du fleuve, plus lourde et terreuse, au fur et à mesure que nous remontions vers le nord. Parfois, la brise nous apportait l'odeur âcre d'un feu de bouse provenant d'un village invisible. Je continuais à marcher le long de la berge du fleuve lorsque cela était possible, mais un jour, Mme Partridge aperçut un poteau de bambou auquel était attaché une branche feuillue, sortant du sol marécageux dans lequel s'enfonçaient mes pieds.

— Toi ! Toi ! hurla-t-elle d'une voix perçante à l'homme qui maniait la perche à l'avant de la barge.

C'était le chef et il connaissait quelques mots d'anglais. Il se tourna et elle pointa le doigt vers le bambou.

— Qu'est-ce que c'est ? demanda-t-elle.

L'homme y jeta un coup d'œil.

— Oh, madame Sahib, c'est rien qu'un repère.

— Un repère de quoi ?

— Il paraît qu'un tigre a capturé un homme pour en faire son dîner à cet endroit, répondit-il d'un ton nonchalant.

— Arrête la barge ! tonna Mme Partridge.

J'adressai un sourire à Faith et levai les yeux au ciel.

— Pardon, madame Sahib. On peut pas s'arrêter. La péniche, derrière nous, elle va nous cogner. On doit toujours être les premiers.

— Madame Ingram, hurla Mme Partridge d'une voix suraiguë, les yeux exorbités. Remontez tout de suite à bord !

Ses cris d'orfraie firent décoller un large vol de chauves-souris qui se reposaient dans un buisson d'épines près de la rive. Elles s'envolèrent d'un battement d'ailes et glissèrent au loin.

Je ramassai Neel, courus le long de la barge et sautai à bord.

— Madame Partridge, ce bambou avait l'air d'être planté là depuis des mois. Je suis sûre que nous ne courions aucun danger, affirmai-je.

— Vous ne redescendrez plus de cette barge ! déclara-t-elle. Mais où avais-je donc la tête ? Les Sunderbans sont le domaine du tigre royal du Bengale. Je ne vous laisserai pas tomber dans les griffes d'un animal sauvage pendant que vous êtes sous ma surveillance.

— Votre surveillance ? répétai-je.

Elle bomba la poitrine.

— Madame Ingram, je suis la femme la plus mûre de ce voyage et je me suis engagée à ce qu'il se déroule sans dommages. Vous, les jeunes femmes récemment arrivées aux Indes, avez peut-être du mal à admettre que le comportement que vous aviez en Angleterre n'est pas de mise ici. À présent, ce sujet est clos. Vous ne descendrez plus de cette barge. En outre, madame Ingram, je vous prie de mieux enfoncer votre casque sur votre tête. Vous avez le nez tout rose.

Nous continuâmes la remontée des méandres du

Gange. Des heures durant, j'observai les bateliers émaciés manier gracieusement la perche, sans manifester la moindre trace de fatigue. Lorsque nous traversions des hameaux et des petits villages, le fleuve se transformait subitement en voie de passage encombrée de péniches et d'embarcations toujours bondées d'hommes et de jeunes garçons. Loin des endroits peuplés, nous glissions le long de petites rizières bordées de murets de boue destinés à contenir l'eau nécessaire à la croissance de la céréale et j'observais les femmes, leurs saris coincés autour des hanches, qui ramassaient chaque plant à l'aide d'une spatule de bois mal dégrossi. Nous longions des champs de moutarde jaunes, plus vastes, et partout, des touffes de jute sauvage qui se dressaient vers le ciel. Ici, sous le soleil éblouissant, le fleuve brun, désert, paraissait éloigné de tout. De temps à autre, je voyais émerger la tête pointue d'une vieille tortue d'eau douce ou la gueule émoussée d'un crocodile des marais qui observait notre avancée de ses yeux voilés. La plupart du temps, la surface stagnante de l'eau n'était brisée que par les bulles créées par une créature aquatique ou par l'apparition subite de scarabées d'eau qui barbotaient frénétiquement.

Il arrivait à Faith de lire, mais elle ne sortit pas son carnet d'esquisses. Une après-midi, comme nous étions assises sur nos sièges pendant que Mme Partridge sommeillait à l'ombre, à l'extrémité du *budgerow,* elle se tourna vers moi.

— Tu penses attendre un enfant quand, Linny ? Cela fait plus d'un an que tu as épousé Somers.

Je tendis le bras pour caresser l'oreille de Neel.

— Je n'en sais rien.

— Tu n'attends pas ça avec impatience ?

Je songeai aux enfants anglais, à ceux qui avaient

survécu malgré l'adversité constituée par leur naissance, la chaleur et la maladie. Souvent, ils étaient pâles et sans énergie. Ils portaient leurs petits casques coloniaux pour se protéger du soleil et étaient enveloppés dans plusieurs couches de vêtements pour se rendre à leurs cours d'équitation ou de polo, en même temps qu'ils apprenaient à commander leurs *ayahs*. Aux Indes, on ne voyait aucun enfant anglais de plus de six ans, comme Meg Liston me l'avait appris quelque temps après notre arrivée à Calcutta. Je songeai à toutes les tombes minuscules du cimetière St John's. Je songeai à bébé Frances sous son buisson de houx. Je savais, en raison du choix que j'avais effectué, que plus jamais je ne sentirais un bébé remuer dans mes entrailles.

— Linny ? Est-ce que tu as envie d'un bébé ? poursuivit Faith, car je ne lui avais pas répondu sur-le-champ.

— J'imagine que c'est le Destin qui en décidera, dis-je, soulagée que l'apparition d'un village, au détour d'un méandre du fleuve, vienne faire diversion.

À la fin de chaque journée, lorsque nous faisions halte pour la nuit et amarrions les barges, les hommes s'alignaient en rang devant Mme Partridge, et elle déposait le nombre de roupies convenu dans la main calleuse de chacun d'entre eux. Ils bondissaient du *budgerow* et pataugeaient jusqu'à la péniche des serviteurs, plus vaste, où ils allaient recevoir un bol de curry, quelques chapatis et des fruits empilés sur une assiette. Si nous nous arrêtions en pleine brousse, les hommes se contentaient de se lover sur le pont à ciel ouvert de la barge des domestiques pour dormir, après avoir allumé des braseros dont la fumée tenait les moustiques à distance ; quelques *chowkidars* étaient affectés à la garde de notre flottille durant les heures nocturnes. Lorsque nous faisions halte près d'une ville, plusieurs des hommes se glissaient en douce sur la rive après le repas. Le lendemain matin, même si le nombre adéquat d'individus en *dhoti* blanc attendait patiemment le long de la péniche, il m'arrivait de remarquer que, hormis le chef, il ne s'agissait pas toujours des mêmes hommes que ceux qui avaient manié les longues perches élancées avec une telle habileté la veille.

Au confluent du Gange et de la Yamuna, nos péniches se dirigèrent vers la Yamuna. Le soleil finit par jouer sur les dômes dorés, les clochers pointus et les tours des temples et des mosquées de Dehli que nous traversâmes sur le fleuve. J'entendis des bruits, étouffés par la distance, identiques à ceux familiers de Calcutta : des cloches et des psalmodies, des cris et des rires. Les *ghats* descendant jusqu'au fleuve fourmillaient de monde. Certains se tenaient debout, d'autres assis, d'autres encore se baignaient ou lessivaient leurs vêtements. Un enfant, installé sur les épaules de son père, agita les bras en direction de notre *budgerow*. J'agitai le mien en retour. Comme la cité s'éloignait de nos yeux, l'ivoire des bâtiments céda la place au camaïeu jaune et orangé du soleil couchant.

Le fleuve devenait de plus en plus paisible. Nous atteignîmes un minuscule village, point de destination de notre *budgerow*. Nous pûmes y louer des chariots et des animaux, ainsi que des hommes pour nous transporter. Cela faisait trois semaines que nous remontions la Yamuna et nous étions prêtes à entamer la dernière partie de notre voyage, qui allait se dérouler sur la terre ferme.

Une heure plus tard, nous nous retrouvâmes sur une

route étroite qui paraissait grimper tout droit dans les collines ; les domestiques chargèrent les lourdes malles et les caisses sur des petites charrettes, traînées par des bœufs cheminant à pas pesants.

— Montez sur l'un de ces *doolies*, nous ordonna Mme Partridge.

Elle grimpa sur le matelas bourré de paille d'un palanquin d'une personne dont elle referma les rideaux. Faith l'imita. Je montai dans le mien dont j'ouvris les rideaux en grand. Mais je fus sur-le-champ repoussée en arrière par les petits boys qui en soulevaient chaque angle. Comme le sentier ne faisait que monter, il était impossible de rester en position assise. Allongée, Neel près de moi, sa tête posée sur mon corsage, j'observais les pierres grossières qui formaient une espèce de muret le long du sentier. De minuscules fleurs rouges et des lichens poussaient dans ses crevasses, preuve évidente que la température ambiante était plus basse.

Non loin d'un *nulla*[1] à sec, les petits boys entamèrent une psalmodie dont la continuité était brisée chaque fois qu'ils inhalaient une bouffée d'air poussiéreux. Je fus stupéfaite de comprendre, en les écoutant, qu'elle évoquait Mme Partridge. Elle était essentiellement constituée de commentaires sur sa position, allongée comme une crêpe, et sur sa voix, semblable à celle d'une hyène en chaleur. Je me demandai si elle avait quelques notions de hindi.

Six jours durant, ils nous transportèrent, kilomètre après kilomètre, sur des sentiers montagneux précaires. La nuit, nous campions sous des tentes primitives ou

1. Lit de rivière. (*NdT.*)

dans de simples cabanes construites en chaume le long du chemin par des visiteurs britanniques qui nous avaient précédés.

J'adorais rester assise la nuit près d'un feu, à l'extérieur de nos tentes ou de nos huttes. Le crépuscule tombait rapidement, les oiseaux se taisaient et le silence s'abattait sur la jungle alentour. L'odeur suave de la fumée de bois repoussait les moustiques. Je trouvais meilleur goût à notre nourriture simple qu'à tous les mets auxquels j'avais goûté dans les grandioses salles à manger de Calcutta. Je dormais d'un sommeil profond et je m'éveillais le matin pleine d'allant, emplie d'une vigueur dont je ne me serais jamais crue capable.

Simla n'était plus très loin. Nous fîmes halte au pied de collines en dents de scie, d'où la brise descendait vers nous en fumerolles. Dès que les *boyees* se furent reposés, nous entamâmes leur ascension. Je fus incapable de rester dans mon *dooli*. J'en descendis pour marcher aussi. Les collines étaient parsemées de rhododendrons aux fleurs écarlates qui rougeoyaient comme des flammes. Lorsque nous atteignîmes l'orée de Simla, sur une route de montagne abritée par des pins vert sombre, j'admirai, fascinée, son caractère majestueux.

À deux mille deux cents mètres au-dessus du niveau de la mer, les maisons de cette station montagneuse avaient été bâties sur une arête élevée en forme de croissant, courant au pied du mont Jakko. Elles ressemblaient à des bâtisses anglaises, parfois à des cottages à moitié construits en bois, mais rehaussées d'une touche indienne. Des singes bavards se déplaçaient sur les toits de tuiles pendant que des mainates et des pies jacassaient dans d'épais bosquets. J'apercevais les clochers d'une église et les étals couverts d'un bazar indien.

Mme Partridge savait exactement où se trouvait le chalet que nous avions loué. Comme beaucoup d'autres, il portait un nom déplacé : Cottage Constancia. Contrairement à notre demeure trop sophistiquée de Chowringhee, il était de petite taille, coiffé d'un toit de chaume, avec des mûrs bâtis en lattes et enduits de plâtre. Il contenait trois chambres, une salle à manger et un salon spacieux doté d'une cheminée, la première sur laquelle je posais les yeux depuis mon départ d'Angleterre. Comme à l'ordinaire, la cuisine était un petit bâtiment situé derrière la maison, à proximité des huttes des domestiques. Je courus vers chaque fenêtre pour en ouvrir les volets de bois. Du salon et de la minuscule chambre du devant, je levai les yeux vers la gigantesque chaîne de l'Himalaya couronnée de neige, qui se détachait royalement du ciel bleu azur. La salle à manger et deux chambres plus vastes donnaient sur des collines couvertes d'arbres, descendant vers des plaines brunes. Luisant au loin comme de fins rubans ocrés, j'aperçus le Gange et le Sutlej.

— C'est merveilleux, non ?

— Oh oui, oui, acquiesça spontanément Faith.

Sans réfléchir, je la saisis par les bras et voulus esquisser un pas de danse avec elle. Mais elle resta raide comme un piquet, les yeux rivés sur les montagnes.

Mme Partridge me jeta un regard d'exaspération, entra en boitillant dans la chambre arrière la plus vaste et en referma la porte d'un geste sec. Nous entendîmes un grognement poussif et le craquement d'un lit de bois. Faith remua, comme si la pression de ma main sur la sienne la dérangeait, et je la lâchai. Elle se dirigea vers l'autre chambre du fond dont elle referma la porte sans bruit.

26

20 mai 1832

Cher Shaker,

Comment vous dépeindre Simla ? J'en ai parlé en détail dans mon journal et j'espère que ma tentative de vous décrire cet endroit des plus étranges en recopiant des passages que j'ai couchés sur le papier pour ne jamais l'oublier vous permettra de le voir, de l'entendre et de le respirer et vous montrera ainsi quelle forme a désormais prise mon existence.

Le plus simple serait peut-être de dire en préambule que la ville entière ressemble à une vision curieusement déformée de l'Angleterre, à un reflet tremblant dans un miroir indien. Il s'agit véritablement de Chota Vilayat, la petite Angleterre des Indes, comme on la dénomme souvent ici.

Malgré cet aspect familier au milieu d'un monde tellement exotique, j'apprécie pleinement la beauté et la liberté qu'elle me procure. Lorsque je me réveille assez tôt, je me précipite à la fenêtre de ma chambre pour contempler les pics lointains de l'Himalaya qui s'embrasent, comme effleurés, l'un après l'autre, par le soleil levant. Durant la journée, j'arpente la promenade, une large artère centrale baptisée le Mall, construite sur la seule bande de terre plate de cette région. Elle est entièrement bordée de boutiques anglaises et du bazar indien, bourdonnant d'activités. Il y a même un petit kiosque où, une fois par semaine, un orchestre, enthousiaste malgré ses couacs, interprète laborieusement son répertoire à l'intention de tous ceux qui veulent bien l'écouter.

Pendant la journée, le Mall fourmille de poneys et de rickshaws de location. Des selles d'amazone sont à la disposition des Memsahibs désireuses de monter. On ne peut que prendre en pitié les *jhampanis* qui tirent les rickshaws dans les rues en pente raide de la ville. Souvent, ils sont obligés d'unir leurs efforts, l'un poussant et l'autre tirant, pour parvenir à hisser certaines des femmes les plus volumineuses jusqu'au sommet des collines. Certaines d'entre elles choisissent de se déplacer en *dandy*, composé d'un tissu solide tendu entre des poteaux de bambou. Je me suis aperçu, au bout de quelques jours à Simla, que les dames ne changent pas leurs habitudes lorsqu'elles quittent les villes : elles sont bien décidées à ne pas se fatiguer. Je pense que cette inactivité est à l'origine d'un grand nombre de leurs maux, réels ou imaginaires.

J'ai pris l'habitude de louer un poney tôt chaque matin. Dans un vaste champ bordé de pins, du nom d'Annandale, se déroulent toutes sortes d'activités sportives, pique-niques et foires. Derrière ce champ se dressent des collines basses et c'est là que je me rends. À mon retour, je m'assois souvent sur l'un des bancs placés le long du Mall d'où j'écoute les corbeaux et les coucous tout en observant la population de Simla.

Des enfants blancs, joliment vêtus de costumes marin ou de robes anglaises, gambadent, veillés par des *ayahs* enveloppées dans des saris neigeux. Chaque jour après l'heure du thé, on fait parader ici un vieil éléphant de nature débonnaire, équipé d'un magnifique *howdah*. Ces petits braillards sont placés avec précaution, par groupes de deux ou trois, sur ce siège surmonté d'un dais d'où ils saluent fièrement du bras leur *ayah* pendant qu'on leur fait faire un tour de promenade.

Les dames anglaises qui effectuent des emplettes ou boivent un thé ou de la liqueur de cerise dans des établissements en plein air pendant que l'on s'occupe de leurs enfants, troquent le casque colonial qu'elles détestent pour se livrer à un concours censé désigner celle qui porte le chapeau le plus élégant. Ces coiffes à fleurs et à plumes sont monstrueuses comparées aux têtes nues des Indiennes, dont les chevelures enduites d'huile d'*eclipta alba* brillent au soleil.

En raison du climat plus frais qui règne ici, les dames distinguées peuvent également se dispenser des toilettes de mousseline informes de la ville et se vêtir de robes de coton et de calicot bordées de volants rigidement amidonnés qui les emprisonnent du cou à l'ourlet du bas. Équipée d'une immense jupe à tournure, d'un canotier et d'une ombrelle en dentelle, chaque Anglaise, corsetée dans son armure de baleines, occupe trois fois plus de place sur le trottoir que les Indiennes, qui glissent à côté d'elles de leur démarche gracieuse rythmée par le cliquetis des bracelets qu'elles portent aux poignets et aux chevilles. Il émane de ces Anglaises une forme d'inflexibilité, comme si elles étaient prises dans la glace des hanches au cou. Parfois, je trouve même leur visage aussi figé que leur corps. Qui sait ? Peut-être en va-t-il de même de leur âme.

Il y a un certain nombre d'hommes ici, même si les femmes sont de loin en majorité. Certains travaillent à

Simla, d'autres sont des hommes mariés dont les femmes sont retournées en vacances en Angleterre. Je me suis aperçu que certains d'entre eux, venus ici en villégiature, cherchent la compagnie des épouses esseulées qui s'ennuient. Apparemment, cette station de montagne à l'ambiance insouciante et festive induit ces femmes à se montrer plus ouvertes aux avances des messieurs qu'elles ne le seraient dans leur cadre domestique familier.

Dans leurs tuniques écarlates, les soldats en permission, membres du Régiment du Roi de l'Armée indienne stationnés dans tout le pays, ne passent pas inaperçus. On remarque tout de suite que ces militaires, de passage pour reprendre des forces sous le climat revigorant de Simla, sont à la hauteur de la réputation selon laquelle ils font… dévier les dames du droit chemin. Pas davantage qu'à Calcutta, on ne peut échapper à la ronde constante et lassante de réceptions officielles et de bals en toilettes d'apparat, tout comme aux danses et aux pique-niques à l'ambiance plus détendue.

Je me suis forgé une amitié bien à moi à Simla, Shaker, même si elle ne relève pas de celles que priserait aucune des autres Memsahibs. Je me suis liée avec notre cuisinier. C'est un individu à la peau basanée de la côte ouest, enclin à marmonner. Je sais qu'au début, mes incursions dans la cuisine lui déplaisaient, car il me jetait des regards furibonds tout en récurant ses faitouts avec du sable dans une grande bassine.

Désormais, au lieu de m'attarder à prendre le thé et à déguster des pâtisseries chez le célèbre Peliti tellement prisé par Mme Partridge, la dame qui partage notre bungalow, je me rends au marché indien où je me procure toutes les provisions alléchantes qui s'offrent à moi. Je connais à présent sur le bout des doigts les fruits et les légumes dont j'ignorais jusqu'au nom à mon arrivée. Certains jours, je rentre au chalet d'un pas titubant, avec mon panier rempli d'okras, d'aubergines, d'ignames, de mangues et de lichies que je dépose d'un air triomphal sur le sol de terre battue de la hutte cuisine de guingois présidée par Dilip.

Quelques semaines m'ont été nécessaires, mais Dilip a fini par accepter de me révéler certaines de ses recettes secrètes. Je crois que je suis parvenue à le séduire parce que je parle à présent presque couramment le hindi. Je prends bien soin de ne manifester ni surprise ni désarroi devant quoi que ce soit, qu'il s'agisse du parfum âcre de l'huile à la moutarde dont il se sert pour cuisiner ou des relents douceâtres du *daali*, l'âtre fonctionnant à la bouse de vache. Son poêle est constitué d'un carré de briques creusé d'un trou sur lequel on peut poser une casserole, et d'un autre trou latéral, destiné à laisser passer la fumée. Quand il a besoin d'un four, il place une boîte en étain dessus.

Il a fini par m'avouer que comme tout le monde sait que les Memsahibs ignorent comment cuisiner, il en avait conclu que l'intérêt que je lui portais relevait purement et simplement de l'espionnage. Les yeux rétrécis, il m'a demandé si je le soupçonnais de commettre des atrocités. Si j'imaginais qu'il essayait de remuer les œufs dans le pudding au riz avec les doigts ou de passer la soupe à travers son turban ? Ou pire encore, si je croyais à la légende du *bobajee* offensé qui aurait saupoudré un curry de verre pilé ou mélangé de la belladone au *kedgeree*[1] ?

Ses questions m'ont beaucoup amusée. J'ai pris une

1. Pilaf de poisson aux œufs durs. (*NdT.*)

brique avec laquelle j'ai entrepris de marteler une tranche d'agneau sur une planche. Il m'a longuement regardée faire. Pour finir, au bout d'un certain nombre de visites, il a accepté de me montrer comment préparer certains plats indiens, à l'unique condition que cela reste un secret entre nous. Nous sommes de retour à la case départ, Shaker : ma vie de secrets.

Je prépare donc à présent la soupe au curry poivrée, des curries de chèvre et des *kedgerees* de poisson en suivant les instructions de Dilip qui me fait mélanger les ingrédients au fur et à mesure dans les *dechis* en cuivre luisants, et je fais cuire ensuite mes plats sur ce poêle de briques.

Faith et moi les dégustons, quand j'arrive à la persuader de manger. Je lui ai confié à quoi je consacrais mon temps, mais nous n'en avons pas soufflé mot à Mme Partridge. Cette dernière fréquente les boutiques qui vendent des plats anglais tout préparés et rentre à la maison avec des tourtes de gibier froides, du poulet rôti et de la langue. Elle dissimule ses paquets de bonbons indiens, car elle ne reconnaîtrait pour rien au monde qu'elle a un faible pour les *sumboosaks*, des gâteaux fourrés aux amandes et au fromage, ou pour les *babas*, de fines pâtisseries fourrées aux dattes écrasées. Elle est allée jusqu'à nier avec vigueur que la grande boîte de *dol-dol*, découverte sous le canapé par le balayeur, lui appartenait.

Une certaine paix est descendue sur moi, Shaker, sans doute due à cette liberté toute naturelle. L'après-midi, seule dans le jardin, je ne porte qu'une simple robe de coton. Pour être tout à fait franche, j'ai jeté aux orties corsets et crinolines. Apparemment, j'inspire du dégoût à Mme Partridge, mais je n'en ai cure. En me balançant dans un hamac, Neel niché près de moi, je lis ou je suis du regard des nuages blancs cotonneux qui se rassemblent au sommet des montagnes, avant de s'effilocher, poussés par le vent, et de se disperser en longues traînées. Au-dessus de ma tête, la brise fait bruire les feuilles vert tendre et les fleurs écarlates des grands rhododendrons, pendant qu'un corbeau en résidence émet les trois notes d'avertissement composant son trille pour se moquer de moi. Un paon dédaigneux se pavane fièrement dans le jardin ombragé au moins une fois chaque après-midi, soulevant délicatement une patte écaillée avant chaque pas, et je dois alors garder la main posée sur le dos frémissant de Neel.

Il m'a fallu quelques semaines pour comprendre pourquoi j'éprouvais ici un tel sentiment de paix. J'ai réalisé qu'il provenait du manque de bruit. J'ai toujours vécu au milieu d'un monde très sonore. À Liverpool pour commencer, puis à Calcutta. Calcutta ! Il n'existe pas de lieu plus bruyant sur terre. Les psalmodies, les gongs incessants des grosses cloches et les bruits métalliques des plus petites, les avertisseurs aigus et discordants, et par-dessus tout, les voix humaines. La première nuit que j'ai passée ici, allongée dans mon lit, je me suis demandé pourquoi je dressais l'oreille. J'ai alors compris que je m'attendais à entendre le crissement du *punkah*, inutile à Simla, qui m'a accompagnée chaque nuit depuis mon arrivée aux Indes.

J'ai toujours vécu au milieu du vacarme de la vie, et malgré tout mon amour pour les battements de cœur de Calcutta, ici la vie est en suspension. Je suis en paix, mais j'attends. Quoi ? Je l'ignore.

Merci d'avoir eu la patience de lire cette missive d'une longueur démesurée. Je vous l'ai écrite sous mon rhododendron préféré. J'essaie de vous imaginer la recevant à

Whitefield Lane à Everton et je vois en pensée le regard que vous jetterez au ciel anglais pendant que vous la lirez, afin de m'apercevoir sous le ciel indien.

Fidèlement,

Linny

PS – On connaît aussi *Eclipta alba* sous le nom de fausse marguerite. Non seulement elle assombrit et donne du lustre aux cheveux mais elle guérit aussi les inflammations cutanées dues aux champignons, ainsi que les problèmes oculaires. J'ai également découvert le *manjith* ou garance indienne. Réduite en poudre, la racine de cette plante permet de purifier le sang et combat les aigreurs d'estomac.

Ce jour-là, je vis un prisonnier. Au bout de la ville se trouvait une petite masure misérable ; comme elle avait l'air abandonnée et inutilisée, je ne lui avais jamais prêté grande attention. Mais alors que je rentrais à dos de poney, je tombai sur un groupe de soldats qui traînaient un homme dans sa direction sans le moindre ménagement. C'était un Pathan. Je le reconnus à ses yeux en amande, à sa haute stature, aux boucles d'oreilles qui étincelaient à ses oreilles. L'épaisse pellicule de poussière qui recouvrait ses cheveux tombant jusqu'à ses épaules en éclaircissait leur couleur.

Sur-le-champ, il me rappela le premier Pathan sur lequel j'avais posé les yeux en débarquant à Calcutta. Me revinrent également à la mémoire les avertissements proférés par Mme Cavendish sur la férocité dont ils étaient capables. Il lui ressemblait, et il attirait vraiment le regard. Je notai également qu'en dépit des brutalités qu'on lui faisait subir, il gardait une dignité admirable.

Son visage n'était pas davantage celui d'un *dacoit* – un voleur – que celui d'une brute poltronne. De quoi l'accusait-on ? Certainement d'un grave méfait, à en juger par les violents coups de bottes que lui assénaient les soldats sur les chevilles, et par les fusils qu'ils pointaient dans son dos en l'entraînant de force. Je ne compris pas comment il parvenait à ne pas sembler affecté par ces sévices, comme s'il se situait au-dessus de leurs humiliations.

Un autre soldat guidait son cheval, un énorme étalon arabe noir, qui agitait la tête avec force ébrouements et hennissements. J'aperçus Mme Willows, l'une des commerçantes du Mall, et je tirai sur les rênes de mon poney pour lui demander ce qu'il s'était passé.

— Je ne peux pas parler de son crime à une dame, me répondit-elle, mais j'espère qu'il va être pendu. Même si la mort est encore trop douce pour lui, ajouta-t-elle. À présent, rentrez chez vous, madame Ingram, une femme de votre rang ne devrait jamais poser les yeux sur un individu comme lui.

Comme je donnais un petit coup de rênes à mon poney pour le faire avancer, Mme Willows me lança :

— Essayez à tout prix d'oublier ce que vous avez vu, madame Ingram. Cet homme peut causer des cauchemars.

Un Pathan, d'Afghanistan, répétai-je en chantant dans ma tête, comme je l'avais fait ce premier jour aux Indes. *Un Pathan, d'Afghanistan.*

— Ou Pachtounes, comme ils s'appellent eux-mêmes, m'avait appris Mme Cavendish.

Ce soir-là, j'appris l'histoire du Pathan, ou plutôt, les deux histoires. Ce fut Mme Partridge qui me narra la première. Elle se considérait comme une sommité dans le domaine des potins qui circulaient à Simla.

Une lueur dans l'œil, elle s'en pourléchait les babines.

— C'est tout simplement trop affreux à raconter, nous déclara-t-elle, à Faith et à moi.

Faith me jeta un coup d'œil.

— A-t-il... a-t-il assassiné quelqu'un ? avança-t-elle.

— Oh, bien pire que ça, ma chère, bien pire que ça.

— Que peut-il y avoir de pire qu'un assassinat ? demandai-je.

Que pouvait-il y avoir de pire qu'un assassinat ?

Mme Partridge haussa les sourcils.

— Il a violé la jeune Mme Hathaway.

Faith se couvrit la bouche de la main.

— Vous voulez dire... fit-elle d'une voix étouffée.

Mme Partridge hocha la tête.

— Oui, acquiesça-t-elle. Bien évidemment, elle est anéantie. Il l'a coincée derrière le terrain de pique-nique, même si j'ignore ce qu'elle faisait seule là-bas. On m'a raconté que son corps s'en remettra, mais qu'elle n'oubliera jamais l'outrage que cet animal lui a fait subir. Espérons simplement qu'il n'y aura pas d'enfant à la clé. Ce serait l'arrêt de mort de cette malheureuse Olivia. Vous vous rendez compte ? Porter un métis, un *baba* noir ? Et pensez à son mari ! Je suis malade à la simple idée de ce qu'il va ressentir, quand il saura que son épouse a été profanée par un indigène. Peut-on imaginer pire ?

J'étais incapable de regarder Faith. Mme Partridge avait-elle oublié Charles ou s'en moquait-elle, titillée par l'excitation que lui inspirait cet incident scabreux ?

— Vous ne pourrez plus faire vos promenades à poney en solitaire, Linny. Vous auriez pu vous faire attaquer à sa place. Il a dû rester tapi quelque part, dans l'attente que l'une d'entre nous se retrouve seule.

Je n'avais aucune intention de mettre un terme à mes promenades à cheval.

— Est-ce déjà arrivé ? Des ennuis causés par un Pathan ? Je croyais qu'ils jouissaient d'une grande estime.

— Ils passent parfois par ici, mais en général, ils ne se mêlent pas de ce qui ne les regarde pas. En dépit d'un code de l'honneur personnel plutôt ridicule, ils sont néanmoins capables de se conduire avec une férocité atroce, comme nous en avons eu la preuve aujourd'hui, poursuivit-elle, les narines pincées et la mâchoire crispée. Je suppose que la vue d'une jeune et jolie femme blanche isolée, sans chaperon pour la protéger, a dû représenter une tentation trop forte. Ils veulent tous avoir l'une de nous. L'obscurité est toujours attirée par la lumière, vous savez. Jamais l'inverse.

— Franchement, madame Partridge ! m'esclaffai-je.

Pauvre Faith, contrainte d'écouter cette diatribe. Je songeai à Olivia Hathaway. Une petite chose frivole, assez agréable mais toujours en ébullition et vêtue de toilettes beaucoup trop alambiquées.

— Que va-t-il advenir de lui ? demandai-je. Mme Willows m'a laissé entendre qu'il serait pendu.

— Bien sûr. On ne s'embarrassera pas d'un jugement. Il est évident qu'il est coupable et nous n'avons qu'une solution : le mettre à mort. Il sera pendu et son corps sera jeté dans la forêt, aux hyènes et aux chacals.

Ce fut alors que Faith se leva. Comme elle passait à côté de moi pour gagner sa chambre, je vis que le sang s'était retiré de son visage.

Plus tard, Malti se pencha à mon oreille alors qu'elle me brossait les cheveux.

— C'est pas comme Memsahib Partridge le raconte, chuchota-t-elle.

Je la regardai dans le miroir. Elle continuait à démêler mes cheveux longs avec la brosse en argent, sans se presser. Des rides de souci creusaient son visage.

— Raconte-moi, dis-je.

— L'*ayah* de Memsahib Hathaway connaît la vraie histoire. Elle a vu.

— Vu le viol ?

Malti fit non de la tête.

— Il n'y en a pas eu. Ni par le Pachtoune, ni par aucun autre homme.

J'avais entendu raconter que l'air raréfié provoquait des hallucinations chez certaines personnes. Je tendis la main pour arrêter le mouvement de la brosse et me tournai sur le tabouret.

— Que veux-tu dire, Malti ? Est-ce que toute cette histoire sort de l'imagination de Mme Hathaway ?

Malti se laissa aller gracieusement sur le sol à mes pieds.

— Je sais que vous êtes juste, Mem' Linny. Je veux tout vous raconter parce que Trupti, l'*ayah* de Memsahib Hathaway, c'est ma sœur.

— Ta sœur ?

Malti ne me parlait jamais de sa famille, même lorsque je l'interrogeais à ce sujet. Elle haussait toujours les épaules et me répondait que je ne devais attacher aucune importance à sa vie.

— Est-ce qu'elle vit à Dehli ? C'est de là que vient Mme Hathaway.

— Oui.

— Quand as-tu vu ta sœur pour la dernière fois ?

— Il y a cinq ans. On pensait qu'on se reverrait jamais, en tout cas pas avant de longues années. Vous pouvez donc imaginer ma joie quand on est arrivées à… poursuivit-elle après avoir pris le temps de déglutir. Et maintenant, à cause de ce qui s'est passé, Trupti a de graves ennuis. Vraiment graves. Je suis sa sœur aînée, Mem' Linny. C'est mon devoir d'aider Trupti.

— Bien sûr. Raconte-moi ce qui s'est passé.

Malti ne baissa pas les yeux.

— Memsahib Hathaway a une histoire avec un soldat. Vous savez, l'histoire homme-femme… Ils se rencontrent dans les bois derrière le terrain de pique-nique. Trupti reste toujours assise à une certaine distance de sa Memsahib, prête à l'avertir si quelqu'un s'approche pendant qu'elle est couchée avec le soldat.

Malti tripota la brosse en argent et retira les quelques cheveux dorés prisonniers de ses poils.

— Mais aujourd'hui, Trupti s'est pas montrée assez vigilante. Sa dame et le soldat sont restés ensemble trop longtemps. Elle s'est endormie et quand elle s'est réveillée, un petit groupe de *sahibs* passaient avec leurs carabines. Ils cherchaient à tirer sur quelque chose, peut-être sur les oiseaux au cri perçant qui marchent en rond.

J'opinai de la tête.

— Ils ont pas vu Trupti et elle a essayé de se précipiter au milieu des buissons pour aller prévenir sa maîtresse sans se faire repérer. Les *sahibs* ont entrevu un mouvement dans les bois et ils ont levé leurs carabines. Peut-être qu'ils pensaient qu'un ours était descendu des forêts. Ils ont tiré, et quand la Memsahib a entendu leurs coups de fusil, elle a crié. Le soldat a dissimulé sa veste rouge derrière la couverture sur laquelle il était couché avec la dame et il s'est échappé dans les bois à cheval. Il a abandonné la Memsahib Hathaway en plein désarroi, avec ses vêtements défaits. Comme elle avait peur, Trupti est restée cachée à regarder sa maîtresse continuer à hurler de frayeur mais aussi, d'après Trupti, parce qu'elle craignait d'être découverte. Les *sahibs* l'ont rejointe en hâte et ils l'ont aidée à se recouvrir. Elle sanglotait. Ils lui ont demandé ce qu'il s'était passé, qui lui avait fait ça, et pour finir, elle leur a raconté que son *ayah* l'avait abandonnée pendant qu'elles se promenaient dans les bois et leur a parlé d'un homme chevauchant un étalon noir. Elle leur a dit que l'homme s'était jeté sur elle et l'avait utilisée pour son plaisir. Elle a désigné Trupti, accroupie dans les buissons, et leur a affirmé qu'elle avait tout vu mais qu'elle s'était pas portée à son secours. Le *burra sahib,* il a battu ma sœur de toutes ses forces avec ses poings et sa carabine.

« Le Pachtoune a eu la grande malchance de traverser le bazar aujourd'hui sur la route de la frontière nord-ouest et de s'y arrêter pour acheter du tissu.

Elle se tut et lissa son sari des mains.

— Olivia a-t-elle dit qu'il s'agissait précisément d'un Pathan ?

Je songeai au visage de l'homme, à la forme de sa mâchoire, à ses yeux rétrécis, à sa manière de recevoir les coups sans broncher.

— Non, Mem' Linny. Elle a dit qu'elle s'était évanouie pendant son supplice et qu'elle pouvait pas le décrire.

— On l'accuse donc à cause de son cheval noir ?

Malti acquiesça.

Nous gardâmes le silence pendant quelques minutes.

— Pourquoi m'as-tu raconté ça, Malti ? lui demandai-je. Je ne supporte pas l'idée que ce Pathan soit exécuté de manière si injuste.

— Memsahib accuse Trupti d'être responsable de ce qui lui est arrivé. Elle l'a déjà renvoyée, sous prétexte que Trupti l'avait pas aidée au moment où elle avait besoin d'elle. Demain, Trupti repart à Dehli, couverte de honte. La Memsahib veut pas qu'elle reste à Simla parce qu'elle connaît la vérité, même si elle révélerait jamais ce qu'elle a vu, sauf à moi. Et maintenant, elle aura plus les moyens de nourrir ses enfants quand elle se retrouvera seule à Dehli avec notre mère.

— Que puis-je faire, Malti ? lui demandai-je. Je ne pense pas qu'un seul membre de la communauté anglaise mettra la version de Mme Hathaway en doute. Et ce soldat se souciait plus de sa réputation et de son avenir que d'elle. Malti, que doit-on faire ?

Le visage de Malti se ferma.

— J'aurais pas dû vous avouer la vérité. C'était mal de ma part, Mem' Linny. J'ai promis à ma sœur de l'aider, mais je savais pas comment.

Je tirai sur la bosse de peau hâlée de mon majeur, provoquée par la pression de la plume d'oie.

— Laisse-moi essayer de réfléchir à une solution cette nuit, Malti. Peut-être que demain, mes idées seront plus claires.

27

Je ne pus trouver le sommeil. Je songeai à Olivia, une femme faible en quête d'aventure amoureuse, et à son soldat, un individu tellement vil qu'il avait préféré fuir loin de la maîtresse qu'il venait de trousser, plutôt que de courir le risque de se faire prendre. Je songeai à Trupti, renvoyée à Dehli couverte de honte, qui serait désormais dans l'impossibilité de travailler comme *ayah* ou de tenir tout autre emploi au service des Anglais. Je songeai au regard de Malti pendant qu'elle me parlait de sa sœur, à ses sourcils qui s'étaient haussés lorsqu'elle avait eu l'espoir que je puisse intervenir. Mais j'étais surtout obsédée par le Pathan et par la manière tellement altière dont il avait résisté aux soldats. Je songeai à la mort qu'il allait trouver ici, dans cette ville créée pour le plaisir, et au fait que sa famille risquait de ne jamais savoir ce qu'il lui était advenu.

Pendant que j'étais allongée là, des idées courant dans ma tête, on frappa doucement à ma porte. Je m'assis dans mon lit.

— Oui ? chuchotai-je, au cas où Malti dormirait.

Mais j'en doutais, car elle n'arrêtait pas de se retourner sur sa paillasse. La porte s'ouvrit. Faith se tenait dans l'embrasure en chemise de nuit, éclairée par un rayon de lune.

— Linny, je t'ai réveillée ?
— Non, je n'arrivais pas à dormir. Tu es malade ?
— Non. Mais je… j'ai besoin de te parler.
Comme elle s'approchait de mon chevet, je vis un sillon de larmes luire sur son visage.
— Tu as froid. Viens te réfugier sous la couverture.
Je déposai Neel sur le sol. Il se dirigea à pas de loup vers la paillasse de Malti et se lova en boule dessus.
— Oh, je ne peux pas, répondit Faith, réalisant qu'elle n'avait jamais partagé un lit avec quelqu'un d'autre que Charles.
— Mais si, il y a beaucoup de place.
Elle paraissait minuscule et frêle, et sa chevelure rousse formait une masse échevelée sur sa chemise de nuit de batiste blanche.
Elle s'assit, le dos tourné.
— Je vais juste rester assise comme ça. Je ne veux pas te regarder pendant que je te parle de ça.
J'attendis.
— C'est au sujet de ce qu'a dit Mme Partridge ce soir, précisa-t-elle.
— C'était très incorrect de sa part, lui répondis-je. Je suis vraiment navrée. C'est une écervelée.
— J'ai peur, Linny.
— De quoi ?
Je voyais ses épaules trembler sous sa chemise de nuit.
— J'attends un enfant, Linny.
Je me rapprochai d'elle, balayée par une vague de soulagement. Là résidait donc la raison de son inertie, de son désintérêt, de son attitude floue déconcertante.
— Mais c'est merveilleux ! Charles t'aime et toi…
— Nous avions décidé que nous ne devions pas avoir d'enfant. Ce serait injuste pour lui. Ils racontent que la

génération suivante est toujours noire à la naissance, Linny. Et j'ai encore l'espoir de me réconcilier avec ma famille. Je suis sûre que si j'emmenais Charles en Angleterre, ne serait-ce qu'une fois, et qu'ils faisaient sa connaissance dans de bonnes conditions, puisque mon père a refusé d'avoir le moindre contact avec lui pendant son séjour à Calcutta, ils verraient bien des choses que je vois en lui et ils seraient plus compréhensifs. Mais s'il y avait un enfant, un enfant à la peau sombre, Linny... poursuivit-elle avec un lent hochement de tête. Non. Charles m'a même emmenée voir une Indienne, Nani Meera. Je crois que c'est une de ses tantes ou une lointaine parente. Il lui a expliqué et... elle m'a donné des choses. À utiliser, avant et après, pour éviter un bébé. Elle est sage-femme.

Je hochai la tête, alors qu'elle ne pouvait pas me voir.

— Mais elles n'ont pas fonctionné, chuchota-t-elle, même si cela n'était pas nécessaire.

— Je suis cependant persuadée que Charles est content, lui dis-je. Et peut-être que l'enfant...

Je ne savais trop quoi ajouter.

— Il n'y a pas de « peut-être », Linny. Charles n'est pas au courant. J'espérais le perdre pendant le voyage jusqu'ici. Comme cela, il n'aurait jamais su, déclara-t-elle en se cachant le visage entre les mains. J'ai essayé de ne pas y penser, essayé de prétendre que ça n'existait pas. Mais ce soir, continua-t-elle en pleurant, quand Mme Partridge s'est appesantie sur l'horreur d'un *baba* noir... Plus rien n'a de sens, Linny. Plus rien. Ma vie au pays ne servait à rien et ici, elle ne s'est pas améliorée.

Je l'obligeai à s'allonger près de moi, et tout en refusant de me faire face, elle se laissa enlacer. Ses os me parurent aussi fragiles que ceux d'un oiseau Ses cheveux embaumaient le jasmin. Je n'avais pas dormi enlacée à quelqu'un depuis le décès de ma mère, même si je m'étais serrée contre les autres filles sur un matelas humide de Jack Street. Mais partager un lit avec Faith était une expérience tout à fait différente de celle que j'avais vécue avec d'autres filles qui sentaient la poudre bon marché, la sueur et le sperme, dans une pièce puant la moisissure fétide, les cendres froides et les vêtements graisseux.

— Servait à rien ? Comment peux-tu dire une chose pareille ? Tu as Charles, et désormais...

— N'en parle pas, Linny. Je ne supporte pas d'y penser. Je ne supporte plus de penser à rien.

Je demeurai silencieuse. Je respirai l'arôme des cheveux de Faith et, réconfortée par sa douceur et sa chaleur, je me sentis sombrer dans le sommeil.

Je me réveillai avant Faith et Mme Partridge. Allongée dans mon lit, dans la faible lumière du petit matin, je concoctai un plan et des mensonges de mon cru. Je commençai par appeler Malti pour lui annoncer qu'à mon retour à Calcutta, sa sœur viendrait travailler chez nous, quoi que sahib Ingram puisse trouver à redire. À ma grande gêne, Malti me baisa les mains et les pieds.

— Va lui annoncer que nous irons la faire chercher lorsque nous repasserons près de Dehli, lui dis-je.

Je ne voulais pas que Malti sache où je me rendais. Dès qu'elle m'eut quittée, je me vêtis et traversai en hâte la ville paisible, jusqu'au taudis dénué de fenêtres, situé à l'autre extrémité.

En m'approchant, j'aperçus un soldat affaissé contre un mur. Dès qu'il me vit, il se mit au garde-à-vous à côté de la porte ouverte, qui paraissait d'une épaisseur étonnante. Par l'ouverture, je distinguai le sol de terre battue humide et un tas de vieille paille. Je vis également une haute botte noire.

— Ma… Madame, je… je peux vous aider ? bégaya le soldat. Ici, c'est une geôle de fortune, pas un endroit pour une dame.

À côté de lui était posée sur le sol une assiette en étain contenant un repas à moitié consommé. Je me demandai si on donnait aussi à manger au prisonnier.

— Je suis venue exprès, lui répondis-je.

Puis je déclinai mon identité et lui dis que j'avais eu un poids sur la conscience toute la nuit. Toute cette histoire ne me regardait pas, mais en tant que chrétienne, j'estimai de mon devoir de raconter la vérité. Je n'avais aucun mal à proférer ces mensonges : toute ma vie en était un. Je ne trébuchais que lorsque j'étais contrainte de faire preuve de sincérité. Je racontai donc au soldat que je me trouvais au marché au moment où Mme Hathaway avait été agressée et que j'y avais aperçu le Pathan. Ensuite, je l'avais vu s'éloigner à cheval du côté opposé au terrain de pique-nique.

— Où l'a-t-on arrêté ? lui demandai-je.

Le soldat gardant bouche close, son attitude me donna du courage.

— De l'autre côté de Simla, non ? Parce que comme je viens de vous le dire, c'est très loin d'Annandale que je l'ai vu. Il se dirigeait vers les collines de l'ouest.

Une ombre passa sur le visage du soldat.

— Mais pourquoi… madame Ingot, c'est ça ?… Pourquoi est-ce que vous vous souciez de ce qui arrive à ce conn… pardon, madame, à ce sale Arabe ?

Je me redressai de toute ma taille.

— Ingram, répliquai-je. Mme Somers Ingram, de Calcutta. Mon mari fait partie de l'administration civile.

Même si je suis navrée pour cette pauvre Mme Hathaway, vous admettrez que les chevaux noirs sont légion dans ce coin. A-t-elle précisé qu'il s'agissait d'un Pathan ?

Le soldat avait l'air de plus en plus mal à l'aise.

— Madame Ingram, dit-il, je suis juste à Simla en permission. On m'a demandé de rester posté ici, mais pas en qualité de militaire.

Il était tout jeune et un duvet pâle ombrait le dessus de sa lèvre supérieure. En toute probabilité, il avait juste un ou deux ans de moins que moi, mais je m'étais volontairement vêtue d'un ensemble bleu marine et d'un bonnet bleu sombre dont les rubans de couleur identique se terminaient par une aigrette, le tout complété par des gants en chevreau, bleu marine eux aussi. Le menton toujours redressé, je m'adressai à lui, les paupières baissées.

— Et qui est votre supérieur ? Avec qui puis-je m'entretenir à ce sujet ?

— Le commandant Bonnycastle, madame, mais il n'est pas ici. Comme je viens de vous le dire, nous ne sommes pas ici en tant que militaires. Jusqu'à présent, il n'a pas été nécessaire que l'armée stationne à Simla.

Je jetai un nouveau coup d'œil à la porte ouverte. J'entendis le cliquetis d'une chaîne, mais la botte avait disparu de mon champ de vision.

— Le Pathan va donc rester ici jusqu'à l'arrivée d'un officier supérieur ?

Le soldat prit un air encore plus embarrassé. Ses yeux n'arrêtaient pas de ciller.

— Je ne crois pas, madame.

— Dans ce cas, qu'allez-vous faire de lui ?

La pomme d'Adam du jeune homme formait une bosse sur son cou maigre.

— Je vous en prie, madame Ingram, vous ne devriez pas vous occuper de cette histoire. Ceux d'entre nous qui séjournent ici vont s'occuper de lui, et aucune des dames n'aura plus à le craindre. À présent, je dois vous demander de partir. Ce n'est pas un endroit pour une dame.

Comme pour illustrer sa déclaration, un grand corbeau noir agressif vint se poser sur le toit de la masure dans un vigoureux battement d'ailes. Il ouvrit le bec et inclina la tête en lorgnant les résidus de repas sur l'assiette. Puis il poussa un croassement et exécuta un piqué pour saisir un os couvert de viande et s'éloigna en survolant la tête de l'étalon noir dont la réaction effarouchée fit palpiter les flancs.

Je tentai de me convaincre que j'avais fait tout ce qui était en mon pouvoir pour le moment. J'étais révoltée à la perspective que les soldats allaient tout bonnement pendre le Pathan, mais les cillements incertains du jeune soldat n'avaient rien d'encourageant. Olivia Hathaway ne reviendrait sans doute pas sur sa version et n'admettrait pas que le cheval n'était pas noir, mais brun ou gris, et qu'il ne s'agissait pas obligatoirement d'un Pathan. En fait, je doutais qu'elle ajoutât un mot à son récit, et on ne lui poserait plus jamais de questions.

Je trouvai Faith assise dans le jardin à mon arrivée à la maison. Elle serrait un mouchoir trempé, mais il émanait d'elle une lumière inédite, une expression mystérieuse qui me réjouit, en dépit de sa terrible pâleur. Mme Partridge avait fait un commentaire sur son teint quelques jours auparavant et lui avait demandé si elle avait mangé de l'argile pour avoir blanchi de la sorte.

Neel était couché dans l'herbe à ses pieds, à côté d'une pile de livres. Le spectacle qu'ils offraient me donna du baume au cœur.

— Tu as l'air mieux, Faith, lui dis-je sincèrement. Tu ne dois pas t'inquiéter au sujet du bébé. Quoi qu'il arrive, tu sais que tu peux compter sur Charles et sur son amour.

Elle étudia Neel.

— Oui, répondit-elle. Je sais à présent que tout va se résoudre au mieux.

Je lui adressai un sourire.

— Oh, Faith, je suis si heureuse de t'entendre parler ainsi. Je me faisais tellement de souci pour toi.

Elle me regarda droit dans les yeux et effleura les livres du bout de sa pantoufle.

— Je veux t'en faire cadeau, Linny.

— Mais pourquoi ?

— Je ne les lirai pas. Tu adores les livres. Prends-les.

— C'est impossible, Faith. Bien sûr que tu vas les lire. Viens faire une promenade à cheval avec moi.

Je me levai et lui tendis la main.

— Je n'ai pas envie de monter, Linny. J'ai plusieurs choses à faire.

De quoi pouvait-il donc s'agir ?

— S'il te plaît, Faith. On emportera une collation. Je connais un endroit où nous pouvons aller. J'ai une carte.

— Pas aujourd'hui.

— Demain, alors ?

Elle garda le silence mais finit par sourire. Cela faisait fort longtemps que je ne l'avais pas vue sourire. Son expression n'avait pas l'air naturelle et ressemblait davantage à un rictus.

— Est-ce qu'on peut aller loin, Linny ? Dans la montagne ?

— Peut-être.
— Très bien. Demain, dans ce cas.
— Je te promets que nous passerons un moment agréable, Faith.

Cette nuit-là, je pris la décision de me rendre de nouveau à la geôle quand Faith et moi serions rentrées de notre promenade. Ce serait peut-être un autre soldat qui la garderait et je plaiderais de nouveau la cause du Pathan près de lui. J'éprouvais une petite bouffée d'espoir pour Faith, en raison du semblant d'enthousiasme qu'elle avait manifesté lorsque nous avions évoqué notre promenade à cheval, loin dans la montagne. En définitive, elle parviendrait peut-être à retrouver le bonheur.

L'aube venait à peine de se lever lorsque nous nous réveillâmes. Je laissai Neel à la garde de Malti puis me rendis à la cuisine. Dilip m'y attendait, un panier tissé équipé de lanières de cuir serré dans les mains. Une odeur chaude de froment régnait dans la pièce. Il avait dû se lever au milieu de la nuit pour cuire des chapatis.

— Je t'ai dit qu'il ne fallait rien préparer de spécial, Dilip. Qu'un peu de fromage et de fruits suffirait.

Il rentra le menton comme si je l'avais insulté et me tendit le panier. J'y jetai un coup d'œil et vis les chapatis, le riz au safran, un pot de confiture au melon et au gingembre et un récipient contenant du fromage de chèvre aux champignons.

Je le remerciai sobrement, sachant qu'il serait agacé si je me montrais trop démonstrative. Puis j'allai chercher Faith et nous remontâmes à pied la route en dur menant au Mall. La splendeur de ce matin paisible n'était dérangée que par le cri aigu d'une huppe solitaire noire et blanche.

Il était encore tellement tôt que seul le *syce* — le palefrenier —, vêtu d'une veste de tweed élimé au-dessus de son long dhoti blanc, était présent aux écuries. Accroupi sous un tamarinier feuillu, il bondit à notre vue et sortit deux poneys aux crinières tressées de fleurs. Il resserra leurs sangles et j'attachai le panier sur le flanc d'Uta, une jolie jument au pelage brun tacheté de blanc. Faith monta un poulain gris, Rami.

Nous dirigeâmes nos poneys à la crinière épaisse vers les environs de la ville et une fois en chemin, je sortis un bout de papier fripé de ma manche.

— C'est quoi ? me demanda Faith.

Elle paraissait maîtresse d'elle-même, calme. Ses traits étaient moins tirés. Je m'émerveillai du changement qui s'était produit en elle.

— Une carte. C'est un garçon de ma connaissance, Merkeet, employé au bazar, qui l'a dessinée à mon intention. Je discute avec lui lorsque j'achète des provisions. Une fois, j'admirai la *burkha* d'une femme des collines et il m'a dit qu'ils en fabriquaient de splendides, ornées de perles, à Ludhiana, et qu'ils les vendaient. D'après lui, Ludhiana n'est pas très éloignée d'ici. Je me suis dit que nous pourrions la visiter, manger un peu et rentrer. Si je comprends bien, dis-je en étudiant le bout de papier, nous devons suivre cette crête jusqu'au point de rencontre avec un cours d'eau.

Faith étala soigneusement sa jupe jaune par-dessus ses genoux sur la selle d'amazone de cuir.

— Tu en es sûre ?

— Oui. Regarde. Ici, tu as l'Himalaya, et voici le sentier qui descend vers la rivière. Nous ne pouvons pas nous tromper.

J'éprouvais la même allégresse que le jour où Faith et

moi avions échappé à l'attention de Mme Waterton pour nous aventurer dans le bazar. Cette fois, nous serions libres l'explorer, loin du visage sévère de Mme Partridge. Libres de galoper sans nous soucier du vent qui soulevait nos jupes et emmêlait nos cheveux. Libres de rire ou de chanter dans le vent.

Cependant, au bout de deux heures selon mes calculs, je commençai à douter de l'adresse de Merkeet dans le domaine de la cartographie. Nous avions suivi la crête jusqu'à un cours d'eau peu profond, laissé nos poneys aller l'amble dans l'eau cascadant sur un lit de pierres, jusqu'à nous rapprocher d'épais bosquets qui recouvraient les deux rives. Au-dessus de nos têtes, le soleil tapait de plus en plus fort. Faith n'avait pas prononcé un mot depuis notre départ de Simla.

— Nous allons apercevoir Ludhiana juste après le prochain méandre, lançai-je par-dessus mon épaule, car je n'étais pas encore prête à reconnaître que j'avais eu tort de m'aventurer aussi loin de Simla.

Mais après le méandre, le cours d'eau se réduisit à une rigole qui s'écoulait goutte à goutte. Ne distinguant qu'une seule issue, je fis remonter Uta vers une étroite ouverture, dans l'espoir qu'il s'agissait d'un sentier. Comme nos montures avançaient d'un pas pesant, nous dûmes écarter de grosses branches épineuses de nos visages. Puis, subitement, nous débouchâmes dans une prairie tapissée de pâquerettes.

— C'est splendide ! m'écriai-je d'admiration devant la vaste clairière.

Elle était bordée d'arbres d'un côté, mais plongeait trop bas de l'autre pour que je puisse voir sur quoi elle donnait. À l'extrémité se dressait un éboulis de gros rochers.

— On va s'arrêter ici pour se restaurer, dis-je à Faith qui trottait à mes côtés sur Rami. Ensuite, je suppose que nous n'aurons qu'à remonter le cours d'eau. Nous ne trouverons jamais Ludhiana.

— Parfait, acquiesça Faith, les yeux rivés sur les rochers. Sors nos provisions. Je vais explorer les lieux.

— Uta apprécie les marguerites, lui lançai-je alors qu'elle s'éloignait.

Mais Faith ne me répondit pas. Elle pressa Rami en direction de l'extrémité rocheuse de la prairie. Je déballai notre repas pendant que mon poney reniflait de bonheur au milieu des fleurs et dévorait l'herbe. Faith me rejoignit et s'assit à mes côtés pour déjeuner. La prairie était balayée par le vent.

— Faith, essaie de manger un peu, s'il te plaît. Tu dois manger.

Elle prit un chapati, mais se contenta de le rompre et de construire distraitement un petit tas de miettes à côté d'elle. Sa jupe, soulevée par le vent, l'entourait d'un cercle doré ; son bonnet s'était détaché et avait glissé en arrière, et sa chevelure voletait dans toutes les directions. Par moments, elle jetait un coup d'œil en direction des rochers.

— Qu'y a-t-il derrière eux ? lui demandai-je.

— Rien. Juste une falaise à pic. Rien du tout.

Je m'allongeai parmi les fleurs au parfum léger, les yeux rivés sur le ciel azur, à l'écoute du bruit régulier que faisaient les chevaux en arrachant l'herbe qu'ils broutaient. Soudain, le sol se mit à trembler sous moi et je me redressai pour demander à Faith si elle avait ressenti la même chose que moi. Un hennissement aigu rompit le silence. C'était Uta. Elle fusa vers les rochers à l'extrémité de la prairie. Rami effectuait anxieusement un petit cercle au trot.

— Uta ! appelai-je en me levant d'un bond.

Faith avait saisi les rênes de Rami et avait sauté en selle.

— Qu'est-ce qui les effraie ? demandai-je.

Mais Faith démarra, au trot pour commencer, puis elle fit passer son poney au galop. Elle perdit son bonnet. Un tourbillon l'emporta dans les airs et il disparut.

Quelque chose m'incita à me détourner du spectacle déroutant qu'elle offrait, galopant vers les rochers. Un homme à cheval remontait la prairie du fond de la vallée. Le martèlement puissant des sabots de l'animal faisait vibrer le sol. Toutes les quelques secondes, il se hissait sur ses étriers pour jeter un regard en arrière. Je fus saisie de reconnaître le Pathan. Je revins à Faith dont la jupe gonflait derrière elle comme la voile d'un navire.

Je me trouvais entre les deux. Le Pathan chevauchait dans ma direction ; Faith s'éloignait de moi. Rami changea subitement de direction. Était-ce à cause des explosions retentissant subitement dans mon dos ? Faith ne s'arrêta pas. À la place, elle se dressa sur sa selle en une parodie du geste que venait d'effectuer le Pathan. Mais elle ne jeta pas un coup d'œil en arrière. Elle semblait s'en tenir à une ligne droite, qui la menait aux rochers. Puis elle donna un coup de cravache à Rami pour le faire accélérer. Il essaya de dévier au moment où ils approchaient de l'amas de rochers, mais elle le força à maintenir son cap. Je n'y comprenais rien. Elle lâcha alors les rênes que je vis tomber en même temps qu'elle levait les bras en l'air. Rami tenta de s'arrêter avant d'arriver au bord de la falaise, de déraper, de tourner sur le côté, mais Faith effectua un vol plané par-dessus sa tête en une courbe gracieuse, comme propulsée par une main invisible. Cependant, rien ne l'avait poussée. Mon cerveau ne parvenait pas à saisir ce dont il venait d'être le témoin : Faith s'était jetée dans le vide.

Sous sa jupe ample flottante, j'aperçus ses jupons blancs, puis ses jambes qui effectuaient des ciseaux. Cette image d'elle volant dans les airs ressemblait à une pantomime : un disque jaune et blanc qui tournoya avant de disparaître. Horrifiée, je fermai les yeux et simultanément, une douleur lancinante explosa dans mon épaule.

Le Pathan déboula sur moi dans un bruit d'enfer et mes genoux cédèrent. J'avais la sensation d'être une poupée brisée, allongée dans cette prairie, la tête pleine de l'écho d'un hurlement bizarre. Un instant plus tard, je compris qu'il était sorti de ma propre bouche, cet interminable cri d'épouvante, parce qu'un événement atroce venait de se produire, et que la suite ne pouvait être que pire encore.

28

J'étais à bord du navire qui m'avait emmenée aux Indes, allongée sur mon hamac qu'une tempête envoyait se cogner en tous sens. Tous mes os criaient de douleur. Dans la coursive, à l'extérieur de la cabine, j'entendais des voix hurler des propos inintelligibles. Je sentais quelque chose battre violemment sous moi, comme si de gros rochers venaient heurter la coque ; je craignais de périr noyée s'ils la fendaient. Le balancement rythmé des vagues impitoyables résonnait dans mes côtes d'où la douleur irradiait jusqu'à mon épaule et dans mon bras gauche. J'avais du mal à respirer, le visage enfoncé contre le dessus rigide de la couchette. Je fis un effort pour relever la tête et l'air mordant me piqua les joues. J'ouvris les yeux et vis mon bras gauche qui pendait bizarrement au-dessus de ma tête, comme en suspension.

Les choses s'éclaircirent alors. Le rythme martelé était celui de sabots ; j'étais jetée en travers du dos d'un cheval et je voyais défiler le sol. Cette vision me donna la nausée, en même temps que la douleur de mon épaule gauche s'intensifiait. Je tournai la tête vers la gauche et mon nez se pressa contre quelque chose de chaud et de dur, qui suivait les montées et les retombées de l'animal. Une jambe.

Je levai les yeux vers le torse large et le visage ciselé du Pathan, et je revis la dernière et terrifiante image de Faith s'envolant dans les airs. Mes yeux m'avaient peut-être mystifiée. Elle avait peut-être atterri dans l'herbe de la prairie. Elle n'avait peut-être pas commis volontairement l'acte que j'avais cru la voir accomplir, peut-être qu'elle n'était pas...

J'étais tout simplement incapable de formuler le mot lui-même. Il fallait que je retourne là-bas la chercher. Je me débattis à coups de pied et sentis la morsure brûlante d'une lanière contre mes mollets. Mon désarroi et ma fureur en furent décuplés : je devais me libérer, je devais trouver Faith. Je soulevai la poitrine en me hissant de ma main droite placée sous mon corps, mais le Pathan leva ses propres mains, nouées ensemble par une corde épaisse et effilochée, et fit retomber ma tête d'une claque, tout aussi aisément qu'on écrase distraitement un moustique. J'entendis quelque chose éclater quand mon nez s'écrasa contre le cheval et je ressentis un éclair de douleur fulgurant. Une matière chaude et poisseuse coula dans ma bouche. Je crus que j'allais étouffer : je n'arrivais plus à respirer car mon nez et ma bouche était remplis de sang, et, une nouvelle fois, je sombrai dans des ténèbres où j'étais ballottée.

Je revins brutalement à moi. On me traînait à bas du cheval. J'ouvris les yeux, mais autour de moi, tout n'était qu'obscurité. Le Pathan me tenait contre lui, ses mains nouées devant mon visage, un bras couvrant ma bouche. Son corps était si immobile et si dur que sans son souffle lourd à mon oreille, j'aurais pu croire que je m'appuyais contre de la pierre. J'entendis la respiration sifflante du cheval, à côté de nous. Pendant que nous restions figés sur place, je finis par distinguer une fine bande de clarté devant nous ; à l'odeur et à l'humidité ambiantes, je compris que nous nous trouvions dans une caverne. La lumière filtrée provenait d'un ajour dans les épais buissons qui dissimulaient l'entrée. Le cheval poussa un hennissement sourd et le Pathan écarta le bras de ma bouche, sans doute pour apaiser d'un geste l'animal. Je sautai sur cette occasion pour tenter de me libérer. Je sais que je poussai un cri. Le Pathan me recolla à lui d'un geste brutal, m'écrasant les côtes des bras, puis il me ferma la bouche de ses mains toujours jointes en cognant mon nez, geste qui provoqua un jaillissement de sang frais. Le cheval soufflait à présent doucement. Le Pathan siffla calmement et la bête se tut tout à fait. Je respirais à travers les bulles de sang qui emplissaient mes narines.

Des martèlements de sabots passèrent près de nous dans un vacarme d'enfer. Brusquement, quelque chose voila le rai de lumière de l'entrée. Elle réapparut une seconde, suivie de nouveau de l'obscurité. Je comptai sept ombres : sept hommes pourchassaient le Pathan. J'émis un profond grondement de gorge, comme pour les appeler, tout en sachant que ce bruit était tout aussi inutile que le vrombissement d'une mouche. Pour finir, les claquements de sabots et les ombres s'évanouirent.

Nous restâmes encore immobiles si longtemps que je perdis la notion du temps. Puis le Pathan ôta ses mains de ma bouche et je me laissai glisser du cercle formé par ses bras, jusqu'au sol, mes jambes tout aussi inutiles que des morceaux de gomme indienne étirés.

Une vague lueur tomba sur mon visage et m'incita à m'asseoir, le corps tremblant. Le fait de remuer mon épaule gauche m'arracha un hurlement de douleur. Le

Pathan, placé de sorte à dissimuler de son corps les buissons qui protégeaient l'entrée, était occupé à ronger les nœuds de la corde qui retenait ses mains prisonnières. Il me regarda et prononça quelques mots laconiques.

— Je ne peux pas vous comprendre, dis-je.

Sur ce, je répétai ma phrase en hindi, et il me répondit dans la même langue.

— Venez ici.

— Non.

Il se précipita sur moi comme un forcené et me traîna par les cheveux.

— Lâchez-moi. Ramenez-moi à la prairie. Je dois retrouver mon amie.

Je me tortillai dans l'étau de ses mains. Mon crâne me brûlait.

Il lâcha mes cheveux et me tendit ses mains jointes.

— Dénouez cette corde, m'ordonna-t-il.

Ses poignets étaient éraflés et ensanglantés.

— Dénouez-la, répéta-t-il.

Comme je restai figée, immobile, devant lui, il réitéra son ordre pour la troisième fois.

Sa voix n'était pas celle d'un dément, ni d'un meurtrier ou d'un violeur. Elle n'était ni teintée de supériorité comme celle de Somers, ni de menaces comme celle de Ram. C'était juste une voix masculine, éraillée par l'épuisement. De plus, avais-je le choix ? Je m'affairai sur les nœuds, en dépit du fait que ma main gauche refusait de m'obéir. La corde se détacha enfin.

Il inspira à fond en se frottant les poignets, puis il guida l'étalon noir vers l'entrée. Il arracha des poignées de l'herbe haute qui poussait devant et en pansa l'animal.

— Mon amie, dis-je. Mon amie… Je dois retourner voir ce qu'il s'est passé.

— Nous ne pouvons pas y aller maintenant. Les *ferenghi* me recherchent.

— Mais je ne vous sers à rien. Libérez-moi, le suppliai-je.

— Vous les mèneriez ici.

— Mais non.

Je fis la grimace et regardai mon épaule. La lumière me révéla du sang, beaucoup trop de sang, frais ou séché, sur ma robe de calicot bleu.

— Une de leurs balles vous a atteinte, me dit-il en me jetant un coup d'œil, la main encore pleine d'herbes trempées de sueur. Ils tiraient sur moi, mais c'est vous qu'ils ont touchée.

Je le regardai.

— Pourquoi ne m'avez-vous pas simplement laissée là-bas, dans la prairie ?

Il recommença à frotter.

— Parce que je me suis dit que vous pourriez m'être utile.

— Utile ?

— Comme troc. S'ils me rattrapaient. Quant à votre amie, elle est morte.

Il murmura quelque chose à son cheval qui piaffa.

— Morte ?

Pour quelle raison ma voix tremblait-elle tellement d'horreur et d'étonnement ? Je pense que j'avais compris, dès que j'avais vu Faith galoper vers cette saillie rocheuse, puis se soulever sur sa selle, ce qu'elle allait faire. Peut-être savais-je même depuis plus longtemps qu'il n'existait aucun remède contre le mal dont elle souffrait.

— Vous en êtes sûr ?

— Oui. C'est un précipice où il n'y a que des rochers.

La chute est longue jusqu'aux pierres de la rivière à sec en contrebas.

— Dans ce cas, laissez-moi partir.

Ma voix était plus faible que je ne le souhaitais. *Faith, pourquoi ne t'ai-je pas dit que j'avais commencé à te considérer comme une sœur ? Pourquoi n'ai-je pas essayé de te réconforter davantage ?*

— Pas maintenant. Quand je saurai qu'ils ont regagné Simla, vous pourrez partir. Cela vous prendra presque toute une journée à pied. Je serai alors beaucoup trop loin pour que vous les aidiez à me retrouver.

Du sang séché formait une croûte autour de son oreille et le long de son cou. Le lobe était déchiré à l'endroit où il devait auparavant porter une boucle.

Je m'interrogeai sur la manière dont il s'était échappé.

— Je ne les aiderai pas. Je sais que vous n'avez pas commis l'acte dont ils vous ont accusé.

Pour la première fois, nous nous regardâmes en face. Il avait été battu. Un de ses yeux tuméfié, transformé en grosse poche violette, restait clos, et il avait la lèvre inférieure fendue. Le devant de sa chemise était déchiré et son torse portait une grappe de meurtrissures sombres. Je vis luire l'anneau d'or de son autre oreille à travers ses cheveux.

— Je sais que vous ne l'avez pas commis, répétai-je. Je le sais.

Pour quelle raison attachais-je tant d'importance à le convaincre de ma sincérité ?

— Comment savez-vous ce que j'ai fait ou pas ?

— Je sais que cette femme a menti, pour se protéger et protéger son amant. Je suis allée à la geôle. J'ai déclaré au soldat que vous n'étiez pas coupable.

Le Pathan se retourna vers son cheval et je me laissai

aller jusqu'au sol en m'appuyant à la paroi. Il finit par jeter l'herbe et par laisser le buisson se refermer sur l'échancrure.

— Il est tard. Nous resterons ici cette nuit. Au matin, vous retournerez à Simla.

Je me détournai. Dans mon épaule, la douleur atteignit un paroxysme aigu et ne diminua plus. *Faith. Oh, Faith...*

J'avais poussé un cri. J'ouvris les yeux et je vis le Pathan agenouillé au-dessus de moi. Il tenait une petite branche, à l'extrémité enflammée, devant mon visage. Dans un vague recoin de mon esprit, je me demandai comment il s'y était pris pour allumer un feu, car le sol de la grotte était humide et froid.

Un peu plus tôt, j'avais essayé de me lover sur moi-même et de trouver un endroit plat, mais la douleur, dans mon épaule, était insupportable. J'étais parcourue de nausées, j'avais tellement chaud et soif que je ne pouvais pas retenir les petites plaintes qui sortaient de mes lèvres. À un moment donné, je m'étais assise et j'avais réalisé que j'étais seule dans la caverne. Il faisait trop sombre pour distinguer la moindre silhouette, mais je n'entendais ni la respiration d'un homme ni celle d'un cheval. Était-il déjà parti ? J'entendais mes dents claquer et je frissonnais, malgré mon corps brûlant. Et voilà qu'il se tenait devant moi, sa branche enflammée à la main.

— De l'eau, dis-je en anglais.

Mais il n'y eut pas d'eau, juste mon épaule gauche qu'on tirait, le bruit du tissu qui se déchirait et un étrange grésillement. J'eus alors l'impression qu'une bête avait attaqué mon épaule, qu'elle mordait et mâchait ma chair et me faisait hurler. La flamme s'agrandit jusqu'au moment où je me perdis dans sa lumière.

— Allons, à présent, il faut vous réveiller, entendis-je, et j'ouvris les yeux.

Un tas de branchages fumants jetait une faible lueur dans la caverne.

— Il va bientôt faire jour. Je dois partir avant qu'ils recommencent à vous chercher, déclara le Pathan.

Je le fixai, incapable de focaliser mon regard, en raison de l'obscurité ambiante mais aussi parce que mes yeux portaient un voile. Je cillai pour essayer de les éclaircir mais mes paupières étaient trop pesantes. Elles se refermèrent.

— J'ai extirpé la petite balle de votre omoplate. Elle va guérir.

J'ouvris de nouveau les yeux et tournai la tête pour regarder mon épaule… Le moindre mouvement déclenchait une nouvelle douleur, mais pas les brûlures de la nuit précédente. Un cataplasme de boue était étalé sur mon épaule nue, devant et derrière. Ma manche, découpée en lanières, pendait.

— Venez, dit-il, et il fit sortir son cheval de la grotte.

Je les suivis d'un pas titubant, portai la main à mon visage et palpai le sang séché. Le soleil ne s'était pas encore levé, mais le ciel avait perdu de sa noirceur.

— Vous devez marcher dans cette direction, me montra-t-il. Les vôtres vous retrouveront.

Il grimpa sur son cheval d'un seul bond agile.

— Il y a une rivière, pas loin d'ici. Vous l'atteindrez si vous suivez la direction dans laquelle se déplace le soleil.

Je hochai ma tête, si pesante que ce simple mouvement

m'était difficile, et je m'éloignai du Pathan. J'avais du mal à garder mon équilibre.

— Non, cria-t-il. Regardez d'où vient la clarté dans le ciel. Vous prenez la mauvaise direction.

Je lui jetai un regard en arrière, tentant de comprendre vers où il voulait que je me dirige, mais dans l'aube froide, lui et son cheval chatoyaient, comme submergés par de l'eau ou embrasés par des flammes. Je vis le sol venir à ma rencontre. Ma tête était emplie d'un bourdonnement qui diminua quand le Pathan me souleva et me déposa sur son cheval avec la même aisance que si j'avais été une enfant. Ma jupe forma un tas autour de mes cuisses, car mes jambes étaient complètement écartées sur le dos nu de l'étalon arabe. Je saisis les crins grossiers de son épaisse crinière entre mes doigts. Puis le Pathan se balança à califourchon derrière moi ; des deux côtés de mon corps, ses bras qui tenaient la corde passée dans le mors du cheval m'empêchaient de glisser.

Nous chevauchâmes régulièrement au galop, des heures durant dans mon esprit. J'étais tellement soulagée d'être ramenée à Simla que je me laissai aller contre lui, clignant les yeux face au soleil levant qui projetait sur l'ensemble du paysage une lumière orangée. Ma tête était à la fois légère et d'une telle lourdeur que j'avais du mal à empêcher mon menton de s'affaisser en avant sur ma poitrine. Le pire était la soif : ma langue était trop sèche pour que je puisse humecter mes lèvres. J'essayais de ne pas penser à Faith, de ne pas penser à la manière dont ce drame serait perçu à Simla ou, pire encore, par Charles, qui m'avait confié son épouse. Je me rendis compte que mes joues étaient humides et ma faiblesse m'inspira du dégoût. Je fermais les yeux de toutes mes forces. *Tu as survécu à pire que ça, Linny. À bien pire.*

Nous nous arrêtâmes alors et je rouvris les yeux, m'attendant à découvrir le paysage familier des environs de Simla. Le Pathan m'aida à glisser du cheval en me soutenant par le haut de mon bras droit. J'avais les jambes flageolantes et entre elles, je me sentais tout engourdie et endolorie.

Nous nous trouvions dans une longue vallée luxuriante. Des fleurs explosaient de toutes parts : tulipes sauvages, iris mauves et blancs, moutarde jaune. Les montagnes, gigantesques et altières, s'élevaient derrière la forêt de pins qui s'étendait à l'orée de cette prairie. Devant nous, l'étroit ruban d'une rivière scintillait au soleil. Je m'en approchai d'un pas mal assuré et me laissai tomber sur la berge boueuse, puis je puisai de l'eau dans ma main droite en coupelle et la portai à ma bouche. Lorsque j'eus bu jusqu'à plus soif, je tamponnai de l'eau sur mon nez à vif, pour nettoyer tout le sang séché. Je me penchai alors davantage, car je voulais laver le cataplasme de mon épaule gauche.

— Laissez-le, me dit le Pathan en amenant son cheval près de l'eau. La blessure guérira plus vite si elle reste couverte.

Je me levai, pendant que son cheval se désaltérait et qu'il s'accroupissait pour s'asperger d'eau la bouche, puis le cou, le visage et les cheveux. Après quoi, il se tourna vers l'est pour prononcer les prières que j'avais vu nos domestiques musulmans pratiquer.

— Simla est encore loin ? lui demandai-je, tout en sachant d'instinct que si nous avions parcouru une telle distance, nous aurions déjà dû être arrivés là-bas.

La fatigue et la douleur impitoyable de mon épaule gauche m'avaient cependant peut-être induite en erreur ; en fait, nous n'avions peut-être pas chevauché longtemps.

— Je ne vous ai pas ramenée à Simla.

Mes jambes refusèrent de continuer à me porter. Je m'accroupis sur la terre humide et dure de la berge.

— Faith, chuchotai-je en me balançant d'avant en arrière, les yeux clos. Oh, Faith, qu'ai-je donc fait ?

Je m'assis, lourdement, et repliai mes genoux. J'appuyai mon bras droit dessus et baissai le front contre lui.

— Dans ce cas, où sommes-nous ? demandai-je en m'adressant au sol.

— Près de Kulu.

— Kulu.

Je fis un effort pour me rappeler si j'en avais déjà entendu parler, mais jusque-là, je ne connaissais de l'extrémité nord des Indes que l'Himalaya, pas la frontière nord-ouest ni la frontière afghane.

— Est-ce encore aux Indes ?

Ma voix n'était plus qu'un murmure.

— Oui, dit-il. Kulu est à la frontière du Cachemire.

— Pourquoi m'avoir amenée ici ?

Je levai les yeux vers lui. Il avait le soleil dans le dos, si bien que je ne parvenais pas à distinguer ses traits.

Comme il ne répondait pas, je rabaissai ma tête sur mes genoux.

— Je sais que vous dites la vérité, déclara-t-il. J'ai entendu votre voix, quand j'étais prisonnier du *ferenghi* en veste rouge, même si je n'ai compris que quelques mots, reprit-il après un silence, comme s'il ne savait pas trop comment poursuivre. Vous avez essayé de me sauver la vie, alors je ne pouvais pas être responsable de vous faire perdre la vôtre.

« Je ne pouvais pas prendre le risque de vous ramener plus près de Simla. Mais je ne pouvais pas non plus vous abandonner dans un pareil état de faiblesse, incapable de vous en sortir seule. Vous avez besoin d'eau, et la blessure causée par la balle vous rend malade. Si les *ferenghi* ne vous trouvaient pas dans la journée, voire au bout de deux jours…

Il caressa la crinière de son cheval d'un doigt.

— Je vais donc vous emmener au Cachemire, dans un camp. Nous continuerons à voyager le reste de la journée et demain. Là-bas, vous reprendrez des forces et je m'organiserai pour que vous puissiez regagner Simla avec quelqu'un qui vous y mènera en toute sécurité.

Je ne savais que dire. Que connaissais-je du Cachemire ? Mes lectures évoquaient des montagnes élevées tapissées de neige, de denses forêts de pins.

— Vous n'avez rien à craindre, ajouta-t-il.

— Je n'ai pas peur, répondis-je, plus fort que nécessaire.

Il inclina la tête, et mena ensuite son cheval vers un petit fourré auquel il attacha la corde. Je l'entendis l'appeler Rasool. Il disparut dans les buissons et revint un peu plus tard avec une récolte de champignons et de baies sauvages dans sa chemise déchirée. Je constatai que cette chemise avait été cousue à points minuscules et minutieux. Par-dessus, il portait un gilet brodé aux couleurs vives. Autour de sa taille, une large ceinture, tissée de fils rouge vif et orange. Son ample pantalon noir était enfoncé dans de hautes bottes de cuir.

J'envisageai de ne pas accepter la poignée de champignons et de baies qu'il me tendait de ses mains couvertes de cicatrices, aux ongles sales et cassés. Mais pour quelle raison l'aurais-je refusée ? À quoi cela m'aurait-il servi de faire preuve d'arrogance et d'entêtement ? À rien. Mieux valait boire l'eau et manger ce qu'il m'offrait, car je me trouvais loin de tout lieu sûr et familier, j'avais la fièvre et je souffrais. Tous mes espoirs de regagner Simla reposaient sur ce Pathan.

Lorsque nous nous fûmes reposés et que Rasool eut fini de paître, il plaça les mains autour de ma taille pour me hisser de nouveau sur le cheval. Cette fois cependant, il prit place devant moi. Il incita Rasool à se lancer au galop et je m'accrochai à sa ceinture pour ne pas tomber. Je tentai de regarder autour de moi les champs immenses et les collines en pente douce que nous traversions à folle allure, mais je devais faire très attention à bien serrer les genoux et à ne pas lâcher sa ceinture. Ne me séparaient de Rasool que ma jupe mince, mon jupon encore plus mince et mes culottes de linon. Toutes les quelques heures, nous faisions halte auprès d'un ruisseau aux eaux vives pour nous désaltérer, et je marchais un peu pour essayer d'empêcher mes jambes de se raidir. Elles étaient en caoutchouc et refusaient de coopérer. L'intérieur de mes cuisses me cuisait. Une fois, j'allais me soulager derrière un buisson, sans me préoccuper de la proximité du Pathan.

Nous finîmes par nous arrêter à la lisière d'une vaste forêt. Le Pathan dressa le menton vers un grand conifère sous lequel je m'assis. La mousse était spongieuse et fraîche. Je posai la tête dessus et m'endormis. Lorsque je m'éveillai, un feu crépitait dans la clairière. Le Pathan s'approcha de moi et me tendit un petit oiseau fumant sur un bâton. La peau brune et craquante, il était cuit juste à point.

— C'est quoi ? demandai-je.

Il me donna un nom hindi que je ne compris pas. J'aperçus un second oiseau, à côté du feu. Il n'était pas encore déplumé et une liane épaisse était entortillée étroitement autour de son bec.

— Je pense qu'il s'agit d'une grouse, dis-je en anglais.

Je mordis dans la chair savoureuse. De la graisse tacha mes lèvres et coula sur mon menton. Je mâchais, tout en observant le Pathan déplumer d'une main habile l'autre volatile. Lorsque ce dernier commença à rôtir sur la broche, je sentis que je m'endormais de nouveau, les os de l'oiseau encore dans la main.

Je me réveillai au cours de la nuit. J'avais des crampes dans mes jambes raides, mais la douleur de mon épaule avait diminué. Le Pathan était assis derrière le feu qui projetait une lueur vacillante. Les flammes dansantes accentuaient ses pommettes et ses lèvres pleines. Il avait l'air de me fixer, mais je me trompais peut-être. Il pouvait tout aussi bien se contenter de contempler le feu dont les flammes se reflétaient dans ses yeux.

Je sombrai une fois encore dans un sommeil profond et à mon réveil le lendemain matin, je ne savais plus très bien si je l'avais vu m'observer où si j'avais rêvé qu'il le faisait.

Je remuai dans la lumière pommelée du soleil qui filtrait à travers les branches basses des arbres. Tous mes membres hurlaient de douleur. Il ne restait aucune trace du feu et je n'apercevais ni le Pathan ni Rasool. Un instant, je fus prise de panique et je voulus me lever.

Mes jambes faillirent céder et je dus m'accrocher à une branche odorante pour ne pas tomber. En me redressant, je repliai mon bras gauche. J'étais désormais capable de le soulever. Je palpai la croûte de boue sur mon omoplate et tâtai la blessure encore tendre, mais lorsque je retirai mes doigts, ils n'étaient pas maculés de sang frais.

Mes vêtements me paraissaient aussi rigides que mon corps. Ils étaient incrustés de poussière et d'aiguilles de pin. Le devant de ma robe était taché de graisse de grouse. J'essayai de faire quelques pas. L'intérieur de mes cuisses était courbatu et sensible, et mes culottes me collaient de manière désagréable, comme si mes règles avaient commencé, alors que le moment n'était pas venu. Je me rendis derrière un pin pour me soulager et je m'aperçus que c'était du sang et du pus qui attachaient mes culottes à ma peau, car la longue chevauchée l'avait mise à vif.

Je repartis en boitillant vers la clairière et le Pathan apparut entre deux arbres, Rasool au bout de sa corde.

— Nous trouverons un point d'eau d'ici deux heures, m'annonça-t-il, et nous arriverons au camp à la tombée de la nuit.

Je m'approchai de lui en acquiesçant de la tête. Il observait ma démarche, mes jambes rigidement écartées. Je m'abstins de le regarder lorsqu'il me replaça sur le cheval.

Quand nous atteignîmes la rivière suivante, j'ignorais comment j'allais pouvoir chevaucher plus loin. Je me laissai glisser à terre et me dirigeai vers l'eau. Lorsque je voulus m'accroupir pour boire au bord de l'eau, je ne pus retenir un gémissement.

Le Pathan s'abstint de tout commentaire. Mais lorsqu'il me rebalança sur l'animal, que j'écartai les jambes et retombai lourdement sur le dos large de Rasool, je sentis mes ampoules se crever et suinter. Je suffoquai malgré moi et voulus déplacer mon poids.

— Pourquoi gémissez-vous ? me demanda-t-il. La douleur à votre épaule a-t-elle empiré ?

— Ce n'est pas mon épaule, répondis-je.

— Vous pouvez monter ?

Je fis oui de la tête, mais je m'aperçus qu'il étudiait mon visage.

— Il nous reste beaucoup d'heures à chevaucher. Si vous n'êtes pas en état, il faut me le dire.

Je hochai la tête.

— Est-ce que je pourrais... je... j'ai besoin de m'asseoir...

Je ne connaissais pas le mot hindi pour « en amazone ». Je balançai une jambe en faisant la grimace.

— Si je peux monter comme cela, ça ira mieux.

Il regarda le ciel.

— Nous n'avons pas avancé aussi vite que je l'espérais, à cause du poids supplémentaire pour Rasool. Une piste difficile nous attend. Vous ne pourrez pas garder cette position sans selle. Pourquoi voulez-vous vous asseoir comme ça ?

Je glissai à terre. Je ne voulais pas avouer à cet étranger à la peau sombre que ma chair était couverte d'ampoules suppurantes. Je posai les mains sur l'arrière de ma jupe.

— Je ne suis jamais montée comme ça. Comme un homme. Ça blesse ma peau.

Il laissa échapper une exclamation de dégoût et dénoua sa large ceinture.

— Dans ce cas, prenez ça et asseyez-vous dessus.

J'hésitai.

— Nous n'avons pas le temps pour ce genre de comportement, pour cette modestie de *ferenghi*, déclara-t-il.

Il me força à prendre la ceinture.

J'en fis une boule épaisse, je relevai l'arrière de ma jupe et je coinçai ce rembourrage de laine dans mes culottes.

Puis j'adressai un signe de tête au Pathan et il me fit remonter sur Rasool.

La ceinture protégea suffisamment mes fesses blessées pour me soulager de la douleur la plus aiguë, mais j'étais à présent obligée de m'accrocher à la taille du Pathan. Il fit passer Rasool au galop, mais juste pendant un petit moment. J'aperçus bientôt la crête d'une montagne qui se détachait contre un ciel d'un bleu lumineux. Ses contreforts étaient dissimulés par la brume. Des taches composées de grands pins et de rochers devinrent visibles. Rasool fut contraint de grimper lentement une colline en pente raide, qui ne cessait de s'élever. L'air se rafraîchit. S'ensuivit une descente également pentue, quoique brève, et comme Rasool se frayait un chemin sur ses jambes raidies, détachant de ses sabots des morceaux de terre rocailleuse qui roulaient devant nous, la force de gravité m'obligea à m'appuyer contre le dos du Pathan. Je posai la tête sur son gilet ; je perçus la vibration de son cœur. Il sentait la transpiration et le pin, le cheval et le grand air.

Devant nous, j'aperçus des terres bigarrées sur un plateau, au-delà duquel se dressaient d'autres collines aux crêtes floues et mouvantes. Le Pathan arrêta enfin sa monture. Nous avions atteint la rive d'un lac ombragé de saules. J'entendis un bruit d'éclaboussure et me tournai pour voir d'où il provenait : d'une petite cascade, à l'autre extrémité du lac. Sous les sabots de Rasool, le sol était tapissé de fraises sauvages et d'ancolies. À l'ouest, le ciel s'embrasait de stries orangées et rosées derrière des chaînes verdoyantes. Je songeai aux esquisses et aux dessins représentant la Suisse que j'avais eu l'occasion d'admirer dans des livres de voyage du Lyceum. La beauté de Simla elle-même ne pouvait rivaliser avec la splendeur de ce paysage, cependant assombrie par mes pensées qui ne cessaient de revenir à Faith. Le chagrin de l'avoir perdue obscurcissait chaque instant.

Le Pathan interrompit ma songerie.

— Nous n'irons pas plus loin ce soir, déclara-t-il. Nous avons encore plusieurs heures de trajet et le chemin est trop traître pour être emprunté de nuit.

Je descendis de cheval.

— Attendez-moi ici, m'ordonna-t-il, avant de s'éloigner.

Je bus l'eau du lac, me lavai les mains et le visage. Puis je me relevai, pour étudier les reflets des collines ondulantes dans l'eau paisible. Le Pathan revint. Il portait une sacoche décorée de piquants de porc-épic, qu'il épousseta pour en enlever des brindilles et des feuilles. J'en conclus qu'il avait l'habitude de camper dans cet endroit et qu'il y conservait une cache.

Laissant Rasool paître dans l'herbe haute, il s'accroupit près de moi et prit un linge blanc propre dans la sacoche. Il le déplia. Il contenait un morceau de fromage blanc dur. Puis il sortit un couteau, coupa le fromage en deux et m'en tendit un morceau. Il ingurgita l'autre en quelques bouchées.

— L'eau n'est pas profonde, mais elle est très poissonneuse. Cueillez des fruits, me dit-il.

Il fouilla de nouveau dans sa sacoche dont il sortit un petit morceau de peau, plié et attaché par une lanière. Il me le tendit, en me disant un mot que je ne compris pas. Je regardai le sachet. Il le reprit et le dénoua. Il contenait une matière noire luisante.

— C'est pour le cheval, m'apprit-il. Contre les coupures et les blessures. Utilisez-le.

Il désigna mon épaule, puis ma jupe.

Je pris le sachet et je me dirigeai vers un bosquet d'arbustes. Certains étaient en fleur ; d'autres portaient déjà de petits fruits. La rive du lac s'incurvait doucement et les branches de saules recouvertes de feuilles d'un vert tendre retombaient très bas sur l'eau couleur saphir, presque transparente. Elles constituaient un paravent naturel.

Je jetai un regard en arrière au Pathan. Il marchait le long du rivage et, à travers l'entrelacs de feuilles, je n'aperçus qu'un éclat de sa chemise blanche. L'eau paisible venait lécher le sable herbu. Je déboutonnai ma robe et m'en débarrassai. Elle était tellement maculée de poussière, de sang et de graisse que j'eus du mal à reconnaître le vêtement pervenche tout frais que j'avais enfilé deux matinées plus tôt. J'avais l'impression d'avoir vécu depuis une existence entière. Debout dans ma chemise et mon jupon, je délaçai mes grandes bottines de cuir et les enlevai avec un soupir de soulagement. J'enroulai mes bas et les ôtai aussi. Je remuai les orteils dans le terreau tiède à la douceur bienfaisante.

Quelques épingles restaient accrochées à mes cheveux qui ne formaient plus qu'un fouillis échevelé. Je tirai dessus et les laissai tomber sur le sable. Puis j'ôtai mes culottes et détachai la ceinture du Pathan de ma peau. Un martin-pêcheur fondit au-dessus de ma tête, alors que je me tenais debout au bord de l'eau, savourant la caresse de l'air chaud sur ma peau. Je ramassai ma robe, mes culottes et mes bas et posai un pied dans l'eau, puis l'autre. Le fond du lac était tapissé de petits galets visqueux et de vase molle. J'y pénétrai à pas lents. Je n'étais jamais entrée dans un lac, ni dans une rivière. Je n'avais jamais été plongée dans davantage d'eau que celle pouvant être contenue dans une bassine de zinc ou de cuivre.

Je m'avançai plus loin. Mon jupon se déploya en corolle blanche autour de mon corps. L'eau fraîche brûlait mes ampoules à vif. Lorsque l'eau arriva à ma taille, je laissai flotter ma robe, mes culottes et mes bas à sa surface et enfonçai la tête dessous pour essayer de démêler les nœuds de mes cheveux. Puis je pris ma robe et la frottai de mon mieux. Je procédai de la même façon avec mes bas. J'eus davantage de mal avec mes culottes, raidies par le sang séché et le pus.

Je regagnai enfin la rive et me séchai à l'aide de la ceinture du Pathan. J'étalai l'onguent odorant sur la cicatrice de mon épaule gauche et sur mes ampoules ouvertes. Puis je tordis ma robe et la renfilai, non sans mal, par-dessus ma chemise et mon jupon mouillés. Je laissai de côté mes culottes que je rapportai avec mes bas, mes bottines, la ceinture et l'onguent, jusqu'à l'endroit d'où j'étais venue.

Le Pathan était perché sur un petit rocher au milieu de l'eau, à quelques mètres du rivage. Il se servait de son couteau pour effiler l'extrémité d'une branche fine. Plusieurs poissons frétillaient déjà à ses pieds. Je le vis soulever la branche épointée par-dessus sa tête et l'enfoncer dans l'eau d'un geste d'une grande puissance. Il l'en retira tout aussi rapidement. Au bout gigotait un gros poisson, aux écailles iridescentes lisses comme du métal. Après l'avoir détaché, le Pathan bondit avec agilité de rocher en rocher jusqu'au rivage.

Je déposai mon fatras d'objets et me dirigeai vers les branches basses déployées des arbres, couvertes de petites prunes dures, dont je remplis ma jupe mouillée.

Le Pathan, à présent accroupi, découpait les poissons en filets sur un rocher plat, enfouissant leurs arêtes et leurs entrailles dans le sable. Comme je m'approchais, il me jeta un coup d'œil et me regarda ensuite secouer ma jupe. Les prunes roulèrent sur le sable comme des pierres. Il sortit un briquet de sa botte, au moyen duquel il alluma un feu avec des brindilles et des petits brins d'herbe qu'il avait disposés autour du rocher.

Subitement, je réalisai que je n'avais pas faim, que j'étais propre. Mon épaule ne palpitait plus que lorsque je faisais un geste brutal. J'arrivai presque, en me calant sur une hanche, à m'asseoir confortablement. Seule la pensée de Faith me brisait le cœur. Tout était de ma faute. Sans moi, elle serait encore en vie. Elle serait en train de lire dans le jardin du Cottage Constancia. C'était moi qui lui avais permis de mettre son projet à exécution. Je n'avais eu qu'une seule vraie amie dans ma vie, et je l'avais trahie.

Nous étions entourés de bruits étranges : de petits animaux faisaient bruire les buissons, une bête plus grosse traçait autour de nous des cercles prudents. Au loin retentit le hurlement d'avertissement d'un chacal et bien au-dessus de nos têtes, le murmure d'un oiseau de nuit. Rasool poussa un hennissement frémissant et le Pathan lui redit quelque chose dans une langue que je ne comprenais pas. Le cheval se calma.

— Quelle langue parlez-vous ? demandai-je.

— Celle de mon peuple : le pachtou.

— Mais vous connaissez aussi le hindi.

— Le hindi, le dari, l'ouzbèque, le ourdi, le cachemiri, le bengali, le punjabi. J'ai beaucoup voyagé à travers ces pays et dans le mien. Je suis capable de converser avec tous ceux que je rencontre. Sauf avec les *ferenghi*. Les étrangers. J'ai décidé de ne pas apprendre leur langue, même si je retiens à mon insu certains de leurs mots.

Il quitta le feu des yeux. Son œil et sa lèvre avaient désenflé.

— Votre langue, précisa-t-il.

Il baissa de nouveau les yeux mais j'eus le temps d'y entrevoir quelque chose. Une expression qui me rassura. Avais-je été effrayée durant tout ce périple, tout en me vantant de ne pas l'être ? Je n'en savais rien. La pensée lancinante de Faith, la fièvre et la douleur, l'incertitude de la situation : tout cela constituait ma vie depuis deux jours. Que ressentais-je à présent ? Si j'étais parvenue à cesser de me reprocher de ne pas avoir saisi la profondeur du désespoir de Faith, de ne pas avoir compris que son lent déclin était plus grave qu'une incapacité à s'adapter à sa nouvelle existence, je pense que j'aurais su que je n'étais pas effrayée du tout.

Le Pathan reprit la parole, le regard toujours rivé sur les flammes.

— Cela fait longtemps que vous êtes aux Indes ? Vous connaissez la langue.

Il me faisait la conversation. *Comme c'est étrange*, me dis-je. *Me voici assise près d'un feu quelque part non loin du Cachemire, en train de bavarder avec un sauvage de la frontière nord-ouest.*

— Pas si longtemps que ça. Un an et demi.

Il hocha la tête.

Je devais cesser de penser à Faith, je devais trouver une diversion pour l'effacer de mon esprit.

— Parlez-moi de votre peuple, les Pachtounes.

Il jeta une brindille dans le feu qui grésilla et siffla.

— Il n'y a pas grand-chose à raconter. Je viens du Ghilzai. Ma tribu compte environ cent cinquante membres. Nous sommes nomades. Nous passons nos étés au frais dans les montagnes et nos hivers à l'abri dans des vallées. Ma tribu élève des moutons, dont nous vendons ou échangeons la laine pour subvenir à nos besoins.

Il s'arrêta et me regarda dans les yeux.

— Mon peuple aime la musique, la poterie et les jeux. Nous menons une vie simple.

Son regard démentait ses paroles. Cet homme n'avait rien de simple. Je remontai mes talons et enveloppai mes genoux de mes bras pour pouvoir poser le menton dessus.

— Que faisiez-vous à Simla ?

— Je capture des chevaux sauvages dans les plaines. Une fois qu'ils sont domptés, je les vends ou je les échange, parfois à Kaboul, parfois à Peshawar ou plus au sud, aux Indes. J'avais vendu un petit troupeau à Rajmura et je traversai Simla pour me rendre au Cachemire où m'attend un autre troupeau.

— Pardon, dis-je, étonnée moi-même.

— Pardon ? Pourquoi ?

— Pour le traitement que vous avez subi. C'était injuste.

Il opina de la tête, le visage sombre.

— Comment vous êtes-vous échappé ?

— Ils m'ont fait sortir. Pour me pendre.

Je m'entendis inspirer bruyamment.

— Rasool n'était pas loin. J'ai émis le son qu'il connaît et auquel il obéit. Il s'est libéré de ses attaches et s'est rué vers les hommes qui m'emmenaient. Ils se sont éparpillés pour se protéger de ses coups de sabots. J'ai bondi sur son dos. Le temps qu'ils se reprennent et enfourchent leurs propres chevaux, j'étais déjà loin.

Silence.

— Avez-vous une famille ? demandai-je.

— J'ai deux femmes.

Il se pencha en avant pour ajouter une pile de branchages sur le feu. La courbe formée par ses cheveux dissimulait son visage. Puis il s'inclina en arrière et ses cheveux suivirent le mouvement.

— Elles m'ont toutes les deux donné un fils. Allah m'a souri.

Subitement, son visage s'éclaira. À la pensée, j'imagine, de ses enfants. Ses traits en furent transformés et j'eus l'impression qu'il était plus jeune que je ne l'avais imaginé. Ses dents étaient blanches et régulières. Ce sourire s'envola aussi vite qu'il était apparu.

Il ne restait apparemment plus grand-chose à dire. Nous regardâmes le feu. Pour finir, je pris la parole.

— Je suis mariée.

J'ignore ce qui me poussa à lui fournir cette information.

— Évidemment, dit-il.

Sur ce, il s'allongea sur le côté, la tête soutenue par la main. À travers l'écran provoqué par la chaleur, je ne distinguais que sa silhouette, la bosse formée par sa hanche et par l'avancée de son épaule.

— Comment vous appelez-vous ? demandai-je, de l'autre côté de cette brume de chaleur.

— Daoud, dit-il. Chef des Ghilzais.

29

Je me soulevai sur un coude pour regarder de l'autre côté du feu de bois qui couvait encore. L'homme appelé Daoud sommeillait dans la lueur de l'aube, les joues ombrées par ses longs cils noirs. Les poils de sa barbe naissante assombrissaient son visage.

Je me rallongeai sur le dos et m'émerveillai des strates rosées du ciel. J'inspirai avec bonheur une bouffée d'un parfum de fleurs qui flottait jusqu'à moi. Un léger bruissement se fit entendre dans les feuilles du *chenar* en surplomb. Un couple d'oriels dorés procédait à sa toilette. Ils tiraient sur leurs plumes de leurs minuscules becs pointus, bombaient la poitrine et s'admiraient mutuellement. Un battement d'ailes marqua leur envol subit et j'en compris tout de suite la raison : un gros pic-vert à la tête écarlate venait d'atterrir sur une branche du même arbre et me contemplait de son perchoir, avec toute l'arrogance d'un propriétaire. Puis il attaqua la branche de son long bec effilé. Dès que le bruit retentit, Daoud se leva, couteau à la main. Du regard, il fit le tour de notre campement, le balayant de rapides mouvements de tête.

Je m'assis en grimaçant sous l'effort et lui désignai la branche sans un mot. Il haussa les épaules à la vue de l'oiseau rutilant, comme si ce spectacle l'ennuyait, et il renfonça son couteau dans la taille de son pantalon. Il se tourna vers l'eau paisible. Puis d'un seul geste, il fit passer son gilet et sa chemise par-dessus sa tête, et il se dirigea ensuite vers le bord du lac. Je fus surprise de constater que les parties de sa peau non hâlées par le soleil étaient plus pâles que je ne l'imaginais. Il s'aspergea le visage, les cheveux, le torse et les bras, puis il se releva et s'ébroua, projetant de minuscules perles d'eau dans toutes les directions. Il ressortit son couteau et s'en racla les joues. Puis il longea le rivage et disparut derrière des rochers. Je me dirigeai vers le même paravent de feuilles ajouré derrière lequel je m'étais baignée la veille et palpai mes ampoules avec précaution. Elles avaient séché pendant la nuit. J'enfilai mes culottes, me lavai le visage et me démêlai les cheveux du bout des doigts.

Debout près des cendres noircies, nous mangeâmes les restes du poisson et une poignée de fraises. Daoud recouvrit le foyer de sable, puis il siffla et Rasool s'approcha de lui. Il me désigna sa ceinture, que j'avais déposée à côté de sa sacoche. Je la pris, en fis un tampon épais et le glissai dans mes culottes, sans même réfléchir.

Puis il me hissa sur le dos de Rasool et nous chevauchâmes en silence plusieurs heures durant au pied des collines puis dans une vallée. Petit à petit, je pris conscience de mes seins pressés contre le dos de Daoud, de ses hanches sur lesquelles étaient posées mes mains. Le contact entre nous s'arrêtait là, mais j'éprouvais une sensation bizarre.

Daoud fit une halte pour permettre à Rasool de s'abreuver dans une petite flaque et je contemplai la vallée qui s'étendait sous nos yeux. Un paradis luxuriant parsemé d'une profusion de fleurs printanières : de minuscules gentianes bleues et des violettes mauves rivalisaient avec des anémones multicolores.

— Sommes-nous au Cachemire ? demandai-je.

Daoud acquiesça d'un mouvement de tête.

— Vous le voyez au summum de sa beauté, m'apprit-il avec une pointe de fierté. Plus au nord, les hivers peuvent être longs et très, très cruels. Les Cachemiris attendent le printemps comme l'aigle attend le lièvre. La naissance du temps chaud est brève mais elle offre un spectacle capable de nourrir l'esprit le plus creux. Chaque année, j'espère me trouver au Cachemire à l'époque où la nature se réveille.

Il me désigna une colline basse bordée d'arbres.

— Derrière ces arbres se cache un petit camp cachemiri. C'est là que m'attendent mes hommes et une partie de mes chevaux. C'est là que je vous quitterai.

Il se tourna, mais avant de donner l'ordre à Rasool de s'éloigner de l'eau, il me jeta un regard.

— Quel est votre nom ?

— Linny, répondis-je, avant de préciser, Linny Gow.

J'avais parlé sans réfléchir, et je ne m'aperçus qu'après coup que je venais d'utiliser mon ancien nom. Ici, je m'appelais Linny Gow. Pas Linny Smallpiece, ni Linny Ingram. Ici, je n'avais pas besoin de faire semblant. Pour la première fois depuis un long, long moment, j'étais celle que j'étais.

— Linny Gow, répéta-t-il.

Dans sa bouche, mon nom sonnait comme des notes de musique.

Derrière un petit cours d'eau, au milieu de bosquets, le camp était composé d'un mélange de tentes noires et d'enclos pour les animaux, ceints par des murets de pierres ou des palissades de bois. L'un des plus larges contenait un groupe de chevaux magnifiques, ceux de taille plus modeste étant réservés aux juments et à leurs poulains. Dans le champ le plus petit, entouré d'un muret de pierres sommaire, une chèvre galeuse, boursouflée, poussait des bêlements bruyants et mélancoliques pendant que Rasool barbotait joyeusement dans l'eau vive.

Nous étions arrivés. Quatre journées nous avaient été nécessaires pour atteindre notre but. Quatre journées seulement, et pourtant, nous étions parvenus dans un monde totalement différent de celui que j'avais quitté à Simla. Ma respiration s'accéléra. Qu'est-ce qui m'attendait ? Les gens allaient-ils me traiter avec hostilité ? Daoud allait-il me protéger ?

Dès que le cheval grimpa sur la rive basse, hommes, femmes et enfants se rassemblèrent en parlant et en nous désignant du doigt. Les hommes portaient des vêtements identiques à ceux de Daoud : pantalon sombre, chemise blanche et gilet brodé, tenue complétée pour certains par un turban blanc. Tous étaient solidement bâtis. Quelques-uns arboraient de fines moustaches très soignées. Les femmes avaient un teint plus clair, une peau couleur caramel pâle et des yeux marron, malgré leur chevelure corbeau nouée en une natte serrée qui leur descendait très bas dans le dos. Elles étaient vêtues de longues et amples tuniques de coton, de couleur bleue, verte, prune ou écarlate délavée, qui tombaient jusqu'à leurs mollets. En dessous, des pantalons noirs bouffants resserrés aux chevilles. Leurs souliers à l'extrémité recourbée étaient fabriqués dans un matériau souple, et brodés. La plupart étaient également coiffées de petites toques bleu foncé prolongées par un voile fluide.

Certaines laissaient ce voile pendre dans leur dos; d'autres le portaient devant leur visage. Toutes étaient parées d'une profusion de bijoux d'argent : bracelets aux poignets et aux chevilles, boucles d'oreilles et anneau dans le nez indiquant la femme mariée chez les musulmans.

Le silence se fit lorsque Daoud descendit de sa monture puis tendit les mains pour me faire descendre à terre. Dans les bras de sa mère, un enfant gazouilla plusieurs fois la même chose d'une voix aiguë, jusqu'à ce qu'un ordre sec le fasse taire. Je ne savais où poser mon regard. Personne ne souriait ni ne s'avançait vers moi. Tous me dévisageaient. Je baissai les yeux. Je me rendais bien compte que je devais leur paraître étrange, je craignais de répondre à leur curiosité, mais je ne voulais pas non plus leur laisser deviner mon malaise.

Daoud prit la parole. Je levai de nouveau les yeux. Un adolescent de douze ou treize ans, portant des jodhpurs de mousseline, une chemise, un gilet brodé et une calotte s'avança. Daoud lui tendit les rênes de Rasool. Le jeune *syce* emmena fièrement le grand animal. Lorsqu'il se fut éloigné, un individu plus âgé s'approcha de Daoud. Les deux hommes se saluèrent d'une accolade. Puis l'aîné formula quelque chose sur un ton interrogateur. Tous les yeux se tournèrent à l'unisson vers moi avant de se reporter sur Daoud. Il s'exprima longuement et les regards pivotèrent de nouveau vers moi. J'aurais voulu savoir ce qu'il leur disait; je priai pour que ses propos ne les retournent pas contre moi. Quand il reprit la parole, je constatai que certaines des femmes hochaient la tête, sans agressivité, et mes craintes s'apaisèrent.

Daoud se tourna vers moi.

— Les femmes vont s'occuper de vous, me dit-il en

hindi. Ce sont les épouses des *gujmars* – des bergers cachemiris. Leurs maris emmènent les moutons dans les pâturages et elles sont engagées pour nourrir mes hommes. Mahayana ! ajouta-t-il.

Une jeune femme, un bébé maintenu en bandoulière sur sa hanche, s'approcha.

— Mahayana parle plusieurs dialectes indiens, m'apprit-il.

Il s'adressa à elle en hindi.

— Cette *ferenghi* s'appelle Linny. Elle parle hindi. Donne-lui à manger et des vêtements propres et abrite-la dans ta tente.

Il s'éloigna à longues enjambées, suivi de ses hommes.

La femme aux yeux de biche agréa d'un signe de tête alors qu'il avait déjà tourné le dos, puis elle s'adressa aux autres femmes avec lesquelles elle conversa d'une voix aiguë. Une vingtaine d'entre elles s'avancèrent en même temps vers moi. Je serrai les poings contre mes hanches, pendant qu'elles effleuraient ma robe, mes bras, ma peau, de leurs mains rugueuses et rougeaudes. Elles se parlaient à voix basse, comme si j'étais une espèce d'animal dont elles prenaient la mesure, et je me dis que c'était peut-être la première fois qu'elles voyaient une femme blanche.

Celle qui s'appelait Mahayana finit par les faire taire. Je donnais environ un an au bébé qu'elle portait sur la hanche. Il avait des yeux immenses et une frange de cheveux brun bouclés. Elle se tint devant moi si longtemps que mon cœur s'emballa. Qu'attendait-elle ? En définitive, je tendis le bras vers la main potelée du bébé.

— Votre enfant est magnifique, lui dis-je. Garçon ou fille ?

J'avais eu la bonne réaction : un sourire radieux fendit

le visage de Mahayana, dévoilant plusieurs trous béants entre ses dents.

— Un fils. Mon premier enfant en vie.

Je lui rendis son sourire.

— Un fils. Vous avez de la chance. Allah vous a bénie.

Le bébé jouait avec mes doigts. Instinctivement, je déposai un baiser sur son petit poing.

Mahayana, toujours souriante, reprit son bavardage avec ses compagnes. Toutes opinèrent du chef et poussèrent de longs soupirs, semblables à des « Ah, ah » pour ponctuer mon commentaire. Des bébés firent leur apparition, comme par un tour de passe-passe, de sous leurs tuniques ou d'écharpes sur leurs hanches et de supports dans leurs dos. Ils portaient de minuscules jupes de mousseline, brodées de fleurs, et des calottes de tissu miniatures, également décorées à l'aiguille. Un par un, elles poussèrent les bébés et les bambins vers moi.

— Touchez-les, s'il vous plaît, me dit Mahayana. On dit que ça porte chance d'être touché par une femme *ferenghi*.

J'effleurai bien volontiers des joues duveteuses et des mains potelées, sans oublier de sourire à chaque mère. Je tapotai les dos et les épaules de petits enfants qui cabriolaient à mes pieds. Puis Mahayana me prit par la main pour me guider vers une tente de petite taille. La foule d'enfants et de femmes nous emboîta le pas. Mahayana me fit signe de m'asseoir, et je m'exécutai avec précaution, sur l'herbe piétinée à côté de la tente rapiécée. Toutes les femmes nous imitèrent de concert.

Mahayana entrait et sortait de la tente, d'un air affairé et important, pour remuer un chaudron noir cabossé suspendu au-dessus d'un feu. À l'aide d'une tasse d'étain ébréchée, elle versa une louche d'une mixture en laquelle je reconnus du *dal* dans un bol de terre cuite et me le présenta d'un grand geste théâtral. Je repoussai mes cheveux en arrière et, à l'aide de mes doigts, enfournai les lentilles écrasées et le riz dans ma bouche. Mahayana me regardait faire. Je lui dis :

— Bon, Mahayana, bon *dal.*

Elle applaudit de satisfaction et les femmes continuèrent à bavarder tranquillement jusqu'à ce que j'aie achevé mon repas.

Lorsque je tendis le bol vide à Mahayana, elle émit un sifflement bizarre. Les femmes se turent, se levèrent et emmenèrent leurs enfants vers différentes tentes. Mahayana déposa son bébé dans l'herbe à mes côtés.

— Elles ne vont pas faire leur travail si elles restent à vous regarder, me dit-elle.

Elle me désigna l'enfant, qui m'observait d'un air solennel.

— Il s'appelle Habib, m'apprit-elle, en jetant un regard à mon ventre. Combien d'enfants ?

— Aucun, répondis-je.

La tristesse se peignit sur le visage de Mahayana. Puis il s'éclaircit.

— Vous en aurez un bientôt, si Allah le veut bien, me dit-elle avec assurance, tout en remuant le *dal* fumant dans le chaudron avec une branche écorcée. Les femmes du chef portent facilement des enfants.

Au début, je crus avoir mal compris son hindi, à cause de son accent. Mais comme elle continuait à remuer le plat, je hochai la tête.

— Je ne suis pas... la femme de Daoud. Non.

Le bébé chouina et rampa vers sa mère.

Mahayana ouvrit le devant de sa tunique, en sortit un

sein alourdi et souleva l'enfant. Il se mit à téter d'un air satisfait, tout en tendant le bras pour tripoter la boucle qui pendait à l'oreille de sa mère.

— Je suis ici depuis trois ans, depuis mon mariage. Tous les ans, Daoud et ses hommes viennent ici. J'ai entendu beaucoup d'histoires au sujet du Ghilzai de Daoud.

Elle m'adressa un sourire, mais qui n'avait rien à voir avec le précédent. Cette fois, elle me taquinait.

— Je vais retourner parmi les miens, lui dis-je.

La perspective de lui raconter les événements qui s'étaient produits me fatiguait à l'avance.

— Je ne vais pas rester ici, ajoutai-je.

Elle hocha la tête en regardant son bébé. Ses paupières se fermaient et il tétait avec beaucoup moins d'énergie.

— Votre mari... il est avec les moutons ?

Elle désigna les collines d'un geste vague de la tête.

— Certains descendent chercher de la nourriture fraîche toutes les semaines. À cette époque de mise bas, des hommes doivent toujours rester près des animaux, sinon, ils en perdent beaucoup.

Je la regardai déposer l'enfant endormi avec des gestes tendres par l'ouverture de la tente.

— Qu'est-ce qui amène les hommes de Daoud ici ?

— Ils mettent les chevaux qu'ils capturent à l'abri dans le camp où ils les préparent pour la vente ou pour retourner en Afghanistan. Nous les nourrissons et nettoyons leurs vêtements. Ils ne nous touchent pas, sinon nos hommes ne nous permettraient pas de leur obéir. Les Pachtounes récompensent grassement nos maris pour notre travail.

J'avais du mal à croire qu'elle était mariée depuis trois ans.

— Quel âge as-tu, Mahayana ? lui demandai-je.

— Seize ans, mais beaucoup des femmes me respectent, me dit-elle en toute simplicité. Je ne descends pas des *gujars*, précisa-t-elle. Mon mari m'a amenée de Salenbad, près de Shrinagar, la plus grande ville du Cachemire. Mon père était un homme très éduqué, et d'une grande sagesse. Il a appris les langues des Indes à mon frère, et je les ai apprises aussi. Quand il me surprenait en train d'écouter, il me battait, car je n'aurais pas dû recevoir la même éducation qu'un garçon. Ce n'était pas convenable. Mais comme ça me plaisait, j'ai continué à apprendre en catimini, contre son souhait. Un adage dit que « l'intelligence d'une fille n'aide pas son père ». Mais pour le mien, ça n'a pas été le cas. Le jour où mon éducation lui a permis de demander une grosse dot, il ne s'en est pas plaint ! Je suis utile aux *gujars*, parce qu'on fait appel à moi pour traiter avec les gens du Sud qui viennent acheter nos moutons.

Elle sortit un panier à moitié tressé d'un côté de la tente et commença à tordre les roseaux durcis pour fabriquer un motif compliqué.

— Bientôt, me dit-elle, vous revêtirez des habits propres. Les femmes les préparent.

Je regardai le récipient prendre forme entre ses mains habiles.

Moins d'une heure plus tard, quatre femmes se présentèrent devant la tente de Mahayana. Elles portaient une pile de vêtements et me tirèrent par les bras en jacassant bruyamment. Mahayana avait enlevé le chaudron de *dal* du feu et un gros récipient d'eau était parvenu à ébullition au-dessus des flammes. Elle sortit deux sachets froncés des plis de sa tunique, versa quelques feuilles minuscules de l'un d'eux dans sa paume et les laissa tomber dans l'eau. Comme si elle leur en avait donné le signal, les autres femmes se laissèrent choir gracieusement dans l'herbe et sortirent à leur tour une tasse de leur tunique, qui ressemblait à un réticule de dame.

Chaque femme plongea sa tasse dans l'eau bouillante, puis Mahayana ouvrit le second sachet de peau et le fit passer à la ronde. Elle me tendit une coupe du liquide ambré fumant et j'imitai les autres femmes, prenant une pincée de la substance blanche qui s'avéra être du sucre grossier. Comme les autres, je soufflai sur le liquide brûlant et le remuai ensuite avec précaution à l'aide de mon index droit. Puis je le sirotai. C'était un mélange de thé que je goûtais pour la première fois, absolument délicieux. Nous prenions le thé. Les femmes bavardaient entre elles calmement. Je songeai aux thés de Calcutta et de Simla et me maudis d'avoir autorisé mes pensées à revenir à ces lieux. C'était avec Faith que j'avais participé à mon dernier thé à Simla. Nous étions invitées chez une jeune femme de Lucknow. Faith était ravissante, dans sa robe en crêpe de Chine couleur pêche. Le bruit du cliquetis de sa tasse dans sa soucoupe résonna dans ma tête.

Je dus reposer ma propre tasse dans l'herbe pour reprendre ma respiration, car la douleur de la mort de Faith s'était réveillée avec une acuité renouvelée. Je l'avais oubliée durant quelques heures.

Lorsque les femmes eurent fini leur thé, essuyé leurs tasses sur l'ourlet de leur tunique et qu'elles les eurent rangées, Habib s'agita. Mahayana le reprit dans les bras et fit signe à ses compagnes de pénétrer dans la tente. Je les suivis et, dès que nous fûmes réunies dans le petit espace, la plus âgée défit les boutons de ma robe.

— Donnez-nous vos vêtements, me dit Mahayana. Nous allons les laver et les repriser.

J'ôtai ma robe, mes bottines et mes bas et me retrouvai en chemise et jupon. Mahayana en souleva le bord et admira la dentelle raffinée. Les mains tendues, les autres femmes attendirent avec impatience que j'enlève mon jupon et pour finir, ma chemise. Un silence tomba quand elles contemplèrent le reste de mon sein gauche, couturé de sa cicatrice zébrée, ainsi que les marques de coups de cravache de Somers dans mon dos et la blessure récente de mon épaule. Je voulus leur donner des explications et désignai mon sein :

— Un couteau, dans les mains d'un homme méchant, leur dis-je.

Elles eurent un hochement de tête, accompagné d'un murmure de compréhension, quand Mahayana leur eut traduit mon explication. Je me tournai pour leur montrer mon dos.

— La colère de mon mari.

Elles hochèrent de nouveau la tête. J'effleurai mon épaule.

— De mon propre peuple. Une erreur.

C'était tellement simple.

Puis j'ôtai mes culottes et tirai sur la ceinture de Daoud. Les cicatrices récentes s'ouvrirent, m'arrachant un cri de suffocation.

— Le gros cheval, dis-je à Mahayana.

Les femmes gloussèrent de sympathie. L'une d'elles sortit un minuscule sachet de mousseline de sa tunique.

Nue au milieu d'elles, j'essayai de prendre une attitude nonchalante.

— Daoud m'a donné le remède de son cheval, ajoutai-je.

J'en vis plusieurs regarder ma toison, la désigner, puis faire de même avec ma chevelure et en comparer les couleurs.

— Layla a le même remède, mais pour les gens, me déclara Mahayana.

Elle fit un signe de tête à une femme au nez crochu, qui saupoudra mes blessures d'une poudre fleurant les herbes, tout en s'adressant à Mahayana en même temps.

— Layla fabrique beaucoup de remèdes avec les herbes et les fleurs de la forêt, m'apprit cette dernière. Si on l'asperge trois fois par jour de cette poudre, la blessure guérira vite. Mais vous ne devez pas vous panser : l'air séchera les plaies et elles se refermeront plus vite.

Layla me remit le sachet et je posai la main sur son bras pour la remercier.

Une femme me tendit un pantalon noir très bouffant. Je l'enfilai et tirai le cordon étroitement autour de ma taille. Une autre fit glisser par-dessus ma tête une tunique couleur bourgogne moelleuse qu'elles appelaient *kamis*, pendant qu'une troisième me coiffait à l'aide d'un peigne de bois odorant, finement sculpté. Pour finir, la vieillarde dont le visage portait des marques profondes de petite vérole s'agenouilla devant moi et me tendit une paire de bottines basses. Je glissai mes pieds nus dans le chamois souple et elle les laça. Elle fixa la sandale extérieure solide, aux bouts recourbés, sur le côté.

— Quand vous vous éloignez du camp, vous portez les seconds souliers par-dessus les premiers. Ils vous protègent des pierres acérées, m'expliqua Mahayana.

Pendant qu'elles ajustaient mes vêtements, Mahayana, Habib dans son écharpe, sortit un grand sac en étoffe d'un coin de la tente et s'approcha de moi avec une paire de pendants d'oreille joliment ciselés. Je songeai aux bijoux criards que j'achetais Paradise Street, aux vraies pierres que m'offrait Somers à Calcutta, la plupart du temps après s'être mal comporté à mon égard. Mais ce geste spontané de générosité me fit monter les larmes aux yeux. Je pris les boucles et attachai leurs fermoirs d'argent à mes oreilles.

— Merci, dis-je.

Mahayana m'adressa son éclatant sourire édenté.

— À présent, vous nous ressemblez comme une sœur, me dit-elle. De dos, en tout cas.

Elle répéta sa plaisanterie à l'intention de ses amies. Toutes éclatèrent de rire et le petit Habib applaudit.

Plus tard dans la journée, j'aperçus Daoud alors que je me rendais à la rivière pour y puiser de l'eau avec Mahayana. Il était assis en compagnie de deux hommes, et ils se turent à mon passage. Il m'adressa un signe de tête et je vis bien qu'il prenait note de ma nouvelle apparence. Subitement, je sentis mon visage me brûler. Quelque chose d'incompréhensible m'arrivait et j'avais envie d'y réfléchir. Sa vue provoquait en moi une forme d'émoi, identique à celui que j'avais éprouvé en sentant mes seins contre son dos et ses hanches sous mes doigts. Vous savez bien évidemment de quoi je parle et vous vous gaussez probablement de ma naïveté. Moi… une fille qui avait connu des centaines d'hommes. Mais cette sensation était inédite, elle me rendait fébrile, tout en m'inspirant une forme de malaise.

Cette nuit-là, je dormis sur de douces couvertures capitonnées sous la tente de Mahayana. Elle n'en ferma pas les battants, car l'air était chaud. Par moments, un aboiement lointain me parvenait. C'était peut-être les chiens du camp qui chassaient dans les collines proches.

J'entendis Habib se mettre à ronchonner dans son sommeil. Il y eut un bruissement, suivi d'un rot et d'un bruit de déglutition. Le silence retomba à l'intérieur de la tente. Je songeai à Faith, puis à Charles, quand il apprendrait la nouvelle. Je réalisai que j'avais à peine pensé à Somers depuis mon départ de Simla. Me croirait-il décédée, si la nouvelle de ma disparition lui parvenait à Calcutta avant mon retour à Simla ? Extérieurement, il manifesterait chagrin et désespoir, alors qu'il se réjouirait sans doute intérieurement. Ne valait-il pas mieux pour lui que je sois morte *pour de bon* ? Il disposerait désormais de son héritage et pourrait donc passer pour un veuf inconsolable pendant des années, ce qui lui vaudrait la sympathie et le respect du contingent britannique. *Pauvre homme*, chuchoteraient les matrones derrière leurs mains gantées. *Tellement épris de sa bizarre petite épouse qu'il ne s'est jamais remis de son décès. A choisi de vivre une vie solitaire ; nous n'avons jamais pu l'intéresser à une autre femme. Personne ne pouvait être à la hauteur de sa chère défunte.* Quelle déception allait être la sienne lorsqu'il apprendrait mon retour à Simla ! Il regretterait terriblement que ce ne fût pas Faith qui revienne et moi qui gise, morte, sur les rochers glacés.

Je tournai la tête vers le battant ouvert de la tente et laissai mon esprit dériver vers Daoud, vers sa silhouette et son dos nu lorsqu'il se tenait au bord de l'eau, vers ses cuisses pressées contre son étalon. Vers son odeur. Cette sensation perturbante s'emparait de nouveau de moi.

Le lendemain, j'aidai Mahayana à cuisiner et je jouai avec Habib. Je ne vis pas Daoud. Il allait sans doute bientôt venir m'annoncer quand et comment je retournerais à Simla.

En fin d'après-midi, alors que je chatouillais le menton du bébé avec un long brin d'herbe, une ombre me cacha le soleil. Je levai les yeux. Un petit homme râblé, vêtu d'une chemise bleu sale et d'un pantalon encore plus dégoûtant se tenait devant moi. Il avait une barbe de plusieurs jours. Son visage brun creusé et ses yeux cerclés de rouge trahissaient sa fatigue. Il me dévisagea, puis il passa à Habib, avant de pencher la tête à l'intérieur de la tente.

— Mahayana ! rugit-il, alors qu'il était évident que la tente était vide.

Son cri inattendu fit hurler Habib. Je le pris et le serrai contre moi.

— Elle est allée puiser de l'eau de la rivière, criai-je par-dessus les hurlements du bébé, mais l'homme me fixa d'un regard vide, car il ne parlait pas l'hindi.

Il laissa tomber le sac qu'il portait en bandoulière. Une femme, assise dans l'embrasure d'une tente en face de la nôtre, lui cria quelque chose. Il me tourna le dos et croisa ses bras costauds sur son torse puissant, les jambes écartées, le regard rivé en direction de la rivière.

Quelques instants plus tard, Mahayana apparut d'une démarche ondulante, une jarre de grès dégoulinante gracieusement en équilibre sur le sommet de son crâne. À la vue de l'homme, elle déposa la jarre et tendit les bras vers Habib.

— C'est mon mari, Bhosla, m'apprit-elle d'une voix essoufflée. Ça fait deux semaines qu'il n'est pas descendu des collines.

Elle installa le bébé dans l'écharpe, puis elle se pencha sur le chaudron noir et emplit un grand bol d'un ragoût de poisson et de champignons. Elle le lui tendit, les yeux baissés. Il lui aboya quelque chose, en projetant la tête dans ma direction. Elle lui répondit calmement, d'une voix beaucoup plus neutre que celle qu'elle utilisait lorsqu'elle s'adressait à moi ou aux autres femmes.

Sa réponse parut satisfaire Bhosla. Il s'accroupit en me tournant toujours le dos, et il engloutit le ragoût en quelques énormes bouchées.

La tension ambiante ne m'échappa pas.

— Je vais me promener, annonçai-je à la vue du visage de Mahayana.

Elle acquiesça d'un air distrait. Déjà, elle empilait un tas de vêtements qu'elle venait de sortir du baluchon crasseux que Bhosla avait jeté par terre. L'odeur de transpiration qu'ils dégageaient montait jusqu'à mes narines.

Je me frayai un chemin parmi les tentes jusqu'au petit enclos où broutait la chèvre malade. Je me penchai sur le muret, regardant sans le voir l'animal criblé de mouches. Un garçonnet grimpa sur le muret et, perché tout près de moi, l'appela d'un sifflement. Le son long et tremblant qu'il émettait me rappela à la fois celui d'une flûte et le cri d'un faucon. Chaque fois que le garçonnet sifflait, la chèvre tournait ses yeux ternes couleur jaune sulfure et effectuait un cercle d'un pas faible, dans un sens puis dans l'autre, soumise mais hésitante.

Je contemplai les collines vertes ondulantes qui cernaient la vallée. Derrière elles se dressaient des montagnes aux sommets invisibles, cachés par les nuages qui s'accrochaient à leurs pics enneigés. S'agissait-il des mêmes montagnes que celles que j'admirais de Simla, mais vues sous un autre angle ? Je songeai aux points de repère des cartes que j'avais étudiées à Calcutta, me demandant où je me trouvais et si je le saurais jamais.

Je quittai le garçonnet et la chèvre pour m'aventurer vers un espace herbeux où un groupe d'enfants couraient à toutes jambes. Ils s'adonnaient à un jeu cruel, consistant à pourchasser un garçon ou une fille. Une fois leur victime attrapée, ils lui infligeaient des claques violentes ou lui tiraient les cheveux avec force ricanements. Je crus comprendre qu'elle devait se défendre en démontrant la plus grande résistance possible à la douleur. Un petit garçon éclata en pleurs de rage à la suite d'un coup dans l'œil qui lui avait été asséné par une fille qui le dominait d'une taille, et le groupe s'éloigna de lui. Exclu, le poing appuyé contre l'œil, il se dirigea d'un pas lourd vers un rocher et s'assit, triste et délaissé, afin d'observer de loin la partie qui se poursuivait.

Lorsque les enfants en eurent assez et se dispersèrent dans toutes les directions, je pris le chemin des enclos des chevaux. Dans l'un paissait un troupeau. Au centre de l'autre, une silhouette solitaire tenait un fouet au manche court dans une main et, enroulée autour de l'autre, une corde reliée à un étalon à la robe dorée et aux yeux sauvages. Quand il se tourna, je reconnus Daoud.

Il ne portait que son pantalon et ses grandes bottes de cuir. Sous le soleil brûlant, les efforts faisaient luire son dos et son torse de transpiration. Il avait noué ses cheveux en arrière à l'aide d'une lanière de cuir, si bien que je distinguais la ligne solide et franche de sa mâchoire et son cou, long et lisse. Des anneaux plus larges pendaient à ses oreilles. Il lançait des ordres à l'animal qui s'ébrouait. Son visage avait changé. Il n'était presque plus tuméfié, bien qu'encore un peu pâle, mais il n'exprimait plus la même chose. Disparu, l'air tendu et dédaigneux qu'il affichait la première fois que j'avais posé les yeux sur lui, alors qu'on le traînait vers la geôle de Simla. Tout comme l'expression réservée qu'il avait conservée pendant la plus grande partie de notre chevauchée vers le Cachemire. Il offrait à présent un visage vivant, libre, son véritable visage.

Il ne me vit pas. Je posai les bras sur une bûche grossière tandis que je l'observais. Le cheval finit par s'épuiser et il baissa la tête, soufflant bruyamment par ses naseaux dilatés. Daoud s'approcha de lui en susurrant doucement et posa la paume contre son front large. L'étalon releva brusquement la tête. Des grappes de bulles d'écume s'envolèrent dans toutes les directions, mais il ne s'enfuit pas. Daoud le regarda dans les yeux et, très lentement, émit un sifflement long et bas, identique à celui qu'il avait utilisé avec Rasool lorsque ce dernier tremblait de frayeur dans la caverne. Le cheval baissa de nouveau la tête. Daoud fit de même, jusqu'à presser son front contre le front doré. Une minute au moins, homme et bête restèrent immobiles dans cette position. Puis Daoud releva la tête, donna une légère secousse à la corde et se dirigea vers la sortie. Le cheval le suivit. Au portail, Daoud fit glisser la bride et l'animal traversa l'enclos en trombe, lançant des ruades de plaisir enfantin de ses jambes arrière. Sourire aux lèvres, Daoud le regarda faire, puis il ouvrit le loquet en cuir et se glissa dehors. Comme il refermait la serrure, je m'écriai :

— Quel magnifique cheval !

Il regarda dans ma direction.

— Oui, répondit-il.

Son visage se ferma un peu et je m'en voulus de l'avoir assombri par ma présence. Il enroula son fouet autour de sa main.

— Ils vous traitent bien ? me demanda-t-il.

Je fis oui de la tête. Je voulais ajouter quelque chose, mais l'angoisse qui s'était emparée de moi m'embrouillait les idées.

— Vous portez les vêtements d'une *bakriwar*, une bergère, mais votre visage et vos cheveux… ils ne vont pas avec, me dit-il.

Comme il s'approchait de moi, ma respiration s'accéléra, mais il ne s'arrêta pas et je humai à son passage l'odeur de sa peau luisante de sueur.

— Attendez ! lançai-je, l'obligeant à se retourner. Je… quand est-ce que je vais repartir ?

Daoud leva les yeux pour étudier les nuages avant de me répondre.

— Si vous le désirez, je peux m'organiser pour vous faire partir demain.

Il attendait ma réponse. Pour quelle raison ne me hâtais-je pas de dire « oui, oui, je dois partir demain, le plus tôt possible » ?

— Même si ce sera difficile, ajouta-t-il de manière inattendue.

— Pourquoi ?

Il jouait avec les lanières de cuir tendres de son fouet. Je contemplai ses mains.

— On ne peut faire confiance qu'à un seul jeune *gujar* pour vous conduire à travers la montagne et il est notre unique *syce*. Il lui faudra sept à huit jours pour effectuer l'aller et retour à Simla. Nous avons besoin de ces huit jours, peut-être de dix, pour finir de dresser nos chevaux avant de les emmener à Peshawar. En ce moment, le *syce* est le plus important de mes hommes. Mais je vous ai promis de vous faire raccompagner à Simla. Si vous êtes très impatiente de partir, je m'organiserai…

— Non.

Avais-je bien dit non ?

Une curieuse expression s'inscrivit sur le visage de Daoud. Il se donna un coup de fouet sur la cuisse.

— Les vôtres ne vont pas s'inquiéter ?

Je m'abstins de répondre.

Il cessa de remuer son fouet.

— Vous allez donc rester ici, au camp, plus longtemps ? Vous le souhaitez ?

Dix secondes durent s'écouler avant que je réponde.

— Oui. Je le souhaite.

— Dans ce cas, d'accord, dit Daoud, avant de tourner les talons et de s'éloigner, me laissant seule, en cette fin d'après-midi où l'air stagnant du Cachemire embaumait. Son départ provoqua en moi une sensation de perte.

Comme je le regardais s'éloigner, le nom du sentiment que je m'efforçais de comprendre me sauta à l'esprit :

Désir.

30

Dans ma tête comment avais-je imaginé le désir ? Je m'étais dit qu'il s'agissait d'une petite flamme qui s'allumait pendant un certain temps et s'installait dans la partie du corps qui allait servir ; une fois satisfaite, elle s'éteignait, sans autre forme de procès. J'ignorais qu'il possédait sa vie propre, qu'il remplissait la totalité d'un être, qu'il se diffusait même dans le cerveau. Qu'il était impossible de le refouler. Vingt années m'avaient été nécessaires pour l'apprendre, même si durant sept de ces années, entre l'âge de onze ans et celui de dix-sept, j'avais justement été utilisée comme un objet de désir. Non : j'avais été utilisée comme un objet de luxure, et maintenant que le désir s'éveillait en moi, j'apprenais la différence entre ces deux mots.

Et pourquoi était-il revenu à cet homme en apparence indifférent, cet homme qui n'était aucunement lié à moi ni à aucune partie de ma vie, de me faire comprendre, appréhender enfin, ce qui attirait entre eux les hommes et les femmes, les hommes et les hommes, les femmes et les femmes ? Peut-être est-ce cette part inexplicable du désir qui réduit ses victimes à l'impuissance.

Daoud s'éloigna de moi, postée près de l'enclos. Il ne m'avait jamais touchée, en dehors de poser ses mains sur ma taille pour me hisser sur Rasool ou m'en faire descendre. Je savais qu'il avait enduit de boue, avec douceur, les contours de ma plaie à l'épaule après en avoir extrait la balle, mais j'étais alors inconsciente. Sans doute s'était-il maudit d'avoir pris la décision impromptue de m'emmener loin de cette prairie, surtout quand sa conscience l'avait contraint à me garder avec lui, car ma présence ralentissait sa chevauchée vers le Cachemire. Il n'avait manifesté qu'une légère surprise en me voyant apparaître habillée en *bakriwar*. Je le soupçonnais de me considérer comme une petite chose faible et insignifiante, comparée aux femmes solides et capables qui m'entouraient désormais. Mais il y avait quelque chose dans la façon dont il tripotait les lanières du fouet de cuir entre ses longs doigts et dont ses côtes luisaient à partir de son sternum… Au plus profond de mon être, dans mon bas-ventre, je ressentis un frémissement qui me rendit douce et docile.

Je demeurai près de l'enclos, émerveillée par ce bouleversement intérieur. L'air se rafraîchit et le parfum savoureux de la viande mijotant sur le feu me fit monter l'eau à la bouche. Quand avais-je ressenti une faim pareille ? Je ne m'en souvenais pas. J'avais connu le rongement douloureux d'un ventre creux, mais cette sensation était différente. J'avais hâte de manger, et cette envie, inédite et agréable, était en harmonie avec les autres sensations qui me tourneboulaient.

Je regagnai la tente de Mahayana. Elle était assise près du feu et tendait un petit bol vers la bouche de Habib.

— Bhosla dort, m'apprit-elle. Il n'a pu ni manger ni se reposer correctement depuis plusieurs jours. Certains moutons ont brouté un arbuste vénéneux et sont tombés malades et il a dû se battre avec les autres nuit et jour pour les empêcher de mourir.

— Est-il mécontent que je partage ta tente ? lui demandai-je.

J'avais l'impression qu'elle voulait m'expliquer le comportement de son mari.

— Non, me répondit Mahayana en secouant la tête si brutalement que ses longs pendants d'oreille claquèrent sur ses joues. Vous êtes la bienvenue.

Elle prononça la phrase avec conviction, mais sans me regarder. Elle caressait le crâne du bébé.

— Mangez ! m'ordonna-t-elle alors, et je sortis des languettes de viande filandreuses du chaudron avec les doigts, les déchirai et sentis le jus et la graisse couler le long de mon menton. Je dévorai goulûment, comme si j'étais incapable de me rassasier.

— J'ai regardé Daoud dompter un cheval, dis-je lorsque j'en eus terminé.

Je m'essuyai les mains dans l'herbe, puis je passai un doigt sur le bracelet d'argent que Mahayana m'avait offert le matin même. Je songeai à la sueur perlant sur le torse lisse de Daoud, à mon envie de poser la main dessus et d'y presser les doigts.

Mahayana laissa échapper un petit bruit... amusé de sa gorge. Je la regardai.

— Vous irez à lui, m'affirma-t-elle.

Je fit non de la tête et sentis mes boucles d'oreille se balancer contre mes joues comme l'avaient fait celles de Mahayana. Mon visage s'empourpra.

— Pourquoi dis-tu ça ? C'est un chef, et moi je suis une *ferenghi*. Il a deux épouses et j'ai un mari.

Mahayana haussa les épaules.

— Votre mari ne vous a pas donné d'enfant. Il vous bat. C'est une raison suffisante pour chercher du réconfort ailleurs.

Elle l'affirmait, comme tout ce qu'elle disait, en toute simplicité. Chercher du réconfort. Il me parut très bizarre que l'accouplement puisse être source de réconfort. Je savais que pour les hommes, il apportait un relâchement. Pour les femmes, il signifiait des enfants. Du réconfort ? Je contemplai le soleil argenté à l'horizon, qui se hâtait de se coucher derrière les montagnes. Mahayana et moi restâmes assises en silence pendant que la nuit tombait. Quand elle eut donné le sein à Habib pour l'endormir, je la suivis dans la tente et m'emmitouflai dans ma couette à l'intérieur de cet espace surpeuplé. Mahayana déposa Habib sur une pile de peaux de bête dans un angle et s'allongea entre moi et Bhosla.

Je crus que les chiens du camp m'avaient réveillée, même si je n'étais pas dérangée par leurs petits jappements habituels ; plutôt par une sorte d'aboiement rauque et régulier. Alors que je me tournais en faisant remonter la couette sur mes oreilles, un chuchotement me raidit et me réveilla tout à fait. J'ouvris les yeux et distinguai la courbe de la paroi de la tente. Le chuchotement reprit, à présent fâché, dans mon dos. C'était Mahayana. Puis le bruit guttural recommença. Il ne provenait cependant pas du tout des chiens, mais de Bhosla. J'écoutai ses grognements augmenter de puissance, se faire plus pressants et culminer en un sifflement chuintant. Quelques instants plus tard suivit le bruit étouffé d'un corps qui s'affaissait lourdement.

Je restai étendue, toute rigide. J'avais mal à l'épaule, car j'étais allongée sur celle qui était blessée. Le sommeil m'avait désertée. J'attendis d'entendre la respiration calme et régulière de Mahayana entrecoupée des ronflements de Bhosla, puis je rejetai ma couette et rampai sans bruit par l'ouverture de la tente.

Des millions d'étoiles étincelaient dans le ciel limpide. La lumière diffusée par une demi-lune soulignait les contours du camp endormi ; une brise chargée du profond parfum de verdure des montagnes faisait frissonner les feuilles du grand bouleau et des gracieux peupliers. Je soulevai la peau de chèvre recouvrant la grande jarre d'eau en terre cuite et en éclaboussai un peu mes joues brûlantes avant d'en boire une longue gorgée.

Je traversai le camp. Je n'étais pas seule à avoir des insomnies. Un enfant geignait dans une tente, des voix d'hommes s'élevaient dans une autre. J'entendis des pleurs discrets dans une troisième. Un petit chien blanc me poursuivit sans bruit dans l'ombre, les poils hérissés, mais après avoir reniflé mes pieds à plusieurs reprises, il s'éloigna au trot, la queue bien droite pour manifester son importance. Le fait d'être acceptée par ce chien me procura un sentiment d'appartenance à cet endroit que je ne n'avais jamais éprouvé à Liverpool, Calcutta et même Simla.

Je finis par atteindre l'enclos des chevaux. C'était le seul lieu qui m'attirait. Je pressai le front contre la barrière de bois dure et mal équarrie, songeant à Daoud contre l'étalon doré. Dans un coin, ce dernier et trois chevaux de plus petite taille relevèrent la tête, subitement sur le qui-vive. J'avais envie de prononcer son nom, « Daoud ». Alors que je le chuchotais tout bas, j'entendis un bruissement derrière moi et je pivotai sur place.

Il était assis sur une épaisse couverture matelassée, adossé à un cèdre de l'Himalaya à l'écorce rouge. Un *chapan* – un manteau d'homme doublé à longues manches – était jeté à côté de lui. M'avait-il entendue murmurer son nom ?

— Vous priez pour votre amie ? me demanda-t-il.

D'abord balayée par une vague de soulagement, je me sentis ensuite brûler de honte. Mes pensées étaient basses, et bien trop humaines.

Je restai près de la barrière. Je ne distinguais pas son visage, juste ses bottes et ses jambes, allongées devant lui.

— Et votre mari vous manque, affirma-t-il.

Il ne s'agissait pas d'une question.

Je ne supportais plus les secrets, les mensonges.

— Mon amie me manque et je la pleure. Je ressens sa mort comme… comme un rocher, ici.

Je posai la main sur ma poitrine. *Mais je me moque de ne plus jamais revoir mon mari*, avais-je envie d'ajouter, de plus en plus transportée par cette possibilité d'énoncer clairement ce qui me préoccupait.

— Mais c'est faux : mon mari ne me manque pas.

Personne ne m'avait jamais manqué, en dehors de ma mère. Je ne connaissais ce sentiment que par rapport à elle. Mais la proximité d'un homme, l'envie de respirer son odeur, m'avaient-elles jamais manqué ? Non. Je me rapprochai du bord de la couverture pour essayer de distinguer le visage de Daoud.

Il se leva subitement et je reculai d'un pas

— Vous devriez regagner la tente de Mahayana, me dit-il.

Je voulais rester auprès de lui. C'était cela que j'avais espéré en m'approchant de l'enclos.

Je croisai les bras sur ma poitrine. Je tremblais, mais pas de froid.

— Pourquoi êtes-vous ici et pas dans une tente ? lui demandai-je.

— Je préfère dormir sous le ciel. Et j'aime rester près des chevaux, me répondit-il.

Il s'avança d'un pas, ramassa le *chapan* et me le tendit.

Je pris le manteau et m'en enveloppai les épaules. Il était chaud, tissé dans une épaisse laine multicolore, et il s'en dégageait une odeur agréable de fumée de bois.

— Il vaut mieux que vous partiez, dit-il en se rapprochant néanmoins.

Je levai les yeux vers lui.

— Partez, Linny Gow, m'ordonna-t-il.

Quand j'entendis mon nom sortir de ses lèvres, toutes les pensées qui m'embrouillaient me balayèrent comme un ouragan. Je pivotai et m'enfuis en courant dans mes babouches souples au milieu des tentes éparses, faisant aboyer les chiens sur mon passage.

Le lendemain, je travaillai aux côtés de Mahayana. J'étais reconnaissante de la présence de Bhosla, car Mahayana ne me parlait pas quand il se trouvait dans les parages. J'hésitais à m'exprimer, de crainte d'énoncer des choses que je ne comprenais pas vraiment, de crainte de révéler mon désir.

Bhosla finit par repartir, après avoir endossé des habits propres. Il emporta un ballot de vêtements de rechange et un énorme sac de provisions. Au bout de quelques minutes, Mahayana se mit à chantonner et à bavarder. Je lui répondis, sans cependant parvenir à chasser de mes pensées le pouvoir que Daoud détenait sur moi.

Tous les hommes que j'avais connus, à commencer par le flot interminable de mes clients, voulaient quelque chose de moi : Ram, les sous qu'il gagnait facilement sans avoir à travailler; Shaker, de l'amour en échange de celui, étouffant, qu'il me vouait; Somers, son héritage et un camouflage pour son mode de vie, sans compter peut-être quelqu'un à martyriser. Tous s'étaient servis de moi. Et ce faisant, ils m'avaient transformée en objet.

Daoud ne voulait rien et ne paraissait pas avoir besoin de quoi que ce soit. Il formait un tout. Il n'attendait rien de moi et ne me demandait rien. Je n'avais pas besoin de lui raconter des mensonges sur aucune partie de ma vie, comme je le faisais depuis que Shaker m'avait offert un refuge dans sa maison de Whitefield Lane. J'étais incroyablement lasse de ces faux-semblants que j'avais dû observer avec tout le monde, à Liverpool pour commencer, puis envers tous ceux qui m'avaient entourée à Calcutta dans cette reconstitution artificielle de l'Angleterre aux Indes.

Ici, au Cachemire, je pouvais être celle que j'étais. Personne ne se souciait de ce qu'on m'avait fait ni de ce que j'avais fait, et surtout pas Daoud. J'avais la sensation de m'ouvrir, de me débloquer. Les gonds rouillés cédaient avec un bruit qui évoquait celui des ailes d'un oiseau qui s'envole de surprise.

J'étais ouverte. Esprit, cœur et corps. Je savais ce que j'allais faire. Tous mes choix antérieurs avaient été guidés par le désir d'être en sécurité, de survivre, de me cacher, d'être acceptée. Tous, lourds d'éventuelles conséquences, avaient présenté des difficultés. Celui-ci me paraissait simple et ne laissait aucune place au doute.

Le lendemain après-midi, je rendis son *chapan* à Daoud en lui apportant son repas dans l'enclos des chevaux. Lui présenter le ragoût de lapin cuisiné dans le chaudron de Mahayana, la flasque emplie d'eau de la rivière me donnait l'impression d'être forte : je lui faisais cadeau de quelque chose. Il prit le bol et s'assit sur la barre supérieure de la barrière pour manger. Je m'attardai à observer les chevaux. Quand il eut fini, il but à la flasque et inclina la tête en arrière pour la vider complètement. J'étudiai sa gorge pendant qu'il avalait. Je me sentis comblée, comme si un chant lumineux et haut s'élevait dans mon esprit.

Me tendant le bol et la flasque, il sauta à bas de la barrière et posa les yeux sur mon visage.

— Vous vous sentez à l'aise ici à présent ? me demanda-t-il.

Je fis oui de la tête. Je voulais l'entendre prononcer mon nom.

— Vous ne vous conduisez pas comme je pensais que le ferait une *ferenghi.*

Je pris une profonde inspiration.

— Je ne ressemble pas aux autres Memsahibs. Je fais seulement semblant. Je n'en suis pas une.

Il posa un coude sur la barrière.

— Pourquoi faites-vous ça ?

— Je n'ai pas été élevée comme elles. J'ai un passé honteux, que je cache.

Il n'avait pas cessé de m'observer. Un cheval poussa un hennissement, des enfants crièrent.

— J'ai vu de la tristesse dans vos yeux, me dit-il. Elle m'a fait réfléchir. S'agit-il du lourd fardeau de votre passé ?

Ses propres yeux étaient presque noirs.

— Oui. Je le déteste. J'ai honte de mon passé.

C'était tellement facile de lui faire cet aveu.

— Vous devriez peut-être laisser ces vieilles lumières s'éteindre. De gros efforts sont nécessaires pour les maintenir allumées. Laissez-en d'autres s'embraser.

Aujourd'hui, ce ne sont pas vos actes passés, mais futurs, qui comptent. C'est cela, la nouvelle lumière.

Nous observâmes tous les deux les chevaux. Subitement, je fus envahie par la timidité et j'eus la sensation qu'il éprouvait quelque chose... d'identique ? Cela me procura le courage de lui poser la question qui me taraudait.

— Dormirez-vous sous les étoiles ce soir ?

Il se tourna vers moi et je le vis déglutir. Il acquiesça de la tête.

— Je viendrai à vous, lui dis-je, et il acquiesça de nouveau.

Mon cœur battait si violemment contre mes côtes qu'il me faisait souffrir. Une douleur étrange, mais belle.

Cette nuit-là, je compris davantage de choses que je n'en avais jamais compris. Je touchai du doigt un mystère dont j'ignorais l'existence. Notre première union, alors que je venais à peine de m'allonger à ses côtés sur la couverture matelassée, fut rapide, presque désespérée. Nous avions tout juste enlevé nos vêtements. Ensuite, pendant que nous nous reposions et que nos respirations se calmaient, il caressa mon visage avec une délicatesse dont je n'aurais jamais cru capables ses mains couturées et endurcies. Ce fut cette caresse qui m'emplit d'une joie et d'un chagrin si incommensurables que je fondis en larmes. Moi qui ne pleurais jamais, j'étais émue par la caresse d'une main sur mon visage. Il contempla mes larmes et pressa ensuite mon visage contre son torse en tenant ma nuque dans sa main. Il m'enlaçait de son autre bras. Je songeai alors à Mahayana qui avait prononcé le mot réconfort.

Lorsque mes larmes se tarirent, je m'assis au clair de

lune et je fis passer mon *kamis* par-dessus ma tête. Le spectacle de ma cicatrice ne lui inspira aucune réaction. Il leva les yeux pour croiser les miens et tendit la main. Elle couvrait toute ma cicatrice et les restes de mon sein gauche. Je sentais la chaleur de sa peau contre la mienne. Puis il me rallongea sur la couverture et s'étendit sur moi. Cette fois, notre union se déroula dans le silence et la lenteur et je sentis la paix se dilater en moi jusqu'à étouffer tous les bruits. Je n'entendais plus les mouvements des branches d'arbres, le cours d'eau qui cascadait de l'autre côté de l'enclos, les grondements féroces et les jappements des chiens, les vagissements nocturnes des bébés affamés. Le silence régnait, en dehors de la respiration de Daoud, et c'est de ce son dont je me souviendrais plus tard, et à jamais.

Après, mon corps et mon esprit étaient lourds et languides. Daoud tira son *chapan* sur nous deux et je sombrai dans un demi-sommeil, nichée dans la chaleur de son corps.

Il faisait encore nuit lorsque je le sentis repousser mes cheveux de mon visage. Je m'assis. Il me tendit mon *kamis*.

— Il vaut peut-être mieux que vous regagniez la tente de Mahayana maintenant, me dit-il d'une voix douce, et je compris qu'il ne s'agissait pas d'une simple suggestion.

Je m'agenouillai pour renouer le cordon de mon pantalon.

— Demain, je dois travailler avec les chevaux dans la journée. Et le soir, ajouta-t-il, s'enveloppant la taille de sa ceinture, je dormirai de nouveau ici.

Je fis oui de la tête et me frayai un chemin vers la tente de Mahayana, m'arrêtant une fois pour contempler les étoiles.

Durant les dix journées suivantes, j'eus la sensation que chacun de mes nerfs était tendu jusqu'au point de rupture. J'apportais son repas à Daoud durant la journée, il sortait de l'enclos des chevaux, allait se laver à la rivière et revenait manger. Il nous arrivait de ne rien dire, mais en d'autres occasions, nous évoquions nos vies. Je lui racontai mon enfance – toute mon enfance – et il me raconta la sienne. Il ne parla pas de ses femmes et de ses enfants. Je ne lui parlai pas de Somers. Nous n'évoquâmes ni son voyage à Shrinagar ni mon retour à Simla. La nuit, je le rejoignais, je passais quelques heures avec lui et je regagnais toujours la tente de Mahayana avant l'aube.

La onzième nuit, lui et ses hommes se réunirent autour d'un feu avec deux tambours tendus de peau de chèvre. Certains enfants sifflèrent une mélodie, et deux des hommes dansèrent autour du brasier. Un peu en retrait, les femmes demeuraient spectatrices. Habib avait de la fièvre et Mahayana était restée dans la tente près de lui, mais j'étais assise parmi les autres femmes.

Lorsque les hommes reposèrent les tambours, ils prirent la parole à tour de rôle. Je ne comprenais pas ce qu'ils disaient, mais à la cadence de leurs voix, je compris qu'ils récitaient des poésies. Daoud s'exprima, lui aussi, en pachtou, puis il passa subitement au hindi.

— Lorsque ton visage m'est dissimulé, comme la lune reste cachée par une nuit sombre, je verse des larmes étoilées, et pourtant ma nuit reste noire en dépit de ces brillantes étoiles, dit-il, les yeux rivés sur les flammes.

Puis il revint au pachtou, et quelques instants plus tard, ce fut au tour de son voisin de prendre la parole.

Ces mots, prononcés dans une langue que seuls lui et

moi comprenions, me bouleversèrent tellement que tout le reste s'effaça. Ils chantaient dans ma tête. J'ai tout oublié de cette soirée, en dehors de ces paroles et de la forme des lèvres de Daoud quand il les prononçait.

Lorque j'arrivai à l'enclos, une heure après que le camp s'était assoupi, une brise légère soufflait. Daoud m'attendait auprès de son cheval.

— C'est une nuit pour chevaucher, me dit-il, et comme il l'avait fait durant les journées de notre cavalcade vers le Cachemire, il plaça les mains autour de ma taille pour me hisser sur la couverture moelleuse posée sur le dos de Rasool. Puis il se balança à califourchon derrière moi et Rasool s'éloigna du camp.

— Vous vous souvenez de notre première chevauchée ensemble ? lui demandai-je.

— Oui.

Il éperonna son étalon et Rasool se lança au galop en toute liberté sur un territoire de vastes collines qui semblait lui être familier, martelant avec sûreté le sol de ses sabots. Puis Daoud le freina et Rasool se mit au pas. Nous oscillions sur son dos, moi appuyée contre Daoud dont les bras m'encerclaient, les rênes pendant entre les mains. Après une heure peut-être, sinon davantage, nous regagnâmes le camp. Toujours sans prononcer un mot, Daoud descendit de l'animal et je me laissai glisser à terre.

Après avoir enfermé Rasool dans l'enclos, il me prit par la main pour m'emmener à la couverture matelassée étendue au pied de l'arbre. Nous nous assîmes ensemble, adossés au tronc, ma main dans la sienne.

— Quelles étaient les paroles que vous avez prononcées auprès du feu ce soir ? finis-je par lui demander.

— Elles ont été écrites par Jami, le poète persan, me dit-il. Son tombeau se trouve à Hérat.

Puis nous nous allongeâmes ensemble, sous le *chapan*. Il ne me touchait pas, mais je sentais son corps, si proche du mien, bourdonner. Il dégageait la chaleur et l'odeur que j'avais appris à aimer, composée d'un mélange de senteurs de cheval, de cuir et de fumée de bois. Au bout d'un moment, je compris qu'il ne me prendrait pas dans ses bras. Je posai la tête sur sa poitrine et je m'endormis.

En me réveillant, j'entendis sa respiration détendue. Je m'assis et soulevai le bord du *chapan*, mais Daoud me saisit par le bras.

— Je croyais que vous dormiez, chuchotai-je.

Son visage avait beau être très proche du mien, je le distinguais mal et ses yeux restaient dans l'ombre.

— Je vais aller rejoindre Mahayana.

Il se décida à parler.

— Restez avec moi cette nuit, me dit-il.

Nous nous unîmes et cette fois, la première de toutes les nuits depuis que nous nous connaissions, il prononça mon nom en se mouvant au même rythme que moi, dans un cri étouffé contre mon cou.

J'ouvris les yeux juste à temps pour apercevoir la somptueuse aube himalayenne illuminer en un éclair le sommet des arbres et muer le ciel en une nappe de brouillard saphir. Daoud n'était pas allongé sur la couverture matelassée mais son *chapan* m'enveloppait douillettement. Je m'en défis pour m'asseoir et passai les doigts dans mes cheveux en jetant un coup d'œil aux enclos.

Les chevaux ne s'y trouvaient plus.

Mon regard se porta vers le camp. Une femme, accroupie devant un feu, trifouillait dans le contenu d'un chaudron. Un chien efflanqué, la queue lovée entre les pattes, reniflait sans grand intérêt du crottin de cheval à côté d'une tente. Un corbeau audacieux paradait autour d'un feu calciné, picorant les derniers morceaux d'un repas de la veille qui étaient tombés sur le sol.

Le camp me parut changé. Plus petit. Il manquait certaines tentes. Je me levai d'un bond, tenant le *chapan* bien serré, et je me précipitai vers celle de Mahayana en me faufilant entre les autres. Elle enfilait une chemise propre à Habib.

— Où sont-ils ? demandai-je d'une voix pantelante. Où sont les Pachtounes ?

— Ils n'avaient plus rien à faire ici, me répondit-elle. Ils ont pris la route du nord très tôt.

— Non ! m'écriai-je si fort que Habib me lança un regard d'inquiétude. Daoud ne serait pas parti sans m'avertir.

Mahayana posa une main sur la tête de son fils.

— Ne vous a-t-il pas prévenue par un biais qui vous a peut-être échappé ? Sans utiliser de mots ? Les hommes s'y prennent souvent comme ça, non ?

Je plongeai les yeux dans son regard perçant. Puis je m'affaissai par terre, posai les bras sur mes genoux et enfouis ma tête.

— Oui, répondis-je, songeant à la façon dont il m'avait demandé de rester près de lui, puis à son silence, à sa douceur et au ton sur lequel il avait murmuré mon nom.

Je n'oubliai pas non plus le poème.

— Oui, il me l'a bien dit.

— Vous saviez qu'il devait partir, tout comme vous savez que vous devez vivre parmi les vôtres, dit Mahayana. Je vous ai vue vous transformer depuis votre arrivée. Vous possédez à présent un noyau de bonheur. Mais vous devez l'enfouir au tréfonds de vous-même et le laisser en repos. Vous pouvez l'ouvrir, l'effleurer, mais gardez-le à l'état de graine minuscule. Si vous en brisez la cosse, cette graine se développera, étouffera vos sentiments pour votre mari, et vous n'en éprouverez que du mécontentement.

Je restai immobile, sans lever les yeux, et je sentis Mahayana m'effleurer au passage. Au bout d'un moment je levai la tête et pressai le visage contre le *chapan* pour m'emplir de son odeur. Puis je sortis de la tente pour l'aider.

Le *syce* était assis à l'extérieur. C'était un garçon de petite stature mais taillé à coups de serpe, aux yeux paisibles, couleur brun roux. Il se leva d'un bond à ma vue. Mahayana m'apprit qu'il s'appelait Nahim. Il allait m'accompagner à Simla.

— Nahim a parcouru tout le Cachemire et le nord des Indes en compagnie des *gujars* depuis sa petite enfance. Personne ne connaît ses parents ni son pays d'origine, mais il se présente dans les camps, ici et là, pour offrir ses services de soigneur de chevaux. Il est réputé pour trouver son chemin facilement. Daoud lui a fait cadeau de l'une de ses juments apprivoisées pour lui permettre de vous raccompagner sans danger. Une façon de le payer grassement, dont Nahim n'aurait jamais rêvé. Il est content.

Le garçon aux pieds nus et à la peau foncée s'inclina très bas, puis il attendit mes instructions. Comme il ne parlait pas l'hindi, nous organisâmes notre trajet par l'intermédiaire de Mahayana. Il s'éloigna au pas de course et revint quelques minutes plus tard, me faisant comprendre que je monterais sa nouvelle jument alors qu'il trotterait à mes côtés sur un poney aux jambes solides qui était chargé de provisions et de couvertures, bien sanglées des deux côtés de son ventre rond.

J'enveloppai mes épaules dans le *chapan*, me balançai sur la selle de cuir souple et m'installai à mon aise sur ce siège moulé. Mes blessures étaient guéries, même si j'en conservais des cicatrices rose vif. Mahayana me tendit la sacoche brodée de Daoud.

— Vos vêtements et vos souliers sont dedans, me dit-elle.

Je savais que le moment était venu de partir et que mon séjour dans le camp n'avait guère été autre chose qu'un rêve. J'avais cependant eu le sentiment, très bref, que là résidait ma vraie vie, comme me l'avait dit jadis Sally la Chinoise. *Non*, me dis-je, *ce n'est pas tout à fait ça*. J'y avais été vraiment moi-même. À présent, j'allais redevenir fausse, revenir à l'enclave anglaise, à Somers, et à l'enfer qui m'attendait, quel qu'il fût. Je retirai les longs pendentifs d'oreille.

— S'il vous plaît, gardez-les.

— Mais ton bracelet… voulus-je dire.

Mahayana fit non de la tête.

Je gardai les boucles, ouvris la sacoche et en sortis mon jupon de dentelle. Je le lui tendis.

— Tu pourras peut-être fabriquer quelque chose avec pour ton prochain bébé.

Mahayana sourit.

— Je vais prier Allah pour avoir un deuxième fils, mais dans mon cœur, je souhaite une fille, même si cela déplairait à Bhosla.

Elle prit le jupon et le lissa contre sa poitrine.

— Je vais en faire une robe de cérémonie.

Le cheval trépigna d'impatience.

— Vous devez partir maintenant, me dit Mahayana. Nahim prendra le chemin le plus court, si bien que vous serez chez vous d'ici trois, peut-être quatre jours. C'est un bon garçon, vous pouvez lui faire confiance.

Elle se tourna vers Nahim et lui adressa une grimace menaçante, accompagnée de quelques instructions bien senties.

— Qu'Allah vous accompagne, ajouta-t-elle enfin à mon intention.

— Et qu'Il soit avec toi, répondis-je.

Je sortis alors du camp derrière Nahim, me retournant une fois pour agiter le bras en direction de la jeune femme qui était à présent entourée d'un petit groupe de compagnes. Je fis légèrement claquer les rênes sur l'encolure du cheval et rejoignis le poney au petit trot.

Trois jours durant, je suivis le *syce*. Lorsqu'il mettait pied à terre pour manger, faire boire les animaux ou se soulager, je faisais comme lui. Lorsqu'il inclinait la tête afin d'observer un aigle doré effectuer des cercles paresseux en vol plané au-dessus de nous, je l'imitais aussi. Une fois, je vis un sourire illuminer d'un seul coup son visage. Je suivis son regard et aperçus un couple de petites marmottes brun-rouge, assises sur leurs pattes arrière sur le sol cuit par le soleil, à l'entrée de leur terrier. Elles réagirent au cri de joie de Nahim par un sifflement qui ressemblait à une réprimande.

Il immobilisa son poney dont les oreilles s'étaient dressées vers l'avant et je retins la jument grise docile par les rênes. Il me désigna un nuage de poussière au loin, à l'autre bout de la prairie que nous traversions. Comme ce nuage se rapprochait, je constatai qu'il s'agissait d'un troupeau de poneys sauvages aux longues crinières, composé essentiellement de juments à côté desquelles folâtraient des poulains.

Le soir, Nahim faisait cuire des tranches de viande de mouton sur un feu qui fumait et je les mangeais, malgré mon manque d'appétit et le fait que je ne trouvais aucun goût à ce que j'avalais. Nous nous allongions sous les étoiles, enveloppés dans les couvertures matelassées, et je sombrais dans un sommeil profond et sans rêves, en serrant étroitement le *chapan*. J'avais l'impression de ne presque rien ressentir : tout se réduisait à un noyau minuscule, sans aucun rapport avec les collines, les forêts et les prairies que je traversais sans les voir. Je vivais encore dans cet autre monde charnel et chaud, vibrant d'anticipation et de relâchement. La panique et la solitude n'avaient pas encore surgi. Au cours de ces premiers jours qui suivirent le départ de Daoud, je ne compris pas tout de suite que j'avais changé et que je ne serais plus jamais la même femme. Le monde que j'avais quitté gardait une grande réalité : je m'y accrochais comme une enfant à sa mère. Celui qui m'attendait était irréel, lointain et aussi flou que les vagues de chaleur ondulantes qui montaient des plaines sous le soleil indien.

Le deuxième et le troisième jour, nous cheminâmes à travers des forêts ombragées de cèdres, dissimulés par les arbres denses et humides, respirant le parfum mielleux de minuscules fleurs jaunes qui s'épanouissaient dans les mousses spongieuses. Nous grimpâmes un chemin méandreux pendant des heures, avançant d'un pas lourd sur des sentiers que Nahim semblait trouver d'instinct.

Certains étaient secs et jonchés de racines tordues affleurant à leur surface ; d'autres glissants d'humidité, car submergés par l'eau qui débordait de torrents serpentins. Nous émergions subitement de l'obscurité des bois dans des vallées plongeantes, noyées de soleil.

À la fin de la matinée du quatrième jour, nous fîmes halte au pied d'une colline rocheuse, sur laquelle ne courait qu'un étroit sentier pierreux au milieu de buissons d'épines touffus. Nahim descendit de son poney et saisit les rênes de la jument. Il me fit signe de mettre également pied à terre, puis, donnant une claque sur l'arrière-train du poney, le poussa sur le chemin, tout en guidant le cheval avec précaution. Je grimpai difficilement derrière lui, me rattrapant parfois aux crins grossiers de la queue de la jument lorsque mes pieds dérapaient sur la pente raide.

Après une rude montée, nous atteignîmes un tertre herbeux. Nahim détacha la sacoche brodée de la jument. Il l'ouvrit et en sortit ma robe pervenche propre. Il la secoua et me la tendit. Je la regardai, déconcertée, avant de revenir à Nahim. Il me la mit de force dans les mains et fouilla de nouveau dans la sacoche dont il sortit mes bottines qu'il laissa tomber sur le sol poussiéreux à mes pieds, en même temps que la sacoche. Puis il me désigna le bas de la colline.

En suivant son doigt sale, je distinguai le clocher familier de l'église, les toits de chaume de Simla. Nahim guidait déjà le poney et la jument vers les buissons que nous venions de traverser.

— Attends ! criai-je.

Il s'arrêta net. Je courus vers la jument et tirai le *chapan* coloré, coincé dans la sangle de la selle. Quelques secondes plus tard, Nahim était reparti. Les buissons se refermèrent derrière lui et je demeurai seule sur la colline.

Je renfonçai la robe et les bottines dans la sacoche. Puis cette dernière et le *chapan* à la main, j'entamai la descente du sentier sinueux qui suivait l'arête de la colline en direction de Simla.

31

Une demi-heure plus tard, j'atteignis la limite de la ville d'un pas titubant. Un grand calme régnait dans les rues et les jardins, et à la hauteur du soleil dans le ciel, je conclus que la plupart des familles devaient être occupées à prendre le thé. Comme je traversais le Mall presque désert, quelques femmes qui se tenaient à l'extérieur de leurs boutiques interrompirent leurs conversations pour me dévisager. J'avais beau les reconnaître, savoir qu'elles me connaissaient, mon apparition subite, après une si longue disparition, les stupéfiait au point de les rendre muettes. L'une d'elles interrogea quand même, « Madame Ingram ? », une main posée sur la gorge. Elle avança de quelques pas vers moi, mais comme je ne réagissais pas, elle n'insista pas. Ce que j'avais oublié, durant ces quelques semaines, me déconcertait un peu : la pâleur de leur visage, l'étroitesse de l'armure qu'elles portaient en guise de vêtements. Leurs réactions à ma vue – expression d'incrédulité, échange de murmures – provoqua la première déchirure minuscule qui, bien trop vite, allait s'élargir en un trou béant et me révélerait que j'étais plus vivante que je ne l'avais jamais été. Je vis le reflet de mon visage dans le leur et ce choc me ramena non seulement à mon existence à

Simla, mais aussi à ma vie dans la peau de Mme Ingram et à tout ce qu'elle représentait.

J'essayai de préparer ce que j'allais dire à mon arrivée au chalet, mais j'étais incapable de réfléchir logiquement. Mme Partridge serait-elle toujours là ? Lorsque je tournai dans la ruelle qui allait me mener au Cottage Constancia, je sentis une main se poser sur mon épaule.

— Ma'me ?

C'était un militaire, revêtu d'un uniforme rouge sans un pli.

— Avez-vous besoin d'aide, m'ame ? Je vous ai vue traverser le Mall et vous aviez l'air… Je me suis dit que vous aviez peut-être des ennuis.

Je baissai les yeux sur mes vêtements cachemiris poussiéreux et sur mes babouches ; ma chevelure enchevêtrée tombait jusqu'à ma taille.

— Je… Non, pas vraiment. Je suis juste…

Je désignai le chalet.

Le soldat me demanda alors lentement .

— Seriez-vous l'autre jeune dame..

Il se tut et j'acquiesçai de la tête.

— Dans ce cas, je vais vous escorter chez vous. J'imagine que beaucoup de monde va se réjouir d'apprendre que vous êtes en vie.

Il essaya de me prendre le *chapan* et la sacoche, mais je les serrai étroitement contre moi.

Nous pénétrâmes dans la maison silencieuse. Je crus qu'elle était vide, mais Malti surgit subitement de la chambre de Mme Partridge, un bassin de porcelaine fleuri dans les mains. En m'apercevant, elle se figea un instant. Puis elle poussa un hurlement et laissa tomber le bassin. Il se brisa en mille morceaux, et elle se voila le visage de son écharpe et s'enfuit en poussant des cris d'orfraie par la porte du fond.

— J'ai l'impression qu'elle vous a prise pour un esprit, m'ame, me dit le soldat. Ils sont tellement superstitieux !

Un geignement le fit pivoter. Je jetai un regard en arrière et vis Neel, assis sur le seuil de ma chambre.

— Neel, dis-je en m'accroupissant, un bras tendu, pendant que l'autre retenait la sacoche et le *chapan.*

Il traversa le sol glissant en un éclair, la queue frétillante de bonheur. Il avait presque atteint ma main tendue lorsqu'il s'immobilisa dans un dérapage, gémit et recula.

— Qu'est-ce que tu as, Neel ? demandai-je.

Il se rapprocha de nouveau en position ramassée, sa queue courtaude à présent relevée vers ses pattes arrière. Comme il arrivait presque assez près pour que je le touche, il dénuda ses crocs et émit un petit aboiement de nervosité.

— Tu ne me reconnais pas, Neel ? lui demandai-je.

Le soldat s'éclaircit la gorge.

— Veuillez me pardonner, m'ame, mais c'est sans doute l'odeur des objets et des vêtements que vous portez. Ces chiens sont capables de détecter le sang des nomades. Ils sont dressés pour. Quand ils en ont l'occasion, ils vous mettent un bohémien en lambeaux.

Je contemplai ma sacoche et mon *chapan.*

— Dès que vous aurez brûlé ces vêtements et ce sac, il redeviendra normal.

Il détourna le regard de Neel qui continuait à gronder, car des voix sonores se faisaient entendre derrière la porte du fond.

Je me relevai à l'entrée tempétueuse de Mme Partridge, suivie de Malti et des autres domestiques, lesquels demeurèrent en retrait en me dévisageant d'une expression inquiète. Mme Partridge me scruta de la tête aux pieds.

— D'où venez-vous ? m'interrogea-t-elle.

Aucune joie, aucun soulagement, rien qu'une question terre à terre.

— J'étais… dans les collines… je ne sais pas. Vraiment, madame Partridge, je ne sais pas.

Subitement, j'étais tellement éreintée que le simple fait de parler me faisait mal.

— Apparemment, vous n'avez pas vraiment souffert, déclara-t-elle enfin, d'une voix à présent peu assurée, comme si elle hésitait entre le soulagement et le désarroi.

J'eus la sensation qu'on nouait une corde autour de ma gorge. Le silence se prolongea et je vis les yeux bruns inexpressifs de Mme Partridge se remplir de larmes et sa mâchoire se mettre à trembler. Mais je savais que sa sympathie n'allait pas vers moi. Je songeai aux soldats qui avaient rapporté le corps brisé sans vie de Faith au cottage. Un flot de mots sortit de ma bouche.

— Nous sommes juste parties en pique-nique, madame Partridge. Un pique-nique. J'ignorais qu'elle allait…

— Taisez-vous ! m'ordonna Mme Partridge qui s'était désormais totalement ressaisie, d'une voix basse beaucoup plus assassine que toutes ses imprécations passées. Je ne veux entendre aucune de vos explications. Nous savons tous que Faith ne se serait jamais aventurée de la sorte si vous ne l'y aviez pas incitée. Cette pauvre fille, ajouta-t-elle. À présent, elle est morte, morte et enterrée.

Le chagrin de Mme Partridge était néanmoins simulé. Elle n'aimait pas Faith et avait manifesté la même répugnance que Somers, le jour où elle avait appris qu'elle se joignait à nous. Je compris alors que les références à la couleur de peau qu'elle avait faites devant Faith étaient volontaires, méprisantes et destinées à la blesser.

Elle pressa un mouchoir contre son nez.

— Apparemment, elle n'avait aucune chance. Après avoir récupéré son corps, les soldats, aidés de tous les hommes de Simla, ont passé une semaine à vous chercher, Linny. Au bout du compte, ils ont abandonné. Aucun de nous ne s'attendait à vous revoir en vie.

Son regard dur me parcourut de la tête aux pieds.

— Et vous voici ! Vous n'avez pas l'air d'en avoir pâti. En dehors de cet accoutrement barbare.

— Et Charles ? Est-il au courant ?

— J'ai, bien évidemment, envoyé sur-le-champ un message à la Compagnie de John à Delhi, à M. Snow et M. Ingram. La compagnie le leur aura transmis. J'ai averti M. Snow de la mort tragique de Mme Snow et j'ai rapporté à M. Ingram que vous aviez disparu. Il n'y avait aucun intérêt à ce qu'ils viennent jusqu'ici, il n'y avait rien à faire, dit-elle en étudiant mes vêtements. Et je ne veux pas savoir où vous vous trouviez pendant tout ce temps. Ne me dites rien.

Elle se dirigea vers sa chambre.

Je la détestais.

— Vous n'étiez pas là le jour de la mort de Faith, répondis-je cependant sans m'énerver. Vous ignorez ce qu'il s'est passé. Tout le monde l'ignore. Sauf moi.

Mme Partridge se retourna.

— Vous vous imaginez que je ne voyais pas dans quel état elle était ? À quel point elle était malheureuse ? Elle avait besoin d'affection, de vraies amies qui n'allaient pas la traîner dans la nature sauvage, qui penseraient davantage à elle qu'à leurs propres envies. Ce qu'elle attendait de vous, Linny, c'était une simple compagnie, des promenades sur le Mall, des thés chez Peliti, des encouragements à propos de ses esquisses et de sa broderie. Pas une balade à dos de poney dans les collines. Et aujourd'hui, elle est morte. Précipitée par-dessus le rebord de cette falaise par ce sauvage. Oh, quelle histoire épouvantable !

— C'est ce qu'on vous a raconté ?

Elle ignora ma question.

— Alors ? Comment avez-vous fait pour le convaincre de ne pas vous tuer ?

Elle renifla et secoua ensuite la tête, comme si elle ne supportait même pas l'idée d'y penser.

— Plus nous partirons vite, mieux cela vaudra.

Elle reprit la direction de sa chambre.

— Partir ?

— Je m'étais organisée pour partir demain. D'abord pour Dehli, me lança-t-elle par-dessus son épaule, où le colonel Partridge séjourne actuellement. Je vais rester auprès de lui jusqu'à ce qu'il en ait terminé de ses affaires et après, nous regagnerons Calcutta ensemble. Rester ici est trop déprimant. Tous ces événements m'ont gâché la saison. Mme Hathaway pour commencer, et à présent, vous et cette chère Mme Snow... Vous pouvez donc aussi bien repartir avec moi, puis poursuivre directement de Dehli sur Calcutta. Je ne vois pas comment vous pourriez désirer rester ici toute seule. Ni comment votre mari le prendrait.

Avait-elle souligné le mot « mari » ? Ce mot résonnait peut-être de façon bizarre parce que je ne parvenais pas à songer à Somers ; je n'avais pas pensé à lui depuis longtemps.

— Sans parler de la façon dont vous ne manqueriez pas d'être reçue ici. Je ne vois pas comment quelqu'un pourrait désormais concevoir de vous inclure dans ses activités… J'imagine qu'on vous considérerait comme une… Bref, je n'arrive pas à trouver d'expression polie susceptible de décrire convenablement l'idée que se feraient les autres de vous. Si on vous tient pour responsable de la mort de Faith et qu'on se demande où vous avez passé tout ce temps, à faire Dieu sait quoi, on ne peut reprocher à personne d'être épouvanté par votre présence…

Sur ce, elle referma la porte de sa chambre d'un geste sec. Je regardai le groupe de domestiques. Le soldat était parti.

— Malti, dis-je à la vue de ses yeux exorbités, ne crains rien. Ce n'est que moi. Je n'ai pas changé.

Sauf, évidemment, que je mentais.

Malti continuait cependant à me dévisager, la bouche toujours recouverte par les plis fluides de son sari couleur moutarde. Elle finit par le laisser tomber.

— Mais où vous étiez, Mem' Linny ? Et vos vêtements…

— Je t'en prie, prépare-moi un bain, Malti, lui demandai-je. Je suis très fatiguée, et je veux m'allonger après m'être baignée.

J'entrai dans ma chambre. Sur un coin de mon petit bureau était posé un mince volume contenant des poèmes de Shelley. C'était l'un des livres préférés de Faith. Elle avait dû le placer là avant notre départ. Je le pris, passai la main sur sa douce couverture de maroquin et en effleurai la tranche recouverte d'une mince pellicule dorée. Un ruban servait de marque-page. J'ouvris le livre à la page sélectionnée et tombai sur le poème « Quand la lampe est brisée ». En haut de la page, Faith avait écrit de ses petites pattes de mouche : « Pour Linny, ma chère amie, dont j'admire de loin la force. Ne laisse jamais ta lampe s'éteindre. Ton humble compagne à jamais, Faith. »

Je fermai les yeux très fort, puis je les rouvris et tentai de lire le poème :

Lorsque la lampe se brise,
Meurt la lumière dans la poussière.
Lorsque le nuage s'éparpille
Se déploie la splendeur de l'arc-en-ciel…

Je fus incapable d'aller plus loin. Je tombai à genoux, le livre pressé contre ma poitrine, me balançant d'avant en arrière jusqu'au moment où Malti frappa à la porte pour m'annoncer que le bain était prêt. En me relevant, je m'aperçus que j'avais pleuré.

Manifestement, je n'avais plus aucun mal à verser des larmes.

Ce soir-là, je me rendis au cimetière de Christ Church avec Neel. Il s'était jeté dans mes bras et m'avait léché en geignant, dès que j'avais remis mes propres vêtements et que j'avais dissimulé le *chapan* et la sacoche au fond d'une malle. Je conservai aussi les boucles d'oreille dont Mahayana m'avait fait cadeau, mais Malti avait emporté les habits que je portais à mon arrivée.

On avait recouvert la pierre tombale de Faith d'une gerbe rigide dont les fleurs dépérissaient. Je plantai un petit cytise d'une forme parfaite que j'avais déterré dans le jardin du cottage. Chaque année, il allait s'épanouir et se recouvrir des fleurs préférées de Faith, ces longues grappes jaunes qui enveloppent l'arbuste d'un nuage d'or.

Je songeai aux autres tombes qui avaient parsemé mon chemin : celle de ma mère, dans le cimetière humide et surpeuplé de l'église de la paroisse de Notre-Dame-et-St-Nicolas, et celle de mon bébé, sous son buisson de houx et sa petite pierre rose. Sous le ciel qui prenait une teinte argentée, je restai assise près de la tombe et de l'arbuste, par ce crépuscule où la brise embaumait, tandis que se taisaient peu à peu les oiseaux. En cette heure de beauté, je compris que ceux que j'aimais étaient destinés à disparaître de ma vie. Et une fois encore, je pleurai.

Mme Partridge et moi ne nous adressâmes pas la parole durant le voyage de retour vers Dehli. Sans doute s'imaginait-elle me punir en gardant le silence. En fait, j'étais contente de ne pas être interrompue dans mes réflexions, tourbillonnant entre la tristesse et un éblouissement brûlant qui ne me quittait jamais. Je songeai sans cesse à Daoud. À Charles aussi, et à la nécessité de le voir dès mon retour à Calcutta.

Quand ses malles eurent été déchargées sur les *ghats* de Dehli, je remerciai Mme Partridge de sa compagnie et lui présentai de nouveau mes excuses pour tous les embarras que j'avais causés. Elle répondit d'un unique hochement de tête impérieux et je crus qu'elle n'ouvrirait pas la bouche, mais elle fut incapable de partir sans me lancer une dernière remarque :

— J'espère que lorsque M. Partridge et moi reviendrons à Calcutta, l'indignation soulevée par vos activités se sera dissipée. S'il y a une chose que je ne peux pas supporter, c'est bien le scandale.

Ce fut à mon tour de me taire, malgré le gros effort que ce silence me coûta. Je détournai la tête pour l'empêcher de décrypter le regard que m'inspirait son hypocrisie.

Puis elle disparut dans la foule en hurlant des ordres aux porteurs pendant qu'elle grimpait laborieusement les marches glissantes. J'envoyai Malti chercher sa sœur le plus vite possible. Après son départ, je me réfugiai à l'intérieur de la hutte du *budgerow* et attendis dans la vague lumière, seule, bercée par les mouvements de la barge, l'oreille tendue vers les rires et les conversations des gens qui descendaient les *ghats* pour se baigner.

Malti revint en compagnie de sa sœur, Trupti, et de la fille aînée de cette dernière, Lalita, qui me parut avoir entre douze et treize ans. Le *budgerow* se remit en marche. La descente du Gange fut lente et pénible. L'eau avait une couleur café au lait, l'air était lourd et moite, comme si le ciel s'était transformé en vasque de cuivre renversée qui m'emprisonnait dans sa chaleur humide et étouffante. Nous transportions des fruits trop mûrs, bourdonnant de mouches, et les bateliers nous préparaient des curries beaucoup trop épicés. Malti, Trupti et Lalita parlaient trop bas pour que je puisse les entendre. Elles me traitaient avec sollicitude, comme si j'étais une invalide se remettant d'une maladie grave.

Je n'avais aucune envie de marcher le long de la rive comme je l'avais fait à l'aller, qui me paraissait dater d'un siècle. Je ne lisais pas mais restais assise, à l'instar de Faith, sur une chaise du *budgerow*, à regarder se dérouler le paysage.

J'avais l'impression que nous n'arriverions jamais à Calcutta.

En définitive cependant, quatre semaines après avoir

quitté Simla, je retrouvai mon ancienne existence, dans la maison de Chowringhee.

J'arrivai chez moi pendant que Somers était à son travail et je fus soulagée de disposer d'un certain temps pour rassembler mes idées avant de l'affronter. J'étais sur la véranda, Neel sur les genoux, quand il rentra. Il se planta devant moi, dans un costume et une cravate gris perle immaculés, un mouchoir d'un blanc éblouissant sortant de sa poche poitrine. Il s'était laissé pousser des favoris. J'avais oublié à quel point il était beau et tiré à quatre épingles.

— On dirait donc que vous allez bien, constata-t-il sans sourire. Un peu amincie, à mon avis, ajouta-t-il sans attendre ma réponse, et le teint hâlé par le soleil de façon peu flatteuse, mais votre escapade ne semble pas vous avoir affectée.

Il cracha presque cette dernière phrase.

— Escapade ?

Il s'inclina contre la balustrade de pierre, une cheville croisée par-dessus l'autre d'un geste décontracté, les mains jointes devant lui.

— Je veux entendre ce qu'il s'est passé en détails, poursuivit-il avec un regard scrutateur.

J'avais du mal à respirer normalement. Ma tête était emplie d'images de Daoud, de ses mains sur mon corps, de son poids, d'une légèreté surprenante, sur moi.

— Mais Mme Partridge ne vous a-t-elle pas écrit au sujet de…

— Elle m'a écrit que vous vous étiez rendue dans une geôle de fortune où était détenu un Pathan, qui attendait d'être pendu pour le viol d'une jeune femme. Cette visite a eu lieu la veille du jour où vous avez convaincu

Mme Snow de quitter Simla pour une promenade dans dieu sait quel endroit reculé...

— Ma visite à cette prison n'avait aucune importance. J'ai emmené Faith en pique-nique. Nous nous sommes retrouvées prises entre les soldats et le prisonnier en fuite qu'ils pourchassaient.

Je craignais de prononcer le mot « Pathan », de peur d'être trahie par les tremblements de ma voix.

— Et Faith... elle... son poney...

Je me tus. Je m'étais promis, durant l'interminable voyage de retour de Simla à Calcutta, de ne jamais raconter le spectacle de l'envol volontaire de Faith dans les airs. Il valait mieux que Charles – et tout le monde – crût qu'elle avait péri dans un épouvantable accident.

— Faith est tombée du haut d'une falaise... et je... l'homme qui était poursuivi m'a emmenée de force.

— Pourquoi ?

Je caressai la tête de Neel.

— Je pense qu'il voulait m'utiliser comme monnaie d'échange. Je ne sais pas. Je ne comprenais pas ce qu'il disait.

Les mensonges, de nouveau....

— Et où avez-vous passé ce mois presque entier ?

J'incitai Neel à sauter à terre pour pouvoir me lever.

— Pourquoi me faire passer cet interrogatoire ? Si froidement ? Comme si j'avais choisi – *choisi* – que ces choses se produisent ? Croyez-vous que je *désirais* être blessée par un coup de fusil – savez-vous seulement que j'ai été atteinte d'une balle dans l'épaule ? – et être emportée dans une chevauchée sauvage jusqu'à un camp de nomades perdu dans de lointaines collines ?

Le silence de Somers compliquait encore la situation. J'avais la sensation que ses yeux perforaient mon cerveau, qu'ils me voyaient avec Daoud, allongés sur la couverture sous le déodar.

— Qu'est-ce que vous avez fait, pendant tout ce temps, dans ce camp ?

— Je suis restée dans une tente avec une femme. Je l'ai aidée à préparer la nourriture, à laver les vêtements et à surveiller son bébé. Au bout d'un certain temps, l'un des nomades m'a ramenée à Simla.

Ma voix résonnait trop fort.

— Et le Pathan qui vous a capturée ? Et tous les autres hommes ?

— Comment cela ?

— Ils ont dû être émoustillés par votre présence parmi eux. Vous, vos cheveux blonds, votre peau, douce et blanche, susurra-t-il en se rapprochant de moi. Ça vous a plu, Linny ? Est-ce qu'ils vous ont passée à la ronde, nuit après nuit ? (Il posa la main sur ma nuque et m'empoigna par les cheveux.) Racontez-moi. Étaient-ils aussi bien montés que leurs chevaux ? Est-ce que ça leur plaisait de vous malmener ?

Pour me forcer à le regarder dans les yeux, il tira si fort sur mes cheveux que mon visage se redressa. Il s'exprimait d'une voix voilée et l'haleine qu'il soufflait sur mon visage empestait le tabac et le whisky. Il se pressa contre moi et je le sentis se durcir.

Je me dégageai de lui d'une torsion.

— Arrêtez, Somers ! Personne ne m'a fait de mal. Personne ne m'a touchée.

— Vous en êtes sûre, Linny ? Pute un jour, pute toujours. Vous avez obligatoirement dû faire quelque chose pour les persuader de vous laisser en vie.

— *Non !* hurlai-je d'une voix plus sourde, en baissant

la tête. Il ne s'est rien passé, Somers, absolument rien, chuchotai-je.

Je savais ce qu'il désirait. Il se montait contre moi pour me battre. Déjà il était agacé, excité. Ou alors, il souhaitait obtenir la confirmation de ce que j'étais, afin de détenir un moyen de se débarrasser de moi. Il lui serait vraiment facile de convaincre quelques personnes de mes turpitudes supposées dans ce camp, avec le nombre d'hommes de son choix, et de mettre à exécution sa menace de me jeter à la rue, couverte d'opprobre. Je savais que personne ne me manifesterait de sympathie si Somers parvenait à les persuader que j'étais une femme déchue. Les cancans à mon propos allaient sans doute déjà bon train : j'avais vu quelques femmes blanches sur les quais à mon arrivée. J'imaginais que dans la communauté anglaise, tout le monde était déjà au courant de l'histoire de la mort de Faith et de ma disparition. Elle allait nourrir les conversations pendant un mois au minimum. Et si Somers alimentait le feu… Oh, oui. Somers avait ses procédés, ses amis. Et moi, je n'avais personne, à présent que Faith était partie. Je m'arc-boutais, dans l'attente de la gifle retentissante.

Mais elle ne vint pas. Il avait dû sentir ma défaite, ma léthargie, et comprendre que j'accepterais sa cruauté sans lui résister. Il n'y trouverait donc aucun plaisir. Sa main revint se placer le long de son flanc.

— Cela prouve néanmoins, ajouta-t-il, car il n'en avait pas tout à fait terminé avec moi, qu'on ne peut pas vous faire confiance. Vous partez pour Simla et une Anglaise meurt à cause de vous. Ici, vous fraternisez avec les Hindous. Pensiez-vous que j'ignorais toutes vos pérégrinations à la sauvette depuis notre mariage ? J'ai des gens qui me rapportent tout, Linny, et qui vous ont vue dans les endroits les plus louches.

Je baissai les yeux vers Neel.

— À partir de maintenant, vous ne vous adonnerez plus qu'à des activités surveillées, celles que j'autoriserai. Vous avez besoin de discipline et de limites. Je vous ai trop laissé la bride sur le cou, c'est terminé. Après ce qui s'est passé, je suis persuadé que de nombreuses femmes vont désormais vous éviter.

Sur ce, il s'en alla.

Je regagnai ma chambre, ouvris ma malle et déroulai l'une des mes robes de coton fleuries. Le *chapan* était rangé à l'intérieur des plis de la jupe. Je le sortis et le pressai brièvement contre mon visage. Son odeur me procura un réconfort, accompagné néanmoins d'un chagrin tellement bouleversant que je retournai sur la véranda d'un pas titubant, comme si j'étais victime de l'une des attaques de malaria de Somers. Je me penchai par-dessus la large balustrade de pierre et je vomis de la bile. Puis je tombai à genoux, m'autorisant à m'abandonner au désespoir que j'avais retenu depuis ma dernière matinée sous la tente de Mahayana.

Je demeurai allongée un certain temps sur le sol pavé en sanglotant, lovée dans le *chapan.* J'étais submergée par le chagrin provoqué par la perte irrémédiable de la plénitude que je venais à peine de découvrir. Après toutes les années au cours desquelles je n'avais pas versé une larme, je ne pouvais plus m'arrêter de pleurer depuis que j'avais connu Daoud.

Une semaine après mon retour à la maison, je me réveillai la tête lourde d'une petite sieste. Je m'étais assoupie sur le canapé d'osier de la véranda, terrassée par la chaleur. Tout Calcutta, les yeux levés vers le ciel, attendait la pluie avec impatience. La peau poisseuse, je me déplaçais lentement. Je songeais sans cesse à la fraîcheur de Simla et au Cachemire.

Comme j'étais incapable de supporter les pensées qui se bousculaient dans ma tête, je descendis me promener dans le jardin, en dépit du fait que l'ombre dentelée des neems ne parvenait pas à contenir les flèches perçantes du soleil. Sous les arbres s'étendaient des massifs de fleurs de tabac et de pourpiers, assez résistants pour s'épanouir par un temps pareil. Je jetai un coup d'œil vers le hangar des domestiques, un bâtiment simple, presque dissimulé par la végétation luxuriante des haies de jasmin que j'avais donné l'ordre au *mali* de ne pas tailler.

Je me demandai comment s'en sortait la sœur de Malti. Je lui avais confié le soin de repasser nos robes. Sa fille, Lalita, était chargée du linge de maison plat : draps et taies d'oreiller, nappes et serviettes.

En proie à une pénible agitation, je m'aventurai jusqu'au hangar. C'était une structure de bois solide, divisée en plusieurs pièces dont les ouvertures de fenêtres étaient dissimulées derrière des *tatties* fraîchement arrosés. Sur une étagère en cèdre, au-dessus du seuil de la porte, était posée une petite statue de Ganesh. Alors que je tendais la main pour effleurer sa surface lisse porte-bonheur, j'entendis gémir tout bas à l'intérieur.

Je regardai par la porte ouverte et aperçus Lalita, allongée en position du fœtus sur un *charpoy* de cordes, le front dégoulinant de perles de sueur.

— Lalita? m'adressai-je à elle en hindi. Tu es malade?

L'adolescente fit un effort pour s'asseoir.

— Non, Memsahib, me répondit-elle, les mains pressées sur son ventre.

— Tu veux que j'aille chercher ta mère ?

— Non, non, c'est elle qui m'a envoyée ici.

Elle avait une expression pitoyable et elle ne tenait pas en place, de nervosité ou d'embarras.

— Je vais retourner travailler, Memsahib. Il est plus de midi.

Je compris qu'elle avait ses règles.

— Non, non, Lalita, ne bouge pas, repose-toi, lui dis-je.

— Merci de votre compréhension, Memsahib. Ma mère fait mon travail pendant que je me repose. Mais vous ne le direz pas à Sahib Ingram ? ajouta-t-elle en écarquillant ses yeux bruns à la forme ronde.

— Bien sûr que non. Ne bouge pas tant que tu ne te sentiras pas assez bien pour travailler.

Je me redirigeai vers la maison, mais à mi-chemin sur la pente, je m'immobilisai, songeant à Lalita. Je jetai un regard en arrière au hangar puis vers l'avant, à la maison. Je soulevai ma jupe et je fendis l'air torride pour me précipiter vers mon écritoire dont je fouillai le tiroir du haut. J'en sortis mon agenda, relié dans un cuir de veau agréable au toucher. Je l'ouvris au mois en cours, puis je le feuilletai en arrière jusqu'au mois précédent, et plus loin encore.

Le carnet me glissa des mains en même temps que je m'effondrai dans le fauteuil de chintz rembourré placé devant le bureau. Mes mains tremblantes se pressèrent contre mon ventre comme celles de Lalita le faisaient quelques instants plus tôt.

Je portai l'enfant de Daoud.

La mousson fit son apparition ce soir-là. Assise sur la véranda, je contemplai la pluie qui tomba d'abord doucement en un voile aux mailles si fines qu'elle était presque invisible, presque inaudible. Mais au fur et à mesure que l'obscurité grandissait, son intensité s'amplifia jusqu'à se transformer en présence tambourinante, qui creusait des rigoles dans la terre brûlée. Je sortis sous ce déluge, toujours en état de choc. Qu'allais-je faire ? Comment allais-je pouvoir garder cet enfant ? Je tombai à genoux dans une flaque qui s'élargissait, à la surface ridée par la pluie déchaînée. Le visage offert au ciel, je laissai les gouttes de pluie mordantes s'écraser sur mes yeux, mes lèvres, mon cou. Je songeai à Faith, qui s'était tuée en même temps que son bébé, je songeai à Meg Liston, à son vorace appétit de vie. Je songeai à celle que j'avais été, non pas Mlle Linny Smallpiece ni Mme Somers Ingram, mais Linny Gow de Paradise Street, et à sa détermination féroce de forger son propre destin.

Je restai longtemps à genoux, jusqu'à ce que la pluie flagellante diminue de violence, devienne plus légère, et que ne subsiste enfin plus que le goutte-à-goutte qui s'écoulait régulièrement des feuilles. L'air lavé était pur et la lune voguait au milieu des nuages de mousson ébouriffés. Elle brillait dans les flaques minuscules contenues dans des poches creusées dans la terre, et j'avais l'impression que des pierres précieuses étincelaient autour de moi.

Malti vint à ma rencontre et se tint devant moi, une chandelle à la main. Une légère brise en faisait osciller et baisser la flamme.

— Mem' Linny ? chuchota-t-elle presque, en me tendant une main pour m'aider à me relever.

Je mis la main dans la sienne et redressai le menton. Je trouverais un moyen de garder ce bébé. Il me reliait à l'éveil qui s'était opéré en moi. Je n'avais découvert ma grossesse que depuis quelques heures, mais je savais que je serais capable d'aimer cet enfant, que je l'aimerais vraiment et qu'il représenterait en quelque sorte mon salut.

32

Je refermai les doubles portes-fenêtres de la maison et sortis dans la chaleur infernale qui s'abattait sur Calcutta fin juillet à l'heure de midi. Je portais un large casque colonial enveloppé dans du tulle épais, bien enfoncé sur mon front de manière à projeter de l'ombre sur la partie supérieure de mon visage. J'avais également une ombrelle. Malti me suivait.

Nous montâmes à bord du palanquin qui attendait désormais chaque jour devant notre maison. Somers l'avait loué avec quatre *boyees ;* que Malti ou moi sortions ou non, ils attendaient, heure après heure, jour après jour. Ils n'étaient autorisés à m'emmener que dans les endroits spécifiés par Somers : le *maidan*, le grand magasin Taylor ou n'importe laquelle des maisons britanniques. J'avais également l'autorisation de prendre part aux activités féminines du Club et d'aller emprunter des livres à la bibliothèque. Aujourd'hui, je donnai l'ordre aux *boyees* de m'emmener au Club, pour une réunion prévue avec les Dames de l'Association de Botanique. J'avais raconté à Somers que j'avais l'intention de m'y rendre, mais il s'agissait d'un mensonge.

Depuis mon retour de Simla, j'avais assisté à une seule réunion, mais les regards de curiosité des autres femmes m'avaient hérissée. Quelques jeunes filles de la Flottille des Pêcheuses de ma connaissance m'avaient adressé des sourires timides, m'avaient demandé poliment si je m'étais remise. Aucune ne se référait nommément à l'aventure qui m'était arrivée à Simla. Je fus déconcertée de lire une inquiétude sincère dans les yeux d'une dame à laquelle je répondais que je me sentais désormais bien. Elle me poussa à m'interroger : certains des sourires, des essais de conversation, des invitations, auxquels j'avais eu droit depuis mon retour à Calcutta n'étaient-ils pas des tentatives de m'accepter et de me manifester de l'amitié ? Peut-être se trouvait-il parmi elles une femme, voire deux, prête à devenir mon amie, mais je les avais toutes repoussées.

J'avais l'impression de voir d'un œil différent tout ce que je regardais, et je savais que cela provenait du fait que j'avais été dépouillée de quelque chose, d'une crainte qui ne m'avait pas permis de poser un regard autre que soupçonneux sur les Anglais résidant à Calcutta. Je me rendais compte que j'avais érigé une barrière entre eux et moi afin de me protéger, persuadée que chacun de mes gestes était épié et jugé.

Cependant, l'heure n'était pas à me poser des questions à propos des Anglaises. J'avais un problème beaucoup plus sérieux à régler.

À notre arrivée au Club, Malti s'installa confortablement dans le palanquin pour m'attendre.

— La réunion devrait durer une heure et les rafraîchissements une autre, lui dis-je.

Elle opina de la tête. Je franchis les portes, traversai le vestibule principal en hâte, empruntai un couloir et ressortis par la porte arrière. Je l'avais cherchée et découverte la semaine précédente, un jour où je m'étais rendue à la bibliothèque. J'ouvris mon ombrelle et, tête baissée, je sortis dans la rue qui longeait l'arrière du bâtiment. D'un geste, j'arrêtai un rickshaw au passage. Le *jhampani* était un petit homme squelettique luisant de sueur, au visage aussi desséché et brun qu'une coquille de noix. Il s'approcha au petit trot, je lui lançai une seule phrase en hindi, montai dans la boîte bringuebalante et m'assis sur la planche dure, clouée sur les côtés. Le porteur souleva les poteaux et se mit à courir, me transportant dans des rues de plus en plus étroites, évitant des chariots tirés par des buffles et des taureaux sacrés au large front décoré de *kumkum* et au cou encerclé de guirlandes de jasmin. Les vieilles ruelles ne cessaient de serpenter, tracées volontairement comme un labyrinthe pour embrouiller les esprits malins susceptibles de s'aventurer dans le centre de Calcutta.

L'homme courait dans des venelles puantes, évitant avec habileté d'autres rickshaws, des chèvres, des chiens et des poules, au milieu d'un capharnaüm de langues et du vacarme constitué par les vagissements des bébés, les rires et les pleurs des enfants, les cris perçants des femmes et les interpellations des hommes. Des mendiants et des éclopés encombraient les passages étroits ; certains tentaient d'attraper ma jupe au passage du véhicule. Les caniveaux débordaient d'un mélange immonde de nourriture, d'excréments animaux et humains. J'aperçus un bambin tout nu, qui ne devait pas avoir plus de trois ans et qui berçait un chaton mort au corps rigide, grouillant d'asticots. Mon corps rebondissait au rythme des courtes foulées du porteur.

Tu ne vomiras pas, tu ne vomiras pas, m'ordonnai-je. Le rickshaw n'avait pas de toit et le vent brûlant faisait tourbillonner des nuages étouffants de poussière rougeâtre chaque fois que nous émergions d'une ruelle à un carrefour, m'empêchant de garder mon ombrelle ouverte. Le soleil cognait sur mon casque colonial et j'avais l'estomac barbouillé. Je regrettais de ne pas avoir mangé quelques poppadums que Malti m'avait apportés avec ma camomille avant notre départ. Mais à cette heure-là, j'avais été incapable d'avaler quoi que ce soit, pas même une gorgée de la tisane froide.

Les jambes aux veines protubérantes du porteur finirent par ralentir et je constatai que nous avions quitté la misère sordide pour pénétrer dans un quartier moins animé. De petites maisons de bois, dotées de minuscules jardinets sur le devant, paraissaient d'une propreté rafraîchissante après la crasse que nous venions de traverser.

Je scrutai chacune d'entre elles et lorsque j'en aperçus une recouverte d'un enchevêtrement de chèvrefeuille japonais, j'interpellai le *jhampani*. Il ralentit et s'arrêta en haletant lourdement, et je me glissai hors du rickshaw. Je fus cependant obligée de reprendre mon équilibre en m'accrochant au bord fendu de la charrette branlante.

Quand mes oreilles cessèrent de bourdonner, je me tournai vers l'homme, debout entre les poteaux de son rickshaw, qui me demanda une certaine somme. Je fus frappée par la tension extrême de sa peau sur les os de son visage et par la couleur jaunâtre du blanc de ses yeux. Je le réglai sans marchander. Il contempla la pièce de monnaie supplémentaire que je déposai dans sa main, puis reporta les yeux sur moi d'un air ébahi.

Je m'approchai de la maison et lançai d'une voix calme, à travers la natte qui drapait l'embrasure de la porte, « Nani Meera ? » Une voix harmonieuse me répondit. J'écartai donc la natte pour entrer. Dans la pièce sombre aux persiennes closes, il faisait presque frais. Un moment, je fus incapable de distinguer quoi que ce soit, mais je perçus un mouvement de l'autre côté de la pièce. Ma vision s'adaptant à la faible lumière, je vis une belle jeune femme en sari brillant, mauve rosé et turquoise, assise en tailleur sur une natte propre jetée sur le sol. Elle portait une petite fille très dodue sur les genoux, toute nue en dehors du cordon porte-bonheur qui lui ceignait la taille. Dans son petit visage rond, ses grands yeux bruns cerclés de khôl paraissaient immenses. Elle restait sage, pendant que sa mère lui enduisait le corps d'une lotion huileuse en gestes concentriques. La femme me regarda d'un air interrogateur.

— Je suis à la recherche de Nani Meera, lui dis-je en hindi. On m'a indiqué une maison tapissée de chèvrefeuille dans cette rue.

— Vous êtes au bon endroit, me répondit-elle en anglais. Nani va revenir dans quelques instants. Veuillez vous asseoir et attendre.

Elle reporta son attention sur le bébé.

— Merci, dis-je.

Étonnée par l'anglais si parfait de cette femme, je pris place sur l'un des deux grands fauteuils d'osier, garnis d'accueillants coussins moelleux.

Un léger parfum de bois de santal flottait dans l'air. Un carillon, composé de rectangles de cuivre longs et fins et de perles ovales de couleur bleue, était suspendu près de l'une des nombreuses fenêtres étroites. Chaque fois qu'un courant d'air chuchotait par l'une des jalousies entrouvertes, ce carillon émettait un tintement cristallin. Un coffre bas en teck, décoré d'oiseaux et de fleurs sculptés, était placé devant les deux fauteuils. Un simple vase d'argile blanc, empli de galets gris lisses, était posé dessus ; des fleurs de narcisses d'un orange somptueux jaillissaient entre les galets. Au linteau d'une porte donnant sur une autre pièce était suspendu un rideau de perles de verre couleur ambre. À côté se dressait une grande armoire supplémentaire, de teck elle aussi, mais dénuée de toute ornementation, en dehors de deux poignées d'ivoire sculptées en forme de minuscules singes à la longue queue.

Le bébé avait les paupières alourdies de plaisir. J'admirai la splendide couleur mauve des yeux de la jeune femme, à la même opalescence laiteuse que celles des panicules de lilas des Indes du jardin. Épuisée par mes nausées, j'esquissai un vague sourire. J'allais lui demander un verre d'eau quand le rideau de perles de la porte ondula dans une cascade mélodieuse. Une femme, grande et élancée, vêtue d'un sari d'un blanc éblouissant rehaussé de fins fils d'or, pénétra dans la pièce. Elle n'était pas jeune, mais elle se déplaçait d'une démarche altière, le menton redressé et le dos bien droit. Une unique mèche d'un blanc pur striait sa chevelure noire et elle avait de grands yeux bruns d'où émanait une grande douceur.

Je me levai, joignis les mains perpendiculairement à ma poitrine et m'inclinai. Comme la femme répondait à ce *namaste* rituel, je m'aperçus que les paumes de ses mains étaient teintes de henné.

— Je m'appelle Linny Ingram, lui dis-je en hindi. Êtes-vous Nani Meera ?

— Oui, acquiesça-t-elle en anglais comme la jeune femme.

J'y revins aussi.

— Charles m'a parlé de vous, lui déclarai-je.

Son visage s'éclaira.

— Ah !

Un sourire de tristesse succéda sur-le-champ à cette exclamation.

— Il a eu droit à si peu de bonheur ! Faith, son pauvre petit havre roux. J'avais discerné sa maladie mentale. J'ai essayé d'en parler à Charles, mais il a refusé de m'écouter.

Sa voix résonnait comme le doux bruissement de l'herbe haute balayée par le vent.

Je fermai les yeux un instant. L'entendre me dire qu'elle aussi savait que Faith était malade m'apportait un réconfort.

Nous gardâmes le silence un moment, comme si nous rendions hommage à la mémoire de Faith. Puis je repris la parole.

— J'ai vu Charles hier.

— Il souffre beaucoup. Il me rend souvent visite, bien que je ne puisse pas faire grand-chose pour le consoler.

J'avais eu des difficultés à rencontrer Charles à l'insu de Somers, mais en m'y prenant avec précaution, après avoir échangé de nombreux cartons, j'étais parvenue à mes fins. Charles m'avait accueillie à la porte d'un salon de thé presque désert que fréquentaient les fonctionnaires non contractuels. Nous nous étions d'abord contentés de nous regarder, les larmes au bord des yeux.

Charles avait maigri ; ses vêtements froissés trop amples pendaient sur son corps. Il donnait l'impression de ne pas s'être coiffé ce jour-là, et il n'était pas rasé. Après avoir repris la maîtrise de nos émotions, il m'avait menée vers une table près d'une fenêtre et nous avions bavardé. Mais il ne servait à rien de faire semblant. Il avait pris mes mains dans les siennes en me demandant de lui raconter en détail le moindre des moments que j'avais passés avec

Faith à Simla, tous ses propos, dans quel état physique elle était. J'avais essayé de l'égayer par l'évocation de souvenirs heureux, mais je savais bien que ma présence lui causait du chagrin. Je lui avais affirmé qu'elle m'avait parlé tous les jours de lui avec une infinie tendresse, qu'elle faisait des projets pour leur vie commune, laquelle, disait-elle, durerait à jamais. Je me sentais contrainte, pour le bien de Charles, de lui raconter cette demi-vérité. Il m'était interdit de divulguer le secret que lui avait caché Faith – l'enfant de lui qu'elle portait –, car cela n'aurait fait qu'aviver sa douleur. Il voulait absolument connaître les détails de sa mort, m'affirmant qu'il serait incapable de trouver le repos tant qu'il les ignorerait. J'en avais inventé, prétendu que Faith n'avait pas souffert, que sa chute avait été rapide et sa mort instantanée, alors qu'elle chevauchait gaiement, en fredonnant une chanson, quelques secondes avant l'accident.

Lorsqu'il eut épuisé toutes ses questions et qu'il ne m'était rien resté à lui dire, je lui avais demandé l'adresse de Nani Meera. Il n'avait pas cherché à savoir comment je la connaissais, ni pour quelle raison je souhaitais lui rendre visite.

Au moment de nous quitter, Charles avait plongé ses yeux brillants dans les miens. Je savais – et je me rendais compte qu'il en allait de même pour lui – qu'il valait mieux, pour l'un comme pour l'autre, ne plus jamais nous rencontrer.

Nani Meera se tourna vers l'autre femme.

— Yali, peux-tu préparer de la pastèque pour Mme Ingram, s'il te plaît ?

Le jeune femme se leva sans dire un mot, l'enfant dans ses bras, et disparut à travers les perles ambrées. Tout de suite, nous l'entendîmes chantonner, accompagnée par un cliquetis de porcelaine.

Nani Meera prit place dans l'autre fauteuil d'osier.

— Voulez-vous m'apprendre la raison de votre visite, madame Ingram ? me demanda-t-elle, tout en me faisant signe de me rasseoir.

— Je vous en prie, appelez-moi Linny, dis-je, perchée sur le bord du fauteuil, en tripotant la frange de soie noire d'un coussin. J'ai du mal à vous parler de cela, avouai-je ensuite. Je ne l'ai dit à personne et...

Je me tus, car Yali revenait avec une assiette d'épaisses tranches de pastèque cramoisie, et une autre de biscuits plats glacés au sucre.

— Vous pouvez poursuivre. Yali est mon assistante, et ma fille, me dit Nani Meera avec le sourire.

La jeune femme sourit aussi, déposa les assiettes sur le coffre de teck et ressortit. Derrière le rideau de perles, le doux chantonnement reprit.

— Sachez, Linny, que toutes sortes d'histoires sont parvenues jusqu'à moi et que je ne porte aucun jugement. Souhaitez-vous vous débarrasser de l'enfant qui grandit sous votre cœur ? me demanda-t-elle après m'avoir étudiée.

Ma bouche s'ouvrit et mes mains volèrent vers mon ventre.

— Non.

Je scrutai mon ventre, puis je revins à la femme.

— Mais on ne le voit pas ! C'est impossible. C'est trop tôt.

— Calmez-vous. C'est mon métier. Je vois ce que les autres ne voient pas. Bien. Vous désirez cet enfant ?

— Oui. Mais il n'est pas de mon mari.

D'instinct, j'avais confiance en elle.

— Vous en avez la certitude ?

— Oui.

— Votre mari est au courant de votre grossesse ?

— Non. Et il ne doit pas l'être. Pas maintenant.

— Dans ce cas, comment puis-je vous aider ?

— Je veux que mon mari croie que l'enfant est de lui. C'est le seul moyen.

— Et le père de l'enfant ?

J'inspirai douloureusement.

— Il appartient… à un autre monde. Nous ne nous verrons plus jamais. Mon mari ignore son existence.

— Si votre mari n'est pas au courant de son existence, où est le problème ? Pour quelle raison ne se dira-t-il pas que l'enfant est de lui ?

Je fixai les singes d'ivoire, sur la porte de l'armoire.

— Mon mari ne me touche pas. Il trouve son plaisir avec les hommes. Notre mariage n'a jamais été consommé.

Il y avait quelque chose, chez Nani Meera, qui me permettait de laisser échapper la vérité beaucoup plus facilement que je ne l'aurais jamais imaginé.

Elle observa mon visage, mes cheveux, mes mains que je tordais sur mes genoux. Je les obligeai à se calmer.

— Son *lingam* ne fonctionne pas avec vous ?

— Non. Sauf quand il…

Elle attendit.

— Quand il me maltraite. Quand il me bat, il veut me prendre brutalement, mais il n'y parvient jamais.

Elle hocha la tête et se tapota le menton de l'index.

— Je pense que je peux vous aider en partie, mais le reste reposera sur vous.

Elle traversa la pièce pour ouvrir les portes de la grande armoire et glissa les doigts sur les rangées de petits tiroirs, tous étiquetés d'inscriptions incompréhensibles.

— Il y a beaucoup d'herbes ordinaires et de plantes sacrées aux Indes. On peut en utiliser certaines à des fins positives ou négatives.

Ses doigts s'immobilisèrent sur un tiroir, l'ouvrirent et en sortirent une longue boîte plate. Elle prit ensuite un carré de tissu blanc en haut de l'armoire, fit glisser le couvercle de la boîte et déposa une grosse pincée de poudre brune au milieu du tissu.

— Qu'est-ce que c'est ?

— Ça, c'est du *bhang*, un léger aphrodisiaque tiré du chanvre, qui augmente aussi l'endurance.

Elle ouvrit un autre tiroir et répéta le processus.

— Des graines de banian pilées, aphrodisiaques aussi. Et ce n'est pas fini.

Elle ajouta une troisième poudre fine au mélange.

— Une minuscule quantité de feuilles de datura en poudre, car il s'agit d'un intoxicant puissant possédant un dangereux pouvoir sédatif, à utiliser avec précaution.

Elle replia le tissu et le ferma d'un petit nœud bien serré, puis elle me le tendit.

Je regardai le sachet.

— Vous devez faire en sorte que votre mari avale tout à la fois. J'imagine que, comme il est anglais, il boit de l'alcool ?

Je hochai la tête.

— Saupoudrez le tout dans sa boisson et mélangez bien. Il ne détectera rien et l'alcool en augmentera les effets. Dès qu'il aura bu, vous devrez faire le nécessaire pour l'amener au niveau d'excitation dont vous m'avez parlé. Il aura peut-être les idées embrouillées, mais il ne flanchera pas, et il parviendra peut-être à ses fins avec succès à plusieurs reprises.

J'acquiesçai en silence.

— Vous en êtes au tout début de votre grossesse, non ? Six à sept semaines ?

— Oui.

— Faites attention de ne pas vous fatiguer et d'accoucher trop tôt, comme cela arrive souvent aux Anglaises. Vous pouvez tromper votre mari d'un mois ou d'un peu plus, mais si le bébé naît viable trop tôt, l'esprit masculin le plus crédule risque de se poser des questions. Vous m'avez dit que le père de l'enfant appartient à un autre monde, ajouta-t-elle, les yeux dans les miens. S'il est indien, vous devez comprendre que l'enfant risque d'avoir l'air…

— Il n'est pas indien, l'interrompis-je.

Je songeai aux cheveux noirs et aux yeux bruns de Daoud, mais également à la pâleur des parties de sa peau non exposées au soleil. Je pouvais juste prier pour que l'aspect physique du bébé ne fût pas trop révélateur. Je préférais m'attarder sur un élément positif : Somers avait lui aussi des cheveux et des yeux bruns.

— Bien. Comment êtes-vous venue jusqu'à chez moi ? me demanda-t-elle.

— En rickshaw. Je n'ai rien pu trouver d'autre. Ma visite doit rester secrète.

— Un rickshaw ouvert est déconseillé en pleine chaleur. Je vais demander à Yali de faire venir un palanquin couvert.

Elle franchit la draperie de perles et j'entendis des murmures. Puis elle réapparut, avec un verre d'un liquide blanc transparent.

— Du jus de noix de coco.

Je sirotai la boisson douce.

— Votre fille est très belle. Je n'ai jamais vu d'yeux comme les siens.

— Son père était le propriétaire anglais d'une plantation de thé de Darjeeling, me répondit-elle.

— Votre époux ?

Nani Meera m'adressa un sourire.

— Non. Comme vous, Linny, j'aimais un homme d'un autre monde.

Elle se rassit, et je l'imitai.

— J'étais l'*ayah* de ses enfants, même si j'avais déjà acquis les connaissances d'une sage-femme. Son épouse a été victime de la maladie dont tant d'Anglaises souffrent aux Indes – très semblable à celle de Faith. Au fil du temps, je suis devenue sa… compagne.

Le bruit que faisait le bébé de Yali dans la pièce voisine fit ciller Nani Meera. Elle regarda mon verre.

— Buvez. Ça va vous calmer, me dit-elle en gardant les mains sur ses genoux. J'ai donné naissance à Yali. Un contremaître anglais et son épouse indienne vivaient sur la plantation. Peu après la naissance de Yali, il a eu un garçon, mais sa femme est morte en couches. J'ai pris l'enfant comme frère de lait de Yali, et je l'ai aimé peu à peu comme s'il était le mien. C'était Charles, bien sûr, précisa-t-elle avec un grand sourire.

Un tintement de clochettes attira son regard vers le seuil de la porte.

— Venez, dit-elle en se levant, la main tendue vers moi. Votre palanquin est arrivé.

Je reposai mon verre vide, pris sa main et la tins fermement.

— Merci, Nani Meera, dis-je, avant d'ouvrir mon réticule. Dites-moi combien je vous dois.

Je mis le sachet dans mon sac et en sortis de l'argent. Mais elle hocha négativement la tête.

— C'est un cadeau, car vous êtes une amie de

Charles. Je souhaite que vous réussissiez avec votre mari, ajouta-t-elle, écartant la natte de la porte d'entrée. J'espère que ça va marcher.

— Mon avenir en dépend, tout comme celui de mon enfant, lui répondis-je.

33

Durant le trajet qui me ramena de chez Nani Meera au club, puis chez moi en compagnie de Malti, j'eus l'impression que chaque secousse du palanquin représentait un moment gâché. Le temps était mon ennemi. Somers allait peut-être m'annoncer le lendemain qu'il partait quelques semaines en voyage, ce qui rendrait mon plan caduque. Je devais agir le soir même, après le dîner.

J'entrai dans la salle à manger alors qu'il terminait son dessert. J'apportai un plateau contenant un verre, plein aux deux tiers. Somers s'écarta de la table à mon approche.

Je lui tendis le verre.

— Le *khitmutgar* vous a préparé un brandy *pawnee*, lui annonçai-je.

Mon regard se posa sur la bosse de son entrejambe. Je savais ce que j'allais devoir faire pour l'animer. J'avais l'impression d'avoir un caillou coincé dans la gorge, un caillou de frayeur à l'idée de la douleur physique qui m'attendait si Somers réagissait de la manière nécessaire… un caillou de terreur s'il n'en était rien.

Il prit le verre et me coula un regard.

— Vous vous conduisez en domestique, à présent ?

Je haussai les épaules d'agacement.

— Je l'ai simplement croisé dans le couloir. Je fais juste un effort, Somers.

Il avala une gorgée généreuse.

— Quel genre d'effort ? Vous tentez de jouer à l'épouse serviable ? Vous ne vous en êtes encore jamais donné la peine.

Je savais désormais que cela allait être simple. Il brûlait d'envie de me cogner depuis mon retour de Simla.

— Espèce d'idiot, répliquai-je, posant les mains sur mes hanches pour permettre à la prostituée de Liverpool de ressortir au grand jour. Vous ne me laisserez donc jamais la moindre chance ? Vous n'êtes vraiment qu'un imbécile gonflé d'arrogance, uniquement capable de m'admonester, quels que soient les efforts que j'accomplis.

Il vida son verre et le reposa d'un geste brutal et sonore sur la table. Je vis ses yeux s'illuminer, comme ceux de Neel quand je ramassais sa balle préférée.

— Comment osez-vous ? Comment osez-vous oublier d'où vous sortez ? Ce que j'ai fait pour vous ?

Il repoussa une mèche de cheveux qui était retombée en travers de son front et passa les doigts sur sa moustache. Sa main tremblait. *Les drogues pouvaient-elles agir si rapidement ?*

— J'en ai assez de me faire malmener par vous, Somers, de vous entendre me dicter où je peux ou non aller. Je peux aller où bon me semble.

J'utilisais ma voix de Paradise Street, qui sortait dès que je lui en donnais l'ordre.

Il plissa les yeux, mais j'eus le temps de constater que leurs iris étaient dilatés. *Oui, c'était possible.* Il serrait à présent les poings.

— Ne me touchez pas ! m'écriai-je avec un sourire narquois. Je vous défie de me toucher !

Ce défi constituait la clé du problème. Je reculai du seuil de la porte et courus jusqu'à ma chambre, dont je claquai la porte avant de m'appuyer contre elle.

— Dehors ! hurlai-je au *punkah-wallah* qui se précipita sur la véranda.

Somers enfonça la porte avec une telle énergie que je m'écroulai par terre. Il me dominait de toute sa taille.

— Salope ingrate, murmura-t-il.

Il enleva sa veste et la drapa sur le dos d'une chaise. Puis il ôta son alliance en or, la rangea dans la veste de son gilet et retroussa ses manches. Il s'approcha ensuite de moi, ramassant au passage sur ma table de toilette la longue laisse en cuir de Neel.

Je me forçai à crier :

— Non, Somers, ne me battez pas !

Il enroula le bout de la laisse autour de sa main. Puis il me projeta, le visage en avant, en travers du lit, et j'entendis le cinglement de la lanière de cuir dans l'air. Il marmonnait, mais je n'arrivais pas à distinguer ce qu'il disait. Il me frappa de la laisse sur le dos des cuisses ; mes vêtements adoucirent la brûlure. Plus je criais et le suppliais, plus la violence de ses coups redoublait. Pour finir, il me retourna brutalement sur le dos, et je vis que son pantalon était déboutonné. Une seconde plus tard, il m'avait écartelé les genoux, remonté la jupe et les jupons et il déchirait mes culottes. Puis il saisit son sexe avec une expression composée d'un mélange de surprise, de triomphe et de luxure, et s'enfonça en moi d'un coup de boutoir. Je sentis ma chair se déchirer.

— C'est comme ça que ça te plaît ? demanda-t-il, me clouant les épaules des mains pendant que ses hanches se secouaient brutalement. C'est ce que tu attends depuis que tu as posé pour la première fois les yeux sur moi, espèce de catin ?

Il ferma les yeux et redressa le menton, me prenant avec une telle violence que je m'inquiétai pour le bébé. Mais je ne devais pas l'arrêter. Il continua à me violer, sans la moindre fatigue manifeste, comme me l'avait prédit Nani Meera. Les efforts qu'il déployait pour rester dressé si longtemps au-dessus de moi faisaient trembler ses bras. Je fermai les yeux à mon tour, dans l'attente de la fin de ce supplice. Je tentai de me réfugier dans ce coin de ma tête que j'avais découvert des années auparavant à Liverpool. Mais je ne parvenais plus à l'atteindre. Je ne parvenais plus à m'obliger à flotter loin de la scène, à m'abstraire de mon corps. Je n'étais plus protégée par l'armure qui m'avait permis de ne pas sombrer dans la folie, qui m'avait permis de continuer à vivre la vie qui m'était imposée, comme enfant d'abord, puis comme jeune fille.

Je connaissais désormais la signification que pouvait prendre cet acte. J'avais été bouleversée par sa tendresse et j'avais partagé sa joie avec Daoud. La bestialité de Somers constituait une profanation d'une horreur absolue. Jamais, depuis cette première fois avec un homme du nom de M. Jacobs, je ne m'étais sentie violentée à ce point. Mes unions avec Daoud semblaient m'avoir purifiée, avoir effacé tous ces souvenirs indicibles. Je me mordis les lèvres jusqu'au sang et supportai les coups de bélier frénétiques de Somers pendant ce qui me parut une éternité. Il finit par se raidir et, en poussant un grognement, par s'effondrer sur moi, le corps agité de soubresauts, soufflant comme un phoque à mon oreille.

Pour finir, il demeura inerte. Son souffle s'apaisa et devint plus régulier. Puis je n'entendis plus rien du tout.

Je tentai de me dégager, mais il était devenu plus lourd et bizarrement avachi, même si je le sentais encore, raide, à l'intérieur de mon corps. *Et s'il est mort ? Et si Nani Meera a mis une trop forte dose de datura et que je l'ai tué ?*

Des mains placées sous son torse, j'essayais de le faire bouger.

— Somers, dis-je. Somers !

Je le poussai assez fort pour le faire rouler sur le côté. Il resta allongé sur le flanc. Je lui donnai une violente claque sur la joue qui lui fit émettre un son. Ses paupières frémirent.

— Levez-vous ! ordonnai-je d'une voix basse et glaciale. Levez-vous et sortez d'ici !

— Quoi ? chuchota-t-il avant d'ouvrir les yeux.

Ses pupilles étaient immenses et noires, son visage d'un rouge anormal. La laisse était toujours enroulée autour de sa main.

— Vous avez pris votre plaisir. À présent, sortez !

Il s'assit, contempla ma jupe et mes jupons retroussés autour de mes hanches, mes culottes arrachées, pendant sur une jambe, mes cheveux plaqués sur mes joues.

Il se laissa descendre du lit, déroula la laisse avec des gestes saccadés et la laissa tomber. Il enfila difficilement ses sous-vêtements, remonta son pantalon et le reboutonna de ses doigts tremblotants. Il essaya de parler, en vain, s'humecta les lèvres et s'éclaircit la gorge.

— Vous n'êtes pas faite de roc, finalement, dit-il. Je vous ai fait pleurer.

Je portai une main à mon visage. Il était mouillé. Je goûtai du sel sur mes lèvres.

— Vous ne devriez pas me mettre en colère, Linny. Vous finirez peut-être par apprendre.

Je rabattis ma jupe et me tournai sur le côté.

— Je veux Malti, répondis-je d'une voix calme. Envoyez-moi Malti. Je veux un bain pour me débarrasser de votre dépôt gluant.

Sur ce, il sortit. Je ne le revis que le lendemain en fin de journée. Il avait les yeux cerclés de rouge et les vêtements fripés. Nous ne nous adressâmes pas la parole pendant huit jours.

En cette première semaine de septembre, j'étais assise dans le fauteuil de cuir craquelé placé de l'autre côté du bureau du Dr Haverlock. C'était un vieil homme aux yeux chassieux, dont la veste et la cravate étaient maculés de taches de graisse. Son teint empourpré indiquait qu'il souffrait sans doute de la goutte. Il se curait les ongles à l'aide d'un petit scalpel. Mme Waterton me l'avait recommandé, lorsque je lui avais avoué que j'avais besoin de consulter un médecin. Cela faisait plus de vingt ans qu'il était l'un de ceux de l'enclave anglaise.

Elle m'avait saisi les mains, le visage rayonnant.

— Est-ce que vous… ?

— Je crois bien, lui avais-je répondu.

Elle avait l'air enchanté. En fait, c'était l'une des dernières femmes qui continuaient à m'inviter en visite chez elle l'après-midi. En dépit de l'inquiétude que je lui avais causée, je pense qu'elle avait un faible pour moi.

— Je commençais à m'inquiéter beaucoup à votre sujet. Certaines personnes supportent mal ce climat. Vous devez prendre garde de ne pas trop vous dépenser. À votre place, je m'aliterai pendant toute cette période.

Le Dr Haverlock se pencha en avant dans son fauteuil élimé.

— Que puis-je pour vous ?

— Cela fait un certain temps que j'ai des nausées tous les matins, répondis-je de ma voix la plus modeste, les yeux baissés sur ma jupe. Et parfois, j'ai la tête qui tourne, sans la moindre raison. Ce matin même, la simple odeur du bacon de mon mari m'a…

— Je vois, m'interrompit-il. À mon avis, un enfant est en route…

Il prit une grosse pincée de tabac à priser dans une petite boîte laquée posée sur son bureau et l'inhala bruyamment.

— C'est votre premier ?

Je fis oui de la tête.

— Des questions ?

— Je… vous n'allez pas être obligé de m'examiner, n'est-ce pas ? demandai-je, me forçant à prendre une expression embarrassée.

— Ce ne sera pas nécessaire. Les symptômes sont clairs. Nous allons juste nous occuper du moment où il devrait naître. Date de vos dernières menstrues ?

Je baissai les yeux.

— Début juillet, mentis-je.

Le vieil homme examina un calendrier malpropre.

— Attendez les signes fin mars.

Il se leva, redressa le dos et sortit une montre ronde en argent de la poche de son gilet. Il en ouvrit le couvercle dans un cliquetis et consulta le cadran.

— Rien à ajouter, donc, Mme… Comment vous appelez-vous ?

— Ingram. Mme Somers Ingram.

Le visage du Dr Haverlock s'éclaira. Pour la première

fois depuis mon entrée dans son cabinet, il me regarda avec intérêt. Il épousseta du tabac sur sa manche.

— Ah, ah, Somers Ingram ! Cette nouvelle va sans doute lui faire grand plaisir, non ?

— Oui.

Je rassemblai mes gants et mon réticule et me dirigeai vers la porte. Le Dr Haverlock me suivit.

— Si vous avez le moindre malaise, revenez me voir, me dit-il d'un ton plus chaleureux, à présent que le nom de Somers avait été prononcé. Reposez-vous le plus possible. Pas de nourriture épicée, pas de bouleversement ni d'hystérie, et dans sept mois et demi à peu près, ce sera terminé.

Il m'adressa un sourire paternel et me tapota l'épaule.

— Affaire salissante qu'un accouchement, mais mal nécessaire, j'en ai bien peur.

J'esquissai un sourire forcé.

— Merci, docteur Haverlock.

Il tendit le bras devant moi pour m'ouvrir la porte.

— Madame Ingram, quand le moment arrivera, faites venir une de nos infirmières à votre chevet. Ne faites pas confiance à une sage-femme indienne.

— Bien évidemment, docteur Haverlock, répondis-je d'une voix douce.

Dès que la porte se referma dans un bruit sourd, mon sourire s'évanouit.

Lorsque j'appris la nouvelle à Somers ce soir-là, un éventail d'émotions se succéda sur son visage. Surprise, désarroi, soupçon.

— Qu'est-ce que vous entendez par là, un enfant ?

— Avez-vous oublié, Somers ? Le soir où, avec la laisse de Neel, vous...

Il leva une main.

— Très bien, très bien. Zut ! Je ne veux pas d'enfants, Linny. Je vous ai dit qu'il ne devait pas y avoir d'enfants.

— Vous avez également affirmé que vous ne me toucheriez jamais de cette façon.

Il s'assit, les jambes allongées devant lui.

— La paternité ne m'intéresse pas.

J'attendis.

— Bon, finit-il par déclarer, nous n'y pouvons désormais plus rien. Ça vous calmera peut-être.

Je hochai la tête.

— Peut-être.

18 septembre 1832

Cher Shaker,

Félicitations à vous et à Celina. J'ai été enchantée d'apprendre vos fiançailles. Vous n'avez pas mentionné la date de votre mariage. Aura-t-il lieu bientôt ?

Je suis rentrée de Simla beaucoup plus tôt que prévu. Je suis persuadée que la nouvelle du décès tragique de Faith s'est répandue à Liverpool. Je ne crois pas, Shaker, que je me remettrai un jour de cet événement épouvantable. Je pense à elle tous les jours et j'ai parlé à son mari. Je l'inclus constamment dans mes prières, car c'est un homme d'une grande bonté et d'une infinie gentillesse, qui était entièrement dévoué à Faith et que le chagrin a totalement anéanti.

Quelle chance pour vous de pouvoir vous rendre à Londres afin d'étudier avec le célèbre Dr Frederick Quinn ! Il me tarde de savoir si le cabinet d'homéopathie qu'il projette d'ouvrir sur King Street (n'a-t-il pas d'ailleurs été ouvert ce mois-ci ?) reçoit le succès escompté, tout comme j'attends avec impatience que vous me rapportiez ce que vous avez appris.

En dépit de cette chape de tristesse qui pèse sur moi, et sur Celina aussi, j'en suis persuadée, à cause de Faith, je suis convaincue que cette amie très chère souhaiterait que nous trouvions le bonheur dans nos vies. Ce nouvel univers médical a l'air de vous enthousiasmer et de vous enchanter. Celina sera, bien évidemment, une compagne idéale. Moi aussi, j'ai ma propre petite nouvelle à vous annoncer, qui m'a procuré un regain d'allant : j'attends un enfant, et j'en éprouve un grand bonheur.

Mes souhaits les plus affectueux,

Linny

PS – On donne à ceux souffrant de fièvres inconnues et d'angoisse une infusion de feuilles d'*asagandh* – connu en Angleterre sous le nom de cerisier d'hiver –, un arbuste de taille modeste.

Somers et moi n'évoquions jamais ma grossesse, même si je le surprenais parfois occupé à étudier mon ventre de plus en plus rebondi avec un soupçon d'angoisse. Je chargeai Malti d'apporter un carton à Nani Meera, dans lequel je lui demandais de venir m'aider quand le moment viendrait, et de s'arranger pour passer régulièrement à Chowringhee, même si elle ne se rendait qu'au hangar des domestiques. C'était là, dans l'une des petites pièces bien propres, qu'elle me palpait de ses mains chaudes et sèches et m'apprenait que ma grossesse se déroulait bien. Je lui confiai que j'avais déjà accouché une fois, et elle me dit que cela faciliterait les choses.

Au fil des mois qui s'écoulaient, je sentis la paix m'envahir. Prétextant ma grossesse, j'envoyais des petits mots de regret aux cartons d'invitation que nous recevions, Somers et moi – il s'y rendait souvent seul – et je passais mon temps installée sur la véranda. Comme le crépuscule tombait rapidement sur Calcutta, j'attendais que le premier souffle de brise nocturne fasse frémir les feuilles, j'écoutais le sifflement des criquets et le coassement des grenouilles et je me demandais si mon bébé entendait les mêmes sons que moi. La chaleur baissant d'intensité avec la saison fraîche qui s'installait, je parvins à tenir une aiguille sans qu'elle me glisse des doigts et, aidée de Malti, j'appris à coudre. Je fabriquai des vêtements de nourrisson, de fines chemises à empiècement, des petits maillots et des jupons.

Neel ne me quittait jamais. Nous restions assis, Malti, Neel et moi, et je me réjouissais de sentir les premiers frémissements et remuements dans mon ventre, heureuse du développement de l'enfant que Daoud et moi avions créé. Je me refusais à penser aux conséquences éventuelles, au cas où le bébé naîtrait avec un teint trop sombre. Je m'accrochais au souvenir de la peau de Daoud, pas plus foncée que celle de Somers, de ses dents blanches et solides, de ses mains habiles, de son corps, dur et musclé. Je savais que si l'apparence physique de l'enfant faisait éclater ma trahison au grand jour, je devrais l'emporter et me volatiliser dans la nature. Où, et comment, je l'ignorais, et je refusais de me laisser hanter par cette éventualité.

L'air se rafraîchissant, je grossis et donnai l'ordre au *durzi* de me fabriquer des vêtements plus larges, fluides et sans baleines.

Somers les haïssait. Il me déclarait que j'offrais un spectacle répugnant, à flâner sans corset dans ces amples toilettes d'intérieur. Il m'interdit de les porter, mais je continuais à le faire en son absence.

Un matin, peu avant la nouvelle année, il me regarda me hisser avec difficulté hors d'un fauteuil profond et essayer de me baisser pour ramasser Neel.

— Nous sommes invités à fêter le réveillon chez les McDougall. Je leur ai répondu que je viendrais mais que vous resteriez à la maison. Vous êtes si volumineuse, me réprimanda-t-il. Il vous reste combien ?... Trois mois ? Le Dr Haverlock a bien dit fin mars ?

J'examinai le dessous des oreilles de Neel.

— Oui, mais le bébé arrivera probablement plus tôt. Il m'a affirmé qu'il était inhabituel d'amener un enfant à terme aux Indes, à cause de ce climat extrême. Et comme je suis petite, je parais sans doute plus volumineuse qu'une femme de grande taille.

Je m'arrêtai là. Somers était intelligent. Je ne devais pas avoir l'air de lui présenter des excuses.

Le 23 février au matin, j'attendis que Somers fût parti à son travail pour demander à Malti d'aller chercher Nani Meera.

— C'est un bon jour pour une naissance, me dit Malti, le visage radieux. À mon réveil ce matin, j'ai vu un vol de sept frères dans le ciel. C'est toujours le signe que le bébé à naître est un garçon. (Elle joignit les mains.) Je vais informer tous les domestiques et leur demander de dire des *pujas* pour vous.

Chère Malti. Elle était ma seule alliée, et elle exécutait fidèlement tout ce que je lui demandais. Après son départ, je restai seule, en proie à une grande crainte, car je me souvenais de l'intensité de la douleur qui m'attendait.

Lorsque Nani Meera et Yali entrèrent en hâte, une heure plus tard, je poussai un cri de soulagement. Un instant après, Yali me massait les tempes avec une lotion fraîche au parfum pénétrant, Nani Meera étalait des linges, un couteau aiguisé et un éventail d'herbes et d'huiles. Au début de l'après-midi, j'expulsai mon fils dans les mains qui l'attendaient.

— Un garçon en bonne santé, m'apprit-elle, coupant habilement le cordon et soulevant le bébé luisant. À l'entendre crier, il sera courageux et impétueux, comme sa mère.

Je levai la tête pour étudier mon fils avec minutie, inquiète de ce que j'allais découvrir. Mais il ressemblait simplement à un nouveau-né à la peau rougie, avec son petit visage plissé en une expression de colère. Il geignait faiblement, comme s'il se plaignait de l'inconfort de son voyage. Ses cheveux, lissés par l'humidité, étaient blond vénitien.

Malti applaudit et se mit à rire lorsque les pleurs du bébé se transformèrent en braillements d'indignation, tandis que Yali le frottait d'une main ferme avec un linge chaud et humide.

— Écoutez ce cri, me déclara Malti. Personne n'osera s'opposer à lui.

Elle prit le bébé, enveloppé lâchement dans de la flanelle soyeuse, des bras de Yali. Puis, lorsque Nani Meera m'eut aidée à passer une chemise de nuit propre et à me caler contre les oreillers, elle me le déposa dans les bras.

Tandis que Malti emportait les draps souillés et que Yali rangeait les instruments qu'elles avaient apportés dans un sac, Nani Meera tira une chaise près du lit et caressa la tête encore humide du bébé.

— Il a vos cheveux blonds, dit-elle. Regardez, ils

luisent déjà comme les premiers rayons lumineux de Surya.

Je pris sa main.

— Merci, Nani Meera, lui dis-je. Vous nous avez donné, à moi et à lui, une chance de connaître le bonheur.

J'effleurai des lèvres le front velouté du bébé et Nani Meera me pressa la main.

— Je ne vous ai rien donné, Linny. Vous êtes maîtresse de votre propre destin.

Yali posa un petit sachet sur ma table de chevet.

— Dissolvez ça dans de l'eau et buvez-le ce soir, me dit Nani Meera. L'accouchement ne vous a pas abîmée. N'écoutez pas les conseils empressés et pompeux des memsahibs anglaises qui vous rendront visite. Elles vous presseront de garder longtemps le lit, mais cela ne ferait que vous affaiblir. Elles vous diront de ne pas trop prendre l'enfant dans vos bras, mais c'est également un mauvais conseil. Le bébé a connu la chaleur de votre corps et le battement de votre cœur. La perte de ce havre réconfortant doit provoquer une grande douleur chez un esprit si minuscule. Je sais que c'est la coutume parmi les vôtres, mais elle provient de la répugnance des Anglais à s'approcher des autres, de leur tendance à reculer comme s'ils se brûlaient quand on les touche. Prenez votre fils dans vos bras, Linny, et serrez-le bien fort contre vous. Bercez-le et chantez-lui des chansons, laissez-le ressentir votre amour. Je l'ai fait avec Yali et avec Charles, et ils n'ont pas peur de montrer leur amour et leurs propres sentiments.

Le bébé remua et tourna la tête vers mon sein.

— Vous avez engagé une nourrice ?

— Non.

Nani Meera sourit.

— Je m'en doutais. Raison de plus pour que les dames anglaises cancanent à votre sujet.

— Je m'en fiche.

— Bien. Face à ces pies, vous devez être forte. Yali va montrer à Malti comment préparer une boisson au lait à prendre tous les jours, contenant du cumin et de l'asperge grimpante. Elle augmentera vos montées de lait. Et puis vous devez à présent faire une dernière chose qui vous donnera de l'énergie.

Je levai les yeux vers elle.

— Vous devez aider votre mari à croire qu'il s'agit de son enfant. Ça risque d'être difficile, quand vous regarderez votre fils et penserez à son vrai père.

Elle toucha une fois de plus le bébé avant de poser la paume sur mon front.

— Puis-je vous bénir ?

Je fis oui de la tête.

— Elle est devenue la lumière de sa demeure : une flamme rouge dans le vase d'une lampe à huile luisante. Elle a donné la vie au fils de celui dont les terres sont enjolivées par les fleurs arrosées par le clapotis de la pluie.

Mes yeux étaient humides. Je m'appuyai à sa main chaude.

— C'est un vieux proverbe : Ainkurunuru, me dit-elle, sa main, dont je sentais la chaleur et la force se déverser dans mon corps, toujours pressée sur mon front. Avez-vous choisi un prénom pour votre fils ?

Je soulevai les doigts lâchement repliés du bébé et déposai un baiser dessus.

— David, répondis-je. Il s'appellera David.

34

Les mains dans les poches, Somers se tenait sur le seuil de la porte.

— Venez le voir, lui dis-je.

Mon bonheur était si grand qu'il englobait même Somers. Je tapotai le lit, à côté de moi.

Il s'avança, mais resta debout.

— Voulez-vous le prendre dans vos bras ?

Il hocha la tête négativement.

— On dirait qu'il a l'air en bonne santé.

— Il va bien, acquiesçai-je. Il est petit, parce qu'un peu prématuré, mais en bonne santé.

— Bien, dit-il. Ce sera Somers, j'imagine.

— Pardon ?

— Il s'appellera Somers, dit-il d'une voix curieusement neutre.

— Je pensais que nous l'appellerions David.

— Pourquoi ?

— Je ne sais pas. C'est un prénom qui m'a toujours plu. Il signifie « bien-aimé ».

Je gardai les yeux rivés sur mon bébé pendant que je parlais, afin de ne pas paraître trop déterminée. Si Somers comprenait l'importance que représentait pour moi le fait de prénommer mon enfant David – mon seul lien avec Daoud –, il s'y opposerait. Et il aurait gain de cause.

— Dans ce cas, David Somers Ingram, concéda-t-il.

Le bébé fit une grimace, ouvrit les yeux et les plissa.

— Il a hérité de mes cheveux, Somers, mais ses yeux… Pour l'instant, ils sont bleu foncé, comme ceux de la plupart des nouveau-nés. Mais je les trouve plutôt sombres, ajoutai-je, levant les miens vers Somers. J'ai l'impression qu'ils seront marron comme ceux de son père.

Somers se leva.

— C'est possible. Bien.

Il ne quittait pas le bébé du regard, sans abandonner son expression neutre. J'attendais, le cœur battant.

— Bien, je vais aller dîner au club.

Je lui souris en acquiesçant de la tête. Il ne s'était pas dit que le bébé que je portais dans mes bras ne ressemblait pas aux autres enfants anglais.

Plus tard dans la soirée, quand j'eus donné le sein à David, Malti laissa Neel entrer du jardin. Il courut dans ma direction et bondit sur le bout du lit. Mais il s'immobilisa net et leva la truffe.

— Bonjour, Neel, dis-je. Viens voir David.

Je redépliai la flanelle légère pour mettre à l'aise le bébé qui s'était endormi. La queue bizarrement rigide, Neel rampa à mes côtés. Après avoir posé sur moi ses bons yeux ocre, il renifla la couverture. Sur-le-champ, un grondement sourd sortit de sa gorge, et ses babines noires se retroussèrent.

Je saisis David et le serrai contre moi. Réveillé par mon geste brusque, il se mit à vagir. Neel émettait des petits aboiements de colère.

Somers revint à la porte.

— Qu'est-ce que c'est que ce vacarme ? hurla-t-il. Neel !

Le chien continuait cependant à aboyer et il s'éloignait de moi à reculons sur ses pattes écartées et rigides.

Je sursautai comme si j'avais reçu un grand coup : subitement, les paroles du soldat de Simla m'étaient revenues à la mémoire : *Ces chiens sont capables de détecter le sang des nomades. Quand ils en ont l'occasion, ils vous mettent un bohémien en lambeaux.*

— Emmenez-le, Somers. Emmenez-le loin !

La terreur rendait ma voix perçante.

— Pour l'amour du ciel ! rugit Somers.

Il attrapa Neel par la peau du cou, l'emmena et revint quelques minutes plus tard.

— Vous avez le teint verdâtre, me dit-il. Vous n'avez aucune raison d'être bouleversée. À mon avis, Neel n'aime pas jouer les seconds violons.

— Où est-il ?

— Je l'ai attaché dehors et je lui ai donné une côtelette de mouton. D'ici quelques jours, il se calmera.

— Non. Je voudrais que vous en fassiez cadeau demain aux Leland. Ivy voulait un chien pour Alexandre. Ils partent la semaine prochaine pour un nouveau poste à Barrackpore.

Somers cilla.

— Je croyais que vous aviez de l'affection pour lui.

— Oui. Mais je ne veux pas qu'il approche du bébé. Je n'ai pas confiance en lui.

Somers haussa les épaules.

— Comme bon vous semblera, répondit-il. Je vais me coucher.

Une heure plus tard, je laissai David à Malti et sortis voir Neel. Je le caressai, le serrai dans mes bras et embrassai sa tête osseuse. En larmes, j'enfouis le visage dans sa fourrure.

— Tu ne seras plus heureux ici, lui chuchotai-je.

Il agita la queue et me lécha le visage.

Assise sur les pierres froides, Neel sur les genoux, je refoulai mes sanglots. Je l'aimais, lui aussi, mais je devais me séparer de lui.

1er février 1834

Chers Shaker et Celina,

Je suis persuadée que vous êtes douillettement et affectueusement installés dans votre vie de couple. J'ai pensé à vous pendant les fêtes de fin d'année, imaginé votre mariage à Noël.

Votre étude de l'homéopathie a l'air fascinante, Shaker, et je vous souhaite d'y rencontrer le succès.

David va bientôt avoir un an. J'ai du mal à croire que presque douze mois se sont déjà écoulés depuis sa naissance. J'ai l'impression que l'année s'est envolée, en dépit de la lenteur de chaque jour.

J'espère que vous n'aurez pas longtemps à attendre, comme moi, la joie qu'apporte un enfant.

Mon affection à tous les deux.

Linny

PS – Les Anglais connaissent le *gadahpurna* sous le nom de berce. Elle fleurit au début des pluies, et est également connue sous l'appellation de « née de la pluie ». On s'en sert contre les morsures de serpents ou de rats et contre la jaunisse.

L'année s'était écoulée de façon tolérable. J'étais prise par les exigences physiques et affectives de David, car je ne laissais Malti s'occuper que de menus détails. Je ne supportais pas d'être séparée de mon joli bébé et il dormait dans mon lit. Durant toute cette première année, je ne le quittai pas une seule fois des yeux. Il m'aidait à oublier ma vie près de Somers, la présence étouffante de l'enclave anglaise. Grâce à lui, je conservais à la mémoire des souvenirs des moments que j'avais passés auprès de Daoud.

Mais lorsqu'il eut passé son premier anniversaire, puis le second, qu'il se mit à courir partout, à avoir moins besoin de moi, je me retrouvai face à une solitude béante. Je connaissais des périodes de plus en plus longues d'agitation et de désespoir, quand le sourire de David me donnait soif de Daoud, de mon aventure avec lui, de la sensation de ses bras autour de mon corps, et je souffrais d'une douleur inexplicable sous les côtes qui ne me quittait jamais.

J'étais une étrangère dans ma propre maison, une étrangère aux Indes britanniques. Désormais, je passai une grande partie de mon temps, comme les autres femmes, à effectuer des emplettes dans les boutiques anglaises et à me promener tranquillement sur le *maidan* en compagnie de David et de Malti. Nous nous rendions également en palanquin chez les autres femmes des employés de la Compagnie. Elles semblaient avoir oublié mon « supplice » et tous les ans, de nouvelles épouses issues de la Flottille des Pêcheuses s'ajoutaient aux autres. Ces dernières venues ne savaient que très peu de chose à mon sujet, en dehors du fait que j'occupais un rang élevé et que j'avais un caractère peu sociable. Cela ne m'empêchait pas de trouver étouffante leur manière de s'ériger en juges. Elles étaient fermement résolues à renforcer les règles et les traditions anglaises aux Indes, plus solidement qu'elles ne l'auraient fait dans leur propre pays. Leur état d'esprit, étroit et impitoyable, m'effrayait lorsque je songeais à mon fils aux yeux noirs. Je n'osais imaginer les conséquences, si jamais l'une d'entre elles découvrait la vérité. J'adoptais une attitude aussi circonspecte à leur égard qu'à celui de Somers, soucieuse de ne pas attirer l'attention sur moi ou de bouleverser les frontières fragiles de leur univers limité.

Somers ne trouvait plus de motifs de me battre comme plâtre, même s'il lui arrivait de me donner un coup de temps à autre. Comme j'avais changé, cela ne l'intéressait plus de me fouetter. Ce jeu avait perdu son caractère excitant : il me croyait brisée. Je repensais à la manière dont Daoud, d'une main de velours, avait réussi à dompter ses chevaux sauvages. Les tactiques de Somers étaient à l'opposé des siennes et je m'étais transformée en femme soumise, pour le bien de mon fils.

Je vivais donc paisiblement, dans un semi-isolement. David constituait ma joie, mais je me rendais compte que je ne pourrais pas vivre indéfiniment les nerfs à vif.

Lorsque David eut trois ans, j'appris, par hasard, qu'un groupe de femmes tenaient des réunions, à intervalles réguliers, dans une maison située à l'autre extrémité de Garden Reach, afin de fabriquer des brochures destinées aux Anglaises nouvellement arrivées. Leur contenu allait du hindi de base à utiliser avec les domestiques aux recettes incorporant des aliments indiens et anglais et au traitement de petits maux dus au climat. Ce projet avait de quoi m'intéresser et m'enthousiasmer puisqu'il concernait la fabrication de livres. Ce groupe m'accueillit volontiers et j'entrepris de travailler à la rédaction d'une brochure traitant des propriétés curatives de plantes locales. Les pages étaient fabriquées sur une ancienne presse typographique, expédiée de Madras. M. Eliot, l'époux de la femme chez laquelle nous nous rencontrions, la faisait tourner pour nous. La dernière fois que j'étais allée chez les Eliot, j'avais montré à plusieurs femmes ce que j'avais retenu du travail de reliure à Liverpool et nous avions travaillé sur de simples couvertures de coton fleuri et sur des dessins sur vélin blanc. Je m'étais exercée sur un morceau de soie rouge que j'avais brodé de fils d'or et de couleur.

Cela faisait tellement longtemps que j'attendais une occupation qui me donnerait l'impression d'être utile que je tenais beaucoup à ces après-midi.

Un soir, je chantonnais en me brossant les cheveux, songeant à notre réunion du lendemain. La saison fraîche venait de commencer et, comme toujours à cette époque de l'année, nous nous sentions revivre. J'inspirai l'air frais qui pénétrait par la fenêtre ouverte, me pinçai les joues pour les colorer un peu et songeai à la somptueuse couverture de soie rouge.

Somers passa alors me voir. J'aperçus son reflet dans mon miroir, immobile dans l'encadrure de la porte. Je me tournai vers lui.

— J'ai entendu dire que vous fricotiez avec ces gens, Linny. Ceux des livres.

Je reposai ma brosse.

— Je pense que ces brochures sont très utiles, surtout aux jeunes mariées. Je regrette de ne pas avoir disposé de quelque chose de semblable quand…

— Vous n'y retournerez pas.

Mon sourire s'effaça. J'avançai d'un pas vers lui.

— Mais… mais pourquoi ? C'est une occupation pour les dames. Vous avez dit que je pourrais…

— Une occupation à laquelle participent des femmes hindoues, m'interrompit-il.

— Certaines sont eurasiennes, mais…

— Ce sont des métis. Tout comme Eliot, qui travaille comme employé dans l'administration.

— M. Eliot a une excellente éducation, il est discret et très prévenant. Sa femme est charmante. Qu'est-ce que cela peut faire si…

— N'avez-vous donc pas appris votre leçon avec cette Snow ?

— Elle s'appelait Faith.

— Vous semblez avoir oublié que je vous ai interdit de vous acoquiner avec quiconque n'est pas de sang purement normand ou anglo-saxon.

— Vous vous imaginez que leur couleur déteint sur les pages, Somers ?

Sa mâchoire se crispa.

— Nous essayons de mettre de l'ordre dans la pagaille que sont les Indes et nous œuvrons tous ensemble – vous y compris, que cela vous plaise ou non – à rendre cette terre plus convenable. Nous sommes supérieurs. Il s'agit pour nous d'une obligation morale.

— Mais j'ai l'impression de participer à ce travail… en créant des brochures à l'attention des nouvelles arrivées aux Indes, pour les aider à comprendre la culture de ce pays et à s'y adapter.

— Il ne s'agit pas des brochures, mais des personnes. Comme je viens de vous le dire, c'est hors de question.

Il me rejoignit d'une enjambée. La colère faisait palpiter mon pouls.

— Vous attendez donc de moi que je partage cette obligation, mais sans en être le moins du monde responsable.

— Exprimez-le sous la forme qui vous plaît, Linny. Tout ce qui compte, c'est que vous ayez des occupations bienséantes à mes yeux. Vous êtes l'épouse d'un *burra sahib*, pas d'un employé sans contrat de rang inférieur. Vous ne me mettrez plus dans l'embarras.

— Pour quelle raison ce que je crée vous embarrasserait-il ? M. Eliot a dit...

— Je sais parfaitement ce qu'il a dit.

J'observai le visage maussade de Somers.

— Vous lui avez parlé ? Seriez-vous jaloux, Somers, que j'accomplisse quelque chose d'utile ? Peut-être cela vous déplaît-il simplement que j'aie un travail à effectuer. Et ils me respectent... vous le savez ? J'ai touché juste, non ?

Il éclata de rire.

— Travail ? Vous appelez ça un *travail* ? Je ne veux plus en entendre parler, dit-il d'une voix qui avait grimpé d'un ton.

Avant que j'aie eu le temps de bouger, il me donna une claque sur la joue. Un petit cri étouffé répondit au bruit mat de sa gifle. Nous nous tournâmes vers le seuil de la porte. David s'y tenait, une main sur les yeux.

— David, mon chéri, maman va bien. Regarde, dis-je, essayant de sourire lorsqu'il dévoila ses yeux.

Il courut vers Somers et lui entoura une jambe de ses petits bras.

— Père, ne frappez pas maman. Vous ne devez pas... c'est mal de frapper.

Je me penchai pour l'écarter de Somers et pris mon fils dans mes bras.

Somers tira sur ses manchettes.

— Maman a été vilaine, David, dit-il. Elle doit être punie quand elle est vilaine.

David se débattit pour se libérer.

— Maman *n'est pas* vilaine, affirma-t-il. Absolument pas.

Son corps était raide ; ses lèvres crispées. Son visage ne manifestait aucune peur : j'y lus au contraire de la colère.

— Apparemment, tu n'as pas reçu non plus la discipline convenable, David, déclara alors Somers, tandis que des taches rouge sombre montaient à ses joues. On ne parle pas comme cela à son père.

Je serrai David plus fort pour tenter de le protéger contre le coup que Somers allait probablement lui donner. Il ne l'avait encore jamais frappé, ni touché de la moindre façon. En fait, il déployait un luxe d'efforts inouï pour éviter de le voir ou de s'approcher de lui. J'avais néanmoins le sentiment qu'il ne s'agissait que d'une question de temps avant que ne se produise un incident épouvantable.

Somers sortit de ma chambre à grands pas. Pour la première fois depuis que je le connaissais, il eut la politesse d'avoir l'air gêné. Il avait fallu un enfant de moins de trois ans pour parvenir à cette fin.

Plus tard dans l'année, je découvris une autre occupation, qui n'impliquait ni les personnes inappropriées ni un quartier impropre de Calcutta. Je trouvai un réconfort dans une substance dérivée du *papaver somniferum*, le pavot.

En 1836, peu avant le troisième anniversaire de David, j'eus la joie d'apprendre que Meg et Arthur Liston étaient revenus à Calcutta après leur séjour en poste à Lucknow. Je ne les avais pas encore revus lorsque David reçut une invitation à assister au second anniversaire de leur fille, Gwendolyn Liston.

Je me dis que nous allions peut-être renouer nos liens d'amitié. Je me souvenais qu'en 1830, chez les Waterton, j'avais eu le sentiment que Meg portait un regard sur la vie très semblable au mien.

Je fus néanmoins stupéfaite par son changement. Elle avait les traits tirés et paraissait endormie. Sur son visage, les marques de petite vérole étaient plus visibles que dans mon souvenir ; peut-être était-ce sa pâleur qui les faisait ressortir. Je ne fus même pas persuadée qu'elle me reconnaissait. Après m'avoir accueillie poliment, elle m'apprit qu'elle avait demandé à Elizabeth Wilton de lui procurer une liste des enfants du voisinage et qu'Elizabeth lui avait donné le nom de David. Ses idées embrouillées sur mon identité me déçurent ; elle semblait également n'avoir que de vagues souvenirs de son séjour chez les Waterton, six ans auparavant. Néanmoins, j'étais persuadée qu'en tête à tête, je retrouverais la femme irrévérencieuse, sûre d'elle et énergique que j'avais connue.

Pendant la petite fête, les enfants et leurs *ayahs* se réunirent sous une large tente à rayures dans le jardin, où des singes et des perroquets les divertirent. Plus tard, après le gâteau, on leur fit faire des promenades sur un petit poney folâtre, les plus jeunes, dont faisait partie David, bien calés sur une selle sécurisée.

Pendant ce temps, les femmes se retrouvèrent au salon où elles dégustèrent des petits fours et burent de la citronnade. Comme j'examinai la pièce spacieuse à la décoration trop chargée, je remarquai un grand narguilé placé parmi des petits palmiers et fougères en pots sur une table ronde au dessus de marbre. Il était composé d'une jarre en cuivre et d'une coupe attachée, dotée d'un long tube serpentin qui se terminait par un bec d'ivoire. Je passai les mains sur la surface lisse de la jarre. Elle était chaude.

— « Joli bulle-bulle », Meg, lui dis-je, comme elle s'approchait de moi.

Je m'apercevais que j'utilisais désormais souvent ce jargon avec les autres femmes, alors que je m'étais juré de ne jamais me laisser aller au langage stupide inventé par les Anglais aux Indes.

— M. Liston le fume ? lui demandai-je en soulevant le bec.

Elle rit.

— Non, c'est le mien. L'eau facilite tellement les choses, dit-elle. Elle rafraîchit la fumée avant qu'elle atteigne la bouche. Oh, là, là, voici ma petite Gwendolyn, elle a déchiré sa robe !

Elle se précipita sur sa fille qui sanglotait. Laissée seule avec le narguilé, je plaçai le bec d'ivoire sculpté entre mes lèvres. Il était lisse et avait un léger goût douceâtre.

Quand Meg eut consolé sa fille et qu'elle l'eut renvoyée à son *ayah*, elle revint à moi. Les autres femmes avaient formé de petits groupes et étaient en pleine conversation.

— Ça vous plairait de fumer de temps en temps avec moi ? me demanda-t-elle d'un ton distrait.

— Oh, je ne fume pas, répondis-je. L'odeur des petits cigares de Somers suffit à m'indisposer.

— Ignorante ! plaisanta Meg. Vous n'avez pas à fumer du tabac avec.

Elle ouvrit un petit tiroir sous la surface de marbre blanc de la table et en sortit une boîte. Fabriquée en bois de manguier, elle possédait un couvercle à gonds. Meg pressa sur le couvercle qui s'ouvrit brusquement. La boîte contenait six boules noires, de la taille d'un pois.

— Qu'est-ce que c'est ?

J'effleurai une sphère collante du bout de l'index.

— De la Fumée blanche. De l'opium. Tout à fait inoffensif. Vous savez... l'ingrédient du laudanum. Et que ferions-nous sans laudanum ? Il m'a permis de ne pas succomber à trois accouchements.

— Trois ? dis-je en serrant les lèvres.

Gwendolyn était l'unique enfant de Meg.

— Vous n'y avez pas eu recours ?

Je fis non de la tête. Elle me dévisagea.

— Sûrement, quand vous avez eu votre petit bonhomme... Personne ne donne naissance sans en prendre de grosses quantités. Pourquoi s'en priverait-on ?

J'émis un son qui ne voulait rien dire.

— Dans ce cas, la prochaine fois, vous devriez. J'imagine que vous en donnez néanmoins quelques préparations à votre petit garçon, contre les maux de tête et les douleurs. Le cordial de Geoffrey ou de la Mère Bailey...

— La tisane que lui prépare son *ayah* quand il est souffrant me paraît parfaitement convenir, répondis-je.

Meg fronça les sourcils.

— Il n'a jamais eu de furoncles, de fièvres miliaires ou d'otites ? Ni d'autres fièvres, pendant la saison chaude ?

Elle s'exprimait d'une voix lente, insistante.

Subitement, je me demandai pourquoi je me sentais coupable d'avoir un enfant en si bonne santé.

— J'en ai toujours donné des doses à Gwendolyn pour la calmer, quand elle est surexcitée et qu'elle refuse de s'endormir. C'est beaucoup plus sain que le gin, utilisé par certains. Je trouve que le Geoffrey fonctionne comme un charme… « La tranquillité à un penny », comme l'annonce l'étiquette du flacon. Je vous en donnerai un flacon. J'en ai une corbeille pleine.

Je me souvins du bébé d'Elsie, Paradise Street, décédé à la suite d'une overdose du sirop calmant de la Mère Bailey.

— David a toujours été un enfant facile, répondis-je J'ai beaucoup de chance.

Meg effleura le narguilé.

— Tant pis, donc. Vous savez, il ne s'agit pas de médecine, mais de distraction. Parfois, j'aspire quelques bouffées l'après-midi, pendant que tout le monde fait la sieste. À Lucknow, un grand nombre de mes amies y avaient recours. Nous l'appelions le Délice du Rêveur. Pourquoi ne pas me rendre visite un jour de la semaine prochaine, et faire un petit essai avec moi ?

— Je ne suis pas sûre…

— Voyons, Linny, seriez-vous devenue la Memsahib recluse, coincée dans cette grande maison complètement close ? Vous n'avez pas envie de prendre un peu de bon temps ?

J'étudiai ses yeux verts aux paupières tombantes. Son regard fixe exerçait sur moi une mystérieuse attirance.

— D'accord. La semaine prochaine. Mais Meg, la prévins-je, je n'essaierai qu'une fois.

Comme Meg hochait lentement la tête, je me rendis compte qu'elle n'était plus la créature aventureuse de mes souvenirs, encline à se laisser aller sauvagement à ses impulsions et à formuler ses idéaux sans état d'âme. Elle paraissait désormais tout aussi lasse et mal dans sa peau que les autres femmes qui avaient passé trop de temps sous le soleil indien.

35

Le mardi suivant, je me retrouvai dans le salon de Meg, l'oreille tendue vers les flocs flocs flocs provenant du *punkah* froissé au-dessus de ma tête. *Je n'aurais pas dû venir.* Mais il régnait une touffeur et un calme encore plus grands que d'ordinaire chez nous. Somers était parti à la chasse pour quinze jours et David passait la plus grande partie de son temps sur la véranda en compagnie de Malti. Aujourd'hui, il jouait avec son ensemble de petits tambours et de tam-tams, et chaque frappe du bâton sur la peau de chèvre tendue à l'extrême résonnait douloureusement dans mon crâne. Le tic-tac de l'horloge lui-même faisait un vacarme anormal, et j'avais ressenti le besoin pressant de fuir ce que je considérais désormais comme une geôle obscure.

J'avais envoyé notre *chuprassi* porter un petit mot à Meg, laquelle m'avait répondu sur-le-champ qu'elle serait ravie de me voir. Elle entra dans le salon à pas lents, un sourire aux lèvres qui faisait encore ressortir davantage ses pommettes osseuses. Il s'agissait du sourire qu'elle affichait jadis chez les Waterton, et je m'en réjouis. J'avais peut-être fait fausse route lors de nos retrouvailles. Elle me semblait aujourd'hui différente, plus éveillée et réceptive.

— Linny ! Je suis tellement contente que vous ayez décidé de venir, m'accueillit-elle, les yeux brillants.

— Êtes-vous sûre que je ne vous dérange pas dans vos occupations ? lui demandai-je. J'aurais dû vous envoyer mon carton hier, mais…

Meg agita la main.

— Occupations ? Lesquelles ? Venez vous asseoir près de moi.

— Meg, j'ai beaucoup de questions à vous poser. Au sujet de vos voyages avec M. Liston. Vous avez dû voir tant de choses.

Là encore, elle rejeta mes propos de la main, comme si ce que je venais de dire n'avait aucune importance.

— On ne peut pas passer sa vie à courir partout. Je suis persuadée que vous vous êtes aperçue que pour tenir le coup ici, il faut déployer tous ses efforts.

— Mais n'avez-vous pas continué à travailler à votre livre sur les autels ? Ni à vos esquisses sur les coutumes locales ? Tout cela semblait tellement vous passionner…

Meg prit un air pensif, qui ne se prolongea cependant pas longtemps. Elle haussa les épaules.

— J'avais presque oublié. Comment faites-vous pour vous souvenir de ces idées stupides ? répliqua-t-elle. À cette époque, j'étais très jeune et très impressionnable.

— C'était seulement il y a six ans.

— Six ans aux Indes – pour une femme – comptent pour douze ans chez nous. Vous avez sûrement changé aussi, Linny. Êtes-vous la même personne que lors de votre arrivée ?

Je fis non de la tête.

— Vous voyez ! me lança-t-elle d'un ton presque triomphal, comme si cela la réjouissait.

Elle tira une petite table de bambou à côté du canapé,

puis plaça le narguilé dessus. Elle posa la boîte en bois de manguier à côté, prit une petite lampe à huile sur une table d'angle et l'alluma.

— Nous voici prêtes, annonça-t-elle.

D'un claquement de mains, elle appela un boy qui se tenait près de la porte.

— Dis au cuisinier de nous préparer un thé et de nous l'apporter dès que possible, lui ordonna-t-elle.

Le boy s'inclina et sortit en hâte.

— Ça donne affreusement soif, me prévint-elle. Regardez-moi d'abord, et ensuite, ce sera votre tour. Au début, certains ont l'impression de se retrouver sur une mer houleuse, mais ça passe vite. N'y prêtez pas attention, commenta-t-elle d'un ton rassurant, et détendez-vous.

Elle sortit une longue épingle de sa chevelure blond foncé relevée à la va comme je te pousse et du bout de celle-ci, ramassa une minuscule boule d'opium noir. Elle tint un certain temps l'épingle au-dessus de la lampe, et lorsque l'opium devint assez malléable, le fit pénétrer dans la petite ouverture. Elle porta le bec à ses lèvres, et j'entendis un sifflement bruyant correspondant à sa succion, suivi du silence lorsqu'elle retint son souffle. Subitement, elle expulsa une grosse bouffée de vapeur de ses narines. La fumée s'enroula lentement autour de ma tête et j'inspirai l'arôme sombre, doux, de légère décomposition.

Meg posa la tête sur le coussin satiné du canapé, la pipe toujours dans la main. Elle fixait un point situé bien au-delà de mon regard.

J'attendis le plus longtemps possible avant de chuchoter :

— Meg ?

Ses yeux cillèrent une fois et se révulsèrent ensuite dans leurs orbites. Je ne distinguais plus qu'une ligne verte autour de leurs pupilles dilatées.

— Dois-je essayer maintenant, Meg ?

En silence, et avec un effort manifeste, elle prépara le narguilé à mon intention. Je plaçai le bec dans ma bouche et aspirai l'air chaud à travers la boule d'opium. La fumée pénétra lentement dans mes poumons. Sur-le-champ, la tête me tourna, mais cette sensation n'était pas désagréable.

Au bout d'un moment indéfini, je m'entendis déclarer d'une voix lointaine :

— Oui, je vois.

Le temps se déversa dans un crépuscule peuplé d'ombres, se vidant puis se repliant sur lui-même en une forme sans aspérités, recommençant à se vider et à se replier sur lui-même, à l'infini. J'étais l'un des petits bouts de verre coloré coincé entre les deux plateaux et les deux miroirs horizontaux de l'instrument que j'avais tenu entre mes mains lorsque j'étais petite, debout dans une allée poussiéreuse du magasin d'occasions Armbruster à Liverpool.

Je n'étais rien qu'un morceau minuscule d'un dessin de taille plus importante, qui glissait et se modifiait sans cesse. J'avais la sensation de sentir le battement même de ma vie dans mes veines, et je m'abandonnai à cette illusion.

Je pris l'habitude de passer une heure ou deux avec Meg et le narguilé tous les deux jours. Après quelques bouffées, nous sombrions dans le silence et je m'abandonnais avec délectation à la léthargie dolente et onirique qui m'envahissait tout entière. J'appris à fixer le schéma de mes visions, à me laisser planer, puis flotter vers la splendide vallée du Cachemire. Les choses commencèrent de la sorte. J'étais capable de forger mes rêveries.

Parfois, je me retrouvais à califourchon sur un cheval devant Daoud, réconfortée par la chaleur diffuse de son large torse contre mon dos ; d'autres fois, je sentais ses bras m'enlacer, son corps dur se serrer contre le mien. Mais ces sensations n'éveillaient en moi aucun désir charnel. Elles se fondaient et s'approfondissaient simplement en une rêverie hors du temps. J'avais l'impression que Daoud me parlait, qu'il me faisait des déclarations fluides et poétiques, et pourtant, il ne me disait jamais rien. Ces communications me procuraient un bonheur absolu, mon esprit voguait sur un océan de chaleur. Le rêve finissait par se dissiper et je me retrouvais sur le canapé du salon de Meg, flottant sur une agréable brise d'euphorie.

Je me sentais reconnaissante envers Meg. Au début de mon aventure amoureuse avec le pavot, je crus qu'elle m'avait sauvé la vie.

Sur le chemin qui me ramenait chez moi dans mon palanquin aux rideaux tirés, plongée dans l'ombre, j'avais l'impression que mon sang avait été remplacé par un fluide ardent, plus léger que l'air, et je savais que si j'ouvrais les rideaux, je volerais, en état d'apesanteur, dans l'air stagnant et moite de Calcutta.

Mais la cerise sur le gâteau, c'était que le visage de Daoud ne s'évanouissait pas, plusieurs heures après ma visite chez Meg. J'avais l'impression qu'il était vrai et vivant, à l'intérieur de mon front, comme un portrait caché dans le compartiment secret d'une broche.

Au bout de quelques semaines, je me rendis compte qu'il était impoli et injuste de ma part de me rendre en visite chez Meg dans le simple but de fumer le narguilé, même si cela ne semblait pas la contrarier. Je savais qu'elle fumait tous les après-midi, que je sois ou non là.

— Meg, lui demandai-je un jour, alors que nous prenions le narguilé, pourrais-je me procurer un peu d'opium pour mon usage personnel ?

— Bien sûr. Il y a beaucoup de compagnies anglaises qui le cultivent dans des champs du nord des Indes. La meilleure variété est produite à Patna. M. Liston s'y est rendu en visite et il m'a raconté qu'il y a là-bas une usine splendide, avec des salles où on fait sécher le jus de l'opium avant de le transformer en balles, chaque balle ayant la taille d'une petite chambre. Vous vous imaginez ? L'usine comprend aussi un magasin garni d'étagères allant du sol au plafond, cinq fois plus haut qu'un homme. On peut y stocker des tonnes. La plus grande partie est ensuite transformée en galettes et exportée en Chine. C'est comme ça que la Compagnie équilibre son déficit.

Elle versa le thé qui attendait.

— Votre mari vous a-t-il déjà parlé du problème avec les Chinois ?

Je répondis non de la tête. Somers et moi ne parlions jamais de rien. En fait, nous ne nous adressions jamais la parole, sauf lorsque nous nous trouvions dans la même pièce que David.

— Pour être à la hauteur de l'enthousiasme suscité au pays par le thé et la soie chinois, l'Angleterre a dû les payer en lingots d'argent. Mais nous voulons à présent récupérer nos lingots, et si les Chinois refusent de les échanger contre leur soie, ils sont plus qu'avides d'avoir notre opium. Arthur m'a dit que plusieurs milliers de tonnes arrivent à Canton chaque année. Tout à fait légalement. Après tout, les plaisirs de l'opium ne sont pas différents de ceux provoqués par un verre de vin, ou, en ce qui concerne les hommes, par un cigare après le dîner.

— On le vend ici à Calcutta, ou l'avez-vous apporté de Lucknow ?

Meg m'étudia en haussant les épaules.

— C'est aussi facile que d'acheter du thé, Linny. Je vais demander à mon *box-wallah* de vous en apporter. Vous pourrez décider avec lui de la quantité que vous désirez et de la date de sa livraison. Attention, c'est assez cher. Vous ne pouvez pas payer avec des reçus, mais en roupies. Disposez-vous de votre propre argent ?

J'esquissai un sourire.

— J'aurai des roupies.

— Parfait. Attendez mon homme vendredi matin. Il s'appelle Ponoo. C'est le jour où il me rend visite, et je lui demanderai de passer chez vous ensuite.

Ponoo était un petit bonhomme sans cou, affligé d'un strabisme, aux doigts de la main gauche complètement crochus. Outre de l'opium, il vendait de la pâte d'anchois, des rubans à cheveux français et des ustensiles de cuisine. Il m'arrivait parfois de faire appel à l'un de ces marchands ambulants lorsque je n'avais pas envie de sortir de la maison à cause de la chaleur exténuante ou de la mousson débilitante.

Ponoo se présenta le vendredi, juste après midi. Il me proposa une petite boîte et m'en donna le prix. Je déposai en hâte les roupies que j'avais subtilisées dans le coffre-fort de la chambre de Somers dans sa main infirme. Somers ignorait que je connaissais l'existence de ce coffre, de même que l'endroit où il le cachait. S'imaginait-il que je n'entrais jamais dans sa chambre lorsqu'il était absent ? Le coffre était dissimulé dans une fausse paroi de son bureau ; je l'avais découvert par pure oisiveté, au cours d'une longue après-midi pluvieuse, dans l'année ayant suivi notre mariage. Il ne me donnait jamais d'argent. Je devais m'en remettre à des reçus signés pour tout payer, à l'instar de toutes les autres épouses. Tous les reçus lui étant envoyés directement, il était précisément au courant de mes dépenses.

Dans ce coffre, il conservait des documents, des papiers concernant ses affaires et une boîte solide, fermée à clef. Il ne me fallut pas longtemps pour trouver la clef de cette boîte entre les pages d'un livre de son bureau. Je lui dérobais de l'argent depuis les premiers mois de notre mariage et je le cachais dans un endroit où on ne le trouverait jamais : une boîte de cuivre, où il était protégé des insectes et de l'humidité. Chaque fois que j'en subtilisais un peu, j'éprouvais la même sensation de pouvoir que lorsque j'étais petite fille et que je glissais des objets minuscules sous mon bonnet ou dans mes bottines, pendant qu'un homme me tournait le dos pour se laver ou se reboutonner en ahanant comme un bœuf. Manifestement, Somers ne tenait pas le compte des sommes qu'il y rangeait et qu'il en sortait. J'en eus la certitude dès mon premier larcin : dans le cas inverse, je n'aurais jamais pu recommencer à le voler. Il aurait porté des accusations, soit contre les domestiques, soit contre moi, et je n'aurais jamais été capable de les laisser subir une punition pour un méfait que j'avais accompli. J'aurais reçu des coups, et Somers se serait arrangé pour que je ne puisse plus jamais remettre la main sur sa boîte.

Après le départ du *box-wallah*, je donnai d'autres

roupies à Malti et l'envoyai au bazar acheter un narguilé, sans tenir compte de son regard déconcerté. Elle m'en rapporta un de petite taille, mais magnifique. Le pied et la coupe étaient en argent rutilant, gravés de dragons élaborés, et le bec en jade vert délicieusement ciselé.

Je me promis de ne tirer une bouffée que de temps à autre, lorsque je me sentirais particulièrement déprimée. Je m'en tins à ma résolution pendant une semaine, puis je me mis à fumer de plus en plus souvent. Dès lors, Ponoo me rendit visite régulièrement tous les vendredis.

Je faisais attention de n'utiliser mon narguilé que lorsque David était endormi ou à l'extérieur avec Malti, et jamais lorsque Somers se trouvait dans la maison. Malgré tout ce que me disait Meg sur la popularité et l'usage répandu des boules sombres magiques, le plaisir que je tirais de la Fumée Blanche suscitait en moi un malaise.

Pour finir, je pris une pipe. Son usage était plus simple que celui du narguilé.

24 juin 1837

Chers Shaker et Celina,

La ligne de chemin de fer entre Liverpool et Manchester a l'air en effet splendide, comme votre nouvelle maison dans la campagne du Cheshire. Cela doit être bien agréable de se retrouver à l'écart du vacarme et de l'animation de Liverpool et de bénéficier de l'air pur et du calme.

Pardon de ne pas vous avoir beaucoup écrit récemment. Ici, le temps semble s'être arrêté. La chaleur fait glisser la plume entre mes doigts. Les tatties arrosés et le thermantidote ne sont pas des armes suffisantes pour lutter contre la chaleur de forge en laquelle se travestit le soleil. Elle provoque une léthargie impossible à décrire. Elle rend même la réflexion difficile, triste constatation puisqu'il semblerait que l'esprit est la seule arme capable de tenir la dragée haute à ce climat.

La chaleur se propage, enveloppant tout sur son passage comme l'eau recouvre les pierres.

J'ai l'impression d'être une feuille de l'un de nos neems, alourdie par la poussière, flétrie, accrochée par un brin ténu à une tige auparavant solide. Et si je m'abandonnais et tombais au sol, je serais de suite emportée par le balai d'un domestique aux aguets.

David grandit. C'est un enfant charmant.

Votre affectionnée,

Linny

PS – J'avais l'intention de vous donner une information sur l'utilisation de la cannelle.

36

Saison chaude, 1838

Je baissai les yeux sur David endormi et lui susurrai, « *Nini, baba, nini* », Dors, bébé, dors.

Il s'agita, ses cheveux d'or plaqués à son front. Je les lissai en arrière, puis je lui essuyai le visage avec un linge humide, et je recommençai, « *Nini, baba, ni...* »

— Linny, arrêtez ces idio... !

Somers s'appuyait lourdement au chambranle de la porte. Ses propres cheveux étaient mouillés de sueur, et le devant de sa chemise trempé. Je me levai, tirai la moustiquaire par-dessus le lit de David et adressai un signe de tête au *punkah-wallah* qui tira plus énergiquement sur la ficelle de l'éventail.

— Ne le réveillez pas, chuchotai-je lorsque je fus sortie dans le couloir. J'ai du mal à l'endormir par cette chaleur.

Somers secoua la tête.

— En lui chantant ces maudites berceuses hindoues, comme s'il était encore un bébé ! Les câlins de Malti sont déjà bien suffisants !

— Toutes les *ayahs* câlinent leurs enfants, Sommers. C'est pour ça que ce sont des *ayahs*.

— Et c'est pour ça que grâce à Dieu, les enfants ne

restent pas auprès d'elles après l'âge de cinq ou six ans. Ce n'est pas bon pour lui.

Je détournai la tête. Sortant de sa bouche, cette affirmation avait quelque chose d'obscène.

— C'est un gosse de plus de cinq ans, très solide. Il devrait être traité comme tel. La meilleure chose qui va lui arriver, c'est de partir au pays à la fin de l'année.

J'en eus la respiration coupée. J'avais refusé de songer à cette échéance. Elle me bouleversait trop. Je ne supporterais pas d'être séparée de David et Somers ne m'autoriserait pas à l'accompagner en Angleterre, j'en étais persuadée. Il m'avait clairement fait comprendre que je devrais toujours rester sous sa surveillance et que je n'aurais aucune liberté.

— Oui, poursuivit Somers, il a besoin d'une éducation décente, et de leçons de bonnes manières. Cette façon que vous avez de le laisser courir pieds nus avec les domestiques ! C'est déplorable. Et de le laisser bavarder en hindi... Les langues des indigènes sont saupoudrées de mots incorrects et d'idées immorales. Je ne sais pas si je vais supporter encore longtemps ces égarements.

Comment osait-il traiter quelqu'un d'immoral, alors qu'il était une brute qui prenait plaisir à faire du mal aux jeunes garçons et qui ne se privait pas de porter la main sur moi ?

— Au moins, il est solide et en bonne santé, répliquai-je. N'est-ce pas le plus important ? Aux Indes, les cimetières sont jonchés de sépultures d'enfants anglais.

Je pensais à la phrase que Malti avait prononcée la veille même, alors que nous nous étions arrêtées de cueillir des fleurs pour observer David qui papotait avec enthousiasme avec la fillette de sept ans du jardinier.

— Mon David-*baba* ne ressemble pas du tout aux enfants anglais, avait-elle dit, sans le lâcher d'un œil.

David était hâlé par le soleil : il oubliait souvent de porter le casque qu'il détestait, mais sa peau n'en souffrait pas. Tignasse de cheveux blonds bouclés, yeux noirs étincelants, il discutait avec la petite fille à propos du gros crapaud qu'il avait attrapé dans le jardin. Elle tenait fermement la bête qui se contorsionnait dans ses mains, pendant que David la touchait.

— Oui, David-*baba* ressemble plus à un petit indigène, costaud, et sans crainte, vous ne trouvez pas, Mem' Linny ? Il n'est pas atteint par les maladies habituelles des *babas* anglais ici, et il n'est ni agité ni nerveux comme eux. Viens ici, mon *choti baba*, l'appela-t-elle, viens. Viens donner un baiser à ton *ayah.*

David nous regarda, les sourcils froncés.

— Je ne suis *pas* un petit bébé, Malti. N'est-ce pas, maman ? Je suis un guerrier, et je vais aller me battre à cheval. Le crapaud est notre prisonnier, l'Empereur de Chine !

Il s'enfuit en courant avec sa petite amie et je me dis, comme je le faisais désormais chaque jour, qu'il ressemblait beaucoup à son père, droit, fier et bon.

Je cillai à présent pour distinguer Somers dans l'entrée sombre. Il avait énormément changé depuis sept ans que je le connaissais. Sa beauté physique s'était enfuie : il avait encore grossi à force de se goinfrer de nourritures trop riches, il avait le visage boursouflé par la boisson et il s'était laissé pousser la barbe, ce qui le vieillissait. Qu'allait-il nous arriver, à David et à moi ?

— Mem' Linny, m'annonça Malti d'une voix calme du seuil de la porte, vos dames viennent d'arriver.

J'ouvris la porte.

— Vous les avez installées au salon ?

— Bien sûr. Vous êtes très jolie aujourd'hui, Mem', ajouta Malti en admirant ma robe à jabot. Vous devriez porter de belles robes plus souvent.

Je pris une profonde inspiration. Puis je plaquai un sourire sur mon visage pour me rendre au salon.

— Hilda ! Jessica ! Je suis ravie de vous voir.

Mes visiteuses se levèrent et déposèrent tour à tour un baiser sur ma joue. Elles avaient épousé des hommes travaillant dans le bureau de Somers ; j'étais contrainte à ce jeu épuisant des visites données et rendues, pour la simple raison que nos maris travaillaient ensemble.

— Vous sentez-vous mieux, ma chère ? me demanda Hilda avec une moue inquiète. D'après Somers, vous n'alliez pas bien du tout la semaine dernière. Vous nous avez manqué à la soirée musicale des Sawyer. Nous nous sommes bien diverties, même si les notes hautes de l'alto de Frederick Jewitt continuent à grincer un peu.

— Je vais bien, répondis-je, tout en m'efforçant de me rappeler la date de la réception des Sawyer.

Je me demandai même si j'en avais eu vent. Somers ne me parlait plus des soirées, car il préférait s'y rendre seul. Je savais qu'il y faisait irruption et repartait tout aussi vite, expliquant qu'il devait me rejoindre puisque j'étais souffrante, alors qu'il rentrait rarement directement à la maison.

— Je dois avouer, Linny, que je ne verrais pas d'inconvénient à tomber malade si cela me permettait de rester mince. Comment faites-vous pour garder une taille si fine ? Aucun corset ne peut donner un résultat pareil.

— Elle n'a eu qu'un seul bébé, Hilda, voilà la raison,

répliqua Jessica. Croyez-moi, après six alitements, on ne risque pas d'avoir encore la taille fine.

La mine contrite, elle baissa les yeux sur son corps empâté, puis elle prit un petit gâteau à la crème sur le plateau.

Hilda me donna une légère tape sur le genou de son éventail.

— Eh bien, Linny, vous devriez donner un petit frère ou une petite sœur à David, me dit-elle.

Elle sortit alors un petit miroir à charnière de son sac et inspecta la frange frisottée de cheveux orange qui rebiquaient sur son front haut.

— Il a quel âge ? Cinq ans ? Avant que vous vous en aperceviez, il sera expédié en Angleterre et vous aurez besoin d'autres enfants pour ne pas souffrir de la solitude.

Elle referma son miroir d'un claquement et le rangea dans son sac.

— Sans ma petite Lucy, je deviendrais folle à présent que ma Sarah et ma Florence sont parties. Heureusement, quand elle partira à son tour, Sarah devrait être revenue parmi nous.

Le *khitmutgar* m'offrit un verre de citronnade.

— Oui, acquiesçai-je avec un hochement de tête.

— Avez-vous entendu parler de ce qui s'est passé au *maidan* hier ? me demanda Jessica.

Ravie de ce changement de sujet, je m'inclinai en avant. Elle poursuivit, léchant en même temps la crème sur son pouce.

— C'était vraiment bizarre… Ce… cet homme basané, pas un Indien, attention, mais basané, qui faisait le tour du *maidan* sur un grand cheval. La manière dont il scrutait les Anglaises. Je ne l'ai pas vu de mes propres yeux, mais vous vous rendez compte ? De quoi être bouleversée.

Hilda prit la suite.

— J'y étais ! s'écria-t-elle triomphalement, comme si elle avait accompli un acte héroïque. Aucune d'entre nous n'a compris ce qu'il cherchait. Une grande brute, qui avait l'outrecuidance de s'intéresser à nous. À mon avis, il en a assez des femmes de son espèce, et il est titillé par les Blanches. J'ai eu un vrai choc quand il a regardé dans ma direction.

Elle effleura ses cheveux décolorés d'un geste coquet.

— Bien sûr, on l'a repoussé très vite, mais… oh, que se passe-t-il, Linny ?

Je m'étais levée, et je me tenais le ventre des deux mains.

— Je… je crois que je ne suis pas encore remise de ce qui m'a récemment rendue malade.

— Asseyez-vous, Linny. Respirez à fond. Hilda, terminez votre histoire.

— Eh bien, il était d'une impudence inouïe. Rien d'un gentleman. Évidemment, comment le serait-il ? Après tout, il appartient à une de ces races étrangères. Et il trônait là, sur son cheval, comme si la place lui appartenait !

Toutes les deux me regardèrent.

— Vous voudrez bien m'excuser…

Je sortis en hâte de la pièce. À peine étais-je dans le couloir que je me sentis défaillir et dus m'appuyer contre le mur.

— Elle ne fera pas long feu ici, entendis-je dire Hilda. Ce genre-là, fragile et nerveux, ne dure jamais longtemps. Elle est devenue maigre comme un clou. Et ses yeux ont quelque chose de bizarre, vous ne trouvez pas ? Très sombres. Trop sombres.

— C'est son mari qui me fait pitié. Quelle piètre compagne pour lui, toujours maladive ! Pas étonnant qu'il n'y ait pas d'autres enfants. Il sait sans doute qu'un autre la tuerait. Le pauvre homme.

Je me redressai et regagnai ma chambre. *Quand étais-je devenue l'une des victimes des Indes, l'une des femmes fragiles et nerveuses ? Elles auraient pu tout aussi bien décrire Faith. Ou la femme qu'était devenue Meg.*

Ce soir-là, après avoir bordé David dans son lit, je sortis dans le jardin du devant. Lentement, je m'approchai de l'acacia proche du portail et effleurai son écorce noueuse. J'avais l'impression que la pluie menaçait légèrement. La mousson pouvait-elle arriver si tôt ?

Le hurlement soudain d'un chacal, dans les ténèbres au-delà des maisons, déclencha un envol d'ailes qui se frottaient les unes aux autres. J'inclinai la tête et vis des chauves-souris, aussi grosses que des corbeaux, s'envoler de l'acacia, fendant le ciel de plus en plus sombre de leurs ailes noires nervurées. Appuyée à l'arbre, je contemplai la rue vide, qui s'obscurcissait aussi, à l'écoute de claquements de sabots. De temps à autre, il arrivait à un Pathan de traverser Calcutta. Cela ne signifiait rien.

Je m'attardai, les yeux rivés sur la rue menant au *maidan*. Pour finir, les lucioles jetèrent des taches de lumière dansantes et le ciel, dans lequel était suspendue une lune pesante, devint noir et barré de sillons. Du seuil de la porte, Somers me donna d'une voix rude l'ordre de rentrer.

Le lendemain, j'étais installée sur la véranda où je relisais sans cesse la même page de mon livre. Je n'avais pas été capable de dormir plus de deux ou trois heures et je souffrais d'une forte migraine. Malti rentra de ses emplettes quotidiennes. Je vis que le désarroi obscurcissait son visage, et qu'elle plaçait une nouvelle bouteille d'encre sur l'écritoire en se parlant à elle-même.

— Que se passe-t-il, Malti ? lui demandai-je en rentrant par les portes battantes de la chambre.

Elle me coula un regard.

— Rien, Mem' Linny.

Elle changea la place du papier, des plumes et des livres sur le bureau. Puis elle s'arrêta et se tourna vers moi.

J'humectai mes lèvres.

— Il y a quelque chose, Malti. Tu dois me le dire. Est-ce que tu… est-ce que tu as vu quelque chose ? Quelque chose… d'inhabituel ?

— J'ai rien vu, répliqua-t-elle sèchement.

— De nouveaux cancans ?

Malti faisait avancer et reculer la bouteille d'encre sur le bois vernissé.

— D'habitude, vous me posez pas de question sur les mauvaises langues de la place.

— Eh bien, aujourd'hui, je te demande si tu as entendu quelque chose.

— Rien qui mérite d'être répété, Mem' Linny. Il y a beaucoup d'*ayahs* qui se permettent de parler d'une voix aussi acérée que leurs maîtresses. Elles doivent bien inventer des moyens de passer le temps.

Je me laissai tomber sur la chaise, à côté du bureau.

— Et qu'est-ce que racontent ces histoires, Malti ?

La souffrance se lisait sur son visage empreint de bonté.

— Encore des commentaires stupides sur cet homme

de la frontière nord-ouest, Mem' Linny. Les *ayahs* racontent qu'il continue à parcourir le *maidan* à cheval en dévisageant les dames anglaises. On dit qu'il a prononcé un nom, ajouta-t-elle en hochant la tête, le front creusé d'une ride. Vous imaginez pareille idiotie ? On va vite l'arrêter. Ce genre de comportement est pas acceptable et… Mem' Linny, qu'est-ce que vous avez ?

Elle baissa les yeux et je l'imitai. Je m'aperçus que j'étreignais ses mains basanées très fort dans les miennes.

— Quelqu'un lui a-t-il dit où je vis ? Sait-il que je suis ici ?

— Oh, Mem' Linny, taisez-vous. Chut, chut. Vous inquiétez pas. Vous avez simplement peur à cause des mauvais souvenirs que vous gardez de Simla. Et vous pouvez être sûre que ces poules amères ont envie de créer des ennuis avec leur histoire simplette, parce que… Mem' Linny, qu'est-ce que vous faites ?

Je volai vers ma coiffeuse, relevant de longues mèches de cheveux égarées, laissant tomber de mes mains tremblantes des épingles qui s'éparpillèrent sur le sol. Je reboutonnai le col de ma robe et me tournai vers Malti.

— Ai-je l'air présentable ?

Le visage de Malti se ferma.

— Bien sûr, Mem' Linny. Comme toujours, répondit-elle avec prudence. Voyons, asseyez-vous. Je vais vous préparer votre pipe. Ça vous calmera. Après, je vous apporterai une tasse de votre thé préféré.

— Je ne veux pas ma pipe. Je n'ai pas le temps. Viens… viens avec moi. David… où est David ?

— Il joue chez les enfants Wilton jusqu'en fin d'après-midi, Mem' Linny. Vous avez oublié ?

— Prends mon réticule, Malti, et suis-moi.

Je me précipitai vers l'entrée, me tournant vers Malti

pour l'inciter à se dépêcher. Elle traînait les pieds, le petit sac couleur taupe serré contre sa poitrine. Comme j'approchai de la porte, le *chuprassi* s'avança, prêt à me l'ouvrir. Il posa la main sur le bouton de cuivre.

— Je t'en prie, Malti. Nous n'avons peut-être pas beaucoup de temps. Tu ne peux pas avancer plus vite ?

Je fis un geste au *chuprassi*, mais avant qu'il puisse bouger, la porte s'ouvrit brutalement de l'extérieur.

Je suffoquai.

La silhouette corpulente de Somers bloquait l'entrée.

— Bonsoir, Linny.

Il était très calme. Je reculai et me cognai contre Malti qui laissa tomber mon réticule.

Somers le fixa des yeux.

— Vous sortiez, Linny ?

Il n'avait pas encore franchi le seuil.

— Non... Enfin, oui. Malti et moi nous rendions au *maidan*... Comme nous le faisons souvent en ce moment, n'est-ce pas, Malti ?

Je me tournai vers elle. Elle demeurait bouche bée.

Somers entra et laissa la porte ouverte dans son dos.

— Vous alliez vous promener, à l'heure la plus torride de la journée, sans votre casque ni votre ombrelle... dans cette tenue ?

Deux taches fiévreuses marquaient ses pommettes.

Je baissai les yeux sur ma robe informe et m'aperçus qu'une manchette portait une éclaboussure de graisse et qu'un bouton manquait à la taille.

— Que... que faites-vous à la maison ?

— La fièvre, répliqua-t-il brièvement.

Sa vieille ennemie, la malaria.

— Je vais me coucher. Malti, tu n'as pas le droit de laisser sortir ta maîtresse. C'est compris ?

Je le saisis par la manche.

— Mais Somers, je veux juste…

Il leva le bras pour me faire lâcher sa manche et me donna un coup sur l'arête du nez. Des étoiles lumineuses éclatèrent derrière mes paupières.

— Je vous l'interdis. Vous n'allez pas me déshonorer, à parader en public comme la putain que vous êtes.

J'entendis le cri de suffocation de Malti et le bruissement des vêtements du *chuprassi*.

— En fait, j'en ai plein le dos de vous voir, traînée.

J'avais envie de lui cracher au visage, de redresser le menton et de lui lancer que, oui, j'étais encore une prostituée. C'était tentant, tellement tentant, de lui hurler que David n'était pas de lui, que j'étais effectivement ce qu'il m'accusait d'être, que je m'étais unie avec un homme dans la joie, pour mon propre plaisir, et que David était l'enfant de l'amour et non de son viol brutal. Mais bien évidemment, je n'allais pas lui faire cet aveu. Ce secret que je lui avais dissimulé pendant cinq ans constituait mon atout. L'effort que je faisais pour garder mes lèvres closes me faisait tressaillir. J'essayai de passer en le repoussant.

Il attrapa le devant de ma robe et comme je m'avançais, tira sur le tissu de toutes ses forces. Il y eut un affreux bruit de déchirure et je m'immobilisai, sous le choc. Somers regarda le bout de batiste et de popeline qu'il tenait dans son poing – il avait même déchiré ma chemise – puis revint à moi. Ses yeux restèrent rivés sur ma poitrine dénudée. Son visage se vida de son sang et prit la blancheur d'un parchemin. Il trébucha en arrière et le *chuprassi* le rattrapa.

Malti vint se placer devant moi et tenta de cacher ma nudité de son foulard.

Somers laissa tomber le morceau de tissu et pointa un doigt tremblant sur moi.

— Que se passe-t-il, Somers ? sifflai-je, repoussant Malti pour me planter devant lui, afin d'exposer pleinement ma cicatrice. Ce spectacle vous déplaît ? Je croyais que vous saviez tout ce qu'il y a à savoir sur moi.

— Mem' Linny ! Mem' Linny ! cria Malti. Je vous en supplie. Le mettez pas en colère ! Je vous en supplie !

Elle se couvrit le visage et fondit en larmes.

Somers se détacha d'une secousse du *chuprassi* et se redressa, le visage toujours blême, le front emperlé de transpiration.

— Qu'est-ce que c'est que ça ? chuchota-t-il, le doigt toujours tremblant.

— À votre avis ? Ça ressemble à quoi ? À la caresse d'un vieil amant ?

Ma voix, ce que je disais, ne m'importaient plus. La haine absolue qu'il m'inspirait me submergeait totalement.

Somers n'eut pourtant pas le temps de réagir. Il gémit et se plia en deux. Le *chuprassi* l'aida à emprunter le couloir jusqu'à sa chambre. Je franchis en titubant la porte d'entrée ouverte et courus, aussi vite que je le pouvais, dans l'allée, faisant crisser les coquillages écrasés sous les semelles de mes bottines. J'entendais les bruits de suffocation dans ma tête, je sentais ma poitrine se serrer à cause de mon effort inhabituel. Je n'avais pas atteint le bout de l'allée quand de grandes mains gantées me saisirent par-derrière.

C'était le *chuprassi*, envoyé, sans nul doute, par Somers, pour me ramener de force. Je me débattis.

— Lâche-moi, marmonnai-je. Tu dois m'obéir.

Mais il continuait à me tenir fermement et je constatai,

d'un regard par-dessus mon épaule, que son visage n'exprimait rien. Je gigotai comme un chaton impuissant. Malti, toujours en pleurs, se tenait près de nous. Elle essayait d'essuyer les postillons sur mon menton et tirait sur ma robe pour m'en recouvrir. Puis elle tenta de me calmer alors que le *chuprassi* me ramenait à la maison dans ses bras.

Ce petit déploiement d'activité m'avait affaiblie : j'étais incapable de lutter plus longtemps et je m'inclinai, vaincue, contre lui, jusqu'au moment où il me déposa sur mon lit.

Plus tard, dans ma chambre, je renvoyai le *punkah-wallah* et Malti.

— Je veux pas vous quitter, Mem' Linny, me dit-elle. Vous devriez pas rester seule. Vous allez pas bien.

Je finis néanmoins par la convaincre que j'allais uniquement m'endormir et elle sortit, non sans laisser ma porte entrebâillée. Je savais qu'elle allait rester dans le couloir, à l'écoute de mes moindres mouvements. Je m'assis devant le miroir à ma coiffeuse et je contemplai mes mains, blanches et inertes, enroulées sur mes genoux comme des colombes blanches.

Daoud se trouvait-il vraiment en quête de moi à Calcutta ? Il fallait que je sache. J'irais au *maidan*, quoi que puisse dire ou faire Somers. Je parviendrai, d'une manière ou d'une autre, à me glisser dehors, et si nécessaire, à marcher jusque là-bas. Je pris une profonde inspiration et me regardai dans le miroir.

De longues mèches de cheveux ternes tombaient sur mes épaules. Mon visage était terriblement émacié, l'arête de mon nez mauve et gonflée par le coup de bras que m'avait asséné Somers. Ma peau, tendue sur mes os, était translucide, comme si sa surface était à peine suffisante pour couvrir mes narines. Subitement, j'eus l'impression atroce de voir mon crâne sous la chair. Mes lèvres avaient maigri, et j'avais des poches décolorées sous les yeux. Je songeai à mon image dans le miroir de Shaker, sept ans plus tôt. Si j'avais eu un choc ce jour-là, il n'était rien en comparaison de celui qui me transperçait à présent. Que m'étais-je donc imaginé ? Bien évidemment, il ne s'agissait pas de Daoud. Qu'avais-je bien pu rêver ? Que Daoud me hisserait sur son cheval et m'emmènerait vers le soleil couchant ? Je n'étais qu'une démente, une pauvre démente. David, mon enfant, ma vie, était ici. Les fantasmes que je nourrissais au sujet de Daoud n'étaient rien d'autre que cela : des fantasmes. Je l'avais connu, un peu moins de six ans plus tôt, pendant à peine un mois. Il appartenait, comme je l'avais confié à Nani Meera, à un autre monde, un monde qui ne pourrait jamais être le mien.

Je me regardai de nouveau dans le miroir. J'avais complètement perdu de vue tous les espoirs brillants qui m'avaient amenée aux Indes. J'avais perdu de vue la femme qui s'appelait Linny Gow.

Je préparai ma pipe et fumai jusqu'à n'en plus pouvoir.

37

La terrible malaria qui s'emparait par périodes de Somers était en effet de retour et il s'agissait du pire épisode d'une série de ses attaques paroxystiques. Il souffrait d'épouvantables migraines, accompagnées de nausées et de vomissements, suivis de moments où il avait froid plus violemment que jamais. Sa peau sèche brûlait de fièvre et il sombrait parfois dans le délire. Puis il se mettait à transpirer : son corps était en nage et sa température tombait. Dans un état de grande faiblesse, il s'enfonçait dans un profond sommeil qui durait parfois des heures entières. Le Dr Haverlock lui rendait visite chaque jour pour faire le point sur son état. Je n'étais pas autorisée à quitter la maison. Somers avait beau ignorer où je me trouvais, les domestiques qu'il payait grassement ne relâchaient jamais leur surveillance. Quand je franchissais la porte d'entrée, le *chuprassi* se plaçait devant elle, les bras croisés sur la poitrine, et lorsque je me rendais au jardin, le *khansana* me collait aux basques, s'arrêtant lorsque je m'arrêtais et reprenant sa marche lorsque je redémarrais.

Le quatrième jour de sa maladie, Somers me fit appeler. Il était adossé à ses oreillers, seul dans sa chambre. Il avait perdu son teint fiévreux, et à la lueur des lampes allumées dans la pièce, sa peau paraissait poisseuse.

L'odeur de la maladie flottait dans l'air, vous submergeait presque de ses relents fétides, mais je savais qu'il avait passé le moment critique, et il me fusillait d'un regard de dégoût. J'avais la sensation qu'il se remettait de chaque attaque animé d'une énergie venimeuse plus virulente que jamais.

— Dès que cette crise sera passée, je m'organiserai pour vous faire partir d'ici, m'annonça-t-il.

— Partir ?

Il claqua la main d'un geste faible.

— Vous êtes devenue un fardeau trop lourd à porter. J'ai pris ma décision à cause de ce dernier épisode, où vous étiez prête à vous sauver dans les rues de Calcutta comme une folle. Vous imaginez-vous vraiment que quelqu'un s'étonnerait – ou se soucierait – de votre disparition ? Qui la remarquerait, Linny, en dehors des domestiques ?

J'essayai de respirer normalement. Mon avenir, j'en avais conscience, dépendait des quelques minutes suivantes.

— Vous allez donc nous envoyer en Angleterre ?

Il me fixa d'un regard vide. Je crus qu'il ne répondait rien à cause de sa maladie. Puis il reprit la parole, d'une voix ferme et claire.

— Vous rendez-vous compte que vous parlez en hindi, Linny ? Avez-vous conscience que vous n'utilisez même plus l'anglais ?

— Pardon, dis-je, avant de répéter ma question

— Nous ? Qu'entendez-vous par « nous » ?

Je pris mon temps pour répondre avec précaution.

— Eh bien, David et moi, évidemment. Comme vous l'avez déclaré il n'y a pas si longtemps, le moment va bientôt arriver pour lui d'entamer sa véritable éducation. Je pourrais vivre avec lui dans le lieu que vous choisiriez. À Londres, par exemple. Il pourrait entrer dans votre ancienne école.

Il toussa sèchement et esquissa ensuite un sourire sarcastique.

— Vous croyez donc que j'aurais assez confiance en vous pour vous confier l'éducation de mon fils ? Vous êtes dépendante de l'opium, Linny. Cela n'est que trop visible dans votre apparence. Vous avez changé de manière répugnante, à tous les points de vue.

Le sol s'inclina. Je posai une main sur la colonne du lit pour ne pas tomber, puis me baissai pour prendre place sur une chaise à son chevet.

— J'arrêterai, Somers. Je suis capable d'arrêter si je le décide.

— Tout le monde sait que vous n'êtes rien d'autre qu'une ruine. J'ai même l'impression que la plupart des gens vous considèrent déjà comme une folle. Ils ne prennent même pas de nouvelles de vous et ne paraissent pas du tout s'étonner de ne plus vous voir en ma compagnie aux réceptions mondaines. J'ai l'intention de trouver un endroit agréable où vous pourrez… vous reposer. Un endroit – peut-être dans les plaines des Indes – où on pourra bien s'occuper de vous, et où vous ne pourrez faire de mal à personne, à commencer par vous-même. Ou alors, je peux envisager autre chose, si vous avez envie de rentrer au pays.

Je hochai vigoureusement la tête qui me tournait encore.

— Oui, Somers. C'est cela qui me plairait. Rentrer à la maison…

Si je parvenais à rentrer en Angleterre, je trouverais toujours un moyen de voir David. Shaker m'aiderait.

— Je suis d'accord sur le fait que c'est ce qui conviendrait le mieux. Il y a à Londres un certain nombre d'endroits qui pourraient vous garder confinée pendant… disons, un temps indéterminé.

— Confinée ?

Il me fallut trente secondes pour comprendre ce qu'il entendait par là.

— Vous voulez dire comme… dans un asile de fous ?

— Un asile de fous, ma chère ? Est-il vraiment nécessaire d'utiliser un terme si dur ?

Il s'arrangea pour esquisser un sourire.

— Disons qu'on veillera sur vous durant une longue période de repos. On sait parfaitement l'effet qu'exercent les Indes sur certains. Vous ne seriez pas la première Memsahib à s'être montrée incapable de supporter cette tension. Tout le monde comprendrait, et personne ne s'interrogerait sur mes motifs. En fait, poursuivit-il, qui, hormis David et peut-être Malti, se soucierait de ce qu'il est advenu de vous ? Et David est un enfant. Il oubliera vite. Malti sera renvoyée. De toute façon, ce qui lui arrivera n'a aucune importance.

Mon vertige revint. J'avais besoin de ma pipe. Je frissonnai et de la transpiration coulait de la racine de mes cheveux sur mon visage et dans mon cou ; de minuscules insectes semblaient courir sous ma peau. Sans réfléchir, je tirai l'écharpe de gaze que je portais coincée dans le corsage de ma robe et m'essuyai les joues et le cou avec.

Il y eut un silence, puis un cri bizarre, étranglé, en provenance du lit. Somers s'était redressé et désignait ma poitrine du doigt, comme il l'avait fait quelques jours plus tôt, quand il avait déchiré ma robe.

Je regardai ma cicatrice.

— Une fois de plus, votre réaction me sidère, chuchotai-je. Comment une vieille cicatrice peut-elle vous inquiéter ? Après tout ce temps, je ne pensais pas que vous puissiez vous intéresser en quoi que ce soit à mon corps.

Il s'affaissa en arrière. Sa bouche s'ouvrait et se fermait, comme si l'air lui manquait.

— Je sais, croassa-t-il. À présent, je sais. La première fois que j'ai vu ça, poursuivit-il d'une voix éraillée, les yeux rivés à la cicatrice, j'ai ressenti quelque chose… quelque chose. J'ignorais quoi. Mais… oui, je pense…

J'écoutais à peine ses divagations. Je pensais que je ne reverrais jamais mon fils, qu'en grandissant, il apprendrait que sa mère avait vécu sa vie recroquevillée sur un tas de paille pourrissante dans une espèce de cellule de pierre glauque d'un quelconque Bedlam. Que Somers déformerait tous les souvenirs que David pourrait garder de son enfance et que, pire que tout, il essaierait de lui transmettre certaines de ses déviations.

Le besoin frénétique de protéger l'avenir de David me procura une énergie que je n'avais pas possédée depuis longtemps. Je jetai l'écharpe par terre et abaissai davantage mon corsage en me penchant vers le lit, pour bien montrer à Somers l'étendue du saccage.

— Cadeau de l'un de mes vieux clients de Liverpool, déclarai-je. Joli tableau, non ? Et pourtant, j'ai survécu. J'ai survécu une fois à la lame d'un fou et je survivrai à tout ce que vous imaginez pouvoir me faire, Somers. Vous ne gagnerez pas.

Il eut un renvoi et porta son poing à sa bouche.

— Le spectacle de ma chair détruite devrait vous inspirer du plaisir, pas de l'inconfort, lui dis-je. Après tout, la seule chose qui vous a apporté une jouissance dans notre misérable mariage, c'est ma douleur.

— Je sais, répéta-t-il, parlant à travers son poing, de la même voix agitée. Je sais à présent pourquoi j'ai reconnu ce poisson.

Je me rassis, lâchai le devant de ma robe, et essayai de comprendre. Le poisson ? Puis je me souvins de cet épisode dans sa maison de célibataire : c'était à ma marque de naissance qu'il avait reconnu en moi une prostituée.

Il posa la main, le poing toujours serré.

— J'avais presque réussi à oublier mon dernier séjour dans cet endroit noir sur la Mersey, dit-il.

Il s'exprimait lentement, comme s'il réfléchissait tout haut. Il fit un effort pour se rasseoir.

— Et vous avez raison. Vous avez effectivement survécu. Comment, je ne le comprendrai jamais. Vous devriez être aujourd'hui réduite à l'état d'os blanchis, avec des crabes logés dans vos orbites.

Je portai le poing à ma bouche, exactement comme Somers venait de le faire. Dans le silence qui ponctua sa déclaration, je fus submergée par un accès de lucidité ahurissant. Ses mots firent surgir une révélation trop atroce, trop inouïe. Je tremblai de façon incontrôlable dans la pièce étouffante. Je serrai tellement les dents que j'en avais la mâchoire douloureuse.

— N'avais-je pas donné l'ordre à mon homme de jeter votre corps dans la Mersey ?

Somers s'était en partie ressaisi. Il me fixait des yeux et s'exprimait d'une voix basse mais ferme.

— Et n'avais-je pas demandé à Pompey de me jurer qu'il l'avait fait ? Il m'avait donné l'assurance qu'il ne restait personne pour évoquer ce qui s'était passé cette nuit-là, à Rodney Street.

Et subitement, je l'entendis de nouveau, cette même voix froide et rationnelle, qui avait donné l'ordre de m'achever alors que je gisais, adolescente de treize ans rendue aveugle et impuissante, sur un tapis épais devant une malle contenant des bocaux de verre remplis de cheveux flottants. Des cheveux de filles mortes. Le vieillard avec les cisailles plantées dans l'œil à côté de moi. Les miasmes de pourriture qui émanaient de lui, la puanteur des cheveux incendiés. J'eus un haut-le-cœur qui emplit ma bouche de salive acide.

Je ne m'attendais pas du tout à cela. Rodney Street. Le vieux cauchemar renaissait, se dressait, gigantesque et encore plus terrifiant lorsqu'il était alimenté par la lumière des lampes allumées de cette chambre. Je me sentis tournoyer, voler en morceaux, et la vieille vision me submergea : mon corps, avec son cou brisé, jeté dans la fosse de chaux vive des assassins. Je me penchai en avant pour vomir de la bile, puis je baissai la tête sur mes genoux.

Jeune Maître, l'avait appelé Pompey.

— J'ai dû renvoyer Pompey peu après l'incident de Liverpool. Trop d'erreurs. Mais je suppose qu'on ne peut pas le rendre entièrement responsable. Je vous ai vue aussi, cette nuit-là, et j'ai cru que vous étiez morte. Vous étiez tranchée en deux, jusqu'en bas de votre sein gauche. J'ai vu des muscles. Je jurerais même que j'ai vu votre cœur, et qu'il ne battait pas. Mais évidemment, c'est impossible.

Je m'essuyai la bouche du dos de la main, relevai la tête et le regardai.

Il s'humecta les lèvres et sourit, comme s'il se remémorait quelque chose d'agréable. Ce sourire me glaça davantage que ses paroles.

— Si mes souvenirs sont exacts, vous étiez tout juste sortie de l'enfance, vous n'aviez plus de cheveux. L'opposé exact de la femme maîtresse d'elle-même que j'ai rencontrée pour la première fois à Calcutta, en dehors de ce poisson révélateur, sur votre bras. Pas étonnant que je n'arrivais pas à me rappeler où je l'avais vu. J'ai extirpé cette nuit de mon esprit le plus vite possible.

Je gardais à présent la bouche ouverte. J'avalais l'air saturé, j'essayais de l'aspirer dans mes poumons, je voyais les illustrations des ouvrages de médecine de Shaker, si longtemps auparavant. Les dessins d'Albinus représentant les deux sacs situés derrière le sternum. Je savais que mes poumons n'étaient pas gras et pleins, mais désormais aplatis, ratatinés. Ils refusaient de pomper, refusaient de se remplir de l'air humide. Ma bouche restait béante, telle celle d'un poisson hors de l'eau. J'avais conscience de me noyer. L'image de ce visage ravagé, l'horreur de cette langue dardée, de ces yeux déments, se présentaient à moi comme éclairés par une rangée de chandelles.

Somers était le fils de l'homme que j'avais tué.

— Il est trop tard, murmurai-je, trouvant enfin la force de parler. Vous ne pourriez jamais le prouver. Il est trop tard pour me faire juger pour meurtre. *Je dois protéger David de l'avenir auprès de Somers, et l'empêcher d'apprendre mon passé.*

Une espèce de rire sortit de la gorge de Somers, un craquement épouvantable.

— Jugée ? Pour meurtre ? Je n'y pense pas. Après tout, il n'y a pas eu de dossier pour meurtre. Juste le décès d'un homme poussé à la démence par la syphilis qui le rongeait. Je croyais qu'il ne mourrait jamais. J'imaginais qu'il vivrait encore pendant des années. En fait, vous avez accompli le geste que j'aurais aimé avoir eu le courage d'accomplir, depuis longtemps. Même avant de tomber malade, c'était un homme cruel et sans cœur. J'ai quitté l'Angleterre peu de temps après cette nuit où vous l'avez tué, Linny. Je voulais tout laisser derrière moi, oublier.

Le silence s'appesantit encore. J'avalais l'air par petites saccades, comme si j'apprenais à respirer.

— Personne n'a été plus heureux que moi de le voir enterré, poursuivit Somers, de savoir que les vers allaient se charger du dernier travail à accomplir sur les restes de son corps puant. Quant à son âme… je ne pense pas qu'il en avait une. Depuis mes douze ans…

— Je ne veux pas en entendre davantage, chuchotai-je, mais il ne m'écouta pas.

— … il m'emmenait avec lui dans ses ignobles guet-apens. Au début, il m'obligeait à le regarder monter chaque salope. Il avait un penchant pour les femmes de basse caste. Comme vous, Linny. Au bout d'un certain temps, je me suis mis à prendre du plaisir à assister aux humiliations qu'il leur faisait subir.

Je n'arrêtais pas de secouer la tête ; je voulais qu'il se taise. Mais on aurait dit qu'il prenait plaisir à la douleur atroce que m'inspirait son récit. Je me bouchai les oreilles des mains, je fermai les yeux et baissai la tête.

— Pour finir, il a essayé de me forcer à me joindre à lui.

Il s'exprimait d'une voix forte et claire. Je ne pouvais pas étouffer ses paroles.

— Mon père me tenait sous son joug comme un singe savant qu'on caresse de temps en temps, auquel on jette un bon morceau, mais qui reste entravé, incapable de détacher ses liens. Et même dans la mort, il m'a refusé de vivre selon mes désirs. Il savait que depuis mon adolescence, je ne m'intéressais guère aux femmes. En fait, c'est lui qui m'a fourni les garçons dont j'avais envie. Mais il a stipulé dans son testament que je devais être marié pour recevoir mon héritage. Comme s'il se gaussait de moi une dernière fois de sa tombe.

« Il semble donc que vous ayez exercé un impact essentiel sur ma vie, Linny. Vous avez commencé par tuer mon père, puis vous m'avez permis de recevoir mon héritage. En réalité, vous m'avez donné la liberté. Deux fois.

Sur ce, il se tut et le silence s'installa de nouveau entre nous.

J'enlevai mes mains et je rouvris les yeux. Des moustiques bourdonnaient à mes oreilles et à la naissance de mes cheveux baignés de sueur. Somers me contemplait d'un air presque enjoué, la tête inclinée et les yeux brillants, comme s'il était surpris par sa chance.

Je tombai à genoux à côté du lit.

— Alors, remboursez-moi, Somers. Rendez-moi ma liberté en retour. Laissez-moi emmener David et disparaître.

Je saisis ses mains. Elles étaient glacées.

— Vous n'entendrez plus jamais parler de nous. Je ne vous demanderai rien.

Il secoua lentement la tête, comme si j'étais une vilaine petite fille prise en flagrant délit de vol de bonbons.

— Vous ne comprenez donc pas, Linny ? Pourtant, vous avez toujours été une fille très intelligente.

Il retira sa main de la mienne.

— Je ne peux pas vous faire confiance et je ne peux

pas vous confier notre fils. Je n'ai qu'une solution : vous mettre proprement à l'écart, légalement, afin que vous ne me posiez plus jamais de problèmes.

Ses yeux ne cillaient pas, comme ceux d'un serpent.

— Je ferai rédiger les papiers par le Dr Haverlock le plus vite possible. Il n'aura nul besoin d'être convaincu. Il suffit de vous regarder pour être persuadé que vous avez besoin de soins. Quant à David... je l'élèverai comme je l'entends. Il ne me faudra pas longtemps pour le forger selon mes désirs.

Il esquissa un autre de ses rires épouvantables, mais qui déclencha une crise de toux, et il se mit à trembler de froid.

Je contemplai son corps tressaillant, sa moustache parsemée de postillons de salive, et son visage se superposa dans mon esprit au spectre lubrique de son père défunt. Je me frottai les yeux pour essayer de m'en débarrasser, mais cette image qui me hantait refusait de s'effacer. J'avais l'impression que par un atroce caprice du destin, la même main qui m'avait guidée Rodney Street m'avait amenée dans cette pièce. Horrifiée, je contemplais cet homme qui était mon mari. J'avais conscience du pouvoir qu'il détenait. J'avais conscience que sa haine aberrante, ses manières libidineuses, sa nature profondément vile continueraient à empirer tous les ans.

Il s'agissait de l'homme qui allait me détruire, et qui éduquerait mon fils.

Je devais l'empêcher de concrétiser ses projets à mon égard. Je devais protéger mon fils.

Il me fallait agir exactement au bon moment. Je passai une nuit blanche, mais cela ne m'empêcha pas de me lever tôt le lendemain matin et de prendre un bain. Je n'étais pas lasse. Je fumai ma pipe, mais dans le simple but d'éviter d'avoir des spasmes. Je demandai à Malti de prendre bien soin de ma coiffure et je choisis ma toilette avec minutie. Assise à ma coiffeuse, j'étudiai mon visage. Je comprenais à présent ce qu'avait ressenti Faith lors de ses derniers jours à Simla. Cette élévation extraordinaire que l'on éprouve, comme si un joug pesant avait été détaché de nos épaules, quand on sait, avec une certitude absolue, ce que l'on doit faire. Qu'il n'y a pas d'autre solution.

Malti posa sur moi un regard ébahi.

— Mem' Linny ? Je comprends pas...

Je pivotai vers elle.

— Qu'est-ce que tu ne comprends pas ?

— Hier soir, vous paraissiez tellement déprimée quand vous avez quitté la chambre de Sahib Ingram. Pourtant, vous êtes en meilleure forme aujourd'hui que depuis fort, fort longtemps. Qu'est-ce que je vois sur votre visage, Mem' ? On dirait du bonheur. Mais c'est impossible, vu la tristesse de cette maison.

Je lui souris.

— Ce n'est pas du bonheur, Malti. Pas encore. Mais l'avenir nous appartient. Nous devons allumer de nouvelles lampes pour l'avenir.

Malti hocha la tête, l'air de ne pas comprendre. Durant le reste de la journée, la tête tourbillonnante d'idées, je restai sur la véranda à jouer avec David sans cesser de bâtir des projets. À un moment donné, je regardai en direction de la chambre de Somers et vis que le Dr Haverlock m'observait. Il se tourna abruptement quand nos regards se croisèrent.

Je me rendis dans la chambre de mon mari. Installé au bureau, le Dr Haverlock écrivait quelque chose.

Travaillait-il au rapport d'internement ? Il s'arrêta à ma vue et jeta un coup d'œil à Somers, allongé sur le lit.

— Désirez-vous quelque chose, Linny ? me demanda ce dernier d'une voix faussement inquiète. Ou avez-vous oublié quelque chose ?

— Je pensais que vous aviez peut-être besoin d'eau fraîche.

Somers indiqua le pichet plein, sur sa table de chevet.

— Mais Linny, c'est vous qui me l'avez apporté avant l'arrivée du Dr Haverlock.

— Non, ce n'est pas moi. C'était sans doute un des domestiques.

Je n'étais pas entrée dans la chambre de Somers ce jour-là.

Somers hocha la tête en souriant gentiment. Puis il haussa les sourcils et regarda le Dr Haverlock. *Vous voyez ?*

Le Dr Haverlock observait mes mains. Je me rendis compte que je croisais et décroisais les doigts. Je m'arrêtai, mais il s'était déjà penché de nouveau sur sa feuille de papier et il continuait à écrire. Je sortis de la pièce, mais je m'attardai dans le couloir. J'entendis le Dr Haverlock annoncer à Somers que c'était prêt ; j'entendis Somers l'assurer qu'il recevrait ce qui lui avait été promis, une fois la chose faite.

Il mettait ses projets en place. Le moment était venu d'exécuter le mien.

Le même jour, je n'eus aucun mal à me procurer du *datura* auprès du *box-wallah*. L'arbrisseau que les Anglais appellent stramoine. Il s'agissait de l'une des plantes indigènes des Indes, qui poussait à l'état sauvage dans les sols gras et les terres en friche. Je n'avais pas oublié les avertissements de Nani Meera à propos de son utilisation. En justes doses, il servait à calmer les quintes de toux de la coqueluche et les maladies de la rate. Mais si les larges corolles blanches de la fleur possédaient des propriétés narcotiques et sédatives, ses feuilles en poudre en détenaient de bien plus puissantes. Une surdose causait un empoisonnement fatal.

Tout en reprenant sans cesse des forces, Somers était encore faible et subissait des moments de fatigue intense. Pendant sa guérison, il appréciait le thé frais, très sucré, et il en réclamait plusieurs fois par jour. Je pris sur moi d'aller le chercher auprès du cuisinier et de le lui apporter chaque fois qu'il le demandait, comme l'aurait fait toute épouse attentionnée. Au regard qu'il posa sur moi les premières fois où j'apparus avec le plateau à son chevet, je compris qu'il se disait que j'essayais de lui prouver que je n'étais pas folle. Je le laissais volontiers développer cette idée.

Je commençai par des doses minuscules. Je devais prendre un luxe de précautions. Il devrait avoir l'air d'avoir succombé à sa vieille ennemie.

Deux jours suffirent pour le faire considérablement régresser. Son visage était asséché et empourpré. Il avait du mal à avaler, était enclin à s'agiter, à marmonner, à faire des gestes inutiles. Le troisième jour, il sombra dans un sommeil si profond qu'il fut impossible de le réveiller pendant plusieurs heures ; je savais qu'il pouvait tomber dans le coma. Quand il finit par remuer et rouvrir ses yeux, qui étaient gélatineux, il avait les pupilles fixes et dilatées. Je continuai à le persuader d'avaler quelques gorgées de thé chaque fois qu'il était conscient, criant aux domestiques qu'il devait à tout prix absorber du liquide.

Me tordant les mains devant le Dr Haverlock, je remerciai tout bas le ciel d'avoir affaire à un vieillard aux connaissances médicales si limitées.

— On dirait qu'il ne reprend pas le dessus, dis-je. Qu'est-ce qui a provoqué ce changement ?

Le Dr Haverlock hocha la tête.

— On ne sait jamais comment une maladie étrangère va affecter une victime, me répondit-il.

Je le fixai de mes yeux écarquillés.

— Je crains que son état n'ait beaucoup empiré. À mon avis, madame Ingram, il souffre d'une malaria cérébrale.

Je portai les doigts à mes lèvres de consternation.

— Malaria cérébrale ?

— Ses passages de la conscience à l'inconscience et sa confusion mentale en sont deux symptômes. S'il manifeste des signes de jaunisse ou des convulsions…

— Mais il va se remettre, non ?

— Écoutez, ma chère, ne voyez pas les choses trop en noir. Votre état est assez délicat comme cela.

Je me redressai de toute ma taille.

— Docteur Haverlock, je ne suis dans aucun état, ni délicat ni autre. Êtes-vous en train de me dire qu'il risque de ne pas se remettre de cette crise ? Dites-moi la vérité, docteur Haverlock.

Le vieil homme prit mes mains dans les siennes, une expression de sympathie feinte sur le visage.

Lorsque le Dr Haverlock revint le lendemain matin, il procéda à un examen superficiel de Somers, puis il m'emmena dans le bureau.

— Je vous prie de vous préparer, ma chère, me dit-il.

J'attendis.

— Votre mari est sur le point de mourir. Je doute qu'il passe la nuit.

Je m'effondrai complètement dans un fauteuil. Je baissai la tête et me couvris les yeux des mains.

— Veuillez renvoyer les domestiques, dis-je à travers mes doigts, mais restez auprès de moi.

Lorsque nous fûmes seuls, je le regardai dans les yeux.

— Je voulais vous parler en toute intimité, docteur Haverlock, lui dis-je, cessant de feindre le désarroi.

— Voyons, madame Ingram, vous ne devez pas vous inquiéter. Très bientôt, vous serez chez vous, où des personnes qui sauront vous soigner pourront vous aider à passer cette épreuve difficile. Et vous ne devez pas vous inquiéter pour l'enfant. M. Ingram a laissé de strictes instructions concernant...

Je me levai, me dirigeai droit sur lui et m'immobilisai si près de son visage qu'il recula d'un pas.

— Vous me croyez vraiment folle, docteur Haverlock ?

Il détourna les yeux.

— Votre mari savait ce qui vous conviendrait le mieux. Il y a beaucoup de façons de soigner les malheureuses qui, comme vous...

Je l'interrompis.

— Et il y a beaucoup de façons, j'imagine, de... comment dirais-je ? De persuader un homme comme vous de voir la vérité.

Le Dr Haverlock redressa brutalement le menton pour m'encourager. Il était d'une transparence déconcertante.

— Je sais que vous devez être las de travailler. Vous

avez consacré toute votre vie à soigner les gens, docteur Haverlock.

Les mots glissaient de ma bouche, chaleureux et nets.

— Vous méritez de la terminer dans le luxe, ici ou au pays. Je doublerai la somme à propos de laquelle mon mari et vous avez conclu un accord pour la rédaction de votre rapport… au sujet de mon avenir et de celui de mon fils. À condition que vous me rendiez cette lettre. Et nous n'en parlerons plus jamais.

Son menton se redressa de nouveau. À ce subtil mouvement et à son hésitation, je compris que je l'avais coincé. Il me prit par le bras et me fit asseoir à côté de lui sur le canapé, puis il embrassa du regard la pièce qui était pourtant vide.

— J'ai peut-être estimé votre état un peu trop vite, ma chère, me dit-il. Votre pauvre époux m'a demandé ce service, parce qu'il se faisait beaucoup de souci pour vous et votre fils.

— Il est évident que mon mari a été profondément affecté par sa lutte constante contre la malaria durant toutes ces années, affirmai-je, si bien que vous vous rendez compte qu'il a manqué de jugeote ces derniers temps. Je comprends, docteur Haverlock, poursuivis-je d'un ton de conspiratrice, comme je comprends la situation gênante dans laquelle il vous a placé ! J'insiste : je veux savoir quelle somme vous est due pour compenser les tensions que cette affaire désagréable vous a fait subir. Allons, à combien s'élève-t-elle ?

Il s'éclaircit la gorge d'une façon bourrue. Vieux bouc rusé. Il redoutait de me citer un prix, au cas où ce dernier serait trop bas par rapport à ce que j'étais prête à lui donner.

Je m'approchai du tiroir du bureau, en sortis le paquet

enveloppé que j'avais placé dedans le matin même et revins au canapé. Je le déposai entre nous et dénouai la ficelle. Le papier tomba, révélant la grosse pile de roupies que j'avais économisées, la somme chapardée au fil des ans, que j'avais si bien gardée. Elle avait à présent l'apparence d'une rançon royale.

Le médecin passa la langue sur ses lèvres minces et sèches et son souffle s'accéléra. J'entendais presque la machine à calculer cliqueter avidement dans sa tête.

— Oh, là, là, madame Ingram. Je ne voudrais pas paraître vorace, mais cette affaire m'a fait perdre beaucoup de temps et, comme vous le dites, ces tensions ont pas mal affecté ma santé. Depuis quelque temps, je souffre beaucoup du foie. Ce serait impoli de ma part d'évoquer la somme sur laquelle M. Ingram et moi nous étions mis d'accord, mais…

Une fois de plus, ses yeux caressèrent les billets posés près de lui.

Je tapotai sa manche.

— Je comprends, dis-je d'une voix empreinte de pitié. Auriez-vous par hasard le document sur vous, monsieur Haverlock, afin que nous puissions procéder à un échange ?

— Eh bien, dit-il lentement, je ne vois pas bien à quoi vous faites allusion.

— Au rapport d'internement, docteur Haverlock, répondis-je d'une voix toujours aussi douce.

Je rapprochai encore les liasses de roupies de lui.

Sans les quitter des yeux, le Dr Haverlock porta la main à sa poche poitrine et j'entendis le craquement rassurant du papier.

Il me le remit et lorsque j'eus pris connaissance de son

contenu, je renouai le paquet de roupies et le lui donnai, puis je lui tendis ma main droite.

Il la prit comme s'il voulait la baiser, mais je la retirai. Il comprit alors et la serra fermement. Debout face à face, notre récompense à la main, nous échangeâmes un sourire.

Nous étions aussi doués l'un que l'autre à ce petit jeu. Nous avions tous les deux concrétisé notre désir le plus cher.

Ce fut terminé quelques heures plus tard. Et durant les derniers instants douloureux de Somers, je demeurai agenouillée à son chevet et caressai son visage creusé, image même, aux yeux des domestiques et du Dr Haverlock, de la femme de devoir réconfortant son mari mourant. Je gardai un visage neutre, mais dans ma tête, je m'adressai à Somers. *Je vous ai trompé et dupé de manières que vous ignorerez toujours. Et à présent, c'est terminé. Le cauchemar est fini. J'ai sauvé ma vie et l'âme de mon enfant.*

En dépit de l'extrême gravité de son état, je me rendis compte qu'il comprenait ce fait tacite : malgré mon passé, j'étais la plus forte de nous deux et il était incapable de contrôler mon avenir. Je le compris à la manière dont ses yeux flous voletaient dans leurs orbites et dont ses lèvres tremblaient vaguement, comme s'il voulait dire quelque chose. Je posai mes doigts sur sa bouche, repoussai ses cheveux et embrassai son front froid et sec.

— C'est fini, Somers. Toute la haine et toute la douleur que vous m'avez infligées, chuchotai-je si bas que les autres personnes présentes dans la pièce ne pouvaient entendre qu'un murmure essoufflé, le dernier serment d'amour d'une épouse à son mari J'ai fait le nécessaire, murmurai-je encore d'une voix à peine plus élevée qu un soupir.

Je vis ses paupières frémir, et je sus qu'il m'avait entendue.

Il comprenait, je le savais.

Un râle monta du tréfonds de son être, puis ses yeux se révulsèrent vers les battements timides du *punkah*, et restèrent là-haut, sans ciller.

Épilogue

1840

Dans l'air flottent les effluves de la terre qui se réchauffe par cette splendide journée de printemps. La fenêtre ouverte laisse pénétrer des carrés de lumière douce et crémeuse ; les bouleaux qui entourent notre maison bruissent doucement, comme s'ils chuchotaient. Je me lève et m'approche de la fenêtre pour contempler les nouvelles pousses qui parsèment notre joli jardin : les délicates jacinthes et les iris, fleurs trop fragiles pour supporter la température torride des Indes. Je me suis accoutumée à percevoir la beauté de l'Angleterre au climat brumeux. Sans posséder la vibration des couleurs indiennes, les teintes des fleurs sont tendres et raffinées. Jadis, j'étais incapable de les apprécier. Aujourd'hui, elles m'émerveillent.

Nous vivons, David et moi, dans une maison dont le jardin dessert également la demeure de Shaker et Celina.

Shaker a ouvert un petit dispensaire dans un village du Cheshire, Marigate. Son attitude sereine, sa faculté d'attirer la confiance, sa capacité aiguë de diagnostiquer les maux lui ont valu d'acquérir une réputation dans toute la région. Il met le doigt sur les symptômes de nombre de maladies mentales et physiques et connaît les herbes curatives servant à les traiter. Le dispensaire ne désemplit pas et on qualifie souvent Shaker de médecin, même s'il s'empresse toujours de rectifier cette appellation : il est un praticien homéopathe non titulaire. Je l'aide presque tous les jours au dispensaire. Je pulvérise, je soupèse et je mesure, tout en discutant des maladies avec lui.

À mon retour en Angleterre l'an dernier, après le règlement du testament de Somers, j'ai été stupéfaite par le changement survenu en lui. Il tremble encore, mais il lui arrive souvent, lorsqu'il regarde David jouer ou qu'il écoute Celina lire tout haut près du feu, de rester parfaitement immobile. Je m'abstiens du moindre commentaire à ce sujet, car je crains que ces moments de sérénité ne disparaissent, si j'en parle et qu'il y prête attention.

Celina fait également preuve d'une sensibilité dont je ne l'aurais jamais crue capable. Je gardais d'elle le souvenir d'une jeune fille au visage anguleux et à la langue acérée, mais j'ai aujourd'hui conscience que c'était tout simplement parce qu'elle me considérait comme une rivale. Cette crainte s'est enfuie il y a bien longtemps et je crois que c'est le simple mais puissant fait d'aimer et d'être aimée pleinement en retour qui est à l'origine de cette mutation. Elle possède désormais une beauté sereine ; dans ses yeux brille une chaleur qui ne s'était pas manifestée une seule fois lorsque je l'ai connue à Liverpool, il y a presque dix ans. Lorsque je me suis présentée à leur porte avec David, elle nous a ouvert les bras et elle m'a aidée à me réadapter à la vie que j'avais quittée depuis si longtemps. Il m'a fallu du temps pour retrouver mon énergie et ma santé, mais elle paraissait être heureuse de m'apporter son soutien et d'assister à ma guérison. J'ignore si elle le tient de Shaker ou s'il s'agit d'un talent inné qu'il a su faire ressortir, mais elle possède un tempérament de guérisseuse.

Ni Shaker ni Celina ne connaissent la véritable ascendance de David. Ils ne sauront jamais rien d'autre de la période que j'ai passée aux Indes que ce que leur a appris le contenu des lettres que je leur ai adressées.

Le dimanche, après l'office, David et moi rentrons à la maison, main dans la main, le long de la rue paisible, bordée d'arbres, du village. Shaker et Celina nous précèdent de quelques pas. Leurs têtes se touchent presque, car ils discutent du sermon ou d'une nouvelle dont ils ont entendu parler à l'église. C'est dans ces moments-là que David et moi évoquons les Indes, et l'existence différente que nous menons ici. Il se souvient clairement de Calcutta et ne connaît pas d'autres endroits que cette ville de sa petite enfance et le village où nous vivons. Je lui parle de Liverpool, de ses bâtiments, de ses rues animées, du train. Je lui ai promis que nous nous rendrons bientôt en visite là-bas et que nous irons jusqu'à Manchester à bord de cette énorme bête qui crache de la vapeur.

Un mois après mon retour en Angleterre, je suis allée à Liverpool où j'ai chargé un maçon de sculpter une belle pierre tombale de granite gris pâle. J'y suis retournée quand elle a été prête, j'ai pris mes dispositions pour faire sonner les cloches pendant qu'on la plaçait dans le cimetière de Notre-Dame et St Nicolas, et j'ai prononcé mes propres prières pour ma mère en effleurant son nom, profondément gravé dans sa surface lisse : *Frances Gow*, et en dessous, en lettres tout aussi profondes : *À jamais chérie. Mère bien-aimée de Linny Gow.*

Aujourd'hui, je peux arborer fièrement le pendentif, et je ne porte pas d'autre bijou.

Quand le moment sera approprié, j'emmènerai David sur la tombe de sa grand-mère. Il ne saura jamais rien de l'autre tombe sur laquelle je me rends. La pierre striée de rose est à peine visible, enfoncée dans l'herbe tendre, mais le houx se dresse toujours au-dessus, avec son feuillage printanier luisant.

David écoute avec intérêt les histoires que je lui raconte sur Liverpool. Il a appris à écrire et il envoie des lettres simples à Malti. Parfois, il fait des dessins sur sa vie en Angleterre, qu'il insère aussi dans l'enveloppe. Il dit qu'un jour, il retournera là-bas lui rendre visite. Malti vit à Dehli, avec Trupti et ses neveux et nièces. Ils n'ont plus besoin de travailler pour les autres et ne manquent de rien.

David s'épanouit. C'est un garçonnet de sept ans en bonne santé, aux membres solides et aux yeux noirs, qui joue avec ses amis et se plaint d'avoir à apprendre ses leçons quotidiennes. En cela, il est tout à fait ordinaire. Mais l'amour des chevaux coule dans ses veines. Shaker et moi nous en sommes aperçus le jour où j'ai décidé qu'il était temps pour lui de posséder son propre cheval. Nous nous sommes rendus dans une écurie, et il a porté son choix sur un grand rouan au cuir luisant.

J'ai trouvé ce cheval trop grand pour lui, mais il n'a pas cédé. Et lorsqu'il est monté en selle, j'ai vu clairement son père en lui, dans la manière dont il tenait à contrecœur la cravache, lissait la crinière de l'animal de ses petites mains habiles et chuchotait instinctivement à son oreille. Cette première fois, il a pressé les genoux contre les flancs du rouan et a traversé la prairie, me laissant submergée de surprise et d'inquiétude, mais aussi d'une joie si débordante que je ne pouvais plus parler.

Shaker l'a poursuivi sur une jument pommelée véloce, et quelques minutes plus tard, ils sont revenus vers moi. Le plaisir se lisait à livre ouvert sur le visage de David et Shaker arborait le sourire fier et indulgent d'un père.

Lui et Celina n'ont pas eu le bonheur d'avoir des enfants et ils accordent à David l'affection et la compassion qu'ils auraient données sans réserve à leur progéniture. Ils forment notre famille. Je suis pour eux une sœur très aimée, alors que David est l'enfant que nous dorlotons tous les trois.

Contrairement à moi, qui perdis trop tôt ma mère, mon fils s'épanouit grâce à l'amour de deux femmes. David a quelques souvenirs de l'homme qu'il tient pour son père, même s'ils l'ont peu marqué et s'ils s'effacent rapidement. Bientôt ils deviendront aussi flous que la vague ressemblance d'un visage peint sur un camée. Shaker, dans son rôle de père de substitution, se montre bon et aimant. Et celui qui l'a vraiment engendré demeurera – tout au moins tant que David sera un enfant impressionnable – inconnu.

Lui remettrai-je, lorsqu'il aura atteint l'âge adulte, la lettre que j'ai rédigée à la fin de cette épouvantable période à Calcutta, au cours des journées qui ont suivi le décès de Somers ? Qui peut le savoir ? Il m'arrive de ressortir ces pages couvertes de taches, rédigées d'une main tremblotante, et de les lire. Je me vois alors, telle que j'étais à l'époque, comme si je me voyais à travers les yeux d'un tiers. Je les garde bien cachées, car je pense qu'elles peuvent avoir de l'importance un jour pour David. J'en suis venue à comprendre qu'il n'existe aucune assurance dans la vie, aucune promesse – à soi-même et aux autres – qu'on puisse tenir à jamais.

Certains jours, le pavot me manque tellement que j'en souffre physiquement. Je sais aujourd'hui que ce manque risque de ne jamais se dissiper, mais j'ai également la certitude que rien ne pourra m'amener à redevenir son esclave. Il y a des moments étranges, imprévus, parfois au réveil, où je ressens encore la vieille Fumée Blanche affluer et refluer dans ma tête. J'ai les idées embrouillées, je suis triste quand je réfléchis à ma vie, que je considère alors comme une litanie d'erreurs, de mensonges et de tromperies. Mais j'entends mon fils chuchoter quelque chose à son chiot dans la pièce voisine et je sais que mon long voyage m'a amenée en ce lieu, avec David, comme le voulait le destin. Je suis désormais capable de me regarder dans une glace : mes yeux sont plus profonds, les rides plus creusées autour d'eux, mais également clairs. Je ressemble à ma mère, à une femme ordinaire.

Celina a suggéré qu'il serait bon que je trouve bientôt quelqu'un, un homme comme les autres, pour partager ma vie. Peut-être. J'ai appris que j'étais capable de passion, capable de donner de l'amour et d'en recevoir. J'ai vingt-huit ans. J'ai le temps.

Car je fais à présent un rêve, un rêve qui n'a rien à voir avec le pavot. Ce rêve véritable, celui que je suis capable d'évoquer à volonté, c'est le souvenir du soleil cuivré, de la vallée du Cachemire, de son tapis de fleurs. De la passion et de la plénitude. Ce rêve a remplacé mon cauchemar. Je suis libérée de tout ce qui m'a si longtemps retenue captive. Et qui pourrait désirer autre chose ?

Mon livre sur les plantes médicinales des Indes, dont j'ai entamé la compilation à mon retour en Angleterre à l'aide des notes que j'avais rédigées durant mes années là-bas, est prêt. Il sera publié d'ici quelques mois chez Carruthers, à Londres. Bien que je sois connue ici sous le nom de Linnet Ingram, je l'ai signé Linnet Gow. L'éditeur a insisté pour que je choisisse un autre nom. Il aurait préféré, « Une dame », ou Mme Somers Ingram. Mais vous comprendrez que je ne me considère comme ni l'une ni l'autre.

Je lui ai répondu que je souhaitais le voir publié sous le nom que j'avais donné à l'origine : Linnet Gow. Il a poliment résisté et suggéré L. Gow.

J'ai répondu, de ma plus belle plume, que je tenais à mon choix : « avec tout le respect que je vous dois, j'insiste ».

Il finira bien évidemment par se ranger à ma demande, car je n'ai jamais été du genre à faire marche arrière. Et quel que soit le nom choisi, je continuerai toujours à considérer que je m'appelle Linny Gow, le nom que me donna ma mère, et le seul qui m'emplit de fierté.

Cet ouvrage a été imprimé par la
SOCIÉTÉ NOUVELLE FIRMIN-DIDOT
Mesnil-sur-l'Estrée
pour le compte des Éditions Plon
76, rue Bonaparte
Paris 6e
en février 2007

Imprimé en France

Dépôt légal : février 2007
N° d'édition : 14156 – N° d'impression : 84009